BETTINA HENNIG

Luise. Königin aus Liebe

Buch

Man schreibt das Jahr 1793. In Frankreich tobt die Revolution, die auch in deutschen Landen zu spüren ist. König Friedrich Wilhelm II. hat vorerst aber andere Sorgen. Seine beiden Söhne, der bedächtige Kronprinz Friedrich Wilhelm und sein Bruder, der höchst jähzornige Louis, sollen endlich standesgemäß verheiratet werden. Seine Wahl fällt auf die Prinzessinnen von Mecklenburg-Strelitz, in seinen Augen »zwei Engel«. Die lebenslustige siebzehnjährige Luise und die kluge jüngere Friederike stehen in dem Ruf, außerordentlich schön und liebenswürdig zu sein. Während Friederike dem hölzernen Charme von Friedrich Wilhelm erliegt, fühlt Luise sich ihm zwar verbunden, aber es ist ein anderer Kavalier, der ihr beim Walzertanzen den Kopf verdreht: Louis Ferdinand, Friedrich Wilhelms gutaussehender, aber zügelloser Cousin. Doch das Schicksal will es anders: Der Kronprinz hält um Luises Hand an, die unglückliche Friederike wird gar dem rauen Louis zugesprochen.

Die prachtvolle Doppelhochzeit übertrifft alles, wovon die beiden Prinzessinnen jemals geträumt haben. Und plötzlich findet sich Luise in der großen Stadt Berlin wieder, wo ihr aufregendes, aber auch einsames Leben am preußischen Königshof beginnt. Mit ihrem offenen Wesen gewinnt sie schnell die Herzen der Untertanen. Doch wird sie ihre ungestümen Gefühle Louis Ferdinand gegenüber unterdrücken und die Liebe ihres Mannes erwidern können? Und wird sie – das Mädchen aus der Provinz – der Rolle einer Kronprinzessin und baldigen Königin gewachsen sein?

Autorin

Bettina Hennig, geboren 1963 in Hamburg, studierte nach ihrer Ausbildung zur Cutterin in Hamburg Film- und Sprachwissenschaften sowie Informatik. Seit 1992 ist sie als Redakteurin bei verschiedenen Boulevardzeitungen und Illustrierten tätig. Bekannt sind ihre Interviews mit internationalen Stars wie z.B. Madonna. Derzeit promoviert sie zum Thema »Klatschjournalismus«. Sie lebt mit dem Künstler Karmers in Hamburg. »Luise. Königin aus Liebe« ist ihr erster Roman.

Bettina Hennig

Luise. Königin aus Liebe

Roman

GOLDMANN

FSC
Mix
Produktgruppe aus vorbildlich
bewirtschafteten Wäldern und
anderen kontrollierten Herkünften

Zert.-Nr. SGS-COC-001940
www.fsc.org
© 1996 Forest Stewardship Council

Verlagsgruppe Random House FSC-DEU-0100
Das FSC-zertifizierte Papier *München Super* für dieses Buch
liefert Arctic Paper Mochenwangen GmbH.

4. Auflage
Taschenbuchausgabe Dezember 2009

Umschlaggestaltung: UNO Werbeagentur, München
Umschlagmotiv: Eigentum des Hauses Hohenzollern, dpa / bpk
WI · Herstellung: Str.
Satz: Buch-Werkstatt GmbH, Bad Aibling
Druck und Bindung: GGP Media GmbH, Pößneck
Printed in Germany
ISBN 978-3-442-46406-7

www.goldmann-verlag.de

Für Andreas und
Oma Helene

Friedrich Wilhelm I., Soldatenkönig
(1688–1740), König 1713
⚭ 1706, Sophie Dorothea von Hannover, Königin 1713
(1687–1757)

Wilhelmine

Friedrich II., der Große
(1712–1786), König 1740
⚭ 1733, Elisabeth Christine
von Braunschweig-Wolfenbüttel,
Königin 1740

Friederike

Philippine
Charlotte

Sophie

Luise
Ulrike

verliebt

Schwestern

verliebt

Sophie Marie von Pannwitz
(1729–1814), **»Gräfin Voss«**
⚭ 1751, Ernst Johann von Voss

Nichte

Nichte

Nichte

Maria Luise Albertine von
Leiningen-Dagsburg-Falkenburg
(1729–1818), **»Großmutter Scho'sch«**
⚭ 1749, Georg Wilhelm von Hessen-Darmstadt
(1722–1782)

Nichte

Nichte

Karl von Mecklenburg-Strelitz,
Erbprinz
(1741–1816), Herzog 1794
1. ⚭ 1768, Friederike
von Hessen-Darmstadt
(1752–1782)
2. ⚭ 1784, Charlotte
von Hessen-Darmstadt
(1755–1785)

Charlotte von
Mecklenburg-Strelitz
(1769–1818), »Lolo«
⚭ 1785, Friedrich von
Sachsen-Hildburghausen

Therese von
Mecklenburg-Strelitz
(1773–1839), »Röschen«
⚭ 1789, Karl Alexander,
Fürst von Thurn und Taxis

Georg von Hessen-Darmstadt
(1754–1830), »Onkel Georg«

Friedrich Wilhelm IV.
(1795–1861), König 1840
⚭ 1823, Elisabeth von
Bayern (1801–1873)

Wilhelm I. (1797–1888),
König 1861, Kaiser 1871
⚭ 1829, Augusta von Sachsen-Weimar
(1811–1890)

Anna Amalie

»Prinz Heinrich«

August Wilhelm
(1722–1758), Prinz von Preußen
⚭ 1742, Luise von Braunschweig-Wolfenbüttel
(1722–1780)

»Die von Bellevue«

Ferdinand (1730–1813)
⚭ 1755, Luise von Brandenburg-Schwedt — *angebliche Affäre mit*
Friedrich Wilhelm Carl von Schmettau
(1742–1806)
(1738–1820)

Friederike
(1761–1773)

Luise
(1770–1836)
⚭ 1796, Anton Radziwill

Ludwig

Friedrich Ludwig Christian
(1772–1806), **»Louis Ferdinand«**

August

Friedrich Wilhelm II., »Der dicke Wilhelm«
(1744–1797), König 1786
1. ⚭ 1765, ⚮ 1769, Elisabeth von Braunschweig-Wolfenbüttel
2. ⚭ 1769, Friederike Luise von Hessen-Darmstadt (1751–1805), Königin 1786
3. ⚭ 1787, morganatisch: Julie von Voss (1766–1789)
4. ⚭ 1790, morganatisch: Sophie von Dönhoff (1768–1838)
Mätresse 1769, Wilhelmine Encke, verheiratete Ritz, Gräfin Lichtenau

Friedrich Wilhelm III.
(1770–1840),
König 1797
⚭ 1793, **Luise von Mecklenburg-Strelitz**
(1776–1810), Königin 1797

Friedrich Karl Ludwig
(1773–1796),
»Der schmale Louis«
⚭ 1793, **Friederike von Mecklenburg-Strelitz**
(1778–1841), **»Ika«**

Georg von
Mecklenburg-Strelitz
(1779–1860),
Erbprinz 1794,
Großherzog 1816

Wilhelmine

Auguste

Heinrich

Friedrich
Wilhelm Karl

Charlotte
(1798–1860)

Karl
(1801–1883)

Alexandrine
(1803–1892)

Luise
(1808–1870)

Albrecht
(1809–1872)

Teil 1

1

Frankfurt am Main, 14. März 1793

»Raus! Und ihr kommt erst wiede' rein, wenn ihr zur Vernunft gekomme' seid! Ich möchte solche Szene' nich' noch ma' erlebe'!«

Großmutter Scho'sch zog – wie immer, wenn sie tadelte – ihre Linke mit vollem Schwung nach oben und richtete den Zeigefinger auf, wobei die mit Diamanten besetzten Reifen an ihrem Arm gefährlich klapperten. Obwohl die Mädchen wussten, dass dies eine Gebärde war, die nicht nur Zurechtweisungen, sondern auch Schläge androhte, versuchte Luise angesichts der Tatsache, dass sich in ihrer kleinen Abendgesellschaft heute auch Polyxene befand, die immer ein gutes Wort für alle übrig hatte, das Schicksal herauszufordern:

»Ja, aber …«

»Keine Wiede'worte!« Der Arm der Großmutter wies in Richtung Ausgang.

»Aber warum ich? Ich habe doch nichts …«

»Was hab' ich gesagt?« Auch bei Friederike blieb sie ungnädig.

Großmutter Georg, wie sie von allen in ihrer Umgebung genannt wurde – wobei man das »Georg« zu einem von hessischer Mundart geprägten »Scho'sch« verschliff –, hieß eigentlich Maria Luise Albertine von Hessen-Darmstadt. Weil sie jedoch niemals duldete, dass man ihr widersprach, ihre Haltung so gerade war wie bei einem Gardeoffizier und sie allein mit dem Rasseln ihrer Armbänder jedermann Respekt abtrotzte, nannte man sie – und zwar keineswegs nur hinter ihrem Rücken! – beim Vornamen ihres Mannes. Es gab keinen Zweifel darüber, wer in der Nebenlinie des Hauses Hessen-Darmstadt, der sie angehörte, die Hosen anhatte. Und dass ihre beiden Enkelinnen es gewagt hatten, dies jetzt und hier, in der zweitteuersten Loge, die das Frankfurter Komödienhaus zu bieten hatte – also in aller Öffentlichkeit und allerfeinster Gesellschaft –, in Frage zu stellen, hatte die alte Dame in einem Maße aus der Haut fahren lassen, wie sie es eigentlich nie zu tun pflegte. Sie hatte schließlich einen Ruf zu verlieren.

Still bewegten sich die beiden Mädchen zur Logentür. Doch während Luise an der Großmutter vorbeischritt wie eine Fürstin des russischen Großreichs und sie keines Blickes würdigte, gab Friederike ganz das leidende Gegenteil ab und wischte sich – getroffen von der Ungerechtigkeit, die ihr wieder einmal widerfahren war – eine kleine Träne aus dem Augenwinkel.

Diese anklagende Geste entging der Scho'sch natürlich nicht, und sofort bemächtigte sich ihrer ein Strom aus innerer Rechtfertigung. Denn es war Luise gewesen, die sich wieder einmal nicht hatte mäßigen können, und nicht Friederike, über die es grundsätzlich wenig Grund zur Klage gab, weil sie immer brav und liebenswürdig war. Aber, sagte sich die Großmutter, besser ein Machtwort mehr als eines weniger, und so setzte sie noch einmal nach: »… und wenn ihr wiede'kommt, dann erwa'te ich eine Entschuldigung bei Tante Polyxene!«

Als sie das sagte, bemerkte sie Kümmelmann, der hinten an der Tür vor sich hingedämmert hatte, bei ihren Worten hilflos aufgeschreckt war und nun nach Orientierung suchte. Mit zusammengekniffenen Augen herrschte sie ihn an:

»Und Ihr passt auf sie auf! Damit nich' noch mehr passiert.«

Großmutter Scho'sch drückte die Schultern nach hinten und richtete ihr Kreuz kerzengerade auf, damit ihre Haare, die sie nach Pariser Art zu einem kleinen Turm aufgebauscht trug, nicht aus der Balance gerieten und sie den Kindern und ihrem Begleiter noch ein Bild ihrer Unantastbarkeit hinterherschicken konnte. Zufrieden sah sie den verwunderten Mädchen nach. Dann fiel die Tür zu.

Sofort drehte sie sich zu ihrer Nichte.

»Es tut mir so leid, liebe Polyxene. Diese Mädche'. Sie wachse' mir echt über den Kopf. Ich kann ebe' zu meinen Enkelinnen nich' mehr so streng sein wie zu meinen Töchtern. Sie sind heut' den ganzen Tag schon so aufgeregt. Sind halt lang net mehr hier in Frankfurt gewese' – und schon gar nich' im Theate'. Die waren ganz närrisch, als ich ihnen davon erzählt hab'. Ach, ich hoffe, Sie können ihne' das nachsehen ... Schon auf der Fahrt hierher ware' sie so wild, dass ich sie am liebsten wieder zurückgeschickt und ihne' Hausarrest gegebe' hätte ...«

Großmutter Scho'sch bremste ihren Redefluss, denn beinahe hätte sie sich verplappert. Seit Monaten schon hegte sie einen großen Plan, für den sie alle nur erdenklichen Hebel in Bewegung gesetzt hatte, und die Mädchen jetzt, so kurz vor der Vollendung, nach Darmstadt zu schicken, hätte alle Mühe sabotiert. Sie, die Großmutter Scho'sch, hätte sich nicht nur vor ihrer vielköpfigen Verwandtschaft, ja dem ganzen hohen Stand, dem sie angehörte, ordentlich blamiert, sondern sie wäre auch gänzlich ruiniert gewesen.

Alles Geld war für die Erziehung der Mädchen draufgegangen, und das silberne Besteck hatte sie bereits verkauft, um ihnen wenigstens das Notdürftigste an Ausstattung zu sichern. Denn nicht nur die Kleidung, die täglichen Aufwendungen und das Personal für die Mädchen waren teuer gewesen. Zumal sie alles allein aus ihren kargen Einkünften bestreiten musste, weil Karl von Mecklenburg-Strelitz, ihr Schwiegersohn und der Vater der Kinder, keinen einzigen Sou zum Unterhalt der Kinder beitrug, obwohl er als Gouverneur von Hannover fette Revenuen aus der englischen Staatskasse bezog. Den größten Posten ihres ohnehin überschaubaren Budgets hatte die gute Gélieu ausgemacht, die die ehrgeizige Großmutter eigens zur Erziehung der Kinder aus dem preußischen Neufchâtel zu sich geholt hatte und die ihnen nun täglich wenig Strenge, dafür aber viel Herzensgüte angedeihen ließ.

Die Vorstellung, bei einem Misslingen ihrer Mission belächelt, gar bemitleidet zu werden, jagte der Scho'sch mehr Angst ein, als die Truppen der französischen Revolutionsarmee es je vermocht hatten. Deren Kanonendonner auf Mainz hatte sie von ihrem Balkon am Darmstädter Alten Palais aus hören können – weswegen sie sofort mit ihren Enkelinnen ins sächsische Hildburghausen geflohen war, wohin sie Lolo, die älteste Schwester von Luise und Friederike, leider nur wenig vorteilhaft hatte verheiraten können.

Aber der Krieg und die Flucht waren nichts, nichts, nichts gegen ein Scheitern ihrer gesellschaftlichen Ambitionen – und dafür brauchte sie Polyxene wie die Mistel den Wirt. Denn die hatte Geld, und sie selbst nicht.

Wenn sich die Mädchen nun ihrer Tante gegenüber nicht mit der gleichen Wohlgefälligkeit zeigten, wie sie selbst es tat, dachte die Scho'sch, wenn sie ihr nicht ständig und ohne Einschränkung den Eindruck gaben, dass sie der beste Mensch der Welt war, dann würde Polyxene ihre Schatulle verschließen, und dann ... Am liebsten hätte die Scho'sch die Hände über dem Kopf zusammengeschlagen. Warum mussten die Mädchen ausgerechnet heute so störrisch sein? Sie waren so widerspenstig, so aufgekratzt, so unbeherrscht, so frech! Wieder bezog sie Friederike in ihr Urteil mit ein, obwohl das für die jüngste ihrer Enkelinnen gar nicht zutraf.

Um das Gespräch in Gang zu halten, lächelte sie ihre Nichte an und fing an, sie zu umgarnen:

»Aber Sie, meine liebe, liebe Polyxene, sind ja so gut, so gnädig und so geduldig mit den beiden. Ich glaube manchmal, dass sie so viel Güte gar nich' verdient habe'. Sie verwöhnen sie viel zu sehr.«

In Wahrheit begrüßte die Scho'sch jedes Geschenk, das Polyxene den Mädchen zukommen ließ – wie etwa den Stoff, den sie gerade erst in Lyon bestellt hatte und der, warum auch immer, noch nicht geliefert worden war.

»Ach … das ist doch selbstverständlich.«

»Nein, nein, nein!« Der Einspruch der Scho'sch wurde nur von einem leisen Klappern der Armbänder unterstrichen. Ohne auf ihre Würde zu achten, schmierte sie nun ihrer Nichte so viel Honig um den Mund, dass sie schon geneigt war, ihren eigenen falschen Worten selbst zu glauben. Sie tat alles dafür, die unangenehme Lage, in die sie ihre Enkelinnen – wieder schloss sie die kleine Friederike in ihr Urteil mit ein – gebracht hatten, vergessen zu machen und Polyxene das Gefühl zu geben, sie sei die wunderbarste Person auf Erden.

Das Problem an einer Strategie, die Polyxene mit einbezog, zeigte sich allen, die sie kannten. Sie war nämlich überaus schwierig. Niemand konnte sie leiden, denn es verging keine Gesellschaft, in der die hässliche alte Dame nicht laut und ausfallend wurde und die Aufmerksamkeit einforderte, die sie glaubte, aufgrund ihrer Großzügigkeit einfordern zu können. Aber: Polyxene wusste, dass sie ein Scheusal war, und wie alle Scheusale der Welt bestand sie darauf, dass man ihr das Gegenteil fortwährend bezeugte. Die Aussicht darauf, dass jemand ihr, die wegen ihrer unangenehmen Eigenschaften oft zu einsamen, endlos langweiligen Abenden bei Whist und Likören auf ihren verwaisten Schlössern am Rhein verdammt war, Gesellschaft zu leisten bereit war – mehr noch: sich dieser entgegensehnte und heitere Abende in Aussicht stellte –, war also die Währung, mit der man sich Polyxene gewogen machen konnte. Großmutter Scho'sch zahlte sie gerne. Allein, die Mädchen mussten mitmachen.

Sie schmeichelte ihr deshalb für ihre unendliche Güte, ihre Großtaten, ihre Großzügigkeit, ach, einfach für alles, was sie ihr und den beiden Mädchen in ihrer Hochherzigkeit hatte angedeihen lassen – und wiederholte sich in endlosen Ehrerbietungen, wobei sie keine Scham zeigte, ins Unterwürfige abzugleiten. Dabei zupfte sie wie ein kleines Kind, das nicht aus einer Angelegenheit herausweiß, an einer Schleife ihres Kleides und lenkte damit unwillentlich das Augenmerk auf den erbarmungswürdigen Zustand ihrer Toilette. Der Saum der Ärmel war abgestoßen und nur notdürftig mit Rüschen erneuert, die Röschenformationen ihres Kleides zeigten Lücken, weil einige Verzierungen bereits abgefallen waren, und die Schuhe, die darunter hervorschauten, dicke Flicken und Stopfarbeiten. Nur die goldenen Armreifen zeugten noch von den zurückliegenden prächtigen Zeiten, die sie einmal gekannt hatte, aber die waren so lange her wie ihre Jugend. Böse Zungen sagten, vielleicht sogar noch ein bisschen länger.

Endlich unterbrach Polyxene den Strom der Ehrerbietungen, der aus dem Munde der Scho'sch floss: »*De rien, de rien. Bien sûr. Je suis bien heureuse de vous aider …*«

Polyxene fixierte ihre Tante aus wässrigen Augen, unter denen ein Paar dicke Tränensäcke ihr trauriges Dasein fristeten. Sie wollte die stolze alte Dame nicht kritisieren, aber Polyxene verabscheute die Sitte der Scho'sch, Mundart zu sprechen, zutiefst. Sie seufzte. Für sie war es ein Zeichen der Bürgerlichkeit, ja Ländlichkeit, und ein völlig unangemessenes Signal in Zeiten, die unruhig waren und in denen der Adel zusammenhalten musste – und deshalb war sie nicht umhingekommen, ihre Tante zu unterbrechen. Ihre Lippen waren deshalb spitz geworden, als sie ihre Beteuerungen in sehr nasal gesprochenem Französisch eingeworfen hatte, aber Großmutter Scho'sch lächelte Polyxene unvermindert freundlich an, wartete gespannt darauf, was ihre Nichte zu sagen hatte, und vermied es dabei, nach den Köstlichkeiten zu schielen, die Polyxene mitgebracht hatte, obwohl sie seit Tagen nur von gebutterten Broten gelebt hatte und ihr Magen bereits hörbar knurrte.

Polyxene hatte es sich nämlich zur Angewohnheit gemacht, immer und überall, wohin sie kam, für ausreichend Verpflegung zu sorgen. Das war auch ein Grund, warum die Scho'sch sie schätzte. Auf dem kleinen Beistelltisch, der zwischen ihnen stand, drängten sich Brot, Butter, ein Glas *Foie Gras*, kalter

Kalbsbraten, eine Pastete von Lauch und Speck, ein Guglhupf sowie ein paar Taler frischer Harzer Roller. Das Zentrum des fröhlichen Ensembles aber bildete eine riesige Flasche Klevner, die Polyxene mit ein paar weiteren, die sie noch in Reserve hielt, eigens für diesen Abend von der Ahr hatte kommen lassen. Denn wann immer sich ihr die Gelegenheit bot, frönte Polyxene ungeniert dem Kult des Bacchus und lud andere dazu ein, es ihr gleichzutun. So auch dieses Mal.

»*Bien, bien.* Nun trinken Sie doch erst einmal einen Schluck. Und machen Sie sich doch nicht immer solche Sorgen! Man ist doch zum Vergnügen hier und nicht, weil man Pflichten zu erfüllen hätte.«

Da dachte die Scho'sch freilich anders: Ins Theater zu gehen war Pflicht. Manchmal – wenn man die Großzügigkeit von Polyxene auszunutzen gezwungen war und ihre Gesellschaft erdulden musste – sogar eine lästige Pflicht.

»Zum Vergnügen sind wir hier. Nur zum Vergnügen. Wenn da die Mädchen ...«

Wieder fühlte sich die Scho'sch gezwungen, ihre Enkelinnen in Schutz zu nehmen. Sie wollte erst gar keinen falschen Eindruck erwecken. Doch da sie merkte, dass ihr bereits der kleine Schluck Wein, den ihr die Nichte aufgenötigt hatte, zusetzte, griff sie schnell zu einem Stück Kalbsbraten. Zu ihrem Hessisch gesellte sich nun auch die undeutliche Sprache einer Essenden.

»Meine liebe Freundin, es tut mir wi'klich aufrichtig leid ...« Noch einmal biss sie ab. »Man darf sie nich' mit zu strengen Augen sehen. Da muss man ein wenig Verständnis aufbringe' ... Unsere gute Gélieu: Ich hab' sie extra für die Erziehung komme' lasse'. Sie hält es mit dem Rousseau – Natur und so, verstehen Sie? Ich verstehe ja nich' so viel von Philosophie, aber die Gélieu ist eine gute Frau. Sie versucht die natürliche' Anlage' der Mädche' zu stärke'. Was immer das heißt: Sie sind ja grundsätzlich lieb und nur heute so fürchterlich aufgeregt ...«

»*Bien sûr!*« Es war, als ob Polyxene nur auf diese Gelegenheit gewartet hätte. Sie konnte die gute Gélieu nämlich nicht ausstehen und nutzte jede Möglichkeit, die Erzieherin schlechtzumachen. Der Grund für diese Abneigung bestand nicht nur in einer gänzlich gegensätzlichen Auffassung von Erziehung. Während die Gélieu jede Art von Etikette ablehnte und etwas vertrat, was sie als »die neuen Ideen« bezeichnete, war Polyxene fest davon überzeugt, dass die Schule des Lebens nur durch das Leben selbst gemeistert werden könne – es also notwendig war, an den großen Höfen Europas durchs Exempel am eigenen Leib zu lernen, was es hieß, ein Mensch von Tugend zu sein. Die Antipathie, die Polyxene gegen die Gélieu hegte, beruhte vielmehr auf einer Rivalität um die Liebe der Mädchen. Nicht zuletzt, weil sie bemerkt zu haben glaubte, dass insbesondere Luise sich seit einigen Monaten zunehmend von ihr entfernte. Sie versuchte also, dies der Gélieu anzulasten:

»*Bien,* die Anlagen seiner Zöglinge zu stärken, ist ein wunderbares Unterfangen. Denn die Natur des Menschen zu fördern, macht ihn frei und damit vollkommen. Mein Aufenthalt in St. Petersburg hat mich das gelehrt. Nur ein tugendhafter Mensch kann den Gefahren der Eitelkeit widerstehen. In dieser Sache stimme ich übrigens voll und ganz mit Graf Medem überein, mit dem ich darüber einen angeregten Briefwechsel führe.«

Sie betonte diese Bemerkung mit einem Räuspern. Aber die Großmutter ging nicht darauf ein. Sie kannte keinen Graf Medem und wusste auch nicht, warum man ihn kennen sollte.

»Allein, wir sind in einer Frage nicht übereingekommen, und da möchte ich wirklich gerne wissen, wie Sie, meine verehrteste Tante, darüber denken: Sind die Untugenden des Menschen ihm bei der Geburt vorgeschrieben, oder werden sie im Laufe des Lebens an ihn herangetragen?«

Großmutter Scho'sch war verwirrt. Ihr Blick flackerte. Ihr wurde klar, dass Polyxenes Einlassungen nicht auf eine philosophische Debatte hinausliefen, sondern ein konkretes Ziel anstrebten, dessen Richtung sie aber noch nicht erkannte.

»*Bien,* ich will Ihnen ein Exempel geben.« Polyxenes blasierte Art zu sprechen forderte die ganze Aufmerksamkeit der Scho'sch. »Wenn wir annehmen, dass der Mensch von Natur aus tugendhaft ist, wie kommt es dann, dass – wenn gewisse Einflüsse greifen – ein tugendhafter Mensch plötzlich ein Verhalten an den Tag legt, das wenig Tugend zeigt? Nehmen wir zum Beispiel ... unsere Luise.«

»Was is' mit Luise?!« Die Worte der Scho'sch zischten wie der Korken aus einer Flasche Champagner.

»Aber, liebe Tante – es ist doch nur ein Beispiel, ganz allgemein ...«

»Wie meinen Sie das?«

Großmutter Scho'sch versuchte, ihre Nichte durch eine Offensive mundtot zu machen. In Wirklichkeit musste sie Polyxenes Andeutungen Recht geben. Denn die Sorgen, die ihr Luise bereitete, waren durchaus nicht gering. Sie hatte schon die ganze Familie gegen sich aufgebracht: Röschen, die älteste des Enkelinnen-Quartetts, die an den Fürsten von Thurn und Taxis nach Regensburg verheiratet worden war, beklagte sich über Luises Gegenreden. Lolo, die im sächsischen Hildburghausen lebte, beschwerte sich über die Maßlosigkeit ihrer Schwester, die weder beim Essen noch bei Geschenken genug bekommen konnte. Onkel Georg zeigte sich verärgert über Luises Naschsucht, und selbst Vater Karl, der sich in der leichtblütigen Art seiner Tochter wiedererkannte und sie deshalb sehr liebte, hatte ein paar Bemerkungen über den Aufwand fallen lassen, den seine Tochter neuerdings bei Putz und Toilette machte.

Das Schlimmste an Luises Betragen aber waren nach Meinung der Großmutter Scho'sch diese *Mise en Scène* und dieser Blick, dieser fürchterliche Blick: Luise sah jeden Mann so an, als ob sie in ihn verliebt sei. Dabei sah sie ihn nicht wirklich an, sondern irgendwie ins Leere, und präsentierte dabei ihre Reize offensiver, als es für jemanden ihres Alters schicklich war. Manchmal hatte die Scho'sch den Eindruck, dass Luise mit der kleinen Friederike auf sonderbare Weise rivalisierte. Doch um wen? Um wen konnte es im Leben zweier noch so junger Mädchen gehen?

Die Worte ihrer Nichte rissen sie aus ihren Gedanken.

»Prinzessin Georg! Was räsonieren Sie so lange und lassen mich hier auf eine Antwort warten? Wie stehen Sie dazu?«

»Ja, ähm, also … ich mein', ähm, dass …«

Die Scho'sch wusste nicht, ob der Taumel in ihrem Kopf dem Klevner oder ihrer Befürchtung geschuldet war, dass sich Polyxene über Luise beklagen und ihre Schatulle verschließen könne, sodass sie, die Scho'sch, ihre hochgesteckten Pläne würde begraben können. Sie wollte gerade ansetzen, ihre Enkelin vor ihrer Nichte zu verteidigen, um die Katastrophe abzuwenden. Da aber fuhr diese mit ihren Erörterungen schon fort.

»Also: Wenn man in der Erziehung gewisse Maßstäbe ansetzt, die – wollen wir einmal sagen – nicht den Anlagen eines Zöglings entsprechen. Wenn man also, wie soll ich es, ähm, sagen … gewisse Philosophien anzuwenden versucht, die dem Wesen des Kindes widersprechen.«

Das Rasseln von Großmutter Scho'schs Armbändern bedeutete Polyxene, dass ihre Tante schon wieder drauf und dran war, sie zu unterbrechen. Doch diesmal ließ sie es sich nicht nehmen, ihren Standpunkt zu Ende zu führen. Der Wein beflügelte ihre Zunge.

»Ach, was rede ich so lange herum? Wir sind ja ganz *entre nous,* liebste Tante. Da wird man ja mal so ganz allgemein etwas sagen dürfen, so unter Freundinnen. Also, ich möchte es kurz machen. Ich finde, Luise ist neuerdings sehr fremd gegen mich – und da will es doch einmal erlaubt sein, so ganz allgemein darüber nachzudenken, ob es wirklich gut ist, dass gewisse Einflüsse, also gewisse Methoden, die sich Erziehung nennen …«

Großmutter war verzweifelt und beschloss, die Strategie zu wählen, die bei ihrer Nichte immer Erfolg versprach – nämlich die, ihr in allem, was sie sagte oder zu sagen anstrebte, uneingeschränkt Recht zu geben:

»Ähm … ach, ich bin beglückt, liebe Polyxene, dass Ihne' nichts entgeht, was die Entwicklung Ihre' Nichten betrifft. Wie aufme'ksam Sie doch sind.«

»Es war doch nur ein Beispiel, so allgemein. Es geht doch nicht speziell um Luise …«

»Nein, nein. Sie haben einen guten Blick.« Allein das Wort brachte die Großmutter ins Schwitzen. »Denn wenn Sie finden, dass Luise plötzlich nich' mehr so tugendhaft erscheint, dann ließe sich einwenden, dass sie in einem gewissen Alter ist …«

»Es war doch nur ein Beispiel, so allgemein …«

Polyxene neigte dazu, ihren Standpunkt zu wiederholen, weil ihr das selbst zur fortgeschrittenen Stunde und nach einigen geleerten Flaschen Sicherheit im Ausdruck verlieh. Für alle anderen war es ein Zeichen dafür, dass sie sich wieder in irgendetwas verbissen hatte. »Ein Beispiel. Allgemein. Es geht nicht um Luise. Nur ein kleines Beispiel.«

Großmutter Scho'sch blieb bei ihrer Strategie:

»Nein, liebe Polyxene, da kann ich Ihne', vielmehr: da *muss* ich Ihne' beipflichten!« Das ›muss‹ zischte.

»Beipflichten! Sie *pflicht-en* mir *al-so* bei? Sie sehen also auch den schlechten Einfluss, den diese, diese, diese gottlose … Gélieu auf die Mädchen hat?«

Die Scho'sch sah Polyxene überrascht an. Jetzt erst merkte sie, dass es gar keinen Grund zur Aufregung gab. Ihr Mund stand offen, ihre Arme fielen schlaff herab, ihre Augen formten ein erstauntes Rund. Noch bevor Polyxene dem Gespräch eine andere Wendung geben konnte, stieß sie erleichtert aus:

»Ja, ich pflichte Ihnen bei, meine Liebe. Denn es gibt keine wie Sie.«

Dann prostete sie ihrer Nichte zu, trank auf ihr Wohl und machte sich, ohne zu zögern, über die mitgebrachten Köstlichkeiten her. Erst als sie den Teller mit dem Guglhupf wieder absetzte, vernahm sie aus der hintersten Reihe der Loge, die gänzlich im Dunkeln lag, ein zartes Hüsteln. Erschrocken drehten sie und Polyxene sich um: Dort saß, wie zur Salzsäule erstarrt, die gute Gélieu, die Scho'sch über dem Wein, den Delikatessen, ihrem Hunger, ihren Schmeicheleien, aber vor allem über der Sorge um die Zukunft ihrer Enkelinnen völlig vergessen hatte.

Polyxene donnerte ihr Glas unbeherrscht auf den Tisch.

»Mabuscha, Mabuscha, guck mal, wir haben Onkel Georg getroffen!«

»Babuscha, Onkel Georg is' hier!«

Im Nu füllte sich die Loge mit Leben.

»Mabuscha! Nun sieh doch!«

»Babuscha! Er war im Foyer!«

Stolz blickte Großmutter Scho'sch an ihrem Sohn hoch, dessen imposante Uniform der Hessisch-Darmstädter Reiterei ihr Gesichtsfeld unvermittelt ausfüllte. Luise und Friederike, die sich von hinten eng an ihren Onkel gedrängt hatten, schoben ihn ein Stück mehr in Richtung Großmutter. Nur im letzten Moment konnte Kümmelmann, dem die beiden Mädchen entwischt waren und der nun atemlos folgte, das kleine Beistelltischchen, das schon gefährlich ins Wanken geraten war, dem Gedränge entreißen, bevor er neben der Gélieu Platz nahm.

Georgs milder Bariton übertönte den Aufruhr: »Verehrteste Mutter, es ist mir eine Überraschung, Sie heute Abend hier zu sehen.«

Das war natürlich gelogen. Denn das Treffen war von langer Hand geplant, und die Großmutter hoffte, nun endlich von ihm die Nachricht übermittelt zu bekommen, auf die sie so lange gewartet hatte. Die Scho'sch nickte gönnerhaft, da wandte sich Georg bereits seiner Cousine Polyxene in alleruntertänigster Aufwartung zu, wozu er von seiner Mutter – am Nachmittag bereits! – mit Nachdruck angehalten worden war.

»Ahhh, liebe Polyxene, wie schön …«

Mit einem vollendeten Diener beugte er sich zu ihr herab und schickte sich gerade an, sie mit einem Handkuss zu ehren, als Luise die Enge zwischen ihm, seiner Mutter, Polyxene und dem Tischchen passieren wollte. Sie raffte ihren ausladenden Rock, balancierte auf Zehenspitzen zwischen den dreien hindurch – und trat schließlich, aus Erleichterung darüber, nichts zu Fall gebracht und endlich wieder festen Boden unter den Füßen zu haben, mit voller Wucht auf. Dabei traf sie unglücklicherweise den Fuß ihres Onkels, der sich vor Schreck auf die Zunge biss. Sein Schmerz entlud sich in einem hilflosen Lispeln, als er seine Cousine ansprach:

»Meine liebe Poly*s*ene! Wel*s* eine Überra*ss*ung!«

Schnell ließ er Friederike durch, um Zeit zu gewinnen und seinen Mund mit einem tiefen Atemzug zu kühlen. Er sog die Luft ein und stieß sie langsam und portioniert wieder aus, damit auch ja jeder Hauch seinen Dienst tun konnte. Nach einer zweiten Brise spürte er schon eine gewisse Linderung, und nur aufmerksame Zuhörer konnten merken, dass eine ungewohnte Behinderung seine sonst flüssige Rede beeinträchtigte.

»Was für eine Freude! I*ss* kann es gar ni*ss*t fassen! Was ver*ss*afft uns die Ehre, Sie hier in Frankfurt begrüßen zu dürfen?«

Nur ihm und der Großmutter war klar, dass diese Ehre auf ihrer prall gefüllten Schatulle beruhte und ihr sofort entzogen würde, falls sie gedachte, diese zu schließen. Zu seinem großen Unglück ging Polyxene jedoch nicht auf seine Frage ein, sondern verwickelte ihn in die Erörterung, ob die Natur des Menschen gut oder schlecht sei und ob Erziehung die Natur fördere oder ihr entgegenstehe. Sie betonte – wieder mit einem Räuspern –, dass sie mit dem Reichsgrafen Medem da auch noch nicht zu einer Meinung gekommen sei.

Georg stutzte, als dieser ihm wohlbekannte Name fiel, und fragte sich, ob seine Mutter – entgegen aller Vernunft und allen Absprachen – Polyxene doch in ihren Plan eingeweiht hatte. Er suchte in ihrem Blick nach einer Antwort, aber die Augen seiner Mutter zeigten nur jenen glasigen Glanz, den Wein oder Trauer verursachen konnten – und dass sie geweint hatte, konnte er ausschließen. In seiner Vermutung bestätigt, erblickte er die leere Weinflasche, die in der Mitte des Tisches stand – und nun konnte er sich auch Polyxenes ungebremsten Erzähldrang erklären. Es ging ihr nur darum, im Mittelpunkt zu sein. Auch wenn Georg – und die Scho'sch – neuerdings, da sie nämlich Polyxenes Geld benötigten, ihren Ausführungen mit Toleranz und Geduld begegneten, regte sich in Georg ein Hauch von Enerviertheit. Denn für ihn pressierte es sehr. Noch bevor er in der Loge des Preußenkönigs Platz nehmen musste, wo er als Ehrengast geladen war, wollte er nämlich der bezaubernden Baberini, die im Eröffnungsballett in der ersten Reihe tanzte, seine Aufwartung machen und sich ein Rendezvous für den Abend sichern. Dafür aber war es dringend erforderlich, dem Grafen Medem zuvorzukommen, in dem er einen Rivalen erkannt hatte. Der jedoch durfte nichts von Georgs Bemühungen bei der Tänzerin wissen, da ihm – zu Georgs großem Unmut – eine tragende Rolle im Plan seiner Mutter zugefallen war. Georg musste also schnell weg aus der Loge, um seine Chance nicht zu verpassen. Er hätte sich deshalb gerne rasch mit seiner Mutter besprochen, sah sich aber nun gezwungen, Anteilnahme vorzutäuschen, während Polyxene sich weiter in langatmigen Erörterungen über die Natur und Rousseau und Erziehungsfragen erging.

Luise jedoch, mit weniger Feingefühl für die Gesamtlage der Abhängigkeiten ausgestattet, kannte keine Rücksicht und platzte mit Nachdruck in die Rede der Tante hinein.

»Also, wir finden, die Natur ist gut!«

»Wer *wir?* Du!«

Friederike war – wie so oft in den vergangenen Monaten – verärgert darüber, dass Luise wieder einmal die Gelegenheit nutzte, sich hervorzutun. Sie versuchte deshalb, sich sofort von ihr zu distanzieren, und achtete nicht darauf, dass das, was sie sagte, ebenso wenig Sinn ergab wie das Geplapper ihrer Schwester.

Luise aber würdigte sie keines Blickes, drängte sie sogar ein wenig zur Seite und konzentrierte sich gänzlich auf Onkel Georg, dem sie sich mit ihrer ganzen Figur zugewandt hatte und den sie nicht aus den Augen ließ. Ihr biegsamer Körper lehnte an der Balustrade. Das dunkelblonde Haar war zu einem Konvolut aus Kringeln aufgetürmt, aus dessen gezähmtem Volumen heraus links und rechts je ein paar Löckchen die Freiheit suchten und spielerisch ihr Gesicht umrahmten. Das weiße Band, das ihre Frisur zusammenhielt und seitlich am Hals herabfiel, drehte sie in ihren Fingern wie eine Strähne. Ihre Füße, die in rosa Pantoffeln unter ihrem Rock herausschauten, standen mit den Zehen zueinander und vermittelten eine Aura von Unschuld und Unantastbarkeit. Ihre linke Hand ruhte teilnahmslos auf dem Kleid, das ihre sehr schlanke Taille durch aufwendige Schnürungen vorteilhaft zur Geltung brachte und so tief ausgeschnitten war, dass es einen freien Blick auf die frische Haut ihres Nackens, ihres Halses und ihres wunderbaren Dekolletees erlaubte. Sie beugte ihren Oberkörper nach vorne, als ob sie sich von einer kleinen Unbequemlichkeit, die sie im Rücken beeinträchtigte, befreien wollte. Als sie durch diese anmutig und quasi ganz natürlich ausgeführte Bewegung die Augen von Onkel Georg auf sich gelenkt wusste, senkte sie ihre Lider über den großen, kindlichen, blauen Augen herab. Dabei sah und sprach sie ins Leere, wobei sie ihren kleinen, geschwungenen Mund immer wieder aufs Neue benetzte, weil sie aus Angst, von der Großmutter unterbrochen zu werden, so schnell durch die Worte hetzte, dass ihre Lippen trocken wurden.

»… denn die Natur ist grün und voller Hoffnung … Bäume gibt es da, und Tiere … Uns sind gerade ein paar Kätzchen geboren worden. Sieben an der Zahl!«

Großmutter Scho'sch erkannte darin die gefährliche *Mise en Scène* ihrer Enkelin und wollte sie gerade mit rasselnden Armbändern zurechtweisen, da erhob stattdessen Polyxene ihre Stimme. Sie war gekränkt – und das nicht nur, weil Luise ihr das Wort abgeschnitten hatte, sondern weil sich in ihrer Brust erneut das Gefühl breitmachte, Luise würde ihr nicht mehr die gleiche Aufmerksamkeit entgegenbringen wie früher. Der Ton, der ihre Nichte traf, war gereizt:

»Luise, meine Liebe, das haben Sie doch schon Hunderte Male zum Besten gegeben. Wollen Sie denn gar nicht wissen, was Ihr Onkel Georg von den Kämpfen um Frankfurt zu erzählen hat?«

Polyxene sah Luise argwöhnisch an, und während die nicht wusste, wie ihr geschah, da sie in ihrer Tante bislang immer eine Fürsprecherin gefunden hatte, geriet Großmutter Scho'schs Blut in Wallung. Denn dies war genau das Szenario, das sie befürchtet hatte: Streit zwischen Luise und Polyxene! Für mehrere laute Herzschläge lang war es so still in der Loge wie in einer Grabesgruft, und selbst das Orchester, dessen Dissonanzen die Gespräche bislang unterlegt hatte, hatte wie zur Untermalung der verfahrenen Situation ausgesetzt.

Georg wusste die Situation nur zu retten, indem er mit allermildestem Lächeln seiner Cousine antwortete, die nach den Kämpfen um Frankfurt am Main gefragt hatte. Obwohl er dieses blutige Thema aus Rücksicht auf die zarten Gemüter der Damen gerne vermieden hätte, erzählte er nun – freilich ohne die grausamen Details auszuschmücken –, wie es ihm gelungen war, den ersten Sieg der Koalitionsarmee aus Preußen, Österreichern, Hessen und vielen anderen deutschen Fürstentümern gegen die französischen Revolutionäre zu erringen. Dann fuhr er fort zu erklären, dass er wegen dieses Sieges zum ständigen Begleiter des Preußenkönigs geworden war, der – man höre und staune! – auch heute hier im Theater anwesend sein würde.

Dezent zwinkerte er seiner Mutter zu.

Zwar hatte seine Strategie zur Folge, dass er der Großmutter wieder nicht erzählen konnte, wie sich alles vollziehen müsse, damit ihr Plan gelinge, und auch ein Treffen mit der Baberini rückte in unerreichbare Ferne. Aber die Situation war befriedet, denn Polyxene war glücklich, dass er mit seinen Erzählungen seine Aufmerksamkeit ihr schenkte und nicht ihrer neuerdings so ungezügelten Nichte Luise.

Dennoch schienen seine Ausführungen über den Krieg zu deutlich gewesen zu sein. Denn Georgs Rede endete in der gleichen Stille, in der sie begonnen hatte. Alle starrten ihn ungläubig an, und er starrte ungläubig zurück. Nervös strich er sich mit der Hand über die Krause seines Backenbartes, dessen Pracht sich fast bis zum Kinn entfaltete. Er blickte in das bleiche Gesicht von Friederike, die ihrer Schwester sehr ähnlich sah und dennoch schon eine gewisse Fraulichkeit aufweisen konnte, die jener abging, und die im Einklang mit ihren kindlichen Zügen eine äußerst reizvolle Erscheinung abgab.

Eine verfahrene Situation. Hatte er doch zu viel über den Krieg erzählt? Wie sollte er da nur herauskommen? Wieder überlegte er, wie er die Situation retten könne, doch zum Glück befand er sich inmitten von Damen. Denn plötzlich sprachen alle durcheinander:

Großmutter Scho'sch berichtete von der gefangenen französischen Königin Marie Antoinette, mit der sie immer noch regelmäßig korrespondierte, obwohl sie schon vom *Palais des Tuileries* in den düsteren Turm des *Temple*-Gefängnisses verlegt worden war. Sie äußerte Mitleid mit der Königin, erboste sich aber ebenso über deren Halsstarrigkeit.

»Diese unbeleh'bare Habsburgerin! Was nützt ihr das ganze edle Blut, wenn sie letztlich auf dem Schafott landet wie der König? Wie kann man sich nur so verbisse' gebe'?« Angebot um Angebot habe sie ihr unterbreitet, sie aus der Gefangenschaft zu befreien, aber die Frau hätte alle abgelehnt, als ob es darum ginge, ein Dessert abzuweisen, das sie nicht mehr essen wolle. »Dabei geht es doch hier um Lebe' und Tod!«

Luise nutzte wie immer die Gelegenheit, ihren Onkel offensiv zu bewundern: »Sie sind wirklich ein Held! Und das Schönste daran ist, dass Sie mein Onkel sind und ich überall ganz stolz auf Sie sein kann.«

Und Friederike, leichenblass, fragte, ob er selbst Blessuren davongetragen habe. Als dieser den Ärmel hochschob und einen kleinen Kratzer bloßlegte, versprach sie ihm, ihn zu pflegen, falls ihm irgendetwas zustoßen sollte. In ihrer prononcierten Art zu sprechen, mit der sie sich von dem fahrigen Geplapper ihrer älteren Schwester abzusetzen und sich die Ehrehrbietung zu verschaffen versuchte, die ihr als Jüngste im Bunde leider nur selten zuteilwurde, beteuerte sie:

»Auch wir sind nich' ganz untätig im Kriege! Den ganzen Tag lang zupfen wir Verbände. Wenn Sie das nächste Mal zu uns kommen, dann will ich damit gerne Ihre Wunden versorgen.«

Luises Stirn zog missmutige Falten.

Georg sah seiner jüngsten Nichte ein wenig zu lang in die Augen und strich ihr dann tröstend über die Schulter. Er wollte gerade im hinteren Teil der Loge Platz nehmen und endlich die Angelegenheit, deretwegen er gekommen war, mit der Mutter besprechen, da erfüllte Luises gehetzte Stimme mit einem Mal den Raum:

»Da ist er, da ist er!«

Wieder einmal gelang es ihr, Onkel Georgs Interesse von Friederike loszureißen und auf sich zu lenken. Doch nur mit kurzem Erfolg. Großmutter Scho'sch riss sofort die Hand hoch, um mit dem Klappern ihrer Armbänder zu bedeuten, dass sie alles daransetzen werde, eine Szene, wie sie sich vorhin abgespielt hatte, nicht noch ein weiteres Mal zu dulden, und auch in Tante Polyxenes Gegenwart bereit war, dies mit aller Strenge durchzusetzen. Da gesellte sich zu Luises aufgebrachter Altstimme der gesetzte und deshalb immer angenehme Tonfall Friederikes:

»Er ist da, er ist da. Schaut mal, dort gegenüber. Er hat sich direkt gegenüber von uns eine Loge genommen. Der König von Preußen – wie er aussieht …«

Georg, der diesen Moment mit aller Anstrengung hatte vermeiden wollen, stand abrupt auf und zog entmutigt seine Weste mit beiden Händen gerade. Vor den beiden alten Prinzessinnen deutete er eine Verbeugung an:

»Wenn er schon da ist, dann muss ich nun leider los, meine Verehrtesten. Ich werde drüben erwartet. Es war mir eine Freude, Sie heute Abend hier sehen zu dürfen. Auf bald, meine Damen!«

Er empfahl sich und ging mit geneigtem Haupt zum Ausgang. Dort blies er seinen beiden Nichten einen Kuss zu. Die aber erwiderten seinen Gruß nur flüchtig und wandten sich von ihm ab, damit sie keinen Augenblick der Ereignisse in der gegenüberliegenden Loge verpassten. Als alle auf den König konzentriert waren, sprang er in drei Schritten noch einmal zurück und flüsterte seiner Mutter zu: »Graf Medem. Sieht aus wie ein Hund.« Er hielt inne und schöpfte neuen Atem, um das auszusprechen, was ihm zutiefst widerstrebte: »Er ist der Kavalier der Baberini.«

Erleichtert ließ die Großmutter Scho'sch die Hände in den Schoß fallen. Die Baberini war die Primaballerina des Hauses und weithin als Mätresse sämtlicher adeligen Offiziere bekannt, die sie mit feinen Pralinees und Blumen, galantere auch mit Schmuck, gewogen zu machen versuchten. Dass ihr Sohn auch zu den Bewerbern der schönen Tänzerin zählte, ahnte sie freilich nicht.

Froh und leichten Fußes ging die Scho'sch zur Balustrade, während Polyxene mit Verweis auf ihr krankes Kreuz sitzen blieb. In Wahrheit war sie schon so angetrunken, dass sie nicht glaubte, noch stehen zu können.

»Ja, das ist der König, wahrhaftig! Das ist er, wie er leibt und lebt.« Die Großmutter kommentierte das Geschehen kopfschüttelnd. Schon oft war sie Zeugin der Gesellschaften des Preußenkönigs geworden.

Friedrich Wilhelm II., König von Preußen, Kurfürst von Brandenburg oder »der dicke Wilhelm«, wie er hinter seinem breiten Rücken genannt wurde, war ein Riese wie aus einem Märchenbuch. Er musste sich ein Stück beugen, um die niedrige Tür passieren zu können, die zu der Gästeloge rechtsseits der Bühne führte, welche für ihn und seine Entourage reserviert worden war. Ständig machte er einen Schritt hinein, wurde dann aber außerhalb der Loge aufgehalten, sodass er eine Weile im Rahmen der Tür stand. Offenbar gab es etwas mit seiner Leibgarde zu verhandeln. Als er sich endlich Zugang verschafft hatte, konnten ihn auch die Enkelinnen in seiner vollen Gestalt bewundern. Er glich in Größe und Umfang einer Eiche und überragte seine Männer um die Länge eines Kopfes. Über seinem Körper spannte sich ein blauer, knielanger Rock. Seine Beine steckten in einer engen weißen Hose und wirkten stämmig wie Bäume. An der linken Seite über dem Herzen prangte in einem riesigen achtzackigen Stern der Orden des Schwarzen Adlers. Die Schärpe, die dazugehörte, hatte er nicht angelegt. Für alle Umstehenden war das das Signal dafür, dass er, der König, das Theater als Privatmann besuchte und nicht als offizieller Staatsgast. Er hatte dennoch geladen wie bei einem großen Fest und schüttelte nun Hände, wies Plätze an und zeigte sich persönlich dafür verantwortlich, dass jeder, der in die Loge kam, sich wohl fühlte.

Er selbst hingegen schien gegen ein drohendes Missgeschick anzukämpfen, denn er konnte seinen Wuchs nicht zur vollen Größe aufrichten, weil er befürchten musste, mit dem Kopf an die Decke zu stoßen. Also wechselte er vom Ducken zum Langmachen – und umgekehrt –, wippte von einem Bein aufs andere und versuchte in die Knie zu gehen, um Abstand nach oben zu gewinnen. In diesem Bemühen, einem Unglück auszuweichen, bot er einen Anblick wie ein buckelnder Wal. Immer wieder tastete er zum Kopf und prüfte, ob seine Perücke noch saß und nicht etwa durch Stöße und Dämpfer aus der Form geraten war. Das Modell, das er trug, war das eines jungen Stutzers, das die Stirn künstlich verlängerte und normalerweise einen Ausdruck von Kraft, Energie und Lebenslust verlieh. Bei einem Mann seines Alters aber legte es lediglich den fehlenden Haarwuchs und die Fülle des Gesichtes offen. Jeder andere hätte bei einem derart offensichtlichen Versuch, mittels einer modischen Raffinesse jünger zu erscheinen, lächerlich gewirkt. Nicht jedoch der König. Mit seiner Fröhlichkeit wog er die Vergeblichkeit dieser Kraftprobe gegen den Zahn der Zeit auf.

»Das ist ja erstaunlich. Hört das denn gar nich' mehr auf? Da kommen ja immer mehr Personen. Die passen gar nicht alle in die Loge hinein. Hoffentlich bricht die nich' noch herunter.«

Friederikes klare Stimme zeigte Belustigung, in die Luise sofort einstimmte, aber die Großmutter nutzte den Eindruck, den der massige Monarch auf ihre Enkelinnen ausübte, aus, um erzieherisch zu wirken.

»Und, was fällt euch beiden daran auf?«

»Sein dicker Bauch!«

»Sein rotes Gesicht!«

Großmutter Scho'schs Armband rasselte laut und bedrohlich.

»Selbstverständlich nicht.« Sie wandte sich nach links und nach rechts, wobei sie die Augenbrauen so hoch zog, dass schon bald keine Stirn mehr vorhanden war.

»Er ist der Erste in der Loge! Und warum? Damit er alle anderen mit Anstand begrüßen kann. Da seht ihr es besser als in jedem Buch: Pünktlichkeit ist die Tugend der Könige!«

Mit diesen Worten sah sie kurz nach links zu Friederike, die sich wieder einmal zu Unrecht angesprochen fühlte und dies mit aufgeworfenen Lippen signalisierte, und dann nach rechts zu Luise, deren Blick sie für einen langen Moment kreuzte. Kaum hatte sie sich wieder der Loge gegenüber zugewandt, rollte Luise mit den Augen. Sie hätte gerne gewusst, wie ihre Schwester diese Mahnung aufgenommen hatte, aber da die Großmutter zwischen ihnen stand, gab es keine Möglichkeit, das herauszufinden – und so sah auch sie in Ermangelung von Alternativen wieder zur Königsloge hinüber.

Dort riss der Strom der Eintretenden immer noch nicht ab. Einige der Neuankömmlinge nahmen bereits im nebenan liegenden Abteil Platz, das von den rechtmäßigen Abonnenten eilfertig geräumt worden war. Dennoch zog es jeden Gast erst einmal in die Hauptloge, um dem Preußenkönig seine Aufwartung zu machen.

»Sieh mal, Ika, dort ist Onkel Karl August. Und guckt mal –« Luise rüttelte über Großmutter Scho'sch hinweg am Arm ihrer Schwester. »Er macht wieder Scherze.«

Luise liebte ihren Onkel aus Sachsen, der die Einkünfte seines kleinen Fürstentumes aufbesserte, indem er als Offizier in der Preußenarmee diente. Er war von ausnehmender Komik, hatte immerzu eine Anekdote auf den Lippen und untermalte seine Erzählungen gerne mit seiner recht laienhaften Schauspielkunst. Auch diesmal stellte er sein Können in den Dienst der Unterhaltung. Er riss die Hände in die Höhe, senkte sie wieder herab, ruderte mit den Ellenbogen, federte in den Knien, schwamm mit den Armen durch die Luft, bog seinen Oberkörper nach hinten, schnellte wie ein Katapult nach vorne. Er war Jubelchor, Ente, Schweinehirt und Kanone in Pantomime zugleich und immer in Bewegung. Womit er die illustre Gesellschaft bei Laune hielt, war von Luises Loge aus nicht zu erkennen, aber die Wirkung, die sich bei den Umstehenden einstellte, zeigte sich den heimlichen Zuschauerinnen bis dorthin: Sie legten den Kopf in den Nacken und lachten aus vollem Halse.

Das wirklich Komische an seinem Auftritt aber zeigte sich

erst in Kontrast zu seinem Minister Goethe, der sich stets so steif präsentierte, als ob er einen Stock verschluckt hätte, und mit seiner Reserviertheit einen amüsanten Kontrapunkt zu Karl August bot. Auch diesmal sorgte das ungleiche Paar für Lacher. Während der Fürst Possen riss, stand neben ihm wie ein fleischgewordenes Ausrufungszeichen der Dichter aus Frankfurt.

Der Bauch des Königs zitterte wie Sülze ob der Darbietungen des Karl August, als Onkel Georg hinzutrat und der König ihn herzlichst, ja wie einen Bruder umarmte, drückte und herzte. Immer noch unter Schulterklopfen und Kopfnicken wies er ihm den Ehrenplatz direkt neben sich an, wobei er einen hohen Offizier, der Einlass begehrte und, da die Loge bereits voll war, im Türrahmen stehen blieb, völlig ignorierte.

Im Gegenlicht des Foyers wurde der Wartende zu einem lebensgroßen Schattenriss. Er wies ein Gardemaß von mindestens sechs Fuß auf, war schlank um die Hüften und breit in den Schultern. Die Haltung zeigte Stolz, Würde und eine hochwohlgeborene Herkunft. Das Dunkel verriet nichts über die Farbe seiner Haare und die Farbe seiner Uniform, aber das Licht reflektierte den preußischen Orden des schwarzen Adlers. Obwohl von der Loge der Scho'sch aus wenig von diesem Mann zu erkennen war, zeigte sich seine Wirkung bis hierhin:

»Und wer ist der General dort?« Luise wollte es genau wissen.

»Oh, das is' Louis Ferdinand. Der Cousin des Königs.« Großmutter Scho'schs Augen verengten sich zu Schlitzen.

»Er sieht grandios aus.«

Es war Friederike, die so sprach, was die Großmutter sehr verwunderte, weil sie das eher von Luise angenommen hätte. Erstaunt hörte sie ihr zu. »Macht eine stattliche Figur in seiner Uniform. Da kann sich selbst Karl August ein Beispiel nehmen.«

»Das täuscht, das täuscht. Er ist zwar ein Preußenprinz,

aber …« Großmutter Scho'sch wollte gerade zu versteckten Mahnungen anheben, da platzte Luise dazwischen:

»Das muss die Ritz sein! Ungeheuerlich!« Luise war begeistert, endlich die Frau zu Gesicht zu bekommen, von der man im ganzen Reich sprach.

»Wer ist die Ritz?« Friederike war noch nicht im Bilde.

»Die Ritz! Hast du noch nie von ihr gehört?«

Schnell huschte Luise um die Großmutter herum, um ihrer Schwester alles zu unterbreiten, was sie wusste. Sie sprach hastig und drohte sich bei jedem Satz zu verschlucken. Immer war sie in Angst, von der Großmutter gemaßregelt zu werden.

»Das ist seine Pompadour! Er hat fünf Kinder mit ihr. Und vor kurzem hat er sie sogar in unseren Stand erhoben – sie darf sich nun Gräfin Lichtenau nennen. Dabei ist sie als Encke geboren, hat dann den Ritz geheiratet. Einen Trompeter. Sie darf das Schloss nicht betreten, aber immer, wenn der König auf Reisen ist, muss sie mitkommen. Mit all den Kindern. Sie heißt Ritz, aber alle nennen sie nur die … Ritze.«

Friederike und Luise gluckten und prusteten wie Holundersekt, der zu lange in der Sonne gestanden hatte. Ihr Vergnügen kannte kein Ende und ließ sie auch die müde Stimme der Tante überhören, die sich in Anbetracht des verhassten Namens, den sie meinte, aus den Albernheiten der Mädchen herausgehört zu haben, von ihrem Platz im hinteren Logenteil aus zu Wort meldete:

»Habe ich das richtig gehört? Die Ritz ist auch da? Das kann doch nicht wahr sein. Diese Person, diese Mätresse! Muss sie denn die Königin unglücklich machen mit ihren Auftritten? Ach, diese schreckliche Welt.«

Die Mädchen hörten auf zu lachen, und Großmutter Scho'sch, die ahnte, was auf sie zukommen würde, setzte sich angesichts ihrer Befürchtungen unversehens neben die Nichte. Sie wollte gerade zu Beschwichtigungen im großen Stil ansetzen, als diese sie brüsk unterbrach:

»Die Ritz! Ich kann es nicht fassen. Ich habe es doch gleich gesagt! Berlin ist sündiger als das sittenlose Paris. Das ist alles unerhört. Es ist ein Skandal. Ja, skandalös ist das. Skan-da-lös. Da kann er doch gleich die Damen der Schuwitz mit hierher bringen. Ein Skandal, ein Skandal. Das ist un-ge-heuerlich. Das ist impertinent. Das ist schlimm, schlimm, schlimm. Ich habe es doch gleich gesagt: Ber-lin! Berlin ist ein Bordell.«

Die Großmutter tätschelte den Unterarm ihrer Nichte, aber die wischte sie weg wie ein lästiges Insekt und variierte weiter Worte der Entrüstung. Unentwegt gab sie Abwandlungen der Worte »Skandal«, »Ungeheuerlichkeit«, »sittenlos«, »Hurerei« von sich, wobei sie die Worte mal ausspuckte, mal herauswürgte, mal ihnen ein kehliges Knacken verlieh, sie mal mit weinbeschwerter Zunge in ungewohnte Breiten zog.

Großmutter Scho'sch wusste nicht, wohin mit ihren Augen. Sie war nur froh, dass ihre Nichte wenigstens so leise wütete, dass die Mädchen davon nicht allzu viel mitbekamen. Sie war nicht nur beschämt von der ungenierten Art, mit der diese ihrem Ärger Luft machte, sondern auch vom Verhalten des Königs. Insgeheim verfluchte sie ihn.

Wie konnte er nur seine elendige Mätresse mitbringen? Hätte er ihr das nicht ersparen können? Ein Idiot! Die Scho'sch hoffte inständig, dass Polyxene, die sie immer vor Berlin und dessen Sittenlosigkeit gewarnt hatte und die sie deshalb nicht in ihre Pläne eingeweiht hatte, nun keinen Skandal in der Gegenwart des Königs verursachen würde. Vor allem aber hoffte sie, dass ihre Nichte – was viel schlimmer wäre! –, wenn sie sie bald einzuweihen gezwungen war, sozusagen im letzten Moment und kurz bevor sie ihr Ziel erreicht hatte, nicht ihre Schatulle schließen würde und somit die Geschicke ihrer Enkelinnen einer ungewissen Zukunft und dem blanken Schicksal ausgesetzt wären.

Sie wollte sich zum Trost von der zweiten Flasche des guten Klevner nachschenken, da merkte sie, dass Polyxene die ganzen zweieinhalb Quart bereits geleert hatte. Mit Ergebenheit lauschte sie deren Unmutsäußerungen über den dicken König, dessen elendige Mätressenwirtschaft und ihrer Meinung über Berlin, das einem riesigen Bordell gleiche – und betete leise.

Währenddessen verschaffte sich, obwohl das Orchester schon zur Ouvertüre aufspielte und alle ihren Platz eingenommen hatten, ein Nachzügler Zugang zur Loge des Königs. Er wirkte fahrig und richtete, sobald er sich im Dunkel des Theaters unbeobachtet fühlte, seine Kleidung. Umständlich schloss er den Bund seiner Hose. Aber erst als er auf dem Stuhl neben Onkel Georg Platz nahm und ein Lichtflackern, das von der Bühne kam, sein Gesicht erhellte, erkannte Großmutter Scho'sch in diesem Gesicht merkwürdige, etwas viehische – nein! – hündische Züge und schloss: Das war Graf Medem!

2

Kaum war die Vorstellung beendet, legte Kümmelmann einen verstärkten Drang zur Tat an den Tag. Er wies ein paar dienstbare Geister an, die Loge von dem Beistelltisch und den ganzen mitgebrachten Köstlichkeiten zu befreien, dann bat er Luise und Friederike, die den Abend ganz vorne an der Balustrade verfolgt hatten, nach hinten zu kommen, und gebot ausgerechnet der guten Gélieu, Polyxene zu stützen, damit diese nicht auf dem glatten Parkett ausrutschte. Die Alte dankte es ihm mit gekräuselter Stirn.

Er selbst reichte Großmutter Scho'sch die Hand, die sie dankend annahm, um sich leichter von ihrem Stuhl erheben zu können. Sein Arm wurde aber sofort zurückgewiesen, als sie die Balance gefunden hatte, um dann stolzen Hauptes und mit geradem Rücken als Letzte die Tür zum Foyer zu passieren.

Vor der Tür drängten sich die Menschen. Aus allen Logen

strömten die Zuschauer heraus und schoben sich in Richtung der schmalen Treppe, die zum Parterre führte. Die Herren gingen Schulter an Schulter. Die goldenen Epauletten ihrer Uniformen rieben aneinander. Die Damen versuchten, sich Raum zum Gehen zu verschaffen, indem sie ihre ausladenden Reifröcke abwechselnd nach links und nach rechts zur schmalen Seite hin drehten. Seide raschelte, und überall glitzerten die Diamanten, die ihr Feuer mal als blitzgleiches Funkeln, mal als Spektrum des Regenbogens offenbarten.

Vor dem Theater warteten schon die Kutschen, und da es schon spät war, beeilte sich ein jeder, dorthin zu gelangen und schnell nach Hause zu kommen, um unterwegs nicht den lästigen Fragen der Patrouillen ausgesetzt zu sein. Seitdem Frankfurt am Main zum Hauptquartier des Königs ausgerufen worden war, war niemand – selbst der hohe Adel nicht – vor den Kontrollen der Militärs sicher, die jeden, der Französisch sprach, als Spion oder Verräter verdächtigten; zumal so spät, denn es war fast Sperrstunde.

Jeder hatte es also eilig. Aber die Menge verlangsamte sich zur Treppe hin. Alle warteten, traten von einem Bein auf das andere. Das Stimmengewirr verriet, dass die Hauptzahl der Gäste der Koalitionsarmee des deutschen Reiches entstammte, die der Preußenkönig gegen die Revolutionäre aus Frankreich anführte. Sächsisch, Bayerisch, Hessisch, steife nordische Klänge und manchmal auch der geschmeidige Singsang der Österreicher mischten sich zu einem aufgeregten Gerede. Auch einige Sätze Französisch waren zu vernehmen. Sie stammten von aristokratischen Exilanten, die vor dem Revolutions-Terror auf diese Seite des Rheins geflüchtet waren. Wie zu den Zeiten der glorreichen Könige namens Louis hielten sie sich selbst in ihrer misslichen Lage für etwas Besseres. Darauf deutete die Enerviertheit und Ungeduld hin, mit der sie sprachen, ebenso wie ihr ungehobeltes Auftreten. Denn einer der Gäste, ein bereits sturzbetrunkener Vicomte aus der Provence, hatte sich zum allgemeinen Amüsement seiner Begleiter über die Schuhe zwei ausgehöhlte Schwarzbrote gezogen, mit denen er nun unter lautem Gejohle und Geklatsche holländische Tänze vollführte.

»Arrogant sind se scho'«, sagte die Großmutter Scho'sch, indem sie es vermied, allein durch ihr Interesse den Franzosen die Genugtuung ihrer Aufmerksamkeit zu schenken, und strikt in die andere Richtung sah. »Wie gottlos die sind! Wie kann man das Brot net ehre'? Die werde' den Hunger noch kenne'lerne.«

Wer wusste mehr als sie von Hunger! Sie, die nach außen hin die Repräsentationspflichten, die ihr hoher Stand forderte, stets aufrechterhielt, aber manchmal tage-, sogar wochenlang nur von gebutterten Broten lebte, wenn sich kein Besuch angekündigt hatte. Dennoch sprach sie eher zu sich als zu den anderen. Denn solcherlei Äußerungen führten meist – in Gegenwart etwa von Standesmännern, die mit der Revolution sympathisierten, wie ausgerechnet ihr Schwiegersohn Karl – zu langwierigen Diskussionen über die Abschaffung des Adels und darüber, dass man manchmal schon verstehen konnte, warum das Volk in Frankreich auf die Barrikaden gegangen sei. Wogegen sie sich strikt verwehrte, insbesondere aber Polyxene. Denn die französische Revolutionsarmee hatte schon einen Teil ihrer Güter, die links vom Rhein gelegen waren, ohne Rücksicht auf Verluste überrannt und geplündert.

Ohne also auf ihre Umgebung zu achten, klemmte die Scho'sch sich an Kümmelmann und drängte darauf, voranzukommen. Aber alles stockte. Es war heiß und stickig, und es roch nach Wachs, Ruß und teurem Parfüm aus Grasse. Die Standfackeln, die den Gang beleuchteten, hatten den Großteil der frischen Luft verbraucht. Am Ende des linken Flügels fiel schließlich eine Dame in Ohnmacht. Ein Saaldiener rannte zu ihr, ein anderer fächerte ihr Riechsalz zu, ein dritter beeilte sich, eine kühle Kompresse zu holen. Es half nichts. Sie wollte nicht wieder zu sich kommen.

Auch hier war Kümmelmann der Mann der Stunde. Mit

einem geschickten Griff unter die Achseln gelang es ihm, die Dame wieder zum Leben zu erwecken. Als sie sich endlich erhoben, ihr Kleid gerichtet und sich mit allem Anstand bei dem hilfreichen Kammerherrn bedankt hatte, hatte sich der Flur schon ein wenig gelichtet. Dennoch war es an Kümmelmann, eine Gasse zu bahnen, durch die seine kleine Gesellschaft frei und unbehelligt von den anderen Theaterbesuchern voranschreiten konnte. Er war wie von einer Mission getrieben und steuerte energisch und zielsicher auf einen entgegenkommenden Tross zu, aus dem ein Mann um die Länge eines Kopfes herausragte.

Plötzlich stand man sich gegenüber.

»Gnädigste, gnädigste Gnädigste, meine allergnädigste Gnädigste, meine allergnädigste Gnädigste Maria Luise Albertine! Es ist mir eine Freude, cousinliche Cousine, Euch heute Abend hier zu treffen.«

Nachdem Friedrich Wilhelm II. die alte Prinzessin Scho'sch mit seiner eigentümlichen Art begrüßt hatte, bei der er seine Ehrerbietungen mit allerlei Vorsilben und Attributen zu steigern versuchte, die meist in einem umständlich gedrechselten Satzgebilde endeten, ließ er sich ihre beiden Enkelinnen präsentieren. Er ignorierte den Schrecken, der sich im Gesicht der Großmutter Scho'sch abzeichnete – die fürchtete, Luise könnte seine Aufmerksamkeit für ihre fürchterliche *Mise en Scène* nutzen –, und genoss mit dem Blick eines Mannes, der die Frauen kannte, wie Luise nach einem artig vollführten Hofknicks ihren biegsamen Körper zur seiner vollkommenen Schlankheit straffte.

Dann aber versenkte er seine Augen in den prachtvollen Formen der kleinen, scheuen und hübschen Friederike, wo sie lange und geistesabwesend verharrten.

3

Was für ein fürchterlich unangenehmer Mann, dachte die kleine Friederike, als sie dem König und seiner Entourage nachblickte, wie sie über die Treppe verschwanden. Sie drückte sich an Luise und schob sie ebenfalls in Richtung der Treppe. Sie fror, und das nicht nur, weil sie das Aufeinandertreffen mit dem Preußenkönig auf unbestimmte Weise verunsichert hatte, sondern, wesentlich profaner, weil das zarte Kleid, das sie trug, den Herausforderungen des frühen März nicht standhalten konnte und sie selbst in der stickigen Theaterluft jeden Hauch spürte, als ob er die Kälte Sibiriens mitbrächte.

»Wie konntest du das sagen?« Friederike sprach leise, aber ein hartes Zischen verlieh ihren Worten Bestimmtheit und Nachdruck.

»Was?« Zwischen Luises Augenbrauen bildete sich eine kleine Falte.

»Das mit Frankfurt! Und dass du keine Angst hast hier im Hauptquartier des Königs, wo ständig Soldaten zu sehen und zu hören sind!«

Das Blut kochte immer noch in Luises Adern. Sie ärgerte sich darüber, dass der König ihre Schwester so lange und intensiv angeschaut hatte, dass sie selbst dabei das Gefühl bekommen hatte, übersehen zu werden – und darüber, dass sie sich durch dieses Gefühl hatte zu ein paar unvorsichtigen Äußerungen verleiten lassen, die sogar sie, die nie verlegen war, ins Stottern gebracht hatten. Ihre schöne kleine Schwester! Warum flogen ihr immer alle Herzen zu? Warum war Friederike nie gezwungen, sich im besten Lichte zu präsentieren? Ach, wenn sie sie nicht so lieben würde, dann würde sie sie verfluchen. Ungeschickt versuchte Luise, ihre Unsicherheit zu verbergen:

»Ich weiß nicht. Es ist nur … Ich … Es kam mir in den Sinn. Ohne mein Zutun.«

Friederike aber insistierte: »Ja, aber … Warum hast du ihm nicht erzählt, dass wir hier alle vor Angst beinahe gestorben wären? Diese marodierenden Soldaten, der Kanonendonner. Diese Bataillone mit ihren Gewehren. Man weiß ja gar nicht, ob man sicher ist. Und du tust tapfer und gibst Torheiten über Frankfurt zum Besten!«

Während sie auch im Flüsterton jedes Wort so deutlich betonte, als ob sie es gleich zu Papier bringen wollte, hallten durch die Fenster über der Treppe die knallenden Schritte eines Soldatentrupps, wie sie seit Beginn des Krieges in ganz Frankfurt zum täglichen Bild zählten. Sie sahen vor dem Festspielhaus nach dem Rechten und patrouillierten auf der Straße auf und ab.

Luise antwortete nicht. Nach einer Weile jedoch wurde Friederike ungeduldig. Diesmal wollte sie ihre Schwester um jeden Preis zur Rede stellen. Sie zögerte aber noch, weil sie hin- und hergerissen war zwischen der Wut, die die Koketterie ihrer Schwester bei ihr ausgelöst hatte, und dem Bewusstsein, dass man sie, die sie die Jüngste war, selten anhörte, auch wenn sie Wahres sprach. Als der Trupp draußen nach einem lauten »Anhal-ten!« zum Stehen kam und Luise sie immer noch behandelte, als ob sie Luft sei, fasste Friederike endlich allen Mut zusammen und insistierte:

»Soso, du hattest also keine Angst? Möchtest du die große Dame spielen? Sonst wirst du doch auch nicht müde zu erzählen, wie sehr du dich vor den Mainzer Kanonen gefürchtet hast. *Und die Kanonen erst! Furchtbar! Man konnte sie so laut hören, als wären sie nicht in Mainz, sondern ganz in der Nähe. Ich hätte mich am liebsten unter dem Bett versteckt oder wäre geflohen.*«

Friederike äffte Luises gehetzte Sprechweise nach und spielte, um ihrer Imitation Vollkommenheit zu verleihen, genauso vermeintlich unschuldig an ihrem Haarband, wie Luise das – besonders in Gegenwart von Männern – neuerdings zu tun pflegte. Dann setzte sie zum finalen Stoß an:

»Manchmal frage ich mich, ob Babuscha nicht recht tut, wenn sie dir ein wenig mehr Strenge zukommen lässt. Du hast es nicht anders verdient.«

»Papperlapapp!« Luise wischte mit einer flinken Armbewegung alle Einwände weg und drückte den Arm ihrer Schwester fester an sich. »Natürlich habe ich Angst. Aber warum sollte ich das erzählen? Ach, und warum sich nicht ein wenig ungezwungen geben? Das stimmt die Menschen heiter. Man muss doch nicht vor jedermann seine wahren Empfindungen ausbreiten. Wo bleibt denn dann das Geheimnis, nicht wahr? Sieh mal: Männer brauchen Geheimnisse, das sehen sie als Herausforderung an. Und wenn man es genau nimmt, ist der König nichts weiter als ein Mann. Sogar ein sehr alter Mann …«

»Sei nicht so despektierlich! Das steht dir nicht gut.«

Nach außen gab Friederike die Pikierte, aber insgeheim bewunderte sie Luise, weil sie wieder einmal den Mut aufgebracht hatte auszusprechen, was sie selbst noch nicht einmal zu denken sich getraut hatte. Denn sie fand, dass Luise gar nicht so unrecht hatte, was den König betraf. Er war tatsächlich ein alter Mann, genau genommen, ein alter Mann mit der Perücke eines jungen Stutzers – und die Vorstellung, dass auch er nur ein Mensch war wie jeder andere, nahm ihr die Angst vor ihm.

Als sie leise kicherte, fühlte sich Luise, die die Reaktion ihrer Schwester abgewartet hatte wie ein Forscher die Reflexe eines Insekts, endlich auf sicherem Terrain:

»Despektierlich, pah! Er ist ein alter Mann, der nach jungen Frauen schaut! Und wie er sich ausdrückt! Hast du darauf geachtet? Es ist unglaublich! *Liebste Cousine, allerteuerste, durchlauchtigste Durchlaucht, erlauchtigste Teuerste! Teuerste Maria!* Ich kam mir vor wie in der Komödie.« Geschickt ahmte sie den gluckernden Tonfall seiner Stimme nach und beugte sich vor, als spräche sie zu Zwergen. »Und hast du nicht gesehen, wie er uns gemustert hat? Wie Soldaten beim Appell. Sind die Haare korrekt? Aaaah. Die Haltung gut? Ooooh. Sitzt das

Kleid? Hmmm. U-und …«, sie dehnte das Wort bis ins Unendliche, um die Spannung zu steigern, und formte dabei ihren Körper nach, »… sitzt der Busen an der richtigen Stelle …?«

Friederike lachte aus vollem Hals. »Luise! Halt ein! Hör auf damit! Das ist zu viel. Du bist ja ganz toll!«

»Nein, nein, er hat uns gemustert, als ob er uns gleich auffressen wollte. Wie ein hungriges Tier. Das war doch nicht zu übersehen. Oder hast du das etwa übersehen? Ich glaube nämlich, er hatte es auf uns abgesehen. Derzeit buhlt er um die kleine Bethmann-Tochter. Sie ist nur ein paar Jahre älter als wir, aber für ihn darf es bestimmt auch noch jünger sein. Man hört viel über den preußischen Hof.«

Mit diesen Worten war Luise nicht mehr zu bremsen. Die Bilder, die sie nun heraufbeschwor, waren voller Ausschweifungen und Zügellosigkeit. Sie schilderte, wie die Damen in Berlin, die mit den großen Hüten, direkt gegenüber vom Schloss den Herren ihr Geleit anboten, indem sie einfach fragten: »So allein?«, und wiegte sich in den Hüften, um zu demonstrieren, dass sie sehr wohl Bescheid wusste über solche Dinge. Sie berichtete von den Festen des dicken Friedrich Wilhelm, als ob sie selbst immerzu Gast bei diesen wäre, und fügte hinzu, dass sie – aus vertrauter Quelle natürlich – wüsste, dass er, der König, nicht nur seine Mätresse, die Ritze, sondern auch noch mehrere weitere Damen hätte, die allein für sein *Plaisir* zuständig waren – und dass einige von ihnen, man stelle sich das einmal vor, aus der ›Roten Laterne‹ zu ihm ins Neue Palais bestellt würden – und das mitten in der Nacht. Ihr Atem jagte ihren Fantasien hinterher, als ob sie sich sofort verflüchtigen würden, wenn sie ihnen nicht unmittelbar Gestalt gäbe.

Friederike aber musterte ihre Schwester mit missmutigem Gesicht. Da war sie wieder, die Luise, die sie nicht leiden konnte! Manchmal, da war sie so heiter, so unbefangen und so ohne Etikette, dass sie sie einfach bewundern musste. Sie war lustig und konnte jedermann zum Lachen bringen, selbst wenn er allerschlechtester Stimmung war. Dann sah sie zu ihrer älteren Schwester auf und war stolz auf sie wie auf keinen anderen Menschen der Welt. Manchmal aber – und das kam in der letzten Zeit öfter vor – da war sie wie jetzt: In einem endlosen Strom flossen die Worte aus ihr heraus. Sie plapperte, dass es kein Ende nahm, und ihre Sätze kamen ohne Sinn und Verstand. Schlimmer aber als dieses Geplapper war der Eindruck, der sich mehr und mehr bei Friederike verhärtete – nämlich, dass es Luise nicht darum ging, sie in Dinge einzuweihen, von denen sie noch nicht gehört hatte, sondern vielmehr darum, ihr das Gefühl zu geben, dass sie als die Ältere Bescheid wusste und die kleine Schwester nichts weiter war – als eine kleine, dumme Gans.

Genau das aber war es, was Friederike in unendliche Rage versetzte und was sie nicht länger auf sich sitzen lassen wollte. Denn schließlich war sie es, bei der die Stunden der guten Gélieu mehr fruchteten als bei Luise. Ihr Französisch war fließend! Nicht das von Luise. Ihre Aufsätze waren ohne Fehl und Tadel! Luises hingegen ein Tummelfeld für orthographische Katastrophen. Sie konnte in der Geschichte bis zu Alexander dem Großen aufwarten! Luise wusste noch nicht einmal, wer Hannibal war, und schickte ihn über den Apennin nach Florenz statt über die Alpen nach Rom. Ihr Harfenspiel war harmonisch und fein! Luises hingegen stümperhaft und ohne Glanz. Sie war klüger als ihre Schwester! Legte mehr Fleiß an den Tag! Und das alles wollte Luise ihr nun kleinreden?

Und warum wollte sie es kleinreden? Lag es daran, dass Luise faul war und in ihr keine Komplizin mehr für ihre Albernheiten fand? Denn der Unterschied zwischen Luise und ihr war, dass diese immer vorgab, immer alles schon zu wissen, um sich vor den Pflichten zu drücken, die beim Erlernen des Stoffes auf sie zugekommen wären, während sie selbst nie am Ende ihres Bedürfnisses war, die Welt in all ihren Einzelheiten zu erfassen. Das hatte zur Folge, dass sie nicht nur die gute Gélieu mit ihrem Wissensdurst begeistern konnte, sondern auch, dass sich ihr viele Menschen zugetan zeigten, weil sie als gute Zuhörerin und deshalb als angenehm galt. Luise aber fing sich ständig Rügen ein. Sie war wild und quirlig und eckte damit überall an. Manchmal schien es Friederike, als ob Luise selbst an ihrem Ungestüm litt und sich insgeheim nach etwas Ruhe in ihrem Wesen sehnte, aber eben nun einmal nicht aus ihrer Haut konnte. In solchen Momenten tat ihr ihre Schwester leid.

Nun aber nicht, denn Luise erhob sich über sie, wie so oft in letzter Zeit. In einem fort plapperte sie drauflos und spickte ihre Rede mit Spitzen und Gemeinheiten gegen die kleine Schwester:

»… und du, Friederike, hast das alles wieder einmal nicht gemerkt! Wie naiv du doch bist. Hattest du Angst vor dem großen, großen Mann? Hm.« Sie stieg eine Stufe zurück und stellte sich auf die Zehenspitzen, um größer zu erscheinen. Mit beiden Händen beugte sie sich über Friederike und spielte das bemühte Augenzwinkern des Königs mit lebendiger Mimik nach, während sie in ihrer Imitation der Schwester fortfuhr: »Und wie du gestottert hast: *Sire! … Ich … danke … gut.* Das war so lustig. Manchmal denke ich: Du bist wie eine dumme Gans!«

Sie stieg herab, knuffte Friederike in die Seite und legte dann den Arm um sie.

Die aber kochte. Sie war überhaupt nicht belustigt, sondern vielmehr zutiefst gekränkt. Sie überlegte, zögerte, fasste sich schließlich ein Herz und sagte, was sie Luise schon lange sagen wollte:

»Jetzt halt endlich ein! Ich bin keine dumme Gans! Wie kommst du dazu, das zu sagen?«

»Ich habe das doch gar nicht gesagt!«

»Doch!«

»Nein!«

»Doch!«

»Nein! Ich habe gesagt, dass du *wie* eine dumme Gans bist. Das ist etwas völlig anderes. Mir fällt eben auf, dass du manchmal die Dinge nicht so richtig einzuschätzen weißt, und ich als Ältere möchte dir da eben gerne behilflich sein.«

»Ach, Ältere. So viel älter bist du gar nicht. Du bist nur eine alte Angeberin und tust so, als ob dir der König gleichgültig wäre. Dabei bist du genauso weich geworden in den Knien wie ich, und gestottert hast du auch! Und dann dein albernes Gerede. Berlin hier, Unter den Linden da. Du tust ja gerade so, als ob du zu Hause wärst in Berlin und über alles Bescheid wüsstest.«

»Tu ich ja auch!« Luise war unbelehrbar.

»Ach wo. Woher solltest du denn das alles mitbekommen haben? Du bist ja viel zu faul, um zu lesen. Ich verbringe den ganzen Tag mit dir, und ...«

»Ich weiß das alles von Onkel Georg, wenn du es genau wissen willst!«

In Wahrheit hatte sie in der Loge die Ohren gespitzt, als Tante Polyxene sich über die Ritz aufgeregt und die Großmutter vor Berlin gewarnt hatte. Onkel Georg führte Luise nur an, um Friederike eifersüchtig zu machen. Denn sie hatte durchaus mitbekommen, dass diese sich ihm als Pflegerin angedient hatte und er dieses Angebot mit einer Freude angenommen hatte, die er ihr, Luise, gegenüber nie gezeigt hätte. Sie war wütend über ihre kleine Schwester, denn sie vermutete schon lange, dass Onkel Georg Friederike lieber mochte als sie – und das kam ihr nicht im Geringsten zupass, denn sie bewunderte Onkel Georg aufs Äußerste und duldete bei ihm keine Konkurrenz, schon gar nicht durch ihre kleine Schwester. Gezielt versuchte sie deshalb, Friederike auf den Posten zu verweisen, der ihr ihrer Meinung nach zustand:

»Und dann beobachte ich die Menschen und höre ihnen zu. Deshalb weiß ich eben mehr vom Leben!«

»Unsinn! Was weißt du schon vom Leben und von der Welt? Dein Französisch holpert wie eine Kutsche über Pflastersteine, und die Historie machst du dir, wie sie dir gefällt. Das Einzige, was du weißt, ist, dass du in dieser Welt bist und dass du viele Fehler machst … ›*Hefte für die Aufsätze, die mehr als zwölf Fehler haben*‹ – schreibt man so etwas auf seine Kladden? Das ist so gemein gegen die gute Gélieu, und du merkst es noch nicht einmal. Wegen dir muss sie ständig Mahnungen von Babuscha über sich ergehen lassen. Du denkst überhaupt nicht an andere bei all dem, was du tust.«

Friederike atmete tief ein und schloss ihren Ausbruch mit einem tiefen Seufzer. Sie hatte ihrer Wut in einem so unmissverständlichen Ton Luft gemacht, dass ihre Worte so greifbar im Raum standen, als ob sie in Stein gemeißelt wären. Sie selbst erschrak über ihre eigene Courage und noch viel mehr darüber, dass sich Luise das erste Mal in ihrer Gegenwart getroffen zeigte. Denn diese schwieg, ließ den Kopf hängen und wagte es nicht, sie anzuschauen.

An dem Arm, den Luise immer noch über ihre Schulter gelegt und bis jetzt nicht zurückgezogen hatte, merkte Friederike, dass Luise ihre Nähe suchte, denn sie hielt sie fester als zuvor. Sie spürte das Pochen ihres Herzens, die Hitze, die ihr durch die Adern floss, und dass sie aufgehört hatte zu atmen. Dieses Herzklopfen! War es Luises Furcht, nun auch von der Schwester getadelt zu werden? Sie fühlte Luises Nervosität, und jetzt tat sie ihr wieder leid. Hatte sie zu offen zu Luise gesprochen? War sie zu hart mit ihrer Schwester ins Gericht gegangen? Hätte sie nicht deutlich machen sollen, dass Luise ihr das Liebste auf der Welt war – und dass sie selbst nur so litt, weil sie sich in letzter Zeit so aufspielte und großtat? Ach, dachte Friederike, ich bin einfach nicht geschaffen für offene Worte. Ich will doch nur lieben und geliebt werden.

In ihre Gedanken drang Luises Stimme, die diesmal außergewöhnlich zart und brüchig war:

»Glaubst du das wirklich, dass –«

»Was?« Friederike fuhr dazwischen, um den schwesterlichen Frieden, den sie in Gefahr sah, möglichst schnell wiederherzustellen. Aber Luise setzte noch einmal neu an, um in ihre Frage ihre ganze Ängstlichkeit zu legen und die Schwester damit zur Zeugin der seltenen Momente zu machen, in denen sie ihre eigene Verwundbarkeit offenlegte. Sie sprach immer noch leise.

»Glaubst du das wirklich, dass ich nur an mich denke?«

Jetzt, da das, was Friederike vorher so unmissverständlich gesagt hatte, von Luise in einem Tonfall wiederholt wurde, der ihr das Herz erweichte, kam ihr ihr Ausbruch überzogen, gemein und ein bisschen lächerlich vor. Natürlich dachte Luise nicht nur an sich. Das hatte sie doch auch gar nicht so gemeint.

»Nun sag doch endlich etwas!« Luises Worte vibrierten vor Anspannung.

»Was soll ich denn sagen?«

»Nun, ob du denkst …«

Luises zweiter Anlauf erstarb in der Mitte des Satzes. Sie ließ plötzlich davon ab zu insistieren, weil sie fürchtete, dass Friederike ihre Vorwürfe noch einmal wiederholen könnte und diese dadurch so manifest würden, dass nicht mehr daran zu rütteln war. Davor hatte sie mehr Angst als vor allem anderen. Denn sosehr sie auch ihre Schwester um ihre Reize und ihren stillen Charme beneidete, so sehr hing sie auch an ihr. Sie war die Person, der sie sich am nächsten fühlte und mit der sie am meisten teilte, und sie, Luise, würde ins Bodenlose fallen, wenn nun ausgerechnet Friederike ihre Freundschaft nicht erwiderte. Statt auf einer Antwort zu beharren, versuchte sie nun, mit einem verlegenen Lächeln die Gunst der Schwester zurückzugewinnen, und wiegelte ab:

»Ach, nichts.«

»Was ›*nichts*‹? Sag doch.« Friederike war heilfroh, dass sie nicht gezwungen war, das Gesagte noch einmal aufgreifen zu müssen, und legte Erleichterung in ihre Stimme.

»Nein, nein. Ist schon gut.«

»Na dann, wenn du nicht willst. Da kann man nichts machen. Aber sag später nicht, dass ich nicht bereit gewesen wäre.

Dennoch: Eins möchte ich jetzt doch noch loswerden, was ich dir schon den ganzen Abend sagen wollte.«

»Was denn?« Luises Augen verrieten Panik, aber Friederike kostete den Schrecken nicht aus und entließ ihre Schwester genauso schnell aus der Spannung, wie sie diese aufgebaut hatte. »Da!« Sie zeigte auf Luises Kinn. »Da am Mund, da hast du einen Krümel. Den hat sich der König die ganze Zeit angeschaut.«

Luise stutzte, wurde rot – und dann lachten beide so laut und herzlich, wie nur zwei Schwestern miteinander lachen können.

4

Großmutter Scho'sch und Polyxene waren schon vorausgegangen. Gemächlich durchschlenderten sie den Gang zum Foyer, hielten mal hier, mal dort inne, um in aller Ruhe Neuigkeiten auszutauschen, von denen sie nie genug hören konnten. Da waren Freunde aus dem Pfälzischen, wie deren melodiöse Mundart verriet, die die Vorgänge in Mainz, die Polyxene zutiefst beunruhigten, bestätigten. Worte wie *Mainz, Republik, Militär, Flüchtlinge, Blutvergießen, Gericht* drangen in die Ohren von Luise und Friederike, als sie sich der Gruppe näherten. Auch konnten sie hören, dass es um Paris ging. Die Stimmen verrieten Aufregung und Panik. Jeder denunziere dort jedermann, hieß es. Es wäre ein Blutvergießen ohne Ende. Die Guillotine auf der Place de la République stünde niemals still. Polyxene warf laut und ungebremst ihre Schreckensrufe ein, während sowohl Großmutter Scho'sch als auch die gute Gélieu eifrigst bemüht waren, sie zu beruhigen. Dabei waren sie nicht minder aufgeregt und behielten nur nach außen hin die Fassung.

Als Luise und Friederike an ihnen vorbeigingen, begann schon ein livrierter Diener im hinteren Teil des Flures, mit einer imposanten Kelle die Windlichter zu löschen, die dem Abend seinen goldenen Glanz gegeben hatten. Friederike, die immer noch fror, stieß Luise an und bat sie, Großmutter zu fragen, wann es denn weiterginge, da sie selbst sich niemals getraut hätte, die Großmutter zu drängen. Da Luise in diesem Punkt weniger Hemmungen zeigte und darüber hinaus froh war, ihrer kleinen Schwester einen Gefallen tun und ihr demonstrieren zu können, dass sie keineswegs immer nur an sich dachte, legte sie der alten Dame eine Hand auf die Schulter und flüsterte:

»Mabuscha! Müssen wir uns nicht beeilen? Nicht, dass uns die Patrouillen Ärger machen.«

Es war aber eine andere Sorge, die sie plagte. Tatsächlich würde die Fahrt nach Darmstadt mehr als neun Stunden dauern – und bei dem leichten Nieselregen, der sich gerade einzustellen drohte, möglicherweise noch eine Stunde mehr, weil die Straßen aufgeweicht waren und nicht jede Drainage so in Schuss war, dass das Wasser innerhalb von Minuten abfloss. Auch fürchtete Luise, sich wieder einen Schnupfen zu holen. Gerade erst hatte sie eine schlimme Erkältung überwunden, und außerdem war da noch der Zahn, der heftig pochte und dessentwegen sie unentwegt auf Gewürznelken kaute. Aber die Großmutter strich ihrer ältesten Enkelin lediglich eine Strähne aus dem Gesicht und versuchte ihr zu bedeuten, dass es nicht von ihr, sondern von gewissen anderen Umständen abhinge, wann die Gesellschaft die Fahrt zurück nach Darmstadt antreten würde. Sie deutete mit einem Nicken in Richtung Polyxene an, wer für alles verantwortlich war:

»Ich weiß, meine Liebe, ich weiß. Es is' nur … Tante Polyxene hat ein paar Freunde getroffe' – und da möchte ich ihr die Gelegenheit nich' verderbe', sich einmal ordentlich auszutausche'. Sie hat ja sonst so wenig Gelegenheit dazu. Alle sind übe'all hin verstreut, man weiß gar nicht mehr voneinander Bescheid. Die Briefe nehme' neuerdings auch einen längeren Lauf.« Sie warb um Verständnis, doch als Luise nicht sofort nickte, appellierte sie an deren Neugierde und flüsterte: »Es gibt auße'dem allerlei Neuigkeiten über die Vorgänge am Rhein. Unerhörte Geschichten! In der Kutsche werde ich euch viel zu erzähle' habe'. Nun geht schon mal vor.« Dann drehte sie sich wieder zur Runde und führte ihre Plauderei fort, als ob Luise unsichtbar wäre. Und während Luise und Friederike sich auf das Portal zubewegten, nahmen sie noch lange das Gebrabbel einer älteren Dame wahr, das aber keineswegs, wie sie vermutet hätten, durch den schwerfälligen Ton der großzügigen Tante Polyxene auffiel, sondern mit seinem weichen Singsang und herben Höhen eindeutig identifizierbar war – als das fröhliche Gerede von Großmutter Scho'sch.

Als sie am Eingang angelangt waren, ging die schmiedeeiserne Uhr, die auf dem Platz vor der Hauptwache stand wie ein treuer Wachsoldat, schon auf halb elf zu. Sie würden erst um halb acht Uhr morgens zu Hause sein, überschlug Luise mit Schaudern. Da das Theater noch nicht vollständig leer war, schritt der Soldatentrupp immer noch seine monotone Patrouille ab. In zwanzig gleichen Schritten marschierten sie die Straße hoch, machten unter einer Lampe mit einer grotesken Pirouette kehrt und marschierten zwanzig Schritte bis exakt zu dem Punkt zurück, von dem sie ausgegangen waren, um von dort aus die gleiche Route erneut zu nehmen. Man hätte denken können, sie seien eine Person, die durch komische Umstände in mehrere Mann auseinandergefallen war und nun – wie von einem Hirn aus gesteuert – zu den immer gleichen Bewegungen verdammt war, aus denen sie sich nicht wieder als Individuum lösen konnte.

»An-hal-ten!« Luise imitierte die hohle Stimme des Anführers und setzte dessen gleichtönigen Rhythmus, den er seinen Leuten vorgab, fort, indem sie selbst »Eins, zwo, eins, zwo!« rief und mit den Füßen auf dem Boden stampfte. Es war ein rührender Versuch, durch Bewegung die Kälte, die ihr durch die Glieder kroch, zu verbannen, der leider nicht viel Wirkung zeigte. Als ihr Blick dabei auf ihren Pantoffel fiel, der schon an der Seite aufgeplatzt war, sagte sie zu Friederike:

»Ich verstehe immer noch nicht, warum Polyxene uns nicht die neuen Kleider gekauft hat. Und wenn schon nicht die Kleider, für ein Paar neue Schuhe hätte es bestimmt gelangt. Ich friere.«

Friederike nickte lachend. Da war sie wieder! Die Luise, die sie liebte und bewunderte. Die Luise, die die Dinge beim Namen nannte. Friederike war froh, dass sich die stumme Dissonanz zwischen ihnen verflüchtigt hatte und Luise, statt ihre eigene Überlegenheit herauszustellen, nun ihrer beider Verbundenheit betonte – auch wenn es eine Verbundenheit im Schmerz war, die sie mit Blick auf die kaputten Schuhe ansprach. Denn – und das musste Friederike sich eingestehen – auch sie hatte die plötzliche Weigerung Polyxenes, ihnen neue Kleider zu kaufen, sehr enttäuscht, und auch sie hatte die alten nur mit Murren angezogen. Aber sich dagegen aufzulehnen, hätte sie nie gewagt.

»Ich weiß auch nicht, was plötzlich in sie gefahren ist. Einerseits ist sie so hilfsbereit und scheut keine Mühen, uns zu verwöhnen. Sie nimmt uns mit auf die schönsten Reisen, denkt an uns, wenn wir eine Einladung brauchen – und dann, mit einem Mal, ist alles vergessen …«

»… und sie mault herum wie ein alter Esel und fragt ständig, warum sich keiner um sie kümmert, wo sie doch immer für alle anderen da ist und sich für uns alle aufopfert – bis zum Letzten.« Sie kicherten in stillem Einvernehmen.

»Oh, Luise …« – Friederike hielt sich den Bauch –, »dass du alles immer so aussprechen musst, wie es dir durch den Kopf geht! Das ist so komisch … dafür muss man dich einfach lieben. Aber ich hoffe, dass du niemals damit in Schwierigkeiten geraten wirst.«

»Wieso?« Erschrocken fuhr Luise herum. Friederikes Anklage steckte ihr noch immer in den Knochen, und auch diesmal fürchtete sie, von ihrer Schwester Wahrheiten offenbart zu bekommen, denen sie sich nicht stellen wollte. Aber Friederike zeigte sich sanftmütig wie eh und je:

»Ich kenne dich, und ich liebe dich. Deshalb weiß ich, wie du bist und wie du es meinst. Aber Menschen, die dich nicht kennen, könnten dich falsch verstehen.« Um ihrer Schwester zu zeigen, dass sie sie eher vor ihren eigenen schlechten Eigenarten in Schutz nehmen wollte, als Urteile über ihr Verhalten zu sprechen, zwinkerte sie ihr zu und machte dabei ihre gehetzte Sprechweise nach: »Und jetzt sag nicht wieder *Papperlapapp.*«

Nach einer kleinen Pause, in der es zunächst den Anschein hatte, Luise hätte die Kritik geschluckt, antwortete diese: »Papperlapapp!«

Sie prusteten vor Lachen so laut los, dass Großmutter Scho'sch auf die Mädchen aufmerksam wurde, daraufhin Kümmelmann zur Seite nahm und ihm etwas zuflüsterte. Der entfernte sich umgehend aus der Gruppe, deren Mittelpunkt immer noch die Bekannten von Polyxene bildeten, und durchmaß das Foyer mit knallenden Schritten.

»Was ist denn los?«, fragte Luise ihn ungeduldig, bevor er dazu kam, sie anzusprechen und im Namen der Großmutter für die Verzögerungen Verständnis einzuholen. »Wie lange müssen wir denn noch warten? Wir frieren!«

Kümmelmann beschwichtigte sie mit einem faulen Witz: »Seht es doch mit den Augen Eurer Großmutter. Wie sagt sie doch immer: Wenn Eile geboten ist, dann muss man langsam gehen.«

Aber keines der beiden Mädchen hatte Lust zu lachen. Zumindest nicht Luise, die in den Worten eine unmissverständliche Retourkutsche für ihren eigenen Hang zur Bummelei sah. Sie versuchte zu kontern.

»Aber nicht, wenn wir uns einen Schnupfen holen! Was ist denn so wichtig an dem, was sie sich da zu erzählen haben?«

»Ach nichts, Madame!«

»Eben, das habe ich mir gedacht, und deshalb frage ich mich umso mehr, warum sie da alle beieinanderstehen und kein Ende finden.«

»Ach Madame – wenn Ihr wollt, lasse ich schon einmal die Kutsche holen, dann könnt Ihr darin verweilen und Euch in den Decken wärmen.«

Luise und Friederike nickten, obwohl es ihnen lieber gewesen wäre, wenn die Großmutter und die Tante endlich fertig würden mit ihrem Gerede. Das Raffinierte an Kümmelmanns Strategie jedoch war, dass sie Bewegung vorschützte, wo Geduld angebracht war. Denn auch er wusste, dass es darum ging, die Mädchen bei Laune zu halten. Er spurtete also nach draußen und bog links zur Remise ab. Dort gab er laut und umständlich Anweisungen. Eine Kutsche war jedoch immer noch nicht vorgefahren, als er wieder zurück zu der kleinen Gesellschaft eilte, wobei er den Mädchen im Vorbeigehen etwas Unverständliches zumurmelte, was wohl darauf hindeuten sollte, dass alles geordnet sei.

Nun suchte Friederike nach Ablenkung vom Warten. Sie zeigte auf die Decke: »Hast du eigentlich schon gesehen, wie schön es hier ist?«

Luise verneinte.

»Dann sieh mal nach oben.«

Sie deutete auf ein Oval, das von vier dicken Putten eingerahmt war und die neun Musen in einer idyllischen Landschaft zeigte. Erato stand am Waldesrand und zupfte die Harfe, Euterpe begleitete sie dazu auf der Flöte. Terpsichore tanzte graziös über die fetten Auen, Melpomene und Kalliope rasteten vor den zerfallenen Toren einer Burgruine, Polyhymnia und Klio erklommen einen Hügel, und Urania saß gedankenverloren auf einem Baumstumpf und blickte in die Sterne. Thalia, die Schutzpatronin des Komödienhauses, stand zentral an einem plätschernden Bächlein. Ihr blondes Langhaar hing wallend über einem üppigen Busen.

»Ja, schön.« Luise schlotterte.

Endlich verabschiedete sich die Truppe unter lauten Beteuerungen, und Luise wie Friederike hörten, dass man sich versprach, einander Briefe mit den allerneuesten Neuigkeiten zuzusenden und sich über all diese fürchterlichen Ereignisse, die da auf sie alle zukamen, auf dem Laufenden zu halten. Als Polyxenes Freunde an ihnen vorbei in den regnerischen Märzabend hinausgingen, vernahm Luise deren leise Worte:

»Endlich. Diese Scho'sch. Ich dachte, wir kämen nie mehr weg.«

Das dachten die beiden Mädchen auch und wurden in dieser Vermutung aufs Drastischste bestätigt. Denn Großmutter Scho'sch hakte Polyxene, an deren linkem Arm bereits die gute Gélieu ihr stützendes Werk leistete, an der rechten Seite unter und malte, da sie sich jetzt in der Mitte des Foyers befanden, mit ausladender Armarbeit die Schönheit der Deckendekoration nach. Dazu waren alle gezwungen, nach oben zu schauen, und Luise und Friederike merkten, dass Polyxene, die ohnehin schon wackelig auf den Beinen war, schwindelig wurde und hinzufallen drohte, als sie einen Schritt weiterging. Nun stützte sie auch noch Kümmelmann – und das eng umschlungene Grüppchen formierte sich in der Mitte der Eingangshalle nach Art einer Marmorgruppe des großen römischen Brunnenbauers Giovanni Lorenzo Bernini.

Endlich, nach zähem Ringen, schritt man ins Freie. Kümmelmann ging abermals zur Remise, und diesmal gelang es ihm wie durch Zauberei, einen Kutscher zum Vorfahren zu bewegen. Doch als die grüne Reisechaise vor dem Portal stoppte und Kümmelmann den alten Prinzessinnen nacheinander seinen Arm zur Stütze reichte, konnte sich Luise immer noch nicht des Eindrucks erwehren, dass ihre Bewegungen so langsam ausgeführt wurden, als ob sie um alles in der Welt wünschten, aufgehalten zu werden. Sie sah ein letztes Mal aus dem Fenster und freute sich schon darauf, dass sich die Kutsche in

Bewegung setzte, da erblickte sie im hinteren Teil des Foyers ein Pärchen, bei dem sie in der Frau die Tänzerin wiedererkannte, deren geschmeidige Bewegungen sie im ersten Akt der Aufführung bewundert hatte.

»Schaut mal, die Baberini!«

»Allein?« Großmutter Scho'schs Frage kam unvermittelt.

»Ja! Nein! Ja!« Luise ging nicht weiter darauf ein, weil sie mit dieser Frage nichts anzufangen wusste, und verlegte sich sofort auf ein Thema, das ihr mehr lag: »Und schaut doch mal, was sie anhat. Dass sie sich nicht den Tod holt, das ist ja fast ein Wunder. Sie ist ja fast nackt.«

Nun drückte sich auch Polyxene in der schwerfälligen Art einer älteren Dame ans Fenster und wollte wissen, was vor sich ging. Sie sah die Baberini in der neuesten Mode aus Paris, die die Gewänder der römischen Antike nachahmte. Die Tänzerin trug lediglich ein hauchdünnes Tuch aus weißer Gaze, das mehrere Male um ihren schlanken Körper gewickelt und mit einer großen Spange an der linken Schulter befestigt war. Ihr Haar schmückte ein Lorbeerkranz aus Seidenblättern, und das Licht, das noch aus den Gängen ins Foyer fiel, brachte an den Tag, dass sie kein Korsett trug.

»Das ist also der *dernier cri* aus Paris. Unerhört!« Polyxene lief sofort zur Hochform der Empörung auf, denn nichts glich ihrem Feindbild von einer verführerischen Mätresse mehr als dieser Aufzug. »Sehen Sie nur, meine Lieben, sehen Sie nur genau hin: So hätten Sie ausgesehen, wenn der Stoff aus Lyon gekommen wäre. Deshalb ist es doch ein Trost, dass er nicht gekommen ist. Wie eine antike Vestapriesterin. Wollen Sie sich denn wirklich so zeigen?«

Die Mädchen kicherten.

Großmutter Scho'sch wurde ungeduldig: »Ist sie denn nun allein da oder nicht?«

Und weil ihr abermals alle eine Antwort schuldig blieben, weil nun mal Luise, mal Friederike, aber auch Polyxene gluckste und weil dann ihre Enkelinnen anfingen, sich anständigst bei ihrer Tante für ihr Vorhaben, ihnen neue Kleider zu kaufen, zu bedanken, und sich für ihre Enttäuschung entschuldigten; weil daraufhin dann Polyxene allergrößtes Verständnis für die traurige Lage ihrer Nichten äußerte und nicht müde wurde zu beteuern, dass sie alles in ihrer Macht Stehende dazu getan habe, die Stoffe zu bestellen, aber die Umstände, diese schrecklichen Umstände ihr leider die Hände gebunden hätten, kurzum: Weil alle durcheinanderredeten, richtete sich Großmutter Scho'sch schließlich auf, schob sich zur Tür und verließ unter Kopfschütteln die Kutsche.

Polyxene war wie benommen: »Was ist denn nun wieder los? Können Sie mir das erklären, Friederike? Luise? Warum kommen wir hier denn nicht weg? Wir müssten doch schon längst unterwegs sein. Ich verstehe das einfach nicht. Müssen wir denn jetzt wieder aussteigen?«

Irritiert schüttelte sie den Kopf. Sie war froh, endlich sitzen zu können. Das lange Reden hatte seinen Tribut gefordert. Ihr altes Kreuz schrie vor Schmerz, ihre Füße waren kalt wie Eisschollen, und sie fühlte sich matt und müde und wünschte sich nichts mehr, als endlich die Fahrt nach Darmstadt antreten zu können.

Aber auch ihr blieben die Mädchen eine Antwort schuldig. Stattdessen beobachteten sie die rätselhafte Wandlung der Großmutter, die im Vergleich zu der schneckenhaften Vorstellung, die sie auf dem Hinweg geboten hatte, nun in Tempo und Geschmeidigkeit einer jungen Katze glich. In drei, vier Sätzen war sie bei der Baberini, schüttelte dieser aber nur kurz und nicht, ohne eine gehörige Portion Distinktion in die Geste gelegt zu haben, die Hand – denn bei aller Unkompliziertheit achtete Großmutter doch sehr genau auf die Unterschiede, die das gesellschaftliche Leben vorgab – und wandte sich dann unmittelbar ihrem Begleiter zu. Luise glaubte, sich an diese Person erinnern zu können, wusste aber nicht, wo ihr dieser Mann schon einmal begegnet war. Noch bevor sie am Ziel ihrer Überlegungen war, hatte sich die Großmutter von ihm höflich, bestimmt und unter auffallend mehr ständischem Aufwand als bei der Baberini verabschiedet und steuerte schon wieder auf die Kutsche zu, wobei sie das Siegel des Briefes, den sie ihm zuvor gierig entrissen hatte, aufbrach. Sie hielt die Lesehilfe schon vor den Augen, als sie endlich wieder in der Kutsche Platz genommen und Kümmelmann durch die kleine Luke zum Bock das Signal gegeben hatte abzufahren. Sie wollte nur ja keinen Augenblick länger verstreichen lassen, sich endlich Gewissheit zu verschaffen, ob ihr Plan, an dem sie nun so lange gesponnen hatte, aufgegangen war. Ihre Augen flatterten über den Bogen, als die Kutsche sich in Bewegung setzte.

14. März 1793

Liebste Maria,
kein Grund zur Sorge. Es hat sich alles ereignet wie geplant: Der König ist frappiert von der Schönheit Ihrer Enkelinnen.

Allein, der Kronprinz ist von bedächtiger Art. Er prüft alles sehr sorgfältig und will sich nicht nur pro forma an eine Frau binden. Wer kann ihm das verdenken? Er sucht die Liebe, stellen Sie sich das vor! Und der König will ihm dabei nicht hinderlich sein. Aber der Prinz ist zögerlich, verschlossen und gilt als schwierig.

Sie müssen also ein wenig Zuversicht mitbringen und eine Weile hier in Frankfurt bleiben, bis sich die Gelegenheit bietet, dass man Ihre Enkelinnen den Königssöhnen präsentiert. Ja, bleiben Sie hier in Frankfurt, und alles wird sich richten! Morgen bei meinem Déjeuner könnte sich bereits eine Gelegenheit bieten. Ich erlaube mir hiermit, Sie und Ihre Enkelinnen dazu einzuladen, und freue mich, Sie endlich wieder einmal in meine Arme schließen zu können,

Ihre Freundin Friederike Olenschläger.

»Endlich!« All die Anspannung, die die Großmutter den ganzen Abend in ihren festen Klammergriff genommen hatte, wich mit diesem einen kleinen Wort aus ihren Gedanken und machte einer Welle der Erleichterung und Zufriedenheit Platz: Auf die gute alte Friederike war Verlass! Was doch eine gut gepflegte Brieffreundschaft von so kostbarem Wert sein konnte! Langsam ließ die Großmutter den Brief auf ihren Schoß sinken, lehnte sich nach hinten und starrte beruhigt in die Ferne.

Doch wie von einem Blitz getroffen, schreckte sie noch einmal hoch und suchte den Blick ihrer Nichte, denn die Frage aller Fragen war für sie auch dieses Mal: Wer sollte diesen Aufenthalt bezahlen? Als die Großmutter aber bei Polyxene um eine abermalige Gabe anfragen wollte, erkannte sie, dass diese bereits selig schlummernd ins Reich von Morpheus übergetreten war. Morgen, schloss sie daraus, würden also all die kleinen und größeren Unstimmigkeiten vergessen sein, die ihre Nichte diesen Abend immerzu in den quälendsten Aufruhr versetzt hatten. Stattdessen würde ihr der heutige Abend nur im allerhellsten Licht in Erinnerung bleiben, dessen Höhepunkt zweifellos das Treffen mit dem Preußenkönig war und seine geradezu ritterliche Haltung ihr gegenüber, der alten Polyxene, die gar nicht wusste, womit sie so viel Ehrerbietung und Gnade verdient hatte.

Die Großmutter gab Kümmelmann ein Zeichen, sodass die Kutsche von der Straße, die nach Darmstadt führte, abbog und den Weg zum ›Weißen Schwan‹ ansteuerte, dem – und das sah die Großmutter dann doch als Selbstverständlichkeit an – zweitteuersten Hotel der Stadt.

5

»Dieses *Jeschwätz!*«

Die ohnehin stets von Missmut gezeichnete Miene Friedrich Wilhelms verhärtete sich noch mehr, als Graf Girolamo Lucchesini auf ihn zusteuerte, dessen beherrschender Blick ihn schon von weitem und über die Köpfe der Anwesenden hinweg gefangen nahm. Er zeigte wenig Lust, dessen löblichen Reden auf seinen Vater zuzuhören, mit denen er sich an ihn anzubiedern versuchte und derentwegen er sich gezwungen sah, gegen die geräuschvolle Kulisse der allgemeinen Heiterkeit einerseits und die Töne der Kammermusiker andererseits Konversation machen zu müssen. Konversation war ohnehin nicht die Disziplin seines Herzens, denn dieser höfische Eiertanz, bei dem es nur darum ging, den anderen mit Komplimenten und gedrechselten Scherzen gewogen zu machen, um sich Posten, Fürsprache und gute Partien zu sichern, widersprach seinem Wunsch nach Unverstelltheit und Offenheit zutiefst. Doch sah nun gerade er sich dieser Art des Umgangs, die bei Hofe die übliche war, aufs Leidvollste ausgesetzt, da sich ihm, dem Kronprinzen, alle Welt andienen wollte.

Das allein war schlimm genug, aber sich heute und hier zudem noch Huldigungen auf die Verdienste seines Vaters anhören zu müssen, den er für all seinen Pomp und all seine barocke Festlichkeit verachtete und der darüber hinaus – wollte man es mit aller Klarheit betrachten – äußerst wenig zum Sieg der Koalitionsarmee beigetragen hatte, der hier gefeiert wurde, empfand er denn doch mehr als eine Zumutung. Er hätte diese ganze Bagage von Adjutanten, Flügeladjutanten, Generaladjutanten und wie diese ganzen Speichellecker, Karrieristen, Bücklinge und Intriganten sich nannten am liebsten vom Teufel holen lassen und überlegte deshalb, wohin er entkommen konnte, damit er sich dem Geschwätz dieses Marcheses, der der Großmeister all dieser Hofschranzen war, nicht aussetzen musste. Im hinteren Teil der stattlichen Wohnung des Bürgermeisters Olenschläger hatte er bereits ein hübsches hölzernes Kabinett erspäht, das Ruhe, Intimität und vielleicht auch die stille Freude einer feinen, gut gestopften Pfeife versprach und das er – das war nun Beschluss! –, sobald dieser Kerl hier abgefertigt war, als geheimen Ort des Rückzugs aufsuchen würde.

Mit Freuden sah Friedrich Wilhelm deshalb, dass Lucchesini im Gedränge den Weg seines Landsmannes Pietro Antonio Brentano kreuzte, bei dem er sogleich zu verweilen verpflichtet war. Denn alle Welt wusste, dass die Frau des Kaufmanns, die schöne Maximiliane, die für ihre schwarzen Augen berühmt war, vor wenigen Tagen bei der Geburt ihres zwölften Kindes urplötzlich gestorben war und der Witwer vor Trauer nicht aus noch ein wusste – und das nicht nur, weil er seine Frau über alles geliebt hatte, sondern auch, weil er ratlos war, was nun mit den zwölf Kindern Maximilianes und den fünfen, die er aus erster Ehe mitgebracht hatte, zu tun sei. Lucchesini erging sich sogleich darin, Brentano sein allertiefstes Mitgefühl auszusprechen und ihm Hilfe bei der Versorgung und Unterbringung der hinterbliebenen Kinderschar anzubieten, was Friedrich Wilhelm aus den wenigen Gesprächsfetzen, die von dem Palaver der beiden Italiener zu ihm drangen, schloss. Und da er sich ausrechnete, dass die beiden noch eine Weile zur Klärung dieser Fragen beieinanderstehen würden, entwich der Prinz unbemerkt in die kleine verheißungsvolle Stube am Ende des Flurs.

»Aah, so lässt es sich leben!«

Der Prinz sprach zu sich selbst, als er den ersten Zug des würzigen Tabaks in sich einsog und fröhlich kleine Ringe in die Luft stieß. Behaglich war es in den Räumen des Bürgermeisters, dachte er, klein und fein gestaltet. Es war nicht so eine Protzerei, wie sein Vater sie bevorzugte. Der liebte es groß und prächtig. Jeder Stein sollte ein Zeugnis seiner königlichen

Macht sein. Gerade hatte der König sich von Carl Gotthard Langhans – diesem Dilettanten, diesem Verräter an der schlichten römischen Baukunst, diesem, diesem ... epigonalen Verdreher antiker Schönheitsideale – ein Palais gestalten lassen: ein Albtraum aus Marmor und Messing! Überall Säulen, Reliefs, Kapitelle, Bögen, Lack, großflächige Intarsien. Wo die Antike das Maßvolle liebte, wurde bei Langhans alles zur Angeberei umgestaltet. Aber sein Vater liebte ihn, er liebte seinen Stil, er liebte seinen Geschmack. Und er liebte Tore. Acht Stadttore hatte er in Planung gegeben. Sein Prunkstück war das Brandenburger Tor: der Ausdruck all seiner Großmannsfantasien. Ein Triumphbogen sollte es sein, ein majestätischer Abschluss der Lindenallee, die vom Schloss hinausführte in den Tiergarten, nach Charlottenburg, ja in die große, weite Welt. Gekrönt von der Siegesgöttin Victoria auf einem Streitwagen, mit Lorbeeren auf dem Kopf wie Cäsar bei seinem Triumphzug durch Rom.

Bei diesem Gedanken schüttelte Friedrich Wilhelm den Kopf: ein Triumphbogen! Wofür brauchte man den, wo es doch keine Triumphe zu feiern gab, sondern man sich im Gegenteil hier am Rhein im Schlamm mehr schlecht als recht mit einer Rotte wild gewordener *Sansculotten* herumschlagen musste? Aber alle Welt machte *Ah!* und *Oh!*, kam aus dem Staunen nicht mehr heraus und lobte den guten Geschmack des Königs. Der Kronprinz aber konnte an alldem nichts finden. Ihn schauderte vielmehr bei all dieser Unbescheidenheit.

Hier hingegen, bei Olenschläger, diesem redlichen Mann, war es doch einladend, da konnte ein Mensch ein Mensch sein und musste sich nicht klein und eingeschüchtert fühlen durch all den Pomp und Glanz und Protz, der selbst der trefflichsten Person das Gefühl gab, dass er ein Nichts war und so unbedeutend wie ein Wurm. Allein diese herrlichen Tapisserien hier zeigten das doch auf die deutlichste Art. Woher sie wohl waren? Er stand auf, um sich die Wandteppiche aus der Nähe anzusehen, und ging so nah an die feinen Stickereien heran, dass er sich beinahe die Nase daran gestoßen hätte. Erschrocken ging er wieder auf Distanz und betrachtete das ländliche Panorama, das sich ihm dort in den prächtigen Farben des Sommers offenbarte: Da sangen Hirten, die Schafe und possierliche Lämmer hüteten, liebreizende Schäferinnen trugen ein Ständchen auf der Leier vor, kräftige Winzer trugen hohe Körbe voller dicker Trauben ins Tal, während sie den Pflückerinnen auf die drallen Waden schauten, emsige Bauern nahmen mit weizenblonden Kindern eine wohlverdiente Vesper ein, während ihre Sensen im hochgeschossenen Korn ruhten. Über den meisten der Szenen strahlte ein blauer Himmel, an dem weiße Wolken hingen und die Sonne aus vollem Herzen lachte.

»Ach!« Friedrich Wilhelm seufzte laut, als er den Blick über die Galanterien streifen ließ. Das einfache Leben, dachte er, es strahlte so viel Frieden und Wärme aus, so viel Glück und Bescheidenheit. Dort auf den Äckern, Feldern und Weinbergen zählte weder die Etikette, die ihm das Sein so einschnürte, dass er daran zu ersticken drohte, noch musste man auf gesellschaftlichem Parkett glänzen und brillante Reden halten. Dort schien es keine Intrigen zu geben, der Krieg mit seinem sinnlosen Blutvergießen war fern und mit ihm die maroden Armeen und der unmenschliche Drill. Der Tag wäre frei von Höflingen und Bücklingen, die unentwegt an einem zerrten. Ach, dort oben auf den Äckern, Wiesen oder Weinbergen könnte er sein, wie er sich fühlte: einer unter vielen, ein Königssohn nur sich selbst. Am Tage arbeitete man im Schweiße seines Angesichts, und abends äße man sein wohlverdientes Brot im Kreise der Kinder und an der Seite seiner liebenden Frau, die unverstellt war, gut und ehrlich. Er hätte seine Ruhe und wäre von allem fern, ach …

»Feine Ware, Königliche Hoheit, nicht wahr? Das ist jetzt der neue Geschmack. Die Antike ist absolut *demodée.* In Parma habe ich solche gesehen, in Ofen auch, und der Herzog von

Württemberg hat damit seine ganze Orangerie aushängen lassen. Prächtig, prächtig! Wenn Ihr wünscht, dann wäre ich gerne bereit, meine Kontakte für Euch geltend zu machen …«

Das glaubte Friedrich Wilhelm unbesehen. Denn die Stimme, die sich ihm da hinterrücks gefällig zu machen versuchte, gehörte einem Neuling unter den Speichelleckern, und er wusste nicht, mit welcher Höllentat er sich versündigt hatte, dass dieser ihm nun seit einigen Wochen auf Schritt und Tritt folgte und er keinen Moment allein sein konnte, ohne dass er sich an ihn anzubiedern versuchte. Er war wie ein Schatten.

»Ihr hier? Welch Überraschung. Holt einen Stuhl. Nehmt Platz. Habe Fragen.«

Friedrich Wilhelm ging in die Offensive. Wenn dieser Mann dienen wollte, dann sollte er doch! Er machte sich einen Spaß daraus, seine beflissenen Angebote scheinbar anzunehmen und – wenn er vorgab, mal zur einen, mal zur anderen Richtung zu tendieren – das wechselnde Farbenspiel in dessen Gesicht, die Biegsamkeit seiner Haltung und die Wendungen seiner Wortwahl amüsiert zu studieren.

»Ihr könnt Teppiche besorgen?«

»Jawohl, Königliche Hoheit. Wie Ihr wünscht.«

»Wünsche nicht. Könnt Ihr?«

»Dann ja, dann. Ähm. Ihr wünscht doch nicht? Ich dachte, Ihr hättet daran Gefallen, und da dachte ich wiederum, ich könnte, wenn Ihr wollt, Eure Majestät …«

»Habe ich.«

»Was habt Ihr, Königliche Hoheit?«

»Jefallen!«

»Ja, eben, das dachte ich auch, und deshalb dachte ich wiederum, es könnte mir eine Ehre sein, wenn ich …«

»Ist es Euch?«

»Was, Königliche Hoheit?«

»Eine Ehre?«

»Ja, aber mit Vergnügen!«

So ging es in einem fort. Friedrich Wilhelm lachte in sich hinein, bremste sich aber nach einiger Zeit in seiner Lust, den Unterhändler an der Nase herumzuführen. Denn er wollte ihm tatsächlich einige Fragen stellen, die ihm bereits seit Tagen, spätestens jedoch seit gestern Abend auf den Nägeln brannten, nachdem er inkognito ins Theater geschlichen war und dort abermals die Prinzessinnen von Mecklenburg-Strelitz verpasst hatte, von denen er bereits viel gehört hatte. Vor einer Woche schon hatte sein Vater ihn und seinen Bruder Louis unter dem Vorwand nach Darmstadt gelockt, die alte Prinzessin Maria Luise Albertine von Hessen-Darmstadt, genannt die Scho'sch, besuchen zu wollen – wo man doch hier von Frankfurt am Main aus nur eine Tagesfahrt entfernt war. Sie hatten sich dort aber vor verschlossenen Türen wiedergefunden. Dem Prinzen war an der Enttäuschung, die der König zeigte, aufgegangen, worin der geheime Plan dieser Unternehmung bestand, denn der König hatte bislang noch nie von dieser Verwandten seiner Mutter gesprochen, ja er, der Prinz, hatte gar nicht gewusst, dass sie überhaupt existierte. Was er aber wusste beziehungsweise auf der Fahrt ins Alte Palais aus den Worten des Vaters herausgehört hatte, war, dass diese bislang unbekannte Verwandte die Erziehung der Töchter des Prinzen Karl von Mecklenburg-Strelitz übernommen hatte, und über diese beiden Prinzessinnen wiederum war ihm schon etwas zu Ohren gekommen, was ihn neugierig machte.

Denn er zeigte sich entgegen all der Nachreden, die über ihn kursierten, sehr beeindruckt vom anderen Geschlecht. Er hielt es nur nicht für nötig, das durch zur Schau gestellte Männlichkeit zu demonstrieren – eben weil es nicht seinem Charakter entsprach und weil er die Dinge gerne abwog, bevor er sie anging. Sein Credo war vielmehr, dass die Zeit die Dinge schon richten würde und man nur abzuwarten brauchte, dann würde alles gut. »*Befiehl dem Herrn deine Wege …*«

Graf Medem, dachte der Prinz, war ein Mann, den man sich

für seine Neugierde nutzbar machen konnte, denn dieser Kerl pflegte einen so lebhaften Umgang mit Damen, dass er kaum mit irgendjemandem vergleichbar war, wobei sich ihm, dem Prinzen, nicht erschloss, worauf dieser Erfolg beruhte. Er musterte den Mann, während er weiterhin kleine Ringe in die Luft blies und sein verbales Fangenspiel etwas abmilderte, um hinter das Rätsel, das sich ihm da aufgab, zu kommen. Im Gegensatz zu seinem Cousin Louis Ferdinand, dem ebenfalls der Ruf eines Weiberhelden anhing, zeichnete sich Medem durch keine besondere Eigenschaft aus: Seine Statur war weder stattlich noch hager, weder groß noch klein, weder rüstig noch weich, seine Augen waren weder brillant noch matt, sein Gesicht weder markant noch weibisch. Das Erstaunliche war, fand Friedrich Wilhelm, dass diese Unentschlossenheit, ja diese Tendenz, sich zu nichts zu bekennen, sich auch in Medems Charakter zeigte. Er war spöttisch und sanft zugleich, vertrauensvoll und verräterisch, er zeigte Klugheit wie Geistesarmut im gleichen Maße, und auch Charme und Anbiederei hielten sich bei ihm die Waage – und doch schien es so, als ob es genau dieses Miteinander von widersprüchlichen Eigenschaften war, was das eigentliche Wesen von Medem ausmachte. Es war wie bei einer Promenadenmischung, bei der genau diese Durchmischung verschiedenster Charakterzüge die Robustheit bewirkte, mit der reinrassige Geschöpfe nicht mithalten konnten, weil sie ihnen durch den hohen Grad der Zucht abhandengekommen war.

Genau so eine Promenadenmischung war Medem, dachte der Prinz, ein Mann, auf den man nicht unbedingt setzen konnte, und doch einer, bei dem man auf alles gefasst sein musste, eben weil er alles und nichts zugleich war. Einer mit dem Blick eines Dackels und dem Biss eines Terriers und dem Glauben daran, von feinster Abstammung zu sein. Dabei war er, weil alle Eigenschaften sich gegenseitig neutralisierten, nichts anderes als der absolute Durchschnitt, Mittelmaß auf allen Ebenen, und in diesem Sinn der perfekte Unterhändler, der dem berühmten *On-dit* alle Ehre machte. Wie hieß es doch? Wenn ein Diplomat Ja sagt, dann meint er: vielleicht. Wenn er Vielleicht sagt, dann meint er: nein. Und wenn er Nein sagt, dann ist er kein Diplomat.

Friedrich Wilhelm legte seinen Kopf leicht in den Nacken und taxierte den mittelgroßen Mann aus seiner erhobenen Perspektive. Ja, vielleicht war genau das die Lösung von Medems großem Rätsel, und vielleicht gründete sich der Erfolg, den er beim schwachen Geschlecht hatte, auf genau dieser Eigenschaft: Denn wenn er niemals Nein sagte, dann waren seinen Möglichkeiten keine Grenzen gesetzt. Dann sagte er weder Nein zu üppigem Wuchs noch zu hässlichen Zähnen, weder zu kleinen Brüsten noch zu dickem Bauch. Er vermittelte das Gefühl, dass alles recht und gut sei, und es wäre in der Tat ein Wunder, wenn ihm das nicht zu seinem Vorteil gereichen würde. Denn wer ein Nein nicht als letztes Wort kennt, der lässt Raum für Illusion und Träumereien. Nur bemerkenswert, dass die Damenwelt diesen Trug nicht erkannte, wo er doch so offensichtlich war. Aber der Hof war voll von solchem Trug.

Er schmunzelte, als ihm dieser Gedanke kam, und weidete sich kurz daran, dass Medem sofort auf sein Mienenspiel reagierte, indem er es als Freude über die Wohltaten, die er ihm angedeihen lassen wollte, interpretierte. Der Prinz aber unterbrach ihn brüsk:

»Genug jeredet, Medem. Nun zur Sache.«

»Welche Sache?«

»Warum bei mir?«

»Wer?«

»Er!«

»Wer ›*Er*‹?« Medem schaute sich hilflos um.

»Na Ihr!«

»Ihr?«

»Nein, Er!«

Diesmal war es Medem, der verzweifelte. Die abgehackte Sprechweise des Prinzen hatte schon manche Gesandten auf dem höfischen Parkett zu Fall gebracht, wie die ausgetretene Paradetreppe im Berliner Schloss, wo auch er schon über mehr als 20 Stufen in die Tiefe gepurzelt war und sich eine Prellung zugezogen hatte, die ihm mehr als einen Monat lang zu schaffen gemacht hatte. Aber an diesem Prinzen litt er schon länger als einen Monat. Es war unmöglich, ihn zu verstehen, wenn man seine fragmentarische Syntax nicht durch eigene Ergänzungen zu vervollständigen wusste – und selbst wenn man, wie er, bereits Übung darin errungen hatte, konnte man nicht sicher sein, alles richtig verstanden zu haben. Die Gespräche mit dem Prinzen hinterließen ihn immer in einem Zustand von Verwirrung, und meist versuchte er dieser Herausforderung zu begegnen, indem er das in ganze Sätze zu fassen versuchte und wiederholte, was er glaubte, aus den offenen Wortformationen des Prinzen herausgehört zu haben.

Denn es hatte sich ihm, seitdem der König ihn damit betraut hatte, den Prinzen der Damenwelt zuzuführen, und er aufgrund dieser Mission per Order gezwungen war, sich bei diesem anzubiedern, der Verdacht aufgedrängt, dass der Prinz seine Mission durchschaute. Friedrich Wilhelm war nämlich, auch wenn der ganze Hof ihn für einen mürrischen Sturkopf hielt, ein Mann von Witz und außerordentlichem Humor. Es gab wenige, die am Hofe über sich selbst lachen konnten – der Prinz aber war einer von ihnen; und auch wenn die Gespräche mit ihm schwerer, rätselhafter und aufgrund der Missverständnisse, die sich zwangsläufig einstellten, ermüdender waren als alles andere, was Medem an den Höfen von Riga, St. Petersburg und Moskau erlebt hatte – so hinterließen sie bei ihm doch das Gefühl, hier auf einen Gleichgesinnten getroffen zu sein, der wie er selbst den höfischen Zwängen mit Hohn und Spott begegnete. Manches Mal hatte das Medem schon verleitet, die Etikette gegenüber dem Kronprinzen zu übergehen.

Es war nämlich so – und das war auch der Grund dafür, dass der König Medem ins Vertrauen gezogen hatte –, dass man sich in der königlichen Familie Sorgen um den Kronprinzen machte. Während nämlich bei dessen jüngerem Bruder Louis das Interesse an Frauen sich schon sehr früh gezeigt hatte, dessen Cousin Louis Ferdinand sich gar seit seinem 17. Lebensjahr seiner ersten Vaterschaft erfreuen konnte, war es auf diesem Gebiet sehr still beim Kronprinzen – und das, wo man doch von ihm mehr noch als von allen anderen in der Familie erwartete, dass er seinen dynastischen Pflichten nachkomme! Aber es gab weder Schwärmereien, denen man lauschen konnte, noch Kuverts, die heimlich entsandt wurden, oder Treffen, die arrangiert werden mussten. Deshalb – und das war ihm während seines langjährigen diplomatischen Dienstes schon von mehreren Seiten zugetragen worden – befürchtete man, dass im Kronprinzen die Neigungen seines Großonkels, des Großen Friedrich, zu Freundschaften antiker griechischer Natur unvorteilhaft auflebe und die Thronfolge deshalb in direkter Linie in Gefahr sei.

Nun meinte Medem wiederum bemerkt zu haben, dass dies keineswegs der Fall war und der Prinz lediglich wählerisch und schüchtern. Somit fiele Medem die Aufgabe zu, über alle Etikette hinweg diesem die Hand zu reichen und ihm den Weg in dieses verheißungsvolle Land zu weisen. Mehr noch: Er glaubte erkannt zu haben, dass der Prinz sehr wohl wusste, was man über ihn sagte, und das störrische Wesen, das er an den Tag legte, eben seine Art war, auf diese infamen Verdächtigungen zu reagieren, was fatalerweise besonders beim zarten Geschlecht erst recht keine einnehmende Wirkung zeigte.

Es gab also keinen Ausweg – ausgenommen er, Christoph Johann Graf Medem, würde es richten; und der Lohn, den ihm der König für die Erfüllung seiner Aufgabe in Aussicht gestellt hatte, würde es ihm nicht nur ermöglichen – gottlob! –, all seine Schulden mit einem Schlage zu begleichen, sondern es darüber hinaus auch zulassen, endlich Herr im eigenen Haus zu sein und keines Herren Diener mehr. Die Verletzungen der höfischen Zwänge, die er bei seinem Auftrag unweigerlich riskierte, da er den Prinzen praktisch und im Worte auf ein Terrain würde leiten müssen, das vertraulich und intim war, wollte er zu diesem Preis gerne in Kauf nehmen – und das aus zweierlei Gründen: Zum einen war ihm die Erkenntnis erwachsen, dass ihm der Prinz auf seine verschrobene Art sympathisch war, und zum anderen hoffte er, im Schatten eines so aussichtsreichen Kandidaten, wie es der Kronprinz von Preußen trotz aller Ungeschliffenheit nun einmal war, selbst einige Bekanntschaften machen zu können, die ihm Vorteile einbrächten – und *Plaisir.*

Seine Scheu hielt sich deshalb in Grenzen, als er den Prinzen direkt ansprach.

»Eure Majestät hat, wenn ich es richtig verstanden habe, Fragen?«

»Ja.«

»Welcher Natur sind denn die Fragen, wenn ich fragen darf?«

»Dürft Ihr.«

»Fragen?« Medem unterdrückte einen Seufzer.

»Ja. Fragen zu den Damen.«

So viel Entgegenkommen hatte sich Medem gar nicht erträumt, und er spürte in seinem Eifer jeder erdenklichen Fährte nach, die sich vor ihm auftat: »Damen! Welche Damen? Habt Ihr den Wunsch, eine Dame kennenzulernen? Oder habe ich das Vergnügen, Eurer Majestät ein *Entree* zu verschaffen? Oder wünscht Eure Königliche Hoheit Auskünfte über eine Dame, die Ihr gesehen oder von der Ihr gehört habt? Habe ich das Vergnügen, eine Begegnung zu arrangieren? Oder kann ich mich in einer anderen Angelegenheit dienstbar machen?«

»Ja!«

Medem merkte, dass er wirkte wie ein streunender Köter, der aus lauter Dankbarkeit, dass man ihm einmal über den

Kopf streichelte, übers Ziel hinausgeschossen war und in seiner Eilfertigkeit seinem Gegenüber zu viele Alternativen gelassen hatte. Es war nun an ihm, diesen Patzer wiedergutzumachen und zu sondieren, welche Frage genau der Kronprinz bejaht hatte. Er wählte die Möglichkeit, die ihm am aussichtsreichsten schien:

»Ihr wünscht Auskünfte über eine gewisse Dame?«

»Nein!«

»Nein?«

»Zwei Damen!«

Damit konnte Medem etwas anfangen. Denn es gab nur zwei Möglichkeiten, wer mit der Umschreibung »zwei Damen« gemeint sein konnte – entweder waren es die vielgerühmten Mesdames von Bentheim oder die beiden Prinzessinnen von Mecklenburg-Strelitz: Luise, die ältere, und Friederike, die jüngere. Da man sich über die ersten beiden Damen in den Herren- und Rauchzimmern zwar viel Gutes zuraunte und so mancher über deren außergewöhnliche Reize mit der Zunge schnalzte, sie aber nicht mit einem Stammbaum aufwarten konnten, der einem Preußenprinzen, einem Kronprinzen zumal, angemessen war, schieden sie aus – und so konnte Medem mit ein wenig Kombinationsvermögen eingrenzen, über wen Friedrich Wilhelm Auskunft erhalten wollte. Er füllte also seine Vermutung zu einem vollständigen Satz auf und gab sie als Frage zurück:

»Aaaa, sooo: Eure Königliche Hoheit möchte gerne etwas über die beiden Prinzessinnen von Mecklenburg-Strelitz wissen? Das kann ein jeder, der sie kennt, nachvollziehen. Das ganze Reich schwärmt von ihrem ungewöhnlichen Liebreiz, und der König, Euer Vater, dem sie gestern im Theater präsentiert worden sind, ist in größter Verzückung. Er kann seiner Schwärmerei keine Grenzen setzen und überbietet sich in Gleichnissen: Erst sagte er, es seien Engel, dann, es seien junge Fohlen, und dann, dann sagte er noch: frische Fische, gute Fische.«

Friedrich Wilhelm rollte mit den Augen. Dieser Grobian

von einem Vater! Dieser Flegel von Medem! Sie schienen einander in nichts nachzustehen, was ihren Blick auf die Frauen betraf. Es war zu und zu liederlich. Er schüttelte den Kopf und stopfte seine Pfeife neu, damit er geschäftig aussah und Medem das Entsetzen, das ihn schüttelte, nicht mitbekam. Wie war es nur möglich, dass ein kultivierter Mann so ohne Achtung über Frauen sprach wie sein Vater? Er versuchte, mit gezieltem Druck den trockenen Tabak in den Pfeifenkopf zu zwängen. Wie konnte es sein, dass ein kultivierter Mann wie Medem, ein Diplomat zumal, der sich eigentlich auf dem gesellschaftlichen Parkett bewegen können sollte, sich nicht eher die Zunge abbiss, als solch einen Latrinenjargon zu wiederholen?

Ach … Es war, als ob er den Tabak verantwortlich machen wollte für den Mangel an Zartgefühl, den der Vater und Medem an den Tag gelegt hatten, so fest bearbeitete er ihn mit seinem Stopfer. Was für eine Welt war das bloß? Für Medem war es ihm egal. Aber sein Vater! So einen Vater zu haben war ein Fluch! Er führte sich auf wie ein jugendlicher Held, versuchte, sich mit lächerlichen Perücken ein paar Jahre jünger zu machen, und rannte jedem Rock hinterher, als sei es der Auftakt der Jagdsaison. Es war ein Gräuel, zumal sein Vater mit all diesem Gebaren nichts anderes offenbarte, als dass er nicht Herr der Lage, sondern erster Diener seiner Lüsternheit war. Er war wie ein Bock, der alles bespringt, was nicht sofort Reißaus nimmt. Niemals wollte er so sein wie sein Vater! Niemals! Er wollte seine Frau ehren, wie es die Bibel befahl, und er wollte eine Frau, die es ihm erlaubte, sie zu ehren. Ein ehrliches Weib, dem er Respekt entgegenbringen konnte, Achtung, Freundschaft und … Liebe. Was für eine Welt war das bloß, in der selbst solche einfachsten Dinge eines Beschlusses bedurften? Er seufzte und traktierte weiterhin seine Pfeife.

Ein Diener, der die Notlage des Prinzen erkannt hatte, kam vorbei und offerierte ihm eine Pfeife. Auch Medem gab dem Angebot nach – und beide sogen gierig das scharfe Kraut ein, das Olenschläger eigens für diesen Morgenempfang aus Brasilien hatte liefern lassen, weil ihm zu Ohren gekommen war, dass der Preußenkönig derlei Genüsse besonders schätzte, und diesen Tabak nun großzügig überall und jedermann anbieten ließ, damit sein hoher Gast auch Gelegenheit erhielte, die Mühen zu Gesicht zu bekommen, die er, Olenschläger, sich für ihn gemacht hatte.

Friedrich Wilhelm lehnte sich in seinem Stuhl zurück und fixierte Medem aus verengten Augen. Wollte er diesem Mann vertrauen? Man konnte keinem Menschen am Hofe vertrauen, alle verfolgten nur ihre eigenen Ziele, niemand dachte an den anderen. Es war wie ein Börsenparkett des Eigennutzes, auf dem nur mit dem harten Kurs der Gefälligkeiten gehandelt wurde, und da er nicht bereit war, in dieser Währung zu bezahlen, blieb er eben allein. Welches Ziel wohl dieser Kerl hier hatte?

Friedrich Wilhelm wollte Zeit gewinnen, um sich Klarheit über seine Strategie zu verschaffen, und schüttelte den Zedernholzspan, mit dem er die Pfeife entzündet hatte, umständlich aus. Er sah Medem an. Irgendetwas wollte er von ihm. Seit Wochen ging er ihm hinterher wie ein herrenloses Tier. Nur was? Er räusperte sich und zog an seiner Pfeife. Als er den Rauch in einem kräftigen Zug ausstieß, kam ihm der entscheidende Gedanke. War das nicht gleich, was Medem von ihm wollte? Er, Friedrich Wilhelm von Preußen, war schließlich der Thronfolger. Es war genug, dass er sich überhaupt mit diesem Hund hier abgab! Die entscheidende Frage war also: Wie konnte er Medem für seine Zwecke einspannen? Noch einmal sah er ihn an, und erst jetzt merkte er, wie dieser wegen der langen Pause, die das Gespräch genommen hatte, Anzeichen von Unruhe zeigte.

»Frische Fische also.«

»Ja, frische Fische, das kann man wohl so sagen.«

Medem konnte seine Aufregung nur unzureichend verbergen. Welch eine Freude! Er hatte schon immer eine hohe Meinung von seinem Geschick als Unterhändler gehabt, aber dass der Kronprinz ihm hier und jetzt so vertraulich kam, wo doch der ganze Hof wusste, dass dieser die Wortwahl seines Vaters verabscheute wie der Teufel das Weihwasser, ließ ihn innerlich jubilieren. Es bewies ihm, dass sein ausgewogenes Hin und Her zwischen Untertänigkeit und hilfreichem Entgegenkommen gefruchtet hatte. Ja, es schien ihm, dass er den Prinzen geöffnet hatte, und vielleicht, wer weiß – man musste ja auch an die Zukunft denken! –, würde er nicht nur den Lohn des Königs einfahren können, sondern später einmal, wenn der Prinz König war, sich für einen hübschen Kabinettsposten empfehlen. Eifrig fuhr er fort, das Feuer völlig zu entfachen.

»Sie sind von einer Schönheit, Königliche Majestät, dass einem das Wasser im Munde zusammenläuft. Frisch, gesund und appetitlich wie junges Gemüse. Luise, die ältere, hat eine Haut, auf die ein Pfirsich neidisch sein könnte. Ihr Haar ist üppig, die Augen graublau und ihr Blick klar. Ihre Zähne sind wie Perlen, und ihre Figur ist schlank wie eine Gerte. Ein Leckerbissen, Hoheit! Da ist die Königliche Patisserie eine Suppenküche dagegen, wenn man das einmal so vergleichen darf.«

Als er das sagte, schloss er verträumt die Augen und leckte sich einmal kurz über die Lippen, doch das Bellen des Kronprinzen riss ihn aus seinen Träumereien:

»Darf Er! Die andere?«

Medem vergaß alle guten Vorsätze und ging wieder ganz in seinem Metier auf: »Oh là là, Königliche Hoheit. Friederike heißt sie, Friederike.« Er sog die Luft durch die Zähne. »Man könnte meinen, es sei ihre Zwillingsschwester. Denn was die Schönheit betrifft, steht sie Luise in nichts nach. Aber sie ist jünger, obwohl sie älter aussieht … wenn Ihr wisst, was ich meine.« Er modellierte in der Luft einen Frauenkörper mit vollen Brüsten. »Sie hat etwas sehr *Seduisantes,* etwas sehr Verführerisches. Ich schwöre es Euch, Königliche Hoheit! Jeder, der sie sieht, will sie haben – und Euch wird es nicht anders ergehen!«

Er lehnte sich zurück und lachte, während er sich genüsslic über den Bauch strich.

Als Friedrich Wilhelm wohlwollend einstimmte, dachte sich Medem auf dem richtigen Weg.

»Nun denn. Mir bekannt: Sind in der Stadt. Waren jestern im Theater. Wisst Ihr mehr –« Er überlegte kurz und schloss dann, Medems unterwürfige Reaktion amüsiert berechnend, mit der Wendung: »… lieber Freund?«

»Sehr wohl, Eure Königliche Hoheit. Sie waren gestern im Theater, mit ihrer Großmutter, der Prinzessin von Hessen-Darmstadt.«

»Vom Alten Palais. Die … wie heißt sie – Scho'sch?«

»Ja, Königliche Majestät. Genau die.« Medem wunderte sich, woher der Kronprinz den Rufnamen der alten Prinzessin kannte, und fragte sich, ob dieser mehr wusste, als er zugab, und er selbst einer Intrige aufgesessen war. Er verfolgte diesen Gedanken jedoch keinen Moment weiter, da er so aufgeregt war, endlich, nach wochenlangen Mühen, die Mission, die ihm der König aufgetragen hatte, auch nur ansatzweise anschneiden zu können. Er zog kurz an seiner Pfeife, damit diese nicht ausging, und sprach dann hastig weiter: »Sie ist für die Erziehung der beiden Mädchen zuständig.«

»Warum?«

»Lange Geschichte, Königliche Hoheit, traurige Geschichte. Ihr Schwiegersohn, Karl von Mecklenburg-Strelitz, der Vater der beiden Mädchen, war mit ihrer Tochter verheiratet, der Prinzessin Friederike von Hessen-Darmstadt. Eine große Liebe war das zwischen den beiden. Das hat man sich überall erzählt, und es gibt nicht wenige, die die beiden um ihr Glück beneidet haben. Ein Kind kam nach dem anderen, es war ein reicher Segen. Aber dann ist die Prinzessin gestorben. Es war ein Unglück ohnegleichen. Der Prinz trug Schwarz, und das will etwas heißen. Denn es gibt kaum einen Mann im Reich, der das Leben mehr genießt als er. Man sagt, er habe sehr geweint, und nach einem Jahr ist er dann zur alten Georg gegangen und hat um die Hand der Schwester angehalten, Charlotte. Auch wenn sie dann erst nach drei Jahren heiraten konnten, weil der Mann der Georg gestorben war und Trauer war, war es dann für alle eine wunderbare Lösung: Die beiden Mädchen liebten ihre Tante wie eine Mutter, der Prinz erlebte mit Charlotte eine weitere große Liebe, und die alte Georg rieb sich die Hände, dass ihre Tochter so gut unter die Haube gekommen war. Denn der Vater bezieht stattliche Gehälter. Er ist Gouverneur von Hannover, und die Engländer entlohnen ihm das würdig.

Aber auch da sollte das Glück nur kurz halten. Kurz nach der Geburt des Erbprinzen hat Gott auch die zweite Frau zu sich geholt. Seitdem ist der Fürst nicht mehr zu halten. Er ist schwermütig geworden und voller Melancholie. Er fühlt sich immerzu *malad* und reist von Kurbad zu Kurbad. Die Töchter hat er kurzerhand der Großmutter überlassen, und sie haben es sich dort in Darmstadt zusammen eingerichtet.«

Während Medem die bescheidenen Verhältnisse ausmalte, in denen die Großmutter mit den beiden Prinzessinnen im Alten Palais lebte, hing der Prinz seinen Gedanken nach. Ach, es war also die große Liebe, sinnierte er, mehr noch: Es war zweimal eine große Liebe. Ob ihm das auch vergönnt war? Er sehnte sich nach wahrer Freundschaft und Liebe, nach Geborgenheit und häuslichem Glück. Die Ehe seiner Eltern war ihm ein warnendes Exempel, eine Hochzeit, die aus Staatsräson geschlossen war und ohne Liebe, Freundschaft und nicht einmal mit Respekt füreinander geführt wurde. Ihn schüttelte es bei dem Gedanken, wie demütigend für seine Mutter die ganze Weiberwirtschaft seines Vaters war, die, je älter dieser wurde, desto wahnwitzigere Ausmaße nahm. Derzeit buhlte er um die Tochter des Bankiers Bethmann-Metzler. Ach, wie traurig musste der arme Karl von Mecklenburg-Strelitz sein, dass das Schicksal ihm das irdische Glück gleich zweimal entrissen hatte! Denn schlimmer noch, dachte Friedrich Wilhelm melancholisch, als nie zu lieben, war, einmal von der Liebe gekostet zu haben und nicht mehr kosten zu dürfen.

»Traurije Geschichte.«

»Nicht ganz, Königliche Hoheit. Man erzählt sich, dass sie allesamt im Alten Palais sehr heiter sind und der Umgang miteinander fröhlich und ohne große Konventionen. Die Mädchen sind zur Demut und Bescheidenheit erzogen, aber sie sind unbefangen und von heiterer Natur.«

Der Prinz nickte und sah kurz über die Schulter hinüber zur Eingangstür. Denn als er Medem zugehört hatte, war ihm, als er einer Rauchserpentine nachgeblickt hatte, nicht nur der fragile Bleikristallleuchter aufgefallen, dessen Pracht in Hunderten kleiner Stäbchen erstrahlte, sondern er hatte bemerkt, dass dieser immer dann ein helles Klingeln von sich gab, wenn jemand Neues die Räume betrat. Da es aber nur ein Lakai war, der ein Tablett mit kleinen Mokkatassen auf einer Hand über die Schwelle balancierte, während er mit der anderen die schwere Eichentür geöffnet hielt, wandte sich Friedrich Wilhelm zu Medem und warf ihm ein weiteres Stichwort zu:

»Die andere Frau?«

»Charlotte? Die ist doch ebenfalls gestorben.«

Medem merkte, dass er ein falsches Bruchstück vervollkommnet hatte, und überlegte, welchen Faden er weiterverfolgen sollte, da half Friedrich Wilhelm nach: »Nein, die im Theater!«

Medem zog die Augenbrauen hoch. Er war verwundert darüber, dass der Prinz etwas von einer anderen Frau wusste, und konnte sich diesen Umstand nicht erklären. Hatte dieser verstockte Kerl etwa einen Vertrauten am Hofe, einen Freund gar, von dem niemand wusste – insbesondere er nicht, der sich diese Position erschleichen wollte? War es etwa dieser ungeheuerliche Lucchesini, der ihm, Medem, bereits bei der Zarin einen erbitterten Konkurrenzkampf um deren Gunst geliefert hatte und der sich vorhin an den Prinzen anzubiedern versucht hatte? Dem Grafen wurde mulmig in Anbetracht der Möglichkeit, dass er einen geheimnisvollen Mitstreiter hatte, der seine Ambitionen auf ein Amt durchkreuzen könnte, und winkte aus Verunsicherung darüber den Lakaien mit dem Mokka herbei.

»Einen Mokka, Königliche Hoheit?«

»Ja!«

Während Medem seine Felle schon davonschwimmen sah, diesen Umstand aber mit einer Untertänigkeit zu überspielen versuchte, die keinen Vergleich kannte, und sich eifrigst um eine Tasse Kaffee bemühte, genoss der Prinz die offensichtliche Verunsicherung, die seine Worte beim Grafen ausgelöst hatten. Sieh mal einer an, dachte er, da ist dieser Hund doch gleich in die erste Falle getappt, die ich ausgelegt habe. Sehr gut, sehr gut. Der wird mir zu nahe nicht kommen. Er lächelte milde, nippte ruhig an der Tasse und gab schließlich, als er genug von der eilfertigen Vorstellung hatte, die der Graf ablieferte, durch ein Nicken zu verstehen, dass er endlich über die Dame im Theater aufgeklärt zu werden wünschte.

»Ach, diese Dame, ja, ähm. Ja, Königliche Hoheit, da möchte ich Euch gerne Kenntnis verschaffen. Das ist die Gräfin Polyxene Leiningen-Dagsburg-Falkenburg. Sie ist die Nichte der alten Georg und somit die Tante der beiden Prinzessinnen.«

»Die Tante? Nicht möglich.«

Nun war Friedrich Wilhelm aus der Balance. Er hatte die alte Frau bei seinem Besuch im Theater gesehen, wäre aber im Traume nicht darauf gestoßen, dass dieses schwammige Weib irgendetwas mit den beiden Mecklenburg-Prinzessinnen gemein haben könnte. Aus seiner Stimme sprach Entsetzen:

»Scheußliche Alte. Hässlich wie die Nacht. Hat Augen wie ’ne Eule. Und: Sie trinkt.«

»Sie ist aus der Kurpfalz, Königliche Hoheit. Da pflegt man …«

»Papperlapapp, Medem. Unanjenehm ist sie. Redet zu viel. Macht Skandal.«

»Selbstverständlich, Königliche Hoheit, sicher, Königliche Hoheit.«

Medems Pulsschlag zeigte Irritation, weil er nicht einschätzen konnte, woher der Prinz Polyxene kannte und wie viel er über sie wusste. Dennoch wollte er es wagen, die Alte, die ebenfalls seine Dienste als Unterhändler in verschiedenen pikanten Angelegenheiten in Anspruch genommen und diese großzügig entlohnt hatte, in einem guten Lichte dastehen zu lassen. Denn wer weiß ... vielleicht wäre es ja von Nutzen, wenn in ein paar Jahren der Prinz König wäre und er in seinem Kabinett säße ...

»Was ihre Erscheinung betrifft, gibt es keine zweite Meinung, Königliche Hoheit. Sie ist hässlich wie die Nacht, und es gibt nicht wenige Stimmen, die sich fragen, wie sie seinerzeit am Hof von St. Petersburg reüssieren konnte. Aber, und das wage ich herauszustreichen, Königliche Hoheit: So wie man sagt, es ist nicht alles Gold, was glänzt, so kann man auch umgekehrt behaupten: Es ist nicht alles so hässlich, wie es scheint. Sie ist von gutem Herzen. Sie ist selbstlos und hochherzig und bezieht jedermann in ihre Wohltaten mit ein –«

»Jenug! Nichts mehr über die Alte. Woher kennt Ihr die Prinzessinnen?«

»Oh, Königliche Majestät, Ihr hattet ja keine Gelegenheit, das zu sehen. Es war hier in Frankfurt am Main, beim Kaiserball, bei der Krönung von, ähm, Franz II.«

Mit dem letzten Wort bremste Medem seinen Eifer. Denn es fiel ihm ein, dass er ein Terrain beschritt, das noch gefährlicher war als die Angelegenheit mit Polyxene. Die Erwähnung des Kaiserballs nämlich konnte Friedrich Wilhelm an die Existenz eines Kaisers erinnern und diese wiederum an die Habsburger, diese wiederum an die Rivalität zwischen den Habsburgern und den Preußen. Schon lange hatten die beiden hohen Häuser um die Vormachtstellung in Deutschland gestritten. Es ging um den Norden gegen den Süden, den Protestantismus gegen den Katholizismus, letztlich jedoch um nichts anderes als um Macht, Geld und Einfluss. Seit 500 Jahren wussten sich die Habsburger durch Intrigen, Bündnisse und Bestechungen die Kaiserkrone zu sichern. Seit 200 Jahren erbosten sich die Preußen darüber insgeheim, seit Friedrich dem Großen sogar so offen, dass seit dessen Machtantritt kein Preuße jemals auch nur daran gedacht hätte, an Feierlichkeiten zu Ehren der Habsburger teilzunehmen. Und schon gar nicht zur Kaiserkrönung. Denn dies hätte ja bedeutet zu akzeptieren, dass über einem preußischen König noch eine Instanz stand, der man gegebenenfalls Folge zu leisten habe.

Dieser Affront hatte den – aus preußischer Sicht – großen Vorteil, die enormen Kosten für Reise und Logis sparen und für andere Dinge verwenden zu können; jedoch den Nachteil, in völliger Unkenntnis darüber zu sein, mit welchem Pomp, Brimborium, Tamtam und Getöse die anderen deutschen Herrscherhäuser die Kaiserkrönung begingen. Ganz Frankfurt am Main war ein einziger großer Festsaal, in dem sich jeder, wirklich jeder sehen lassen wollte – nur eben nicht die Preußen. Die lang gehegte Skepsis, mit der sich die beiden großen Herrscherfamilien begegneten, war auch nicht durch die Tatsache aus der Welt geschafft worden, dass sie nun in einer Koalitionsarmee gegen den gemeinsamen revolutionären Feind aus Frankreich kämpften.

Aber Medem nannte solche Unstimmigkeiten sein Hauptgeschäft. Dafür war er Diplomat! Das war der Fluss, in dem er schwamm wie ein Otter! Das war sein Gebiet, das ihm so leicht von der Hand ging wie nichts anderes. Hach, herrlich, sein Können war gefragt, und dieses war doch eine Leichtigkeit. Er brauchte doch lediglich den Prunk der Feierlichkeiten herunterzureden und sich voll und ganz auf den Reiz der beiden Prinzessinnen zu konzentrieren, deren Lieblichkeit er nur ein wenig ins Himmlische erhöhen musste – dann war der Fall gerettet.

»Sie hatten beide ihr Debüt dort, Königliche Hoheit. Luise,

die Ältere, hat sogar mit Metternich den Esterházy-Ball eröffnet. Dieser Hund hat in seiner scharlachroten Malteseruniform prächtig Staat gemacht, und sie kam in einem weißen Kleid aus Atlas. Es war eine Erscheinung, als ob der Himmel seine Hände über ihr ausgebreitet hätte. Das hättet Ihr sehen sollen, Königliche Hoheit. Ein Paar war das, so leicht und schwebend wie von Antoine Watteau gemalt. Sie hat groooßen Eindruck gemacht. Alle haben gestaunt und große Augen bekommen, als sie das Parkett betraten. Sie haben einen Walzer getanzt –«

»Einen Walzer? Nicht verboten?«

»Ja, ähm«, Medem eierte. »In Preußen ist er verboten, Königliche Majestät, in Preußen, gewiss, aber in Wien ist er jetzt der große Geschmack. Da geht kein Ball, ohne dass man zur *Allemande* aufspielt, und Metternich hat es sich nicht nehmen lassen, diese Unsitte gleich beim Kaiserball coram publico zu präsentieren, und wer weiß, vielleicht wird das bald im ganzen Reich Mode – so wie die beiden das getanzt haben. Wie zwei Kreisel sind sie über das Parkett gedreht. Metternichs Schoß stand ab wie eine Flagge im Wind.«

»Der Schoß stand ab?!«

»Nein, Königliche Hoheit, nein, nein, nein. Sein Rock! Natürlich sein Rock.«

Medem fuchtelte aufgeregt mit den Händen vor seinem Gesicht herum und fächerte sich Luft zu, um die Röte, die ihm zu Kopf stieg, zu kühlen. Verdammt, dachte er. Wie hatte ihm das nur passieren können? Eifrig fuhr er fort:

»Sie sah aus wie ein Engel … eine Gesandte des lieben Gottes, Königliche Hoheit, anders lässt es sich wirklich nicht beschreiben. Mit der Sonne hat sie um die Wette gestrahlt. Friederike, die Jüngere, stand anfangs noch am Rande bei der alten Georg. Aber da haben sich ganz schnell Kandidaten gefunden, und auch sie war den ganzen Abend nicht einen Augenblick allein. Sie ist von so einem einnehmenden Wesen, dass – und das sagt man sich vielerorts, Königliche Hoheit –, ähm, dass es einen Kandidaten geben soll, der von einer so krankhaften Sehnsucht erfasst ist, als ob er es dem Werther gleichtun wollte ...«

Wer dieser Kandidat wohl war? Doch nicht etwa Metternich? Der hatte nichts von einem Romanhelden! Friedrich Wilhelm kräuselte die Stirn. Was, wenn er sich bereits um sie bemühte? Unvermittelt richtete er sich auf und fuhr Medem in die Parade:

»Und? Metternich? Hat er den Hof jemacht?«

Medem rieb sich die Nase. »Mitnichten, Königliche Hoheit. Die Prinzessinnen sind reizend, aber wohl zu reizlos für so einen wie Metternich. Er schätzt es koketter. Man hat sich gesagt, dass eine gewisse Madame auf ihn gewartet haben soll. Er pflegt einen sehr angeregten Umgang mit den Damen, und manchmal darf's auch ein bisschen gewöhnlicher sein. Wenn Ihr versteht, was ich meine, Königliche Hoheit. Solche Feierlichkeiten ziehen ja gemeinhin Personen an, deren Nähe man nur unter gewissen Umständen sucht. Ja, Königliche Hoheit, der Metternich, der ist ein richtiger Hund.«

»Alle Diplomaten sind Hunde!«

Mit diesen Worten stand der Prinz unvermittelt auf. Denn nicht nur, dass er nun alles erfahren hatte, was er zu erfahren begehrte, auch hatte während Medems letzten Worten der Kronleuchter seine unfreiwillige Willkommensmelodie preisgegeben. Als er sich umdrehte, sah er, wie sich eine sehr schlanke junge Frau durch den Spalt presste, den die schwere Eichentür gelassen hatte, schnell ihr Haar in Ordnung brachte und den Anschluss an eine ältere Dame und eine andere junge Frau suchte, die der Nachzüglerin wie aus dem Gesicht geschnitten ähnlich sah, nur dass – wie sollte er es ausdrücken –, nun ja, deren Figur schon ein wenig voller war.

Er fragte den Marchese Lucchesini, ob er ihm ein *Entree* verschaffen könnte, und Graf Medem sah der Gruppe mit offenem Mund hinterher.

6

Es war wie in einem schönen Traum. Nachdem Luise sich bei einer für ihren Geschmack sehr gedehnten *Sarabande* mit der ganzen Gesellschaft bekannt gemacht hatte und sich beim raschen Wechsel des Gegenübers einen Überblick über die Kavaliere hatte verschaffen können, die der Kammerherr Wrede bei seinem Ball willkommen geheißen hatte, schritt sie nun an der Hand des Kronprinzen eine *Contredanse* ab, die mit ihrem fröhlichen Dreivierteltakt ihrer Stimmung weitaus mehr entgegenkam.

Sie hätte die Welt umarmen können, so wohl fühlte sie sich. Seit Beginn des Abends – waren es zwei oder gar bereits drei Stunden, sie konnte es nicht abschätzen – drehte sie auf dem Parkett ihre Runden, und es war nicht sie, die darauf drängte, sondern auch Friedrich Wilhelm, der sie immerzu aufs Neue aufforderte und sie nicht zu ihrem Platz entließ, um ihr eine Rast zu gewähren. Ihr sollte es recht sein. Für sie könnte es immer so weitergehen. Der Tanz war ihr Metier, ihr Gebiet, ihr Elixier. Wenn andere erschöpft das Parkett verließen, fing für sie die Freude erst an: Denn nur wenn sie tanzte, wenn sie sich drehte, drehte und nochmals drehte, fühlte sie sich wirklich eins mit der Welt. Sie floss dahin im Takt der Musik, wandte sich, hüpfte, schwang mit den Armen, sprang in fünf leichten Schritten von einem Fuß auf den anderen, führte ihr Bein mit einer Leichtigkeit in der Luft nach vorne wie ein Springpferd und beendete die Folge in einer würdevoll ausgeführten Drehung.

Dabei sah sie immer wieder verwundert in das Gesicht des Prinzen und freute sich über die Wandlung, die seine Miene seit ihrer ersten Begegnung heute bei Olenschlägers Déjeuner genommen hatte. Er hatte ihr auf den ersten Blick gefallen, und das hatte weniger mit seiner stattlichen Erscheinung zu tun und seinen majestätischen Zügen, sondern mit der Art, wie er sich präsentierte: Er trug den Bart nämlich *à la Anjou* und verriet auch bei der Wahl seiner Garderobe modisches Bewusstsein. Denn im Gegensatz zu den anderen Militärs, die ihre Hosen in die Stiefel hineinsteckten, trug er sie über den Stiefeln wie die Pioniere Amerikas. Luise, die in Fragen des Geschmacks immer auf dem neuesten Stand war, hatte diesen Willen zum Stil sofort erkannt und in dem Kronprinzen eine verwandte Seele gesehen, mit der sie sich über die modischen Neuerungen, die aus Paris kamen, austauschen wollte. Die Hürde, die sie bei der Erfüllung dieses Begehrs zu meistern hatte, war seine Sprache. So lange und angeregt sie sich auch unterhielten, sie verstand nur die Hälfte dessen, was der Kronprinz auszudrücken versuchte. Und selbst wenn sie sich anstrengte und die Wortfragmente, die er von sich gab, zu ergänzen versuchte, gelang es ihr nicht, daraus etwas Sinnvolles zusammenzusetzen, denn ihr fehlte zu viel von der Welt, in der er sich bewegte, und so musste sie unweigerlich scheitern.

Die Begebenheit, die diese missliche Lage umkehren sollte, folgte auf ein Gespräch über die Dubarry, die letzte Geliebte Ludwigs XV., auf die Luise wegen ihrer Leidenschaft für ausgefallene Roben und Juwelen zu sprechen kam. Luise verfügte nämlich, was diese unschickliche Person betraf, über detaillierte Kenntnisse. Denn wie mit allen einflussreichen Würdenträgern und -trägerinnen führte ihre Mabuscha auch mit Maria Beatrix Gräfin Metternich – der Mutter des Fürsten, mit dem Luise auf dem Kaiserball getanzt hatte – eine angeregte Korrespondenz. Die Gräfin Metternich wiederum hatte in engem Kontakt zum verstorbenen Kaiser Joseph gestanden, und dieser wiederum hatte die Dubarry – inkognito und heimlich wohlbemerkt – bei einer Reise nach Frankreich in Louveciennes aufgesucht. Auch er war neugierig gewesen auf die Frau, auf deren Schönheit die ganze adlige Damenwelt Frankreichs eifersüchtig war. Auch er war wie so viele Männer der Wirkung dieser Dame erlegen. Noch lange hatte er von ihr in höchsten Tönen geschwärmt, ihre Eleganz, ihren feinen Geschmack, ihren – wie er sich auszudrücken pflegte – »sanften Charme« gelobt. Die Gräfin Metternich aber hatte vermutet, dass hinter den Bekundungen des alten Kaisers mehr als bloße Sympathie steckte, und diese Vermutung in langen Briefen mit der Scho'sch geteilt. Diese wiederum hatte die Angelegenheit lautstark im Familienkreis besprochen und gleich vorgegeben, wie dieser Fall einzuordnen war: Es sei eine Schande, dass der Kaiser mit »so einer« verkehre! Schließlich trüge die Dubarry Schuld an der Verhaftung der Königin Marie Antoinette. Denn wenn sich diese »gottlose Person« – so die Scho'sch – nicht bei Boehmer & Bassenge ein eine Million Taler teures Collier fertigen und diese dann darauf sitzen lassen hätte, dann wären die Juweliere niemals gezwungen gewesen, das Collier Marie Antoinette anzubieten. Die arme Königin von Frankreich wäre also niemals in Versuchung gekommen – und alles hätte einen anderen Lauf genommen.

Das war die Logik der Scho'sch.

Luise hatte von alldem nur so viel mitbekommen, dass es möglich war, ein Collier für eine Million Taler zu ordern. Eine Million Taler! Unvorstellbar! Was für einen erlesenen Geschmack diese Dubarry wohl gehabt hatte? Sie selbst musste mit den gestopften Kleidern ihrer verstorbenen Mutter und ihrer verstorbenen Tante vorliebnehmen – und wenn sie etwas Neues haben wollte, an die Großzügigkeit von Tante Polyxene appellieren. So war in Luises Augen die Dubarry zu einem Vorbild in Sachen Stil und Eleganz herangewachsen; ein Bild, das durch die Briefe der Gräfin Metternich unvorteilhaft genährt wurde.

In ihrer unbefangenen Art also hatte Luise angefangen, in Friedrich Wilhelms Gegenwart über die Dubarry und deren Eleganz zu schwadronieren, als ob sie selbst eine alte Bekannte der berühmten Mätresse gewesen sei. Sie hatte geglaubt, dass der Kronprinz aufgrund seiner ausgesuchten Kleidung ebenfalls ein Modefreund wäre, und darüber vergessen, dass es vielleicht unschicklich war, ausgerechnet eine Favoritin als blühendes Beispiel für erlesenen Geschmack auszuwählen.

Ach, hätte sie doch geahnt, welche Gefühle sie damit bei Friedrich Wilhelm anrührte: Der nämlich litt unendlich darunter, dass sein Vater einer Favoritin, der Gräfin Lichtenau, den Vorzug gab – und hätte diese am liebsten sofort in den Kerker geworfen. In dem Konflikt nun, Luises Worten einerseits als artiger Zuhörer zu begegnen und sie andererseits unterbrechen zu wollen, weil allein der Gedanke an eine Favoritin ihn in Rage versetzte, war er heftigst ins Stammeln geraten. Seine Worte waren zerrissen. Sie glichen den Chiffren, die geheime Botschaften, die zwischen Berlin und Wien ausgetauscht wurden, für Uneingeweihte unlesbar machten. Er rang um Fassung, um Worte, nach Luft. Luise sah ihn schockiert an und versuchte, sich einen Reim auf seine Äußerungen zu machen. Es war zum Verzweifeln. Nach einiger Zeit fasste sie sich ein Herz und sprach Friedrich Wilhelm frei und ohne Etikette an.

»Königliche Hoheit, es ist mir ein Vergnügen, Ihren Einschätzungen zuzuhören. Sie bringen einem die Welt so daher, dass man ihre Zusammenhänge begreift und sich ein Bild von ihr machen kann. Aber verzeihen Sie mir, wenn ich mich in Ihrer Mundart noch nicht so zurechtfinde, wie ich es sollte, und manchmal nachzufragen gezwungen bin.«

Seine Antwort hatte sie so erstaunt, dass die Rührung, die sie bis zu diesem Moment aufgrund seiner Aufgebrachtheit für ihn empfunden hatte, in ein Gefühl von Nähe, Freundschaft und der Freude umgeschlagen war, einen Menschen kennengelernt zu haben, der über seine Fehler ebenso hinwegsehen konnte wie sie über ihre. Denn statt verlegen zu werden, hatte Friedrich Wilhelm im Brustton seiner stolzen preußischen Art geantwortet:

»Ist nicht meine Mundart. Mein Wesen.«

Nach einem Augenblick erst hatte sie begriffen, dass er sich selbst zur Karikatur gemacht hatte, und war über seine Großmut, sich zum Spott anzubieten, so erstaunt und gleichzeitig so erleichtert, dass sie in ein Gelächter ausbrach, das aus tiefstem Herzen kam. Als er dann noch einstimmte, war der Bann gebrochen. Seitdem war von seinem Stottern nichts mehr zu hören und nur noch sein Dialekt geblieben, der das G gegen ein J tauschte. Sie hatte den Eindruck, dass er sich behaglich fühlte in ihrer Gegenwart, und sie musste sich eingestehen, dass es ihr umgekehrt genauso erging, denn er ließ sie spüren, dass er genau die Eigenarten an ihr schätzte, die ihre Mabuscha trotz aller Liebe zu unterbinden versuchte.

Ihre Großmutter hatte ihr nach dem Besuch im Theater eine Gardinenpredigt gehalten, die sich gewaschen hatte, und ihr mit Nachdruck eingebläut, keinen Ärger zu machen und sich nur von der besten Seite zu zeigen – und das hatte sie wiederum in großer Verwirrung zurückgelassen, weil sie nicht verstehen konnte, worin diese beste Seite bestand. Denn wenngleich die Großmutter im privaten Rahmen Luises Unbefangenheit mochte und sie sogar ermunterte, ihre Meinung frei zu äußern, duldete sie dies in der Öffentlichkeit keineswegs. Die Begegnung mit einem so hochgestellten Kavalier, wie es der Kronprinz von Preußen war, hatte Luise deshalb zunächst etwas befangen gemacht, zumal ihre ersten Gespräche unter den Augen der gestrengen Großmutter und der Tante Polyxene stattgefunden hatten, die grundsätzlich jedes Wort an sich rissen, was die Lage nicht unbedingt verbessert oder gar entspannt hatte.

Seit dem Moment aber, in dem der Prinz mit ihr über seine eigene Schwäche gelacht hatte, hatte sie jegliche Scheu verloren. Diese erste gemeinsame Heiterkeit hatte sie einander nähergebracht, als ob sie Bruder und Schwester wären, und ein Band der Freundschaft zwischen ihnen geknüpft, das Luise ihr Selbstbewusstsein zurückgegeben hatte. Seitdem gingen sie miteinander um, als ob sie sich von Kindesbeinen an kannten. Sie war unbefangen, keck und herausfordernd wie eh und je und erlaubte sich Scherze, die die Großmutter niemals gutgeheißen hätte. Es schien, als ob seit diesem Moment nicht nur das Gefühl zu ihm ein anderes war, sondern als ob sich ihr Blick auf ihn ebenfalls verändert hatte. Die mürrische Miene war einem Gesicht voller Klarheit und Ausdruckskraft gewichen, und in ihren Augen war er nicht mehr schlaksig, sondern groß gewachsen, seine Ausdrucksweise nicht hölzern, sondern voller Witz und Eigenart.

Das Orchester stimmte gerade einen Dreiertakt an, was eine frische französische *Volta* ankündigte, da nahm Friedrich Wilhelm abermals Luises Hand und vollführte eine Verneigung, die an Eleganz nichts zu wünschen übrig ließ. Luise nutzte diesen kurzen Moment der Ruhe, um einen Scherz zu platzieren:

»Königliche Hoheit, Sie schauen so ernst.«

»Tanzen ist ernst!«

Sie lachte, weil sie wusste, dass er diese Persiflage seiner Sprechweise nur ihr zuliebe auf die Spitze trieb und es der Auftakt zu einem Spiel war, das zu einer Besonderheit ihrer Art miteinander umzugehen geworden war und einem geheimen Kodex glich, den nur sie beide verstanden. Im Gegenzug zu seiner besonders steifen Offerte gab sie sich also nun besonders demütig, als ob nun ausgerechnet sie es sei, die die Oberhoheit über die Etikette innehatte und in den Feinheiten der Untertänigkeit und Wohlgefälligkeit so bewandert war wie ein Diplomat:

»Eine Bemerkung von erstaunlicher Reichweite, Eure Königliche Majestät. Sie ist weise und voller Klugheit. Es gibt Stimmen, die würden behaupten, Tanzen sei fröhlich und somit das Gegenteil dessen, was Sie behaupten. Aber diese Gemüter sind schlicht, Königliche Hoheit, das zeigt schon, dass sie die Tragweite Ihres Gedankens nicht zu erkennen fähig sind.«

»Fatal, so zu denken! Tanzen ist Politik.«

Was der Prinz damit meinte, war trotz der Übung, die Luise bereits darin errungen hatte, seine Wortfragmente zu enträtseln, auch für sie unverständlich, und so stocherte sie lächelnd im Dunkeln:

»Politik, Königliche Majestät? Wieder ein erstaunlicher Gedanke. Dann ist ja Politik das reinste Vergüngen und ein Geschäft, bei dem sich das Angenehme mit dem Nützlichen aufs Vortrefflichste verbinden lässt!«

Mit vollendeter Eleganz nahm der Prinz den Ball auf und spielte ihn wieder zurück: »Anjenehm oder nicht ist Frage des Betrachters. In Berlin wird jetanzt bis zum Morgengrauen. Bis der letzte Höfling verscheucht.«

Bei diesen Worten brach Luise aus der Maskerade aus, weil sie die Möglichkeit sah, ihre Vorzüge anzupreisen – und einer, der sie besonders auszeichnete, war nun mal das Tanzen. Sie prahlte, ohne freilich zu merken, dass sie dem Prinzen damit ins Netz ging:

»Tanzen bis zum Morgengrauen – das dürfte keine Schwierigkeit darstellen, Königliche Hoheit. Denn wir in Darmstadt, wir nutzen jede Gelegenheit zum Tanz. Unsere maskierten Bälle enden gewöhnlich erst, wenn die Uhr nach elf geht.« Ihr Blick wurde eine Spur herausfordernder, und als sie sich bei der nächsten Runde auf Nasenlänge gegenüberstanden, flüsterte sie: »Nach elf am kommenden Morgen, wohlbemerkt.«

Er lächelte verschmitzt und hielt eine Weile ihren Blick, bis er schließlich sagte: »Dann sind Sie die Richtije für Berlin.«

»Für die Diplomaten, Königliche Hoheit?«

Damit hielten sie sich beide mit einer wohldosierten Ungewissheit über ihre Absichten auf Distanz und drehten und wendeten sich, wie es die Schrittfolge der *Galliarde* erforderte.

Ein paar Tänze später, gerade als Luise sich wieder gänzlich verschmolzen fühlte mit der Musik, endete diese mit einem dramatischen *Rumms.* Nach einer kurzen Pause sprach ein Mann mit gepuderter Perücke zu der Gesellschaft und präsentierte stolz einen Janitscharen. Die Menge raunte, aus einer Ecke war ein Klatschen zu hören, aus einer anderen ein gedehntes »Aaaah«. Auch Luise applaudierte voller Vorfreude. Endlich ein Walzer, dachte sie!

Doch genau in dem Moment gab ihr der Prinz zu verstehen, dass es jetzt Zeit für eine Erfrischung war. Luise verstand die Welt nicht mehr. Warum aufhören, wenn es am schönsten ist, wenn das, was einen Ballabend erst richtig unvergessen macht, doch erst anfing? Wie konnte man aufhören, wenn zum Walzer aufgespielt wurde? Zumal, wenn ein echter Janitschare aus der Türkei den Rhythmus vorgab? Doch der Prinz zeigte sich beharrlich, und sie verstand, dass es keine Möglichkeit gab, ihn umzustimmen. Ihr Gesicht jedoch gab leichte Züge von Trotz preis, die sie entgegen dem Wunsch, dem Prinzen zu gefallen, beim besten Willen nicht verbergen konnte.

Zu ihrem Leid kam hinzu, dass Friederike und Louis, der Lieblingsbruder des Kronprinzen, der diesem so nahestand wie ihr Friederike, schon in ein Gespräch über den sonderbaren Fremdling verstrickt waren, als die beiden neben ihnen Platz nahmen.

»Wo mag er wohl herkommen?«, fragte Friederike voller Staunen, denn der Mann war wirklich beeindruckend. Sein Gesicht versteckte sich hinter einem vornehm gestutzten Vollbart, über dem seine Nase in einem beeindruckenden Haken hervorragte. Seine Augen glänzten so schwarz wie Pech. Auf seinem Haupt saß ein rotes zylinderförmiges Hütchen, aus dessen Mitte eine schwarze Quaste heraussprang, die im Takt der Musik neckisch wippte.

Friederike sagte: »Er sieht aus, als sei er direkt dem Serail entflohen.«

Alle lachten bei diesem treffenden Vergleich, nur Luise schaute sehnsüchtig dem Treiben auf dem Parkett zu, wo sich die Paare – darunter auch Onkel Georg – drehten und der Fremdling hinter einer gewaltigen Trommel diesen herrlichen

Dreivierteltakt anschlug, nach dem zu tanzen ihr nun leider nicht vergönnt war.

Dabei fiel ihr auf, dass der Türke sich nicht nur durch seine exotische Kleidung von der Gruppe der Musiker abhob – die im Gegensatz zu ihm, der in einen violetten Kaftan gehüllt war, einheitlich roten Rock und Kniebundhose trugen –, sondern dass es darüber hinaus schien, als ob das Tempo, das er eigentlich vorzugeben hatte, um eine Nuance verspätet kam. Er wirkte langsam und gemächlich wie ein Bär, der zum Tanzen zu faul war. Denn während der Klarinettist und der Mann an der Schalmei die Kapelle forsch vorantrieben, erweckte er den Anschein, als ob er sich im gemächlichen Rhythmus hinterherschleppte. Er schlug mal den Triangel an, ließ dann das Becken zittern und schüttelte ab und an mit hängenden Lidern kräftig am Schellenbaum, der daraufhin einen Klang verbreitete, als ob ein Schwarm von hundert gefangenen Vögeln dem Käfig entwich und der Freiheit entgegenflog. Dabei bewegte er seinen Mund so, als ob er eine blubbernde Wasserpfeife paffte.

»In der Tat! Ist aus dem Serail! Fast. Wrede hat ihn von dort ausjeliehen!«

Friederike drehte sich erfreut zu Friedrich Wilhelm, von dem sie alles über diese sensationelle Erscheinung zu erfahren hoffte.

»Wirklich, Königliche Hoheit? Wie kann es denn sein, dass ein Musiker ausgeliehen wird?«

»Lange Jeschichte, verehrte Prinzessin!«

»Oh, dann würde ich mich sehr freuen, wenn Sie mir die Ehre machen könnten, mir diese Geschichte zu erzählen.«

Nichts wäre dem Prinzen lieber gewesen, denn Friederike hatte ihn seit dem *Entree,* das ihm Lucchesini bei den beiden Prinzessinnen verschafft hatte, sofort durch ihren zarten Körperbau und ihre Zerbrechlichkeit beeindruckt, die ihm weit mehr ins Auge fiel als die fraulichen Formen, durch die sie sich bereits auszeichnete. Sie ähnelte einer Figur aus Biskuit-Porzellan, ihr Gesicht war das einer Puppe, ihr Mund hatte die Form einer saftigen Kirsche, und ihre Augen sahen einen immer direkt und mit einer Verletzlichkeit an, dass er sie hätte umarmen, beschützen und vor den Schrecken dieser Welt bewahren wollen. Dabei schenkte sie ihm, immer wenn sie miteinander sprachen, all ihre Aufmerksamkeit und gab ihm das Gefühl, dass ihr Leben ganz allein dafür bestimmt war, nur für ihn da zu sein.

Auch jetzt zeigte ihr Blick eher Sanftheit als Neugierde, obwohl es gerade diese Neugierde gewesen war, die den Prinzen dazu aufgefordert hatte, die Geschichte des Janitscharen zu erzählen.

»Mit *Plaisir,* Prinzessin! Wrede wollte eine Sensation für den Ball. Allein: Überall nur Ärger. In Bayreuth sagt man ab, von Ansbach nichts zu hören. Er kommt plötzlich auf die Idee: Janitscharen! Unbedingt Janitscharen! In Wien machen sie Furore, überhaupt im janzen Süden. Er fragt in Stuttgart, in Ulm, aber auch hier nur Theater. Endlich: In Karlsruhe findet er Hilfe. Der Kapellmeister verspricht ihm, das Beste zu besorgen. Sie verhandeln, aber der Lump treibt den Preis hoch. Im letzten Moment bricht er sein Wort. Wrede steht wieder am Anfang.«

Friederike blickte ihn aus großen runden Augen an, und so versuchte er weiterhin, in die verworrene Geschichte eine Linie zu bekommen:

»Dann bekommt er einen Wink. Ein Offizier der Koalitionsarmee hat immer ein Ensemble bei sich. Ein Ungar, kämpft bei den Österreichern: Graf Thököly. Die Kapelle war ein Geschenk des türkischen Großwesirs Kara Mustafa Pâe a. Graf Thököly war an seinem Hof. Hat ihm eine Frau verschafft. Der Großwesir sehr dankbar, schenkt ihm gleich ein janzes Orchester dieser Türken. Nun führt er sie immer bei sich. Zu seiner Belustijung – und der seiner Truppe. Wrede redet mit ihm, er ist bejeistert, und nun ist einer der Türken hier und macht Musik.«

Luise drehte sich gelangweilt um: Dass der Janitschare Musik machte, war ja nicht zu überhören! Wieso also hier sitzen, lange Reden schwingen und nicht dazu tanzen? Sie versuchte, den Prinzen auf sich aufmerksam zu machen, damit er sie abermals auf die Tanzfläche geleitete, aber er war zu sehr in seine Plauderei mit Friederike vertieft. Onkel Georg drehte immer noch seine Runden, er kam also ebenfalls nicht in Frage. Onkel Karl August stand zwar am Rande des Parketts, unterhielt sich aber mit Goethe und diesem ungeheuerlichen Italiener, der ihr beim Fest des Bürgermeisters den Prinzen vorgestellt hatte und dessen Name ihr beim besten Willen nicht mehr einfallen wollte. Sie konnte sich nur noch daran erinnern, dass es ein Name war, der auf *-ini* endete, weil dieser Mann die komische Eigenart hatte, das letzte Wort jedes Satzes zu wiederholen wie ein Echo, und weil das bei seinem Namen geklungen hatte wie der Schrei eines exotischen Vogels.

Es war auch nicht wichtig, außer er wollte tanzen, aber das wollte er wohl nicht, denn er und Onkel Karl August lieferten sich bei ihrem Gespräch ein Gefecht der Gesten, bei dem Goethe, der sich wie immer neben ihrem Onkel postiert hatte, wirkte, als ob er einen Stock verschluckt hätte.

Als sie sich wieder ihrer Gesellschaft zuwandte, fiel ihr Blick plötzlich auf Louis, den Bruder des Prinzen, den sie gänzlich übersehen, mehr noch: gänzlich vergessen hatte, obwohl er auf dem Stuhl neben ihr saß. Sie nannte ihn in ihren Gedanken »den schmalen Louis«, weil er so dünn und irgendwie leicht zu übersehen war. Er hatte den ganzen Abend bereits eine Unempfänglichkeit für ihre Gesellschaft wie auch die ihrer Schwester und überhaupt für die Attraktionen des Abends vor sich hergetragen, die nicht nur in einem gelangweilten Gesichtsausdruck ihr Höchstmaß erlangte, sondern auch in der Tatsache Ausdruck fand, dass sie kaum mehr als zwei Sätze miteinander gesprochen hatten.

Luise hätte beleidigt sein müssen. Aber in Ermangelung eines Kavaliers und der unbändigen Lust, zum Takt des Janitscharen zu tanzen, überlegte sie nun, wie sie es anstellen konnte, diesen ignoranten Gesellen zu einem Tanz zu bewegen, ohne die Grenzen der Schicklichkeit zu verletzen. Ach, dachte sie, wie schön wäre es doch, wenn die Damen den Kavalieren ins Tanzbuch schreiben würden, dann müsste man hier nicht so alleine sitzen und auf ein Wunder warten, sondern könnte, wann immer man wollte, einen der Herren auf das Parkett führen. Ihr Gesicht verriet Heiterkeit bei diesem kühnen Gedanken. Da sie aber mit derlei Handeln jegliche Grenzen der Sitte überschreiten würde, griff sie zum einfachsten aller Mittel – und ließ ihr Taschentuch fallen.

»Bitte schön, Madame. Das habt Ihr wohl verloren.« Der schmale Louis reagierte trotz aller Mattheit prompt. Doch gerade, als sie nach einer Möglichkeit suchte, ihn in ein Gespräch zu verwickeln und dann sanft auf diese außergewöhnliche Musik hinzuweisen, zu der hier sitzen zu bleiben doch eine reine Verschwendung sei, wurde in der hinteren Ecke des Salons der Spieltisch aufgebaut.

Ein kleiner Portugiese mit spitzem Bart und geöltem schwarzen Haar klappte ein Tablett auf, das mit grünem Samt bespannt war und das er mit der Handkante sorgfältig glatt strich. Anschließend kramte er eine hölzerne Schatulle aus seinem Gepäck und platzierte sie rechts neben sich, sodass er jederzeit die Hand darauf legen und sie vor Dieben oder anderen niederträchtigen Leuten schützen konnte: Das war die Bank, der Schrein, das Heiligtum. Hier flossen die Einsätze der glücklosen Spieler hinein, hierin stapelten sich Münzen, Noten, Hypotheken, Überschreibungen und Schuldscheine aller Art, hierauf fokussierten sich die Sehnsüchte der Hasardeure, die diese kleine verheißungsvolle Truhe entweder mit Beschwörungen der Fortuna oder mit ausgeklügelter Mathematik an sich bringen wollten. Der Portugiese hatte darum kaum damit begonnen, die Kartendecks für das Pharao-Spiel zu mischen, da strömten aus allen Winkeln des Saals und seiner angrenzenden Räume Hoffnungsvolle und Verlorene herbei, die ihr großes Glück zu machen versuchten.

Luise sah, dass der Erste, der den Spieltisch ansteuerte, der ungeheuerliche Italiener war, der ihr den Kronprinzen vorgestellt hatte und dessen Worte immer in einem Echo endeten – und wunderte sich, dass er die anderen vorließ und offenbar nur zusehen wollte. Dann folgten Karl August, Onkel Georg, die Lichtenau, Gräfin Massow, der dicke Köckeritz, die Majore von Schack, von Quitzow, von Massenbach, Major Ebra, die Comtesse Thionville, Kümmelmann und nicht zuletzt, am stützenden Arm des Mannes, den sie im Foyer an der Seite der Baberini gesehen hatte, ihre Tante Polyxene. Der schmale Louis, der diese Szene ebenfalls mit Interesse beobachtet hatte, empfahl sich Luise mit einem müden Diener und schloss sich dem Strom der Glücksspieler an.

Bald drang aus der Ecke nur noch das gleichmäßige Flattern zu ihr, das durch das Mischen der Karten verursacht wurde. Luise hörte das Kullern der Münzen, die auf den gepolsterten Tisch regneten, das Rascheln der Noten, eine kurze Stille der Spannung, das routinierte Schnalzen der Karten, die herumgedreht und aufgedeckt wurden, und schließlich das allgemeine Gemurmel, das daraufhin ausbrach, in einer endlosen Wiederholung. Flattern, Kullern, Rascheln, Schnalzen und dann die Seufzer der Freude oder der Enttäuschung folgten immer schneller aufeinander, sodass sie glaubte, die Abfolge würde sich überschlagen, wie eine Kutsche, die aus der Kurve geschossen war und nun den Abhang hinunterrollte. Sie selbst verfügte nicht über die Mittel, die dieses Vergnügen kostete, und war darüber hinaus auch nicht geneigt, Tante Polyxene, die gerade mit beiden Armen einen Haufen Münzen zusammenstrich und heftigst jauchzte, um finanziellen Beistand zu fragen, weil sie ermüdet war angesichts der Aussicht, sich im Anschluss an das

Spiel deren Einlassungen über St. Petersburg im Speziellen und die Welt im Allgemeinen anhören zu müssen.

Sie schaute aufs Parkett, wo sich immer noch ein paar Paare zum Takt des Janitscharen drehten, und wandte sich zum Kronprinzen, um ihn vielleicht doch noch zu einem Tanz zu bewegen, da nahm sie wahr, dass dieser völlig in den Anblick ihrer Schwester versunken war. Er musterte Friederike mit einer Eindringlichkeit, die ihr unheimlich vorkam, aber noch unheimlicher war ihr dieser sanfte Blick der Schwester, deren Aura von Hilflosigkeit sich auf wunderliche Weise mit einem Ausdruck von Klugheit und Besonnenheit kreuzte. Ihre Stimme kam akzentuiert, ihre Haltung war aufrecht, ihre Worte klar. Luise wurde Zeuge des Gespräches, das in dem Moment, als sie zu lauschen beschlossen hatte, einen Verlauf nahm, der ihr nicht behagte.

»Wäre auch beschwerlich jewesen gestern Abend«, sagte er, und Luise deutete seine Worte dahingehend, dass es sich wohl um eine nachträgliche Empfehlung handelte, nicht nach Darmstadt zurückzukehren, sondern angesichts des Wetters hier in Frankfurt zu verweilen. Damit lag sie ganz richtig.

»Der Mond jeht auf die Pause zu. Nur eine schmale Sichel noch. Hätten kaum Licht auf Ihrem Weg nach Darmstadt jehabt.«

Friederike antwortete artig: »Königliche Hoheit, wir befinden uns sehr wohl. Ihren Rat haben wir beherzigt. Die Gräfin Polyxene von Leiningen-Dagsburg-Falkenburg, unsere liebe Tante, hat uns eingeladen, hier in Frankfurt zu bleiben und im ›Weißen Schwan‹ Quartier zu nehmen. So wäre die Anreise hier fast ohne Beschwerden gewesen, wenn uns nich' der Regen überrascht hätte.«

»Haben Sie Regen abbekommen, Prinzessin?«

»Ach nein, Königliche Hoheit, danke Ihnen. Wir haben keinen Schaden genommen, aber die Kutsche ist einmal in einem Stück Grasnarbe stecken geblieben, und man hatte seine liebe Not damit, sie wieder in Bewegung zu setzen. Die Straßen sind nicht gut in Frankfurt. Vorgestern hätte es weitaus schlimmer kommen können. Da hatten wir das Komödienhaus besucht. Die späte Stunde hat es nich' erlaubt, die Kutsche nach Darmstadt zu nehmen.«

»Waren im Komödienhaus?«

»Sicher, Königliche Hoheit. Warum fragen Sie?«

»Darf bemerken: Das Komödienhaus ist nicht der schlechteste Ort für das Vergnügen. Vornehmes Publikum, anjenehmes Amüsement. Nun: Schiller hat dort premiert. Mit ›Kabale und Liebe‹. Große Charaktere. Neue Ideen. Sagen viele. Es jeht um die Verwirrungen der Herzen. Er reüssiert damit, aber ehrlich gesagt: Mir fatal. Zu viel Moral. Aber lassen wir das. Schöner ist doch Haydn, er konzertiert hier. Wann immer er in Frankfurt ist. Sollten die Gelejenheit nicht verpassen, beim nächsten Mal, wenn er hier ist, dem Haus die Freude Ihres Besuchs zu erweisen. Es lohnt.«

Friederike schlug die Augen nieder: »Bewundernswert, was Sie alles wissen und wie Sie die Angelegenheiten einschätzen. Sie haben wohl oft Gelegenheit, solchen Vergnügungen beizuwohnen. Das schult den Blick. Uns is' es leider nicht vergönnt, oft hier in Frankfurt zu sein. Aber ich stimme Ihnen zu, Königliche Hoheit: Was gibt es Schöneres als das Theater? Den Herrn Schiller haben wir nich' sehen können. Aber traurig zu sein wäre nicht angebracht.«

Friederike bemerkte, dass Luise beinahe vor Langeweile starb. Und da sie nur zu gut wusste, dass dies ein Vorbote für schlimme Szenen war, die Luise zwar eine gewisse Aufmerksamkeit sicherten, ihnen aber zugleich Ärger mit der Babuscha einbrachten, versuchte sie sie auf geschickte Weise in die Unterhaltung mit dem Prinzen einzubeziehen.

»Denn die Stücke des Herrn Schiller sind uns eine gefällige Lektüre, und Ihre Durchlaucht, meine Schwester Luise, tut sehr wohl daran, im Vortrag zu gefallen. Besonders die komischen Rollen sind ihr Fach.«

Als Friedrich Wilhelm sich auf Friederikes Stichwort zu Luise herumdrehte, bemerkte er, dass sie den Takt des Walzers mit ihren kleinen Pantoffelchen nachtrippelte, was ihr, da sie saß, ein Fluidum von Regsamkeit gab, das er reizvoll und amüsant fand. Er sah zur einen, dann zur anderen und fragte sich, welche der beiden Prinzessinnen die hübschere sei und ob ihm das aufgeregte Temperament Luises mehr lag als der sanfte Charakter Friederikes – oder umgekehrt. Und ob die Unbefangenheit, die er in Luises Gegenwart verspürte, das Gefühl aufwog, das ihm Friederike gab, wenn sie jedes Wort, das er aussprach, ehrte, als ob es der Gedanke eines großen Philosophen wäre. Er war noch zu keinem Ergebnis gelangt, als Luise antwortete.

»Ja, Königliche Hoheit. Ich kann es nicht leugnen. Die Komödie ist mein Fach, und das Lachen auch …«

»Wohl auch das Tanzen!«, bemerkte der Prinz mit Blick auf ihre Füße, die Luise sofort zu verstecken suchte, damit er die geflickten Schuhe nicht bemerkte. Ihre Altstimme, die in auffälligem Kontrast zu ihrem flatterhaften Wesen stand, vibrierte leicht, als sie diese Bemerkung mit einem Lachen bejahte, weil sie hoffte, dass der Prinz sie endlich auf das Parkett bitten würde, aber er wandte sich wieder ihrer Schwester zu, die neckisch bemerkt hatte:

»Königliche Hoheit, es scheint, als ob das Tanzen auch Ihr Fach sei, so oft wie man Sie hat heute Abend auf der Tanzfläche vorfinden können.«

Friederikes gestelzte Art zu sprechen wurde diesmal noch dadurch betont, dass sie auf jede Silbe noch einen weiteren Akzent setzte. Sie war frei von Ironie, und doch deutete es der Prinz als eine Art Spielerei und konterte mit einem Kompliment.

»Ja, Prinzess. Ich habe den Tanz genossen. Aber jefälliger noch als das Tanzen ist mir Ihr Lächeln.« Dabei vertiefte er sich in ihren Anblick, und mit einem Mal war es, als ob beide in einen Kokon eingewoben wären, der sie vom Rest der Welt abschirmte.

Luise fühlte sich hin- und hergerissen. Da war sie wieder, dachte sie, diese Friederike, dieses kleine, scheue Reh, das mit ihrer Liebenswürdigkeit alle in ihren Bann zog. Konnte man es ihnen verdenken? Sie selbst liebte ihre Schwester für die Fähigkeit, sich jedermann mit einer Hingabe zu widmen, die einem das Gefühl gab, man wäre eins mit ihr. Friederike besaß die Geduld, jedermann zuzuhören und in seinen Worten so zu bestätigen, dass man sich einmalig und besonders vorkam. Dabei war sie kein hohles Echo, sondern behielt in ihrer Sanftheit eine Stärke, an der man Widerhall fand. Luise beneidete ihre Schwester um diese Eigenschaft, weil Friederike eine innere Ruhe ausstrahlte, während sie sich ständig rastlos und zur Suche verdammt sah. Wonach sie suchte, das war ihr zwar nicht deutlich, aber es war so, dass sie immer eine Unruhe fühlte, immer die Lust am Aufbruch, am Abenteuer, und nie das schätzte, was sie gerade vorfand. Friederike gab ihr Sicherheit und das nicht nur, weil sie Nutznießerin ihrer Güte war. Es war so, dass sie sich in ihr spiegelte. Nur weil Friederike sanft war, konnte, nein musste sie stark sein.

Wenn sie sich jetzt so ansah, wie diese Durchlässigkeit nicht ihr zuteilwurde, sondern ausgerechnet dem Kavalier, mit dem sie selbst gerne tanzen wollte, regte sich in ihr wieder eine Unruhe. Aber diesmal war es eine andere Unruhe als die, die sie kannte. Denn war sie sonst lediglich gereizt durch dieses Einerlei der Sittsamkeit und das Gefühl, zur Langeweile verdammt zu sein, fühlte sie sich nun – einsam. Dabei war es nicht die Tatsache, dass der Prinz mit ihrer Schwester sprach, die sie so urplötzlich in diese unfassbare Stimmung versetzte – sondern weil niemand sonst mit ihr sprach. Der ganze Saal war voller Menschen, sie hörte deren Stimmen, ihr Lachen, ihr Raunen, ihre Fröhlichkeit, das Klirren der Gläser, das Kullern der Münzen, das Flattern der Karten, die Musik des Janitscharen, aber sie saß alleine da. Nie war sie alleine gewesen in ihrem Leben. Sie war es auch gar nicht gewöhnt. Immer hatte sie Trubel um sich herum, Menschen, mit denen sie sprechen konnte, Dinge, die sie neugierig machten, Angelegenheiten, die sie erledigen konnte. Meist rannte sie von einem zum anderen, machte nichts zu Ende, weil schon die nächste Sache sie herausforderte, und selbst wenn alles – wider Erwarten – erledigt war und alles gesagt, dann war immer noch Friederike da, ihre liebe, kleine, herzensgute Schwester. Ihre Schwester, mit der sie sich blind verstand, mit der sie auf ein Wort, auf eine Geste hin in ein Lachen ausbrechen konnte, das an Vertrautheit keinen Vergleich kannte, ihre Schwester, der sie so nahe war, als ob sie ein Teil von ihr selbst wäre.

Nun, da diese so hingebungsvoll mit dem Prinzen sprach, bekam Luise das erste Mal eine Ahnung davon, dass Friederike irgendwann einmal nicht mehr an ihrer Seite sein würde und dass es möglich war, dass sich ihre Wege trennten, vielleicht sogar sehr bald trennten. Sie wagte kaum zu atmen, so erschüttert war sie von diesem Gedanken. Das aufgeregte Wippen ihrer Füße war längst einer ängstlichen Starre gewichen. Sie spürte eine unfassbare Angst, die sich anfühlte, als ob sie eine Scherbe verschluckt hätte. Sie fühlte, wie die Splitter in sie eindrangen, wie die Kanten in ihr Fleisch schnitten, sie fühlte den ungleichen Kampf, den ihre Säfte und das scharfe Glas in ihrem Inneren austrugen. Sie fühlte, als ob ein Stück aus ihr herausgerissen würde, und dieses Stück war, so schien es ihr, Friederike.

Ihr war übel. Sie überlegte, ob sie kurz auf den Balkon treten sollte, um bei frischer Luft wieder auf klare Gedanken zu kommen und mit ein paar kräftigen Atemzügen diese scheußliche Anwandlung von Trübsal zu verscheuchen, da merkte sie, wie sie durch eine Hand, die sich fest und kräftig auf ihren Stuhl stützte, am Aufstehen gehindert wurde.

»Na, sind das die beiden Engel, von denen der König bereits

seinem ganzen Kabinett … ach, was sag' ich: ganz Frankfurt und Berlin vorgeschwärmt hat?«

Louis Ferdinands Auftritt zeigte genau das Übermaß an Draufgängertum, für das er bekannt war. Lässig stützte er sich an Luises Lehne, sodass die kleine Dreiergruppe gezwungen war, an ihm hochzublicken. Er hielt die Beine über Kreuz und stemmte seine Linke in die Hüfte. Er glich Friedrich Wilhelm in Größe, Statur und Garderobe, war jedoch in allem eine Spur bedeutender. Er hatte breitere Schultern, einen kräftigeren Wuchs, eine grandiosere Haltung, seine preußische Offiziers-Uniform saß perfekter. Er strotzte vor Energie und Manneskraft. Seine Augenbrauen gaben seinem Blick eine scharfe Kontur, seine Nase war eben wie die des Apolls von Belvedere, sein Kinn stark, seine Lippen hingegen zart und sanft geschwungen.

Friedrich Wilhelm war sofort in Habtachtstellung gegangen wie ein Rüde, in dessen Revier ein Rivale eingedrungen ist, als Louis Ferdinand, sein verwegener und für seine Nonchalance im ganzen Reich bekannter Cousin, die Runde gesprengt hatte. Dessen Dreistigkeit verriet ihm, dass er bereits in allerbester Champagnerlaune war. Woher war er plötzlich aufgetaucht?, fragte sich der Kronprinz. Hat sich doch den ganzen Abend nicht blicken lassen. Warum dann jetzt? Dieser Nichtsnutz. Immer auf Konfrontation aus, immer opponieren, niemals parieren. Friedrich Wilhelm hätte am liebsten weiß Gott was getan, damit er Louis Ferdinand nicht zu sehen gezwungen war, und ballte die Fäuste.

Er wollte aufstehen, um seinem Gegner die Stirn zu bieten, hielt aber auf halber Strecke inne, weil ihm bewusst wurde, dass dies in Anwesenheit der Damen unschicklich gewesen wäre. Er streckte sich deshalb im Sitzen, so weit er konnte, nach oben und bekam damit das lächerliche Aussehen einer Holzmarionette, deren Korpus durch den mittleren Strang hochgehalten wurde, deren Gliedmaßen dagegen leblos umherschlackerten. Er war im Nachteil, und das ärgerte ihn. Dennoch nahm er sich vor, diesen Kerl in seine Schranken zu weisen – und da das einzige Mittel, das ihm in seiner misslichen Lage zur Verfügung stand, seine Stimme war, sagte er in grobem Ton:

»Jeht Sie nichts an. Entfernen Sie sich bitte.«

Louis Ferdinand nahm das Satzstakkato mit einer Lässigkeit, die ihresgleichen suchte, denn er bemerkte, dass die beiden Prinzessinnen vom lauten Tonfall des Kronprinzen erschreckt waren. Seine Entgegnung kam umso lieblicher.

»Entfernen? Ich? Königliche Hoheit, Sie zeigen sich aber nicht sehr großzügig heute Abend. Dabei ist Großzügigkeit die Tugend der Könige und auch der Königssöhne! Nein, nein, lieber Fritz, das will mir gar nicht passend erscheinen. Wo Sie doch so umfassend umsorgt sind. Denn wenn ich richtig rechne …«

Er nestelte mit seinen Händen vor dem Gesicht herum und zählte mit der rechten Hand die Finger seiner linken ab, hielt nach zwei Fingern inne und wiederholte das Ganze noch einmal von vorne. Dann sah er Friedrich Wilhelm mit einer hochgezogenen Augenbraue an und entließ seinen Satz endlich aus der Schwebe: »… dann sind Sie *ein* Herr, und hier sitzen *zwei* Engel.« Er blickte in die kleine Runde. »Zwei entzückende Engel zumal. Und deshalb erlaube ich es mir, einen zu entführen, damit ich endlich eine Antwort auf die Frage bekomme, die sich mir schon so lange stellt: Sind Engel Geflügel?«

Friedrich Wilhelm war so entwaffnet, dass er in eine hölzerne Verhaltensstarre fiel und nur stotternde Laute von sich gab.

Louis Ferdinand nutzte die Schwäche seines Cousins aus und trug Luise schnell einen Arm an, bevor Friedrich Wilhelm ihm, wenn schon nicht aufgrund seiner männlichen Überlegenheit, so doch aufgrund seines höheren Ranges, etwas entgegensetzen konnte:

»Verehrteste Prinzessin, würdet Ihr mir die Ehre machen und mit mir tanzen?«

Das musste man Luise nicht ein zweites Mal sagen. Zu lange

hatte sie auf diesen Moment gewartet. Sie sprang auf, und ehe Friedrich Wilhelm ein Wort der Warnung aussprechen konnte, hatte sie sich schon fest bei Louis Ferdinand untergehakt und war außerhalb seiner Hörweite. Sie nahm nur bellende Laute der Empörung wahr, als ihr Louis Ferdinand zuflüsterte: »Habe Euch die ganze Zeit beobachtet, Prinzessin.«

»Das kann nicht sein, ich habe Euch gar nicht gesehen. Wo wollt Ihr denn gewesen sein?«

»Doch, doch. Ihr seid mir gleich aufgefallen.«

»Das ist wirklich nicht möglich.«

Sie blickte sich um, um zu sehen, ob in der Nähe ihres Tisches möglicherweise ein Paravent stand, hinter dem sich Louis Ferdinand hatte verstecken können. Aber da war nichts, und deshalb glaubte sie ihm kein Wort: »Das möchte ich Euch nicht glauben. Eine unbedeutende Prinzessin, wie ich es bin. Warum solltet Ihr Euch für mich interessieren? Und überhaupt: Den ganzen Abend wart Ihr nicht da! Von wo aus wollt Ihr mich denn gesehen haben?«

»Prinzessin, so viele Fragen und noch keine Antworten! Da möchte ich Euch gerne aufklären, Teuerste. Von wo aus habe ich Euch gesehen, Prinzessin? Das ist nicht die richtige Frage. Die richtige Frage lautet: Weshalb habe ich Euch gesehen? Und die will ich Euch gerne beantworten. Es ist Eure Schönheit. Was kann ich dafür, dass Ihr so schön seid, dass ich Euch den ganzen Abend lang ansehen muss?«

Luise erkannte in seinen Worten nichts als hohle Schmeichelei und gab immer noch nicht nach: »Hier in unserer versteckten Ecke ist man fern vom Geschehen und verborgen vor allen anderen. Da kann ich niemandem aufgefallen sein.«

»Bin ich niemand?« Er rundete seine Brust, sodass der blaue Offiziersrock der Preußischen Armee sich zum Bersten straffte. Mit einer galanten Verbeugung erbat er ihre Hand, und schon begann sie sich zu drehen. »In der Ecke seid Ihr doch gar nicht so lange gesessen. Erst seit der Janitschare aufgespielt hat, vorher habt Ihr den ganzen Abend mit dem Kronprinzen getanzt und eine wunderbare Figur abgegeben. Es war ein Vergnügen, Euch zuzusehen!«

Er näherte sich ihrem Ohr.

»Tja, und dann, kaum hattet Ihr Platz genommen, da wolltet Ihr schon wieder weg. Das war nicht zu übersehen. Ihr wart sogar kurz davor, den schmalen Louis … Ihr müsst wissen: Ich nenne ihn immer den schmalen Louis, weil er so dünn ist.« Luise stieß einen kurzen Laut der Verwunderung aus, aber Louis Ferdinand ließ sich davon nicht irritieren und setzte noch einmal an: »… Ihr wart also kurz davor, den schmalen Louis in ein Gespräch zu verwickeln, so sehr habt Ihr Euch nach Unterhaltung gesehnt. Aber das kann ich Euch gleich versichern: Er ist zwar hier in Frankfurt, aber mit seinem Herzen weilt er in Berlin.«

Luise lief rot an. Derartig delikate Themen hatte sie außer mit Friederike noch nie mit jemandem besprochen und wollte es auch jetzt nicht tun, zumal nicht mit diesem Fremden, der so plötzlich in ihr Leben getreten war wie ein *deus ex machina.* Es schien aber, als ob er sie tatsächlich beobachtet hatte, denn auch seine folgenden Worte ließen darauf schließen.

»Dann habt Ihr dagesessen und an Eurer hübschen, blonden Strähne gespielt und den Prinzen in einer Weise angesehen …«

»Aber ich habe ihn nicht angesehen.«

»Eben, Prinzessin, eben, das war ja genau das Bemerkenswerte. Ich habe genau deshalb so lange hingesehen und mich gefragt, wie Ihr das wohl macht. Ihr habt ihn angesehen und doch wieder nicht. Und dabei habt Ihr die ganze Zeit mit den Füßen gewippt, als ob Ihr nur darauf wartet, dass jemand Euch zum Tanz bittet, und habt Euch gewundert, warum das keiner tut …«

Luise bekam den Eindruck, dass ihre Reize in Frage gestellt würden, und versuchte sich zu erklären: »Es hat keiner getan, weil der Prinz mit meiner Schwester im Gespräch vertieft war und Louis zu den Spieltischen gegangen ist. Es war ja kaum ein Augenblick, den ich allein dort gesessen habe.«

»Und er hätte in einer Ewigkeit münden können, wenn ich nicht gekommen wäre und Euch aus Eurer kleinen Ungeduld erlöst hätte.«

Luise wandte sich ihm mit gekräuselter Stirn zu. Louis Ferdinand verstand, dass Aufklärung gefragt war: »Ich will es Euch sagen, liebe Prinzess. Ihr könnt lange warten, bis Euch ein Preußenprinz zum Walzer auffordert, denn der Walzer ist in Preußen verboten, und wenn der König sieht, dass seine Söhne nicht parieren, dann gibt es ein Donnerwetter allererster Güte.«

»Ja, aber – Ihr seid doch auch ein Preußenprinz.« Luises Augenbrauen zogen sich über der Nasenwurzel zusammen. »Oder? Ja, wer seid Ihr eigentlich? Ihr habt Euch gar nicht bekannt gemacht!«

»Ach, so eine Schande. Wie konnte ich das vergessen! Das kann nur an Eurer Schönheit liegen.« Mit Mühe versuchte er ihren Blick einzufangen, aber Luise flackerte mit den Augen: »Nun?«

»Mein Name ist Louis. Louis Ferdinand.«

»Ihr heißt also wie Friedrich Wilhelms Bruder?«

»Genau.«

»Wie kann man Euch denn dann auseinanderhalten?«

Louis Ferdinands Eitelkeit war berührt: »Wie bloß? Tja, wie bloß? Er ist schmal, und ich bin stattlich …«

»So meine ich das doch nicht. Ich meine, wie kann man Euch auseinanderhalten, wenn man über Euch spricht?« Luise biss sich auf die Lippen.

»Wollt Ihr denn schon über mich sprechen?« Er schmunzelte selbstgewiss. »Ich hoffe, natürlich nur das Allerbeste. Oder hegt Ihr Gegenteiliges?«

Luise schüttelte den Kopf, erinnerte sich aber an die sonderbaren Mahnungen der Großmutter, die diese im Komödienhaus geäußert hatte, als Louis Ferdinand wie ein mannshoher Schattenriss in der gegenüberliegenden Königsloge aufgetaucht war. Eine Ahnung ergriff sie, wovor die Mabuscha hatte warnen wollen. Diese Ahnung aber war so klein, dass sie bei der nächsten getanzten Figur schon wieder vergessen war.

So drehten sie sich eine Weile, ohne zu reden. Als Luise aber nach drei Runden immer noch nichts entgegnet hatte, fühlte sich Louis Ferdinand bemüßigt, die Sache zu erhellen: »Es ist doch ganz einfach, liebe Prinzessin: Mein Vater heißt Ferdinand, also bin ich der Louis der Ferdinands, kurz: Louis Ferdinand. Mein Onkel hieß August, sein Sohn hieß in unserer Familie also Louis August. Mein anderer Onkel heißt Heinrich – hätte er Söhne und hieße einer davon Louis, würden wir ihn alle Louis Heinrich nennen.«

Luise schwirrte ein wenig der Kopf. »Ja, und in welchem Verhältnis steht Ihr nun zum Kronprinzen, also zu Friedrich Wilhelm?«

Sie sprach den Namen extra aus, um keine Missverständnisse aufkommen zu lassen und sich selbst sicher zu sein, die verworrenen Familienverhältnisse mit den zahlreichen Namensgleichheiten richtig erfasst zu haben. Louis Ferdinand jedoch nutzte die Drehung, die die Schrittfolge in diesem Moment verlangte, geschickt, um sich ihrem Ohr so weit zu nähern, dass er es mit seinen Wimpern berühren konnte. Sein Atem streichelte ihren Hals.

»Sein Großvater und mein Vater waren Brüder.«

»Ach so! Dann seid Ihr also sein Vetter.«

»Ja.« Er pausierte bedeutungsvoll. »Manche sagen sogar: sein böser Vetter.«

Danach sprachen Sie gar nicht mehr. Erst als das Orchester um einen zweiten Janitscharen erweitert und die Musik immer wilder und lauter wurde, fasste Luise allen Mut zusammen, ihn anzusprechen, wobei sie ein wenig die Hoffnung hegte, dass das Getöse ihre Direktheit überspielen würde. Denn ein wenig peinlich war ihr trotz aller Neugierde ihre Frage dann doch: »Ihr seid also der böse Vetter. Ist das auch der Grund, warum Ihr Euch über das Verbot des Königs hinweggesetzt und mich zum Tanz aufgefordert habt?«

»Nein, das war nicht der Grund. Es war einfach« – abermals pausierte er bedeutungsvoll –, »… weil Ihr so schön seid.«

Sie schwebten über das Parkett wie zwei Daunenfedern, die der Wind leicht aufgewirbelt hatte und denen er, als sie sich abzusenken drohten, erneut durch einen sanften Hauch Auftrieb gab. In lang geschwungenen Wendungen senkten sich ihre Köpfe rhythmisch auf und nieder, umrundeten sich wie zwei Tauben beim Turteln und nahmen, nach drei kurzen Drehungen in die entgegengesetzte Richtung, wieder in langen Bögen Geschwindigkeit auf. Louis Ferdinand führte Luise mit sicherer Hand durch den Dreivierteltakt, den die Kapelle unter Führung des schwarzbärtigen Janitscharen angestimmt hatte.

War sie wirklich schön? War sie wirklich so schön, dass dieser Mann es wagte, sich gegen die Gesetze des Königs zu erheben und sie zum Walzer aufzufordern? War Friederike nicht sehr viel schöner als sie? Luise fühlte sich geschmeichelt, mehr noch, sie fühlte sich geschmeichelt und irritiert zugleich. Den ganzen Abend hatte er sie beobachtet, wie sie mit dem Prinzen sämtliche Formationen bis auf den Walzer durchgetanzt hatte und auch wie sie den schmalen Louis hatte ins Gespräch ziehen wollen, dessen Desinteresse sich ihr nun gänzlich erschloss – denn, was kann es Furchtbareres geben, als von dem Menschen entfernt zu sein, nach dem man sich sehnt? Ob Louis Ferdinand auch bemerkt hatte, dass sie so plötzlich diese mächtige Einsamkeit ergriffen hatte? Sie schämte sich ein wenig dafür, dass sie sich so hatte mitreißen lassen von dieser albernen Stimmung, und suchte Anzeichen in seinem Gesicht, die darauf schließen ließen, dass er nicht nur ihr fröhliches Wippen, sondern auch ihre Gefühle erraten hatte – aber es war nichts zu sehen. Im Gegenteil: Er lächelte sie nur an und dichtete zu dem Walzer mit dem Titel »*Wenn's immer, wenn's immer, wenn's immer so wär'*« seine eigene Variante: »Wie schön, schön, schön Ihr doch seid!«

Luise lachte verschämt, wusste aber nicht, wie ihr geschah. Gerade noch war sie sich vorgekommen wie das gottverlassenste Menschenkind dieser Erde, und nun, mit einem Male, ging es ihr so, als ob sie wieder eins wäre mit der Welt. Sie fühlte sich so geborgen, dass sie den Eindruck hatte, egal, was passierte, sie sei aufgehoben. Ihr ging es so, als ob sie sich hingeben konnte an den Strom der Ereignisse, als ob sie niemals und an nichts Schaden nehmen würde, als ob es weder Einsamkeit gab noch die schöne Friederike noch den Kanonendonner von Mainz noch die geflickten Kleider noch Onkel Georg, der ihre Bewunderung nicht erwiderte, noch Polyxene, die immer trank, noch Mabuscha, die in letzter Zeit immer mit ihr schimpfte. Wenn die Welt jetzt stillstehen würde, dachte sie, dann wäre alles gut. Dann wäre alles da, was sie zum Leben brauchte: Sie hatte endlich die Ruhe gefunden, die sie gesucht hatte, und war dort angekommen, wo sie ankommen wollte.

Mit jeder Runde, die sie drehten, wurde dieses Gefühl vollkommener, und mit einem Male war ihr klar, dass die Ursache dieses Empfindens einen konkreten Grund hatte. Es war nicht die Musik, die sie in diese glückselige Stimmung versetzte, nicht der wunderbare Dreivierteltakt des Walzers, sondern es war kein anderer als – Louis Ferdinand.

Sie spürte seine Wärme, sie gab sich dem sanften Druck seiner Hand hin, die ihren Rücken umfasste, und genoss die Sicherheit, mit der er sie über das Parkett und an den anderen Paaren vorbeiführte. Sie sah nach oben, schaute ihn an und sehnte sich danach, in seinem Blick aufzugehen, als die Musik plötzlich endete. Ein weiteres Mal also an diesem Abend sah sie sich gezwungen, die Tanzfläche zu verlassen, als es gerade am schönsten war. Doch diesmal blieb eine merkwürdige Leere in ihr zurück.

Der Mann mit der gepuderten Perücke trat vors Publikum und bat alle, das Parkett zu verlassen, um einer glutäugigen Sängerin die Ehre der Aufmerksamkeit zu erweisen, die Lieder von Graun vorzutragen beabsichtigte.

Kammerherr Wrede hat jedes Register gezogen, um den Abend zu einer Sensation werden zu lassen, dachte Louis Ferdinand. Immer noch lag seine Hand auf Luises Rücken. Da die Musik aber nicht mehr zum Tanz aufspielte, führte er sie auf diese Weise durch die Menge der Menschen, die ihnen entgegenströmten, um der betörenden Sängerin zu lauschen. Zurück bei der kleinen Gesellschaft, aus der er Luise erlöst hatte, sah er, dass Louis wieder in die Runde gekommen war und seine Laune sich offenbar gebessert hatte.

»Glück gehabt, mein lieber Louis?«, fragte Louis Ferdinand, als er Luise den Stuhl zurechtrückte und dafür sorgte, dass sie trotz der Enge angenehm sitzen konnte.

»Fabelhafte Strähne jehabt. Sieben Asse in Serie. Hab die Bank jesprengt mit meinem Blatt. Fortuna, die Gute, hat ihr Füllhorn über mir ausgeschüttet: Es hat reichlich Taler jeregnet. Ich kann nur sagen: War ein schöner Abend für mich.« Er klopfte auf seinen Rock, um zu zeigen, dass dieser ordentlich gefüllt war. Das Klimpern erzählte von einem glücklichen Geldregen.

Zum ersten Mal fiel Luise auf, dass der schmale Louis die gleiche Mundart sprach wie der Kronprinz, und gleichzeitig fragte sie sich, wieso dies bei Louis Ferdinand nicht der Fall war, wo er doch auch aus Berlin kam, wo man offenbar das G gegen ein J tauschte und die Sätze möglichst kurz hielt. Sie hoffte ihre Neugierde bald in einem Gespräch mit Louis Ferdinand befriedigen zu können. Dieser gab ihr einen Handkuss, bedankte sich für die Ehre, die er gehabt hatte, mit ihr tanzen zu dürfen, und griff sich den Stuhl neben ihr. Kaum aber hatte er darauf Platz genommen, wurde er unruhig, entschuldigte sich bei ihr, empfahl sich anständigst und eilte mit einer Geschwindigkeit zu den Spieltischen, die sie glauben ließ, dass es um Leben und Tod ging. Wieder war sie allein.

Der Kronprinz brauchte nicht lange, um zu erkennen, dass dies seine Chance war und er jetzt wieder versuchen konnte, das Land gutzumachen, das er vorhin, als Louis Ferdinand sich so dreist in die Gesellschaft gedrängt hatte, verloren zu haben glaubte: »Typisch. Nicht wahr?« Er nickte in Richtung seines Bruders. »Kaum bietet sich die Gelejenheit zum Spiel, ist er so schnell weg, dass man gar nicht gucken kann. Kein Wunder! So viel Ausstände, wie unser Cousin hat. Nicht, dass ihn seine Gläubijer noch aufs Korn nehmen. Würde auch zusehen, dass ich Taler in die Tasche bekomme. An seiner Stelle.«

Louis bekräftigte den Kronprinzen: »Ja, immer dicke Hose, nie Jeld auf der Naht. Will ihm das Beste wünschen!«

Friedrich Wilhelm runzelte die Stirn, und als er Louis längere Zeit mit dieser Miene anstarrte, gestand dieser kleinlaut: »Hab ihm auch Jeld jeliehen …«

Als der Kronprinz das hörte, wurde er so wütend, dass eine Kaskade von Drohungen, Warnungen und Äußerungen der Ungläubigkeit aus ihm heraussprudelte, die sich mit einem Kopfschütteln zu einem Bild formten, an dem es nichts zu verändern gab. Er schnaubte wie ein Pferd und schien um Fassung zu ringen.

Luise war erstaunt, denn die Schmährede des Prinzen offenbarte, dass sich unter seiner hölzernen Fassade Leidenschaft befand und er, wenn er einmal eine Meinung gefasst hatte, diese offenbar mit Feuer vertrat. Sie sah ihn an und musste zugeben, dass ihr diese ungeahnt brennende Haltung imponierte, auch wenn die Position, die der Kronprinz gegenüber Louis Ferdinand einnahm, ganz und gar nicht der ihrigen entsprach. Sie hörte Worte und Wendungen wie *Spieler, Hasardeur, Schuldenmacher, abgeschnittene Ehre* – und wurde ganz still, denn sie wagte es nicht einzuwenden, dass sie eine ganz andere Seite von ihm kennengelernt hatte, eine Seite, von der die beiden Prinzen, die sich hier über ihn ereiferten, kein Ermessen hatten. Sie sah dem Geschmähten hinterher, während sie an dem Bukett aus weißen Rosen schnupperte, das er ihr bei der Aufforderung zum Tanz überreicht hatte, und dachte: Denn wenn auch alles das, was über ihn gesagt wurde, wahr war und seine Schulden, seine Verhältnisse, seine Angebereien möglicherweise durch die Realiät noch überflügelt wurden, so war das alles klein und nichtig gegen das Gefühl, das sie gehabt hatte, als er mit ihr getanzt hatte. Denn was waren all diese weltlichen Schwächen gegen die Stärke, einen anderen Menschen allen Kummer vergessen zu lassen?

Sie war traurig bei diesem Gedanken. Was wäre, dachte sie, wenn er sie niemals zum Tanz gebeten hätte, dann … ja, was wäre dann? Sie wagte es nicht, diesen Gedanken zu Ende zu denken, so sehr fürchtete sie sich vor der Wahrheit – denn die war, dass sie zurückwollte, von ihm gehalten werden wollte und, mehr noch: *immer* von ihm gehalten werden wollte.

Sie sah zum Spieltisch und beobachtete, wie Louis Ferdinand, umringt von einer Runde Hasardeure, setzte, bangte, johlte oder fluchte, je nachdem, ob er verlor oder gewann, und begriff, dass sich mit einem Tanz nur die Welt in ihren ganzen schönen wie leidvollen Möglichkeiten präsentiert hatte und dass sie gefangen war in einer Sehnsucht, wie sie sie niemals erahnt hätte. Sie war so bewegt von diesem Gedanken, dass sie den Strauß, den Louis Ferdinand ihr zum Tanz geschenkt hatte, mit einem tiefen Seufzer fallen ließ.

Friedrich Wilhelm fuhr sofort herum. Er begriff, dass es wenig schicklich gewesen war, sich in Gegenwart der Damen so offen über Louis Ferdinand zu äußern, und dass es wesentlich angebrachter erschien, sich seinerseits um die Damen zu kümmern, damit der Cousin nicht ein weiteres Mal in eine Lücke preschen konnte, die das Gespräch gelassen hatte. Er wandte sich mit einem Ton an Luise, der an die Vertraulichkeit und die gute Laune anknüpfte, die sie beide beim Tanzen gehabt hatten.

»Wollte betonen: Mir eine Freude, Sie wieder hier bei uns zu haben, liebe Prinzessin. War mir ein Vergnüjen, Ihnen beim Tanzen zuzusehen. Man meint, es sei Ihr Element. Und janz besonders der Walzer.«

»Ich kann es nicht leugnen, aber ich habe erfahren, dass Sie nicht dürfen.«

»Iwo. Dürfen, wollen, sollen. Sie lieben den Walzer, Sie sollen ihn haben.«

Luise verstand nicht, worauf der Prinz hinauswollte. Er durfte doch keinen Walzer tanzen! Das hatte ihr Louis Ferdinand doch gerade erst verraten, und außerdem war es ja gar nicht mehr möglich, weil doch diese Sängerin – die sie hätte verfluchen können, weil wegen ihr die Janitscharenmusik abgebrochen wurde – ihre Arien schmetterte. Er aber ließ nicht locker.

»Nun, wollen Sie einen Walzer oder nicht?«

»Ja …«

»Dann will ich Ihnen einen jeben.« Er sah sie an und fragte: »Wie ging noch mal die Melodie?«

Er summte »Wenn's immer, wenn's immer, wenn's immer so wär'«, dann nahm er ein Stück Bütten und einen Gänsekiel und notierte in zackigen Zügen die Noten des Liedes, zu dem sie gerade mit Louis Ferdinand getanzt hatte. Er unterschrieb es mit den Worten: *»Meiner lieben Freundin Luise für den schönsten Abend, den sie mir in Frankfurt bereitet hat.«*

Als er fertig war, pustete er das Papier trocken, hielt das kleine Libretto zwischen Zeige- und Mittelfinger und wedelte Luise damit einen Hauch kühler Luft zu. »Kleine Erfrischung jefällig?«, fragte er keck, doch als sie nach dem Papier greifen wollte, zog er es weg und versuchte, ihr ein Versprechen abzuringen: »Sehen Sie, hier haben Sie Ihren Walzer. Ich verspreche: Kommen Sie nach Berlin, dann werde ich ihn für Sie aufspielen lassen.«

»Aber Sie dürfen doch gar nicht.«

»Aufspielen lassen schon!«

Luise lachte. So viel Raffinesse hatte sie vom Prinzen gar nicht erwartet. Eine Antwort blieb sie ihm dennoch schuldig, und deshalb legte er besonders viel Süße in seine schnarrende Stimme, als er seine Einladung wiederholte: »Wird mir ein Vergnüjen sein, Ihnen das Lied in Berlin vorzuspielen …«

Was soll ich in Berlin?, dachte sie.

Doch in dem Moment drang vom Spieltisch ein ohrenbetäubendes Gelächter, weil Louis Ferdinand Taler regnen ließ. Er hatte offenbar beim Pharao gewonnen, und in seiner Freude darüber, dass ihm seine Freunde so tapfer die Daumen gehalten hatten, hatte er zwei Handvoll Münzen genommen und mit so viel Schwung nach oben geworfen, dass sie jetzt auf seine Entourage niederprasselten wie goldener Hagel. Während die Kavaliere den Goldregen in der Luft einfingen, suchten die Damen auf dem Parkett. Eine der Damen – Luise erkannte in ihr die Baberini – kroch sogar auf dem Boden herum wie ein Kleinkind, was besonders von den Kavalieren mit viel Freude aufgenommen wurde, weil sie hofften, dass ihr Kleid einen Blick auf ihre Waden freigab, und sie vergaßen darüber, ihr hochzuhelfen. Erst als der Mann mit den eigenwilligen Zügen, den Luise bereits im Foyer des Theaters in ihrer Begleitung gesehen hatte, sich von Louis Ferdinand und Polyxene, an die er offenbar durch langatmiges Verhandeln gekettet war, löste und der Tänzerin seinen Arm antrug, bemerkten die Herren ihren Fauxpas. Beschämt wandten sie sich wieder dem Spieltisch zu, wo der spendable Preußenprinz bereits zu einer weiteren Pharao-Runde ausrief, was einige der Anwesenden so offensichtlich verwunderte, dass ihr Stirnrunzeln bis zu Luise hin zu sehen war.

Auch der Kronprinz hatte diese Szene beobachtet, doch während Luise an seinem grimmigen Gesichtsausdruck erahnen konnte, was er darüber dachte, sah sie die Angelegenheit mit einem milden Blick. War es nicht erstaunlich, wie viel Freude Großzügigkeit bereiten konnte? Sie fragte sich, ob Louis Ferdinand seine Schulden möglicherweise zugunsten der Menschen machte, die ihm nahestanden, ohne Rücksicht auf seinen guten Ruf zu nehmen. Wie wunderbar er doch war!

Die Anzahl der Menschen, die sich um ihn scharten, sprach dafür, und mit einem Male hatte sie Mitleid mit ihm, weil sie dieser Zug anrührte und weil sie es ungerecht fand, dass ihm so übel nachgeredet wurde. Denn was gibt es Tugendhafteres, dachte sie bei sich, als seinen Freunden Freude zu bereiten, sie zum Lachen zu bringen und ihnen zu helfen, wenn sie in Not sind? Das war weder falsch noch arg, sondern von einer Güte, die ihresgleichen suchte. Sie wollte ihre Position, allgemein und nicht auf Louis Ferdinand bezogen, gerade beim Prinzen anschneiden, als dieser seiner Einladung nach Berlin noch einmal Nachdruck gab.

»Erlauben Sie, liebe Prinzessin, mir die Ehre zu erweisen, Sie nach Berlin einladen zu dürfen.«

Ach ja, dachte Luise, Berlin, es ging um Berlin, das hatte sie in ihren Überlegungen über die Tugend der Großzügigkeit ganz vergessen. Eiligst warf sie dem Prinzen eine Frage hin, die ihm eine ausführliche Antwort abnötigte. Ihre Stimme verriet Hetze. Das war zwar die Regel, hatte diesmal aber einen konkreten Grund. Sie wollte so schnell wie möglich die aufmerksame Zuhörerin geben, damit sie unbehelligt dem Treiben am Spieltisch folgen konnte.

»Ja, Berlin, Ihre Heimat, Hoheit. Es gibt so vieles, was ich darüber wissen möchte. Man sagt, Ihr Vater, der König, sei ganz närrisch, was die Baukunst betrifft. Mit Verlaub, Königliche Hoheit, ich mag nicht recht informiert sein. Was hat er denn so alles gebaut?«

Dass Luise ausgerechnet dieses Sujet anschnitt, ordnete er als Probe seiner Leidensfähigkeit ein. Denn im Kreise der Familie ließ er keine Gelegenheit verstreichen, die imperialistischrömische Opulenz der verhassten Baukunst, die sein Vater so liebte, mit gut gesetzten Spitzen zu attackieren. In Anbetracht von Luises Neugierde jedoch wollte er sich stattdessen ihren fabelhaften Ruf zunutze machen und entschied sich gar, ein wenig damit zu prahlen.

»Können mit vielerlei imposanten Bauten aufwarten. Der König liebt die Baukunst.« Er lachte schnarrend. »Wenije Jahre nur, und Berlin hat eine janz andere Erscheinung bekommen. Vor anderthalb Jahren erst hat er das Brandenburger Tor enthüllt. Famoser Anblick, prachtvolle Architektur, liebe Prinzessin. Janz verlängerte *Tuileries.*«

Aber Luise hielt den Kopf geneigt und nippte teilnahmslos am Mokka, den ein eilfertiger Lakai in der Zwischenzeit herumgereicht hatte. Sie lächelte, als sie die blaue Tasse auf dem Unterteller absetzte, sah aber an seinem Kopf vorbei, dorthin, wo sich Louis Ferdinand mit seinen Freunden unter Schreien des Jubels und der Enttäuschung die kämpferische Pharao-Schlacht lieferte. Der Prinz räusperte sich verlegen und fuhr dann fort: »Ja, wir können mit fabelhaften Bauten reüssieren …«

Luise unterbrach ihn, um ihn mit einer Frage bei Laune zu halten: »Vom Brandenburger Tor habe ich bereits gehört. Und gesehen habe ich es auch schon. Auf einem Stich. Ehrlich, lieber Prinz, was sagen Sie? Wozu braucht man einen Triumphbogen?«

Dem Prinzen hüpfte das Herz vor Freude. Hatte er in Luise etwa eine Gleichgesinnte gefunden? Nicht nur, dass sie ihm mit ihrer Heiterkeit half, seine Verlegenheit zu überwinden – sie teilten offenbar den gleichen Geschmack und hatten die gleichen Fragen! Er näherte sich Luise in vertraulichem Ton, um das Gefühl von Gemeinsamkeit zu fördern, und nahm darüber gar nicht zur Kenntnis, dass sie immer noch über seine Schulter hinweg zu Louis Ferdinand starrte, nach dessen warmer Umarmung sie sich sehnte.

»Wozu braucht man einen Triumphbogen? Erstaunliche Frage, schöne Prinzessin. Sie stellen erstaunliche Fragen. Allein: Wer kann sie beantworten?« Er rückte an sie heran. »Will Ihnen den Vorteil dieser Architektur verraten. Sind nicht die Straßen, nicht die Räume, es sind die *Järten.*«

»Die Gärten?« Luise hatte immer noch Schwierigkeiten mit seiner eigentümlichen Mundart. Sie heuchelte Begeisterung, aber in Wahrheit fand sie den Prinzen, mit dem sie vor dem Tanz mit Louis Ferdinand so herzlichst hatte lachen können, nun auf sonderbare Weise ermüdend. Seine Ausführungen, sein Buhlen, ja auch seine Komplimente nahm sie gelangweilt entgegen, als ob sie täglich Tausende schönere Dinge zu hören bekäme, obwohl das gar nicht der Fall war. Aber allein die Aussicht darauf, bald wieder die Nähe Louis Ferdinands genießen zu können, dann, wenn er am Spieltisch genug gewonnen hatte, wenn er zu ihr hinüberkäme, wenn er sie abermals zum Tanzen aufforderte, wenn er sie wieder in seine Arme schloss ... ließ ihr alles andere dagegen fad erscheinen. Sie merkte nicht einmal mehr, welche Mühe sich der Prinz gab.

»Fürwahr. Die *Järten.* Würden bejeistert sein, kämen Sie einmal nach Berlin. Führte Sie gern mal in Charlottenburg aus. Viel Barock, viele Rocaillen, viele Broderien. Sprudelnde Brunnen überall. Werden staunen: Bei schönem Wetter und klarer Luft kann man bis nach Schönhausen blicken. Dort lebt die alte Könijin. Janze zwölf Meilen entfernt. So flach ist das Land dort.«

Er machte eine knappe Pause und überlegte, welche Sehenswürdigkeiten er noch anpreisen könne, denn Luise zeigte keinerlei Reaktion auf seine Schilderungen, sondern sah ihn lediglich auf diese unbestimmte Weise an, die ihm das Gefühl gab, sie interessiere sich für alles andere, nur nicht für ihn. Er entschloss sich schließlich, seine Schilderungen auf die Gärten in Potsdam auszuweiten: »Dann gibt es natürlich noch Sanssouci. Großzüjige Terrassen, davor ein Rondell mit *Fontaine* und beachtlichen Plastiken aus Marmor. Der alte König, mein Großonkel, hat sie extra bei Pigalle in Lothringen fertigen lassen. Alte Steinmetz-Familje. Treffliche Leute, sehr bekannt. Neben dem Schloss befindet sich ein wunderbarer Lustjarten …« Er sog die Luft ein, als er das letzte Wort aussprach, und beugte sich mit seinem Kopf so weit zu Luise hinüber, dass sie einen Hauch seines Atems an ihrer Schulter spüren konnte. Eiligst lehnte sie sich zurück. »… voller Büsche, Bäume und Bosketten. Man kann sich drin verlieren, wie in Ihrem kleinen Darmstadt. Verleitet zum Verstecken. Wenn man von niemandem jesehen werden will …«

Er versuchte ihren Blick zu erhaschen, doch Luise strich an ihrem Kleid eine Falte glatt, die sie dort zu stören glaubte. So nahm er neuen Anlauf: »Berühmt ist auch der Rehjarten. Voller Böcke, Rehe, und im Mai auch die Kitze. Sind sehr possierlich. Kann sie anfassen und füttern, wenn man möchte. Als Kind –«

»Sie lieben Tiere?«, unterbrach sie ihn brüsk und fuhr dann in ihrer eigenartigen Art zu sprechen fort, die auf andere wirkte, als ob ein Wort das nächste jagen würde, damit es nicht auf halber Strecke umkomme. Dabei überschlugen sich ihre Gedanken und wetteiferten mit den vielen Begebenheiten, die sie allesamt in eine gleichförmige Erzählung zu pressen versuchte. Denn seine Lobpreisungen der Königlichen Gärten erinnerten sie an ein Ereignis, von dem sie dringend berichten wollte: »Was hätte man auch anderes von Ihnen denken können? Anfang der Woche – Sie können sich die Aufregung kaum vorstellen … Wir steckten ja in den Vorbereitungen für den Abend, und die Zeit rannte davon, waren ja gerade erst aus Hildburghausen eingetroffen … Da höre ich ein Maunzen und Miezen und renne umgehend nach dem Ursprung des Gejammers. Es kam unter der Treppe zum Roten Zimmer hervor und dort von der Chaiselongue her – ich knie mich vorsichtig hin, damit mein Kleid nicht zerreißt, und was erblicke ich? Unsere alte Katze hat gejungt. Sieben Stück!« Schnell schöpfte sie Atem und fuhr mit ihrer Erzählung fort, in die sie die ganze Aufregung des Augenblicks, den sie beim Erzählen nochmals durchlebte, hineinlegte. »Ich rief nach dem Fräulein Marico. Mabuscha, ähm, die Prinzessin Georg, und Friederike kamen auch herbei. Kümmelmann ebenfalls. Er hat sogleich darauf bestanden, ein Kätzchen für meine Schwester Therese behalten zu dürfen. Ist sie Ihnen bekannt?«

Er schüttelte den Kopf.

»Die Fürstin von Thurn und Taxis. Sie ist die Schönste von uns vier Schwestern.«

Luise wollte dem Prinzen die Chance für ein Kompliment einräumen und sichergehen, dass er, wie Louis Ferdinand, sie und nicht Friederike für die Schönere hielt. Sie deutete sein Nicken in diese Richtung, obwohl er in Wahrheit unschlüssig darüber war, ob Luises offenes Antlitz oder Friederikes Zartheit ihm mehr lag. Voller Genugtuung fuhr sie fort: »Jedenfalls hat unsere Katze geworfen, und stellen Sie sich vor: Ein Glückskätzchen ist auch dabei. Ich wünschte, ich dürfte es Ihnen schenken!«

Ihr Versprechen beruhte auf einem Hauch von schlechtem Gewissen. Denn obwohl sie hier saß und den Anschein gab, als ob die Bemühungen des Prinzen auf fruchtbaren Boden fielen, schielte sie immer wieder verstohlen zu den Spieltischen und betrachtete das Geschehen dort mit großem Interesse. Friedrich Wilhelm hingegen erlag der Täuschung komplett. In einem Überschwang der Rührung fühlte er sogar den Impuls, sie zu umarmen.

»Liebe Freundin, wollen mir ein Kätzchen schenken? Schöner Jedanke. Wäre sehr zufrieden und glücklich damit. Hätte dann ein Souvenir an Sie bei mir. Könnte in meinem Zelt süße Erinnerungen jebrauchen.«

Luise begriff, dass sie im Überschwang der Wiedergutmachung einen Fehler begangen hatte, den sie sofort korrigieren wollte: »Ein Kätzchen im Krieg! Das ist nicht gut, Königliche

Hoheit. Ich hatte das gänzlich vergessen, verzeihen Sie mir. Es soll mich aber nicht daran hindern, es Ihnen dennoch zu vermachen. Ich werde es in Darmstadt für Sie pflegen und Ihnen mitgeben, wenn Sie wieder nach Berlin zurückkehren, was bestimmt bald geschehen wird. Denn man sagt, dass der Krieg bald vorbei sei.«

Er lächelte sie wortlos an und ließ sie in diesem Glauben.

»Stattdessen singe ich Ihnen ein Lied vor. Vielleicht ist es Ihnen ja bekannt: Unsre Katz hat Junge, sieben an der Zahl …«

Er erstickte sein Entsetzen unter einem keifenden Hüsteln und ballte seine Faust vor dem Mund. Eine Welle des Schreckens erfasste seine Gedanken. Er kannte das Lied nur zu gut. Es erklang in den Messen der Offiziere ebenso oft wie auf den Höfen der Kaserne, und auch Trunkenbolde stimmten es an, wenn sie nach ein paar zünftigen Krügen Bier wankend das Wirtshaus verließen und es benebelt durch die dunklen Gassen grölten. Es war ein Lied, das gewöhnlich aus rauen Kehlen kam, aber nicht von den Lippen einer so reizenden Prinzessin erklingen sollte. Woher kannte Luise bloß dieses Lied? Der Schock saß tief, als er noch den Rest des Textes über sich ergehen lassen musste: »… sechs davon sind Hunde, es ist ein Skandal, und der Kater spricht: Die ernähr' ich nicht.«

»Na sieh mal einer an. Ihr seid mir ja eine! Man kann Euch ja nicht einen Augenblick alleine lassen. Oder, was sagen Sie, lieber Fritz?«

Louis Ferdinands heitere und aus dem Nichts in die Gruppe geworfene Bemerkung stieß sowohl bei Luise als auch beim Kronprinzen auf Irritation. Während er sich einen der kleinen Stühle heranzog und sich ungebeten zwischen Luise und Friederike setzte, die sich bemühte, ein zähes Gespräch mit dem schmalen Louis in Gang zu halten, unterdrückte Friedrich Wilhelm ein wütendes Knurren, weil es ihn verärgerte, dass seine Anwesenheit als Alleinlassen definiert wurde und er somit ein Nichts war.

Er suchte noch nach einer passenden Replik, da machte Luise ihrer Verwunderung schon Luft: »Was für eine bin ich? Was wollt Ihr damit sagen?«

»Liebe Prinzessin, diese Frage muss ich mich gezwungen sehen, gleich an Euch zurückzugeben.« Louis Ferdinand rückte näher an sie heran und musterte sie mit klarem Blick, wobei er verschmitzt die rechte Augenbraue anhob: »Was ist das für eine Dame, die ein Soldatenlied singen kann?«

»Ein Soldatenlied?« Luise hatte keinen Begriff, wovon er sprach.

»Ein Soldatenlied!«

Friedrich Wilhelm sah ihre Verlegenheit und klärte sie auf, um Luise zu verdeutlichen, dass Louis Ferdinand keineswegs in guter Absicht gekommen war, sondern sie schlecht beleumunden wollte, er hingegen ein Mensch war, auf den man zählen konnte, auch in solch unangenehmen Situationen:

»Ihr Lied, liebe Freundin, kommt aus der Kaserne. Von den Jemeinen. Aber wenn schon. Steckt Fröhlichkeit darin ...«

»Aus der Kaserne? Was erzählen Sie?« In ihre Stimme mischte sich neben Empörung auch Verlegenheit, denn obwohl sie selten spürte, wenn sie die Grenzen der Etikette überschritten hatte, fand sie den Gedanken beklemmend, sich hier vor Louis Ferdinand die Blöße einer Unschicklichkeit gegeben zu haben, weil sie sich ihm gegenüber lieber voller Liebreiz gezeigt hätte. Die Schamesröte in ihrem Gesicht glühte bereits in vollem Maße, als sie stotternd zu ihrer Verteidigungsrede anhob: »Ich ... Ich singe doch keine Soldatenlieder. Das kann doch nicht sein. Woher sollte ich denn Soldaten kennen? Gemeine noch dazu? Nein, mein Herr, dieses Lied ist mir von zu Hause bekannt!«

»Von zu Hause? Das müssen ja herrliche Zustände bei Euch sein!« Louis Ferdinand klatschte vor Freude in die Hände, wobei sein Rock das Klimpern eines stattlichen Batzens Münzen von sich gab. »Wer lehrt Euch denn solche Lieder? Eure Magd? Eure Erzieherin gar?«

Luise war immer noch voller Scham: »Nein, mein Herr. Selbstverständlich nicht. Es war mein Onkel, der eines Tages dieses Lied mit uns anstimmte, und ich habe mir nichts dabei gedacht.«

Ihre Augen flehten, als sie die beiden Kavaliere anblickte. Friedrich Wilhelm, der ihren Onkel Karl August als redlichen Offizier der Preußenarmee von den Gefechten um Frankfurt und Mainz kannte und fand, dass er ein guter und lustiger Kerl war, erkannte die Harmlosigkeit dieser Angelegenheit ebenso wie Luises Not und wollte sie aus ihrer Pein erlösen: »Ihr Onkel. Ist doch der Fürst von Weimar? Tapferer Mann. Juter Kamerad. Immer voller Heiterkeit.«

Luise war dankbar. Wieder einmal war es der Prinz, der sie gerettet hatte. Louis Ferdinand hingegen sah immer noch seine Chance, Luise necken zu können:

»Euer Onkel? Der Fürst von Weimar ist Euer Onkel? Der mit dem Goethe im Schlepptau? Da sieht man wieder einmal, wie nah die hohe Literatur doch dem allzu Menschlichen ist und wie sie aus ihm schöpft und sich zu großen Gedanken aufschwingt.«

Luise richtete sich kerzengerade auf und stellte klar, dass sie das Lied, das sie in diese unangenehme Lage gebracht hatte, nicht von ihrem Onkel Karl August kannte, sondern vielmehr von ihrem Onkel Georg. Und dass dieser Onkel Georg wohl fern jeglichen Tadels sei, weil er Frankfurt am Main vor den Franzosen verteidigt hatte – mehr noch: es nur ihm, allein ihm zu verdanken wäre, dass man hier so fröhlich feiere. Denn ohne ihren Onkel Georg wäre Frankfurt nicht frei und die Revolutionsarmee dort nicht besiegt worden! Rote Flecken bevölkerten Luises Hals, als sie betonte, dass ihr Onkel Georg aus all den besagten Gründen eben kein Gemeiner, sondern vielmehr ein sehr tapferer Offizier war und es also überhaupt keine Ursache gab, sie hier so in Verlegenheit zu bringen.

Während Friedrich Wilhelm den unbeabsichtigten Affront gegen die Kriegskunst seines Vaters mit gequältem Grinsen quittierte, klatschte Louis Ferdinand, der den Preußenkönig für einen Idioten auf dem Schlachtfeld hielt und dies zwar nicht öffentlich, wohl aber in kleinen Runden auch sagte, begeistert Applaus:

»Gut, meine kleine Prinzessin, sehr gut! Ihr seid ja eine richtige Kämpferin. Die Ehre, die Ehre!«

Er lachte, hochamüsiert, und schlug sich dabei immer wieder auf den Bauch. Diese Bewegung hatte zur Folge, dass ihm ein Goldtaler aus der prall gefüllten Rocktasche fiel. Der rollte durch die Menge, direkt vor die Füße des Mannes, der ihr den Kronprinzen vorgestellt hatte und beim Sprechen die Eigenart pflegte, das letzte Wort eines Satzes zu wiederholen wie ein eigenes Echo.

»Marchese Lucchesini!«, rief Louis Ferdinand erfreut, als er den Taler endlich eingefangen hatte und sich, wie von einem unsichtbaren Band gezogen, mühelos wieder aufrichtete. Der Angesprochene gab aufwendigst seiner eigenen Freude Ausdruck, den Prinzen zu sehen, denn er erkannte mit einem Blick des regen Augenpaares, das sein Gesicht beherrschte, in ihm einen Rivalen des Kronprinzen, den es mit langen Gesprächen aufzuhalten galt.

Erleichtert wandte sich Friedrich Wilhelm Luise zu: »Entschuldigen Sie die Unannehmlichkeit. Dachte schon, die Soldaten hier in der Stadt hätten Sie in Bedrängnis jebracht mit ihren Liedern und Sie jar nicht schlafen lassen.«

»O nein, Königliche Hoheit. Es war mein Onkel Georg, der mich dieses Lied lehrte. Wenn ich gewusst hätte …«

»Jeorg von Hessen-Darmstadt?«

»Ja, Onkel Georg. Er hat … und wenn … ich gewusst hätte …« Luise konnte sich kaum auf ihre Antwort konzentrieren, weil sie mit einem Ohr versuchte, dem Gespräch zu folgen, das sich hinter ihr zwischen Louis Ferdinand und diesem ungeheuerlichen Diplomaten mit dem italienischen Namen entspann und das, soweit sie beurteilen konnte, ziemlich ungeniert die Vorzüge der Sängerin zum Gegenstand hatte, derentwegen das Orchester aufgehört hatte zu spielen und die somit daran Schuld trug, dass sie nicht mehr mit Louis Ferdinand Walzer tanzen konnte. Sie hätte gerne Kenntnis darüber gewonnen, wie dieser die Reize der Dame einschätzte, aber sie sah sich gezwungen, Onkel Georg vor dem Prinzen zu verteidigen: »Bitte, Königliche Hoheit … Er ist ein guter Mensch …«

»Kein Zweifel darüber, liebe Freundin.«

»Ach, das sagen Sie doch nur so, um mich hier nicht in Verlegenheit zu wissen.«

»Keineswegs. Alle schätzen ihn. Mein Vater hält große Stücke auf ihn.«

»Ja, aber er ist nicht nur ein guter Offizier. Auch vor bestimmten Einflüssen versteht er seine Lieben zu bewahren. Ich muss Ihnen dazu eine Begebenheit erzählen.«

Sie schöpfte tief Luft, um genug Atem zu haben für die Anekdote, in der ihr Onkel Georg als strahlender Kämpfer gegen Unsittlichkeit im Mittelpunkt stand und somit über jeglichen Verdacht erhaben. Wie immer stand ihr tiefer Alt im Kontrast zur Eile, mit der die Worte über ihre Lippen kamen. »Es war so: Tante Polyxene hat uns mit auf eine Reise nach Broich eingeladen.«

»Nach Broich?« Der Prinz unterdrückte ein ungläubiges Kopfschütteln, als der Name »Polyxene« fiel, weil er sich beim besten Willen immer noch nicht vorstellen konnte, wie zwei solch schöne Geschöpfe, wie Friederike und Luise es waren, mit so einer häßlichen Kröte verwandt sein konnten. Aber Luise, die kein Gespür für die Feinheiten seiner Reaktion aufbrachte, sondern gleichzeitig versuchte, Onkel Georg zu verteidigen und das Gespräch Louis Ferdinands mit dem Italiener zu belauschen, sprach hastig weiter, um ihre mangelnde Konzentration hinter gespielter Aufregung zu verbergen: »Ja, in Holland. Dort hat Tante Polyxene ein Anwesen. Wir sind über Köln gereist, dann nach Kleve, Nimwegen, Arnheim, Utrecht und schließlich auch nach Amsterdam. Da hat sich etwas ganz Abscheuliches zugetragen. Wir hatten gerade eine Seefahrt auf der Nordsee hinter uns. Es schaukelte sehr, und wir wurden alle etwas seekrank.« Sie unterbrach sich selbst mit einem Kichern. »Aber der Wind stand günstig, und deshalb wurde die Reise kürzer als geplant. Onkel Georg wollte uns vor dem Regen schützen, und so kehrten wir in das nächstbeste Wirtshaus ein. Sie können sich nicht vorstellen, was wir erleben mussten: Dort saßen zwei junge Leute, die aufs Heftigste geraucht haben!«

»Jeraucht in der Öffentlichkeit. Unglaublich!« Der Prinz hob ebenso empört die Stimme.

»Onkel Georg hat sofort veranlasst, dass die beiden Männer des Saales verwiesen werden. Man hat kräftig gelüftet, und der Wirt hat sich bei uns mit vorzüglichen Butterbroten und einem ebenso vorzüglichen Malaga entschuldigt. Aber, ich muss gestehen, Königliche Hoheit, der Anblick der beiden Leute bereitet mir immer noch Entsetzen, wenn ich daran denke.«

»Zu Recht, liebe Freundin, zu Recht«, hakte der Prinz ein und nutzte die Gelegenheit abermals, seine preußische Heimat anzupreisen und eine Einladung auszusprechen, auf die Luise ihm immer noch eine Zusage schuldig war. »In der Öffentlichkeit rauchen, das ist empörend. Seien Sie versichert: In Berlin wäre Ihnen das nicht passiert. Bei uns wären die beiden Täter arretiert worden. Es jibt doch Verbote.«

»... und die sind dazu da, übergangen zu werden!«

Wieder war es Louis Ferdinand, der die Unterhaltung von Friedrich Wilhelm und Luise mit einer verwegenen Bemerkung unterbrach. Im Hintergrund stand Lucchesini, der die Schultern hochzog und mit beiden Händen eine entschuldigende Geste formte, um dem Prinzen ein Zeichen zu geben, dass er alles in seiner Macht Stehende getan hatte, um Louis Ferdinand von der kronprinzlichen Runde fernzuhalten, dieser ihm aber letztlich entwichen sei.

Diesmal jedoch war es Luise, die Louis Ferdinands Provokation etwas entgegensetzte: »Übergangen!« Ihre Lippen bebten. »Wie kann man es gutheißen, ein Rauchverbot zu übergehen?«

Louis Ferdinand, der sich wieder neben sie gesetzt hatte, pfiff durch die Zähne: »Niemals würde ich es wagen, dieses Verbot zu übergehen und die Luft, die Ihr atmet, zu verschmutzen. Dieses Versprechen gebe ich Euch in die Hand, meine Schöne.« Er streckte ihr seine behandschuhte Rechte hin, die sie nicht annahm, weil sie immer noch beschämt war durch die Angelegenheit mit dem Soldatenlied und sich ein wenig reserviert geben wollte. Er aber ließ die Hand in der Schwebe, da er noch nicht zu Ende gesprochen hatte: »Ich spreche natürlich nicht vom Rauchen. Gott bewahre. Ich spreche vom Walzer!«

Erst jetzt merkte Luise, dass die Sängerin aufgehört hatte, ihre Arien darzubieten, und der Janitschare wieder mit seinem verheißungsvollen Dreivierteltakt aufs Parkett lockte. Ohne einen Augenblick zu zögern, nahm sie sein Angebot an und hinterließ einen sprachlosen Kronprinzen, dem sämtliche Züge entglitten, als er dem Paar nachstarrte.

Geschlagen lehnte er sich zurück und seufzte. War er zu Beginn des Abends angetan von Luises freundschaftlicher Heiterkeit, die ihm über seine eigenen Hemmnisse hinwegzuhelfen schien, so schlug seine Neigung nun wieder Friederike zu, deren hingebungsvolles Wesen ihm das Gefühl vermittelte, bewunderungswürdig und das Zentrum ihrer Welt zu sein. Er drehte sich zu ihr, als er bemerkte, dass auch sein Bruder Louis sich, ebenso wie Louis Ferdinand, über das Walzerverbot des Königs hinweggesetzt hatte und mit Friederike bereits eng umschlungen seine Runden drehte.

Abermals hatte er verloren.

7

Das Feuer knisterte leise im Kamin und strahlte seine wohlige Wärme über die großzügige Ausstattung aus, für die die Suiten im ›Weißen Schwan‹ nicht ohne Grund über die Stadtmauern von Frankfurt am Main hinaus berühmt waren. Der Atem des Märzwindes hob und senkte die blassblauen Seidenvorhänge neben den vergitterten Fenstern, an denen der Regen noch immer sanft anklopfte. Neben den beiden Betten, die das Zentrum des wohnlichen Zimmers ausmachten und mit demselben blassblauen Stoff überzogen waren, aus dem die Vorhänge bestanden, standen je links und rechts zwei Nachttische aus Birnenholz. Darauf waren, ebenfalls jeweils links und rechts, zwei zur Hälfte mit Wasser gefüllte Gläser platziert, in denen eine Ölschicht und ein brennender Docht schwammen, die den Raum in Eintracht mit dem grauen Schein, der vom Fenster kam, in ein schwaches, aber gleichmäßiges Licht tauchten.

Luise saß auf dem Bett und schrieb in ihr Andachtsbuch. Sie führte es seit dem vergangenen Sommer, als ihre liebe Mabuscha es ihr zur Konfirmation geschenkt hatte, immer bei sich wie einen ständigen Wegbegleiter, bei dem sie in langen Eintragungen Trost suchte von den ungerechten Ermahnungen, die ihr die Großmutter zuteilwerden ließ, aber auch so widersprüchlichen Gefühlen freien Lauf lassen konnte wie der Frage, ob Friederike nun die Schönere sei oder sie und ob es gerecht war, dass diese mit ihrem sanften Gemüt die Menschen mehr betörte als sie mit ihrer Heiterkeit. Hier zwischen diesen beiden Buchdeckeln konnte sie ohne Reue alle Fragen stellen und beantworten, denn hier war sie nur dem lieben Gott gefällig, und da sie täglich morgens und abends betete, war sich Luise sicher, dass dieser es gut mit ihr meinte und alles, was sie in ihrem Andachtsbuch zur Sprache brachte, und alle Schlüsse, die sie darin zog, schon ihre Richtigkeit hatten.

Der Kiel kratzte unter dem aufgeregten Druck, mit dem sie ihn über das Papier führte, so laut, dass er beinahe die grazile Standuhr übertönt hätte, die neben der Tür in der Ecke aufgestellt war und mit ihrem gleichmäßig ausschlagenden Pendel den Nachmittag in Gleichtakt und Ruhe wiegte. Sie ging schon nach drei viertel fünf, und Luise war in allergrößter Eile. Denn sie musste sich für heute Abend noch das Haar richten und eine besonders einnehmende Garderobe auswählen, weil sie vermutete, dass zu dem *Souper*, zu dem der Kronprinz sie und Friederike gestern Abend beim Abschied eingeladen hatte, auch Louis Ferdinand erscheinen würde – und da durfte sie sich keine Nachlässigkeit erlauben, im Gegenteil: Sie wollte sich auf eine Weise präsentieren, die sie ihm so unvergesslich machen würde, wie er es ihr bereits war.

Ach, Louis Ferdinand! Sie tauchte die Feder in das Tintenfass, das auf dem kleinen Beistelltisch neben dem Öllicht und dem Strauß Rosen stand, den er ihr bei der Aufforderung zum Tanz überreicht hatte, um seinem Namen, wenigstens seinem Namen, den Ausdruck zu verleihen, den er verdient hatte. Sie legte die ganze Größe ihrer Empfindung in den Schwung des L, mit dem sein Name begann, zwängte in die darauffolgende Silbe all ihre geheimen Wünsche und füllte seinen zweiten Namen mit der Träumerei auf, dessen Gefangene sie seit dem ersten Tanz mit ihm war und aus dem sie sich mit der unendlichen Wiederholung seines Namens zu befreien versuchte. Louis Ferdinand! Zehn Mal, zwanzig Mal, bald dreißig Mal hatte sie ihn schon ihrem Andachtsbuch anvertraut, und es war das erste Mal, dass sie darauf achtete, dass weder Fehler noch Kleckse ihre Schrift verunstalteten.

Denn anders als sonst war ihr diesmal das Geschriebene heilig, auch wenn es sich lediglich um die Wiederholung zweier Wörter handelte. Aber was für Wörter das waren! Allein ihr Klang erweckte in ihr das Begehren, von ihm gehalten zu werden.

Wie hatte ihr das nur passieren können? Was war überhaupt passiert? Wie konnte es sein, dachte sie, dass mit einem Moment, mit einem Tanz nur, das Denken, Fühlen, ja das ganze Leben sich nur auf eine Person ausrichtete, die im Moment zuvor ohne tragende Rolle war, ja sogar gänzlich unbekannt? War ihr Leben zuvor im Großen und Ganzen heiter gewesen und nur ausgerichtet auf Fragen nach dem neuesten Putz, der neuesten Mode, nach Onkel Georg, der Schönheit und Sanftmut von Friederike und den Gedanken daran, wie sie Mabuschas Ermahnungen entkommen konnte – so gab es nun nur ein zentrales Thema, das in ihrem Kopf für Aufruhr sorgte und gegen das alles andere, was sie zuvor bewegt hatte, eintönig und fad erschien – und dieses Thema war Louis Ferdinand. Ob er auch so sehr an sie dachte wie sie an ihn? Ob auch er alles in die Wege leiten würde, um sie alsbald wieder in seine Arme schließen zu können?

Sie zog einen tiefen Atemzug ein und tränkte ihre Feder abermals in dem Tintenfass, das auf dem Beistelltisch neben dem Bett stand, damit sie nur ja jedem Zoll ihres zarten Gefühls Gestalt geben konnte, da fiel ein dicker Tropfen Tinte auf die hellblaue Seide der prächtigen Tagesdecke. Sie sprang auf und eilte zum Waschbesteck, um mit einem befeuchteten Tuch ihr Missgeschick ungeschehen zu machen und schnell weiterschreiben zu können, weil ja noch so viel zu erzählen und zu klären war, zog aber mit ihrer urplötzlichen Geschäftigkeit, die wieder einmal von der Sorge geprägt war, alles gleichzeitig erledigen zu müssen, das Interesse von Friederike auf sich.

»Luise, gibt acht. Nich', dass du schon wieder in Verzug gerätst. Der König erscheint zum Souper, und es gibt kein gutes Bild, wenn wir dort nich' zur vorgegebenen Stunde vorstellig werden.« Friederikes Tonfall verriet kein Pardon, denn sie war es leid, ständig wegen Luise von ihrer Babuscha ermahnt zu werden und Strafen auferlegt zu bekommen für Taten, die sie weder begangen hatte noch die zu begehen sie veranlagt war.

»… und gib der Kammerfrau Bescheid, dass sie dich richtet. Es wäre ein Jammer, wenn wir wieder in Eile kämen!«

In ihre ohnehin zur Überbetonung neigende Ausdrucksweise legte Friederike noch zusätzlich all ihren Gram, der sich im Laufe der Jahre über Luises unverbesserliche Unpünktlichkeit angestaut hatte und der im wirkungsvollen Wechselspiel stand zu der Ohnmacht, die sie in dieser Angelegenheit verspürte. Diesmal nämlich wollte sie nichts riskieren. Denn es war nicht der König, den sie mit ihrer Pünktlichkeit zu beeindrucken versuchte, sondern sein ältester Sohn Friedrich Wilhelm, hinter dessen Ungelenkigkeit sie ein umso regeres Herz vermutete. Allein die Fürsorge, mit der er ihr gestern alle erdenklichen Naschereien herbeigerufen hatte, als Luise mit Louis Ferdinand zur Janitscharenmusik getanzt hatte, traf auf ihr Wohlgefallen. Rührung aber hatte sie empfunden, als er ein Wolltuch besorgt hatte, um ihre Schultern vor dem kalten Zug zu schützen, der vom Fenster kam und sie frösteln ließ. Sein Tun betrachtete sie als Werk einer gelungenen Erziehung unter preußischen Maximen, die neben Ordnung, Fleiß und Pünktlichkeit auch Tugenden wie Duldsamkeit und Wohltätigkeit pries.

Friederike wollte nun unbedingt als Person erkannt werden, die diese Maxime ebenso achtete und verfolgte, wie sie das vom Kronprinzen annahm. Sie hatte vor, beiläufig zu erwähnen, dass ihre Gouvernante, die gute Gélieu, aus der preußischen Exklave Neufchâtel stammte – dass Friederike also, genau genommen, eine preußische Erziehung mit all ihren Vorzügen genossen hatte.

Das Kleinste, was sie dazu tun konnte, war, beizeiten auf dem Fest zu erscheinen – aber Luise schien ihr Vorhaben untergraben zu wollen. Sie machte nämlich keinerlei Anstalten, auf Friederikes Mahnungen einzugehen, sondern betupfte verzweifelt den Tintenfleck mit dem gewässerten Tuch. Als sie merkte, dass ihr Bemühen das Übel nur noch verschlimmerte, weil der Fleck sich nun durch die Zufuhr von Wasser eher ausbreitete als verflüchtigte, warf sie das Tuch entmutigt auf den Boden und nahm mit so heftigem Schwung auf dem Bett Platz, dass das Gestell unter ihr nervös ächzte.

»Ach, hätte ich doch der Kammerfrau früher Bescheid gegeben, damit sie sich mit dem Fleck abmüht. Nun hab ich alles verdorben. Die Decke ist hinüber, und Mabuscha wird bestimmt wieder mit mir schimpfen, wenn sie das sieht, und mich fragen, wovon sie das ersetzen soll.« Sie griff zu ihrem Andachtsbuch und hielt es vor sich wie einen Schild, der sie vor den Unbilden des Lebens schützte.

»Babuscha wird dich nich' nur wegen des Flecks ausschimpfen, sondern auch, wenn wir wegen dir nich' rechtzeitig zur Einladung kommen. Soll der König unsere gute Erziehung in Frage stellen? Du riskierst, dass sie in einem schlechten Licht dasteht.«

»Ika, wieso sollten wir zu spät kommen und in schlechtem Licht dastehen? Es sind doch nur zwei Straßen zu Gontard.«

»Genau genommen müssen wir aber erst noch über den Innenhof, dann durch die Colonnaden und dann die große Treppe hinunter, und das mit Großmutter, die auch nicht mehr so gut zu Fuße ist wie wir. Oder möchtest du riskieren, dass ausgerechnet wir, die wir den kürzesten Weg haben, diejenigen sein werden, die am spätesten eintreffen? Babuscha wird bestimmt sehr böse werden, wenn du –«

»Wie meinst du das? Wieso ich? Ich kann es wirklich nicht mehr hören! Immer bin ich an allem schuld!« Trotzig hielt sich Luise die Ohren zu, und erst als sie sich gewiss war, dass Friederike aufhörte, ihr Vorwürfe zu machen und sie zur Eile zu bewegen, ließ sie los, aber nur, um sich sofort wieder hinter ihr Andachtsbuch zurückzuziehen. Zwischen ihren Augenbrauen bildete sich eine tiefe Furche, als Friederike es trotz dieses eindeutigen Signals wagte, sie anzusprechen: »Es ist doch nur … Ich möchte nicht wieder wegen dir getadelt werden …«

Während Friederike sich sofort dafür schämte, dass sie so

klar ausgesprochen hatte, was sie ärgerte, und versuchte, den offen zur Schau gestellten Unmut mit einem Appell an Luises Mitgefühl zu kaschieren, bemerkte Luise, dass Friederike bereits in voller Toilette dasaß.

Ihr Haar türmte sich in Hunderten, mühsam gebrannten Kringeln, um ihre Taille trug sie die wunderbare goldene Kette, die ihr Tante Sophie Charlotte aus England vorletztes Jahr zu Weihnachten geschenkt hatte, und ihre Schultern bedeckte ein feiner Wollschal, den Luise noch gar nicht an ihr kannte und dessen Herkunft sie sich beim besten Willen nicht erklären konnte. Das Kleid, das sie ausgewählt hatte, war von feiner, hellblauer Seide und unterstrich den Farbton ihrer Augen so vorzüglich, dass man meinte, sie würden unaufhörlich funkeln wie Kristall. Nur ihre Füße waren noch bloß, denn ihre Pantoffeln hatte die Kammerfrau, wie auch die von Luise, zum Flicken mitgenommen.

Ihre schöne Schwester war schöner denn je und sie hingegen noch ganz zwanglos *en négligé.* Selbst das Frühstückstablett mit dem angebissenen Zwieback und der Tasse Tee stand noch zu ihrer Seite auf dem Bett, was ihr sonst nie passiert wäre, denn eigentlich aß sie immer alles auf. Ach, dachte Luise, nichts war vorbereitet, nichts getan und dabei noch so viel zu machen! Unruhe ergriff sie, weil sie noch kurz ihre Eintragung beenden wollte, gleichzeitig aber merkte, dass es hohe Zeit war, sich langsam fertig zu machen.

Wenn sie auch nur halbwegs so betörend erscheinen wollte wie Friederike, dann hatte sie noch viel zu tun. Warum nur, ach, war Friederike immer so schön? Warum nur hatte die Natur ihr selbst nicht ebenso viel Raffinesse mitgegeben wie ihrer kleinen Schwester? Warum nur schauten alle *immer* nur diese an und zwangen damit sie, Luise, sich *immer* so in Szene setzen zu müssen, um die Aufmerksamkeit der Kavaliere auf sich zu ziehen?

Jedes Mal, wenn das kleine Wort *immer* sich in Luises Gedanken häufte, war das ein untrügliches Signal für eine Welle großen Selbstmitleids, die sie hinwegschwemmte. Sie verlor den Halt unter den Füßen und jegliches Maß für die Realität. Denn es gab natürlich auch Kavaliere, die sie ansahen, und nicht einmal wenige. Dennoch nagte es an Luise, dass sie die Aufmerksamkeit teilen musste, besonders die von Onkel Georg. Sie schluckte kräftig und begegnete der aufsteigenden Trauer mit ein paar tiefen Atemzügen. Eigentlich, dachte sie, war doch Friederike selbst daran schuld, dass sie, Luise, auf ihrem Vorrecht als Ältere *immerzu* bestehen musste, nicht wahr? Es geschah doch nur alles aus Not, aus Angst, übersehen zu werden.

Sofort verwarf sie diesen Gedanken und schalt sich: Wie kann ich nur so etwas denken? Freue ich mich doch an ihrer Schönheit, freue ich mich doch an ihrer Art. Wenn der liebe Gott es anders gewollt hätte, dann wäre es anders gekommen. Und außerdem, was mache ich mir eigentlich Sorgen?

Lächelnd sog sie ihre Unterlippe ein und kaute darauf herum. Schließlich hatte Louis Ferdinand Friederike gestern Abend keines Blickes gewürdigt – und das war doch alles, was zählte! Luise lachte selig in sich hinein und wurde milde. Ein Leben ohne Friederike? Das war einfach unvorstellbar. Denn neben ihrer betörenden Schönheit hatte ihre Schwester ein ebenso betörendes Wesen. Sie zeigte für alles Verständnis, begehrte selten auf und strahlte eine zarte Milde aus wie eine frisch erblühte Mimose. Sie war der einzige Mensch, der ihr ganzes Leben lang immer bei ihr, Luise, gewesen war. Das allein machte sie ihr wertvoller als jede andere und jeden anderen. Luises einzige Möglichkeit bestand nun darin, auch jetzt, da sie sich wieder einmal verzettelt hatte, an alle diese guten Eigenschaften zu appellieren.

»Entschuldige, du hast so recht. Es tut mir so leid, Ika. Es ist aber auch immer so viel zu tun und nachzudenken und zu schreiben, dass ich ganz närrisch werde. Ein Leben lang haben wir uns gelangweilt ... Die einzige Abwechslung, die wir hatten, war Weihnachten in Hildburghausen – und nun passiert so viel ... Diese ganzen Einladungen und Bälle, und die Kavaliere ... Es ist doch so wunderbar, dass man endlich einmal so viel tanzen kann, wie man will ...«

»Ja.«

»Es ist alles so aufregend, und ich möchte doch alles festhalten in meinem Buch. Ich muss mich ja noch um meine Toilette kümmern. Und was ist mit den Schuhen – sind sie eigentlich schon da? Ich weiß gar nicht, was zuerst tun. Eigentlich weiß ich gar nicht, was ich überhaupt tun soll ...«

»Ach, ich wäre schon froh, wenn du ab und zu mal auf mich, deine kleine Schwester, hören würdest.«

Sie lachten.

»Ich verspreche es dir. Lass mich nur eben den Satz zu Ende schreiben, damit ich nicht, wenn ich das Buch wieder aufschlage, denke, ich könnte noch nicht einmal einen Satz beenden, wo ich es noch nicht einmal schaffe, ein Paar Socken fertig zu stricken oder ein Buch durchzulesen. Das wäre zu schlimm.«

Noch einmal lachten sie gemeinsam auf, dann kehrte eine Stille ein, in die kurz darauf nur der Gleichklang der Standuhr und das Kratzen von Luises Feder drang.

Friederike sah ihre Schwester über den Rand der Teetasse an und merkte, dass diese wieder mit Leib und Seele in ihr Andachtsbuch vertieft und ihr Bemühen, sie zur Eile zu bewegen, fruchtlos gewesen war. Sie seufzte ergeben. Luise war unbelehrbar. In welch unangenehme Lagen hatte sie sie und ihre Großmutter deswegen schon gebracht! Selbst den Kaiserball des Fürsten Esterházy hätte sie beinahe wegen ihrer Unpünktlichkeit verpasst. Sie und ihre Babuscha hatten schon in der Kalesche gesessen, als Luise sich immer noch nicht vom Spiegel hatte loslösen können. Großmutter hatte gemahnt, gerufen und schließlich dem Kutscher die Order gegeben, ohne die eitle Prinzessin fortzufahren. Da hatte man sie einmal laufen sehen können! Mit einer Hand hatte sie den Schoß ihres blütenweißen Debütantinnenkleids hochgerafft, mit der anderen versucht, ihren Lockenturm zu fixieren. Die ganze Strecke vom Kaufmannshaus zum Kaisersaal war sie hinter der Droschke hergelaufen und schließlich gleichzeitig mit ihr und der Großmutter angekommen.

Insgeheim hatte Friederike sich gefreut und gehofft, dass es Luise eine Lehre gewesen war, aber alles deutete darauf hin, dass sie sich seitdem noch viel mehr in dem sicheren Gefühl wähnte, dass alles – wie von Zauberhand und durch eine höhere Macht befohlen – doch noch gut ginge. Auch jetzt schien sie sich in dieser Gewissheit zu wiegen.

Da Friederike Luise kannte und dieses Wissen im Gegensatz zu ihrem Wunsch stand, pünktlich zum Souper zu erscheinen und sich damit dem Prinzen wohlgefällig zu präsentieren, kam ihr die Idee, nach dem Kammermädchen zu rufen. Vordergründig beabsichtigte sie lediglich, nach den Schuhen zu bitten. Ihr Hintergedanke aber war, dass Luise, sobald das Mädchen schon einmal im Zimmer war, sogleich deren Dienste in Anspruch nehmen würde und sich das Haar machen und die Garderobe anreichen ließe, sodass alles seinen geregelten Gang nehmen würde. Ein kurzes Knarren der Diele, das vom Flur ins Zimmer drang, ließ sie vermuten, dass das Mädchen ohnehin gerade auf dem Weg zu ihnen war. Friederike stand auf und ging auf Zehenspitzen zur Tür, um ihm entgegenzugehen und ein paar Anweisungen bezüglich Luise zuzuflüstern, da traf sie der flehende Blick ihrer Schwester:

»Was machst du?«

»Ich wollte nur die Kammerfrau rufen, um nach den Schuhen zu bitten!«

»Aber ich bin noch nicht ganz fertig … Nur noch einen Satz!«

»Nur noch einen Satz, gewiss. Nur noch einen Satz. Aber:

Ich möchte dich nur daran erinnern, was unsere Babuscha immer sagt.«

»Was genau meinst du? Sie sagt so viel. Leider mehr zu mir als zu dir.«

Wieder mussten beide lachen. Sosehr Friederike durch die Untugenden ihrer Schwester in Mitleidenschaft gezogen wurde, so sehr bewunderte sie die Ehrlichkeit, mit der sie ihre eigenen Schwächen benannte.

»Sie sagt immer: Pünktlichkeit ist die Tugend der Könige!«

Luise klappte ihr Buch zu und warf es mit Schwung auf das Bett, wo es halb im dicken, aber nun befleckten Plumeau versank.

»Papperlapapp. Was Mabuscha nicht alles sagt! Ich werde doch ohnehin niemals König werden, so muss ich auch nicht pünktlich sein. Das Einzige, was ich werden kann, ist Königin, denn –«

Luises Worte kamen arglos, aber bei Friederike löste der letzte Satz eine Beklemmung aus, die ihr die Kehle verschnürte. Es war nicht nur der Hochmut der Schwester, die mit einer Selbstverständlichkeit anzunehmen schien, dass sie Königin würde. Vielmehr sah Friederike, die – plötzlich aufgerüttelt durch diesen eigentlich nur dahingesagten Satz – schnell die Möglichkeiten durchspielte, die er barg, ihre eigenen Wünsche schon zerschellen: Denn nur wenn Luise Friedrich Wilhelm heiratete, konnte sie Königin werden. Friederike war so überfallen von dem Gedanken, dass sie gar nicht wahrnahm, dass Luise eine gänzlich andere Fährte verfolgte.

»Du wirst Königin? Wie kommst du zu dieser Anmaßung?«

»Ich habe nicht gesagt, dass ich Königin werden will.«

»Ja, aber warum sprichst du dann davon?«

»Ich spreche überhaupt nicht davon!«

»Nein, etwa nicht?«

»Nein!«

Luise war immer noch arglos. Friederike aber war alarmiert.

Sie wehrte sich so heftig gegen die Idee, die da in Luise aufzukeimen drohte, dass all ihre natürliche Gelassenheit von ihr abfiel und ihre Worte spitz, gemein und eine Spur zu kämpferisch kamen.

In grenzenloser Verkennung der Situation wollte sich Luise wieder ihrem Andachtsbuch widmen, da versteifte sich mit einem Mal ihr Rücken. Friederike hatte sie auf eine Idee gebracht.

Sie sah ihr direkt in die Augen. Endlich hatte sie eine Erklärung für die Ereignisse der vergangenen Tage! Und nichts und niemand, auch nicht der ungewöhnlich schroffe Ton, den ihre Schwester angeschlagen hatte, sollte sie davon abhalten, diesen Gedanken auszusprechen.

»Warte, Ika! Du bringst mich auf einen Gedanken: Mabuscha und Polyxene.« Sie schüttelte, immer noch ungläubig über ihre *Trouvaille,* den Kopf. »Die beiden Alten –«

Aber Friederike unterbrach sie brüsk: »Luise! Du musst nicht immer alles aussprechen, was du denkst.«

Luise, der sofort diese schreckliche Begebenheit mit dem Soldatenlied in den Kopf schoss, die sie gestern vor Louis Ferdinand in diese peinliche Lage gebracht hatte – schon allein bei dem Gedanken daran errötete sie –, gab sofort nach, was Friederike verwunderte, weil sie ihre Schwester so nicht kannte.

»Entschuldige, Ika. Bitte entschuldige. Manchmal kann ich mein Temperament nicht im Zaume halten. Aber dennoch: Ich frage mich, wenn ich jetzt so drüber nachdenke: Was hatte es mit dem plötzlichen Aufbruch aus Hildburghausen auf sich? Kannst du mir das sagen? Warum mussten wir uns so schnell von Lolo trennen und hierher fahren, wo wir doch ursprünglich Großmutters Geburtstag dort feiern wollten?«

Friederike gab mit einem dezenten Gähnen zu verstehen, dass sie Luises Ausführungen keineswegs zu folgen bereit war, aber diese war so Feuer und Flamme für ihren Gedanken, dass sie, die ohnehin kein Gespür für feine Andeutungen hatte, auch diese offene Geste der Zurückweisung glatt überging. Luises Augen blitzten, ihr Mund plapperte, und ihre Hände malten in der Luft herum, als bekäme das Gesagte mehr Gehalt, wenn sie es mit beschreibenden Gesten untermauerte.

»… und wollten wir uns nicht in Hildburghausen in Sicherheit bringen? Hatten wir nicht die schrecklichste Angst unseres Lebens, als wir das Feuer über Mainz sahen?«

»Ach so. Madame hatte Angst. Ich dachte, Madame hätte keine Angst gehabt.«

»Jetzt hör auf!«

»Nun ja. Wollte dich doch nur einmal daran erinnern, dass du in Gegenwart einer bedeutenden Person, von der du glaubst, dass sie bald dein Schwiegervater sein könnte, behauptet hast, dir sei der Krieg gleich, und du dich gegeben hast, als seist du der tapferste Soldat seiner Truppen.«

Luise, die sich über die ungewohnt schnippische Art ihrer sonst sanftmütigen Schwester wunderte, versuchte einzulenken. Lächelnd sah sie Friederike an: »Ika, ich habe nicht gesagt, dass der König bald mein Schwiegervater sein wird.«

»Wie solltest du denn sonst Königin werden?« Jedes Wort atmete die Kälte eines Eisblocks aus.

»Ach, ich dachte, das hätten wir bereinigt? Also noch mal.« Nun sprach Luise ganz langsam und deutlich und so, als sei Friederike eine Idiotin. Ihre Lippen formten jede Silbe akkurat nach. »Du hast gesagt: *Pünktlichkeit ist die Tugend der Könige.*«

»Das habe nich' ich gesagt, sondern unsere Babuscha.« Friederike war nicht gewillt, Luise zuzuhören.

»Jetzt lass es mich doch bitte erklären!« Nun wurde auch Luises Tonfall harscher. Friederikes Blick ging zu Boden. Sie konzentrierte sich auf das Knarren der Holzdiele, das sie von draußen wahrzunehmen glaubte, und hoffte, dass das Kammermädchen sie endlich aus dieser Lage befreien würde. Aber nichts dergleichen geschah. Stattdessen prasselten Luises Ausführungen über sie herein.

»Also – du hast gesagt: *Pünktlichkeit ist die Tugend der Könige.* Daraufhin wollte ich sagen, dass ich – wenn überhaupt – nur eine Königin und niemals ein König werden kann, weil ich ja eine Frau bin. Also muss ich auch nicht pünktlich sein!« Sie holte noch einmal tief Luft, als sie mit dem Satz endete: »Verstehst du mich nun?«

Friederike zwang sich dazu, den Tee aus feinen Kräutern, den das Mädchen schon nachmittags gebracht hatte und der bereits erkaltet war, Schluck für Schluck zu trinken und aus seinem abgestandenen Aroma die unterschiedlichen Blüten, die zu dieser erlesenen Mischung verarbeitet worden waren, herauszuschmecken, sich diese in der Pracht ihrer natürlichen Umgebung vorzustellen. Der zartsäuerliche Geschmack der Himbeerblätter hatte sich vor ihrem inneren Auge bereits zu einer Hecke ausgeformt, die einen verwunschenen Obstgarten von einer fetten Wiese trennte. Die Blätter der Brombeere erlebten eine zweite imaginäre Existenz an einer Lichtung im Wald nahe einer imposanten Belladonna, die sich gleich einer Kuppel aus dem Unterholz erhob. Während die Pfefferminze zum leichten Teil dieser Aufgabe zählte, bereitete ihr die scharfe Lakritznote heftige Schwierigkeiten, da sie keine Vorstellung davon hatte, in welchem Umfeld Süßholz gedieh.

Diese irrwitzige Übung verstand Friederike als Versuch, sich selbst zu disziplinieren und die Beherrschung über den Aufruhr siegen zu lassen, der sich ihrer bemächtigt hatte, seit Luise davon gesprochen hatte, dass sie Königin werden – und folglich Friedrich Wilhelm heiraten – würde. Denn es war der einzige königliche Kronprinz, den sie kannten.

Aber was wäre, wenn sie recht behalten sollte?

Friederike musste zugeben, dass auch sie selbst ein leichtes Unbehagen bei all dieser Geschäftigkeit gespürt hatte, die ihre Babuscha so unverhofft offenbart hatte; auch sie hatte sich gewundert, warum plötzlich Tante Polyxene immerzu in ihrer Gesellschaft war, obwohl die Großmutter sie doch eigentlich lieber mied, weil sie fand, dass diese zu viel trank und dann meist unangenehme Situationen anzog oder gar heraufbeschwor. Aber tatsächlich war dieses Unbehagen untergegangen in der Freude darüber, nach Frankfurt am Main fahren und das Theater besuchen zu dürfen. Wenn also Luise recht behalten würde – ja, was dann?

Mit einem weiteren Schluck des kalten Tees und dem damit verbundenen Versuch, sich auf andere Gedanken zu bringen, wollte sie die beklemmenden Gefühle, die mit der Antwort auf diese Frage aufkamen, herunterschlucken. Dabei aber sog sie, da sie nicht bemerkt hatte, dass die Tasse bereits fast leer war, den Satz ein, der sich aus dem fein gemahlenen Pulver am Boden gebildet hatte, und ward durch die trübe Suppe, die sie statt des Tees getrunken hatte, plötzlich dem Hier und Jetzt näher, als sie es sich wünschte. Doch während sie panisch überlegte, ob sie den Brei dezent in die Tasse spucken oder herunterschlucken sollte – beides Alternativen, die ihr Gefühl für Schicklichkeit verletzten –, sprach Luise sie plötzlich direkt an.

»Ika, ich will dir etwas sagen. Es ist doch so offensichtlich. Es ist nichts Geringeres, als dass man ...« – sie hielt inne, um dem, was kommen sollte, die nötige Betonung zu geben – »... mich verheiraten will!«

»So? Und wen bitte sollst du denn heiraten?«

»Na den Kronprinzen von Preußen, Friedrich Wilhelm!«

Das war genau der Satz, den Friederike am wenigsten zu hören gehofft hatte. Ihr Mund spitzte sich belustigt.

»Luise, wir sind doch nur zwei völlig unbedeutende Prinzessinnen.«

»Ja, das stimmt. Das habe ich auch lange gedacht, und dann habe ich gemerkt, wie wir plötzlich an Bedeutung gewannen. Erst sollten wir nicht auf den Kaiserball gehen, dann doch. Großmutter hat all ihre Alliancen spielen lassen, um uns Eintrittskarten zu besorgen ... Dann lädt sie uns nach Frankfurt ins Theater ein, was sie uns bislang immer mit den unglaublichsten Ausreden vergällt hat. Dann tuschelt sie den ganzen Abend. Ständig steckt sie den Kopf mit Onkel Georg, Polyxene und Kümmelmann zusammen – und plötzlich werden wir dem König von Preußen vorgestellt. Damit hat es doch alles seine Bewandtnis. Dann stehen wir im Foyer, bis wir fast erfrieren, und Großmutter wird erst emsig, als sie den Mann erblickt, den die Baberini in Begleitung hatte.«

»Der, der aussieht wie ein Hund.«

Sie kicherten.

»Genau, der! Der steckt ihr einen Brief zu, und schon bleiben wir in Frankfurt am Main. Und jetzt verstehe ich auch, warum Tante Polyxene ständig in unserer Begleitung ist. Sie muss alles bezahlen! Und deshalb müssen wir auch so besonders freundlich zu ihr sein – Mabuscha will sie gewogen machen. Außerdem macht sie ihr Hoffnungen. Polyxene würde ihr Geld niemals für eine Sache ausgeben, von der sie sich nicht viel versprechen kann – da bekommt sie Einladungen zu Gesellschaften, die ihr zuvor verwehrt waren ... neue Freunde ... neue Allianzen. Das ist nach ihrem Geschmack. Und allen könnte sie dann ihre langweiligen Geschichten von St. Petersburg erzählen. Und dann, und dann ... gibt es fortan kein Fest, auf dem wir nicht zu Gast sind. Und wer kreuzt darauf immerzu unseren Weg? Friedrich Wilhelm und Louis ...«

Luise biss sich auf die Lippen. Beinahe hätte sie sich verplappert.

Denn wenn es tatsächlich zutraf, was sie angefangen hatte sich zusammenzuspinnen, dann konnte sie sich lebhaft vorstellen, was ihre Mabuscha von ihrem süßen Geheimnis hielt. Sie würde sich einen lang gehegten Plan niemals von ihr durchkreuzen lassen! Nicht ihre Mabuscha! Nicht die Prinzessin Georg von Hessen-Darmstadt, die zwar nur einer Nebenlinie des großen Hauses entstammte, aber die Zügel so straff zusammenhielt, als wäre es ihr eigener Stall. Das bedrohliche Klappern von Großmutters goldenen Armreifen hämmerte allein bei dem Gedanken daran so stark gegen Luises Trommelfell, dass sie das Gefühl hatte, diese stünde neben ihr.

Es gab keine Chance: Mabuscha würde ihr Begehren als törichte Flause eines Mädchens abtun, das die Welt nicht kennt und nicht weiß, worauf es darin ankommt; sie würde ihr bedeuten, dass sie sich in ihr Schicksal zu fügen habe und die Pflichten, die ihr der liebe Gott aufgegeben habe, dankbar annehmen müsse. Als letztes Aufgebot würde sie die Last anführen, die sie selbst während all der Jahre gehabt hatte, als sie Luise unter Entbehrungen großgezogen habe, und dass nun, da sie ihr den Weg für eine Zukunft in Ehre und Glanz geschaffen hatte, es alle Enttäuschungen ihres leidvollen Lebens übertreffen würde, wenn sie diesen Weg nicht zu beschreiten bereit wäre. Dabei würde ihr Hessisch zwischen weinerlichem Singsang und dem Kommandoton eines Dragonerrittmeisters wechseln. Luise würde also keine Möglichkeit haben, sich ihr anzuvertrauen und ihr zu erklären, dass sie sich in den Armen von Louis Ferdinand wohler gefühlt habe als irgendwo anders in dieser Welt und dass sie dieses Gefühl für immer festhalten wolle und dass … ach, was eigentlich?

Friederikes Röcheln riss sie aus den Gedanken. »Hab mich verschluckt.« Ihre Stimme kam gepresst.

»Warte, ich klopfe.«

Friederike wollte abwehren, aber Luise war schon von ihrem Bett aufgesprungen und in zwei Hüpfern bei ihr, um ihr kräftig auf den Rücken zu klopfen.

»Besser?« Friederike nickte und tupfte sich eine Träne aus dem Augenwinkel, wobei ihr wieder das Knarren der Diele auffiel, das sonderlicherweise nicht von Luise herrührte, die, um ihre nackten Füße zu wärmen, ebenso schnell ins Bett zurückhüpfte, wie sie zu ihr gekommen war, sondern durch die offene Tür ins Zimmer drang.

So hoffte Friederike, dass das Kammermädchen endlich mit den Schuhen kommen, Luise sich richten lassen würde, sie beide aufbrechen und pünktlich zum Souper erschienen. Sie wurde aber enttäuscht, weil nun, da sie genau hinhorchte, alles wieder still war, bis auf Luise, die sich immer noch in ihren Ausführungen erging: »Wo war ich stehen geblieben? Ach ja: Und dann, wenn man einmal alles so zu Ende denkt … also … dann weiß ich auch, wer hinter allem steckt. Es ist nämlich kein anderer als – Onkel Georg!«

»Onkel Georg?« Friederikes Stimme kam unterdrückt.

»Ja, bestimmt. Jetzt, wenn man alles einmal so zusammenträgt, wüsste ich nicht, wer sonst … Seitdem er sich im Gefolge des Königs bewegen darf, verhält sich alles so sonderbar. Großmutter und er reden viel miteinander, er ist oft zu Besuch in Darmstadt und schickt ihr ständig Briefe. Die reißt sie dann auf und versteckt sie in der blauen Schatulle, die sie in Utrecht gekauft hat. Ich habe es mit eigenen Augen gesehen. Und gestern sein Besuch in der Loge: Wie sie geflüstert haben! Sie haben ein Geheimnis, das …«

Diesmal kam Luise nicht zum Ende. Friederike war während ihrer Schilderungen aufgestanden, hatte sich zu ihr auf die Kante des Bettes gesetzt und ergriff nun ängstlich die Hand ihrer Schwester. Mit zitternder Oberlippe fragte sie: »Und gefällt er dir?«

»Wer? Onkel Georg?«

»Nein, Luise – dass der dir gefällt, is' wohl allen in der Familie nur zu gut bekannt.«

Luise errötete ohne Not, und Friederike steuerte zielsicher auf den Punkt zu, den sie klären wollte: »Nein, ich meine den Prinzen.«

»Den Prinzen?«

»Ja, Friedrich Wilhelm!«

»Wieso fragst du?«

»Na wenn du Königin wirst, dann sollte dir der Prinz doch gefallen.«

»Oje. Ika!« Luise nahm den Kopf der Schwester in ihre Hände, um sicherzugehen, dass diese sie diesmal wirklich verstand. »Ich habe doch nicht gesagt, dass ich Königin werde, sondern ich habe gesagt, dass ich vermute, dass Mabuscha möchte, dass ich Königin werde. Das ist ein Unterschied!«

»Ja, aber du kannst doch sagen, ob er dir gefällt oder nicht. Ihr habt doch gestern den halben Abend miteinander getanzt.«

Entmutigt ließ Luise ihre Arme in den Schoß fallen. »Haben wir, ja …«

Friederike starrte sie an.

»Nun gut. Er ist höflich, gut erzogen, bemüht sich … Er macht eine stattliche Figur. Hat Manieren, Anstand … Er ist groß gewachsen. Er hat ein angenehmes Gesicht. Er ist lustig … auf seine Weise …«

Zeigte bis hierhin jeder Satz, den Luise über den Prinzen sagte, die Unlust, mit der sie dem Drängen der Schwester nachgab, ihre Empfindungen ihm gegenüber zu beschreiben, und war jede der langen Pausen, die sie dazwischensetzte, dem entsetzlichen Bemühen geschuldet, das es ihr bereitete, noch einen weiteren Zug, der ihr aufgefallen war, zu finden, mischte sich mit dem Gedanken an seinen vorzüglichen Auftritt plötzlich Feuer in ihre Rede: »Seine Mode! Hast du die bemerkt? Er trägt den Bart wie die Franzosen! Knapp coupiert. Nicht einmal bis zu den Mundwinkeln … Das ist jetzt der *dernier cri.* Das weiß ich von Papa. Und die Hosen trägt er *à l'americaine!* Er hat wirklich einen ausgezeichneten Geschmack. Findest du nicht auch?«

Nur mit einem starren Blick gab ihr Friederike zu verstehen, dass das nicht die Auskunft war, die sie sich erhofft hatte, und dass sie Luise so lange nicht aus ihrer Pflicht entlassen würde, bis sie das erfahren hatte, was sie zu erfahren wünschte.

Diese lavierte um das Thema herum: »Nun gut … Als wir ihm vorgestellt wurden – beim Frühstück des Bürgermeisters –, ehrlich gesagt, da fand ich ihn ein bisschen ungeschickt. Er wirkte so schlecht gelaunt und ziemlich steif. Außerdem war es mir ein Rätsel, was genau er sagen wollte. Aber seitdem ich ihn verstehen kann …«

»Du kannst ihn verstehen?«

»Man muss doch einfach nur das J durch ein G ersetzen und bei den Sätzen ein bisschen dazudichten. Mit der Zeit gewöhnt man sich dran. Und wenn ich gar nicht weiterweiß, dann wiederhole ich, was ich glaube, verstanden zu haben. Aber das ist ganz gleich, denn ich habe den Eindruck, dass seine Sprache umso vollständiger wird, je wohler er sich fühlt.«

»Er fühlt sich wohl bei dir?«

»Ich würde eher sagen, dass ich mich wohl bei ihm fühle. Ich habe den Eindruck, dass ich in seiner Gegenwart so sein darf, wie ich bin … weil ich nicht ständig ermahnt werde, dass ich zu laut oder zu ungezogen bin … Ich vermute, dass meine Art ihm hilft, über seinen Schatten zu springen. Er macht sogar Witze über sich selbst – stell dir das vor!«

Friederike sah sie wortlos an, und erst nachdem sie eine ganze Weile nichts gesagt hatte, begriff Luise, dass irgendetwas nicht in Ordnung war, konnte sich aber nicht erklären, worum es sich handeln könnte.

»Was ist los mit dir, Ika? Du wirkst so … bedrückt.«

»Ach, nichts. Es ist nur noch mein Hals. Ich habe immer noch das Gefühl, da steckt etwas fest …«

Verwundert sah Luise ihre Schwester an und fragte sich, was hinter dieser ungeschickten Ausrede steckte, deren Richtigkeit sie schon allein deswegen in Zweifel zog, weil Friederike sie zuvor frei und ohne Beklemmungen ausgefragt hatte und dabei wieder ganz in ihrer Art jedes Wort so gesetzt hatte, als ob es auf Papier gedruckt werden sollte. Luise aber tat nichts, sondern wartete einfach ab, ob ihre Schwester sich ihr anzuvertrauen bereit war. In die Stille, die sich daraufhin in dem Zimmer ausbreitete, drang nur das gleichmäßige Pendel der Uhr und das Knarzen einer losen Diele, das offenbar vom Flur her kam. Endlich rückte Friederike heraus:

»Du hast meine Frage nicht beantwortet. Magst du ihn?«

»Oh, Ika, es gibt doch keinen Grund, sich darüber den Kopf zu zerbrechen. Weißt du, die Wahrheit ist, dass ich mir über den Prinzen überhaupt keine Gedanken gemacht habe und dass man sich doch auch noch überhaupt nicht kennt.«

»Ja, aber was wäre, wenn ...«, insistierte Friederike, doch als Luise mit den Augen rollte, wurde sie konkreter: »Kannst du dich noch an Kleve erinnern?«

»Ja.«

Jetzt endlich meinte Luise zu begreifen, worauf ihre Schwester hinausgewollt hatte. Denn Kleve war der Ort ihres Versprechens, sich niemals im Leben voneinander zu trennen, und Luise war gerührt, dass es ihrer Schwester aufgrund der neuen Bekanntschaften, die sie in den vergangenen zwei Tagen gemacht hatten, offenbar genauso erging wie ihr: Sie ahnten beide einen Trennungsschmerz voraus.

Sie hatten Station in Kleve gemacht und waren am Abend zum Souper beim Baron Spaen le Lecq eingeladen gewesen. Zwischen ihr und Friederike hatte ein fürchterlich ärgerlicher Mann gesessen, der sich in Prophezeiungen ergangen und immer wieder betont hatte, dass sie beide bald verheiratet sein würden. Je mehr man sich gewünscht hatte, dass er aufhören möge, desto öfter hatte er insistiert. Es war ermüdend, peinlich und ziemlich beschämend gewesen, auch weil dieser Mann offenbar betrunken gewesen und mit jedem Glas Wein lauter und unangenehmer geworden war. Da er aber ein Cousin der Baronin war, wagte niemand, ihn zu unterbrechen, bis diese schließlich auf die rettende Idee gekommen war, sein Orakel zu überprüfen.

Sie hatte Mokka ausschenken lassen, aus dessen Satz man lesen wollte. Sie und Luise hatten ihre Tassen schnell geleert und in einer geübten Drehung auf die Untertasse gestürzt. Dann hatten sie eine Weile gewartet und, als beide der Meinung waren, der Kaffee wäre trocken genug, das Porzellan umgekehrt und neugierig in Augenschein genommen.

Es war unfassbar! In beiden Tassen hatte ganz deutlich aus den Rinnsalen, die der Satz auf dem Weg zum Rand gebildet hatte, eine Krone hervorgestochen. Eine Krone! Aufgeregt hatte man die Tassen herumgereicht, hineingeschaut, war erschrocken, hatte sie weitergereicht und die zweite Tasse begutachtet. Es war nicht zu glauben gewesen. Zwei Kronen! Der peinliche Mann aber hatte die Arme über seinem dicken Bauch verschränkt und geraunt: »Habe ich es doch gleich gesagt.«

Was sie und Friederike lange vom Schlafen abgehalten hatte, war nicht der Gedanke daran, tatsächlich einen Thron zu besteigen. Es war mehr: Diese Prophezeiung hatte ihnen vorgeführt, dass sie sich irgendwann einmal würden trennen müssen …

Der Gedanke daran hatte ihnen mehr wehgetan als die Bisse der Flöhe, die sie sich von den Rosshaarmatratzen ihrer Lagerstatt zugezogen hatten, und Luise hatte sich eingestehen müssen, dass sie heftiger geweint hatte als ihre kleine Schwester, obwohl sie doch die Ältere war und tapferer hätte sein müssen. Aber die Vorstellung, nach dem frühen Tod ihrer Mutter und dem frühen Tod ihrer Tante, die ihr durch die Hochzeit mit ihrem Vater eine zweite Mutter geworden war, einen weiteren Menschen verlieren zu müssen, den sie über alles liebte, wollte ihr das Herz brechen.

Irgendwann einmal in der Nacht – genau genommen, war die Sonne schon aufgegangen, und ihre ersten Strahlen hatten die einfache Stube, in der sie untergekommen waren, in ein gedämpftes Licht getaucht – war sie auf die Idee gekommen, dieser fürchterlichen Möglichkeit ein Versprechen entgegenzusetzen. Auf Zehenspitzen war sie zu dem Holztisch gegangen und hatte zwei Becher mit dem Heilwasser aufgefüllt, für das Kleve bekannt war, das aber so scheußlich schmeckte, dass weder sie noch Friederike sich vorstellen konnten, dass es gesund sein konnte. Für ihren Pakt aber hatte es gereicht! Feierlich hatten sie ihre Arme zum Schwur verschränkt und sich das Versprechen gegeben, sich niemals voneinander zu trennen, egal, was ihnen das Leben an Prüfungen auferlegen würde. Sie hatten sich zugenickt, das faulige Wasser in einem Zug heruntergestürzt und sich lange und fest in die Arme genommen. Als ihre Mabuscha sie am kommenden Morgen zum Frühstückstisch holen wollte, hatten sie noch zärtlich aneinandergeschmiegt in den Federn gelegen.

Luise sah Friederike an. Wieder saßen sie beide zusammen auf einem Bett in einem fremden Lager, als dieses traurige Thema zur Sprache kam. Voller Rührung tastete sie sich zu Friederikes Hand und umfasste sie zärtlich. Nie hätte Luise vermutet, dass auch ihre Schwester von derselben grausamen Angst vor einer Trennung erfasst war.

»Du denkst an unseren Eid?«

Nein, dachte Friederike. Sie hatte vielmehr an die Möglichkeit gedacht, Königin zu werden, und sah in Luise eine Rivalin auf diesem Wege. Sie nickte aber, weil sie überrascht war über die Zärtlichkeit in Luises Stimme und weil ihr mit einem Male klar wurde, dass diese, trotz aller gemeinen Bemerkungen über ihr Alter, ihre Naivität, ihre Unbedarftheit, an ihr, der kleinen Schwester, offenbar mehr hing, als sie es jemals vermutet hätte.

Sie versuchte, diese ungeahnte Blöße, die Luise sich gegeben hatte, für sich fruchtbar zu machen, indem sie endlich aus ihr herauskitzelte, wie sie zum Prinzen stand. Ihre Antwort hielt sie deswegen zunächst vage:

»Ja, natürlich. Ich erinnere mich nur allzu gut daran. Als ob es gestern gewesen wäre.«

»Du weißt, ich bin kühl, oft nicht Herrin über die Sprache meines Herzens. Aber es ist nur nach außen stumm, innen spricht es ohne Unterlass: Was dich betrifft, will ich offen sein. Es gibt keinen Menschen unter Gottes Sonne, der so viel Sanftmut, Güte und Demut besitzt wie du. Es gibt keine treuere Gefährtin, keine liebere Freundin auf der ganzen Welt. Meine allerliebste Freundin … Ich hoffe, dich nie verlassen zu müssen. Der Tod unserer ersten Mutter war mir schon ein tiefer Verlust, als dann noch unsere zweite Mutter starb …« Sie zog die Nase hoch. »Ich fühle mich oft einsam und verlassen. Aber du bist immer bei mir, du bist es, die mich des Lebens wieder froh macht … Ich würde mich niemals von dir trennen …«

Nach Ende dieser Liebeserklärung hielt sie Friederike in inniger Umarmung. Sie atmete den feinen Geruch ihres frisch ondulierten Haares ein, das Puder, das ihr Haupt bestäubte, fühlte die Wärme ihres Busens, das Pochen ihres Herzens und wiegte sich in der Zuversicht, dass es immer so bleiben würde, weil es immer schon so war. Eine ganze Weile verharrten sie in dieser Pose. Es war leise wie zur Schlafenszeit. Nur das Pendel der Uhr hallte in höflicher Monotonie durchs Zimmer, und vom Flur drang erneut das sonderbare Knarren einer losen Diele, die der Hauswirt offenbar vergessen hatte zu fixieren.

»Ach Luise, ich bin ganz gerührt! Ich hätte nie gedacht, dass du … Du hast dich so verändert in letzter Zeit … Aber vielleicht habe ich mich da auch nur getäuscht.«

»Verändert! Ich? Mich? Ich wollte, ich könnte es! Wie kommst du darauf?«

»Nun, ich dachte, du hältst mich für eine kleine, dumme Gans.«

»Aber nein.« Luise lachte auf. »Du bist nur jünger.«

»Eben, und das ist genau das, was mich drückt. Denn normalerweise ist es die ältere Schwester, die zuerst dran ist. Das ist der natürliche Weg. Die Ältere kommt vor der Jüngeren. So wie Lolo vor Röschen aus dem Haus gegangen ist, wirst wahrscheinlich auch du diejenige sein, die vor mir gehen wird.«

»Aber wir gehen zusammen!«

»Ja, das sagst du so. Aber was ist, wenn …«

»Wenn was?«

»Was ist … sag, was ist, wenn der Kronprinz mich wählte?«

Plötzlich schlug es drei viertel sechs!

In einer Viertelstunde würde das Diner anfangen. Friederike war in heller Aufregung. Was sollte der Prinz bloß von ihr denken, wenn sie mit Verspätung zu diesem Fest kommen würden, zu dem er ihr das Versprechen abgerungen hatte, ihr Tischherr sein zu dürfen? Sie rief die Zofe, und während diese Luise in das Kleid half, richtete Friederike höchstselbst ihrer Schwester mit flinker Hand und ein paar gut gesetzten Nadeln das Haar.

Diesmal waren es beide Schwestern, die mit gerafften Röcken der Kutsche hinterherrannten.

Die Großmutter seufzte, als sie auf Polyxenes Bitten dem Kutscher per Klopfzeichen die Order gab, langsamer zu fahren, damit ihre beiden Mädchen doch noch die Chance hatten, sie einzuholen, und fragte sich, wer von den beiden die schnellere sei.

Das gibt es, dachte sie, als sie den beiden Mädchen zusah und dabei ihr Gespräch, das sie die ganze Zeit durch die offene Tür vom Flur aus verfolgt hatte, resümierte, ja, das gibt es, dass zwei Schwestern um den gleichen Mann rivalisieren. Wollen wir doch einmal sehen, wer ihn gewinnt.

Es war Luise, die den Wagen zuerst erreichte.

8

Das Bankett des Bankiers Gontard war bereits in vollem Gange, als die vier Damen mit Verspätung eintrafen. Die Peinlichkeit wurde jedoch durch den Umstand leicht gemildert, dass die Bediensteten gerade dabei waren, neue, warme Schüsseln mit Speisen aufzutragen. Denn der weltgewandte Gontard hatte zu Ehren seiner hochwohlgeborenen Gäste *à la française* servieren lassen, weil er glaubte, dass dies in diesen Kreisen üblich sei. Dabei hatte er aber nicht beachtet, dass, wenn von der

Suppe bis zum Dessert alles gleichzeitig auf einem großen Plateau in der Mitte des Tisches aufgetragen wurde, die Speisen schnell ausgekühlt waren – und so den Großteil ihres Reizes verloren. Als ihm dies bewusst wurde, hatte er den Kammerherrn Wrede zur Seite genommen, von dem er glaubte, dass er ihm in dieser Angelegenheit helfen könnte. Da der aber solche Dinge als weit unter den Pflichten des hohen Hofamtes ansah, das er bekleidete, den bemühten Gastgeber aber nicht beschämen und ihn seine Unkenntnis über die feinen Unterschiede, die eine höfische Gesellschaft ausmachte, nicht spüren lassen wollte, beschwichtigte er mit Verweis auf ein althergebrachtes *On-dit* und dessen Herkunft.

»Es wird nie so heiß gegessen, wie gekocht wird«, hatte er dem um seinen Ruf als Gastgeber bangenden Gontard zugeraunt. »Man sagt es nicht umsonst. Seht, das ist nämlich der Nachteil dieser Art zu servieren: Alle Speisen stehen verlockend auf dem Tisch, und bereits die Augen können sich satt essen und sich daran verlustieren. Aber: Langt man zu, dann ist das meiste schon kalt – und nicht selten hinüber.«

Besonders der letzte Satz traf den Bankier wie ein Stachel das Fleisch.

»Die Russen sind da schon weiter … weiter.« Der Marchese Lucchesini, der im Vorbeigehen das Gespräch mitgehört hatte, hatte – ganz Diplomat, der er nun einmal war – sogleich die Gelegenheit gewittert, Gontard für sich zu gewinnen. Er wollte ihm aus seiner Not helfen und ganz beiläufig seine eigene Weltläufigkeit zur Schau stellen. Er hatte gehört, dass der Bankier im Begriff war, seine Geschäfte auf Russland auszudehnen, und nutzte die Gelegenheit, sich ihm jetzt schon – für den Fall, dass einmal ein Unterhändler gebraucht würde – anzudienen.

Der Bankier wiederum war sofort auf die Bemerkung angesprungen wie ein ausgehungerter Hund auf einen Knochen und hatte die Ursache dieser kühnen Behauptung aufzuklären verlangt. Wrede, der sich weigerte, Zeuge von Lucchesinis Vorstellung zu werden, da er diese nur zu gut kannte, hatte sich mit dem Hinweis auf eine wichtige Angelegenheit aus der kleinen Runde entfernt. Und so nahm Lucchesini sich den Raum, die Gepflogenheiten am Zarenhof ausführlich darzulegen, ohne zu bemerken, dass er den Gastgeber nicht nur mit seiner sonderbaren Art zu sprechen ermüdete, bei der er jeweils dem letzten Wort eines Satzes ein Echo anhängte – sondern er übersah auch, dass der Bankier ungeduldig von einem Bein auf das andere trat, weil er lediglich nach einer schnellen Möglichkeit gesucht hatte, das Problem zu beheben, nicht nach einer langwierigen Lehrstunde in russischer Etikette.

Endlich gelang es ihm, den eitlen Italiener zu unterbrechen: »Marchese, eins müsst Ihr mir bei alldem verraten: Warum sind die Russen weiter? Wie serviert man die Speisen im Zarenreich?«

»Nun, das Reich ist groß, wie also im ganzen Reich serviert wird, weiß ich nicht … nicht.«

Gontard forderte den Italiener mit einem strengen Blick auf, zur Sache zu kommen, wobei ihm dessen ungeheuerliches Augenpaar auffiel, das den ganzen Raum auf einmal im Blick zu haben schien.

»Aber bei Hofe ist es so, dass die Speisen nacheinander serviert und gleich wieder abgeräumt werden, wenn davon gekostet wurde … wurde. Dann lässt man die nächste Speise auftragen. Ihr müsst Euch das vorstellen wie in einem Gasthof … Gasthof.«

Schnell hatte sich Gontard für diese hilfreiche Information bedankt, dem Marchese gleichzeitig versprochen, ihm nach dem Bankett nicht nur eine besonders gute Flasche Portwein zukommen zu lassen, sondern ihn auch am übernächsten Tage zu einem Gespräch unter vier Augen einzuladen, war dann aber eiligst in die Küche verschwunden, wo er seinem Diener befahl, die Speisenfolge auf *à la russe* umzudisponieren.

Die livrierten Lakaien waren also gerade dabei, den nächsten Gang aufzutragen, als Luise mit ihrer Familie Gontards kapitale Räume betrat. Die Tischleuchter erhellten die dunkel getäfelten Räume nur unzulänglich, sodass Luise, obwohl sie den Hals so weit nach vorne reckte, wie es ihr möglich war, nicht sehen konnte, ob Louis Ferdinand sich unter den Gästen befand, die an einer langen Tafel saßen. Was sie hingegen sah, war, dass Friedrich Wilhelm bereits Friederike herzlichst begrüßte und nachfragte, ob sich denn auf der Fahrt hierher Schwierigkeiten gezeigt hätten, weil man sich nicht schon früher an ihrer Anwesenheit habe erfreuen können.

»Es war nichts von Bedeutung, Königliche Hoheit. Nur die Remise …« Friederike verlor sich in dieser vagen Andeutung bewusst. Denn die Ursache für verhinderte Pünktlichkeit auf Widrigkeiten mit der Beschaffung einer Kutsche abzuschieben, war ein probates Mittel, alles zu erklären, ohne etwas zu sagen oder gar in einer Lüge Zuflucht nehmen zu müssen. Ein jeder kannte diese Probleme.

Der Prinz bedauerte dieses Missgeschick und beteuerte, dass der Abend bislang ohne Höhepunkte verlaufen war und es nun, da sie endlich da war, einem Sonnenaufgang gleichkam, der einem finsteren Tal endlich das ersehnte Licht spendete, sodass man sich nun endlich Glanz und Freude erhoffen konnte. Auch wenn die Mühe dieses Komplimentes mit jedem Wort, das der Prinz von sich gab, unterstrichen wurde, merkte Luise doch den redlichen Kern, der dahintersteckte, und überlegte, ob sie etwas übersehen hatte. Als der Kronprinz dann noch Friederikes bezaubernden Putz lobte und sich dankbar dafür zeigte, dass sie ihm den Gefallen getan hätte, den Wollschal zu tragen, den er ihr gestern geschenkt habe, verschnürte es ihr die Kehle.

Daher war also der Wollschal. Er hatte ihn ihr geschenkt! Nur wann? Etwa, als sie selbst mit Louis Ferdinand getanzt hatte? Luise begriff mit einem Male etwas, was ihr bis vor einem Augenblick nicht in den Sinn gekommen wäre, obwohl ihre

Schwester ihr nur wenige Minuten zuvor diese Begebenheit auf ihre sanfte und vorsichtige Art hatte nahelegen wollen. Sie fragte sich, wie sie diese Veränderung nur hatte ignorieren können. War sie so blind für die Vorgänge in ihrer nächsten Nähe, dass sie nicht einmal die innersten Belange des Menschen, den sie auf der Welt am meisten liebte, verfolgte? Hatte Friederike sich deshalb schon am Mittag, als sie selbst noch über ihrem Andachtsbuch gesessen hatte, auf eine Weise richten lassen, die jedermann den Atem rauben musste? War das die Ursache für ihre Frage, ob sie, Luise, den Prinzen möge und was wäre, wenn er nicht sie, sondern ihre Schwester wählte?

Luise kratzte sich verlegen am Handrücken und schüttelte über sich selbst den Kopf. Was war bloß los? In zwei Tagen nur hatte sich ihre ganze Welt auf den Kopf gestellt, und nichts war mehr so wie zuvor. Plötzlich stellten sich so viele Fragen! Würden sich ihre Wege trennen? Würde nicht sie, sondern Friederike als Erste das Haus verlassen? Würde sie dazu verdammt sein, den Rest ihres Lebens bei der Großmutter zu verbringen?

Während Luises Gedanken sich überstürzten, drehte sich der Kronprinz plötzlich zu ihr und begrüßte sie mit einer Herzlichkeit, die sie zunächst verunsicherte, da sie ihn schon an Friederike verloren glaubte.

Dann aber amüsierte sie sich still und sehr köstlich: Denn bei all den Komplimenten, die er ihr machte, beschlich sie das Gefühl, dass diese gar nicht ihr persönlich galten, sondern dass der Prinz vielmehr den Versuch machte, angenehm zu erscheinen, indem er jedem das sagte, von dem er glaubte, dass es der andere hören wollte. Hatte er Friederike nämlich von ihrer Schönheit gesprochen und mit dem Wollschal ihrer Zerbrechlichkeit Tribut gezollt, so gab er ihr gegenüber an, sich auf einen Abend voller Heiterkeit und ohne Komplikationen zu freuen, wobei er bedauerte, dass keine Musik aufspielen würde. Denn er hätte eigens, weil es ihr Wunsch gewesen sei, Walzer zu tanzen, den er – sie möge ihm verzeihen! – gestern Abend zu seiner großen

Schande überhört hätte, diese Sache seinem Vater vorgetragen, der – großzügig und mit dem Wesen der Damen wohlbekannt, wie er nun einmal war – ihm selbstverständlich die Erlaubnis dazu gegeben habe. Er wolle ihr aber versichern, dass er ihrem Wunsch bei der nächsten Gelegenheit nachzukommen sich in einer Weise freue, für die er keinen Vergleich kenne.

Luise reichte ihm erleichtert die Hand. Der Prinz führte beide Prinzessinnen zu dem Sitz, der für sie vorgesehen war, und nahm zu seinem größten Wohlgefallen zwischen beiden Schwestern Platz.

Die kurz aufgeflackerte Überraschung darüber, dass der Prinz ihrer Schwester offenbar einen Wollschal geschenkt hatte, und die damit verbundene Angst, bei ihm ins Hintertreffen geraten zu sein – was Luises Ehrgeiz angespornt hätte –, wich der sehnsüchtigen Frage, ob Louis Ferdinand wohl auch Gast dieser illustren Gesellschaft sei, die honorige Bürger wie Standesleute an einem Tisch versammelt hatte. Luise blickte durch die gemischten Reihen und konnte im Dunkel zwar preußische Offiziersuniformen und stattliche Silhouetten ausmachen, aber mit einiger Verzögerung, die dem schlechten Licht geschuldet war, auch, dass keine von ihnen zu Louis Ferdinand gehörte.

Ihre Stimmung begann sich schon zu trüben. Doch plötzlich entdeckte sie, dass zwischen einer jungen Frau und ihrer Mabuscha noch ein Teller unberührt und somit ein Stuhl frei war. Die junge Frau identifizierte sie als die Tochter des Bankiers Bethmann-Metzler. Und das nicht nur, weil sie an der Herzensseite des dicken Preußenkönigs saß, sondern auch, weil sie die neue, der römischen Antike nachempfundene Mode trug, wie sie die bürgerlichen Damen seit der Französischen Revolution bevorzugten. Genau aus diesem Grunde hatte die Mabuscha Luise strengstens verboten, sich ebenfalls nach dieser Mode zu kleiden. Der Adel musste ein Zeichen setzen, hatte sie gesagt, gerade in diesen unruhigen Zeiten, und dürfe sich eben nicht gemein machen. Ihren Standpunkt hatte sie drohend mit dem

Klappern der Armbänder unterstrichen. Jedenfalls war das der offizielle Grund, den sie angeführt hatte. Insgeheim jedoch hatte die Scho'sch befürchtet, dass die Transparenz dieser leichten Gazekleider mehr zeigte als verbarg und Luise, die in der letzten Zeit ohnehin gerne ihre Reize ausprobierte, in einer derart offenherzigen Garderobe diese provokante *Mise en Scène*, mit der sie den Kavalieren neuerdings gegenübertrat, noch ungenierter vollführen werde als ohnehin schon.

Luise hatte all diese Wortwechsel längst nicht mehr im Sinn, als sie nach der Ursache für den unberührten Platz zwischen ihrer Großmutter und dieser blassen Bankierstochter fahndete. Sie fragte sich: War das möglicherweise Louis Ferdinands Platz? Sollte er sich ebenfalls verspätet haben? Ach, wie wunderbar das wäre! Allein die Hoffnung, ihn bald wiedersehen zu können, ließ ihr Herz Luftsprünge machen, und als sie bemerkte, dass der aufmerksame Gontard den Platz neben dem freien Stuhl gerade ihrer Mabuscha zurechtrückte, die sich zuvor mit Verweis auf die schlechten Wetterverhältnisse in langen Entschuldigungen ergangen hatte, vibrierte Luise vor Zuversicht.

Sie malte sich aus, wie sie später, wenn das Mahl beendet war und die Reihen sich allmählich auflösten und jeder mit demjenigen Konversation betreiben konnte, der ihm lieb war, ganz unverfänglich hinübergehen und unter der Vorgabe, ihre Mabuscha sprechen zu wollen, sich in seine Nähe begeben konnte. Sie stellte sich vor, wie er ihr dann bereits auf halber Strecke entgegenkäme, sodass man sich wie durch einen Zufall in der Mitte träfe, wo sie in einer Nische eine Garnitur bemerkt hatte. Wie er sie dann bitten würde, ihm dort nur einen Augenblick zu gewähren, weil das, was er ihr zu sagen hätte, keinen Aufschub mehr dulden konnte. Wie er ihr dann erklären würde, wie sehr er die letzten Stunden, seit er am Abend zuvor Abschied von ihr hatte nehmen müssen, gelitten hätte, weil er unaufhörlich nur an sie gedacht hätte – und erst jetzt, da er sie wieder in seiner Gegenwart wisse, endlich glücklich sei.

Sie wusste, dass ihre Hoffnung malerisch und eher Gegenstand von Romanen war. Dennoch musste sie sich eingestehen, dass – so verrückt, so anmaßend und schwärmerisch ihr Traum auch war – sie sich nichts mehr wünschte, als dass es genau so eintreffen möge. Ach je, Louis Ferdinand! Sie war eine Gefangene.

Das Klirren eines Glases riss sie aus ihren Gedanken. Luise sah schnell nach links zum Prinzen und nach rechts zu dessen Bruder, um sich zu vergewissern, dass diese die kurze geistige Abwesenheit, zu der sie sich hatte hinreißen lassen, nicht bemerkt hatten. Die jedoch hatten andere Sorgen. Ihr Interesse galt bereits der Ursache des Missgeschicks, das die ganze Gesellschaft so urplötzlich hatte verstummen lassen. Sie sah nur, wie sich ihre Blicke fragend kreuzten und sie einander mit stummen Gesten zu beruhigen versuchten.

Gegenüber nämlich erhob sich unter der schweren Last seines Körpers der König, der, da die Lakaien sich gerade anschickten, die Hauptspeisen – grüne Bohnen mit glasierter Kalbsnuss, Hasenbraten, gebratene Lendchen, junge Hühner in Champignons und gegrillte Koteletts – abzuräumen, den Augenblick, bevor das Dessert aufgetragen wurde, nutzen wollte, um eine Tischrede zu halten. Sein freundliches Gesicht wies bereits eine verräterische Röte auf, sein Lächeln kam breit, und die gepuderten Haare seiner Stutzerperücke schienen sich, zumindest an den Seiten, in Unordung aufgelöst zu haben. Da er aufgrund von Gontards vorzüglicher Weinauswahl nicht mehr die gleiche Standfestigkeit aufweisen konnte wie zu Beginn des Abends, hatte er sich am Rand des Tisches abzustützen versucht, um Halt zu gewinnen, war dabei jedoch ausgeglitten, sodass eines der vielen Gläser, die seinen Platz umstellten, zu Boden gefallen war.

Nun, da ihm dieser Patzer widerfahren war, konnte er zumindest sichergehen, dass alle Aufmerksamkeit ihm galt. Deshalb hob er, ohne das Verstummen der Gäste abzuwarten, eines der Gläser, die in seiner Nähe standen. Mit einem Male war es mucksmäuschenstill.

»Fritz, was kommt jetzt?« Dem schmalen Louis, der zu Luises Linker saß, wich die Farbe aus dem Gesicht.

»Mir fatal!«

Das Entsetzen von Luises Tischherren kam gleichzeitig. Doch bevor sie sich ihr gegenüber in Beschwichtigungen ergehen konnten, begann der dicke König mit der ihm eigenen, barocken Art zu übertreiben, die er selbst als Ausdruck allergrößter Wertschätzung verstanden wissen wollte:

»Meine lieben Durchlauchtigsten und Durchlauchten, Teuersten, Gnädigsten, Liebsten und Allerdurchlauchtigsten, die Ihr die Ehre habt …«

Während der König bereits nach diesem Auftakt neuen Atem zu schöpfen gezwungen war, sah Luise Friederike einen Augenblick lang erschrocken an, ohne freilich ihre Belustigung durch ein Schmunzeln oder gar ein Augenzwinkern zu verraten und damit die Zwanglosigkeit ihrer Erziehung preiszugeben. Über den König zu spotten, hätte sie nie gewagt, schon gar nicht in Gegenwart von Gesellschaft, gar seiner Söhne! Aber wären sie alleine gewesen, hätte sie es sich bestimmt nicht nehmen lassen, zu ihrer und Friederikes Freude, diese endlos unterwürfigen Anreden des Königs aufs Feinste zu parodieren.

»… heute Gast des wertesten und hochgeschätzten Hauses Gontard zu sein, dessen Großzügigkeit und Freigiebigkeit heute wieder einmal durch die Gastfreundschaft seines Herrn und meines allerliebsten Freundes …« – er nickte in Richtung Gontard – »… unter Beweis gestellt wurde, erlaube ich mir die Bitte, nun das Glas auf das Wohl einer Frau zu erheben, die aufgrund ihrer Herzenswärme, ihrer Anmut, ihrer Schönheit …«

Während der König nach Luft schnappte und mit den Augen zwinkerte, erstarrte Friedrich Wilhelm vor Schreck. War es möglich? War es möglich, dass sein Vater die Unglaublichkeit begehen würde, diese Buhlschaft, diese kleine Bürgerstochter, die er seit Wochen peinlich umgarnte, hier vor allen hochleben zu lassen? Friedrich Wilhelm stieg das Entsetzen den Rücken hoch. Er wurde bleich und rot zugleich, und hätte er etwas zu formulieren versucht, wäre er bestimmt ins Stottern geraten. Aber ihm hatte es angesichts der Vorstellung seines Vaters die Sprache verschlagen. Was für eine Schande dieser doch war! Diese kleine Bankierstochter wollte er also würdigen. Ausgerechnet auf das Wohl dieses schmalen, blassen Etwas, das es noch nicht einmal in der gotteslästerlichen Disziplin des Mätressentums zu Größe brachte, wollte der König die Runde zwingen anzustoßen?

»... im ganzen Land geschätzt wird. Ihr Name ist der eines hochgeachteten Mannes.«

Einmal auf dieser Fährte, schloss der Prinz, dass dies nur Bethmann-Metzler sein konnte, und wurde bleich wie Kreide.

»Ihre Mundart die des großen Goethe.«

War nicht auch die Bethmann-Metzler wie der große Dichter ein Kind Frankfurts am Main? Friedrich Wilhelm hätte im Boden versinken können vor Scham.

»Ihr Alter gesegnet und das der Bibel!«

Entgeistert runzelte der Prinz die Stirn.

»Lasst uns die Gläser erheben und ein Wohl aussprechen auf den Geburtstag unserer verehrtesten, duchlauchtigsten und allerehrwürdigsten ...« Er hob an, zwinkerte mit beiden Augen wie ein Uhu, was Eingeweihte als Signal dafür deuteten, dass der König zu einem Scherz ausholen wollte, und sodann entlud sich in einem Zischlaut, der dem Dialekt, den er nachzuahmen gedachte, geschuldet war, der Name der Jubilarin: »... Prinzessin Scho'sch!«

Die Gesellschaft, die ob seiner zweideutigen Worte dem Irrglauben ebenso aufgesessen war wie der Kronprinz – wenn auch nicht mit den gleichen heftigen Gefühlen verbunden –, lachte erleichtert und ließ ihre Freude in einen Jubel auf die alte Dame münden, die brav in die Runde nickte und sich bei jedem bedankte, indem sie allen wortlos zulächelte. Erst als der König zu ihr kam und ihr untertänigst die Hand küsste, sprach sie ein paar Worte des Dankes und bat die Runde darum, nicht so viel Aufhebens um sie zu machen, da sie doch nur eine alte Dame sei, die ihre Pflicht getan hätte und nur noch die Gnade habe, unter ihnen zu sein.

Aber der König wollte diese Bescheidenheit nicht gelten lassen und hob, sie fest in seinen Arm gedrückt, erneut zu einem Spruch an. Er lobte ihre Hochherzigkeit wie ihre Freundschaft, sprach von ihrer Wärme und dem guten Rat, mit dem sie ihm immer zur Seite gestanden hätte. Die Großmutter Scho'sch selbst war darüber ein wenig erstaunt, weil sie den König weder gut kannte noch mit ihm korrespondierte. Sie kannte ihn eigentlich erst, seitdem ihr Sohn Georg den Sieg von Frankfurt errungen hatte. Der dicke König aber wurde nicht müde, ihre guten Eigenschaften hochleben zu lassen, und drückte und herzte sie unentwegt.

Endlich kam er zum Schluss seiner Rede: »Meine liebe Prinzessin Georg, meine allerteuerste Cousine. Einen besonderen Dank muss ich Euch aussprechen für die Großmut und die Hingabe, mit der Ihr das Schicksal, das Euch Gott aufgetragen hat, auf Euch genommen habt und wie Ihr Euch der Erziehung Eurer Engel … ähm … Enkelkinder gewidmet habt. Ihr habt Vernunft walten und Euch von der Stimme des Herzens leiten lassen und wart dabei immer voller Demut. Der Herr hat's Euch gedankt – und die beiden Eng… äh, Enkel mit großen Tugenden versehen: Gottgefällig sind sie geworden! Anständig sind sie geworden! Schön sind sie geworden!«

Der König prostete der alten Scho'sch zu, die sich aufgrund des Aufhebens, das um sie gemacht wurde, ein wenig geziert gab, aber nur, um Polyxene gewogen zu stimmen, die ihr gegenübersaß und hinter deren mildem Lächeln sie schon den Abgrund der Missgunst sich auftun sah.

Denn Großmutter Scho'sch – wie überhaupt alle, die Polyxene kannten – konnte sich nur schwerlich vorstellen, dass diese es ihrer Tante gönnte, in einer so bedeutenden Angelegenheit, wie es die Erziehung ihrer Enkelinnen war, gelobt zu werden. Polyxene bildete sich nämlich ein, selbst einen nicht unerheblichen Teil dazu beigetragen zu haben. All das Geld, das sie für ihre Nichten ausgegeben hatte! All die Alliancen, die sie ihnen ermöglicht hatte! Und wieder einmal war Undank der Welt Lohn!

Sie schickte sich gerade an, mit einer Szene Aufmerksamkeit einzufordern, da trugen die Lakaien silberne Etageren auf, auf denen eine Spezialität dargeboten wurde, die den Einheimischen bereits das Wasser im Munde zusammenlaufen ließ. Gontard kündigte sie als ›Bethmännchen‹ an, was von einigen seiner Gäste mit leisen, erstaunten, aber durchaus hörbaren *Ahs* und *Ohs* quittiert wurde, weil ihn das in zweierlei Hinsicht als großzügigen Mann dastehen ließ: Nicht nur, dass er das Naschwerk eigens aus dem für seine Marzipan-Patisserien innerhalb der Grenzen des Heiligen Römischen Reichs Deutscher Nation berühmten Nürnberg hatte einführen lassen, sondern vor allem auch, weil die Bankiers Bethmann auf dem Parkett der Börse zu den erbittertsten Rivalen des Gastgebers zählten.

Aber Gontard wusste, was er dem Preußenkönig schuldig war, der – wie allen bekannt war – um die blutjunge Sophie Bethmann-Metzler buhlte. Die einen konnten berichten, dass Vater Bethmann-Metzler eine Ehe zur linken Hand geradezu forcierte, weil er auf diese Weise den Ruhm seiner Familie nicht nur durch erfolgreichen Handel, sondern auch durch eine Heirat in den zweiten Stand und in eine der allerbesten Familien, Dynastien gar, zu mehren anstrebte. Andere wiederum sagten sich, dass die ganze Familie höchst beschämt war, weil sie sich kompromittiert fühlte durch die Offenheit, mit der der alte König sein Begehren zur Schau stellte.

Doch welche dieser beiden widersprüchlichen Geschichten

auch zutraf: Gontard war der Meinung, dass es in jedem Fall nur zu seinem Vorteil gereichen könnte, die kleine Sophie als Tischdame des Königs einzuladen – denn entweder konnte er sich an der Schmach eines Konkurrenten delektieren oder sich rühmen, dessen hochfliegende Heiratspläne geebnet zu haben. Aus beidem ließ sich Kapital schlagen.

Um seinen Plan abzurunden, hatte der schlaue Gontard nicht nur seine Frau Susette zur Rechten des Königs platziert. Deren schwärmerischer Kunstsinn ermüdete ihn persönlich – wenn er ehrlich war – zutiefst; er nahm aber an, den König könne sie damit belustigen, da er ja bekannt war für seinen Hang zum Formen und Gestalten im Allgemeinen und zur Baukunst im Speziellen. So hoffte er, der König würde in seiner Gattin eine anregende Gesprächspartnerin finden, für den Fall, dass sich die kleine Bethmann-Metzler verstockt gab. Zum anderen ließ er die ›Bethmännchen‹ servieren – und an der Reaktion seiner Gesellschaft konnte er feststellen, dass die Anspielung, die er damit zu machen gewünscht hatte, genau so angekommen war, wie er es sich erhofft hatte.

Nur der König verstand nichts von alledem. Er sah nur die vordergründige Süße dieser Delikatesse. Er ignorierte auch, dass sie nach Königsberger Art leicht geflämmt war, worauf dezent hinzuweisen der Gastgeber dem Lakaien ausdrücklich befohlen hatte, da er glaubte, durch diese geschickte Hommage an die Stadt, in der die preußische Königswürde erstmals besiegelt wurde, seinen Triumph als perfekter Gastgeber vollenden zu können. Der König aber zeigte wenig Sinn für solche Feinheiten.

Er schnappte sich lediglich eine der Köstlichkeiten, die er sogleich versuchte, der kleinen Sophie Bethmann-Metzler zum Munde zu führen. Seine Stimme glich einem Zirpen.

»So lasst es Euch schmecken, Gnädigste. Ihr und diese Süßigkeit tragt zwar den gleichen Namen, wiewohl diese Petitesse es an Süße mit Eurer Person niemals wird aufnehmen können.«

Die Angesprochene errötete leicht, und diejenigen in der Runde, die der Auffassung anhingen, dass die Bethmann-Familie sich von den aufdringlichen Avancen des Königs eher beschämt als beglückt fühlte, sahen sich bestätigt. Der kleinen Sophie gelang es gerade noch, das Bethmännchen auf Höhe ihres Kinns abzufangen und so eine Annäherung zu vereiteln. Schnell steckte sie sich die Süßigkeit selbst in den Mund und betupfte diesen mit einer der Servietten aus weißem Damast. Gontard verübelte sie schon jetzt alles, was er getan hatte und noch zu tun imstande war, um ihren tadellosen Ruf zu beschmutzen.

Friedrich Wilhelm, der diese Szene von seinem gegenüberliegenden Platz verfolgt hatte, rang um Fassung. Dass sein Vater in aller Öffentlichkeit um eine Bürgerliche warb, verletzte nicht nur sein Standesempfinden zutiefst, sondern allgemein seine Vorstellungen von Sitte und Anstand. Denn auch wenn er neuerdings die Schönheiten des Lebens in Gestalt der beiden Mecklenburger Schwestern kennengelernt hatte, schloss er sich der Meinung an, dass die allzu offene Darstellung seines Begehrens den unausgesprochenen Regeln seines Standes widersprach. Und dass man – im Gegenteil – seinen Affekten vielmehr nur im Privaten nachzugehen habe, während man in Gesellschaft Haltung, Beherrschung und Würde zu bewahren hatte.

»Mir fatal!«, raunte er und hoffte mit dieser Bemerkung Unterstützung bei seinem Bruder Louis zu finden, dessen Blick er hinter Luises Rücken hinweg erhaschen konnte.

Da dieser aber selbst den Reizen einer Berliner Bürgerstochter erlegen war und deshalb an den Grenzen der ständischen Ordnung aufs Übelste litt, sah sich der arme Kronprinz mit Überlegungen konfrontiert, die seine Vorstellung von Anstand empfindlich in Frage stellten, ja irritierten. Denn sein Bruder flüsterte verschwörerisch:

»Ach Fritz, das ist der Kummer mit dem Begehren. Du wirst

sehen: Ist das Herz erst einmal entflammt, kann nichts und niemand ihm Einhalt gebieten. Es spricht seine eijene Sprache, jeht seinen eijenen Weg. Dann lebt die Freude nur für einen selbst und du für sie.«

»Er ist verheiratet!«

»Aus Räson.«

»Aber das ist doch wie Mäusedreck im Pfeffer!« Selbst im Flüsterton konnte man aus jedem Wort seine Verachtung für den Vater spüren.

»Wie jesagt: Das Herz geht seine eijenen Wege.«

Friedrich Wilhelm schüttelte entmutigt den Kopf, beschloss dann jedoch, dieses unrühmliche Thema zu vergessen und sich den schönen Seiten des Abends zuzuwenden, die dieser ja zweifelsohne zu bieten hatte. Er sah nach links und nach rechts und merkte, dass er sich immer noch nicht darüber im Klaren war, welche der beiden Mecklenburger Prinzessinnen ihm mehr lag. In seiner momentanen Lage, in der er sich durch den König zutiefst beschämt fühlte, neigte er mehr zu Luise, die ihm mit ihrem unbefangenen Wesen alle Schwere des Lebens nehmen konnte. Sie gab ihm das Gefühl, egal, wie hilflos er sich gab und zeigte, dass es gut so war, wie es nun einmal war. Sie war so gedankenlos, lustig und ohne Schwermut. Er wollte sich ihr gerade zuwenden, da wurde sein Blick durch eine Geste Friederikes festgehalten.

Sie hatte offenbar gerade eines der Bethmännchen genascht und sog, verträumt und ohne auf ihre Umgebung zu achten, die verbleibende Süße von ihrem kleinen Mund, indem sie ihn befeuchtete und versonnen die Spitzen ihrer kleinen Finger ableckte. Als sie gerade nach einer weiteren dieser Köstlichkeiten greifen wollte, sah sie, dass der Prinz sie beobachtete. Doch statt sich in Schamhaftigkeit zurückzuziehen, gab ihr seine Aufmerksamkeit, die ihr so unverhofft zuteilwurde, die Gelegenheit, den ganzen Liebreiz, der ihr eigen war, auszuspielen. Sie lächelte ihn an, neigte den Kopf zur Seite, sodass der

Schwung ihres zerbrechlichen Halses vorteilhaft betont wurde, und ließ das Bethmännchen spielerisch zwischen Daumen und Zeigefinger hin- und herkippen.

»Sie haben noch gar nich' davon gekostet, Königliche Hoheit, wenn ich das richtig bemerkt habe …«

»Wenn Sie meinen. Will mich nicht wehren. Lag nicht an der preußischen Strenge. Vielmehr an mangelnder Gelejenheit.«

Als Friederike auf seinen Platz sah, merkte sie, worauf der Prinz anspielte. Alle Bethmännchen vom Teller, der zwischen ihm und Luise stand, waren auf wundersame Weise verschwunden. Da Friederike schloss, dass die Ursache dafür nur die Naschhaftigkeit ihrer Schwester sein konnte, sah sie sich gezwungen, diese Peinlichkeit zu überspielen, indem sie dem Prinzen das Bethmännchen reichte, das ihr noch übrig geblieben war. Das andere hingegen führte sie ebenso verträumt zu Munde wie das, bei dessen Genuss sie die Blicke des Prinzen auf sich hatte lenken können, und sie genoss es, neben dem köstlichen Aroma dieser Delikatesse, dass seine Augen ein weiteres Mal an ihr hingen wie ein Fisch an der Angel. Sie sonnte sich in seinem Begehren, sie sonnte sich in seinen verschämten und gleichzeitig doch so deutlichen Blicken wie in kitzelnden Sonnenstrahlen an einem Frühlingssonntag.

Warum, fragte sie sich, sollte sie nicht auch einmal das Glück herausfordern? Sie durfte es doch auch einmal wagen, sich für ihre Wünsche so einzusetzen, wie Luise das immer tat, die ganz selbstverständlich das Beste und Größte für sich reklamierte, ohne Rücksicht auf andere zu nehmen? Wie Luise wirklich zum Prinzen stand, war ihr immer noch schleierhaft, aber irgendetwas verriet ihr, dass sie nicht mit vollem Herzen bei ihm war. Konnte sie also hoffen? Durfte sie sich ausmalen, dass das Orakel von Kleve tatsächlich ihr und nicht ihrer Schwester zuteilwurde? Sie schämte sich ein wenig über die Maßlosigkeit dieses Gedankens, da sie auch vor sich selbst nicht wagte, nach den Sternen oder, wie in diesem Fall, nach einer Krone zu greifen, aber da sie den Prinzen in seiner hölzernen Art mochte, da sie die Redlichkeit und Treue erkannte, die hinter seiner befangenen Art steckten, dachte sie sich zur gleichen Zeit verschmitzt: *Honni soit qui mal y pense.* Ein Schelm, wer Böses dabei denkt!

»Und, Königliche Hoheit? Hat Ihnen dieses Juwel gemundet?« Sie leckte sich wieder in einer Weise die Lippen, die Gedankenlosigkeit verraten sollte, aber diesmal mit Kalkül kam. Ihre prononcierte Art zu sprechen verriet ihre Nervosität.

»Jawoll! Wär es anders möglich? Bin für das Jenießen durchaus empfänglich, schöne Prinzessin. Sind nun alle weg. Müssen neue herbeirufen.«

Nichts war ihm lieber, als dieser Pflicht nachzukommen und ein weiteres Mal dem Schauspiel beizuwohnen, wie sich Friederike so sinnenfroh und ohne Reue diese Delikatessen einverleibte. Für den Augenblick eines Wimpernschlages ertappte er sich selbst bei dem Gedanken, wie er ihr das Marzipan von den Lippen küsste.

Mit einem zähen Lächeln überspielte er die Unsicherheit, die ihm sein unsittlicher Gedanke eingeflößt hatte, und legte allen Anstand in seine Worte: »Werde mir die Freude nicht nehmen lassen, uns neue herbeizuholen.«

»Wirklich? Das erstaunt mich.« Friederikes Augen flackerten. »Scheint mir doch, dass Selbstbeherrschung, Disziplin und Ordnungsliebe, für die Preußen bekannt ist, auch Ihnen der Maßstab aller Dinge ist.«

Ihre wohlgesetzten Worte jagten seine Gedanken, die so gänzlich im Widerspruch zu dem standen, was er gerade meinte beobachtet zu haben – eben weil sie alles andere als selbstbeherrscht, sondern, im Gegenteil, ohne Ordnung und Fesseln waren. Diese kleine Friederike! Sie hatte so etwas Sinnliches, so etwas Verführerisches, etwas, was einem den Verstand rauben konnte. Er wollte sie einfach nur anfassen und … oje! Er betupfte seinen Mund mit der Serviette und räusperte sich.

»Ja. Nun. Bin Preußens erster Sohn. Was erwarten Sie? Aber Sie beobachten jut und sind sehr reif.«

Dieser Gedanke war ihm gleich gekommen, als er sie das erste Mal beim Déjeuner des Bürgermeisters Olenschläger erblickt hatte. Zuerst natürlich wegen ihrer sehr weiblichen Erscheinung, aufgrund derer man sie älter einschätzte, als sie eigentlich war. Dann wegen ihrer entzückenden Art zu sprechen, die auf ihn den Eindruck machte, als wolle sie um alles in der Welt ernst genommen werden, weil sie jeden Satz so sprach, als ob man ihn drucken sollte – was durchaus bezaubernd war, denn niemand käme auf den Gedanken, einer solch liebreizenden Person nicht zuzuhören –, und schließlich hatte sich ihm ihre Reife dadurch gezeigt, dass sie ein sehr bedachtes Wesen hatte und eher eine gute Zuhörerin war als eine, die sich selbst zu wichtig nahm.

»Reif?« Friederike errötete und fragte sich, ob sie ihr Spiel zu weit getrieben hatte, denn sie wollte auf gar keinen Fall als unschicklich dastehen und eine sein, über die man redete, wie etwa diese Bethmann-Metzler, die diese ungeheuerlichen Annäherungen des Königs so teilnahmlos, aber auch so ohne Gegenwehr über sich ergehen ließ.

»Wirken besonnen. Hören zu, beobachten viel. Dabei sind Sie doch die Jüngere.«

Erleichtert darüber, dass er ihr Naturell und nicht ihre Reize gemeint hatte, beeilte sich Friederike, diesen Punkt zu vertiefen: »Das liegt in der Natur der Sache, Königliche Hoheit. Meine Schwester, die Prinzessin Luise, ist die Ältere, die natürlich zuerst spricht und antwortet, wenn man uns die Ehre gibt, sich für uns zu interessieren. So war es immer, und so wird es immer sein. Das ist Gottes Wille und mein Schicksal. Ich nutze die Zeit, in der sich die Menschen ihr zuwenden, um meine Umwelt zu studieren.«

Friedrich Wilhelm war nicht nur verblüfft über die Offenheit, mit der sie diesen Umstand der permanenten Zurücksetzung beschrieb, sondern auch darüber, dass sie dies so demütig und ohne einen Hauch Bitterkeit tat – ja, ihr Los sozusagen als Gottes vorgegebenen Weg hinzunehmen schien, auf dem sie sicher wandelte. Dennoch wollte er dem Gespäch keine Tiefe geben, sondern lieber dieses leichte Flirren vorantreiben, das ihm vorhin diese verbotenen, aber süßen Gedanken beschert hatte. Und deshalb rettete er die Situation mit einem Kompliment:

»Studieren die Menschen? Was für eine Welt. Dabei verdienen Sie es doch, von Ihrer Umwelt studiert zu werden!«

So redeten sie noch eine ganze Weile munter drauflos, tauschten Aufmerksamkeiten, Blicke und herzliche Nettigkeiten, sodass dem Prinzen, der zwischen den beiden Mecklenburger Schwestern saß, ganz bang und schwindelig wurde bei dem Gedanken, zwischen den beiden wählen zu müssen. Er musterte Friederike, wie sie mit langsamen, bedächtigen Worten, leiser Stimme und flackerndem Augenaufschlag ihrer Konversation unermüdlich neue Wendungen zu geben wusste und an seinen Lippen hing, als verkünde er die Worte der Sonntagspredigt. Er dachte bei sich, was für einen guten Charakter sie wohl haben müsse, dass ihr das so geduldig gelang. Denn da er wusste, wie beschwerlich seine Worte kamen, war er es nicht gewohnt, dass man ihm zuhörte, und so war er gerührt von ihrer Demut und Leidensfähigkeit.

Aus den Augenwinkeln betrachtete er Luise, wie sie heiter, unbefangen und ohne Scheu vor dessen hoher Geburt mit seinem Bruder Louis scherzte und lachte, wobei seinen Ohren wieder einmal die Milde ihrer Altstimme schmeichelte, die in einem solch bemerkenswerten Gegensatz zu der gehetzten Art stand, mit der sie ihre Rede hervorbrachte. Welche der beiden sollte er nur wählen? Welche der beiden würde die Richtige sein in seinem Leben, das voller Pflichten, Forderungen und Schuldigkeiten sein würde? Eine Zukunft, in der der Dienst an Volk und Staat als oberste Notwendigkeit vor niederen Eitelkeiten stehen würde?

Er blickte unentschlossen zwischen beiden Prinzessinnen hin und her. Hätte er eine von ihnen allein kennengelernt, er hätte sofort und ohne Zögern um ihre Hand angehalten. So aber sah er nach links und nach rechts und prüfte immer wieder, ob ein Fingerzeig, ein Signal ihm seine schwere Wahl erleichtern würde. Er überlegte gar, ob er das Mirakel des Hauses Brandenburg einmal auf dem Feld der Liebe herbeibeten sollte.

Entgegen dem Gebaren, das er gestern Abend an den Tag gelegt hatte, mischte sich Louis Ferdinand diesmal ohne viel Aufhebens in die Gesellschaft und schlich sich beinahe auf den Platz, von dem Luise vermutete, er sei eigens nur für ihn freigehalten worden. Sie hatte recht gehabt! Ihr Herz schlug Volten, ihre Gedanken rasten. Sie beantwortete eine Sottise des schmalen Louis mit einem lauten Lachen, um die Aufmerksamkeit des Verspäteten auf sich zu ziehen, erntete aber nur einen drohenden Blick von Großmutter Scho'sch. Die hatte nämlich sofort, als Louis Ferdinand zu ihr aufgeschlossen hatte, kontrolliert, wie ihre beiden Enkelinnen auf ihn reagierten, und bei Luise einen Beginn dieser *Mise en Scène* erkannt, die sie zutiefst missbilligte. Louis Ferdinand hingegen begrüßte Luise lediglich mit einem fast unsichtbaren Nicken und wandte sich dann, galant wie er war, seiner Tischdame zu, der kleinen Bethmann-Metzler.

Luise verstand die Welt nicht mehr. Was war das? Warum war er plötzlich so kühl gegen sie? Gestern noch hatte sie in seinen Armen gelegen und gewünscht, die Welt würde anhalten, damit sie dieses Gefühl für immer behalten könne, und nun ... Nun ließ er sie erst den ganzen Abend warten und hatte dann nichts mehr übrig für sie als ein kleines, fast unscheinbares Nicken? Nicht einmal ein Lächeln war sie ihm wert, nicht einmal einen Gruß, eine Verbeugung? Sie war enttäuscht. Doch was sollte sie tun?

Sie beschloss, sich Friedrich Wilhelm zuzuwenden und mit ihm so laut und heiter zu scherzen, dass es den Anschein hatte, dass auch sie ihre Prioritäten setzte und keineswegs geneigt war, sich durch irgendwelche Nachzügler von ihrem Tischherrn wegreißen zu lassen, der sie den ganzen Abend lang schon köstlichst amüsiert hatte.

Die Großmutter aber wusste sofort, was vor sich ging. Denn genau in diesem Blick, der eigentlich keiner war, sondern vielmehr ein Wegsehen in der Hoffnung, durch diese Verweigerung die Aufmerksamkeit auf sich zu ziehen, erkannte sie die *Mise en Scène* wieder, die Luise immer dann anwendete, wenn sie einen Mann für sich gewinnen wollte. Ihr war es bei Georg, ihrem Sohn, aufgefallen, bei Karl August, ihrem Neffen, und bei den vielen Cousins, die sie in Hildburghausen oder im Alten Palais besuchen gekommen waren. Doch was sie dort bereits zutiefst beunruhigt hatte, weil sie merkte, welche Wirkung ihre Enkelin mit diesem Gebaren entfalten konnte, alarmierte sie nun aufs Äußerste.

Denn Louis Ferdinand war der Einzige, der die Pläne, die sie so sorgfältig und von langer Hand in die Wege geleitet hatte, durchkreuzen konnte. Sie war außer sich vor Wut. Sie war entsetzt, weil sie es genau so hatte kommen sehen und es doch nicht hatte verhindern können. Am liebsten wäre sie umgehend zu Luise gegangen und hätte ihr ein paar gewischt: eine für die Dummheit, die sie im Begriff war zu begehen, eine für den Kummer, den sie ihr bereitete, eine für die Klaglosigkeit, mit der sie, Großmutter Scho'sch, das larmoyante Gefasel ihrer Nichte Polyxene nur für sie, ihre geliebte Enkelin, hingenommen hatte, eine für Luises Unfähigkeit zu erkennen, dass sie sich unglücklich machte, wenn sie das bekäme, was sie wollte.

In der Ohnmacht ihrer Wut aber ballte sie lediglich ihre Fäuste zusammen, und trotz des Gemurmels, das aufgrund der verspäteten Ankunft von Louis Ferdinand zum Lärm angeschwollen war, konnte Luise über den Tisch hinweg das bedrohliche Klappern ihrer Armbänder hören. Und mit einem Male wusste sie, dass die Großmutter ihr Geheimnis kannte.

Luise lachte Friedrich Wilhelm an, als ob sie damit ihre Haut retten könnte: »So einen gut aussehenden Tischherrn hat meine Mabuscha seit langem nicht mehr gehabt!«

»Und er nicht solch eine Tischdame. Vater würde sajen: *Superb!*«

Luises Lächeln wirkte gequält, denn sie dachte, dass er damit auf die kleine Bethmann-Metzler – oder Metzler-Bethmann oder wie auch immer diese gänzlich unbedeutende Person hieß – anspielte. Die nämlich schien, aus Luises Perspektive gesehen, weit mehr Gefallen an dem jungen Preußenprinzen zu finden als am alten König und fing schon an, Louis Ferdinand schöne Augen zu machen.

Das veranlasste Luise dazu, jegliche Vorsicht fahren zu lassen. Sie legte ihren Fächer links neben ihr Besteck und gab vor, eine Stelle am Rücken zu betasten, die ihr Unbehagen bereitete. Dabei beugte sie sich wenige Zoll nach vorne und gab so den unverstellten Blick auf ihr Dekolletee frei. Gleichzeitig drehte sie sich interessiert zu Friedrich Wilhelm, um den schwanenhaften Schwung ihres Halses zu präsentieren. In dieser Haltung schielte sie zu Louis Ferdinand, aber alles, was sie wahrnahm, war das unmissverständliche Klimpern von Großmutter Scho'schs goldenen Armbändern. Ertappt drehte sie sich wieder in eine bequemere Stellung und nahm Friedrich Wilhelms Bemerkung fragend auf:

»Superb? Sie finden sie superb! Nun, das müssten Sie mir schon erklären.«

»Nicht nur superb …«

»Wirklich?« Luises Augen fingen an, nervös zu flattern. Doch bevor sie fragen konnte, was diese kleine Bethmann-Metzler denn so Bedeutendes an sich hatte, dass sowohl Louis Ferdinand als auch Friedrich Wilhelm so von ihr eingenommen waren, dass der eine ganz von ihrem Zauber gefangen genommen war, der andere sie gar als superb bezeichnete, löste der Prinz seine Anspielung auf.

»Nicht nur superb! Sondern auch voller Herzenswärme, Anmut, Schönheit. Ihr Dialekt ist der des großen –«

»Goethe!«, fiel ihm Luise erleichtert ins Wort. Jetzt hatte sie begriffen, worauf er hinauswollte, und spielte den Ball zurück: »Ach deshalb. Ich dachte schon, Sie meinten meine gute Tante Polyxene.«

»Sage doch: Superb!«

»Bei diesem Witz!«

»Und diesem Jeschmack!«

»Es wird ein schöner Abend!«

»Unverjessen!«

So gab ein Wort das andere, folgte eine Neckerei auf die nächste, sodass Luise ihre ursprüngliche Absicht, sich Friedrich Wilhelm nur zuzuwenden, um Louis Ferdinand zu zeigen, dass er ihr sichtlich gleichgültig war, schlicht vergaß. Mehr noch: Sie vergaß Louis Ferdinand selbst und gab sich mit Haut und Haaren dem scherzhaften Gerede mit Friedrich Wilhelm hin. Abwechselnd lachte mal sie auf, mal gab er sein kehliges Meckern preis, und insgesamt wirkten sie auf die anderen so vertraut, dass man hätte meinen können, sie kennten sich schon von Kindesbeinen an.

Ein paar Gäste drehten ihre Köpfe nach der Ursache dieses mal verhaltenen, mal laut aufwallenden, aber immer konstanten Frohsinns. Sie flüsterten einander verwundert zu, wie es käme, dass ausgerechnet der stocksteife Prinz mit der mürrischen Miene und der bellenden Art zu sprechen es schaffte, seine Tischdame auf so heftige Art zu amüsieren, dass diese vor Lachen fast zu platzen drohte. Als sie hinsahen, merkten sie, dass Friedrich Wilhelms Miene hell und seine Sprechweise wenn auch nicht galant, so doch flüssig war, und kräuselten die Stirn. Eine ältere Dame fand, dass er möglicherweise in Champagnerlaune war. Aber da der zwar auf großzügige Erscheinung bedachte, aber tatsächlich kaufmännisch knapp kalkulierende Gontard keinen Champagner ausgeschenkt hatte, konnte dies nicht sein.

Zu diesem Zeitpunkt hatte sich endlich von Platz zu Platz, von Mund zu Mund die Ursache für die auffällige Verspätung des Louis Ferdinand herumgesprochen. Medem, der diesen Umstand auf eine fulminante Pharao-Partie zurückgeführt hatte, die vom Nachmittage an in Homburg vor der Höhe gestiegen war, stand nun, da der Grund für die Verspätung offenbart wurde, plötzlich als niederträchtiger Nachredner da, der dem guten Prinzen, aus welchem Grund auch immer, Übles wollte. Denn Louis Ferdinand hatte nicht im landgräflichen Schlosse seiner Spiellust gefrönt, sondern bei Johann Jakob Hollweg – einem Konkurrenten Gontards – ein Konzert gegeben, bei dem man für die Versehrten des Krieges und die Ausstattung der Spitäler gesammelt hatte, und alle Einnahmen waren diesem Zweck zugeflossen.

Die Attraktion, einen echten Preußenprinzen – einen so hochbegabten und musikalischen wie Louis Ferdinand zumal, dessen Virtuosität selbst Beethoven die Tränen in die Augen trieb – einmal mit eigenen Augen spielen zu sehen, hatte schon bei der Ankündigung ein großer Erfolg zu werden versprochen. Als die eng gedrängten Gäste ihn dann tatsächlich leibhaftig sahen, waren alle überrascht, überwältigt und gerührt. Wie er auf der Tastatur des Flügels mit leichten Fingern auf und ab tänzelte! Wie er das Pianissimo so leise anschlug, dass es kaum zu hören war! Und wie er dem Forte eine Kraft gab, als ob er vom Zorn Gottes beflügelt sei! Wie er also alles Gegebene bis aufs Äußerste verstärkte, war einfach fulminant. Ein besseres Sinnbild für die Extreme des Krieges hätte man wohl kaum finden können, war die einhellige Meinung gewesen.

Die Schatullen hatten sich geöffnet, die Tinte auf den Überschreibungen hatte gar keine Zeit zum Trocknen gehabt, und der von seinen Gefühlen überwältigte Gastgeber hatte in einer Mischung aus Dankbarkeit und Demut dem begnadeten Preußenprinzen sogleich das Zumpe-Piano geschenkt, das er eigens für diesen Abend und unter widrigsten Umständen aus London hatte liefern lassen. Louis Ferdinand aber – auch in dieser Hinsicht uneigennützig bis zur Selbstaufgabe – hatte abgewinkt und gefragt:

»Was soll ich mit einem Piano im Krieg? Ich nehme es und verkaufe es, und das Geld soll ebenfalls Eurer Sammlung gehören! Wer am meisten bietet, der soll es haben!«

So hatte er aus dem Stand heraus eine kleine Versteigerung ausgerufen und auf dieses Weise für ein paar tausend Taler mehr in Hollwegs bereits prächtig gefülltem Spenden-Säckel gesorgt.

Das alles erzählte man sich plötzlich an Gontards Tafel, und jeder fügte noch ein wenig hinzu, sodass, als diese Geschichte beim Kronprinzen und den Mecklenburger Prinzessinnen ankam, Louis Ferdinand bereits zu einem gottgleichen Helden aufgestiegen war und man ihn gar mit Apoll, dem Führer der Musen, und anderen göttlichen Wesen verglich.

Nun begriff Luise, warum sein Platz, ein so prominenter zumal, für ihn so lange und ohne Murren freigehalten worden war. Es konnte nur eine Order des Königs dahintergesteckt haben, der die Einnahmen, die ein solches Konzert mit sich brachte, sehr begrüßte, weil er dann die Kosten für die zahlreichen Verletzten des Krieges nicht von seinem eigenen Budget zu begleichen gezwungen war. Die Enttäuschung über Louis Ferdinands Zurückhaltung, ja Kälte ihr gegenüber, die sie zuvor so traurig gemacht hatte, wich nun einer Woge der Rührung und des Zartgefühls. Einem so guten Menschen musste man einfach alles verzeihen!

Sie hatte weder die Großmutter im Sinn, der sie ein Schauspiel der Vertrautheit mit Friedrich Wilhelm bieten wollte, noch Louis Ferdinand und ihren Plan, ihn mit dem Kronprinzen eifersüchtig zu machen, sondern war voller Aufrichtigkeit und ohne Hintergedanken, als sie herausplatzte:

»Haben Sie das gehört, Königliche Hoheit? Louis Ferdinand hat ein Konzert gegeben für die Blessierten. Er muss ein guter Mensch sein.«

»Imponiert er Ihnen?« Angesichts der unvermittelten Begeisterung, die Luise für Louis Ferdinand zeigte, geriet Friedrich Wilhelm ins Stottern, wie immer, wenn ihm unbehaglich war. Er wollte einen allgemeinen Gedanken über den Krieg ausführen, um sanft, aber deutlich von diesem Thema abzulenken, aber Luise fiel ihm ungebremst und ohne Beachtung der Etikette ins Wort.

»Wem würde das nicht imponieren? Ein Prinz, der ein Herz für die Gemeinen hat. Das ist ein bewunderswerter Zug. Ich habe von seinem Einsatz in Mainz gehört …«

»Ist das Idol der Truppen. Ohne Zweifel. Allein: Mir scheint –«

»Oh, was scheint Euch?« Luise war so aufgeregt darüber, über Louis Ferdinand sprechen zu können, gar Näheres über ihn zu erfahren, dass sie jegliche Konventionen übertrat und dem Prinzen abermals ins Wort fiel, dabei gleichzeitig jeglichen Zweifel an Louis Ferdinands Großartigkeit schon im Keim zu ersticken versuchte. Erleichtert sah sie den Prinzen direkt an, als dieser in das allgemeine Lob über seinen Cousin einzustimmen schien.

»Er schlägt sich tüchtig auf dem Feld. Ein Hasardeur. Er liebt den Kampf, die Taktik, den Krieg …« Sein Ton war kühl.

»So?« Luise konnte sich nicht erklären, wieso er die heroischen Taten von Louis Ferdinand nicht mit den gleichen Augen sah wie alle anderen, die doch nichts als Gutes über ihn zu sagen wussten, und sah Friedrich Wilhelm herausfordernd an.

Doch der Prinz machte es kurz: »Ist jut, tapfer, zeugt von großem Mut. Aber, frage ich: Kann man den Krieg lieben? Verzeihen Sie, wenn ich offen bin und in diesen schönen Abend etwas Nachdenklichkeit bringen möchte. Aber: Nie hab ich so viel Elend jesehen wie im Krieje.«

Das war eine Perspektive, aus der Luise die Dinge noch nie betrachtet hatte. Sie wurde rot und schimpfte sich innerlich abermals über die Schnelligkeit, mit der sie ihr Urteil fällte. Es gab ja so vieles zu bedenken – und sie, ach, sie sprach immer freiheraus und so, wie ihr die Gedanken in den Kopf kamen; dachte dabei nicht nach, ob es gut oder schlecht war, was sie sagte. Sie biss sich auf die Lippe.

Wie recht der Prinz doch hatte, dachte sie, alle redeten von der Tapferkeit der Männer, die in den Kampf zogen und sich dort zu bewähren hatten, aber was war mit deren Angst? Wenn sie nur an Mainz und das Feuer dort dachte, wurde ihr schon ganz zittrig zumute. Wie mussten dann erst diejenigen fühlen, die den Krieg mit ihrem Leib auszutragen hatten? Ihre Stimme war zart, als sie Friedrich Wilhelm ansprach:

»Entschuldigen Sie, das hatte ich nicht bedacht, Königliche Hoheit. Das Elend muss groß sein …«

»Ja, es mangelt an allem, und nach der Schlacht ist es noch schlimmer …«

Er legte eine Pause ein, weil er Luise nicht mit den Einzelheiten beunruhigen wollte, die ihn selbst nicht mehr losließen. Der Schmutz, der Hunger, der Typhus, das Fleckfieber, das Geschrei der Verwundeten, das Blut, das Elend, die Not hatten ihn selbst so heftig erschüttert und in zahlreichen Träumen verfolgt, dass er sich scheute, Details preiszugeben. Das war kein Sujet, das man an einem solchen Abend behandelte. Aber es war ein Sujet, auf dessen Boden der Ruhm eines Louis Ferdinand gedieh. Der Preis für seine Heldentaten sind zahlreiche Tote, dachte Friedrich Wilhelm, und dennoch liebt ihn ein jeder für seine Taten. Nie – und erst recht nicht, seit er das Gewimmer der Blessierten gehört hatte – hatte er verstehen können, was sein Cousin am Krieg so liebte, dass er sich ohne Zögern mitten ins Getümmel der Schlachten begab. Ihm selbst war es ein Graus.

Er überlegte, wie er dies verständlich machen konnte, ohne Louis Ferdinand in Misskredit zu bringen, und entschied sich für eine allgemeine Formel:

»Wissen Sie: Ich muss Ihnen nichts Jenaues sagen, damit Sie wissen, wie grausam der Krieg ist.«

»Ich habe Mainz brennen sehen.«

»Wie furchtbar, liebe Prinzessin! Sie müssen sich sehr jefürchtet haben. Nicht wahr? War doch nicht weit von Darmstadt.«

»Wir haben sofort die Koffer gepackt und sind nach Hildburghausen geflohen.«

»Das haben Sie jut gemacht, liebe Freundin! Bin sehr froh, das zu hören.«

Luise nickte verstohlen und schämte sich abermals, weil sie sich dem König gegenüber so tapfer gegeben hatte, wo es doch das Natürlichste der Welt war wegzurennen, wenn man die Kanonen donnern hörte. Wieder einmal war es der Prinz, der ihr das Gefühl gab, so sein zu dürfen, wie sie eben war; dass sie nichts vorschützen oder behaupten müsse. Auch keine Tapferkeit.

Gerührt sah sie ihn an, und er sah dies als Aufforderung, vertraulich zu werden.

»Ich werde Ihnen jetzt ein Jeheimnis anvertrauen!«

»Ein Geheimnis?« Immer noch musste Luise die Worte des Prinzen wiederholen, um sich sicher zu sein, dass sie ihn richtig verstanden hatte, aber er legte den Finger über seinen Mund.

»Ja, ein Jeheimnis.« Seine Stimme kam im Flüsterton, und Luise nutzte die Gelegenheit, so nah an ihn heranzurücken, wie es die Etikette erlaubte, und dabei geschwind und unter gesenkten Lidern einen Blick über den Tisch auf Louis Ferdinand zu erhaschen, um festzustellen, ob er auch ja sah, dass sie und Friedrich Wilhelm sich sehr nahestanden und sich viel zu sagen hatten.

Zu ihrem Verdruss erkannte sie lediglich, dass dieser sich offenbar köstlichst mit ihrer Mabuscha und eben auch mit dieser kleinen Bethmann-Metzler amüsierte und sie, Luise, keines Blickes würdigte.

Friedrich Wilhelm senkte seine Stimme, als er weitersprach: »Sage Ihnen jetzt, was ich beschlossen habe. Seit ich das Elend des Kriejes kenne, sage ich mir: Wenn ich einmal König bin, wird es keinen Krieg geben. Auch wenn mein Land daran unterjeht! Mag falsch für einen Preußen sein, sind ja bekannt für unsere Soldaten. Aber das ist mein Beschluss und bleibt mein Beschluss! Werde der erste König sein, der nicht am Krieje zerbricht, sondern zerbricht, weil er keinen Krieg führt!«

»Es ist ein guter Gedanke, Königliche Hoheit. Dann werden Sie nicht als Friedrich Wilhelm der Große, sondern als Friedrich Wilhelm der Friedenskönig in die Geschichte eingehen!«

Er lachte, weil sie es wieder einmal geschafft hatte, einem Gespräch eine so unverhoffte und fröhliche Wendung zu geben. Und sie lachte, weil sie die Verwirrung, die sie nach diesem Geständnis spürte, zu vertuschen versuchte.

Was war Friedrich Wilhelm bloß für ein mitfühlender und guter Mensch! Er dachte nicht nur an sich, an den Ruhm und an die Ehre, die er als großer Held anhäufen konnte, sondern an die Menschen, an deren Leib, Leben und deren Familie. Sie war beeindruckt von seiner Entschlusskraft und mehr noch: Sie war beeindruckt, mit welcher Selbstverständlichkeit er sich bereits jetzt verantwortlich zeigte für ein Land, dem er erst dienen würde, wenn er selbst einmal König war. Er war so ... weitsichtig. So ganz anders als sie, die sie nicht einmal einen Gedanken zu Ende denken oder einen Satz an einem Stück sprechen konnte, weil ihr zu allem so viel in den Sinn kam und weil sie alles auszuführen wünschte, und das am allerliebsten zur gleichen Zeit.

Sie sah ihn an, um irgendwo in seinem Gesicht die Ursache für seine Milde zu finden, traf aber nur sein gutes Lächeln. Sofort zog sie sich verlegen zurück. Ach, was für ein feiner Mensch er doch war. Und wer war sie, dass sie mit ihm ein so böses Spiel trieb und seine Nähe nur suchte, um Louis Ferdinand eifersüchtig zu machen? Sie kam sich schlecht, gemein und betrügerisch vor. Denn so gut Friedrich Wilhelm war, wollte sie – wenn sie ehrlich zu sich und vor dem lieben Gott war – auch jetzt nichts lieber, als neben Louis Ferdinand sitzen, seine Wärme spüren und seinen Worten lauschen und … Scheu wagte sie einen Blick über den Tisch. Aber der merkte nicht einmal, dass sie überhaupt existierte.

»Was bedrückt Sie? Sind so still. Bin ich Ihnen zu nahe getreten mit meinem Jeheimnis?«

»Wie kommen Sie darauf, dass mich etwas bedrückt?« Luise merkte erst jetzt, dass sie das Gespräch mit dem Prinzen einfach hatte verebben lassen, und versuchte, von ihrem Versäumnis abzulenken, indem sie einfach alles abstritt.

»Woran haben Sie jedacht, liebe Freundin?«

»An nichts!«

»An nichts?«

»Ja, an nichts!«

»Aber Sie müssen doch an etwas jedacht haben.«

»Nein!«

»Nein?«

»Nein!«

Sie lachte ihn keck an, und dennoch wusste Friedrich Wilhelm die Lage nicht einzuschätzen. War er zu weit gegangen, als er sie in sein Geheimnis eingeweiht hatte, es gar gewagt hatte, das Elend des Krieges zu erwähnen? Mit einem Mal war es ihm unbehaglich neben Luise. Er verstand nicht, was es mit diesen eigentümlichen Schwankungen auf sich hatte. Erst war sie so fröhlich, dass er sich bei ihr so unbefangen gefühlt hatte, als ob sie sich schon seit Jahren kannten, und von einem Augenblick auf den anderen war sie abweisend und kühl zu ihm, wie eine Fremde, die ihm nicht über den Weg traute und ihn beargwöhnte. Dabei hatte er anfangs gedacht, dass sie von den Mecklenburg-Prinzessinnen die bessere Wahl sei, weil sie ihm mit ihrer Unbefangenheit die Hemmnisse nahm, die ihn in großen Gesellschaften gefangen hielten.

Er war ratlos. Ein paar Mal noch versuchte er, an die Heiterkeit anzuknüpfen, die den Abend bestimmt hatte, bevor er sie in sein Geheimnis eingeweiht hatte, und sie mit Gleichnissen, Anekdoten und Parodien auf seine Mundart zurückzugewinnen. Aber auch wenn sie sich lustig gab wie eh und je, so war es ihm doch, als ob noch eine dritte Person ihre Gegenwart teilte, der sie mehr zuhörte als ihm.

Glücklicherweise kam es zum allgemeinen Aufbruch, und Friedrich Wilhelm sah sich gezwungen, Friederike zu helfen, die beim Aufstehen etwas gestrauchelt war. Als sie seinen Arm dankbar annahm und ihn wieder auf diese hingebungsvolle Art anblickte, die ihm die Sinne taumeln ließ, fragte er sich kopfschüttelnd: Was mache ich mir eigentlich für Sorgen?

»Gnädigste Prinzessin, darf ich mir zum Abschluss dieses gelungenen und überaus anregenden Abends an Eurer Seite erlauben, Euch hinunter zum Ausgang zu geleiten und die Kutsche für Euch und die Eurigen herbeizurufen?«

Die ausgesuchte Höflichkeit, die Louis Ferdinand gegenüber Großmutter Scho'sch an den Tag legte, hatte ihre Ursache in einer pathetisch zur Schau gestellten Dankbarkeit, die der Prinz quasi im Tausch gegen die ungewöhnliche Lehrstunde anbot, die die alte Prinzessin ihm den Abend über erteilt hatte.

Es war nämlich so, dass sich die Großmutter ihm gegenüber zunächst sehr kühl gezeigt hatte. All seine Versuche, ein Gespräch mit ihr zustande zu bringen, waren an ihrer brüsken Abweisung gescheitert. Sie hatte sich weder geneigt gezeigt, mit ihm über die Aufführung im Kömödienhaus zu sprechen, noch über die lustigen Stunden am Spieltisch, die er mit ihrer Nichte Polyxene verbracht hatte, und erst recht nicht über die Vorzüge ihrer beiden schönen Enkelinnen, deren vorbildliche Erziehung und Artigkeit er immer wieder betonte, ohne jedoch Resonanz zu bekommen. Großmutter Scho'sch hatte beharrlich geschwiegen. Nur das Klimpern ihrer Armreifen, deren Klang ihm mehr und mehr bedrohlich erschienen war, hatte ihm gezeigt, dass sie überhaupt ein Mensch aus Fleisch und Blut war und Gefühlsregungen zeigen konnte.

In seiner Not, dem stillen Nebeneinander eine Wende zu geben, war er schließlich auf den Gedanken gekommen, sie um Hilfe zu bitten, was die hessische Mundart betraf. Er hatte ihr erzählt, dass er, seitdem der König Frankfurt am Main zum Hauptquartier erkoren hatte, oft ratlos dastand und weder wusste, was zu ihm gesagt wurde, noch das Gefühl hatte, sich selbst angemessen vermitteln zu können. Da hätte man einmal mithören sollen, wie begeistert die Großmutter auf diese Sache reagiert hatte! Eifrig erklärte sie ihm, dass sie schon immer und grundsätzlich keine Freundin des Französischen war, welches ja leider auch an den deutschen Höfen bevorzugt wurde. Sondern dass sie es ganz mit dem großen Wort des Soldatenkönigs hielt, den sie für seine Haltung *Ich bin Deutscher, also spreche ich Deutsch!* bewunderte, sie also ebenfalls das Deutsche pflegte, und zwar – ganz einfach – indem sie es sprach.

»Nur wer eine Mundart pflegt, hat eine Heimat!«, lehrte sie ihn und gab den ganzen Abend hessische Worte und deren Übersetzung zum Besten. Darüber waren die beiden in so vorzügliche Laune geraten, dass selbst die kleine Bethmann-Metzler sich in das Gespräch einmischte und auch ein paar Wendungen dazu beisteuerte, wohl in der Hoffnung, sich dadurch den Avancen des dicken Königs unbemerkt entziehen zu können.

Als Louis Ferdinand der alten Scho'sch nun beim Aufbruch mit so viel Aufhebens seine Hilfe antrug, konnte die alte Frau nicht anders, als in der Stimmung des Abends weiterzusprechen. Augenzwinkernd sagte sie:

»Mein Liebe', jetzt macht Ihr nich' so viel *Gedöns.*«

»Ach ja, entschuldigt! *Gedöns,* ich hatte ganz vergessen ...«

»... und außerdem heißt das *hoopzuus!*«

»Entschuldigt?«

»*Hoopzuus!* Es heißt nicht ›hinunter‹-geleiten, sondern es

heißt *hoopzuus*-geleite'! In Hessen sagt man *hoopzuus!* Habt Ihr das so schnell schon wieder vergesse'?«

Sie sah ihn vorwurfsvoll an, und als Louis Ferdinand sein Lachen hinter einem bekennenden Nicken zu verbergen suchte, belehrte sie ihn streng:

»Na, wenn Ihr so ungelehrig seid, dann sehe ich mich gezwungen, meine Lektion noch einmal zu wiederhole'. Auch wenn es mir einfach nich' begreiflich ist, wie ein so junger, aufgeweckter Mann, wie Ihr es seid, das alles, was ich Euch erzählt habe, in so kurzer Zeit schon wieder vergesse' kann. Hier ist mein Arm! Stützt mich! Bis zur Tür wird's gerade noch für ein paar Worte reiche'. Fange' wir mit den wichtigen Dingen an. Also: Könnt Ihr Euch erinnern, was man im Hessischen für Pferd sagt?«

Die alte Dame blickte an ihm hoch, aber Louis Ferdinand kräuselte nur die Stirn.

»*Geul!*«

Als er darauf nichts sagte, wurde sie streng: »Na kommt scho'. Wiederholt!«

»*Geul.*«

»Sehr gut! Und wie heißt Maul?«

Sie nahm nur das Zucken seiner Schultern wahr.

»Goschen! *Halt die Goschen!*, heißt es im ganze' Satz. Das ist bei uns hier im Hessischen eine sehr gängige Wendung, und Ihr werdet es gewiss noch oft gebrauche' können.«

Louis Ferdinand schmunzelte in sich hinein: »Das wird mir eine Freude sein zu sehen, wie meine Kameraden darauf reagieren!«

Sie lachten verschwörerisch, und wer die Treppe zum Ausgang hinter den beiden hinabstieg, konnte noch so manches Wort vernehmen, das eher in den Schankstuben und den engen Straßen, an den Schirnen und Remisen der Mainstadt gesprochen wurde als an einem fürstlichen Hofe; zumal an einem mit so tadellosem Ruf wie dem von Hessen-Darmstadt.

Als sie auf die Straße traten, öffnete Kümmelmann schon den Fond der kleinen Chaise, die er hatte vorfahren lassen. Großmutter Scho'sch erkannte, dass ihre Nichte Polyxene schon eingestiegen und bereits mit ruhigen, gleichmäßigen Atemzügen entschlummert war.

»Dormelisch!«, flüsterte sie ihrem Begleiter zu. »Ihr war bestimmt schon ganz *dormelisch.*«

Louis Ferdinand, der in diesem Wort die Bedeutung von ›schwindelig‹ wiedererkannte, murmelte etwas wie »Das soll Euch nicht auch passieren« und hievte die alte Dame in die Kutsche. Freundlichst bedankte er sich für den lustigen Abend in ihrer Gesellschaft und gab dem Wunsch Ausdruck, sie alsbald wiederzusehen. Sie reichte ihm zum Abschied die Hand, die er gnädigst küsste, und sagte mit der freundlichsten ihrer Mienen:

»Sie sin' mir ein echte' *Haanebambel!*«

»Danke, liebe Prinzessin. Danke, danke! Ich bin froh, dass Ihr so über mich denkt.«

Er zeigte sich überaus erleichtert darüber, dass sein Plan, die alte Prinzessin für sich einzunehmen, aufgegangen war, denn er meinte sich zu erinnern, dass hinter diesem Wort die mundartliche Bezeichnung für ›guter Mensch‹ stecke. Galant küsste er ihr noch einmal die Hand, als er vom Trittbrett sprang.

Großmutter Scho'sch hingegen nickte wissend, denn sie fühlte sich durch das unterwürfige Verhalten des Prinzen in ihrem Urteil über ihn bestätigt. Die Bedeutung des Wortes war nicht ›guter‹, sondern ›gutmütiger Mensch‹, und Großmutter Scho'sch, die sein Bemühen, sie einzuwickeln, durchaus erkannt hatte, hatte ihm nichts anderes zu verstehen geben wollen als: *Du Trottel!*

Trotz all der Verachtung, die die Scho'sch für ihren nonchalanten Tischherrn hegte, verfügte sie über genug Lebenserfahrung, um seinen Charme nicht zu unterschätzen, der so offensichtlich Wirkung bei ihren beiden Enkelinnen gezeigt hatte. Wie so oft bezog sie auch in dieses Urteil Friederike mit ein, obwohl die mit Louis Ferdinand den ganzen Abend keinen Blick gewechselt und den Abend zuvor nicht mehr als zwei Sätze mit ihm gesprochen hatte. Die alte Prinzessin aber sah ihre beiden Mädchen in großer Gefahr und fürchtete, ihr lange und mühsam geschmiedeter und nur mit der Großzügigkeit ihrer lästigen Nichte durchführbarer Plan könne platzen.

Das hieß es mit allen Mitteln zu verhindern! Sie drückte sich in die harten Kissen der Chaise und grübelte. Ihr fiel gar nicht auf, dass ihre Enkelinnen sich offenbar Zeit ließen, zu ihr aufzuschließen, so alarmiert war sie über die neue Lage. Sie schlug mit ihrem zusammengefalteten Fächer rhythmisch in die flache Linke, ohne auf ihre Nichte zu achten, die neben ihr saß und Laute von sich gab, die an einen morschen Blasebalg erinnerten. »Noch heute Abend …«, sprach die Scho'sch zu sich, »werde ich nach Georg schicken! Und nach Medem auch.«

Und auch sonst wollte sie all die in ihre große Sache involvierten Personen umgehend davon in Kenntnis setzen, dass die Dinge unbedingt zu forcieren seien. Dann entfaltete sie ihren Fächer mit einem eleganten Schwung, ließ ihn ebenso elegant wieder zusammenfallen und klatschte damit laut und überhaupt nicht elegant auf ihre Linke, als ob diese Geste ein Ausrufungszeichen hinter ihrem Beschluss markieren sollte. Polyxene, die neben ihr schlief, war davon gänzlich unbeeindruckt.

Louis Ferdinand sah zu, dass Kümmelmann den Fond schloss, damit er unbemerkt kehrtmachen konnte, und als er sich sicher war, dass die Großmutter Scho'sch ihn nicht mehr mit den Augen verfolgen konnte, legte er einen Spurt hin, als ob es galt, einen Menschen aus dem Feuer zu retten: Er eilte am König vorbei, der ihn verwundert anschaute, hetzte um die Kurve zum Aufgang, nickte Graf Medem zu, lächelte Köckeritz an, verbeugte sich kurz vor der Baberini.

So gelangte er an die Treppe. Ohne Atempause nahm er drei Stufen auf einmal. Am Absatz begrüßte er bestimmt, aber eilig seinen Cousin Friedrich Wilhelm und nahm nur kurz, dafür aber umso überraschter, die überaus reizvollen Formen von Friederike, der jüngeren Schwester Luises, wahr. Er schnalzte leise mit der Zunge, beschloss jedoch, sich für diesmal nicht damit aufzuhalten, sondern sich ein anderes Mal darum zu kümmern, da er jetzt noch etwas anderes zu erledigen hatte.

Endlich oben angekommen, durchmaß er den Flur bis zum Bankettsaal, den er, noch in der Tür stehend, nach allen Seiten hektisch absuchte. Sein Atem ging schnell. Die wenigen Lichter, die noch im hinteren Teil brannten – denn der achtsame Gontard hatte sofort löschen lassen und nur den Leuchter genehmigt, der zum hinteren Ausgang führte, damit die Lakaien beim Abtragen nicht die Fayencen fallen ließen –, ließen den Raum im Dunkeln, was seine Suche erschwerte. Er wollte sich gerade wieder nach draußen begeben und in den Fluren Ausschau halten, da nahm er in der kleinen Nische neben dem Eingang ein fast unmerkliches und zögerliches Hüsteln wahr, das von der Garnitur her kam. Sofort stürzte er dorthin.

»Endlich!« Seine Stimme war ohne Ruhe.

»Wieso endlich?«

»Endlich hab' ich Euch wieder allein.«

»Mir schien nicht, als ob Ihr darauf besonders viel Wert gelegt hättet.«

»Wie kommt Ihr darauf? Den ganzen Abend –«

»… habt Ihr Euch – wie alle Welt sehen konnte – köstlichst mit dieser kleinen Be…«

»… Eurer Großmutter unterhalten, die mir gleich zu meiner Ankunft unmissverständlich zu verstehen gegeben hatte, dass sie meine Gesellschaft alles andere als willkommen hieß, und mich nach mehreren Versuchen, ihr den Abend ein angenehmer Tischherr zu sein, derartig kühl behandelt hat, dass ich mich – wenn ich nicht ahnte, was dahintersteckte – zutiefst brüskiert hätte fühlen müssen. Ich habe alle mir zur Verfügung stehenden Mittel zum Einsatz gebracht, um sie für mich einzunehmen, und erst als ich auf die – zugegebenermaßen erst groteske, dann aber doch äußerst amüsante – Idee gekommen war, mich von ihr im Hessischen unterrichten zu lassen, war es ihr überhaupt erst möglich, sich mir zuzuwenden. Und trotz alledem kann ich mich des Eindrucks nicht erwehren, dass sie mich am liebsten zum Teufel schicken würde! Aber ich habe das alles gerne auf mich genommen. Und warum? Wisst Ihr, warum? Nur Euretwegen!«

Luise rieb sich ungerührt den Unterarm.

»Eure Großmutter war von Anfang an ablehnend gegen mich. Ich hätte doch unmöglich zu erkennen geben können, dass ich ausgerechnet Euch vor allen anderen wiederzusehen wünschte. Ich musste mich zurückhalten und mich so kühl geben wie nur irgend möglich, um jeglichen Verdacht abzulenken. Wenn Eure Großmutter ein Polizist wäre, würde ich von ihr sagen, sie ist ein scharfer Hund. Sie passt gut auf Euch auf.«

Er dehnte die Worte, um ihnen mehr Gewicht zu verleihen: »Ich muss-te mich verstellen, ich muss-te mit der kleinen Bethmann-Metzler reden, ich muss-te das alles tun, um … Ich habe das alles nur Euretwegen getan. Ich, ich, ich …«

Wie immer neigte Louis Ferdinand zu Übertreibung und Theatralik. Aber genau das machte seinen Charme aus.

»Ach, was soll denn diese ganze Aufregung? Ich verstehe überhaupt nicht, warum Ihr Euch mir so umständlich erklärt. Es ist wohl besser, wenn ich jetzt gehe.«

»Bitte? Ich hatte keine andere Wahl. Hätte ich Euch meine Aufwartung machen und Euch in einer Weise kompromittieren sollen, die mehr Schaden angerichtet als sie Glück beschert hätte?«

»Glück? Ich weiß nicht, wovon Ihr sprecht.« Sie stand abrupt auf. »Verzeiht, ich möchte jetzt gehen.«

Ihre Haltung war kerzengerade, ihr Blick ging in die Ferne. Doch als sie einen Schritt nach vorne gehen wollte, stellte sich Louis Ferdinand vor sie. Sie trat nach links, er trat nach rechts. Sie trat nach rechts, da trat er nach links. Sie wollte wieder nach links ausweichen, da stellte er sich ihr abermals in den Weg.

»Bitte!«

Seine Stimme klang tatsächlich eine Spur klagend, aber sie hielt weiterhin den Kopf geradeaus und versuchte, ihm auszuweichen, indem sie um ihn herumzirkelte. In der Not jedoch breitete er einfach die Arme aus, sodass sie keine Möglichkeit hatte zu entkommen, weil ihr Reifrock sonst auf der einen Seite die Stühle des nahe stehenden Tisches umgestoßen hätte und weil auf der anderen Seite der Abstand zwischen ihr und der Wand schlicht zu eng war, als dass sie ihn ungehindert hätte passieren können.

Verärgert blieb sie stehen. Sie tippelte von einem Bein auf das andere, wobei sie mit einer ungeahnten Wissbegierde das aufwendige Eibenparkett zu studieren vorgab. Er aber ging ein Stück in die Knie und versuchte ihr ein Lächeln abzuringen, indem er sie von unten ansah. Sie jedoch gab sich so verschlossen, wie es ihr in dieser Lage möglich war, und achtete peinlichst darauf, nicht seinen Blick zu kreuzen. Stur starrte sie das Nichts in seinem Rücken an.

Als er merkte, dass dieses Ringen zu nichts führte, nahm er nach einer Weile das Gespräch wieder auf.

»Was macht Ihr überhaupt noch hier?«

»Ich hatte mir den Knöchel verstaucht und wollte ein wenig abwarten, bis er sich erholt hat.«

»Den Knöchel?«

»Ja, den Knöchel!«

»Und hat sich der Knöchel denn nun erholt?«

»In der Tat, das hat er! Und das ist auch der Grund, warum ich jetzt gehen möchte.«

»Soso.«

Er stand ihr immer noch im Weg und versuchte, ihren Blick zu erhaschen, und sie tarnte ihre Unruhe immer noch mit einer Maske aus Gleichgültigkeit und Eile, die sie zum Aufbruch zwänge.

»Und außerdem, schöne Prinzessin, was gebt Ihr Euch so kühl gegen mich und macht mir Vorwürfe ...?«

»Wieso sollte ich Euch Vorwürfe machen? Das steht mir nicht an, und ich hätte auch gar keinen Grund dazu.« Sofort nahm sie wieder die Pose der Beherrschung ein.

Er aber gab sich unbeirrt und näherte sich langsam ihrem Gesicht. Als er nur noch eine Handbreit von ihr entfernt war, flüsterte er:

»Ihr seid mir eine!«

»Bitte? Was erlaubt Ihr Euch? Bitte lasst mich nun gehen.«

Sie zappelte hin und her, versuchte an ihm vorbeizugelangen und sah ihn schließlich, weil ihr das misslang, mit zusammengezogenen Brauen an. Endlich hatte er, was er wollte: ihren Blick. Er hielt ihn, solange es ihm möglich war, und studierte genüsslich den Schwung ihrer Wimpern, die zarten Äderchen, die unter ihren Augen entlangliefen, das Rosa ihrer Wangen, die Feinheit ihrer Haut, das Graublau ihrer Augen. Plötzlich erkannte er darin die süße Not eines Mädchens, das so offensichtlich mehr versprochen hatte, als es jemals würde einlösen können, und dass das Spiel kein Spiel mehr, sondern bereits bitterer Ernst war.

Hätte er es wissen müssen?, fragte er sich. Er hätte es wissen müssen! Schließlich kannte er die Frauen, und immer waren es die Koketten und die Jägerinnen, diejenigen, die das Risiko und das Spiel liebten, die sich letztlich anhänglicher zeigten, als er sich das jemals gewünscht hätte. Sie verspielten Vermögen bei den Karten, nur um für einen kurzen Moment in seiner Umgebung zu sein, hofierten seine Schwester Luise, um sich Zugang zu ihren Gesellschaften auf Schloss Bellevue zu verschaffen, nur damit sie die Hoffnung nicht sterben lassen mussten, ihn dort möglicherweise anzutreffen. Einmal hatte eine Dame sogar seinem Diener Fabian ihre Gunst angeboten wie eine von den Schuwitzschen, den leichten Damen, die Unter den Linden Geleit suchten – nur um ihn sprechen zu dürfen. Sie hatten am Abend herzlichst darüber gelacht, als der treue Mann ihm diese Geschichte eröffnet hatte, obwohl sie im Kern doch recht traurig war und von einer Selbstaufgabe erzählte, die ihn abstieß.

Sie schickten ihm Briefe, stellten ihm nach, drohten ihm mit Skandalen, suchten seine Nähe, wo immer er auftauchte – und wurden ihm letztlich zur Last. Vielleicht wäre die Sache mit den Frauen einfacher gewesen, wenn er seine erste Liebe hätte heiraten und mit ihr das Leben verbringen dürfen. Es war ihm nicht vergönnt gewesen, und so kostete und genoss und labte er sich eben an der Tafel, die sich so üppig vor ihm auftat, bis er das gefunden hatte, was ihm am besten schmeckte und was er zu seinem Leibgericht erkoren hatte. War er ein schlechter Mensch, nur weil er die Gelegenheiten, die sich ihm auf so leidenschaftlichste Weise boten, nicht ausschlug?

Louis Ferdinand hielt immer noch Luises Blick, und wieder fragte er sich, ob er sich in ihr getäuscht hatte. Konnte eine Frau, die Soldatenlieder sang, zumal in Gegenwart des Kronprinzen von Preußen, wirklich so unbedarft sein? Konnte sie, die mit einer Hingabe Walzer tanzte, die so manch weniger gestandenen Kavalier gewiss in Verlegenheit gebracht hätte, tatsächlich so unschuldig sein, wie es ihm jetzt, da er sie so ansah, vorkam? War diese hübsche Kleine hier, die seine Aufmerksamkeit auf so geschickte Weise – weil nicht aufdringlich, sondern vielmehr kühl kalkuliert – an sich zu ziehen verstand, in Wahrheit nicht mehr als ein süßes, naives Prinzesschen, ein Kätzchen eher als eine Jägerin?

Er überlegte, ob er sie einfach gehen lassen sollte, um sich selbst, aber mehr noch: sie vor einem Schmerz zu bewahren, an dem er schon weit galantere Löwinnen hatte zugrunde gehen sehen, und wollte schon zur Seite treten und ihr eine gute

Nacht und eine unbeschwerliche Fahrt zurück ins Hotel wünschen. In diesem Moment jedoch schickte Luise ihm einen so herausfordernden Blick zu, dass er dachte: Nun gut, sie will es wissen. Das Spiel ist eröffnet, und ich ziehe mit!

Es klang ein bisschen wie eine Kampfansage, als er wiederholte: »Ihr seid mir eine!«

»Ich stehe immer noch vor einem Rätsel, und es will mir einfach nicht in den Sinn kommen, was Ihr von mir zu hören beabsichtigt.«

Ihr war heiß und kalt zugleich. Und als sie diesmal versuchte, an seinen ausgebreiteten Armen vorbei auszuweichen, stand dahinter nicht die Absicht, sein Interesse zu erregen, sondern schlichter Aufruhr. Denn sie spürte, dass die widerstrebenden Gefühle von Enttäuschung einerseits und Freude andererseits darüber, dass er sie tatsächlich hier oben aufgesucht hatte, zu etwas führen konnten, was Anstand und Schicklichkeit verboten – und was sie dennoch herbeigesehnt hatte wie nichts anderes in der Welt. Ihr Herz hämmerte gegen ihre Brust, ihr Atem aber ging ganz ruhig. Sie zwang sich, still zu stehen und zu lächeln, als sie ihm zuhörte.

»Ihr habt Euch doch auch nicht schlecht amüsiert. Nicht wahr? Mit dem Kronprinzen … Der Abend scheint doch für Euch ganz vortrefflich verlaufen zu sein? Da müsst Ihr Euch doch nicht über mich ärgern.«

»Wer sagt, dass ich das tue?«

»Und? Gefällt er Euch?«

»Wer?«

»Der Kronprinz?«

»Ich wüsste nicht, warum Euch das interessieren sollte.«

»Ich aber schon. Denn wenn ich es recht bemerkt habe, dann habt Ihr doch die ganze Zeit – ach, wie sagt man denn hier im schönen Frankfurt, in diesem herrlichen Dialekt – ach ja: Sie haben … geguckt.«

»Gar nicht!«

»Oh doch, doch, doch. Wisst Ihr, Eure Großmutter hat es mich gelehrt, und die kleine Bethmann-Metzler …«

»Nicht Metzler-Bethmann?«

»Nein, Bethmann-Metzler.«

»Na, Ihr müsst es ja wissen. Wobei ich nicht der Meinung bin, dass man sich diesen Namen überhaupt merken sollte.«

Noch einmal versuchte sie auszuweichen, er aber schob sich vor sie. »Jedenfalls kannte sie eine wunderbare Weisheit, die in Frankfurt zu den geflügelten Worten zählt …«

Luise hätte sich am liebsten die Ohren zugehalten, aber Louis Ferdinand umfasste geistesgegenwärtig ihre Handgelenke, und selbst ihre energische Gegenwehr konnte sie nicht aus dieser Lage befreien. Langsam näherte er sich ihrer linken Wange.

»Es heißt: Sie guckt … ob er guckt … aber er guckt nicht.«

Die Scham quoll in ihr hoch. Noch einmal versuchte sie auszuweichen, aber wieder hielt er sie fest, und wie um ihre Pein noch zu verschlimmern, lächelte er sie wissend an und sprach jedes seiner Worte aus, als ob es von einer großen Kostbarkeit wäre und ein Kleinod, das man auf besondere Art präsentieren müsste:

»Er guckt … ob sie guckt … aber sie guckt nicht! Aber irgendwie … habe' sie sich gucke' sehe'.«

Er lachte, und in diesem Moment gelang es ihr, sich zu befreien. Sie huschte mit einer Geschwindigkeit die Treppe hinunter, dass er, als er sich umdrehte, nur noch das Rascheln ihres Rockes hören konnte.

Das Geräusch war schon längst verklungen, als er ihr immer noch hinterher-, aber in Wahrheit ins Leere starrte.

Er knetete mit der Hand sein Kinn und schüttelte gleichzeitig langsam den Kopf. Dabei rief er sich das Bild ihres gespielten Desinteresses und ihres tatsächlichen Aufruhrs in Erinnerung und merkte, dass der Reiz, den ihre Unbekümmertheit auf ihn ausgeübt hatte, sich gänzlich verflüchtigt hatte. Ihre Erregung, nein vielmehr ihre so unvermittelte Ergebenheit ihm gegenüber ließ sein für alles Weibliche leicht entflammbares Herz mit einem Male erkalten. Schlimmer noch: Er fühlte eine Nuance von Verachtung für Luises so offensichtliche Anhänglichkeit. Sie war ihm dadurch gewöhnlich geworden. Ein leichtes Spiel, dachte er, ein langweiliges Spiel.

Langsam trabte er die Treppe hinunter und rief nach seiner Kutsche. Er erinnerte sich daran, dass Louis, sein schmaler, kleiner Cousin, noch eine Partie Pharao organisiert und ihm davon zugeraunt hatte, als er die Treppen nach oben genommen hatte.

Das war etwas!, dachte er. Das war wenigstens etwas!

9

Genießerisch sog der König den Duft der Seidenstrümpfe ein, die er der Gräfin Lichtenau beim mittäglichen Schäferstündchen als Unterpfand für das Versprechen, die kleine Bethmann-Metzler zu Tisch zu führen, ausbedungen hatte. Ahh! Seine Lichtenau, seine schöne Wilhelmine, seine warme, wonnige, saftige Ritz! Sie war doch etwas, was man anfassen, begreifen, ja lieben konnte. Eine Frau aus Fleisch und Blut und so voller Lust und Wonne, dass er kein Ende darin finden konnte, sie zu begehren. Was war er nur für ein törichter Tropf! Dagegen war diese kleine Bethmann-Metzler ja ein blutleeres Ding! Bleich, fad und humorlos dazu. Wie hatte er sich bloß in diese kleine unerfahrene Göre vernarren können, wo er doch die Königin aller Verführungskünste schon längst sein Eigen wusste?

Ich Esel! Er verfluchte sich. Ich habe mich zum Gespött gemacht, der Lächerlichkeit preisgegeben …

Der König beschimpfte sich selbst angesichts der Katastrophe, die er neben der kleinen Bethmann-Metzler erlitten hatte, und ließ noch einmal die ganzen Demütigungen an sich vorbeiziehen, die ihm dieser Abend eingetragen hatte. Ihre Wohlerzogenheit, ihr Mangel an Raffinesse und – zweifelsohne der größte Bankrott dieses Banketts – die allzu deutliche Aufmerksamkeit, die sie seinem Cousin Louis Ferdinand beigemessen hatte. Diesen hatte sie – im Gegensatz zu ihm – den ganzen Abend angestrahlt wie ein Honigkuchenpferd! Und er, dieser Windhund, hatte auch nichts Besseres zu tun gehabt, als dies in einer Art aufzunehmen, als ob er nichts anderes erwartet hätte. Wäre er doch bei seinem Konzert geblieben! Verfluchter Kerl! Der König wusste nicht, ob er sich oder ihn oder sie beschimpfen sollte, und hätte am liebsten sich selbst samt den beiden anderen in einen Sack gesteckt und darauf eingedroschen.

Noch einmal – und um sich zu beruhigen – nahm er einen tiefen Zug vom Duft dieser wunderbaren Seidenstrümpfe, da meldete Wrede, der Kronprinz wolle ihn sprechen. Endlich, dachte der König. Das wurde ja auch Zeit! Die Scho'sch hatte ihn über Medem wissen lassen, dass die Dinge zu forcieren seien, und er selbst hatte seinem ältesten Sohn bereits bedeutet, eine Entscheidung zu treffen.

Schnell stopfte er die Strümpfe in eine türkisfarbene Schachtel und verstaute diese in der Lade des Tisches. Er ging auf den Kamin zu, der an der Wand gegenüber der Tür Licht und Wärme verströmte und mit seinem marmornen Gesims, auf dem verschiedene blau-weiße chinesische Vasen und eine mit goldenen Rocaillen geschmückte Uhr standen, dem Raum ein repräsentatives Zentrum gab.

Als Friedrich Wilhelm das Zimmer betrat, stand der König mit dem Rücken zur Tür und blickte in die Flammen, die von den Wacholderspänen, die man dem Holz beigemengt hatte, würzig dufteten.

»Ähm.« Der Prinz räusperte sich, als er mit knarrendem Schritt zum Stehen kam.

»Was will Er?« Der König verharrte in seiner Pose, ohne sich zu seinem Sohn umzudrehen. Der Schatten seines mächtigen Rückens fiel auf dessen schmale Figur.

Der Sohn, verunsichert durch die ablehnende Haltung, mit der sein Vater ihn empfing, verfiel sofort wieder in seine stockende, bellende Art zu sprechen, die ihm immer anhaftete, wenn er sich klein, niedrig und unbedeutend vorkam, und angesichts dieses Kolosses von Vater fühlte er sich nicht das erste Mal so.

»Ähm, Majestät, mir erlaubt, Euch aufzusuchen. Bitte um Unterredung wegen Ihrer Durchlauchtigsten, den Prinzessinnen von Mecklenburg-Strelitz. In meiner Lage unerhört. Die späte Stunde …«

Als der König hörte, dass es um die beiden Prinzessinnen ging, wandte er sich seinem Sohn freundlich zu, wies mit einer einladenden Geste auf einen Armstuhl, der mit belgischen Blumenstickereien überzogen war, und nahm selbst in dem dazugehörigen Sessel vis-à-vis Platz.

»So setze Er sich doch und spreche.« Sein jovialer Tonfall, den er seinem Sohn gegenüber sonst nicht anschlug, verriet seine Freude. Er wollte Friedrich Wilhelm gegenüber freundlich erscheinen. »Ja, rede Er!«, forderte er den eingeschüchterten Prinzen mit Nachdruck auf.

»Es ist … Möchte nur … Rat. Die Prinzessinnen machen großen Eindruck. Möchte sie. Aus vollem Herzen. Bezaubernde Erscheinung, jute Menschen, feine Charaktere. Ein Anblick, dessen man sich ein Leben lang erfreuen möchte. Grazie, Anmut, alles da. Keine Verstellungen. Viel Ehrlichkeit und Reinheit. Treulichste Anlagen bei unbefangener Heiterkeit und frohem Sinn. Ja, kein Schimmer Eitelkeit. Wie sie so mancher schlecht ansteht, die feine Disposition gar ins Üble kehrt. Nein, nichts von alledem. Nur Leichtigkeit, Freude und aufrichtigen Anstand. Der Jeist auch nicht verfälscht durch Lektüre. Sondern frisch und frei, jeleitet von der Vernunft des Herzens …«

»Er möge sagen, was dann seine Sorge sei, wenn Er nichts Nachteiliges über die beiden Prinzessinnen zu sagen vermag!« Die Stimme des Königs nahm eine milde Färbung an.

Eigentlich hätte er seinen Sohn in den Hintern treten mögen für dessen bedächtigen, nervösen, unsicheren Charakter, der so gar nicht der Haltung nachkam, die er von einem Königssohn, von seinem zumal, erwartete. Aber da er heilfroh war, dass dieser sich für die Mecklenburger Engel hatte erwärmen können, und er dies als Zeichen las, dass sein Ältester glücklicherweise doch nicht die Disposition aufwies, die man ihm nachsagte, blieb er geduldig und schenkte diesem trotz seines haltlosen Stammelns geduldig sein Ohr.

»Mitnichten Nachteiliges. Nur Jutes. Ihre Schönheit und Ansehnlichkeit für das Auge. Fürs Herz Bescheidenheit, Liebreiz, ehrlicher Anstand. Tugendhaft in jeder Hinsicht …«

»So sage Er, was Er wolle!«

Der König lenkte seine Ungeduld in ein energisches Reiben um, mit dem er den ebenhölzernen Löwenkopf bearbeitete. Als er merkte, dass ihm dies nicht die nötige Entspannung verschaffte, steuerte er den Billardtisch an, den er sich zu seinem Vergnügen ins ›Rote Haus‹ hatte bringen lassen. Angespannt bearbeitete er den Queue mit Kreide und tat dann einen ersten Stoß auf die elfenbeinerne Kugel zu. Als sie mit einem doppelten Klackern – was auf einen verunglückten Stoß hinwies – zum Stehen kam, hörte er immer noch die wirren Worte seines Sohnes.

»Ähm … Jenug der schönen Worte … Jedenfalls … Wollte mir erlauben zu fragen … Ein Rat … Es ist: Allein …«

Einige lange Momente hörte man nichts außer dem Knistern des Holzes und dem rhythmischen Klippklapp einer Eselskarre auf der Straße. Der König war sehr erbost darüber, dass trotz der von ihm auferlegten Sperrstunde es jemand gewagt hatte, nachts die Straßen zu passieren und zudem noch so einen Radau zu veranstalten. Er beschloss, sofort des nächsten Morgens

Nachforschungen anstellen zu lassen. Erst als er sich wieder beruhigt hatte, kam der König seinem Sohn zu Hilfe und nahm den Faden wieder auf.

»Allein … Allein: Macht Er sich Sorgen wegen ihrer Geburt? Da sei Er frohen Mutes: Sie sind Töchter des Prinzen Karl von Mecklenburg und also der Königin von England Nichten. Das gibt keinen Anlass zu Bedenken.«

»Nein, Sire. Nicht die Jeburt …«

Der König traktierte in seiner Ungeduld eine neue Kugel und ergriff – wohl auch, um nicht ein weiteres Mal abwarten zu müssen, bis der Prinz endlich seinen Kampf mit Gedanken, Gefühl und Sprache ausgefochten hatte – die Initiative, versuchte ihm väterlich die Hand zu reichen und über die Klippe der Verworrenheit hinwegzuhelfen, indem er ihn so freundlich ansprach, wie es ihm angesichts seiner Anspannung möglich war. Seine Stimme war sanft, tief, und nur noch wenig verriet die Spuren von Gontards Bordeaux. Denn angesichts einer so brisanten Angelegenheit wie der Verheiratung seines Sohnes war der dicke König sofort wieder bei Sinnen gewesen.

»Ja, dann sage Er doch endlich, worin Er meinen Rat sucht. Ich darf Ihm, wie ich mit Nachdruck versichern kann, mein höchstes Vertrauen in dieser delikaten Angelegenheit aussprechen und offeriere Ihm all die Hilfe, die ich Ihm zuteil werden lassen kann, gerne, jetzt und mit väterlicher Freude. Also: Was trägt Er auf dem Herzen?«

»Ja, es ist … Möchte um die Hand anhalten.«

Erfreut ließ der König den Queue fallen, sprang zu Friedrich Wilhelm und drückte ihm schüttelnd die Hände.

»Gratuliere! Er will eine Frau! Da hat Er doch mehr preußische Ehre im Leib als vermutet. Dachte schon, ich müsste warten bis in alle Ewigkeit. Aber nein, wie konnte ich mich nur so täuschen? Nun haben wir bald eine Hochzeit! Welch eine Freude! Er kann sie haben! Nichts wäre mir lieber als das!«

Verunsichert durch die übermäßige Freude, aber auch durch

die bedrohliche Körpergröße des Königs, ließ sich der Prinz wieder in seinen Armstuhl fallen.

»Ähm … Es ist nur … Erbitte Rat …«

»Rat? Welchen Rat? Was gibt es bei diesen beiden Engeln noch zu raten? Heirate Er und räsoniere Er nicht! Was gibt es da zu zögern?«

Beide Engel. Die Worte des Königs hallten im Ohr des Prinzen wider und wider und trafen genau den Punkt, dessentwegen er sich mit seinem Vater zu besprechen gewünscht hatte. Er richtete sich auf, sah nach oben zum Vater und nahm all seinen Mut zusammen, als er zu sagen wagte:

»Eben, Majestät. Das ist meine Last. Alle beide. Sind zwei Engel. Beide haben ihre Vorzüge. Beide ihren Reiz. Allein: weiß nicht, welche! Möchte beide.«

Der König ließ sich in den Sessel fallen, zog seine Augenbrauen zu einer durchgehenden Linie zusammen und öffnete den Mund, dessen Unterlippe nun formlos herabhing. Für einen kurzen Augenblick verharrte er in dieser Position und starrte den Prinzen fragend an. Dann brach er in dröhnendes Gelächter aus, das er mit der ganzen Kraft seines imposanten Körpers stützte. Er lachte, lachte und lachte, und als er sich wieder beruhigt hatte, vibrierte sein dicker Bauch noch lange von dem fröhlichen Beben nach, das ihn soeben erschüttert hatte. Dann wurde er von einem neuen Anfall erfasst. Der König hielt sich abwechselnd den Bauch, schüttelte den Kopf und stieß in regelmäßigen Abständen das Wort *beide* aus. Er war nicht zu beruhigen.

Friedrich Wilhelm fühlte sich verraten, erniedrigt und maßlos enttäuscht. Er stand auf und wollte sich gerade empfehlen, da erhob sich sein Vater von seinem Sitz und schüttelte ihm die Hände.

»Beide, beide!« Immer noch schüttelte er belustigt den Kopf und wieherte still in sich hinein. »Mein Sohn, Er macht mir große Freude. Nein, mein Sohn, sehr große Freude sogar, sehr große Freude. Und weiß Er, warum?«

Friedrich Wilhelm schüttelte den Kopf.

»Weil es schön zu sehen ist, dass Er – wenn auch nur ein wenig – doch nach mir geraten ist … Auch ich hätte mich nicht entscheiden können und hätte am liebsten beide um mich. Ich kann nichts Schlimmes dabei finden. So ist nun mal der Mann, dass einem bei so viel Schönheit die Sinne verwirrt sind. Und ich sehe: Er ist da ganz wie ich.«

Mit diesen Worten ging er wieder zum Billardtisch, um abermals ein paar Stöße zu tun. Mit *Effet* brachte er eine Kugel ins Rollen, die über mehrere Banden schließlich knapp neben dem Eckloch abprallte und auf dem grünen Filz ausrollte. Seine Stirn zog sich in Falten. Konzentriert studierte er die Verteilung der Kugeln auf dem Tisch und überlegte, mit welchem Stoß er seinen Fehler wiedergutmachen konnte. Seinem Sohn schenkte er keinerlei Beachtung mehr. Erst als Friedrich Wilhelm sich räusperte, bemerkte er, dass dieser noch mitten im Raum stand.

»Ähm, ja aber … welche?« Friedrich Wilhelm verstand die Welt nicht mehr.

»Beide sind gut, beide sind schön.« Der König winkte ab und ging ein wenig in die Knie, um über eine imaginäre Kimme eine Kugel aufs Korn zu nehmen. »Da kann man nichts falsch machen. Egal, was ist, es ist immer richtig. Es sind frische Fische, also gute Fische. Die eine gut wie die andere.«

Wie zur Untermalung des Gesagten entschied er sich, nachdem er den möglichen Verlauf der angepeilten Kugel durchdacht und offenbar verworfen hatte, eine andere anzuspielen – und knallte diese mit voller Wucht in die Ecke. Klackernd versank sie kurz im Inneren des Tisches und fiel ins Netz. Als der König siegesgewiss mit seinem Queue auf den Boden klopfte und lachte, sah er in das verzweifelte Gesicht seines Ältesten.

»Ja, aber …«

»Wie aber? Was steht Er hier noch herum?«

»Ja, zu welcher raten Sie mir?«

»Heirate Er! Und sage Er mir morgen Bescheid!«

Dann hallte das Klackern der schweren Kugeln durch das alte Haus, und alsbald konnte man nur noch das wonnige Lachen eines Gewinners hören.

Friedrich Wilhelms Schritte knarzten über die Dielen, wo er verwirrt nach der Kammer suchte, die ihm zugeteilt worden war. Es war typisch Vater: So freundlich er sich auch gab, letztlich blieb doch alles beim Gleichen. Sein Wunsch war Befehl, Order war Order, da gab es nichts zu rütteln. Er rieb sich das Knie, mit dem er eine Truhe touchiert hatte, und versuchte, sich im Dunkeln zu orientieren. Wie war es bloß möglich, sich in diesem alten Haus zurechtzufinden? Selbst bei Tageslicht stellte das eine echte Herausforderung dar, aber bei Nacht schien es schier unmöglich. Wer war bloß auf diese aberwitzige Idee gekommen, das Quartier ausgerechnet im ›Roten Haus‹, im ältesten Gebäude in Frankfurt am Main, aufzuschlagen? 500 Jahre kaufmännische Tradition! Jeder Winkel atmete den Stolz aus, den die Stadt vor sich hertrug wie ein kaiserliches Banner. Die weiß getünchten Wände zierten kostbare Stiche, Teller mit Reliefs, feine Tapisserien. Darunter standen ebenhölzerne Borde, und vor den Fenstern hingen schwere Stores aus dunklem Samt, die das ohnehin spärliche Licht der hauchdünnen Mondsichel vollkommen ausschlossen.

Die Augen des Prinzen hatten sich immer noch nicht an die Nacht gewöhnt. Mit den Händen versuchte er, an der Wand entlang seinen Weg zu ertasten, hatte aber den Eindruck, dass er sich im Gewirr der Gänge nur noch mehr verirrte. Einmal musste er im letzten Moment einen Zinnkrug vor dem Fall auf den Boden auffangen, um die Ruhe, in die das Haus gehüllt war, zu bewahren. Er fluchte still.

Diese Suche nach seinem Zimmer empfand er als nichts anderes als die Fortsetzung der Demütigung, die er soeben bei seinem Vater erfahren hatte. Wie hatte er nur diese Dummheit begehen können, ausgerechnet ihn um Rat zu bitten? Hatten ihn die wenigen freundlichen Worte, die der König ihm am Abend zuvor hatte zuteil werden lassen, vergessen gemacht, wer sein Vater in Wirklichkeit war und wie er zu ihm stand? Nie hatte er ihn ernst genommen, nie als seinesgleichen gesehen – und er, Friedrich Wilhelm, war nun auf die paar lächerlichen Floskeln hereingefallen, wie ein herrenloses Hündchen, das für einen Zipfel Wurst jedermann vertrauensvoll folgt? Ach, ich Esel, ich Idiot, ich …, verfluchte sich Friedrich Wilhelm insgeheim.

Endlich befand er sich vor der Tür, von der er meinte, dass sie zu seinem Zimmer führte. Er trat ein und war erleichtert: sein Zimmer! Wortlos ließ er sich auf sein Lager fallen und geriet ins Grübeln. Er griff zur Heiligen Schrift und versuchte, dort eine Antwort auf die vielen Fragen zu finden, die ihm keine Ruhe mehr ließen. Irgendwann gab er auch diesen Versuch auf und begann ins Leere zu starren.

Lange lag er ausgestreckt auf seinem Bett. Die purpurrote Tagesdecke, die das Gemach bei Lichte in ein vorzeigbares Möbelstück verwandelte, hatte er unberührt gelassen. Seine Füße, die noch in den Stiefeln steckten, stemmte er gegen das Gestell, das aus hellem Birnenholz gedrechselt war. Sein Kopf, zwischen dessen Brauen sich eine nachdenkliche Falte eingegraben hatte, war auf ein flaches Kissen gebettet, das farblich mit dem roten Plaid harmonierte. Seine Arme hielt er im Nacken verschränkt. Von seiner Lage aus hätte er sich an der Sicht auf die gegenüberliegende Häuserzeile erfreuen können, von der das Licht der schmalen Mondsichel den prachtvollen Schmuck der mittelalterlichen Fassade erleuchtete. Stattdessen starrte der Prinz regungslos an die Decke, die durch blanke, mit eingebrannten Ornamenten geschmückte Holzbalken gestützt wurde, zwischen denen die rohen Dielen des darauf liegenden Bodens zu sehen waren.

Er sah sich alles genau an und versuchte sich eine Vorstellung von dem Leben zu machen, wie es hier vor Hunderten von Jahren stattgefunden haben mochte, als das Haus erbaut worden war. Aber die Sorge, die ihn quälte, brachte diesen Plan zum Scheitern. Es half nichts. Immer wieder erschienen ihm die Bilder des Abends, der an der Seite der beiden Prinzessinnen so schön angefangen und dann so schrecklich mit den Demütigungen des Vaters und dessen Befehl, sich zu entscheiden, geendet hatte. Immer wieder versuchte er, diese Bilder wegzuwischen, indem er sich zur Vernunft rief und sich zur Studie seiner Umgebung mahnte. Immer wieder schlug dieser Versuch fehl.

Er beobachtete eine Spinne, die sich durch ein Astloch nach unten abseilte und nach einem abrupten Halt wieder eine halbe Elle nach oben krabbelte, sodass es den Anschein hatte, ihr dicker Leib wäre ein *Joujou,* das auf halber Höhe des Raumes von unsichtbarer Hand gespielt wurde. Er rollte sich nach rechts und sah sich die kostbaren Stiche des berühmten Matthäus Merian an, mit denen die Wände übersät waren und die das mittelalterliche Frankfurt zeigten und vom bürgerlichen Stolz der zur Krönungsstätte erhobenen Stadt kündeten. Dann drehte er sich nach links zur Wand hin und nahm die maßstabsgetreuen Panoramen in Augenschein, aus denen der Dom des heiligen Bartholomäus, der zu den größten sakralen Bauwerken Mitteleuropas zählte, markant hervorragte. Dann wechselte er die Position zur Mitte des Zimmers hin und betrachtete wieder die gegenüberliegenden Fassaden. Nach einer Weile rollte er sich wieder in die Rückenlage, dann zur linken Seite, dann nach rechts, betrachtete die Spinne, dann die Stiche, dann das Fenster. So ging es in einem fort.

Auf seinem Nachttisch lag die Heilige Schrift, die bei den Psalmen auseinanderklaffte. *Wer ist der Mann, der den Herrn fürchtet? Er wird ihm den Weg weisen, den er wählen soll,* war da zu lesen. Weiter unten stieß man auf die Worte: *Herr, zeige mir deine Wege und lehre mich deine Steige! Leite mich in deiner Wahrheit und lehre mich!* sowie *Meine Augen sehen stets auf den Herrn; denn er wird meinen Fuß aus dem Netze ziehen.* Und schließlich: *Befiehl dem Herrn deine Wege …*

Bei dem berühmten Psalm Davids hatte Friedrich Wilhelm seine desperate Lektüre beendet und war wieder ins Nachdenken abgedriftet. Hilfe, Beistand, Geleit – das war es, was er jetzt suchte. Er stieß einen Seufzer aus und sprang auf, wobei er mit weithin hörbarem Krachen auf die Füße kam. Mit lautem Tritt durchschritt er sein Zimmer. *Bumm. Bumm. Bumm. Bumm.* Der Kammerlakai, der sich hinter einer Tapetentür bereits hingelegt hatte, erhob sich schlaftrunken von seiner Liege und stellte sich dienstbeflissen an der Tür auf. Der Prinz schenkte ihm keinerlei Aufmerksamkeit. Energisch ging er die zehn Schritte zum Fenster, kam dort zum Halt, drehte sich zackig um die eigene Achse und schritt dann den Raum in umgekehrter Richtung bis zur weiß getünchten Wand mit den Stichen ab. Dann drehte er sich wieder um seine eigene Achse. Diesen Vorgang wiederholte er viele Male, wobei er die Arme angewinkelt hielt und die Hände zornig zur Faust ballte.

»Beide!«, gab er schnaubend von sich.

Nach ein paar Schritten tönte er wieder: »Beide!«

Wieder ein paar Momente später äffte er mit verzogenem Mund Louis Ferdinand nach: »*Sind Engel Geflügel?*«

Noch ein paar Mal ging er kopfschüttelnd vom einen Ende des Raumes zum anderen, hielt dann auf dem Weg zum Bette an, legte sich die Hände auf den Bauch, bog das Kreuz durch und imitierte lauthals das Gelächter seines Vaters. Er prustete und sprotzte, dröhnte und brüllte, versuchte, sich mit Krampf die Empfindungen abzupressen, die sein Vater gefühlt haben mochte, als er ihn vor einer Stunde nur so hässlich verlacht hatte. Er kam zu keinem Schluss – genauer: zu dem Schluss, dass sein Vater hinter seiner freundlichen Maske kalt, gebieterisch und gemein war. Nein, dieser Vater war kein Trost, wenn man eine Wahl von so schwerwiegender Reichweite zu treffen hatte, wenn man mit einem Ja das Unglück eines Menschen, einer ganzen Nation und auch seiner selbst besiegeln konnte und wenn ein Nein die gleichen Aussichten bot. Ach, ginge es nur um ihn! Es wäre eine Leichtigkeit. Mit Kraft würde er seinen Entschluss packen und die Folgen auf sich nehmen, komme, was wolle. Er würde sich seinem Schicksal fügen und sich ihm anvertrauen. Aber wie konnte er sorglos, unbedacht und ohne Abwägung entscheiden, wenn er damit einen Menschen ins Unglück stürzte?

Ach, warum lag nur alle Entscheidung allein bei ihm? Er seufzte.

Kurz nach dem Souper bei Gontard hatte sich ihm, wie so oft in den vergangenen Wochen, dieser mittelmäßige, kriecherische, hündische Graf Medem genähert und ihm vom König ausrichten lassen, dass dieser alsbald eine Entscheidung wünsche.

»Welche Entscheidung?«, hatte Friedrich Wilhelm ihm harsch entgegengebellt, wobei unklar war, ob die Wut, die sich in seinem Tonfall entlud, dem karrieristischen Getue des Grafen galt oder dem Wunsch des Königs. Denn der Kronprinz wusste nur zu genau, in welcher Sache sich sein Vater eine Entscheidung wünschte, und war deshalb keineswegs überrascht, als Medem in seiner anbiedernden Art zu sprechen erklärt hatte, dass die Entscheidung die beiden Mecklenburger Prinzessinnen beträfe.

»Seine Königliche Majestät, der König, wünscht, dass Eure Königliche Hoheit, der Kronprinz von Preußen, eine der beiden Damen zur Frau wählt und dass er die Frage darüber, welche er wähle, mit seinem Bruder, Seiner Königlichen Hoheit, dem Prinzen Louis, abmache.«

Bei so häufiger Verwendung der ehrfürchtigen Anrede »Königliche Hoheit« wäre dem Prinzen beinahe nicht deutlich geworden, dass er quasi per königlicher Order dazu aufgefordert war, mit seinem Bruder auszuwürfeln, wer welche Prinzessin heiratete. Nun, da es ihm klar wurde, wurde ihm bang.

Medem aber war in erregter Stimmung gewesen. Eine Doppelhochzeit sollte es geben, betonte er. Eine Doppelhochzeit zwischen den beiden benachbarten Ländern Preußen und Mecklenburg-Strelitz. Er war gar nicht müde geworden, dieses große Glück, das da bald ins Haus komme, in farbigen Worten zu beschreiben, und holte mächtig aus. Er schwadronierte und salbaderte und schickte sich gerade an zu fragen, ob er auch bei den Vorbereitungen, die solch ein Ereignis in der Regel mit sich brächte, dienlich sein könne, da ließ ihn Friedrich Wilhelm einfach stehen.

Umgehend wollte er diese hochbrisante Angelegenheit mit seinem Bruder besprechen. Allein: Seinen Bruder hatte er nicht wie gehofft in seiner Kammer vorgefunden, sondern, nachdem er seinen Lakaien mit der Suche beauftragt hatte, in einer Schankstube um die Ecke. Dort saß er mit Louis Ferdinand, dem Grafen Köckeritz und ein paar anderen preußischen Generälen um einen aus rohen Planken zusammengezimmerten Tisch. Ein Gesicht schien die Züge des Oberst Massenbach aufzuweisen. Aber Friedrich Wilhelm konnte das im schwachen Licht der einzigen Kerze, die brannte, nicht genau erkennen. Außerdem drängten ihn andere Sorgen. Ohne Umstände rief er seinen Bruder herbei und erzählte ihm von der Order des Königs.

Der schmale Louis, wiewohl froh, von seinem älteren Bruder nicht für seine Spielleidenschaft und seinen schlechten Umgang gescholten zu werden, gab sich dennoch mürrisch.

»Nimm, welche du willst, Fritz. Mir ist es gleich.« Seine Gedanken waren mehr beim Spieltisch als bei seinem älteren Bruder gewesen.

»Wie kann dir das ejal sein?«

»Weil ich bereits eine Frau habe, die ich liebe.«

»Wirst sie wohl aufjeben müssen.«

»Niemals.«

»Aber …«

»Nichts *›aber‹*. Wähle du und sag mir Bescheid. Ich nehme dann die andere. Kennst doch Vater: Preuße ist Preuße, und Order ist Order. Da werde ich mich fügen. Aber über mein Herz wird er keine Macht haben.«

Mit diesen Worten hatte er den Kronprinzen stehen lassen.

Noch immer durchmaß Friedrich Wilhelm den düsteren Raum mit zackigen Schritten. Wie konnte sein Bruder nur so kaltblütig gegen die beiden Schwestern sein? Er war doch sonst ganz anders. Ein lieber Freund in allen Lebenslagen. In dieser schweren Stunde jedoch schien er jegliches Maß vermissen zu lassen. Was sollte er, Friedrich Wilhelm, Kronprinz von Preußen, was sollte er, ruhmvoller Erbe einer großen Dynastie und gleichzeitig kläglicher Versager bei einer so weitreichenden Frage – was sollte er bloß tun? Hätte sich sein Bruder nur nicht so kaltblütig geweigert, eine Entscheidung zu treffen, ginge es ihm, Friedrich Wilhelm, wesentlich besser.

Aber so! In welcher Zwickmühle hatte ihn das Leben festgesetzt: Nähme er Luise, dann würde Friederike ein unglückliches Leben an der Seite eines Mannes führen müssen, der hartherzig gegen sie war und sie nicht liebte. Nähme er Friederike, würde Luise unter der Ablehnung seines Bruders zu leiden haben. Beide hatten das nicht verdient. Welch ein Dilemma!

Er rieb mit Daumen und Zeigefinger seine Schläfe und ging im Kopf alle Möglichkeiten durch.

Mit einem Male wusste er, wer der richtige Ratgeber war. Launig raunte er dem Lakaien zu:

»Hole Er den Marchese Lucchesini zu mir!«

Lucchesini hatte immer und für jedermann Zeit, und Lucchesini war immer wach. Das waren die zwei Dinge, die am ganzen Hofe und darüber hinaus eigentlich in ganz Europa bekannt waren, aber nur der Kronprinz kannte das Geheimnis, das hinter dem zweiten Grundsatz stand.

Auf den Hintergrund der ersten Formel hätte jeder kommen können, der auch nur ein wenig nachzudenken bereit war. Denn sie hing direkt mit Lucchesinis Profession als Diplomat zusammen. Nur einer, der keine Standesgrenzen kannte, keinen Dünkel hatte gegenüber den Gemeinen, keine Furcht vor den Mächtigen, nur einer, der zu allen im gleichen Maße verbindlich, im gleichen Maße hilfsbereit und im gleichen Maße respektvoll war, konnte es in seinem Fach zu der Größe bringen, zu der es Lucchesini gebracht hatte. Er hörte den Menschen zu, und indem er ihnen zuhörte, verknüpfte er das, was er erfuhr, mit dem, was er schon wusste, und strebte an, denjenigen einzuwickeln, der ihm noch das letzte Stückchen der Begebenheit zutragen konnte, die er aufzuschlüsseln wünschte. Wie die Menschen in fernen Zeiten Waren des Lebens tauschten, tauschte der Marchese Informationen und Dienste. Für einen zugesteckten Brief verlangte er einen verschuldeten Spieler auszulösen, über den wiederum verschaffte er sich Gehör bei einer Witwe, die zwar nicht von Stande, aber eine gute Partie war, und machte sie für einen verarmten Grafen gewogen, über dessen Bruder er einen Platz im Stift für die fünf unverheirateten Töchter eines anderen Mannes besorgte, der wiederum einen Jüngling begehrte, für den er unbedingt ein Amt bei Hofe brauchte – so ging es endlos weiter.

Wenn Lucchesini einen Raum betrat, dann sah man, wie sein unglaubliches Augenpaar das unsichtbare Netz, das alle miteinander verwob und das er zum großen Teil selbst geknüpft hatte, in Windeseile begutachtete und die Löcher, die er darin zu erkennen glaubte, sogleich durch neue Verbindungen zu schließen anstrebte. Das waren die Momente, in denen Lucchesini aus dem Nichts heraus, unvermittelt und zielstrebig auf jemanden zuging und sich in einer Geschmeidigkeit gefällig zu machen verstand, die ihresgleichen nicht fand.

Das Erstaunliche war, dass er niemals Geld für seine Vermittlungen nahm. Er sprach nie darüber, fragte nie danach –

zumindest nicht, wenn es um seine eigenen Angelegenheiten ging, während er für andere hingegen immer die richtigen Worte fand. Es war, als ob allein die Berührung mit einer Münze ihm eine tödliche Krankheit einbringen würde. Niemand wusste, wie Lucchesini seinen Lebenswandel finanzierte, und doch ließ er stets bei den besten Adressen schneidern, nannte den erlesensten Schmuck sein Eigen und hätte sich in sein Palais in Rom zurückziehen können, ohne dass er bei der Ausgestaltung seines guten Geschmacks sich auch nur einen Deut hätte zurücknehmen müssen.

Aber: Lucchesini zog sich nicht zurück, und hatte er in jungen Jahren so manches Bravourstück als Unterhändler hingelegt, fiel er jetzt, da sein Haupt so weiß war, dass er kaum noch die gepuderte Perücke zu tragen gezwungen gewesen wäre, eher als Redner auf denn als der geschmeidige Zuhörer, als der er einmal bekannt gewesen war.

Kurzum: Friedrich Wilhelm fand, Lucchesini sei ein Schwätzer. Erzählte man sich noch von Lucchesinis Jahren am Hofe von Friedrich II., wo er diplomatische Kontakte in alle Himmelsrichtungen unterhalten hatte, so war nun diese Wendigkeit einer Eitelkeit gewichen, die die eigene Brillanz herauszustellen vorzog. Aber auch wenn er ein Schwätzer war, hatte Friedrich Wilhelm, der eine Abneigung gegen alle Diplomaten hegte, eine von Zwiespalt getragene Sympathie für den ungeheuerlichen Italiener – und die beruhte auf dessen sonderlicher Sprechweise, bei der er das letzte Wort seiner Ausführungen stets wiederholte wie ein Papagei. Friedrich Wilhelm glaubte darin die Reste einer Beinträchtigung zu erkennen, die ihm selbst nicht nur in unangenehmer Gesellschaft, sondern grundsätzlich in Gesellschaft zu schaffen machte. In Lucchesini sah er deshalb das Licht am Horizont. Für ihn war er der lebende Beweis dafür, dass man es trotz der Neigung, nicht die richtigen Worte in der richtigen Reihenfolge zu finden, gesellschaftlich weit bringen konnte.

So war er auch jetzt guter Dinge, als er auf dem roten Überzug seines Lagers saß und darauf wartete, dass Lucchesini ihn, wie befohlen, aufsuchte.

Sofort erhellte sich der Raum, als der Italiener eintrat. Trotz seiner geringen, gar zwergenhaften Körpergröße war ihm die Besonderheit zu eigen, alles, was um ihn war, erstrahlen zu lassen. Selbst zu dieser nachtschlafenden Stunde offenbarte der Marchese keine Zeichen von Nachlässigkeit. Er war frisch rasiert, verbreitete einen angenehmen Duft, der von Essenzen aus edlen Hölzern stammte, und zeigte sich ganz in der neuen Mode in einem Rock mit Streifen, wie sie die Bürger von Paris zum Zeichen der Freiheit, Gleichheit und Brüderlichkeit auserkoren hatten. Dennoch hatte diese Aura nichts mit dem gehobenen Geschmack zu tun, den der kleine Marchese, wo er ging und stand, vor sich hertrug wie einen Schild. Seine Aura ging vielmehr von diesem ungewöhnlichen, dunklen Augenpaar aus, das sein Gegenüber, wenn man mit ihm sprach, nicht etwa durch Kontrolle, sondern – ganz im Gegenteil – durch sanfte Zugewandtheit und Freundlichkeit beherrschte.

Das Geheimnis, das sich hinter diesen Augen verbarg, führte zu einer Begebenheit zurück, die Friedrich Wilhelm – selbst noch ein Kind! – mitbekommen hatte, als er bei seinem Großonkel, der für seine Erziehung verantwortlich gewesen war, zu Besuche war. Dort fiel die Rede auf Lucchesini, der gerade vom Hofe in Versailles zurückgekommen war, wo er die ihm aufgetragenen Verhandlungen urplötzlich und unter mysteriösen Umständen abgebrochen hatte. Er hatte wenig von dem geheimnisvollen Gemurmel verstanden, das zwischen seinem Großonkel, Friedrich dem Großen, und seinem Großvater August Wilhelm stattgefunden hatte. Nur so viel verstand er, dass der Italiener wohl seine Mission auf exzentrische Weise ausgeweitet hatte und sich mit der Königin Maria Leszczyńska, die Polin und damit strenge Katholikin war wie er, in Bet-Übungen ergangen hatte, die Züge von Exaltiertheit und Wahn ausgewiesen hatten, wie sie allgemein mit Hexerei in Verbindung gebracht wurden.

Das alles sei aber nicht der ausschlaggebende Punkt für Lucchesinis urplötzliche Abreise gewesen, zumal jeder der Anwesenden der Meinung war, dass da mehr hinzugedichtet als möglicherweise wahr war, und in diesen Geschichten eher den Versuch sah, die Verhandlungen, die Lucchesini im Auftrag des Preußenkönigs zu führen hatte, durch Verleumdung zu untergraben. Denn jeder, der Lucchesini kannte, war sich darüber im Klaren, dass dieser zwar Italiener war und Katholik dazu, aber so gottlos, dass ihn kein Mensch jemals auch nur einmal zur Bibel hatte greifen sehen, geschweige denn beten. Zudem hätte die französische Königin aufgrund ihrer Menschenscheu einem so unbedeutenden Mann wie Lucchesini niemals auch nur eine Audienz gewährt. Es konnte also unmöglich wahr sein, dass Frankreichs hohe Frau und dieser kleine Italiener jemals gemeinsam gebetet hatten.

Aber selbst wenn die Gerüchte in vollem Umfang der Wahrheit entsprochen hätten – dem Alten Fritz wären alle Mittel der Diplomatie recht gewesen, die zum Ergebnis geführt hätten. Die Sache mit Lucchesini aber ließ darauf schließen, dass er über das Ziel hinausgeschossen war. Dessen überstürzte Abreise nämlich schien in direktem Zusammenhang mit dem grausamen und mutwilligen Tod von Alexej zu stehen, dem Liebling aus der Zwergensammlung der Königin, die Kleinwüchsige zusammentrug wie andere Leute Münzen, Gesteinsproben, Porzellan, Bilder oder der Soldatenkönig lange Kerls. Alles war demnach eine Anhäufung von Gerüchten, Vermutungen und Spekulationen, die dennoch auf Lucchesinis weitere Karriere einen erstaunlichen Schatten geworfen hatten, genauer: auf Lucchesini selbst.

Das Einzige, woran sich Friedrich Wilhelm bei dieser absonderlichen Geschichte noch mit Sicherheit erinnern konnte, war, dass des Königs Vertrauter Maupertius, der dem Gespräch beigewohnt hatte, das Wort »Tollkirsche« hatte fallen lassen. Auf des Kronprinzen junge Seele hatte dieser Begriff seine Wirkung getan und seiner Fantasie kaum mehr Ruhe gelassen. Das Wort war schauerlich, geheimnisvoll und gefährlich zugleich, und es war fest verbunden mit dem kleinen Marchese, den er seitdem für lange Zeit immer ein wenig ungeheuerlich gefunden hatte, auch als er ihn bereits um mehr als einen Kopf überragt hatte.

Denn die Freundlichkeit, die Lucchesini ausstrahlte, rührte von diesem merkwürdigen Mittel, was ihm erst Jahre später zu Bewusstsein gekommen war. Einmal nämlich hatte Friedrich Wilhelm nach einer ausgedehnten Jagd den königlichen Wildhüter – so unbedarft, wie man es nur als Heranwachsender kann – gefragt, wie er es denn schaffe, zumal bei Nacht, wo es doch dunkel sei, nicht nur wach, sondern auch so scharfsichtig zu sein, dass er das Wild, das er zu schießen beabsichtige, auch zu treffen imstande war.

»Nichts leichter als das!«, hatte ihm der gute Mann in dem bellenden Dialekt geantwortet, der auch ihm selbst zu eigen war, und ihm, dem Prinzen, ein paar schwarze, kirschengleiche Beeren gereicht: »Mit Tollkirsche!«

Erschrocken war der Kronprinz zurückgezuckt, denn all die Bilder von dem toten Zwerg und der Flucht Lucchesinis hatten sich sofort in seiner Einbildung aufgetan. Aber der gute Mann hatte ihn lachend zur Seite genommen.

»Keine Angst!«, waren seine Worte gewesen. »Man darf sie nicht essen. Sie sind tödlich wie ein Fliejenpilz. Man nimmt den Saft, reibt ihn unters Lid. Damit kann man lange und weit sehen, selbst bei jeringem Licht.«

Zum Glück war damit aber auch die Furcht vor dem ungeheuerlichen Italiener gebannt. Denn wenn die Gerüchte, die damals nach Lucchesinis Flucht vom französischen Hof über ihn kursierten, der Wahrheit entsprachen, dann hätte er sie jederzeit gegen den Marchese ausspielen können.

Kurzum: Friedrich Wilhelm wähnte Lucchesini seit dem Gespräch mit dem Wildhüter in seiner Hand.

Als der kleine Marchese nun vor ihm stand, kam er ohne Umschweife zur Sache, und das nicht nur, weil er dessen Geheimnis zu kennen glaubte, sondern allein aus dem Grund, um die drohende Wortflut dieses Schwätzers im Vorwege zu ersticken.

»Marchese Lucchesini, danke für Euer Kommen. Sehe: Ihr seid noch wach! Ist spät, aber meine Lage dringlich. Es jeht um die Mecklenburg-Prinzessinnen. Brauche Euren Rat.«

»Es ist mir eine Ehre … Ehre.«

Lucchesini nickte wohlgefällig und folgte dem Prinzen in das nebenan liegende Kabinett, wo ein mit rotem Leder bespannter Sekretär und darauf abgestimmte Stühle standen, auf denen die Herren es sich sogleich einrichteten.

»Graf, seid ein erfahrener Mann. Kennt das Leben mit seinen Höhen und Tiefen.«

Lucchesini rückte auf seinem Stuhl hin und her.

»Hoffe, Euch mit dieser Einschätzung nicht zu brüskieren. Oder Ihnen zu nahe zu treten. Aber: Ihr seid der Einzije, dem ich mich anzuvertrauen wage. In meiner Lage. Vater und Bruder fallen als Hilfe aus. Mein Verstand erlahmt. Will frei sprechen: Möchte eine der Mecklenburg-Prinzessinnen zur Frau nehmen!«

»Welch ein Glück, Königliche Hoheit … Hoheit. Eine gute Wahl, Sie werden einen Engel zur Frau haben … haben.« Der Graf schickte sich an, dem Kronprinzen mit einem der wunderschön funkelnden Gläser aus geschliffenem Bleikristall zuzuprosten, die der Lakai während des Gesprächs diskret auf dem Sekretär abgestellt hatte, fälschte aber sein Vorhaben ab, als er bemerkte, dass er auf keinerlei Gegenreaktion stieß, und führte den Wein verstohlen zum Munde.

»Nein, keine jute Wahl …«

»Keine gute Wahl … Wahl?« Lucchesini riss ungläubig die Augen auf.

»Es ist nicht, wie Ihr denken möget. Beide sind anbetungswürdig, voller Anmut, Schönheit und Liebreiz.«

»Eben drum, Königliche Hoheit … Hoheit. Das möchte ich meinen. Ein jeder, der sie nur gesehen hat, ist bezaubert von ihnen … ihnen. Und das waren seinerzeit beim Kaiserball viele … viele. Alle haben darauf gehofft, nur einmal mit ihnen tanzen …«

Dieser Schwätzer, dachte Friedrich Wilhelm und schnitt ihm mit einer ruppigen Geste das Wort ab, stockte aber gleichzeitig. Denn er wusste noch nicht, wie direkt er den Marchese, den er aus einem spontanen Impuls heraus hatte kommen lassen, anzusprechen wagen konnte, da er nun so leibhaftig vor ihm saß und seine ganze freundliche Ungeheuerlichkeit vor ihm ausbreitete wie ein türkischer Händler seine Teppiche. Seine Worte kamen deshalb zögerlich:

»Ach, Marchese. Aber … Es ist … Allein. Mir fatal …«

Lucchesini wollte eher seine eigene Eilfertigkeit unter Beweis stellen denn dem Prinzen zu Hilfe eilen, als er ihm abermals ins Wort fiel.

»Königliche Hoheit … Hoheit: Eine solch wunderbare Entscheidung ist kein Grund zur Unruhe … Unruhe. Sie will wohlbedacht sein, gewiss. Aber Ihr seid ein Mann der Nachsicht, und alle Welt weiß, dass Ihr keine Entscheidung trefft, die Ihr nicht sorgfältig geprüft habt. Deshalb will es mir nicht in den Sinn, warum Ihr Euch grämt. Wäre es unangemessen zu fragen, für welche der beiden Prinzessinnen Ihr Euch entschieden habt … habt?«

»Sehr wohl!«

Lucchesini geriet ins Staucheln, weil er glaubte, die Etikette verletzt zu haben, und fing an, sich umständlich zu rechtfertigen: »Oh, ich wollte Euch nicht zu nahe treten, Königliche Hoheit … Hoheit …«

»Nein. Mitnichten. Tut wohl daran zu frajen ... Es ist so: Mag beide.«

Endlich war es heraus. Doch während Friedrich Wilhelm sich über den Mut wunderte, den es gebraucht hatte, sich dem Marchese in dieser Angelegenheit anzuvertrauen, und sich andererseits immer noch fragte, ob Lucchesini tatsächlich der Richtige war und ob er seinem Impuls hatte trauen können, wäre der kleine Marchese beinahe herausgeplatzt mit einem ungeheuerlichen Lachen. Beide! Wer hätte das gedacht ... gedacht?, ging es ihm durch den Kopf. Er wollte beide! Da war dieser steife, unnahbare, verstockte Kerl seinem Vater doch ähnlicher als vermutet!

Nur mühsam gelang es dem Italiener, seine Belustigung hinter einer ernsten Miene zu verstecken, und dennoch: Zu gerne hätte er gesehen, wie der König dieses unvermutete Überinteresse seines Sohnes aufgenommen hatte, und konnte sich bei dem Gedanken daran endlich erklären, warum der Vater als Ratgeber in dieser Sache tatsächlich ausfiel. Beide ... beide! Durch des Marcheses Kopf dröhnte das schallende Gelächter, das er gerne ausgestoßen hätte. Wieder kostete es ihn Kraft, diese Vorstellung zu verbergen und stattdessen ein Antlitz zu zeigen, das Ernst und Verständnis für die Lage zeigte.

»Habt Ihr denn Präferenzen, Eure Königliche Hoheit ... Hoheit?«

»Ach, Lucchesini. Präferenzen habe ich viele. Verteilen sich auf beide Personen. Friederike wirkt reifer, spricht jut und vornehm, wie es einer künftigen Könijin gebührt. Hört auch besser zu. Wirkt insgesamt zujewandter und, ja, interessierter. Sie ist auch seduisanter ...«

Der Graf stimmte nickend zu und wollte gerade einen weiblichen Körper in der Luft nachmodellieren, als der Prinz, der solche Anzüglichkeiten schon hatte kommen sehen, einfach weitersprach:

»... Aber jenau das macht mir Probleme. Sie wirkt verführerisch und charmant, ihr Wesen scheint ganz darauf ausgerichtet zu sein, mir zu jefallen. Kann ich sicher sein, ob sie nicht auch anderen Männern jefallen will? Versteht Ihr?«

Lucchesini nickte. Und ob er das verstand! Wer hätte das besser nachvollziehen können als er, der er sich selig schätzen konnte, eine der schönsten Frauen der Welt vor den Altar geführt zu haben. Alle stellten ihr nach, alle wollten sie haben – und er, der sich anfangs so überaus glücklich gewähnt hatte, hatte statt eines Lebens voller Glück ein Leben voller Angst verbracht, betrogen zu werden. Selbst jetzt, da die beiden Söhne, die sie ihm geschenkt hatte, bereits das Mannesalter erreicht hatten und selbst bald ihre eigenen Familien gründen würden, überwältigte ihn immer noch manchmal die Furcht, vielleicht einen Brief zu finden, der von verräterischem Inhalt war. Oder von einem Freunde zugetragen zu bekommen, dass ein gewisser Signore, dessen Name allen wohlbekannt war, damals, als er, Lucchesini selbst, in fernen Ländern seinen Verhandlungen nachgegangen war, in seiner Villa an der Via Condotti in einer Weise ein und aus gegangen war, die darauf schließen lassen konnte, dass er wohl mehr war als ein Freund des Hauses. Manchmal war seine Qual so weit gegangen, dass er urplötzlich all seine politischen Aufgaben abgebrochen hatte, nur um seine Frau mit seinem Besuch zu überraschen und zu sehen, ob sie jemanden empfangen hatte, den sie nicht hätte empfangen sollen. Wie damals etwa, als er bei Nacht und Nebel den französischen Hof verlassen und die ganze Distanz bis nach Potsdam – wo sie damals wohnten – in mehreren Tagesritten überwunden hatte, nur um festzustellen, dass seine Maria alleine vor dem Kamin saß und an einem Paar warmer Strümpfe für ihn strickte, weil er sich in langen Briefen über die zugigen Fenster und fallenden Winde in diesem gottverdammten Versailles beklagt hatte. Ach, wie groß war ihre Freude gewesen, ihn so unverhofft wiederzusehen, und sie war ihm in dieser Nacht begegnet wie in den ersten Wochen ihrer Ehe.

Er aber hatte sich über den wahren Grund seiner Wiederkehr geschämt.

Die Erkenntnis, die ihm daraus erwachsen war, dass keine seiner Befürchtungen sich jemals bewahrheitet hatte, war, dass die Quelle seines Kummers nicht von der Schönheit seiner Frau herrührte, sondern von einem Teufel, der in ihm steckte und sich seines Verstandes, seines Glaubens und seiner Seele bemächtigte.

»Ich verstehe, Königliche Hoheit … Hoheit! Ich verstehe Eure Sorge nur zu gut. Ich selbst bin der Mann einer der schönsten Frauen der Welt, und die Freude darüber war seit unserer Hochzeit vor ach, lasst mich denken, Jahren, vor nunmehr fast zwanzig –«, antwortete er schließlich.

»Ruhe!« Wieder unterbrach Friedrich Wilhelm den Marchese. »Habe Euch gerufen. Will Rat. Nicht Eure Lebensjeschichte.«

Lucchesini gab nicht auf: »Aber es ist ein schwieriges Unterfangen mit der Liebe … Liebe. Mir schien es angebracht, meine eigenen Erfahrungen darzubieten, auf dass Ihr, Königliche Majestät, diese als Beispiel, ja sozusagen als Exempel oder Gleichung nehmet –«

»Papperlapapp!«

Friederike ging dem Prinzen nicht mehr aus dem Kopf. Seitdem er versucht hatte, dem kleinen Marchese ihr Wesen zu beschreiben, stiegen ihm wieder die Bilder des Abends zu Kopfe und taten dort die gleiche Wirkung wie Gontards Bordeaux und der Wein, den der Lakai in seinem Zimmer aufgetischt hatte. Er war zugegebenermaßen berauscht von ihrer kleinen Person. Er sehnte sich nach ihrer Nähe, ihrem Duft und dieser Art, ihn anzusehen, als ob sie gleich mit ihm verschmelzen wollte.

»Sie hat etwas. Schwer in Worte zu fassen. Es ist ihre Art. Ihr Blick. Ja. Schaut einen so an. Versteht Ihr?«

Nein, dachte Lucchesini, dem es nicht in den Sinn wollte, warum sich die Befürchtungen Friedrich Wilhelms ausgerechnet auf die kleine Friederike konzentrierten, deren Schönheit zwar aufregender war als die ihrer Schwester, die aber insgesamt so sanft und unbedarft erschien wie ein Lämmchen, während Luise, die Ältere, doch eigentlich diejenige war, die – wenn er sich recht erinnerte – keine Gelegenheit hatte verstreichen lassen, Friedrich Wilhelm, seinem Bruder Louis und sogar deren Cousin Louis Ferdinand Blicke zuzuwerfen, die eine so verstohlene Raffinesse bargen, dass man sie als Blicke im eigentlichen Sinne gar nicht bezeichnen konnte.

Er hob das Glas an und täuschte vor, noch einen Schluck von dem Wein zu nehmen. In dieser Lage, wo er sich der starren Kontrolle des Kronprinzen ausgesetzt sah, schien ihm dies der beste Weg zu verbergen, dass er niemals Alkohol trank, weil er es schätzte, bei klarem Verstand zu sein und den Überblick zu behalten. Dann hob er an, die kleine Friederike in Schutz zu nehmen.

»Wie könnt Ihr so weit denken … denken, dass ihr Wesen darauf ausgerichtet sein soll, auch anderen Männern zu gefallen? Sie ist erst 15 Jahre alt. Schön, wie sie ist, wird sie nicht lange allein sein und Gelegenheit dazu haben, sich auszuprobieren. Und glaubt mir: Sie wird keinem anderen schöne Augen machen. Ihr seid schließlich der Kronprinz. Machte sie einem anderen schöne Augen, würde sie viel riskieren … riskieren.«

»Marchese! Kaum zu glauben, dass Ihr so etwas ratet. Denkt an meinen Vater. Seine erste Ehe wurde jeschieden! Aus ebendiesem Grunde. Seine Frau war untreu.«

»Königliche Hoheit, mit Verlaub! Aber Ihr tut mir unrecht, wenn Ihr glaubt, mein Rat sei falsch … falsch.«

»So?«

»Ja, und ich sehe es darüber hinaus als meine Pflicht an, hier meine Ehre zu verteidigen … verteidigen.«

»Seht Ihr?«

»Ja, sehe ich … ich!« Lucchesini erging sich in einer fundierten Rechtfertigung: »Denn, Königliche Hoheit … Hoheit.

Die geschiedene Gemahlin des Königs hatte zwar alle schönen Eigenschaften, die auch Friederike auf sich vereint: Sie war amüsant, hatte *Esprit,* Charme, gute Erziehung; aber – und das erlaube ich mir zu meiner Entschuldigung anführen zu dürfen …«

»Zu Ihrer Entschuldigung … Entschuldigung?«

Warum äffte der Kronprinz ihn nach? Lucchesini war verwirrt. Wollte er ihn herausfordern? Oder ihn einfach nur auf die Probe stellen? Letzteres schien ihm am wahrscheinlichsten, denn der Prinz war, solange er ihn kannte – und das ging immerhin bis auf den Zeitpunkt zurück, als er aus Versailles zurückgekommen war – von so sanftem und gutem Charakter, dass er sich niemandem gegenüber jemals bösartig gezeigt hatte. Er gab sich nie erhaben oder hochmütig, und die ruppige Ausdruckweise war ganz offensichtlich eher ein Zeichen seiner Schüchternheit denn seines Dünkels. Viele hielten ihn deshalb für einen Schwächling, aber er, Lucchesini, hatte das immer mit anderen Augen gesehen. Denn er vertraute dem einzigen Kapital, das er hatte: seiner Menschenkenntnis und der Weisheit, dass stille Wasser tief gründeten.

Aber: Warum wollte der Kronprinz ihn auf die Probe stellen? Traute er ihm etwa nicht? Waren ihm etwa die Gerüchte, die ihm seit seinen gescheiterten Verhandlungen mit dem französischen Königshaus nachgesagt wurden, zu Ohren gekommen? Das war alles möglich, nur: Warum hatte er ihn dann rufen lassen? Lucchesini wollte sich jedenfalls nicht so schnell geschlagen geben.

»Ja, Entschuldigung … Entschuldigung! Ihr sagtet es ganz richtig, Königliche Hoheit. Ich erlaube mir also anführen zu dürfen, dass Elisabeth von Braunschweig-Wolfenbüttel, die geschiedene Gattin des Königs, Eures verehrten Vaters, wohl nicht von ihren naturgegebenen Anlagen so gehandelt hat, wie sie gehandelt hat, sondern – und ich sage das selbst als Katholik, der ich die heiligen Sakramente ehre und befolge, seit nunmehr zwei Jahrzehnten verheiratet bin und Vater zweier achtbarer Söhne, die Anlass zu großen Hoffnungen geben – ich sage, dass man auch die Lage der Elisabeth in dieser Sache mit einbeziehen sollte, die durchaus nicht einfach war. Denn es liegt wohl nahe, dass ihr Bruch des heiligen Gelübdes doch eher, gewissermaßen, als eine Reaktion auf gewisse Konstellationen zu verstehen war, von denen sie, als das Versprechen der Ehe gegeben wurde, nichts hatte ahnen können …«

Was für ein Geier, dachte Friedrich Wilhelm. Dennoch war es genau die Reaktion, die er sich erhofft hatte. Mit Genuss stürzte er das halbvolle Glas Wein hinunter und schenkte sich nach. Dieser Mann war ganz sicher nicht imstande, jemanden zu verraten oder ihm etwas Nachteiliges anzuhängen. Denn sonst hätte er einfach gesagt: *Elisabeth von Braunschweig-Wolfenbüttel, die erste Gemahlin Eures Vaters, Königliche Hoheit, hat Euren Vater, den König, hintergangen, weil dieser eine Mätresse hatte … hatte, kurzum: Gleiches mit Gleichem vergolten … vergolten!* Stattdessen redete er um den heißen Brei herum, versuchte, zwischen allen Parteien vermittelnde Worte zu finden, nach allen Richtungen Verständnis einzufordern und sich jeder Wertung, jeder Verurteilung zu enthalten. Sehr gut! Er blieb neutral und nach allen Seiten offen. Auch von diesem Gespräch würde also nichts nach außen dringen.

Geduldig ließ Friedrich Wilhelm die Flut der Abwägungen an sich vorbeiziehen wie einen ruhigen, langen Fluss, trank Schluck um Schluck von dem guten Roten, den er in der Zwischenzeit als Klevner hatte ausmachen können, und war schon leicht benommen, als der Marchese endlich mit den Worten schloss:

»… Um auf die gute Friederike von Mecklenburg-Strelitz zurückzukommen: Nun, wenn sie das Glück hat, dass die Wahl auf sie fallen sollte, dann wird sie erst einmal Kronprinzessin sein – und was wäre daran falsch, in dieser Zeit, wenn Politik und Geschäft noch nicht mit ihren Pflichten drücken, was wäre da falsch, wenn sie sich nicht darin hingäbe, Euch zu gefallen, wie sie das offenbar schon jetzt anstrebt zu tun? Ist es nicht ein Zeichen dafür, dass sie Euch ehrt und schätzt und Euch vielleicht ein wenig in ihr kleines Herz geschlossen hat? Und ist das nicht genau das Zeichen, nach dem Ihr sucht? Sie hat doch Standfestigkeit und Charakter. Ihr sagtet doch: Sie sei sehr zugewandt und hört gut zu … zu.«

O ja, das hatte sie, diese zuckergleiche Friederike, die ihm mit einer Hingabe lauschte wie ein Gast einem Konzert und seine – zugegebenermaßen – gestotterten Worte in den Rang einer lieblichen Kammermusik erhob. Er wünschte sich zu ihr, an ihre Seite, an ihren herrlichen Mund, aber diese merkwürdige Verdopplung des Wortes *zu* ließ ihn aufschrecken, denn es war das unmissverständliche Signal dafür, dass Lucchesini seine Ausführungen zu Ende geführt hatte. Er beschleunigte das Einschenken des Weins mit einem gezielten *Effet* und beobachtete den Wirbel, der sich daraufhin in seinem Glas drehte.

»Nichts daran ist falsch, lieber Graf, jar nichts. Meine bloß, in diesem Punkt bin ich besser mit Luise beraten. Sie ist nicht so verführerisch wie ihre Schwester. Manchmal sogar recht kühl. Weiß nicht, ob es Bescheidenheit ist oder meine Person, die sie langweilt. Sie spricht hastig, hört nicht zu, scheint mit ihren Jedanken immer an einem anderen Ort zu sein. Aber sie wirkt unbekümmert und verspielt. Fühle mich wohl mit ihrem Wesen. Kennen mein Naturell. Bin scheu. Verachte Auftritte. Hab' den Eindruck, dass Luises froher Mut mir jut anstehen könnte. Ihre Jejenwart macht mich ruhig, stimmt mich froh. Es ist ja nicht so, dass sie nicht antwortet. Nein. Tut das mit Distanz und Anstand. Nicht so, dass ich hoffen könnte, einen Vorstoß zu wagen. Nicht so wie Friederike, wo man fürchten muss …«

»Verstehe«, resümierte Graf Lucchesini. »Die eine sendet zu viele Signale, die andere zu wenig … wenig!«

»Ach, lieber Marchese Lucchesini! Gäbe es mehr von Eurer verständijen Sorte!«

Der Marchese horchte auf. Diese Vertraulichkeit des Kronprinzen stand in umgekehrtem Verhältnis zu der Holprigkeit seiner Worte, die, solange er ihn kannte – und das waren ja nun schon beinahe zwei Jahrzehnte –, ein untrügliches Zeichen dafür waren, dass der Prinz entweder jemanden abzuwehren versuchte oder eingeschüchtert war. Da aber beide Vorgaben nicht zu der Stimmung dieses Gespräches passten, das ja vertrauliche Züge anzunehmen versprach, musste dieses sonderliche Verhalten auf eine andere Ursache zurückzuführen sein, die er, Lucchesini, sich jedoch im Moment nicht zu erklären wusste. Er hatte doch nichts falsch gemacht … gemacht?, fragte er sich. Nein, sonst hätte der Prinz ihn wohl kaum gelobt.

Als er ihn ansah, um auf den Grund dieser widersprüchlichen Botschaften zu kommen, bemerkte er, dass Friedrich Wilhelm ihn bereits anstarrte und offensichtlich auf eine Antwort wartete.

»Ähm … Warum seid Ihr so voller Qual, Königliche Hoheit … Hoheit? Eure Lage ist die schönste, die man sich nur wünschen kann. Egal, wen Ihr wählt, es wird immer eine *Fortune* sein … sein.«

»Mitnichten!« Friedrich Wilhelm machte eine wegwerfende Geste mit der linken Hand. Lucchesini merkte auf. Größe, Weite und Theatralik, die diese Bewegung hatte, passten ebenso wenig zum Prinzen wie das soeben bemerkte Stottern im Zusammenhang mit so viel Verbindlichkeit. Abermals suchte er nach einer Erklärung für diese neue Seite am Prinzen, da platzte dieser schon mit einer Kaskade des Selbstmitleids heraus, wie Lucchesini sie aus seinem Munde niemals zu hören geglaubt hätte.

»Mitnichten! Werde mit Schuld leben. Leben müssen. Diejenije, die ich nicht nehme, in eine Ehe ohne Glück gestürzt zu haben. Mein Bruder. Dieser Lump. Hat mir eröffnet, er will keine. Ihm ist das gleich. Sehnt sich nur nach seiner ›W‹ in Berlin. Seine Jeliebte. Alles voller Jeheimnisse. Will nicht einmal den

Namen verraten. Er will keine. Heiratet nur aus Pflicht, nicht aus Neigung. Liebe kann man bei ihm nicht erwarten. Die, die er nimmt, wird ein Leben voller Unglück leben. Wird mir auf der Seele lasten … ewig.«

Mit dem Ende seiner Worte schenkte sich Friedrich Wilhelm aus der Karaffe nach, stürzte den Wein in einem Zug hinunter, als ob es kaltes Wasser sei, und knallte das leere Glas wie zur Betonung dessen, was er gesagt hatte, auf den Tisch. Die kleine Lampe, die dort stand, geriet leicht ins Zittern.

Erschrocken sah ihn Lucchesini an und erkannte mit einem Male, warum der Prinz ihm so verwandelt erschien: Er war betrunken wie zehn russische Rittmeister nach einem Trinkgelage im Kasino! Der Graf musste sich ein Lachen verkneifen. Der Apfel fällt eben doch nicht so weit vom Stamm, dachte er.

Der Marchese lehnte sich zurück und atmete tief durch. Diese Unterhaltung würde wohl doch schwieriger werden, als er sich das ursprünglich vorgestellt hatte. Einem Kronprinzen Rat zu erteilen und über die Grenzen der Etikette hinweg ihm sozusagen als väterlicher Freund bei einer Entscheidung zu helfen, schien ihm eine der leichtesten Übungen. Einem Trunkenen hingegen einen Rat zu erteilen, war vertrackter als alles andere. Betrunkene schwankten in ihrer Stimmung zwischen himmelhochjauchzender Begeisterung und zu Tode betrübter Melancholie. Sie redeten wirr, hörten nicht zu, steigerten sich in Launen hinein, verwarfen an Stellen, wo es notwendig war zuzustimmen, und stimmten zu, wo es notwendig war zu verwerfen. Da es sich bei diesem Betrunkenen obendrein auch noch um einen Kronprinzen handelte, sah er eine Herausforderung auf sich zukommen, wie er sie nur selten zu bezwingen gehabt hatte.

Er blickte dem Prinzen direkt in die Augen, um ihm zumindest, was die Orientierung im Raum betraf, eine Leitlinie zu geben: »Königliche Hoheit, Ihr macht Euch das Leben schwerer, als es ist … ist. Euch trifft keine Schuld, niemand trägt Schuld am Schicksal des anderen. Es ist Gott, der die Wege vorgezeichnet hat, die wir gehen sollen … sollen.«

Der Prinz aber mäanderte weiterhin durch seine Sätze und seine trübe Stimmung.

»Wie wahr Ihr sprecht. Wiewohl: Mein Wesen ist anders. Suche die Absolution in mir selbst. Meine Seele ist es doch, der ich täglich begegne. Kann niemanden leiden sehen. Das ist mir zutiefst zuwider. Will keinen Krieg. Habe ich der Älteren heute jestanden. War danach so kühl gejen mich. War das falsch? Ist das falsch? Ist das falsch, wenn man Mitleid hat? Ist das falsch, wenn man lieber den Frieden will? Sagt, Marchese, ist das falsch?«

Er hämmerte wieder mit dem leeren Glas auf den Tisch, und kurz danach erschien der Lakai mit einer neuen Flasche Wein, aus der sich Friedrich Wilhelm sofort nachschenkte.

Oje. Lucchesini sackte in seinen Armstuhl. Er hielt sich die Hand vor die Augen und betrachtete das Geschehen zwischen den gespreizten Fingern hindurch. Einerseits wollte er nicht Zeuge des Dramas werden, das da vor seinen Augen aufgeführt werden sollte, andererseits war er in tiefer Besorgnis um den Prinzen.

»Nichts von alledem ist falsch … falsch!« Er versuchte, den irrlichternden Blick des Prinzen zu halten. »Nichts. Ihr seid ein Mensch von gutem Gemüt. Das wird der Dame auch aufgefallen sein …«

»Warum ist sie dann so kühl?«

»Nun, kühl … kühl. Ich kann mir das nicht denken …«

»Solltet Ihr aber.«

»Aber hattet Ihr nicht gesagt, dass Euch ihre Gegenwart erheitert … erheitert? Ihr sagtet doch, dass sie von einem Wesen sei, das Euch über gewisse, sagen wir einmal – ja, wie kann man es nennen? Ähm, ja – Herausforderungen, die Euch das Schicksal mitgegeben hat, hinweghilft. Euch also das Gefühl vermittelt, sicher zu sein in ihrer Gegenwart. Da könnt

Ihr Euch doch auch sicher sein, dass sie es gutheißt, wenn Ihr den Frieden wählt und nicht den Krieg. Es ist ja nun auch ein sehr, sagen wir einmal, ungewöhnliches Thema für so einen Abend …«

»Hab also doch was falsch jemacht!«

»Nein … nein. Keineswegs. Das habe ich nicht gesagt. Es zählt zu den Gegebenheiten unserer modernen Zeit, dass auch die Frauen, die jungen zumal, sich über Dinge zu unterreden verstehen, über die sich die Frauen meiner Generation nicht allzu viele Gedanken gemacht haben … haben. Sie hatten ja damals eine ganz andere Erziehung, und die war wesentlich mehr darauf ausgerichtet …«

Blödes Gewäsch, dachte Friedrich Wilhelm. Frauen. Männer. Immer das Gleiche. Er spürte Schwere und Müdigkeit und stellte sich die Frage, wieso er diesen Schwätzer hatte kommen lassen. Sollte er ihn nicht einfach hinauswerfen? Er wollte sich einfach aufs Bett werfen und den wohligen Schlaf genießen, den er sich verdient hatte. Vielleicht würde ihm die Lösung im Traum erscheinen …

»Sie mögen beispielsweise die Mode …«

Spontan hakte er ein: »Hab ich probiert.«

»Dann lieben sie die Natur … Natur. Promenaden in schönen Gärten …«

»Alles jemacht.«

»Tiere sind immer eine gute Wahl … Wahl.«

»Wem sagt Ihr's? Mir ist schon ein Kätzchen versprochen.«

»Aber was wollt Ihr dann mehr … mehr?«

»Jewissheit!«

»Gewissheit … Gewissheit«, wiederholte Lucchesini erstaunt – und starrte den Prinzen an.

Plötzlich sah sich Friedrich Wilhelm wieder in den Fängen dieses ungeheuerlichen Diplomaten. Wie machte er das bloß, dass er einen immer und immer wieder einzuwickeln verstand, wo man ihn doch schon längst zum Teufel gewünscht hatte? Doch bevor er sich darüber klarwerden konnte, sprach dieser schon wieder:

»Aber sagtet Ihr nicht, dass sie Euch die Gewissheit gibt, bei ihr gut aufgehoben zu sein … sein?«

»Ja. Nein. Ja.«

»Ja, was denn … denn?«

»In diesem Punkt: Fühle mich da wieder zur Jüngeren hingezogen. Zu Friederike.«

Er schenkte sich nach. Das trockene Knacken des Holzes im Kamin war das einzige Geräusch, das sie wahrnehmen konnten. Selbst von den nächtlichen Straßen drang kein Laut ins Innere – die Stadt schlief. Er besah seine Fingernägel, zupfte an der Tresse und schließlich an der roten Manschette seines Offiziersrocks, da packte ihn Lucchesini mit einem amüsanten Gedanken:

»Wie steht es mit den Sternen … Sternen?«

Der Prinz kräuselte die Stirn.

»Frauen lieben die Sterne … Sterne. Habt Ihr sie nach ihrem Zeichen gefragt? Die Frauen kennen sich darin aus. Es ist nichts Falsches dabei. Selbst Alexander der Große hat vor seinen Schlachten die Gestirne befragt, und ich kann Euch von meinem Aufenthalt in Rom erzählen, dass dort die Princessa Borghese, die ja immerhin eine Nichte des gewesenen Camerlengo, unseres Heiligen Vaters in Rom –«

»Fische.«

»Ah, sie ist Fische … Fische, das steht für Zartgefühl, Feinsinn, Fantasie und die Lust am Tanzen. Warum bin ich nicht selbst darauf gekommen! Jetzt, da Ihr es sagt, will mir nichts anderes passend erscheinen. Was für ein wunderbares Omen das doch ist, Königliche Hoheit! Das Beste aber will mir scheinen, dass ihr Stern der Jupiter ist. Der Herrscher der antiken Götterwelt und nun der Herrscher des Firmaments und der Geschicke. Könnte das nicht ein Hinweis dafür sein, dass sie geschaffen ist für die Aufgabe an Eurer Seite, einem Volk vorzustehen … vorzustehen?«

Lucchesini, der erleichtert darüber war, endlich eine Möglichkeit gefunden zu haben, dem Prinzen bei seiner schweren Entscheidung eine Hilfe gewesen zu sein, hoffte, sich endlich entfernen zu können.

Friedrich Wilhelm aber schüttelte den Kopf: »Ja. Nein.«

»Ja, aber wieso … wieso?«

»Die andere ist nämlich auch Fische. Und beides verträgt sich nicht mit meinem Stern. Bin Löwe. Fatal, fatal, fatal, fatal, fatal.« Er hämmerte auf den Tisch, und wieder kam ein Lakai mit Wein. »Könnte eine Münze werfen.«

»In der Tat, Königliche Hoheit … Hoheit. Vielleicht könnte sich dahinter tatsächlich eine Art Lösung verbergen. Ich dachte daran, dass Ihr, wenn – ich will einmal sagen, wenn der Groschen gefallen ist – diese Möglichkeit als Ausgangslage hinnehmt und alle Konsequenzen durchdenkt, als ob es eine von Gott gegebene Entscheidung sei, die Ihr nur zu befolgen brauchtet. Die Ihr also sozusagen als Befehl des Herrn nehmen könntet … Es ist ja nur so ein Gedanke … Es ist auch ein Mittel, zu dem schon große, bedeutende Männer gegriffen haben. Denkt nur einmal an die Auguren des alten Rom! Selbst Caesar, der erste Kaiser der Menschheit, nach dem alle anderen ihren Namen bekommen haben … Denn es ist ja so, dass wir Caesar immer mit einem Z am Anfang aussprechen, deshalb bleibt uns die Auswirkung seiner Bedeutung verborgen. Es wurde aber im Lateinischen mit einem K ausgesprochen. Wie, ähm, sagen wir einmal … ja, zum Beispiel, ähm … Käse. Es muss also Kaesar heißen, und dann erschließt sich die Bedeutung dieses Mannes von ganz alleine, wenn man das deutsche Wort Kaiser dagegenstellt …«

»Luc-che-si-ni! Wovon redet Ihr?« Friedrich Wilhelms Tonfall kam mit ungetarnter Ungeduld.

Es war still.

»Nun?«

»Ähm …«

»Raus damit!«

Friedrich Wilhelm versuchte, sich Respekt zu verschaffen, indem er den kleinen Marchese von seiner erhobenen Position, die er als hochgewachsener Preußenspross selbst im Sitzen ausspielen konnte, direkt in die Augen blickte. Für einen kurzen Moment verharrten sie in dieser Position wie zwei Ritter, die ihre Klingen kreuzten, nur dass ihre Klingen nicht aus Stahl, sondern aus ihren Blicken bestanden.

Der Prinz taxierte den Marchese und staunte über das tiefe Schwarz seiner Iris, und während er sich fragte, ob dieser einnehmende Effekt auf die italienische Abstammung des Grafen oder – wie er aufgrund der schauerlichen Vorgeschichte, die ihn mit Lucchesini verband, viel eher vermutete – auf den Gebrauch der Tollkirsche zurückzuführen war, sah er, dass er sich selbst, befördert durch den Schein des Kaminfeuers, in den Augen des Grafen spiegelte. Sein Bild war klein. So groß wie der Kopf eines Zündhölzchens.

Er rückte näher, um zu sehen, ob sich das Bild – wie bei einem Spiegel – vergrößern würde. Aber es geschah nichts, sein Bild blieb klein. Der Prinz war irritiert und rutschte nochmals eine halbe Handbreit auf dem Stuhl nach vorne. Wieder blieb sein Bild klein. Er bewegte sich noch ein Stück nach vorne, saß schließlich auf der Kante des Stuhles, erhob sich ein wenig, stand auf, stützte sich auf den Tisch, beugte sich nach vorne, näherte sich dem Marchese auf eine Elle, einen Fuß, einen Zoll.

Und endlich, als er sich nur einen Fingerbreit vor dessen Gesicht befand, sah er, dass sich, wenn auch nur minimal, sein Ebenbild vergrößert hatte. Und mit seinem kleinen Konterfei wirbelten dort wie bei einem Wasserstrudel die beiden Mecklenburger Prinzessinnen im Kreise herum, ebenso sein Vater, sein Bruder Louis, dieser windige Louis Ferdinand, den er seine Verwandtschaft nennen musste, Medem, die Baberini, die kleine Bethmann-Metzler, Gontard, ach, eigentlich alle, die ihm seine Gedanken in den letzten Tagen durcheinandergebracht hatten – und schließlich auch der kleine Marchese Lucchesini.

10

Angetan mit Roquelors und gewachsten Hüten, die sie nicht nur vor dem leichten Regen schützen sollten, der sich inzwischen eingestellt hatte, sondern vor allem vor fremden Blicken, hangelten sie sich die enge Stiege des Nachbarhauses herunter, über die das ›Rote Haus‹ ausschließlich zu erreichen und zu verlassen war. Das Parterre war offen und wurde von dicken, antiken Eichenpfeilern geschützt. Hier hielten sie kurz an und schauten sich vorsichtig um, um sicherzustellen, dass ihnen niemand folgte. Dann nahmen sie den Weg durch den Alten Markt in Richtung Westen, bogen nach Norden in den Kornmarkt ein und passierten schließlich den Großen Hirschgraben, an dessen Anfang die Katharinenpforte ehrfurchtgebietend hervorragte.

»Seht, die Katharinenpforte! Sie ist noch eine Bastion der alten Staufenmauer … Staufenmauer … und wurde bereits im Mittelalter erbaut. Nun dient sie als Gefängnis. Susanna Margaretha Brandt, die Kindsmörderin, ist hier erst vor zwanzig Jahren in Haft genommen worden … worden.«

Was für ein Schwätzer, dachte Friedrich Wilhelm abermals und erneut: Was mache ich eigentlich hier? Warum irre ich hier mitten in der Nacht durch die Straßen, und warum liege ich nicht zu Hause in meinem Bett und schlafe? Ich sollte umkehren …

Aber irgendetwas war in ihn gefahren, das ihn willenlos hinter dem kleinen Grafen hergehen ließ, der weiter unbeirrt über

Frankfurt am Main und seine stolze Geschichte dozierte, als ob es das Selbstverständlichste der Welt wäre, mitten in der Nacht einem Kronprinzen eine Lektion in hessischer Heimatkunde zu erteilen.

»Dort drüben auf dem Platze ist die Brandt als letzte Hexe verurteilt und nicht weit von hier enthauptet worden … worden.«

Albern, rückständig, dachte Friedrich Wilhelm. Die Hexenprozesse hatte schon sein Urgroßonkel auf Anraten des großen Christian Thomasius abgeschafft! Damals, 1714! Das hieß man Fortschritt. Aber dieses dunkle, düstere Frankfurt am Main, das war ja alles noch wie im Mittelalter hier. Alles so eng und verwinkelt. Winzige Gassen, enge Straßen … Straßen? Was wollte er überhaupt hier mitten in der Nacht auf der Straße? Er blieb stehen und schickte sich an umzukehren, aber Lucchesini zog ihn am Arm.

»Und dort, Königliche Hoheit … Hoheit.« Er wies auf ein weißes Haus mit roten Gesimsen zur Linken. »Dort hat der Herr Rat Goethe seine Kindheit verbracht, und nun hat er die ganze Geschichte von der Brandt in seinen *Faust* aufgenommen. Wie kann eine Frau nur so gottlos sein und ihr eigen Fleisch und Blut morden … morden?«

Reinstes Mittelalter, reinstes Mittelalter. Friedrich Wilhelm schüttelte ungläubig den Kopf. Einer Kindsmörderin den Prozess machen wie einer Ungläubigen. Hatte man hier denn kein Erbarmen mit der Not? In Preußen waren solche Gesetze schon seit 1740 passé. Dafür hatte sein Großonkel, der Große Friedrich, gesorgt. Da kamen die Frauen in die Anstalt, mussten arbeiten. Hatten wenigstens alle etwas davon. Wieder schüttelte er den Kopf.

Es hatte aufgehört zu regnen. Nebel stand über dem Kopfsteinpflaster, aus dessen Fugen dunkles Unkraut wuchs. Ihm war kalt. Er zog sich den Umhang enger um den Körper. Er wollte nach Hause, ins Bett, aber wie von einem unsichtbaren

Band gezogen, sah er sich hinter dem kleinen Marchese hertraben, ohne Einspruch zu erheben.

Der gab unbeirrt die Richtung vor. Als sie an der Hauptwache angelangt waren, bogen sie nach rechts und hielten sich an der ehemaligen Stadtmauer entlang in östlicher Richtung, wo sich die Judengasse befand. Dann ging es noch einmal nach links, geradeaus, wieder nach links, und schließlich machten sie vor einem mittelalterlichen Fachwerkhaus halt, das wegen seiner zahlreichen Überhänge und vielen Erker auffiel.

»Hier ist es … es.« Lucchesini donnerte im Staccato an das schwere Holz des Eingangs.

Was immer »es« sein mochte, dachte Friedrich Wilhelm. Erst jetzt fiel ihm auf, dass er gar nicht wusste, wohin Lucchesini ihn zu führen beabsichtigte. Er wollte ihn fragen, erntete aber nur ein Zischen. Wie merkwürdig, dachte Friedrich Wilhelm. Alles so merkwürdig, so dunkel, so düster – und mit einem Male wusste er, worauf diese ganze missliche Situation zurückzuführen war: die Tollkirsche! Lucchesini hatte ihm Tollkirsche in den Wein getan. Wie hatte er nur vergessen können, wie gefährlich dieser Mann war? Wie …?

In diesem Moment hörte er ein Knarzen. Der alte Mann, der ihnen die Tür offnete, lachte zahnlos. Der Schein der kleinen Kerze, die er in seiner Hand hielt, fiel auf sein Gesicht. Es war durch Pockennarben entstellt und umrahmt von wirren, grauen Strähnen.

»Isch hätt net gedacht, Euch so bald widde'zusehe'!« Mit zusammengekniffenen Augen blickte er Lucchesini an und musterte dann lange und mit abschätziger Mimik den Prinzen. Als er wieder auf Augenhöhe mit seinem Gegenüber war, fuhr er krächzend fort: »Un' diesmal auch noch mit Begleiddung. Ob das alles seine Rischtischkeit hat? Isch werd' mal sehen, was sisch mache' lässt. Werdet wohl ebbes springe lasse müsse'.«

Kopfschüttelnd winkte er die beiden späten Besucher herein und wies sie an, seiner gebückten Gestalt zu folgen. Entschlossen ging Lucchesini vor, der sich selbst in dem engen Gang, der mit massiven Eichenschränken verstellt war, zurechtfand, als ob er hier ein und aus ginge. Was er offenbar auch tat, denn sonst wäre er hier wohl kaum so freundlich begrüßt worden, dachte der Prinz. Ihm wurde mulmig. Abermals wollte er fliehen, aber noch bevor er diesen Impuls in eine Bewegung umsetzen konnte, hielt Lucchesini ihn am Handgelenk fest.

Der Alte machte vor einem Eingang halt, aus dem es nach Weihrauch roch. Er bedeutete seinen Nachfolgern mit der erhobenen Rechten, stehen zu bleiben und zu warten. Vorsichtig öffnete er die Tür. Ein Lichtkegel fiel nach draußen. Sofort breitete sich eine Wolke rauchigen Nebels im Flur aus. Friedrich Wilhelm hustete, doch als der Alte sich von seinem noch unsichtbaren Gegenüber abwandte und ihn drohend anblickte, versuchte er den Reiz mit einem seidenen Taschentuch zu unterdrücken. Nasale Wortfetzen drangen den Wartenden ins Ohr, es klang französisch. Friedrich Wilhelm erschrak.

»Lucchesini! Mir fatal. Möchte zurück. Sofort.«

»Habt Ihr nicht versprochen, alles zu tun, um eine Antwort auf Eure Frage zu bekommen … bekommen?«

»Ja. Schon. Vorhin.«

»Seht … Seht! Hier werdet Ihr eine Antwort finden. Ihr müsst nur machen, wie es Euch befohlen wird. Der Rest wird sich finden … finden.«

»Haltet die Goschen!« Die Stimme des Alten klang derbe und wütend. »Ihr macht mir noch die Geister närrisch.«

»Jeister?« Friedrich Wilhelm sprach die Worte des Alten verschreckt nach.

In diesem Moment aber bekamen sie ein Handzeichen einzutreten. Lucchesini drückte ihrem Wegweiser mehrere Münzen in die Hand, die dieser sogleich auf ihre Echtheit prüfte, indem er die Taler bis auf wenige Zoll vor seine Augen hielt.

»Man kann niemande' traue'. Vorhin war einer da, feiner Herr! 'n junge' Bengel. Groß, schlank. Militär. General. Hat man an der Uniform gesehe'. Preuße! Ist ja alles voller Preuße hier. Hat mir versucht, so 'n alten Sachsen anzudrehen. Falschgeld! Bin doch kein Hahnebambel, hab ich gleich gemerkt. Rausgeschmisse' hab ich den.«

Friedrich Wilhelm stutzte. Ein feiner Herr! Militär! Preuße! Groß! Ob das Louis Ferdinand gewesen war? Und wieso hatte der Falschgeld? Irgendetwas stimmte hier … Er schüttelte den Marchese. »Lucchesini!«

»Psst … Psst!«

»Haldet endlich die Goschen!«

»Verlange Erklä…«

Der aber zog ihn hinter sich durch die Tür. Friedrich Wilhelm kniff die Augen zusammen. Mehrere Dutzend flackernde Votivkerzen blendeten ihn. Forschend ließ er den Blick über das Interieur des geheimen Hinterzimmers schweifen. Es sah aus wie ein florales Kabinett und war übersät mit Blumen und Pflanzen in allen erdenklichen Nuancen von Weiß. Zarte Mimosen schmückten den Kamin, auf dem auch die Schalen mit dem Räucherharz standen, das immer noch stark nebelte. Auf einer Steige daneben sammelte sich ein Arrangement von Nelken, Lilien und Schleierkraut. Eine zartblättrige Orchidee füllte den Raum zwischen den beiden Sprossenfenstern, die von wuchtigen Brettern verbarrikadiert wurden, um die Anwesenden vor den Blicken Außenstehender zu schützen. Die fragile Kommode gegenüber der Feuerstätte drohte unter verschiedenen Buketts von Rosen, Gladiolen, Tulpen und Freesien zu zerbrechen. Daneben waren zwei schulterhohe Ständer platziert, die ein Meer von flammenden Kerzen offerierten. In der Mitte aber stand ein Tisch aus Elfenbein, der durch ebenhölzerne Intarsien bestach.

Von diesem erhob sich jetzt eine Frau in weißem Kleid, die ihr Gesicht mit einem Schleier bedeckt hielt, und schwebte lautlos auf Lucchesini zu.

»Bonsoir, Madame …«

»Schschsch!«, die Frau legte sich den Zeigefinger auf den Mund. »Ich sehe, Ihr habt einen Freund mitgebracht.« Sie wandte sich dem Kronprinzen zu. »Es ist mir eine große Ehre, Euch bei meinem Zirkel begrüßen zu dürfen. Ihr braucht Euch nicht zu fürchten, folgt einfach meinen Anweisungen.«

»Zirkel? Lucchesini! Klärt auf!«

»Schschsch.« Die Dame musterte Friedrich Wilhelm mit einem milden Lächeln.

»Monsieur, Ihr verlangt eine Erklärung? Ihr werdet eine bekommen. Setzt Euch.«

Aber statt sich zu setzen, gelang es Friedrich Wilhelm endlich, Lucchesini zu packen. Er zog ihn am Ohr zu sich, sprach aber dennoch leise. Das dämonische Ambiente nötigte ihm Respekt ab. Es war zwar alles in Weiß gehalten, aber er fühlte sich dennoch wie im Vorhof zur Hölle. Der Raum wirkte wie ein kultischer Tempel, ein Altarraum des Übersinnlichen, ein sakraler Treffpunkt für alle guten und bösen Geister, von denen er sich verlassen fühlte.

»Lucchesini! Was! Jeht! Hier! Vor!? Lasst uns ver-schwinden! So-fort!«

Aber anstatt zu antworten, blickte der kleine Marchese ihm nur direkt in die Augen, und mit einem Mal fühlte sich der Prinz wieder so willenlos wie ein nasser Sack. Ergeben ließ er sich auf einen der Stühle am Tisch fallen. Seine Sicht war vernebelt. Kam es vom Rauch? Oder von der Tollkirsche? Er fühlte sich benommen. Die Ornamente, die in die Tafel eingelassen waren, schienen ihm entgegenzukommen. Das Bild einer fröhlichen Sonne mit lodernden Flammenstrahlen, ein halber Mond, aus dessen Bogen ein Gesicht lachte, mehrere Pentagramme, die Worte »*Oui*« und »*Non*«, die in Opposition zueinander standen, eine Zahlenreihe von Eins bis Neun, eine Null, die Buchstaben des Alphabets und das französische Wörtchen für Ende: »*Fin*«.

Endlich entdeckte er mitten auf dem Tisch ein umgedrehtes Glas. Er erschrak, als ihn die weiße Frau direkt ansprach:

»*Quelle question* … Welche Frage habt Ihr mitgebracht?« Sie schloss die Augen und verharrte in einem tiefen, summenden Singsang.

»Frage? Lucchesini! Wie? Was? Welche Frage?«

»Königliche Hoheit … Hoheit.« Lucchesini flüsterte. »Wenn ich es recht in Erinnerung habe, habt Ihr mich mitten in der Nacht rufen lassen, um Hilfe bei einer Frage zu erlangen, die zu beantworten Euch so außerordentlich schwerfiel und über die Ihr trotz meiner Erwägungen und Hinweise Euch immer noch nicht im Klaren seid …«

Schwätzer, dachte Friedrich Wilhelm und stotterte los: »Wünschte … Wollte … Möchte jern wissen … Kann mich nicht entscheiden …«

Abrupt öffnete die Meisterin die Augen.

»Monsieur, Ihr müsst Eure Frage *précisément* formulieren, sonst könnten die Geister sie missverstehen. Das ist sehr gefährlich … Sehr gefährlich.« Dann setzte sie ihren summenden Singsang mit geschlossenen Augen fort.

Der Prinz versuchte die beklemmende Verunsicherung abzuschütteln, indem er Haltung annahm. Geradezu militärisch rührte er sich auf seinem Stuhl. Seine Stimme kam im vollen Brustton.

»Wie heißt die Frau, die ich heiraten werde?«

Die Meisterin nickte anerkennend. »Eine gute Frage, eine wichtige Frage, eine, die über ein ganzes Leben entscheidet …«

Sie gebot ihm, einen Finger auf das umgedrehte Wasserglas zu legen und es mit dem Blick zu fixieren. Dann mahnte sie zur absoluten Konzentration.

Der Atem von Friedrich Wilhelm ging still, ebenso der von Lucchesini. Allein die weiße Frau summte ihren Singsang vor sich hin, der zunehmend lauter, voller und eindringlicher wurde. Ihr in einem Korsett eingeschnürter Oberkörper schaukelte vor und zurück, erst kaum wahrnehmbar, dann immer ausladender, und schließlich nahm ihre Bewegung so viel Schwung an, dass der Prinz fürchtete, sie würde mit dem Kopf auf die Tischplatte aufschlagen. Ihr Busen bebte, ihr Gesang vibrierte, ihr Schaukeln nahm den Lauf von etwas Maschinellem an, das nach anfänglichem Schwung nicht mehr aufzuhalten war. Es ging vor und zurück, vor und zurück, vor und zurück, immer schneller, treibender, pulsierender. Dabei gab ihre freie Rechte den gespenstischen Takt vor, indem sie in Fortissimo auf den Tisch donnerte. Auf ihrem fast blanken Busen bildete sich ein Film aus Schweiß, Tropfen klatschten auf den Tisch.

Sie schaukelte und schaukelte, öffnete plötzlich den Mund, sodass das Summen zu einem abgründigen, dauerhaften Ton anschwoll. Zunächst kam er aus den unergründlichen Tiefen ihres nassen Körpers, dann wurde er klarer, heller und schließlich so spitz, dass er dem Prinzen in den Ohren schmerzte. Sie schaukelte und schrillte, ritt sich in zunehmendem Tempo in ihren teuflischen Rausch hinein. Sie war so in Fahrt, dass der Stuhl unter ihr wegzurutschen drohte.

Schließlich sprang sie auf, warf ihren Kopf hin und her, schrie mehrere Male laut und heftig und brach wie ein erlegtes Wild auf dem Tisch zusammen.

Für kurze Zeit konnte man nicht einmal mehr den Atem der Anwesenden hören. Friedrich Wilhelm blickte sich um: Lucchesini hielt die Augen geschlossen. Er selbst fixierte die totenstarre Gastgeberin. Die Zeit stand still. Sie waren im Auge des Wirbelsturms angekommen.

Plötzlich begann das Glas zu tanzen. Es wippte hoch und herab, beschrieb einen Kreisel, hopste nach links, dann nach rechts, als ob es die Beinarbeit eines wohlplatzierten Menuett-Schrittes nachahmen wollte. Es kippte und drehte sich, brach mal in die eine, dann wieder in die entgegengesetzte Richtung aus, beschrieb lustige Kreise und schritt dann zielstrebig eine Buchstabenfolge im Alphabet ab.

Dem Prinzen wurde schwarz vor Augen.

11

Was für Tage! Was für aufregende Tage sie erlebt hatte! Luise versuchte Ordnung in ihre aufgewühlten Gedanken zu bringen, obwohl die Großmutter ihr eigentlich eine Strafarbeit aufgegeben hatte, aber das hatte sie schon auf ihre Weise gelöst. Nun saß sie wieder über ihrem Andachtsbuch, das eher einem Konvolut von zahlreichen verschiedenen Zetteln und Papieren glich, die lose in einer Mappe klemmten, denn als geheftetes Buch zu erkennen war.

Sie hetzte in Schrift und Wort den vielen, vielen Gedanken, denen sie sich ausgeliefert sah, auf eine Weise hinterher, die keinen Raum für Sorgfalt ließ. Der kleine Sekretär, der in der Mitte des Zimmers stand, das sie mit Friederike bewohnte, war übersät mit Papieren und Notizen. Auf dem Boden verteilten sich weiträumig zusammengeknäuelte Seiten. Zu Luises Linker stand ein Teller mit Fleischklößen, auf dessen Rand eine abgebissene Butterstulle lag. Zu ihrer Rechten hatte sie das Fass mit der Tinte platziert, von dem aus zum Andachtsbuch hin ein schwarzes Rinnsal verlief, das darauf hinwies, dass sie sich keine Zeit nahm, den Kiel an einem Flecken aus Wildleder abzustreifen.

Mitten in dieser Unordung saß Luise, die alles gleichzeitig zu tun beabsichtigte und nichts davon mit vollem Herzen tat. Sie biss in das Brot, schrieb einen Satz, krümelte auf das Papier, schrieb wieder ein paar Sätze, tauchte erneut die Feder in das Fässchen, versuchte gleichzeitig mit dem Löffel ein Stück vom Kloß aufzunehmen und sich in den Mund zu balancieren, tropfte dabei mit der Soße auf das Geschriebene, knallte den Löffel zurück auf den Teller, tupfte mit einem Tuch das Unheil trocken, wischte sich gleichzeitig den Mund ab und begann – über Tintenkleckse und Soßenflecken hinweg –, von Neuem aufzuschreiben, was ihr Gemüt auf eine nach außen hin so deutliche Weise in Aufruhr versetzte, dass es jedermann, der klaren Blickes war, erkennen konnte.

Sie war hin- und hergerissen – zwischen dem Wunsch, ihrer geliebten Mabuscha eine gute Enkelin zu sein, und dem Wunsch, dem Drängen ihres Herzens nachzugeben. Sie wollte, dass alles beim Alten bliebe, und spürte doch den Hunger auf die vielen Dinge, auf die ihr in den vergangenen Tagen Appetit gemacht worden war, und darauf, ein neues Leben zu leben. Vor zwei Tagen noch hätte sie um nichts in der Welt die Einigkeit mit ihrer Schwester aufgegeben, nun merkte sie, dass sie sie würde preisgeben und ihren Schwur würde brechen müssen, wenn sie das wollte, was sie zu denken kaum wagte.

Schon allein die Ahnung an das Gefühl, das sie sogar vor sich selbst zu verbergen versuchte, ließ den Schmerz über die Ohrfeigen wieder aufkommen, die ihr ihre Mabuscha gestern verpasst hatte, als sie kurz vor dem ›Weißen Schwan‹ endlich im Laufschritt zu ihrer Kutsche aufgeschlossen hatte, mit der die Großmutter nicht auf sie gewartet hatte und hinter der sie den ganzen Weg vom ›Weißen Haus‹ aus hinterhergelaufen war. »Elendiges Ding!«, hatte die Großmutter sie gescholten, und die Heftigkeit, mit der ihre Strafe ausgefallen war, hatte sie spüren lassen, dass es ihr diesmal nicht allein darum ging, sie zur Pünktlichkeit zu mahnen, sondern dass es mit dem zu tun hatte, was sie ihr Geheimnis nannte. Sie strich sich über die Wange, um den Schmerz zu lindern, und hatte das Gefühl, dass ihr Ohr immer noch ein wenig taub und ihre Wange leicht geschwollen war.

Ihre kleine, geschlossene Welt schien ihr aus den Fugen geraten. Das Durcheinander um sie herum spiegelte ihren inneren Aufruhr.

Sie aß noch einmal vom Brot, tauchte erneut den Kiel in die Tinte ein und hetzte weiter durch den Wirrwarr ihrer Gefühle, den sie durch Worte in klare Bahnen zu lenken versuchte. Immer hatte sie gedacht, dass Freundschaft und Liebe eine Einheit wären, die so unzertrennlich war wie ihre Schwester und sie … Aber seit gestern Abend wusste sie, wie naiv sie gewesen war und dass sie bislang keinen Begriff davon gehabt hatte.

Die Liebe! Konnte man es Liebe nennen … Durfte sie es Liebe nennen …? Was war es sonst, dieses flirrende Gefühl in ihrer Leibesmitte, diese luftigen Gedanken, diese warm wogende Zärtlichkeit, dieses Zurücklehnen und Darauf-Vertrauen, dass alles sich richten würde; der Wunsch, einen Duft zu atmen, eine Haut zu spüren und sich in Arme fallen zu lassen, die einen kräftig und wohlbehalten durch die Welt trugen? Sie hatte immer gedacht, dass das, was sie für Friederike fühlte, Liebe sei. Mit Friederike teilte sie ein Vertrauen, das den Kern ihres Wesens berührte. Diese kannte jeden ihrer Gedanken, jedes ihrer Gefühle, sie lachten über die gleichen Dinge, und in den meisten Fällen waren ihnen die gleichen Dinge widerlich – nur bei Butterbrezeln schieden sich ihre Geister, denn während sie sie liebte und fast ihr ganzes Geld dafür ausgab, waren sie Friederike immer zuwider, weil sie ihr zu mächtig waren. Aber sonst fühlten, dachten und empfanden sie gleich.

Aber war das wirklich Liebe, was sie für Friederike fühlte? Oder war es nicht vielmehr Freundschaft? Oder gab es zwei Sorten Liebe? Eine, die sich anfühlt, als ob man mit dem anderen im Gleichschritt durchs Leben schreitet, sich nicht abzustimmen braucht, weil alles so selbstverständlich und ohne Zutun geschieht und in Harmonie verläuft, weil man sich schon seit Ewigkeiten kennt oder das Gefühl hat, es zu tun? Und eine andere Liebe – eine, bei der nichts selbstverständlich ist, nach der man sich aber umso mehr sehnt, weil man sich eben genau nicht vertraut ist, sondern sich in jedem Moment im anderen zu erkennen hofft, obwohl dieser genau dieses Erkennen verweigert?

Es war doch merkwürdig, schrieb Luise und hielt kurz inne, weil sie ein Knarzen vom Flur gehört hatte und befürchtete, dass die Großmutter zur Tür hereinkäme. Mit einer ausladenden Armbewegung fegte sie schnell alle Papiere, die verstreut auf Tisch, Boden und sogar auf dem nahen Fensterbrett lagen, zusammen und stopfte sie in die lederne Mappe, die ihr als Unterlage diente. Sie legte drei fein und säuberlich gefüllte Seiten darüber, die ihre Schrift in aller Schönheit und Sorgfalt zeigen sollten, in Wahrheit aber auf ihr Flehen und Bitten hin von Friederike für sie geschrieben worden waren. Dann schob sie schnell noch den Teller vor ihren Platz und tat so, als ob sie mit Anstand, aber Appetit essen würde.

Auf diese Weise versuchte sie ihre Mabuscha zu täuschen, die ihr wegen ihres Zuspätkommens gestern Abend Arrest erteilt hatte und ihr über die gute Gélieu mit aller Strenge befohlen hatte, zweihundert Mal aufzuschreiben: *»Ich darf nicht zu spät kommen!«*

Luise lauschte, aber nichts tat sich. Als sich nach ein paar weiteren Momenten immer noch nichts regte, beschloss sie weiterzuschreiben. Sie zog ein leeres Blatt vom Stapel und beugte sich kurz auf ihrem Stuhl nach hinten, um besser durch den schmalen Türspalt ins Nebenzimmer zu sehen, wo ihre Mabuscha, Friederike, Polyxene und die gute Gélieu saßen und Strümpfe für die Soldaten strickten. Sie konnte aber nichts Genaues erkennen und versuchte, sich diesmal nicht so sehr von ihren Gefühlen leiten zu lassen, sondern ihre Gedanken der Reihe nach auf ein Blatt zu schreiben.

Wo war sie stehen geblieben? Ach ja, die Liebe … Wenn sie zum Maß der Liebe, die sie jemals gefühlt hatte, ihre Liebe zu Friederike machen konnte, dann war das, was sie Friedrich Wilhelm gegenüber spürte, von dem zwar noch entfernt, aber doch im Keim als solche Art von Liebe zu erkennen. Sie fühlte sich wohl in seiner Gegenwart und so, als ob sie sich von Kindesbeinen an kannten. Er war gut zu ihr und fürsorglich, und sie durfte so sein, wie sie war. Er gab ihr Vertrauen, obwohl er doch so verschieden von ihr war. Er war scheu, sie unbefangen, er schien ernst, sie war heiter.

Die Gleichheit und die Verwandtschaft von Seele und Wesen aber spürte sie eher bei Louis Ferdinand. Er war fröhlich, unbekümmert und machte lieber das, was ihm Spaß machte, als das, was die Etikette vorschrieb. Er war ein bisschen wie sie! Er hatte mit ihr Walzer getanzt, obwohl das doch verboten war! Aber waren sie sich nah? Sie spürte eher den Wunsch danach, ihm nah zu sein, und dennoch …

So kam sie nicht weiter.

Erneut nahm sie einen Zettel. Obenauf schrieb sie die Namen der beiden Kavaliere, die ihr Herz bewegten. Auf der einen Seite Friedrich Wilhelm, auf der anderen Louis Ferdinand. In der Mitte zog sie einen Strich. Dann führte sie alle Eigenschaften darunter auf, die sie mit ihnen verband. In Auftritt, Stattlichkeit, Größe, Aussehen, Gewandtheit waren sie sich gleich. Louis Ferdinand sprach flüssiger, aber dafür waren die Gespräche mit ihm nur kurz und ohne Substanz gewesen. Friedrich Wilhelm gab ihr Vertrauen, aber Louis Ferdinand auch – nur eine andere Art von Vertrauen, nämlich das Vertrauen, einander ähnlich zu sein. Hm, sie grübelte. Ebenso verhielt es sich mit der Zugewandtheit. Friedrich Wilhelm umsorgte sie, aber Louis Ferdinand in gewisser Weise auch. Er hatte ihren Wunsch erraten, Walzer zu tanzen, nicht Friedrich Wilhelm!

Es war vertrackt. Sie stockte und sortierte. Sie schrieb und überlegte. Beide hatten die gleichen hohen Eigenschaften, aber irgendwie äußerten sich diese bei jedem auf eine andere Weise.

Sie schielte noch einmal durch die Tür hinaus, die die Großmutter, als sie sie arretiert hatte, einen Spaltbreit offen gelassen hatte, und versicherte sich, dass niemand sie bei ihren Überlegungen stören würde. Dann widmete sie sich wieder ihrem Vergleich. Charakter, Fröhlichkeit, Ungezwungenheit – auch in diesen Punkten äußerten sie sich verschieden, aber doch nicht so, dass sie den einen dem anderen vorziehen könnte. Sie überlegte und dachte, sortierte und ordnete und versuchte, sich Klarheit zu verschaffen – und mit einem Male wusste sie, was Louis Ferdinand Friedrich Wilhelm voraushatte. Es war *Spannung*.

Doch in dem Moment, in dem sie dieses Wort aufschreiben und zweimal unterstreichen wollte, meldete die gute Gélieu, der Kronprinz wolle sie sprechen. Erschrocken sprang Luise vom Stuhl auf, der dabei umfiel. Mit raschen Bewegungen klappte sie ihr Andachtsbuch zu, versuchte die Seite, die sie gerade beschrieben hatte, darin zu verstauen und ein Versteck dafür zu finden: Die obere Lade des Sekretärs war bereits belegt, die darunter auch. Der Schub rechts war zu klein. Wohin bloß damit? Schnell. Sie wollte sich nicht verraten. Endlich fand sie unter einer dicken Bibel den passenden Ort. In Windeseile huschte sie zum Fenster, um vom Platz der aufwühlenden Gedanken, denen sie sich gerade hingegeben hatte, abzulenken, hob noch schnell drei verknäulte Seiten auf, die sie über den Teppich verstreut hatte, und warf sie in den beistehenden Papierkorb. Sie strich sich ihr weißes Kleid zurecht, drückte ihre Schultern nach hinten und drehte sich gerade in dem Moment der Tür zu, als Friedrich Wilhelm eintrat.

Luise sah ihn an und fand, dass er auf eine Weise, die sie sich nicht erklären konnte, anders wirkte als sonst. Es war nicht so, dass die Nacht zuvor und ihre Ereignisse – von denen sie nichts wusste – Spuren in seinem jungen Gesicht hinterlassen hatten. Es war vielmehr eine eigenartige Entschlossenheit, die sie in dieser Art noch nicht an ihm kannte. Denn obwohl ihm die niedrige Tür ein demütiges Ducken abnötigte, damit er sie passieren konnte, ohne sich zu stoßen, zeigte seine Haltung nichts Linkisches, sondern die Kraft eines Mannes, der wusste, was er wollte.

Sie fühlte sich unwohl, denn sie fühlte etwas, wofür sie in Zusammenhang mit seiner Gegenwart noch keinen Namen hatte. Irritiert sprach sie ihn zuerst an.

»Guten Tag, Königliche Hoheit. Was verschafft mir die Ehre, Sie an einem ereignislosen Tag wie diesem hier in unserem Qua'tier begrüße' zu dürfe'?« Die weiche Betonung, die ihrer Mundart eigen war, hatte vor Aufregung überhandgenommen. Ihr Blut kochte, aber wieder war nach außen nichts von der Unruhe zu spüren, die ihr Herz bewegte. Sie überließ dem Prinzen ihre Hand, sah aber unbeteiligt in die Ferne. Noch einmal strich sie ihr Kleid glatt.

Der Prinz verbeugte sich galant.

»Durchlauchtigste Prinzessin, nicht ereignislos. Niemals. Nicht, wenn die Möglichkeit besteht, Sie zu sehen.«

Seine Offensive verhallte unbeantwortet. Luise spielte befangen an der blauen Kordel, die ihr Kleid über der Taille zusammenhielt, und blickte verstört zu Boden.

Auch Friedrich Wilhelm wusste nicht weiter.

Er verlagerte sein Gleichgewicht kurz auf die Zehenspitzen, drückte sich von dort ab und kippte wieder nach hinten auf die Fersen. Der Schwung gab ihm Kraft für einen neuen Anlauf:

»Es ist nur – sehen Sie: Die vergangenen Tage. Mir ein großes *Plaisir.*«

»Sie spreche' mir aus'm Herze', Königliche Hoheit. Es ware' wunde'volle Tage. Und nach meinem Geschmack sind sie viel zu schnell vergange', so viel Freude und Vergnügen sie uns doch bereitet habe'. Ich hätt', wenn Sie es mir erlaube' zu sage', die nächsten Tage ebenso freudvoll verbringe' könne' und die, die darauf komme', auch.«

Sie konnte sich selbst nicht erklären, warum sie so aufgeregt war, dass es plötzlich in ihrer Landessprache so aus ihr heraussprudelte, als ob jemand anders für sie spreche und nicht sie. Sie biss sich auf die Lippen, um sich zur Räson zu rufen, konnte aber nicht anders, als abermals in die Sprache ihrer Großmutter zu verfallen, so, als ob es ihr Sicherheit gäbe, wie ein Geländer vor dem Abgrund:

»Gerad' hab' ich an Sie gedacht und mich daran erinne't, wie angenehm es doch geste'n Abend beim Bankier Gontard war, und daran, dass wir über so vieles gelacht habe'. Kennen Sie das? Man denkt an einen heiteren Moment, und dann ist es mit einem Mal so, als ob man mittendrin säße, und muss aus sich herauspruste', obwohl keine' mit einem gesproche' hat, und alle halten einen für närrisch.«

Sie lächelte verunsichert ob des Bekenntnisses und suchte in seinem Gesicht nach einem Zeichen der Absolution.

Er nickte: »Janz meine Rede.«

»Ja, aber warum sind Sie hier? Und warum sehen Sie so anders aus? Müssen Sie wiede' in den Krieg ziehen und wollen sich nun von mir verabschiede'? Wie schade, dass wir einander dann so bald nich' mehr sehe' werde'.«

»Nein, nein.«

»Wie – *›nein‹?*« Sie schaute ihn empört an. »Finden Sie es etwa nicht schade ...«

»Doch, doch. Nein, nein ... Es ist ...«

»Ja, aber ...?«

Friedrich Wilhelm verscheuchte mit einem ruckartigen Kopfschütteln die Verwirrung, in der er sich verstrickt hatte, straffte sich und hob mit klarer Stimme an:

»Ja, meine liebe Durchlaucht. Fände es auch schade, Sie so bald nicht wiederzusehen. Die Zeit mit Ihnen war mir eine ausjesprochene Freude.«

Luise atmete erleichtert auf.

»Ziehe nicht in den Krieg, noch nicht. Der König gibt den Marschbefehl erst in der nächsten Woche. Zeit zum Abschied ist noch nicht jekommen ...«

»Wie froh ich bin.«

Sie fühlte ein inneres Kribbeln – ob vor Freude darüber, dass er noch eine Weile hierbleiben würde, oder aus Erleichterung darüber, dass er ihre gemeinsame Zeit nicht für vertan hielt, sie wusste es nicht. Unsicher suchte sie seinen Blick. Er aber wich aus.

»Ich bin auch froh, verehrteste Prinzessin. Ich auch. Gottlob. Der scheußliche Krieg. Die Tage mit Ihnen hingegen: wunderschön. Hätte nie jedacht, dass es möglich ist, so viel Heiterkeit zu erleben. Sind so voller Lebensfreude. Voller Frische und Elan. Mit Ihnen herrscht Frieden. Es ist, als ob wir Freunde sind. Immer schon jewesen wären. Deshalb wollte ich fragen, würden Sie –«

»Gern, lieber Prinz, gern begleite ich Sie auf den Ball heute Abend. Und ich fürchtete schon, meine Gesellschaft würde Sie *ennuyieren,* nachdem Sie gestern Abend nur Augen für Friederike hatten … Nun: Man kann es Ihne' nich' verdenke'. Ich liebe meine Schwester mehr als alles andere auf der Welt.«

»Nein, nein, liebe Prinzessin.«

»Nein? Sie finden meine Schwester nich' liebenswe't?«

»Doch, doch.«

»Ebe'. Deshalb dachte ich, dass Sie sie frage' würden, wegen des Balls heute Abend, und nich' mich.«

»Nein, nein. Es jeht nicht um den Ball heute Abend.«

»Nich'?«

»Nein«, sagte er bestimmt.

Sie sah ihn forschend an, um in seinem Gesicht eine Antwort für die unverständliche Rede, die er da an sie heranzutragen versuchte, zu finden, wobei sich ihre Blicke unbedacht kreuzten. Als er ihrem Blick einen Wimpernschlag länger als gewöhnlich standhielt, fiel ihr auf, dass sie zum ersten Mal miteinander alleine waren. Sie roch plötzlich die Frische seines ungepuderten, offenen Haars und das staubige Aroma ihres Cottunkleides. Sie fühlte die Kälte seiner Orden und die Wärme, die von seinem Körper ausging. Sie hörte den ruhigen Gleichklang seines Atems und fühlte die Schnelligkeit, mit der ihr Blut so unvermittelt durch die Adern rauschte. Sie war verunsichert von der Flatterhaftigkeit ihrer Nerven und fühlte sich geborgen im treuen Blau seiner Augen. Das alles roch, spürte und sah sie, wie sie es noch niemals zuvor gerochen, gespürt und gesehen hatte, und nun hatte sie endlich einen Begriff dafür, was es war, was sie in seiner Gegenwart so unerwarteterweise spürte: Es war *Spannung.*

Doch bevor sie sich darüber klarwerden konnte, was das nun zu bedeuten hatte, ergriff er schon ihre Hand, sank auf die Knie und fragte:

»Wollen Sie meine Frau werden?«

12

Der schmale, zierliche Ring, den sie bei ihrem Versprechen von der Hand gezogen und ihm angesteckt hatte, glänzte an seiner feingliedrigen Linken, als er dabei war, von der Freude, dem Glück, dem Jubel zu erzählen, den er über seine Wahl empfand. Er hätte es hinausschreien können, rufen, brüllen, singen, er hätte die ganze Welt umarmen können, die Bäume, die Lakaien, ach, einfach jedermann. Stattdessen flog nun sein Gänsekiel in so aufgeregter Manier über das weiche Bütten, dass dem Zustand der großen Erregung, in dem er sich befand, durch seine korrekte, akribische Schrift eine natürliche Grenze gesetzt wurde. Er konnte nicht so schnell, wie er wollte. Die Buchstaben des Alphabets waren zu bemessen, um seiner grenzenlosen Lebenslust einen Namen zu geben. Wie Haltung bewahren, wenn einen das Gefühl so überwältigte? Er befand sich in einem ungeahnten Stadium der Auflösung, der Auflösung aller gestrengen Regeln, mit denen er sich im Leben eingerichtet hatte.

Ach, seufzte er, als er seinen Kiel zum wiederholten Male im Glas tränkte. Ach, sie hatte ihn geküsst. Geküsst! Begleitet von einem wohligen Beben, durchlebte er den Moment des Antrags noch einmal wie in einem schönen Traum: Sie hatte am Fenster gestanden, als er das Zimmer betreten hatte. Doch so froh er gewesen war, mit einem Lächeln empfangen zu werden, so verlegen war er auch. Nach vielem Stottern hatte er endlich allen Mut zusammengefasst und sein Anliegen ohne viele Umstände vorgetragen. Die Augenblicke, in denen er auf ihre Antwort wartete, waren die schrecklichsten seines Lebens gewesen. Sein ganzes Sein hatte er mit dieser einen Frage in ihre Hände gelegt. Er hatte gewartet, gebangt, gefürchtet, und nur ein inneres Vibrieren hatte ihn aufrecht gehalten.

Aber dann, nach endlosen Augenblicken, hatte sie mit leiser und dunkler Stimme das ersehnte Wort von sich gegeben: »*Ja!*« Ein sanftes, erlösendes Ja! Ein Ja wie ein Hauch, ein Luftzug, ein unsichtbares Nichts, und doch so kraftvoll und klar, dass man ein ganzes Leben darauf bauen konnte.

Er lehnte sich kurz zurück und sog das Wohlgefühl, mit dem er sich dieses Augenblicks erinnerte, mit achtsamer Langsamkeit ein. Ein Ja!

Beflügelt war er dann aus seiner unbequemen Haltung heraus wieder zum Stehen gekommen und hatte die Frage gestellt, die ihm nach diesem Ja sein Verlangen diktiert hatte:

»Darf ich?«

Sie hatte genickt. Er hatte sich ihrem Mund genähert, und dann waren alle äußeren Begebenheiten dieses Moments erloschen. Er erinnerte sich an den süßlichen Duft ihrer Haut, die dem Aroma von Aprikosen glich. Er fühlte noch einmal die Zartheit ihrer Wangen, und er schmeckte noch einmal das unvergleichliche Bukett ihrer Lippen. Aber mehr noch als die Eindrücke, die dieser Kuss auf seine Sinne gemacht hatte, hatte er sein Empfinden berührt.

Abermals hob er an zu schreiben, stockte, überlegte, hielt inne. Nein, von diesem Gefühl konnte er niemandem erzählen. Es war nur für ihn gedacht, für ihn ganz alleine. Pflichtschuldigst versuchte er die letzten Regungen, die die Erinnerung an diese einmalige Stunde hervorgerufen hatte, abzuschütteln wie sein Hund Sultan die Wassertropfen nach einem anständigen Marsch durch den Regen. Er musste sich auf den Brief, den er schreiben wollte, konzentrieren.

Was sollte er seiner Mutter nur schreiben? Wie sollte er Wendungen finden, die das Einzigartige dieser Begegnung wiedergaben? Wie seine Freude in Worte fassen, ohne seine Mutter mit dem Gefühl zu brüskieren, dass ihm und seiner Zukünftigen etwas zuteilwerden könnte, was das Schicksal ihr selbst leider verwehrt hatte?

Er saß an dem Sekretär, an dem er sich weniger als einen Tag zuvor noch dem kleinen Marchese Lucchesini über die Qual anvertraut hatte, die es ihm machte, zwischen Luise und Friederike wählen zu müssen. Es war eine der besten Entscheidungen seines Lebens, diesen guten Mann gerufen und um Rat gefragt zu haben! Mit einer zuprostenden Geste ins Leere beglückwünschte er sich zu diesem Einfall und rief sich noch einmal das Bild vor Augen, das der Marchese und er am Abend zuvor geboten hatten. Wie eine Fata Morgana sah er ihn vor sich sitzen: Er lauschte wieder, wie der kleine Marchese die Möglichkeiten jeder Wahl bis in die letzte Konsequenz durchspielte, die es zu beachten galt, und die Vorteile der einen Prinzessin gegenüber denen der anderen abwog, ohne die jeweils andere nachteilig dastehen zu lassen.

Es war die Klarheit von Lucchesinis Worten, die ihn, Friedrich Wilhelm – ja, wie sollte er es sagen? Er rieb sich die Schläfe, als ob er dadurch seine Gedanken sortieren und die passenden Worte für den Eindruck finden konnte, den dieser ungeheuerliche kleine Italiener auf ihn machte, und tatsächlich kam ihm nach einigen Momenten des Grübelns die treffende Bezeichnung: Er, Friedrich Wilhelm, war von Lucchesini nichts weniger als … hypnotisiert.

Er schüttelte den Kopf bei dem Gedanken daran, dass es tatsächlich Menschen bei Hofe gab, die diesen vorzüglichen und fähigen Mann als haltlosen Wichtigtuer und elendigen Schwätzer abtaten! Was für Ignoranten! Was für Idioten! Mittelmäßige Rivalen – um Hofämter, Kabinetts- und Ministerposten! Wie etwa diese herrische Voss mit ihren grausamen Tagebüchern, die sie überall offen herumliegen ließ, damit man sie ja lese und die darin unter dem Deckmantel des Privaten und scheinbar Authentischen verfassten Verleumdungen aufs Schnellste verbreite … Oje, oder dieser feingliedrige Peter Fontane mit seiner blasiert zur Schau getragenen Dankbarkeit dafür, dass man ihm, dem Hugenotten, bei Hofe Zutritt gewährte, der aber gleichzeitig hinterrücks über die Preußen und ihren König aufs Übelste spottete wie ein Possenreißer in der Schankstube … Mein Gott, oder dieses süßliche Fräulein von Viereck, das jedem, der es wollte, und leider auch jedem, der es nicht wollte, ihre formidablen Vorzüge anbot wie eine Bäuerin ihre Äpfel auf dem Markt. Oder diese geschwätzige Marie von Kleist, die alle um Wohltaten und Spenden für die Armen anging und dabei nur ihre Familie aus Deserteuren und Herumtreibern durchfütterte, die weder Pflichtbewusstsein noch Anstand hatten … Oder dieser Haugwitz mit seinem dicken Palais, das er erst kürzlich von Johann Gottfried Donner übernommen hatte.

Ach, es galt eigentlich für alle: die von Brühls, die von Bergs, die von Camas', die von Karmers und wie sie alle hießen. Diese ganzen widerlichen Speichellecker, Karrieristen, Bücklinge und Intriganten hatten guten Grund, Lucchesini Ungeheuerlichkeiten anzudichten, eben weil sie nichts weiter waren als Mittelmaß und Durchschnitt und dieser sie überragte wie die Alpen das Tal. Sobald er, Friedrich Wilhelm, König würde – und das hatte er sich gestern Abend geschworen, und diesen Schwur hatte er, nachdem er von Luise gekommen war, bekräftigt! –, wäre diesem großartigen Marchese Girolamo Lucchesini jedenfalls ein Amt bei Hofe sicher. Vielleicht gar ein Kabinetts- oder ein Ministerposten; so sicher wie – ja, wie hatte der kleine Katholik so treffend gesagt – »das Amen in der Kirche«.

Und jetzt gleich, also noch heute, würde er, wie er es Lucchesini in die Hand versprochen hatte, ein Schreiben an den Bankier Gontard aufsetzen und sich bei ihm für dessen Redlichkeit und Trefflichkeit verbürgen, damit er sich Lucchesinis famose Dienste in St. Petersburg und andernorts nutzbar machen konnte. Sobald er König wurde, würde es keinen Hofstaat mehr geben! Er würde nur auf wenige, gute Männer setzen! »Basta!«, hatte ihn der Italiener für solche Fälle gelehrt, und er musste zugeben: Dieses Wort gefiel ihm sehr gut!

Friedrich Wilhelm strich sich über den Mund und versuchte, sich wieder auf die schwere Aufgabe zu konzentrieren, die vor ihm lag. Er fragte sich: Was würde dieser gute, treffliche Lucchesini seiner Mutter schreiben? Wie würde er ihr, die das Leben nicht verschont hatte, antragen, dass er voller Glück und Euphorie war, ohne sie dadurch im Schatten des Lebens stehen zu lassen? Wie würde er ihr das Gefühl vermitteln, dass sie glücklich werden würde mit der Wahl, die er getroffen hatte? Er sammelte sich und entschloss sich, den einfachsten Weg zu gehen und geradeheraus und unverhohlen von Zukunft, Freude und Glück zu erzählen:

> Meine hochverehrte Mutter,
> ich habe die außerordentliche Freude, Euch mitzuteilen, dass ich nach reiflichen Überlegungen nun endlich zu dem Entschluss gekommen bin, mir eine Frau zu wählen, und dass die Wahl auch mit Freuden angenommen wurde.

Er schilderte ihr den heimlichen Besuch im Theater und die Vorahnung, die ihn schon beim ersten Anblick der beiden Mecklenburg-Schwestern beschlichen hatte, er schrieb von dem glücklichen Zufall, der ihm die Bekanntschaft der beiden bei einem Déjeuner des Bürgermeisters Olenschläger verschafft hatte, er erzählte, wie sie sich von da an auf fast jedem Ball, Fest, Frühstück oder Souper, die die dankbaren Bürger Frankfurts gegeben hatten, wiedergesehen hatten, wie ihm die Wahl zwischen Luise und Friederike zunehmend schwerer gefallen sei und wie er dann nach Zwiesprache mit dem Vater, dem Bruder und dem geschätzten Marchese Lucchesini – *»Kein Mann, der* *sich auf die Diplomatie und die Diskretion in heiklen Angelegenheiten besser versteht als dieser gute, treue und ungeheuerlich ratsame Italiener!«* – und einer durchwachten Nacht sich schließlich für Luise entschieden hätte. Er beschrieb ihr, dass sie sein Werben erhört hätte und dass sie von gutem, geradem Charakter wiewohl von ausnehmender Schönheit sei, und schloss mit den Worten:

> … Ich kann Euch gar nicht sagen, wie glücklich ich mich durch diese Wahl fühle, die ich getroffen habe, und zuversichtlich auch auf Euren Segen hoffe, die Ihr doch immer teilhabt an meinem Wohlergehen.
> Euer ergebenster Friedrich Wilhelm.

Die Antwort kam nur fünfeinhalb Tage später und fiel so aus, wie er es erwartet hatte.

Graf Medem trat mit wissender Miene ein und behauptete, dem Kronprinzen von den Ereignissen berichten zu wollen, die sich im Hause der Königin im Potsdamer Kabinettshaus zugetragen hatten, wohin sie sich zurückgezogen hatte, damit sie die Buhlschaften ihres Mannes nicht sehen musste, die täglich – genauer: allabendlich – im Schloss ein und aus gingen. Friedrich Wilhelm wunderte sich, woher dieser karrieristische Medem das alles schon wieder wusste, wo er doch auch wie er hier bei jedem Ball, jedem Diner und jedem Souper zugegen war, das die Bürger Frankfurts bereiteten.

Er zog die Augenbrauen zusammen und fixierte ihn und den Herrn Peter, den Kurier, den er vor fünfeinhalb Tagen selbst – aus gutem Grunde – mit seinem Brief an die Königin nach Potsdam geschickt hatte. Nun stand der treue Mann eingeschüchtert und steif wie ein Zinnsoldat neben diesem Medem, aus dessen Haltung mit jeder Geste die Erregung eines Wachhundes sprach, der auf der Lauer liegt.

»Nun, Medem: Berichtet!«

»Ja, Königliche Hoheit, sehr gerne, Königliche Hoheit. Es ist so, dass ich den Herrn Peter hier, den Kurier hier, zu Euch gebracht habe …«

»Käme auch allein!«

»Ähm, ja, aber, um Euch aus erster Hand zu berichten …«

»Dann erzählt!«

»Ja, dieser vortreffliche Kurier hier hat die Ehre gehabt, von Ihrer Königlichen Majestät, der Königin, den Brief ausgehändigt zu bekommen, auf den Ihr wartet, und …«

Eine kurze Weile hörte sich der Kronprinz das Gefasel des Grafen an und verstand schließlich, was gespielt wurde: Medem war absolut nicht im Bilde, worum es ging, platzte aber vor Neugierde. So hatte er sich lediglich an die Fersen des Reiters geheftet, um mit ihm, Friedrich Wilhelm, dessen Erzählungen zu lauschen und sich mit seinen allerneuesten Nachrichten sogleich bei der Gesellschaft einen Vorteil zu verschaffen und sich wichtigzumachen.

Noch einmal starrte Friedrich Wilhelm den Grafen an, und als dieser sich weiterhin in haltlosem Gestammel erging, sprach er ein Machtwort und warf ihn hinaus.

Mittelmaß, dachte er, reines Mittelmaß! Er wird es nie so weit bringen wie Marchese Lucchesini.

Energisch riss er Peter, der scheu neben der Tür stand, den Brief aus der Hand. Dieser empfahl sich schon unter Stottern und mehreren Verbeugungen, weil er dachte, dass Friedrich Wilhelm, der den Grafen auf so energische Weise der Tür verwiesen hatte, nun alleine sein wollte und er, der Herr Peter, nun ja auch nicht die Absicht hatte zu stören, zumal nicht einen so hohen Herrn, der die Gegenwart eines so kleinen Mannes, wie er es war, wohl nur ungern duldete – da wies ihn Friedrich Wilhelm an zu bleiben.

»Setze Er sich.«

Schnell brach er das Siegel und überflog die Zeilen.

»Ihr schwärmerischer Ton macht sich ganz erbärmlich aus«, war nur eine Formulierung der zurückhaltenderen Art unter denen, die ihm da entgegenprasselten wie Hagel, der die Ernte verdirbt. Oje, seine Mutter hatte es wohl noch schmerzlicher aufgenommen als gedacht. Er versuchte seine Erregung durch lange Atemzüge zu beschwichtigen.

Während er den Brief las, richtete er sich an den Herrn Peter: »Hunger?«

»Köngliche Majestät, ähm, Königliche Hoheit. Es ist mir eine Ehre, von Euch gefragt –«

»Hat Er Hunger?«

»Ja, nun, Königliche Hoheit …«

Ohne die Antwort des Mannes abzuwarten, der angesichts der Tatsache, mit einem Kronprinzen allein in einem Raum zu sein, völlig benommen war, rief Friedrich Wilhelm den Kammerdiener und orderte Brot, Käse und einen ordentlichen Krug Bier. Kaum war dies aufgetragen, stürzte sich der treue Kerl darauf wie ein Rudel Wölfe auf die Beute. Er hielt das Brot in der Linken, den Käse in der Rechten, biss abwechselnd mal links und mal rechts ab und stürzte den Becher in einem Zug hinunter. Erst als er den Becher wieder aufstellte, wurde ihm bewusst, dass seine Haltung seines königlichen Gegenübers nicht würdig war, und straffte sich.

Friedrich Wilhelm aber, der sich in sämtliche Formen von Schüchternheit und Verlegenheit einfühlen konnte, winkte abermals ab: »Hat Er sich verdient. Lange Strecke. Einmal Frankfurt – Berlin und zurück in knapp sechs Tagen. Potzblitz. Muss jeflogen sein. Das hat Er jut gemacht! Stärke Er sich! Und erzähle Er mir, was Er gehört hat.«

Peter wischte sich den Mund mit dem Unterarm ab.

»Ihre Durchlaucht, die durchlauchtigste Königin, Eure Mutter, die Hoheit –«

»Und rede Er frei und ohne Komplikation!«

Mit zarter Stimme, die so gar nicht zu der drahtigen Erscheinung des Mannes passen wollte, der in seinen besten Jahren, also um die fünfundvierzig war, stattete der Mann Bericht ab.

»Ich stand im *Antichambre.* Hab gewartet.«

»Jut. Sehr jut. Und dann …?«

»Ja, ähm … Sie hat geschrien! Es dauerte nicht lange, da hat sie vor Entsetzen so laut geschrien, dass man es von ihrem Haus bis in die letzten Winkel von Potsdam hat hören können …«

Der Kronprinz runzelte die Stirn. »Rede Er frei! Hat Er getan, wie ich Ihm aufgetragen?«

»Ähm … Ich habe mir das nicht erklären können …«

»Und hat Er es dennoch herausjefunden?«

Peter lief rot an.

»Nun?«

»Hab mir dann später erzählen lassen, dass es Porzellan aus Meißen war, das zu Bruch gegangen ist.«

Noch einmal biss Peter vom Käse ab und versuchte dabei, dem Blick des Kronprinzen auszuweichen. Der aber fing ihn ein: »Soso. Später erzählen lassen? Ist Er nun wunderlich?«

Friedrich Wilhelm sah ihn freundlich, aber bestimmt an. Denn er und der treue Peter teilten ein Geheimnis, und dieses Geheimnis barg auch den Grund dafür, dass er ausgerechnet diesem Mann, der bei Hof weder Rang noch Ehre innehatte, so viel Vertrauen entgegenbrachte.

Es ging auf eine Begebenheit zurück, die ihm widerfahren war, als er gerade einmal elf Jahre alt gewesen war und der treue Herr Peter noch im Dienste des schrecklichen Geheimrats Behrisch stand, den sein Großonkel, der Große Friedrich, mit der Erziehung des kleinen Friedrich Wilhelm beauftragt hatte. Wie jeden Tag hatte der schreckliche Graf ihn und seinen Bruder Louis zwischen sieben und neun Uhr abends zu seiner Mutter gebracht, die damals schon im Kabinettshaus an den ›Acht Ecken‹ lebte. Und wie jeden Abend hatte er diesen Besuch aufs Tiefste verabscheut, weil seine Mutter schon damals im Begriff war, jegliche Formen von Präsentation zu ignorieren. Ihre Räume befanden sich also stets in einem Grad von Verheerung, die ihres hohen Standes nicht würdig war.

Es gab aber noch einen anderen Grund, warum Friedrich Wilhelm seine Mutter nicht gerne besuchte. Er hatte nämlich bemerkt, dass sie schon damals anfing, jenen säuerlichen Geruch auszuströmen, der sie heute gänzlich umhüllte, kurzum: Er fand, dass seine Mutter unangenehm roch – und ekelte sich vor ihrer Nähe. Aber nicht nur deshalb hatte er ihre Umarmungen verabscheut, sondern auch, weil er spürte, dass sie in diesen erbärmlichen Umklammerungen eher Halt suchte denn mütterliche Liebe zu geben imstande war. Er hatte sich ihren Liebkosungen meist verweigert, indem er weggerannt war und sie aufgefordert hatte, ihn zu fangen, was sie wiederum nicht verstanden hatte, weil sie sich schon damals durch ein hohes Maß an Phlegma auszeichnete und träge und behäbig auf ihrer Chaiselongue sitzen geblieben war.

Sein Bruder Louis hingegen hatte das Angebot an diesem Tage sofort angenommen, und so hatten sie sich mit einem Male durch die Räume gejagt, waren plötzlich, weil es auf dem Parcours lag, den sie durch ihre Gemächer genommen hatten, auf ihrem Bett herumgesprungen und hatten schließlich von ihrem Balkon aus unten vorbeigehende Passanten und schließlich auch die arme Mutter mit Vogelbeeren beworfen. Ihre Absicht war harmlos und beruhte lediglich auf Spiel, wie es bei Knaben in diesem Alter üblich war.

Die Mutter hatte sich als zu kraftlos gezeigt, um diesem Ausdruck von Lebensfreude ihrer beiden ältesten Söhne Einhalt gebieten zu können. Umso strenger waren dagegen die Maßregelungen seines Erziehers ausgefallen, als ihm davon berichtet wurde. Der schreckliche Geheimrat Behrisch hatte ihm nicht nur für eine Woche das abendliche Mahl verwehrt, sondern ihm aufgetan, einen Aufsatz zu verfassen, der dem Thema *»Ich* *war bei der Königin wild und ungezogen, und das ist eine Schande«* unterstellt war.

Noch heute sah er sich, wie er in den Kammern seines Großonkels, des Großen Friedrich, saß und sich Seite um Seite ein Schuldeingeständnis abgerungen hatte für etwas, was er gar nicht als Schuld, sondern vielmehr als großes Vergnügen empfunden hatte, und darüber irgendwann einmal erschöpft vom Nachdenken und vom Hunger eingeschlafen war.

»Wacht auf, Jungelchen, wacht auf!«, waren die Worte, mit denen der treue Herr Peter ihn damals geweckt und ihm einen Zuckerkringel zugeschoben hatte. »Esst, dann wird's Euch besser gehen. Werdet schon wieder auf neue Gedanken kommen. Seid ja bald fertig. Habt ja schon viel geschrieben. Fleißig wart Ihr. Aber nun esst! Werdet Hunger haben.«

Verwundert hatte er ihn angesehen und sich gefragt, woher dieser Mann kam und von der Strafe wusste, die ihm aufgetragen war, zumal die große Flügeltür, die zu seiner Kammer führte, weder auf- noch zugegangen war, was ihm durch ein Knarren angezeigt worden wäre. Darum hatte er ihn, kaum dass er den Kringel mit gierigen Bissen und ohne zu kauen hinuntergeschlungen hatte, danach gefragt.

»Zeig ich Euch, wenn Ihr fertig seid«, hatte Peter gesagt, und mit diesem Versprechen in Aussicht hatte der junge Prinz seinen Aufsatz mit einer Geschwindigkeit zu Ende gebracht, als ob er von der Schönheit preußischer Uniformen oder einem anderen Thema handelte, das ihn wirklich und von Herzen tangierte.

Kaum hatte er seine Erörterungen über seine Schande abgeschlossen, hatte ihm der treue Mann, dessen Namen er damals noch nicht kannte, eine Tür aufgehalten, die auf unsichtbare Weise in die Tapete eingelassen und hinter einem prächtigen Porträt des Kurfürsten Albrecht von Brandenburg verborgen war, und ihm damit den Weg in ein Reich eröffnet, das voller Abenteuer und Entdeckungen war.

Denn was er bis zu diesem Zeitpunkt nicht wusste, weil er sich darüber niemals Gedanken gemacht hatte, war, dass zwischen den Wänden der hochherrschaftlichen Räume, die er mit seiner Familie bewohnte, eine parallele Welt existierte, in der die dienstbaren Geister zu Hause waren. Er und der gute Mann waren über enge Stiegen gegangen, die von den Mansarden, wo die Dienerschaft lebte, bis in den Keller zu den Vorratskammern führten; sie waren auf Posten getroffen, die in kleinen Erkern und durch winzige Löcher hindurch das Geschehen in den großen Sälen beobachteten und Anweisungen für Dienstbarkeiten gaben, die von der Herrschaft – seiner Familie – benötigt worden waren. Der treue Mann hatte ihm, dem Kronprinzen, Kammern gezeigt, die direkt hinter dem Gemäuer an die königlichen Gemächer grenzten und den Wachen als Schlafplatz dienten, er hatte auf Schächte verwiesen, die Speisen und allerlei andere Waren wie von Zauberhand durch das Zwischenreich beförderten, und auf die vielen, kaum mannshohen Türen gedeutet, von denen aus jeder Saal, jede Kammer und jedes Kabinett des Schlosses inoffiziell erreicht werden konnte.

Am meisten jedoch hatte ihn, den kleinen Kronprinzen, beeindruckt, dass es möglich war, über die Rohre Gesprächen zu lauschen, die in den entferntesten Kabinetten stattfanden. Friedrich Wilhelm war erschrocken gewesen, wie klar er die Worte seines Großonkels vernehmen konnte, der sich dort offenbar mit seinem Adjutanten Keith über die Möglichkeit besprach, Kartoffeln für die Versorgung des Volkes zu züchten, wobei er hier nicht den Begriff »Kartoffel«, sondern vielmehr das französiche *»pommes«* wählte und weiter die Worte »Hunger«, »Elend«, »Bauer« – genauer ihre französischen Entsprechungen *»faim«, »misère«, »paysan«*.

Mit einem Male war Friedrich Wilhelm deutlich geworden, warum es geradezu fahrlässig war, sich auf Deutsch zu unterhalten, sondern weshalb bei Hofe das Französische gepflegt wurde: Es war ein Schutz gegen die Ohren, die hinter jeder Wand horchten, denn das Personal war des Französischen in der Regel nicht mächtig. Dennoch war sein Entschluss, niemals in einem der großen Schlösser zu wohnen, mit diesem Erlebnis gefallen. Er wollte zeit seines Lebens das Kronprinzenpalais bewohnen, das frei von doppelten Böden und Wänden war, die alles mithörten.

»Ihr habt jelauscht?«, hatte er den Mann damals gefragt, als er so plötzlich aufgetaucht war neben ihm, dem Elfjährigen, der eingeschlafen war.

»Nicht gelauscht«, hatte der in einer gewissen Arglosigkeit geantwortet, die die Möglichkeiten in Abrede stellte, die sich aus der geheimen Mitwisserschaft an den hinter vermeintlich verschlossenen Türen geführten Gesprächen ergaben. »Müssen hören, wann und wo wir gebraucht werden. Und Ihr habt mich gebraucht, oder?«

Der junge Kronprinz hatte diesen Umstand nicht leugnen können.

Nun, da dieser Herr Peter – dessen Namen er erst im Nachhinein erfahren hatte – vor ihm saß und sich an Brot und Bier labte, konnte sich Friedrich Wilhelm deshalb beim besten Willen nicht erklären, wieso dieser Mann, der ihn in die Geheimnisse der versteckten Türen und Gänge eingeweiht hatte, sich ausgerechnet bei der Königin dieses Wissen nicht nutzbar gemacht und das Ohr an die Rohre oder das Auge an die verborgenen Löcher gelegt hatte, um herauszufinden, was er, Friedrich Wilhelm, zu wissen begehrte. Denn genau das hatte er sich von ihm erhofft, als er ihn geschickt hatte, auch wenn er ihm diese Aufgabe nicht ausdrücklich aufgetragen hatte, weil er diskret sein und den Kammerdiener nicht brüskieren wollte.

Denn damals schon hatte der Herr Peter auf sehr nachdrückliche Weise betont, dass er sich sein Wissen um die Vorgänge bei Hofe im Gegensatz zu vielen anderen aus der Dienerschaft von niemandem entlohnen ließ. Er versuchte dem treuen Mann deshalb seine Scham zu nehmen, indem er ihn von allem, was kommen würde, schon jetzt freisprach, ihm für seine Treue dankte und ihn schließlich direkt mit den Worten anging:

»Er wird doch von den Rohren Gebrauch jemacht haben?«

»Ähm …«

»Hat Er?«

»Ja, doch …«

»Na also, dann berichte Er.«

»Also sie war ganz aufgebracht. Das Hemd war ungebunden und lose, so, als ob sie Hitze hätte und sich Luft verschaffen wolle. Aber nicht so, dass ich etwas zu sehen bekommen hätte, was ich nicht zu sehen beabsichtigt hatte. Das war nicht so, und es war ja auch schon sehr dunkel.« Die Schamesröte beleuchtete immer noch sein Gesicht. »Das Hemd war nicht so ganz offen, sondern eher so halb, und ich hab' auch nicht so richtig geguckt, sondern eher weggesehen. Obwohl ich natürlich geguckt habe, so wie mir aufgetragen wurde. Also …«

»Juter Mann, was hat Er denn gesehen?«

»Ja … die Königin … ihre Haut glänzte von der Hitze, die sie hatte. Ihre Haare waren offen und hingen so frei und ungezügelt herunter. Sie lief ohne Schuhe …«

»Aber wie hat sie reagiert?«

Peter sah ihn mit hohlem Blick an, und jetzt erst begriff Friedrich Wilhelm, warum der gute Kurier so in Verlegenheit war: Er hatte die Königin ohne Staat gesehen!

Armer Tropf, dass er sich davon noch irritieren lässt!, dachte Friedrich Wilhelm. Der halbe Hofstaat kannte die Königin in diesem Aufzug, und das war auch einer der Gründe – wiewohl sie vorgab, den Liebschaften ihres Mannes, seines Vaters, des Königs, nicht begegnen zu wollen –, warum sie also nicht im Schloss wohnte, sondern in einem abgelegenen, aber einer Königin durchaus angemessenen und repräsentativen Stadtpalais: Denn die Königin galt als verwirrt.

Sie schlief tags, wachte nachts, und weil sie sich dann alleine wähnte, schlich sie barfuß, mit offenem Haar und offenem Hemd durch die menschenleeren Räume. Als sie noch in ihren Räumen im Schloss weilte, hatte sie sogar versucht, sich Zugang zum geheimen Kabinett des Königs zu verschaffen. Mehrere Male hatte er sie dabei schon erwischt. Dann sprach sie nervös von Erscheinungen, die sich ihr gezeigt, und von Geistern, die sie angerufen hätten, um sie vor bösen Mächten zu warnen. Sie redete wunderliches Zeug, und es gab nicht wenige, die glaubten, dass ihr Gemüt krank war.

Der König aber wollte sich nicht von ihren Stimmungen die gute Laune verderben lassen und hatte sie kurzerhand ausquartiert. Dem Gebaren der Königin hatte dies keinen Einhalt geboten. Es war vielmehr so, dass sie sich seitdem unbeobachtet fühlte und jegliche Etikette bei Aufzug und Auftritt vollständig ignorierte.

Friedrich Wilhelm hätte in seinen Plan einbeziehen müssen, dass einen, der dem König – aber nicht der Königin – diente, dies unweigerlich schockieren musste; zumal die Königin für ihn eine Person von Respekt und Würde war und nicht nur in seinen Augen eine tragische Frau, die weder in ihrer Ehe noch bei Hofe ernst genommen wurde, seit ihrem vierzigsten Lebensjahr gebeugt ging wie eine alte Bäuerin und säuerlich roch. Er versuchte, dem guten Kurier seine Hemmungen zu nehmen, indem er ihm Details des Geschehens abverlangte und nicht Details des Beobachteten:

»Jut. Verstehe. Aber was hat sie auf die Ankunft meines Briefes hin getan?«

»Ja, ähm, nun … Sie hat den Brief gelesen und dann fallen lassen. Einen kurzen Moment lang war Stille. Dann hat sie geschrien. Und dann ist sie auf das Meißener Porzellanorchester losgegangen wie toll. Erst hat sie den Trommler zertrümmert, dann den Mann an der Schalmei hinterhergeworfen, dann folgten zwei Tambourmajore, dann der Mann mit den Schellen –

dann wollte sie sich gerade einen Troubadour mit Leier greifen, als ihre Kammerfrau sich ihr entgegenstürzte und nur durch liebevolle Umarmung weiteren Schaden abwenden konnte.«

7000 Taler für den Trommler, rechnete der Prinz nach, nochmals 7000 für den Kerl an der Schalmei, dann zweimal 7000 für die Tambourmajore und noch einmal 7000 Taler für die Schellen. Er wischte sich kurz über die Stirn und bilanzierte: Machte satte 35 000 Taler für einen Wutausbruch! Dafür konnte man ein veritables Gutshaus kaufen, zehn Kutschen in Auftrag geben oder schon einen Kronleuchter bekommen, wenn auch nur einen sehr kleinen. Er seufzte.

»Braucht Er mehr?«, fragte er den Berichtenden.

Der Herr Peter schüttelte den Kopf. In der linken Wange bearbeitete er mit der ganzen Kraft seines zähen Körpers den letzten Bissen Brot, spülte mit dem Bier nach und sprach dann erfrischt weiter:

»Also … Als alles in Scherben lag, verfiel Ihre Königliche Hoheit, die gute Königin, in ein markerschütterndes Schluchzen und Wehen, ein Aufbäumen und Absacken, dem sie sich ohne Hemmungen und Scham hingab. Natürlich hat man versucht, diese Affäre zu verkleiden, indem man schnell alle Türen zu den Gemächern der Königin schloss und auch zu den davorliegenden Zimmern keinen Zulass gewährte. Mich hat man nicht bemerkt. Ich hatte mich in eine Tapetentür eingeschlossen …«

»Das habt Ihr jut gemacht, juter Mann!«

»… Ein Glück für alle, dass die Audienzen gerade abgeschlossen waren und sich nicht mehr allzu viele in ihrer Nähe befanden. Dennoch: Ihr wisst es ja, Eure Königliche Hoheit, wie die könglichen Häuser beschaffen sind. Als ich hier in Frankfurt am Main angekommen war, hat bereits der durchlauchtigste Graf Medem von diesen Ereignissen zu mir gesprochen.«

»Was hat er jeboten?«

Peter war so irritiert über die Direktheit, mit der Friedrich

Wilhelm dessen Bestechungsversuch benannte, dass er gar nicht erst auf die Idee verfiel, die Angelegenheit zu vertuschen:

»Einen Viertelgroschen. Aus Sachsen. Silber. Prägung 1760 … Es ist viel Geld, und es gibt Leute, die das Angebot durchaus zu schätzen wüssten …«

»Bitte? Zeigt ihn her.« Friedrich Wilhelm wunderte sich, dass noch Exemplare des minderwertigen, ja eigentlich gefälschten Geldes kursierten, das sein Großonkel damals hatte prägen lassen, um damit seine teuren Kriege zu finanzieren, und wollte das Stück mit eigenen Augen begutachten.

»Aber, ähm … ich hab's doch nicht genommen!«

»Gut jemacht. Und konnte Er dann noch mehr über die Königin berichten?«

»Nein, der Graf Medem hat nichts mehr darüber gewusst.«

»Nicht Medem, sondern Ihn habe ich jefragt. Hat Er sich etwas umjehört?«

»Ja, schon.«

»Und hat Er etwas in Erfahrung bringen können?«

»Nun, man erzählt sich etwas über die Ursache der Missstimmung Ihrer Königlichen Majestät, der Königin …«, fing der Herr Peter schüchtern an. Ihn irritierte die Sache mit dem Geld.

»Was denn?« In Friedrich Wilhelms Ton lag lauerndes Fordern.

»Ja, man hört, dass sie danach getrachtet hat, Euch und Euren durchlauchtigsten Bruder, den Prinzen Louis, mit zwei Töchtern ihres Bruders Ludwig von Hessen-Darmstadt zu vermählen. Sie muss wohl schon Maßnahmen vorbereitet haben, eine Bekanntschaft herbeizuführen. Aber der König war schneller. Nun will sie alles daransetzen, die Hochzeit zu verhindern …«

Friedrich Wilhelm wurde bleich. *Niemals!,* dachte er, niemals würde er sich Luise nehmen lassen, wo er doch endlich eine Frau hatte, die er liebte.

Dankbar klopfte er dem Herrn Peter auf die Schulter.

»Gut jemacht.« Friedrich Wilhelm wies den treuen Mann, der seinen Auftrag auf so vortreffliche Weise ausgeführt hatte, an zu gehen und führte ihn selbst zur Tür. Dort angelangt, drückte er ihm einen Groschen in die Hand und raunte ihm zu:

»Er ist ein treuer Kerl, auf den Verlass ist. Gut jemacht. Keine Fraje. Nur eins noch: Richte Er Medem aus, dass er sein Falschjeld behalten soll!«

Wieder wurde der Herr Peter rot.

13

Der Abschied von Frankfurt am Main kam schneller als gedacht. Kaum wusste Großmutter Scho'sch ihre beiden Enkelinnen unter der Haube, zögerte sie nicht einen Tag lang, um zur Rückkehr nach Darmstadt zu blasen. Sie wollte wieder frei sein und nicht abhängig von ihrer Nichte, deren Klagen ihr schon Ohrensausen verursachten. Und deshalb gab sie vor, Polyxene nicht weiter eine Last sein zu wollen und dass es nun – da die Angelegenheiten, die sie nach Frankfurt geführt hatten, beendet waren – besser, schicklicher und ja auch billiger sei, endlich abzureisen.

Das geschah jedoch nicht ohne schreckliche Szenen. Denn Polyxene, deren stilles Einverständnis Großmutter Scho'sch vorausgesetzt hatte, als sie im ›Weißen Schwan‹ Quartier genommen hatten, fühlte sich nun, da ihr die Rechnung für diese Unternehmung präsentiert wurde, aufs Schändlichste ausgenutzt. Nicht, dass sie sich scheute, die Rechnung zu bezahlen. Im Gegenteil, das war ihr – wie sie zu betonen pflegte – eine große Freude und eine »Pflicht, die ihr das Herz auferlegt und von Gott eingeflüstert wurde«. Sondern es war vielmehr so, dass sie sich fortan, da Großmutter Scho'schs Mission erfüllt war, von den herrlichen Gesellschaften, die die Stadt Frankfurt am Main zu Ehren des Königs allabendlich veranstaltete, ausgeschlossen und wieder in den Stand der Einsamkeit zurückversetzt sah. Vor nichts fürchtete sie sich mehr.

Ihr Wehklagen war in einem Stadium angelangt, in dem sie ausführte, dass es die Undankbarkeit war, die die Welt regierte, und dass sie dies einmal »nur so ganz allgemein und grundsätzlich« bemerken wollte, weil es doch einfach einmal ausgesprochen werden musste, und dann könne doch auch gleich sie es tun. Großmutter Scho'sch, die dieses Gejammer weder »allgemein« noch »grundsätzlich« verstand, sondern sehr deutlich auf sich gemünzt, sah sich in der Not, den Skandal einer unbezahlten Rechnung zu vermeiden. So etwas würde sich für sie als Großmutter der künftigen Königin von Preußen nicht gut ausnehmen. Deshalb sah sie sich genötigt, ein Arrangement einzufädeln, von dem sie nicht wusste, ob es auch von der Gegenseite als nützlich empfunden wurde.

Das Problem, das sich ihr stellte, war ganz offenbar: Niemand hieß die Gesellschaft Tante Polyxenes willkommen, besonders wenn die Abende lange dauerten und sie, beseelt vom Wein, in Selbstmitleid und lange Reden verfiel. In dieser Lage kam die Großmutter auf den Gedanken, Polyxene zu versichern, dass sie, die Großmutter, selbstverständlich für alles gesorgt hätte. Dass Polyxene also nicht zu fürchten brauche, zu ihren Gütern, die von den Franzosen bedroht waren, zurückkehren zu müssen, sondern dass Großmutter Scho'schs Sohn Georg, solange der König noch nicht mobil gemacht habe, ihr während der ganzen kommenden Ballsaison als Begleitung dienen würde. Und dies sei ja eine vortreffliche Aussicht, zumal Georg beim König außerordentlich beliebt sei und sie überall mit hinnehmen würde. Damit war Polyxene zufrieden.

Georg aber wusste von alldem nichts.

So konnte man getrost wieder ins gute Alte Palais am Darmstädter Markt umziehen. Es wurden Kleider gefaltet, Koffer gepackt, Andenken verstaut – genau genommen ließ man Kleider falten, Koffer packen und Andenken verstauen, während Polyxene zu einem letzten gemeinsamen Tee in das wohlige Foyer des ›Weißen Schwan‹ einlud und noch einmal auf ihre Art und Weise die Geschehnisse der letzten Tage Revue passieren ließ. Sie schwärmte von der Unterhaltsamkeit des Königs, sie beglückwünschte Luise für die vorzügliche Partie, die sie gemacht hatte, und nötigte ihr das Versprechen ab, wenn sie dermaleinst und hoffentlich bald Kronprinzessin sei, sie, Polyxene, auch immer in Erinnerung zu behalten, wenn es Feste, Feierlichkeiten oder gar große Ereignisse wie Taufen oder Vermählungen gab.

Dann sprach sie noch so »ganz allgemein« darüber, dass sich die Liebe in den meisten Ehen mit der Zeit schon einstellen würde und dass es das Schicksal von Prinzessinnen sei, sich dem zu fügen und das Beste daraus zu machen. Zudem sei es, wie sie glaube, von großem Vorteil, wenn man das kalte Brautbett mit den Reizen, die einer frisch vermählten Prinzessin schon aufgrund ihres zarten Alters nun mal zur Verfügung stünden, zu erwärmen und den Angetrauten durch Charme und Raffinesse in Glut zu setzen versuche. Denn: So seien nun einmal die Männer.

Während ihrer Ausführungen hätte sie gar nicht so deutlich zu der kleinen Friederike schielen müssen, die trotz ihres zarten Alters den Wink sehr wohl verstand, dass sich diese allgemeinen Bemerkungen – sehr speziell – auf sie bezogen. Sie hatte den Antrag, den ihr Louis zu der gleichen Zeit gemacht hatte, als Friedrich Wilhelm um Luises Hand anhielt, angenommen. Und da sie – im Gegensatz zu Luise, die nicht müde wurde, Details von dem aufregenden Ereignis zu erzählen – niemanden darin eingeweiht hatte, was genau und auf welche Weise geschehen war, gingen alle davon aus, dass die Angelegenheit weniger erfreulich verlaufen war als bei ihrer Schwester. Bekannt war allein, dass Friederike zugesagt hatte. Die Motive jedoch waren ihr Geheimnis, denn eine Neigung, die von ihr zu Louis oder gar von Louis zu ihr ausging, hatte keiner während der letzten Tage feststellen können.

Als die Kutsche beladen war, verabschiedete man sich umständlich, und dann ging es für die Großmutter, die beiden Bräute und die gute Gélieu durch den erwachenden Frühling zurück nach Darmstadt.

Drei Tage später schon meldete Kümmelmann den Besuch des Kronprinzen an. Hoch zu Pferde war dieser über die Ginsheimer Brücke geritten, die die Besatzer über den Rhein geschlagen hatten, und hatte eiligst den Weg über Groß Gerau zu seiner Liebsten genommen, nach der er sich nach diesem ersten, unschuldigen Kuss auf eine Art sehnte, die für ihn neu und aufregend war. Umso größer war seine Freude, als diese ihm, ungeachtet des Schmutzes, der aufgrund der zahlreichen Gemüsestände und Schirne auf dem Marktplatz vor dem Palais lag, eiligen Schrittes entgegenkam, sobald sie ihn von ihrem Fenster aus erblickt hatte.

»Liebe Freundin!« Er stieg vom Pferd und versuchte sie zu umarmen. Sie aber wehrte scheu ab und zeigte sich ihm wieder von dieser kühlen Seite, die so unvermittelt mit ihrer herzlichen Zugewandtheit wechselte und die ihm auch jetzt, da sie ihm so freudestrahlend entgegengerannt war, wie ein Rätsel vorkam.

Tiere! Frauen lieben Tiere! Friedrich Wilhelm dachte an den Rat, den ihm Lucchesini gegeben hatte, und versuchte, ihn in die Tat umzusetzen, indem er das Gespräch auf dieses Thema lenkte. Seine Stimme kam selbstbewusst:

»Bin jekommen, um mir das versprochene Glückskätzchen abzuholen. Hoffe, es macht sich jut. Möchte es mit seinem neuen Freund bekannt machen.«

Er pfiff seinen Hund Sultan herbei, der sogleich zu einer der Schirne gelaufen war, um sich einen der frisch duftenden

Wurstkringel zu erbetteln, die dort feilgeboten wurden, und streichelte ihm über den Kopf.

»Was für ein schönes Tier!« Luise kniete sich hin und packte den Hund hinter beiden Ohren, schüttelte ihn neckisch und streichelte ihm mehrmals liebevoll über den Rücken. Sie liebkoste, boxte und zärtelte ihn und schien von ihm so entzückt, dass Friedrich Wilhelm in Gedanken Lucchesini schon sämtliche Hofämter und -würden seines zukünftigen Staates versprach, die lukrativ und aussichtsreich für eine Karriere waren. Dieser unglaubliche Lucchesini, und was für ein trefflicher Mann er doch war!

Ermutigt von diesem Empfinden, versuchte er sich ihr ein weiteres Mal zu nähern. Sehnsucht nach einer Umarmung, einem weiteren Kuss gar stand in seinen Augen, als er beobachtete, wie sie ihre Zärtlichkeiten so generös an seinen Hund verteilte, während sie ihn, ihren Bräutigam, auf Abstand hielt.

»Habe Sie nun drei Tage nicht jesehen!«, fing er erneut an. »Wie langweilig war mir diese Zeit. Freue mich, endlich wieder bei Ihnen sein zu können. Ich hatte nichts von Ihnen jehört und befürchtete schon, Sie hätten mich vergessen …«

Luise richtete sich auf und wollte ihm gerade etwas zuraunen, da wurden sie von den aufgeregten Rufen der Großmutter Scho'sch unterbrochen, die sich, obwohl sich das eigentlich nicht schickte, höchstpersönlich am Portal aufgebaut hatte. Da sie aber ihre Neugierde nicht bremsen konnte, hatte sie, wie es die Gepflogenheiten im Alten Palais oft bezeugten, die Etikette vergessen. Mit ausladender Gestik winkte sie die beiden herbei und versuchte, sie sogleich in das obere Geschoss des Hauses zu bugsieren, wo sie sofort, nachdem sie den königlichen Besuch hatte heranreiten sehen, das Service für den Tee hatte aufbauen lassen.

Luise blieb wenig Zeit, Friedrich Wilhelm in ihr Zimmer zu geleiten, wo sie ihm die Katzenmutter zeigte, die sie bei ihm wegen des Liedes von der »Katze mit den sieben Jungen« in

Verlegenheit gebracht hatte. Sie nahm das eine, das sie ihm versprochen hatte, aus dem Körbchen heraus und hob es hoch:

»Sehen Sie, es hat so blaue Augen wie Sie!« Sie hielt es ihm entgegen. »Wollen Sie es mitnehmen?«

Doch bevor Friedrich Wilhelm antworten konnte, gellte schon wieder der Ruf der Großmutter durch die Gänge, und Luise bedeutete ihm, dass es besser wäre, dem nachzugeben, weil die Großmutter trotz aller Herzenswärme manchmal doch auch sehr streng sei und es ratsam wäre, ihren Befehlen zu folgen, damit kein Donnerwetter drohte. Dem Preußenspross, der an nichts anderes als Befehle gewöhnt war, hätte sie so etwas nicht erklären müssen, und so eilten sie, so schnell sie konnten, durch die Gänge zum Roten Salon, wo die Großmutter dem Prinzen mit anständigstem Aufwand gebot, Platz zu nehmen. Das Kätzchen ruhte auf seinem Schoß.

»Eure Königliche Hoheit …!« Großmutter Scho'sch überschlug sich, dem Prinzen mit gebutterten Broten und Tee einen wohligen Aufenthalt zu gestalten. Die Tatsache, dass eine so hochgestellte Person der Gesellschaft sie in ihrem kleinen Palais mit seinem Besuch beehrte, versetzte selbst sie, die sie von der Würde ihres Hauses und ihres Stammbaums bis in die letzte Faser ihres Seins überzeugt war, in eine solch aufgeregte Hochstimmung, dass sich ihre hessische Mundart unkontrolliert entlud wie bei den Weibern vom Markt.

»Welch eine Ehre, Euch in meinem Hause begrüße' zu dürfe'. Welchem Umstand verdank' ich diesen glücklichen Zufall?«

Friedrich Wilhelm setzte seine Tasse auf dem Unterteller ab, den er aber nicht zurück auf den Tisch stellte, sondern auf der Höhe seiner Brust hielt, damit er das Kätzchen nicht durch eine Bewegung aufweckte oder gar erschreckte.

»Auch mir ein Vergnüjen, Euch wiederzusehen. Einen Tag nach Eurer Abreise jab der König Befehl zum Marschieren. Habe sofort Quartier in Guntersblum einzunehmen, wo ich als Generalmajor und Kommandeur die Reserve befehlije. Der

König hat mir den neuen Titel verliehen als Anerkennung meiner trefflichen Wahl.« Er deutete mit dem Kopf in Richtung Luise, die neben ihm saß. »Der Weg dorthin führt rheinaufwärts, gab mir die Gelejenheit, ohne Umweje hier bei Euch meine Aufwartung zu machen.«

Nach einem galanten Nicken widmete er sich wieder seinem Tee, dessen Duft er genießerisch einsog, weil es eine Kostbarkeit aus dem Fernen Osten war. Was aber nicht zutraf, weil die Haushaltung der Großmutter eher schlicht war, und was, wenn es zugetroffen hätte, der Kronprinz auch nicht zu erkennen imstande gewesen wäre, weil sein Gaumen nicht an den Feinheiten der hohen Kochkunst ausgebildet worden war, sondern eher an derberen Genüssen wie Dünnbier und Sauerkraut.

Man saß also im Roten Salon und freute sich des Wiedersehens, genauer: Großmutter Scho'sch freute sich auf so außergewöhnliche Weise, dass ihrem Redefluss kaum Einhalt zu gebieten war. Der Prinz aber fühlte sich wohl in dieser Atmosphäre, die ihm frei schien von höfischen Zwängen. Das beschränkte sich nicht allein auf die Wärme, die von der Gastgeberin ausging, sondern umfasste auch das Interieur. Schon beim Betreten des Raumes hatte Friedrich Wilhelm die Behaglichkeit wahrgenommen, die vom Zusammenspiel zwischen dem angenehmen Weinrot der Tapeten mit dem gleißenden Licht rührte, das durch die raumhohe Sprossentür fiel, die zu einem Balkon im Innenhof führte. Zur Linken loderte der Kamin, eingerahmt von zwei mächtigen tropischen Kübelpflanzen, deren Pflege viel Aufwand und Kenntnis erforderte. Daneben, zum großen Fenster hin, stand ein Cembalo, gegenüber eine Garnitur aus Kirschholz, deren Polster mit den Tapeten harmonierten.

Der Blickfang des Zimmers aber war ohne Zweifel Wosniak, ein sehr alter, feuerroter Ara mit gelb-blauen Flügeln aus den nördlichen Wäldern Amazoniens, der in einer deckenhohen Voliere aus Brasilholz saß. Zu seinem merkwürdigen Namen war er gekommen, weil er immer, wenn ihn die gehobene Tonlage einer lautstarken Auseinandersetzung in Schrecken versetzte, »Wosinak, Wosniak!« rief, was die Großmutter aufs Äußerste missbilligte.

»Wosniak? Was bedeutet das?«, fragte der Prinz.

Aber die Großmutter beeilte sich – um von der schrecklichen Geschichte, die mit diesem Namen verbunden war, nicht erzählen zu müssen – zu erklären, dass dieser Papagei zwar der stolzeste ihrer Sammlung sei, es aber noch weitere in ebendieser Sammlung gebe. Sie seien – je nach ihrer Farbe – den einzelnen Zimmern zugeteilt, und für den Kronprinzen erschien wohl der Hyazinth-Ara, der im Blauen Salon untergebracht war, am interessantesten, da seine Farbe fast dem Rock seiner preußischen Offiziersuniform glich. Auch Friederike und Luise signalisierten – die eine mit einem angedeuteten Kopfschütteln, die andere, indem sie ihn kurz mit ihrem Fuß anstieß, was er als sehr entzückend empfand –, dass es besser sei, dieses Thema nicht zu vertiefen und sich einem anderen Gebiet zuzuwenden.

Dennoch blieb bei Friedrich Wilhelm die Neugierde. Und als nach diesem langen Nachmittag auf dem Sofa der Großmutter, an dem sie durch lange Reden sein Vorhaben, Luise einen weiteren Kuss abzuringen, vereitelt hatte, seine Braut ihn endlich zum Tor begleitet hatte, fasste er den Mut, danach zu fragen.

»Sie haben ganz richtig gehört. Er ruft ständig ›Wosniak‹. Immer zweimal hintereinander, dreimal am Tag zur gleichen Stunde. Außerdem immer, wenn er sich aufregt. Ist das nicht putzig?«, sagte sie und drehte sich um, um sicherzugehen, dass die Großmutter nicht hörte, worüber sie sprachen.

Tiere!, dachte Friedrich Wilhelm und pflichtete ihr grinsend bei, wobei sich seine Heiterkeit weniger auf das sonderliche Gekrächze des Papageis bezog, sondern vielmehr auf den Marchese Lucchesini und dessen ungeheuerlich guten Rat, das Thema bei Frauen anzuschneiden.

»Ja, und wissen Sie denn, warum er das tut und was das zu bedeuten hat?«

»Nicht genau, es war weit vor meiner Zeit hier in Darmstadt. Ich weiß nur, dass die Großmutter es nicht duldet, wenn man sie danach fragt, und einmal, als sie herausbekommen hat, dass ich deswegen bei den Stalljungen spioniert habe, hat sie mir eine gewischt.«

Denn sosehr der Papagei imstande war, Luise und Friederike zu amüsieren, so sehr verteufelte die Großmutter dieses Vieh, weil es sie an eine Geschichte erinnerte, die sie am liebsten aus ihrem Leben getilgt hätte – und die hatte mit dem Schicksal des Vorbesitzers und Namensgebers des Vogels zu tun.

Der Papagei war nämlich ein tückisches Souvenir, besser gesagt: ein Mahnmal, das der ehemalige Kammerherr der Prinzessin Scho'sch zurückgelassen hatte, um sie stellvertretend für alle Angehörigen des Adels zu tadeln, den er zutiefst verabscheute. Dies offenbarte sich aber erst, nachdem er unverhofft nach Amerika ausgewandert war, um, wie er es in seinem Abschiedsbrief betont hatte, *»ein Leben unter Gleichesgleichen und Brüdern zu verbringen, wo keiner dem andern überstellt ist!«* Er hieß ursprünglich Alexander Antoni Henryk von Wosniaski, gebot über ein Gut in Posen und war Angehöriger jener eigentümlichen polnischen Adelsschicht, die sich Szlachta nannte und gleichberechtigt und ohne Rangunterschiede zwischen Fürsten, Grafen, Herzogen und Prinzen zu machen, befugt war, den König von Polen zu wählen. Diejenigen, die die Geschichte dieses Mannes kannten, sagten, dass offenbar schon damals durch dieses republikanische Konstrukt die Saat der Gleichberechtigung bei ihm ausgestreut worden war.

Als im Jahre 1772 Preußen und Russland das arme Polen unter sich aufteilten wie eine Torte, zettelte er einen Aufstand gegen die Kaiserin Katharina an und musste fliehen, weil er fürchtete, arretiert zu werden. Irgendwie musste es ihn nach Deutschland verschlagen haben, denn ein Jahr später hatte sich die Großmutter Scho'sch durch ihre Nichte am Hofe von Sachsen-Weimar mit ihm bekannt gemacht, wo er allerdings schon als Wosniak vorstellig wurde, wohl um seine polnische Herkunft zu vertuschen. Sie war durch sein tragisches Schicksal, die Flucht und die Vergeblichkeit, die Länder wiederzubekommen und seine Rechte durchzusetzen, so angerührt, dass sie beschloss, ihn zu ihrem Kammerherrn zu machen, obwohl sein Rang eigentlich nicht dem eines Grafen gleichkam, der für dieses Amt erforderlich gewesen wäre, sondern allenfalls mit dem eines Barons zu vergleichen war. Denn in Polen hatte jeder Adelige den gleichen Status, und da musste man – wie Großmutter sich damals ausdrückte – »das Niveau ganz unten ansetzen«.

Wosniak jedenfalls hatte die Würde sofort angenommen, war aber, kaum dass Amerika seine Unabhängigkeit erklärt hatte, bei Nacht und Nebel geflohen und hatte seinen Adelstitel abgelegt, um dort als freier Bürger und ohne Rangunterschiede zu leben. Man sagte, er verdiene sein Auskommen jetzt mit dem Verkauf von Obligationen für den Handel zwischen New York und Danzig, was für alle, die ihn kannten, mit einem gewissen *Hautgout* behaftet war.

Dass die Großmutter diese Flucht so gegrämt hatte, hing weniger damit zusammen, dass sie es als Akt der Undankbarkeit ansah – wobei sie das natürlich tat, was nicht wenige in langen Klagen zu hören bekommen hatten, die den Namen ›Wosniak‹ kurz nach dieser Begebenheit erwähnt hatten. Aber auch wenn es Stimmen gab, die sagten, Großmutter Scho'sch errege diese Sache so sehr, weil es ihr peinlich war, auf so einen Laffen gesetzt zu haben, war es jedoch eher die Tatsache, dass Wosniak – wie sie sagte – sich undankbar gegen Gott gezeigt hatte. Denn indem er seinen Adelstitel abgelegt hatte, habe er sich gegen die göttliche Ordnung erhoben. Großmutter Scho'sch fand, dass er sich in einer Weise versündigt hatte, für die sie kaum Vergleiche hatte, und hoffte, dass der Allmächtige, da sie Wosniak geholfen hatte und deshalb als eine Sympathisantin angesehen werden konnte, nicht auf den Gedanken verfiele, sie zu bestrafen.

Nur so war die Wucht der Ohrfeige zu erklären, die sie Luise verpasst hatte, als sie mehr über Wosniak zu erfahren versucht und bei den Bediensteten nachgefragt hatte, die diesen Mann kannten. Denn dieser Name war für die Scho'sch, als ob man den lieben Gott lästerte.

Friedrich Wilhelm sah Luise an und strich ihr über die Wange.

»Ich verstehe selbst nicht, was meine Mabuscha daran so aufbringt. Aber immer, wenn das arme Tier ›Wosniak, Wosniak!‹ ruft, sieht es so aus, als ob sie ihm am liebsten die Gurgel herumdrehen würde.«

Auch Friedrich Wilhelm war ratlos und wechselte deshalb geschickt das Thema, um vielleicht doch noch in einer persönlichen Sache zum Zuge zu kommen.

»Und will Ihnen sagen, warum sie es noch nicht jetan hat: weil Sie ihn lieb haben!« Er blickte ihr tief in die Augen. »So wie ich Sie auch!«

Mit diesen Worten raubte er ihr endlich den ersehnten Kuss, schwang sich auf sein Pferd, ritt davon und versprach sich selbst, sie das nächste Mal zu fragen, warum sie sich auf so eigenartige Weise kühl gegen ihn zeigte.

Aber auch beim nächsten Besuch fand sich Friedrich Wilhelm als Ehrengast im Roten Zimmer wieder, wo er mit Tee, belegten Broten, Gunstbeweisungen und Ehrerbietungen seitens der Großmutter geradezu genötig wurde zu bleiben. Neben ihm auf dem zierlichen Kanapee saß Luise, die strickte, dann auf den Stühlen rund um den Tisch Friederike und die gute Gélieu, die sich mit Eifer über einen Haufen Leinwandfetzen beugten und sie in geduldiger Gleichmut zu Mull zerrissen, das man den Feldlazaretten zu spenden gedachte. In dem tiefliegenden

Armstuhl aus Brokat, der zur Balkontür hin stand, hatte es sich Großmutter Scho'sch bequem gemacht, die man aufgrund des Gegenlichtes nur noch als Schattenriss wahrnahm, aus dessen schemenhaftem Dunkel ein unaufhörlicher Schwall von Anekdoten, Erzählungen und Geschichten kam.

»… zur Kaiserkrönung sind Eure Braut und die Eures Bruders Louis bei der Frau Rat Goethe untergekommen. Mit ihren Narreteien habe' sie die alte Dame ganz schön auf Trab gehalten … Die gute Frau. Mir hatte' ja keine Unterkunft mehr bekommen in der Krönungsstadt. Nicht als Darmstädter, wo wir doch von protestantischem Bekenntnis sind und Eure Braut nebst ihrer Schwester auch. Die Frau Rat Goethe darf aber nur Gäste aus Hannover aufnehmen, so ist das nun mal geregelt. Da erreicht uns an einem Tag kurz vor der Krönung eine Depesche, in der die Frau Rat Goethe sagt: Ihre Enkelinnen sind doch aus dem kurbraunschweigischen Hannover. Sie haben dort doch das Licht der Welt erblickt …«

Friederike und Luise schauten sich an und beugten sich dann wieder über ihre Arbeiten.

»… Jedenfalls kam es so, dass Eure Braut und die Braut Eures Bruders im Hirschgraben Zimmer beziehen konnten. Die arme Gélieu, die sie begleitet hat …«

»Ich war doch nicht arm, eine Freude war's mir!« Die magere Schweizerin versuchte, von Luise ein Lächeln zu ergattern und dadurch Gefallen auch bei dem Königssohn zu bewirken, dessen gerade preußische Haltung und korrekte Formen sie uneingeschränkt bewunderte.

»Pah! Eine Freud'!« Großmutter Scho'sch winkte wegwerfend mit der Hand, sodass ihre Armbänder bedrohlich klapperten. »Eine Freude! Das sagt Ihr jetzt, liebe Gélieu. Damals habe' Eure beiden Schützlinge Euch dort arg strapaziert!«

»Ach, das ist doch längst vergessen!« Die Gélieu legte die Handflächen aufeinander.

»Ihr habt es vergessen? Ich werde es nie vergesse'! Allzu köstlich habe ich mich amüsiert … Eure Braut nämlich und die Braut Eures Bruders, Königliche Hoheit …« – Großmutter Scho'sch beugte sich zum Prinzen, »… die beiden haben die arme Gélieu einfach in ihr Zimmer eingesperrt, an dessen Tür sie dann klopfte und polterte – bis die Frau Rat Goethe ihr endlich den Weg freigemacht hat. Die Stimme war ihr vom vielen Rufen schon ganz heiser geworden.« Sie lachte ein kehliges »He,he,he«.

»Aber warum? Warum haben Sie sie denn einjesperrt?« Friedrich Wilhelm drehte sich zu Luise, die ungeschickt mit dem Nadelspiel ihrer Handarbeit nestelte, der sie sich im Gegensatz zu den anderen gewidmet hatte. Sie hatte sich nämlich vorgenommen, ihrem Bräutigam ein Paar Socken fürs Feld zu stricken, verhedderte sich jedoch schon kläglich bei den ersten Maschen, die sie aufgenommen hatte. Verlegen schaute sie hoch.

»Um ihre Scherze zu treibe'!« Großmutter Scho'sch hatte das Wort wieder an sich gerissen. »Im Innenhof habe' sie sich nämlich währenddessen mit dem Wasser aus der Pumpe bespritzt, und es will mich nicht wundern, wenn da nicht auch ein paar Tropfen die alte Frau Rat Goethe getroffen hätten … Und dann ihre Naschereien! Eierkuchen mit Specksalat, Zwiebelkuchen. Es war ihnen nie genug. Ihr müsst nämlich wisse', Königliche Hoheit …« – sie rückte auf dem Armstuhl in eine bequemere Position –, »Ihr müsst wisse', dass Eure Braut eine kleine Naschkatze ist. Bei ihrer Schwester Charlotte in Hildburghausen hat sie sich von ihrem Handgeld ganze acht Brezeln gekauft, stellt Euch vor: acht an der Zahl! Und neulich hab' ich sie dabei erwischt, wie sie neben dem Briefeschreiben Klöße mit Butterbrot gegessen hat …«

Briefeschreiben nennt man das jetzt!, dachte Luise und verkniff es sich, die Großmutter zu korrigieren, weil ihr noch im letzten Augenblick einfiel, dass die Strafarbeit, die sie ihr aufgegeben hatte, nur daher rührte, dass sie nach dem Bankett bei

Gontard zu spät zur Kutsche gekommen war, und dass dann die Frage im Raum gestanden hätte, wie es dazu gekommen und sie den Namen hätte nennen müssen, dem dies geschuldet war: Louis Ferdinand! Wie er sich wohl hier auf dem Kanapee in dieser Runde ausmachen würde? Ob er den unangenehmen und peinlichen Enthüllungen der Großmutter Einhalt geboten hätte? Bestimmt! Er hätte sie amüsiert und sich wieder Hessisch lehren lassen, und alle hätten herzlichst gelacht. Ach … Wie hatte sie sich nur so dumm benehmen können, als er ihr bei Gontard hinterhergelaufen war? Wie eine dumme Gans hat sie sich verhalten! Warum hatte sie sich nicht ein wenig gefälliger zeigen können? Dann wäre vielleicht alles anders verlaufen … Aber nein, sie musste die Kühle geben, die Gebieterische, diejenige, die ihn bitten, zappeln und um Vergebung betteln sehen wollte. Und was hatte sie nun davon?

Er hatte sich seitdem nie wieder gemeldet. Oder ob es daran lag, dass er von ihrer Verlobung mit Friedrich Wilhelm wusste? War es falsch, dass sie den Antrag des Kronprinzen angenommen hatte? Nein, er war ihr in diesem Moment nicht nur so stark und entschlossen erschienen, es war auch, dass er … da war. Er hatte ihr das Gefühl gegeben, für sie da zu sein, bei ihr zu sein und nicht weg und unerreichbar. Und dennoch …

»Wosniak, Wosniak!« Von der Voliere tönte ein aufgeregtes Flattern zu der Runde herüber. Die Uhr schlug die dritte Stunde an.

Luise erschrak über das wütende Schnauben der Großmutter und das leichte, aber für Eingeweihte sehr deutliche Klappern der Armbänder, das signalisierte, dass die Sache mit dem Papagei sie immer noch aufregte. Sie befürchtete, dass der Prinz das Gekrächze des Vogels zum Anlass nehmen würde, seine Neugierde in dieser Sache zu befriedigen, die Großmutter danach fragen und dadurch eine peinliche Szene heraufbeschwören könnte. Deshalb nahm sie billigend in Kauf, dass die Großmutter dieses Thema überging und weiterredete, auch wenn sie wie zuvor Begebenheiten aus ihrem, Luises, Leben preisgab, die ihr peinlich waren und die sie beschämten.

»Ne, ne, ne.« Die Alte hatte wieder zu dem gleichmäßigen Singsang zurückgefunden, aus dem sie kurz durch den Vogel herausgerissen worden war. »Ich kann zu meine' Enkelinnen nich' mehr so streng sein wie zu meinen gewesenen Töchtern – Gott hab sie selig! Ich bin eine alte Frau und habe nich' mehr die Kraft in meinen morschen Knochen. Aber Zucht und Ordnung muss sein. Da pflichtet Ihr mir doch bei, Königliche Hoheit?«

Doch ohne eine Antwort abzuwarten, ging sie gleich zur nächsten Anekdote über: »Vom Sinn für Ordnung Eurer Braut nämlich, Königliche Hoheit, kann Euch die gute Gélieu ein schönes Lied singe'. Die Schulhefte Eurer Braut nämlich strotzen nur so vor Fehlern …«

»Ihr übertreibt, liebe Prinzessin Georg! Sie braucht die Hefte doch zum Üben, und nur wer übt, der wird ein Meister.« Die gute Gélieu lachte dieses gurgelnde Lachen, durch das sie schon oft zur Zielscheibe des Gespötts ihrer beiden Zöglinge geworden war, und wandte sich abermals dem Kronprinzen zu, dessen Aufmerksamkeit sie gerne erhaschen wollte. Er erlöste sie mit einem Nicken. Luise und Friederike blickten sich kurz an, richteten aber ihre Konzentration wieder auf ihre Arbeiten.

»Aber nein, liebe Gélieu, ich übertreibe ganz und gar nich'. Ich untertreibe sogar! Denn in den Heften Eurer Braut, Königliche Hoheit …« – Großmutter Scho'sch drehte sich zum Kronprinzen, »… in den Heften fand ich so manch eigentümliches Gemälde. Es scheint mir, als ob Eure Braut, Königliche Hoheit, einen ausgeprägten Sinn für schönen Putz hat …«

Friedrich Wilhelm lächelte Luise verschmitzt zu, die aber versenkte ihren Blick in den Strumpf, an dem sie gerade strickte. Vorsichtig schob er seine linke Hand in ihre Richtung, sodass sein kleiner Finger leicht ihren Oberschenkel streifte.

»… und gar allzu tolle Vorstellungen von einem feinen Leben hat …«

Luise schaute verstohlen hoch, seufzte kurz auf und zählte wieder die Maschen ihres Strickwerkes.

»... in dem sie in feiner Toilette einen hübschen Staat macht. Hübsch ist sie ja, Eure Braut ...«

Der Prinz verstärkte seine sanfte Zärtlichkeit in dem Maße, wie es ihm in dieser Runde möglich war, ohne bemerkt zu werden, und bewegte den kleinen Finger seiner Linken beinahe streichelnd über Luises Kleid. Angestrengt murmelte diese: »Zwei links ... zwei rechts.«

»... ah, hübsch sind sie beide geraten, Eure Braut und die Braut Eures Bruders, Königliche Hoheit, da kommt die angenehme Disposition meiner gewesenen Tochter Friederike, Gott hab sie selig, aufs Günstigste durch. Die schönen Augen aber haben sie von ihrem Vater, dem Erbprinzen Karl von Mecklenburg-Strelitz. Ein Mann von beeindruckendem Auftritt. Ich habe nich' lange gezögert, als er um die Hand meiner Tochter bat. Auch als er nach ihrem Tode um die Hand meiner Tochter Charlotte angehalten hat, hab' ich sie ihm gerne gegeben, Königliche Hoheit ...«

Sie erging sich nun über den formidablen Charakter ihres großzügigen, gut aussehenden, weltgewandten Schwiegersohns – »Er wird Euch viel Freude bereiten, Königliche Hoheit!« –, fand dann einen Weg, sich über Luises Unbeständigkeit zu ereifern – »Die vielen Stickereien, die Eure Braut anfängt. Alles bleibt liegen und kommt nicht zum Ende!« –, verfiel dann auf die wunderbaren Tage, die sie in Hildburghausen verbracht hatten: »Unsere Lolo hat eine Stimme wie eine Nachtigall.« Weiter vertiefte sie die Materie des Aufenthalts in Frankfurt, die beeindruckende Gestalt des preußischen Königs, die Werke des Herrn Herder und Luises krankhafte Unpünktlichkeit. Besondere Beachtung aber fand Luises schwächliche Gesundheit: »Ihr müsst wissen, Königliche Hoheit, mit der Gesundheit Eurer Braut steht es nich' imme' zum Besten. Ein Luftzug, und schon hat sie sich eine Erkältung eingeholt. Sie hustet und niest, sobald das Wetter sich verschlechtert. Dabei is' sie bei allem sehr, sehr tapfer. Die Zahnschmerzen von de' vergangene' Woche hat sie ohne Klagen und Wehen überwunden, indem sie sich eine Kamille-Kompresse auf die Wangen gelegt hat. Man kann ihr die Zähne doch nicht einfach rausreißen! Ach, Königliche Hoheit, wie froh ich bin, dass sie zu Euch kommt. Ihr werdet gut auf sie aufpassen und sie immer mit Pyrmonter Wasser versorgen! Das empfiehlt ja mein Schwiegersohn, der Vater Eurer Braut und der Braut Eures Bruders. Er schwärmt geradezu davon. Es soll ein wahres Wundermittel sein gegen alles, was zwickt und zwackt …« Sie griff sich kurz ins Kreuz, um zu demonstrieren, dass das Wasser auch gegen diese Art von Beschwerden anwendbar sei, und wechselte, als sie zu ihren Worten zurückfand, das Thema:

»Sie ist ein gutes Mädchen, Königliche Hoheit, aber man muss sie behüten …«

So ging es in einem fort, dabei wurde ihr Erzählfluss rhythmisch durch die Anrede »Königliche Hoheit«, die aus ihrem Munde freilich klang wie »Königlische Hoheid«, akzentuiert, sodass die Anwesenden anhand dieser Wiederholungen genau wussten, wann Großmutter Scho'sch eine Sequenz zu Ende ausgeführt hatte und wann eine neue anfing.

»Liebe Prinzessin!« Endlich durchbrach der Prinz die Wortkaskaden der Großmutter Scho'sch mit seiner dunklen, milden Stimme. »Mir ein Vergnüjen, Euren Ausführungen zuzuhören.« Luise sah ihn erschrocken an. »Doch eins möchte ich Ihnen von Herzen nahelegen: Bitte nennt mich nicht immer *Königliche Hoheit.*«

»Aber das ist doch eine Pflicht!« Die alte Dame richtete sich in ihrem Sessel auf.

»Nein, das ist es nicht, wenn ich Euch davon entbinde! Oder muss ich Euch Ordre geben, damit Ihr mir jehorcht?« Sein Lächeln kam mit einem Zwinkern. »Ihr wisst doch: Preuße ist Preuße, und Order ist Order.«

»Oh, oh, das ist doch zu viel der Ehr', König –«

»Ist es durchaus nicht. Ihr habt mich mit Eurem Einverständnis zum glücklichsten Menschen der Erde jemacht. Wage mir einzureden, dass ich hier im Kreise Eurer Familie nicht gleichgültig aufjenommen werde. So ist es doch nur ein folgerichtijes Verlangen, wenn wir hier frei und ohne Etikette zusammen sind. Nehmt es als Zeichen dafür, dass ich es mir erlaube, mich in dieser Runde so unjezwungen zu fühlen, als ob ich schon ein wenig hier zu Hause wäre.«

Die alte Prinzessin nahm sein Angebot mit aufgeregtem Nicken, vielen Dankeschöns, einigen *Ohs* und einem »Welch eine Ehre« an und forderte den Prinzen umso dringlicher auf, von dem Gebäck zu nehmen, das das Mädchen ihm auf einem Teller zur Wahl anreichte.

Friederike und Luise glaubten ohne Zweifel, dass der Prinz sich wohl fühlte. Denn er sprach flüssig und ohne Hemmungen. Die Großmutter aber interessierte das gar nicht. In ungebremstem Tempo fuhr sie mit ihrer Rede fort, wobei sie mehrmals die Warnung aussprach:

»Ihr werdet sehen, was auf Euch zukommt!«, die sie aber mit den Wendungen »Sie ist ein gutes Mädchen!«, »Ihr werdet viel Freude miteinander haben!« und »keinen Tag ohne ein herzliches Lache'« abmilderte, sodass allgemein der Eindruck entstand, Luise sei zwar ein wenig kränklich und verhuscht, aber ansonsten das bezauberndste Wesen der Welt – was nicht im Geringsten hätte betont werden müssen, denn davon war Friedrich Wilhelm, seitdem sie seinen Antrag mit einem Kuss besiegelt hatte, gänzlich überzeugt.

Unter all dem Gerede hatte sich die Sonne bereits dem Horizont genähert, sodass die Zeit für den Abschied gekommen war. Anständig bedankte sich der Prinz bei seiner Gastgeberin, deutete vor der guten Gélieu eine Verbeugung an, was sie mit einem geehrten Erröten quittierte, gab Friederike einen Handkuss und raubte – von den anderen unbemerkt – im Schatten der Türe und gegen ihren Willen seiner Braut einen Kuss.

Als er auf seinem Pferd davongaloppierte, seufzte er, weil er es wieder nicht geschafft hatte, mit Luise allein zu sein und ihr die Antwort auf die Frage abzuringen, die ihn quälte: *Liebt sie mich so wie ich sie?*

Zwei Tage später kam Friedrich Wilhelm mit einer List und Major von Schack. Nachdem Großmutter Scho'sch die beiden Besucher unter aufgeregten Begrüßungen und großem Getöse wieder in den Roten Salon komplimentiert hatte, empfahl sich der Prinz nach der ersten Tasse Tee und ließ sich von Luise den hübsch angelegten Innenhof zeigen, wo nun, da der Frühling frisch erwacht war, violette und buttergelbe Krokusse blühten, zu Beeten arrangiert, die aussahen wie üppig gefiederte Paradiesvögel.

»Fast wie Wosniak«, gab Friedrich Wilhem zum Besten, Luise aber legte erschrocken den Finger auf den Mund und zog ihn erst wieder weg, als sie vom Balkon aus das Lachen der alten Dame hörte.

Schack nämlich war zur Belustigung der Großmutter im Salon geblieben. Er war ein hinreißender Unterhalter, dessen Charme vor niemandem haltmachte. Und für den seltenen Fall, dass die Konversation trotz seiner galanten Plaudereien zu erlahmen drohte, schreckte er nicht davor zurück, die Runden, in denen er sich befand, mit Rezitationen aus Molières altertümlichen Komödien zu erheitern, wobei er alle Rollen in verschiedenen Tonlagen und divergierenden Posen selbst übernahm und sich selbst größter Lächerlichkeit auslieferte. Ihm war das egal, denn er hielt es mit seinem Freund Adolph Freiherr Knigge, der ihn – und eigentlich die ganze Welt – gelehrt hatte: »Vor allen Dingen aber vergesse man nie, dass die Leute amüsiert werden wollen.«

Schack hatte auch ohne Knigge lediglich Kurzweil im Sinn. So war sein Gemüt, und deshalb war es auch zu seiner Aufgabe geworden, die Gastgeberin mit allerlei Possen von dem Paar abzulenken, das seine Flucht vor deren gestrenger Aufmerksamkeit in den Garten angetreten hatte. Großmutter Scho'sch stutzte, als von Schack seine Darbietungen wegen eines kleinen Missgeschicks – das Butterbrot war ihm aus der Hand gefallen und hatte den kostbaren Seidenteppich der Scho'sch beschmutzt – unterbrechen musste, und wollte schon ein Mädchen nach den turtelnden Deserteuren schicken, als Schack – atemlos und quasi im letzten Augenblick – mit einem albernen Tarot-Trick dazwischenplatzte. Wie aus dem Nichts fächerte er ein Deck vor ihrer Nase auf.

»Wählt Euer Schicksal, Madame!«, forderte er die Gastgeberin mit diabolischem Blick auf und wedelte mit den Karten vor ihrem Gesicht hin und her. Doch bevor Großmutter Scho'sch ein Blatt ziehen konnte, das ein junges Liebespaar zeigte und mit allerlei Symbolik wie Herzen, Äpfeln, Ringen und dergleichen versehen war und ihr aktuelles Ansinnen wie kein anderes zum Ausdruck brachte, zog Schack den Tarotfächer mit einem Ruck weg und hielt ihn hinter seinem Rücken versteckt.

»Neiiiiin, neiiiiin, Madame! Ihr müsst Euch nur eine meerkeen. Das findet alles nur im Gedäääächtnis statt. Nur hier ooooben, im Koooopf.« Er dehnte die Akzente bis zum Äußersten und rotierte mit dem Zeigefinger theatralisch vor seiner hochgezogenen Stirn.

Dann mischte er den Stapel aufs Neue und bot dabei die ausladende Silhouette eines Ziehharmonikaspielers, der gezwungen war, auf Jahrmärkten auch noch die hinteren Ränge mit seiner faulen Darbeitung zu erreichen. Zackig klatschte er plötzlich die Karten zusammen, hob die Hälfte des Stapels ab und ließ sich von Großmutter Scho'sch bestätigen, dass die ausgewählte noch unter dem Rest zu finden war. Diese Prozedur wiederholte er mehrere Male, bis schließlich, zum Erstaunen der Scho'sch und auch der guten Gélieu, keine Karte mehr übrig blieb. Er genoss diesen stillen Applaus, legte eine Kunstpause ein und zog ganz langsam aus der Innentasche seines Rocks einen ein mal anderthalb Fuß großen Karton hervor, der ›die Liebenden‹ zeigte. Stolz hielt er die Karte Großmutter Scho'sch vors Gesicht und fragte schelmisch: »War es diese?«

Während die gute Gélieu ihr gurgelndes Lachen verschämt hinter ihrer Linken versteckte, kannte die Begeisterung der alten Dame keine Grenzen. Sie jauchzte und lachte so unbeschwert wie ein junges Mädchen, genauer: wie Luise, und offenbarte damit nicht nur, dass sie miteinander verwandt waren, sondern dass diese trotz aller Ärgernisse, die sie mit ihr in den vergangenen Monaten zu überstehen hatte, im Grunde ihres Herzens ihr Liebling war. Gerade weil sie sich durch sie an ihre eigene Jugend erinnert fühlte, glaubte sie, sie vor Fehlern bewahren zu müssen, zu denen ihr ausgelassener Charakter sie verleiten konnte.

Aber nun war alles noch einmal gutgegangen, alles vergessen und verziehen – auch, dass das junge Paar, an dessen Zusammenkommen sie so fiebrig Anteil nahm, sich dank Major von Schacks Unterhaltungskünsten so geschickt aus ihrer Umklammerung gelöst hatte und nun unbeobachtet und ohne Kontrolle durch den Garten spazierte.

Friedrich Wilhelm kannte die Qualitäten seines Kameraden, und das war genau der Grund, warum er ihn gebeten hatte, ihn beim Besuch seiner Braut zu begleiten. Er brauchte Zeit, er brauchte eine Antwort, und er brauchte Ruhe, um diese zu finden – und Ruhe war mit Sicherheit nicht das, was er bei den zwanglosen, aber auch wortreichen Gesellschaften der guten Großmutter Scho'sch anzutreffen wusste.

Was sollte er bloß tun? Immer noch war er sich über die Gefühle seiner Braut nicht im Klaren. Liebte sie ihn? Ihn trieben zwei widersprüchliche Stimmungen hin und her, die ihn sich fühlen ließen wie der Hirsch, den er im Tiergarten beobachtet hatte. Es war ein Prachtkerl mit 14 Enden, und tagaus, tagein maß er das Gelände im Galopp ab und sah sich alle paar

Augenblicke genötigt, seinen Lauf durch ein harsches Bremsen vor dem Zaun zu beenden. Er war eine stolze Figur und eine tragische zugleich. Denn sein unbändiger Freiheitsdrang ließ ihn die Enge seines Geheges immer wieder aufs Neue vergessen, obwohl sie ihm bei jedem seiner Gänge deutlich vor Augen geführt wurde.

Friedrich Wilhelm ging es ähnlich: Sollte er sich durch das Jawort seiner Braut blenden lassen und die unguten Ahnungen unterdrücken, die er in ihrer Gegenwart verspürte? Einerseits war er ganz berauscht von dem Taumel, den ihr Einverständnis in ihm ausgelöst hatte, andererseits mischten sich zunehmend Zweifel in seine Zuversicht. Sie hatte ihm ihr Jawort gegeben – das war ein Faktum, nicht zu leugnen. Aber dennoch: Seine Freude schien an ihrer Person abzuperlen wie Wassertropfen an Wachspapier. Jedes Mal, wenn sie beieinander waren, schien es ihm, als ob sie mit ihren Gedanken an einem Ort weilte, zu dem ihm, dem Werbenden, der Zutritt verwehrt war. Sie war kühl und uneinnehmbar wie die alte Burg Wusterhausen. Das Erstaunliche daran war, meinte er zu bemerken, dass ihre seltsame Distanziertheit nicht von Konventionen herrührte. Eine Frau, die unbekümmert Soldatenlieder zum Besten gab und Walzer tanzte, obwohl es verboten war, konnte es mit der Etikette nicht so hoch halten. Sie musste einen anderen Grund haben, warum sie sich ihm verwehrte. Doch welchen?

Es beschlich ihn ein ungutes Ahnen, auch wenn er sich nicht erklären konnte, in welche Richtung seine Bedenken genau gingen. Denn es war nicht nur, dass er vermutete, seine Braut hätte den Antrag nur aus Räson angenommen, weil er nun einmal der Kronprinz von Preußen war und – wie der kluge Lucchesini ja schon gesagt hatte – diejenige, die sein Werben ausschlagen würde, eine Närrin wäre. Nein, da war noch etwas, was über dieses Gefühl hinausging. Es war diffus und unerklärlich, und es beunruhigte ihn sehr.

Friedrich Wilhelm hatte deshalb beschlossen, Luise zur Rede zu stellen, und zu diesem Zweck Major von Schack gebeten, die Großmutter Scho'sch mit allerlei Schabernack bei Laune zu halten, während er sich von Luise bei einer Promenade den Garten zeigen lassen wollte.

So streiften sie über die Kieswege des kleinen Darmstädter Gartens und ergötzten sich an dem Storchenpaar, das sein Nest auf dem anliegenden Marstall errichtet hatte. Von einer Weide brach er ihr einen besonders schönen Zweig ab, der über und über mit Knospen besetzt war. In einem Laubengang schließlich fanden sie vor neugierigen Blicken Schutz. Sofort, als er sich unbeobachtet wähnte, legte er den Arm um ihre Schultern und drückte sie an sich: »Endlich hab' ich Sie alleine!«

Sie aber wand sich aus seinen Fängen und verschränkte die Hände vor der Brust: »Sie haben ja nicht viel dazu getan!«

»Wie darf ich das verstehen?« Er versuchte ihren Blick aufzunehmen, aber sie starrte zu Boden und scharrte mit den Füßen im Kies.

»Königliche Hoheit hier, Königliche Hoheit da – Sie müssen ja ein recht angenehmes Bild von mir bekommen haben bei all den Erzählungen, denen Sie immer so aufmerksam lauschen. Hatte fast den Eindruck, dass Ihnen das Zuhören Freude bereitet hat!«

»Ich verehre Ihre Großmutter. Es jebietet sich, ihre Freundschaft mit Freuden anzunehmen. Das sagen der Anstand, der Takt und auch mein Herz.«

Er war froh, dass ihre Zurückhaltung so offenbar von der Scham herrührte, ihre Mängel und Fehler von der Großmutter auf so schamlose Weise preisgegeben zu sehen, und sich nicht mit den unguten Vermutungen und Ahnungen deckte, die ihn so vage beschlichen. Gerne nahm er deswegen ihre Vorwürfe in Kauf.

»Sie haben sie mit Ihrer Freundlichkeit geradezu ermutigt. Ich hatte fast das Gefühl, Sie wollten sie ein wenig aushorchen, um mehr über die Fehler Ihrer kleinen Braut zu erfahren.« Verunsichert blickte sie zu ihm hoch.

»Mitnichten!«

Er versuchte abermals, den Arm um sie zu legen. Sie aber wand sich erneut heraus, lauschte jedoch seinen Worten.

»Aber es ist so: Man ist glücklich, man freut sich des Lebens, man ist in fremder Jesellschaft, die einem dieses Glück verschafft hat, und man versucht zu jefallen und anjenehm zu erscheinen. Das ist nichts Unnatürliches …«

»Sie versuchen zu gefallen. Aber ich – wie stehe ich da? Ich muss Ihnen ganz scheußlich …«

»Ich verstehe nicht …«

Sie fuhr sich über das Haar: »Sie weichen aus: Was denken Sie denn nun von mir, wo Sie so viel Nachteiliges über mich erfahren haben?«

»Nachteiliges, ich, erfahren? Nein, nein, nein. Im Gejenteil. Habe erfahren, dass Sie Anlagen haben zu zeichnen. Würde es Sie freuen, weiter darin unterrichtet zu werden?«

Luise nickte.

»Habe außerdem erfahren, dass Ihre Erzieherin Sie aufrichtig liebt. Welche Person hätte sonst so viel Tollheiten erduldet? Und: Habe auch erfahren, dass Sie viel Fürsorge brauchen, da Sie von fragiler Jesundheit sind – und ich Sie jut behüten, Ihnen Pyrmonter Wasser reichen und Sie immer warm halten muss, damit Sie sich ja nicht erkälten.«

Er rückte auf, aber der Versuch, ihr näherzukommen, endete abermals im Leeren. Verlegen stützte er seine Linke auf der Marmorbank ab und schaute von der Seite über ihren gesenkten Kopf. Sein Blick glitt über ihr zartes Profil, ihre kleine, runde Nase, ihre leicht aufgeworfenen Lippen, ihren schlanken Hals, ihre weiße Haut, die auffallend großen Hände, die verlegen an den Weidenkätzchen spielten …

»Und habe noch erfahren, dass Ihre feine Schönheit von Ihrer Frau Mutter herrührt.«

»Ach!« Mit mürrischer Miene wandte sie sich ihm zu. »Sagen Sie doch nichts über meine Züge, ob sie nun fein sind oder grob. Warum machen Sie mir plötzlich so elegante Redensarten? … Jetzt, wo Sie all meine Fehler kennen, sagen Sie mir doch lieber, dass Sie mir ein guter Freund sind und dass Sie mich lieben. Das schätze ich viel höher ein als hohle Phrasen!«

Erschrocken stand er auf und stellte sich vor sie hin: »Tu' ich das nicht mit jeder Faser meines Seins? Hab' Ihnen in tausend Blicken, in tausend Worten jesagt, dass ich Sie zärtlich liebe? Wie können Sie daran zweifeln?«

Er ging vor ihr in die Knie und griff sich ihre Hand.

Wie konnte er nur so heftig werden? Luise war irritiert und beunruhigt zugleich. Sie wollte doch nur … wollte doch nur das Gesagte, diese schmählichen Reden der Großmutter vergessen machen. Sie hatte sich so geschämt … Wie unwohl waren ihr diese Nachmittage gewesen, an denen die Großmutter all ihre kleinen Torheiten vor ihm ausgebreitet hatte. Sie hatte sich so bloßgestellt gefühlt, entlarvt, ach, und einfach nicht wie ein Mensch, den man lieb haben und herzen und umarmen kann. Nun kniete er vor ihr im Kies, und sie, ach, sie war ganz verlegen, und das nicht nur, weil er sie mit der Deutlichkeit seines Bekenntnisses beschämte, sondern auch, weil sie befürchtete, dass hinter seiner Klarheit auch das Verlangen stand, ihr ein Eingeständnis zu entlocken.

Aber was sollte sie ihm bloß sagen? Sollte sie ihm sagen, dass sie ihn liebte, dass sie aber glaubte, dass es zwei Arten von Liebe gäbe und die Liebe, die sie zu ihm spürte, anders war als eine andere Liebe? Dass sie aber glaube, dass es darüber hinaus noch eine andere Liebe gäbe, die sich stärker anfühlte, weswegen die Liebe zu ihm jedoch nicht weniger wert war? Nein, so etwas könnte sie ihm niemals sagen, auch wenn sie das Gefühl hatte, er sei wie ein Freund, den sie aus Kindertagen kannte. Aber was dann? Was sollte sie tun?

In ihrer Ratlosigkeit eilte sie davon. Sie rannte durch die Laubengänge aus russischem Wein, eilte über die Wege aus weißem Kies, kam bei einer Biegung ins Straucheln, sprang dann behände über das Wurzelwerk einer imposanten Zeder, die aus den königlichen Gärten im Südlondoner Kew stammte und schon mehr als hundert Jahre zählte, und kam schließlich, weil sie sich der Albernheit ihres Tuns plötzlich bewusst wurde, an einer Schaukel zum Stehen, die an einem der Äste dieses Baumes angebracht war. Atemlos setzte sie sich darauf und dachte: Es ergibt keinen Sinn, sich aus dem Staub zu machen, ich bin ja versprochen, ich bin eine Braut, ich bin …

Da hatte er sie schon eingeholt und stand wieder so stark und entschlossen vor ihr wie an dem Nachmittag, an dem sie ihm ihr Versprechen gegeben hatte. Er tat nichts, fragte nichts, schimpfte nicht, sondern trat nur wortlos hinter sie und brachte mit leichter Kraft die Schaukel in Schwung. Erst als sich ihr Gesicht an dem leichten Luftzug abkühlte, der sich durch das rhythmische Hin und Her der Schaukel ergab, und ihr verlorener Gesichtsausdruck einem Antlitz von Freude und Genuss gewichen war, wagte er es, sie anzusprechen:

»Dass ich Sie liebe, meine liebe Freundin, das spüren Sie aus jedem Blick …«

Sie nickte und hoffte, dass er nicht fortfahren würde, obwohl die Melodie des Satzes noch in der Schwebe verharrte und verriet, dass er noch nicht zu Ende gesprochen hatte. Er tat ihr den Gefallen nicht.

»Aber«, schloss er an, »ist es nicht so: dass Sie mir über Ihr Versprechen hinweg noch kein Zeichen Ihrer Liebe gejeben haben und sich mir auf so sonderliche Weise entziehen, dass ich schon glauben muss, dass Sie es bereuen, mich zum Bräutijam zu haben?«

Als er merkte, dass sie seinem Blick auszuweichen versuchte, stellte er sich vor die Schaukel und brachte sie zum Halten. Mit beiden Händen hielt er die Stricke fest, an denen die Schaukel festgebunden war, damit sie ihm nicht wieder entweichen konnte. Luise aber suchte mit dem Fuß nach dem Pantoffel, der durch den Ruck davongeflogen war, und angelte umständlich danach, damit sie Zeit gewinnen und über eine Antwort nachdenken konnte. Dann starrte sie ihn unvermittelt an und sagte mit kleiner Stimme:

»Ich bereue es nicht, was ich getan habe. Aber Sie kennen meine Gefühle für Sie. Ich habe es Ihnen gesagt.«

Fragend zog er die Augenbrauen zusammen.

»Ich habe es Ihnen gesagt, und ich hielt es nich' für nötig zu wiederholen, dass ich Ihnen herzlich zugetan bin.«

Entmutigt stand er auf, strich sich den Staub von der Hose und lehnte sich an den dicken Stamm der Zeder. Die blasse Sonne, die durch ihre Äste fiel, setzte muntere Lichtpunkte auf ihr Kleid und stand in auffälligem Kontrast zu der Schwere, die sich über ihr Gespräch gelegt hatte. Sie zupfte an dem Zweiglein, das er ihr geschenkt hatte und das sie immer noch in den Händen hielt, er blickte auf einen Stein zu seinen Füßen, den er vorsichtig mit dem Stiefel hin und her schob. Ein Rotkehlchen schlüpfte zwischen den Ästen durch und scharrte aufgeregt im Sand, der unter der Schaukel aufgeschüttet war. Es wollte gerade ein Körnchen aufpicken, als ein weiteres Rotkehlchen neben ihm landete. Sie betrachteten sich, rieben ihre Köpfe aneinander und flatterten davon, indem sie sich gegenseitig zwitschernd umkreisten.

Die Stimmen der beiden Brautleute kamen gleichzeitig:

»Darf ich …?« – »Was möchten Sie, liebe Freundin?«

»Nein, ich habe Ihnen das Wort abgeschnitten, verzeihen Sie mir. Was möchten Sie?«

Er strich sich verlegen über die Stirn: »Es ist nur … Wäre es möglich? … Hätte da … Wollte. Ja, wollte Sie fragen …«

Erleichtert drehte sie sich zu ihm hin: »Nun sagen Sie schon! Ich bin glücklich, Ihnen antworten zu dürfen.«

»Ich fraje es freiheraus und in großer Hoffnung: Wie steht es um Ihr Empfinden für mich …«

»Ja! … Ist es das, was Sie mich fragen wollten?«

»Nicht ganz. … Wollte wissen … Schon lange … Seit dem Ball von Wrede … seitdem … Als ich versucht habe … Als ich von Berlin jesprochen habe. Es war so … Sie waren erst so heiter und dann mit einem Male so anders. Wollte … will … Warum sind Sie so kühl gejen mich?«

»Bin ich das?«

In ihrer Angst, sich verraten zu haben, erstarrte ihr Gesicht zu einer Maske der Liebenswürdigkeit. Sie suchte nach Vorwürfen, die sie ihm machen konnte, um von ihrer Schuld abzulenken, und wählte den Angriff als Verteidigung.

»Habe ich Ihnen nicht mein Versprechen gegegeben, Sie zu heiraten? Ich verstehe nicht, warum Ihnen das nicht reicht. Ich wäre kühl, wenn ich mich Ihnen verweigert hätte. Aber so? Ich weiß nicht, was Sie von mir wollen.«

Ihre Stimme kam spitz und ihre Worte im Stakkato. Sie zitterte, als sie ihn ansah, und spürte, dass sie ihre Hilflosigkeit nicht länger würde verbergen können – und dass sie kurz davor war, es auch nicht mehr zu wollen, weil sie eine Erlösung suchte von ihrem Dilemma. Sie ahnte, worauf er hinauswollte, und fürchtete, dass sie sich ihm irgendwann würde erklären müssen.

Aber im gleichen Moment verschaffte sich ein anderes Argument Gehör: Warum eigentlich? Hatten nicht schon Tausende Prinzessinnen vor ihr vor der gleichen Frage gestanden? Sie liebte ihn ja, wenn auch vielleicht nicht auf diese Weise, wie er zurückgeliebt zu werden wünschte. Sie liebte seine Treue, seine Redlichkeit, die Wahrheit seiner Gefühle. Darauf konnte man bauen. Da musste man sich nicht in Erklärungen ergehen.

Sie schnappte nach Luft und wollte ihrer Empörung weitere falsche Worte hinzusetzen, da kam er ihr entgegen. Sanft und versöhnlich, wie er nun einmal ihr gegenüber war, nahm er sogleich alle Schuld an möglichen Missverständnissen und Disharmonien auf sich:

»Liebe Luise, wollte Sie nicht in Aufruhr versetzen. Wollte mir nur Jewissheit verschaffen. Es tut mir leid …«

Seine Nachgiebigkeit gab ihr Auftrieb für ihre Taktik:

»Nein, nein. Sagen Sie nur, was Sie meinen, wenn Sie sagen, ich sei kühl. Es ist …«

Sie ballte ihre Hände zu Fäusten. Verflucht, dachte sie, warum musste er nur so entgegenkommend sein? Warum war er nur gesegnet mit all diesem Verständnis, mit all dieser Liebe? Es machte sie wütend, weil es sie in die Enge trieb und weil sie wusste, dass sie an seiner Tadellosigkeit mehr leiden würde als an ihren eigenen Mängeln. Seine Aufrichtigkeit war wie das Gegenbild zu der Unruhe, die sie im Herzen spürte. Sie schämte sich.

Da ging er auf sie zu: »Wollte Sie nicht aufrejen …«

Ermattet gab sie seinem Werben nach: »Das weiß ich doch.«

Für einen Bruchteil eines Augenblicks hörte man nur das Nichts, dann entfuhr dem Prinzen ein leiser Stoßseufzer. Er nutzte die Gelegenheit und griff nach ihrer Hand. Ihr erster Impuls war, sie wegzuziehen, dann aber überließ sie sie ihm, um die Situation nicht eskalieren zu lassen. Finger für Finger tastete er sie ab.

»Ihre Hände. Sie sind so zart …«

»Sie Lügner! Sind Sie etwa ein Lügner? Das hätte ich nie von Ihnen gedacht!« Ihre ganze Anspannung entlud sich in einem glucksenden Lachen. »Wie können Sie sagen, dass meine Hände zart sind? Sie sind groß wie die Pranken eines Tigers! Ich hab' ein Paar richtige Pfoten.«

Sie formte Krallen und fauchte ihn an, und er suchte Schutz hinter einem imaginären Gitter, wobei er tat, als ob er sich an den Stangen festhielte und mal hier, mal da mit dem Kopf durchzuschlüpfen suchte.

»Lüge nicht! Lüge nicht!«, verteidigte er sich im Rhythmus seiner Deckungsversuche. »Sind groß und zart zugleich.«

»Ach lieber Freund, versuchen Sie doch nicht, Ihre Fehler zu vertuschen. Ich verspreche Ihnen, nein, ich warne Sie sogar: Ich habe so viele davon, dass Sie mich verfluchen werden. Aber: Ich bin noch jung und werde Besserung geloben. Wir sind doch einander versprochen, und da will ich mein Bestes tun, um Sie von ganzem Herzen glücklich zu machen. Wobei ich sehr auf Ihre Nachsicht hoffe.«

»Meine Nachsicht. Die haben Sie. Teuerste Freundin, es tut mir aufrichtig leid, wenn ich Ihnen zu nahe getreten bin. Aber: Mein Herz war schwer, und ich hatte Zweifel. Sag es so: Man liebt und will zurückjeliebt werden. Aber es kommt nicht … und dann fühlt man sich allein.«

Nun sprach sie mit leiser Stimme:

»Ich kenne dieses Gefühl nur zu gut. Ich habe auch schon geliebt und bin zweimal enttäuscht worden.«

»Wer sind diese Schufte?«

»Nein. Es war meine Mutter. Als sie starb, war ich sechs Jahre alt. Ich war sehr traurig, aber dann hat sich meine Tante um uns gekümmert. Sie ist mir zu einer zweiten Mutter geworden, weil sie mich so liebevoll getröstet hat … Sie war von unbeschwerter Natur und hat uns das Andenken an den Tod unserer ersten Mutter beinahe vergessen gemacht. Es hätte ewig so weitergehen können … Dann aber ist auch sie gestorben. Nach nur drei Jahren.«

Sie atmete ein, um die Trauer, die in ihr hochkroch, zu unterdrücken und ihren Worten Beherrschung und Kraft zu geben. »Es war niemand mehr da, der mich über diesen Verlust hätte hinwegtrösten können.«

»Was ist mit Ihrer Großmutter?«

»Sie hat versucht, mich zu trösten. Aber ich hab' diesen Verlust nie verwinden können.«

Friedrich Wilhelm strich ihr sanft über die Wange und erfreute sich wieder an ihrer zarten Haut. Er nahm ihren Kopf in die Hand und näherte sich ihr in zärtlicher Absicht.

»Nicht jetzt …« Liebevoll, aber bestimmt schob sie seine Hand weg.

Unter gesenkten Lidern schaute er sie an: »Meine Luise … Vielleicht ist es zu viel … Wage es kaum auszusprechen …«

»Ich bin Ihre Freundin.«

Sie richtete sich auf und kreuzte ihre Arme über den Knien, als ob sie einen unsichtbaren Schutzschild vor sich aufgespannt hätte, der sie vor Gefahren und Anfeindungen bewahren sollte.

»Nun jut!« Verlegen säuberte er seine Stimme. »Es ist … Nur … Wäre überheblich zu glauben, dass Sie mich in der Weise lieben wie ich Sie. Aber: Sage ich Ihnen, dass ich Sie liebe, bleiben Sie stumm. Doch wer liebt, der will ein Echo …«

Sie schreckte zu ihm hoch: »Ich habe es Ihnen doch schon gesagt. Reicht das nicht?«

Er schüttelte den Kopf. »Nein …«

Doch bevor er ausführen konnte, dass sich ihre Beteuerungen zu spärlich, ihre Zärtlichkeiten zu selten und ihre Gunst fast unmerklich zeigten, dass er deshalb so alles andere als sich ihrer Liebe sicher war und unter dieser Ungewissheit litt wie ein streunender Hund, gellte der Ruf der Großmutter über den Innenhof.

»Oje …«

»Order ist Order.«

Als Friedrich Wilhelm sich unter viel Gewese und Aufhebens seitens der Großmutter Scho'sch verabschiedet hatte und der untergehenden Sonne entgegenritt, fiel ihm auf, dass er wieder einmal viel über seine Braut erfahren, aber immer noch kein Zugeständnis bekommen hatte. Erschrocken drehte er sich noch einmal nach dem Alten Palais um, um vielleicht doch noch das Zeichen zu erhalten, nach dem er gesucht hatte, und war froh, dass er im ersten Stock ein kleines, weißes Taschentuch erblickte, mit dem aufgeregt gewinkt wurde.

Er schimpfte zu sich selbst, dass seine Zweifel grundlos waren und sein Drängen, Luise ein Bekenntnis zu entlocken, überzogen war. Schon wollte er sich selbst anklagen dafür, dass er ihr so wenig Vertrauen entgegenbrachte, wo sie doch nun seine Braut war und im Innersten recht damit hatte, dass ein Heiratsversprechen ein Zeichen der Liebe ist und man nicht mehr verlangen muss, weil damit doch alles gesagt sei.

»Endlich Jewissheit!«, dachte er. Doch da legte sich der Staub, den er aufgewirbelt hatte, und er erkannte in der winkenden Person – die kleine Friederike.

14

Der harte Tritt, mit dem Erbprinz Karl von Mecklenburg-Strelitz die Treppen des Alten Palais traktierte, verriet Empörung, Wut und ein solches Maß an Ungehaltenheit, dass alle, ob Tier oder Mensch, die in dem weitläufigen Gebäude lebten, sich am liebsten aus der Welt gestohlen hätten, um nicht von ihm gesehen und gar Ableiter für seine Rage zu werden. Seine sonst stets tadellose, ja geradezu elegante Erscheinung, auf die er viel Zeit verwandte und ebenso viel Wert legte – was eine der Eigenschaften war, die ihn eindeutig als Luises Vater auswiesen –, zeigte Züge von Hetze: Der untere Knopf seiner Weste war unverschlossen, der Gurt seines Kavaliersdegens hing lose und drohte beinahe herunterzurutschen, ebenso wie seine weiß gepuderte Perücke, die sonst akkurat seine hohe Stirn und seine wachen Augen zur Betonung brachte. Nun war sie ein Stück nach der Seite geglitten und offenbarte, dass sein Haar nicht mehr so voll war, wie man es bei einem Mann, der sich in seinen besten Jahren befand, hätte erwarten können.

Nachdem ihm Kümmelmann die frohe Nachricht von der Verlobung seiner beiden jüngsten Töchter unterbreitet hatte, hatte er sofort anspannen lassen, um so schnell wie möglich von Hildburghausen – wo er sich bei seiner ältesten Tochter Lolo einquartiert hatte, um zwischen zwei unentschuldbar teuren Aufenthalten in Pyrmont und Teplitz sein Budget zu schonen – nach Darmstadt zu kommen.

Nun stand er an der oberen Stufe des Palais und nahm Witterung auf. Seine Haltung war gerade, den Kopf hielt er leicht in den Nacken gebeugt, und mit seiner langen, ebenmäßigen Nase, die Bildnissen aus der griechichen Antike gleichkam, stieß er Laute aus wie ein wütender Stier. Er sah nach rechts, dann nach links, und entschied sich, als er bemerkte, dass die gute Gélieu sich unbemerkt aus einer Seitentür des Roten Salons herauszuschleichen versuchte, für den kurzen Weg geradeaus, weil er aufgrund ihrer Heimlichtuerei vermutete, dass sich seine Kombattantin hinter diesen hohen Türen befand. Doch schon die wenigen Schritte, die ihn zum repräsentativsten aller Räume des Alten Palais führten, brachten das feine Kassettenparkett aus Ahorn so zum Schwingen, dass man es noch im westlichen Flügel spüren konnte, wo zusammengekauert die Domestiken standen und auf den Auftakt zu dem großen Drama warteten, das sich da so hefig ankündigte und dem beizuwohnen ihnen immer eine Freude war – sofern sie nicht selbst zur Zielscheibe von Karls Unmut wurden.

Mit knallenden Hacken kam Karl zum Stehen, als er die große Flügeltür passiert und Großmutter Scho'sch erblickt hatte, die wie immer in dem großen roten Armstuhl saß, der im Lichtkegel vor der Sprossentür stand und lediglich einen Schattenriss von ihr sehen ließ. Er konnte weder sehen, was sich in ihrem Gesicht abspielte, noch ausmachen, ob ihr Körper durch irgendeine kleine, vielleicht unbeabsichtigte Geste verriet, welche Haltung sie zu dem, was sie zu besprechen hatten, annehmen würde. Gleichzeitig erkannte er, dass sie in seinem Gesicht sofort ablesen konnte, was alles zu erforschen er beabsichtigte. Denn er stand vor ihr wie ein Tagebuch, das offen liegen gelassen wurde und in dem sie unbekümmert lesen konnte. Großmutter Scho'sch war im Vorteil.

Für einen kurzen Moment regte sich nichts. Dann ließ Karl,

der annahm, dass das hervorzurufen genau die Absicht der Großmutter war, jeden formelhaften Anstand gen Himmel fahren und donnerte ungeniert drauflos.

»Wie konnten Sie nur so etwas tun? Ich habe Ihnen weder mein Einverständnis noch ein Zeichen gegeben, dass ich es zu geben beabsichtige, und die Erklärung, die ich Ihnen habe zukommen lassen, war vorläufig, einstweilig und provisorisch und beruhte auf dem uneingeschränkten Vertrauen darauf, das ich in Sie, werte Schwiegermutter, gesetzt habe, und dem festen Glauben an Ihr Versprechen, mich zu jeder Zeit über die Vorgänge *au courant* zu halten und dann, wenn es erforderlich ist, nach mir zu rufen. Sie aber haben nicht nur mein Vertrauen missbraucht, ein Versprechen gebrochen und mich einfach vor Tatsachen gesetzt, die schon so vollendet erscheinen, dass niemand sie ungeschehen machen kann, ohne den Ruf meines Hauses mit einem Eklat zu beschmutzen …«

Er schnappte kurz nach Luft, weil er merkte, dass er den Faden, der seine Donnerrede durchzog, die er sich auf der langen Fahrt hierher zurechtgelegt und in Gedanken mehrmals geübt hatte, doch verloren hatte, und fuhr fort, indem er improvisierte: »Nein! Das, was Sie angerichtet haben, das betrifft ja nicht nur mich, meine Töchter und Söhne, sondern auch meine Schwester, die die Königin von England ist. Es ist ein Skandal! Sie sind ein Skandal! Ein veritabler Skandal ist das! Sie haben mein Haus entehrt, beleidigt, und wenn Sie ein Mann wären, dann würde ich Ihnen jetzt einen Handschuh vor die Füße werfen und Ihnen die Wahl der Waffen überlassen. Aber da es noch nicht so weit in dieser verkommenen Welt gekommen ist, dass einfach jemand über die Geschicke meiner Kinder bestimmen kann, ohne sich mein Einverständnis einzuholen, befehle ich Ihnen, unverzüglich und ohne Aufschub ein Schreiben nach dem Preußenkönig zu schicken und alles rückgängig zu machen! Ja, das befehle ich Ihnen!«

»Ach mein Lieber, was regen Sie sich so auf?«

»Ich! Rege! Mich! Nicht! Auf!« Mit Karls Worten kam ein leichter Sprühnebel herausgeschossen, der sich auf den prachtvollen Seidenteppich senkte wie Frühlingstau. Unaufgefordert nahm er auf dem Kanapee Platz, und während ein aufgeregtes Flattern, das von der Voliere her kam, zu hören war, hob die Großmutter Scho'sch mit einer Liebenswürdigkeit zu ihrer Rede an, als ob sie Kreide gegessen hätte. Nur das nervöse Klappern ihrer Armbänder verriet, in welchem Aufruhr sie sich wirklich befand. Da Prinz Karl aber in diese Feinheiten im Umgang mit seiner Schwiegermutter nicht eingeweiht war, deutete er ihre milde Mimik als Zeichen der Unterwerfung unter seinen Befehl.

»A-ha! Soso. Ich verstehe. Ich verstehe, sehr gut sogar. Es ist also jetzt der neue Geschmack, einfach durch mein Haus zu poltern wie ein wild gewordener Stier, meine Leute zu verschrecken und mir nicht einmal mit einem anständigen Willkommensgruß zu begegnen? Wo lernt man das? In Pyrmont? In Karlsbad? Oder ist das jetzt die Mode in Baden? Allerdings: Selbst wenn Sie es mir verraten würden, müsste ich eingestehen, dass ich nicht der Meinung bin, dass man unbedingt jeder Mode folgen sollte. Denn, offen gestanden, ich finde so ein Auftreten …« – sie hob sich aus ihrem Sessel heraus und kam bis auf eine Handbreite an das Gesicht ihres Schwiegersohnes heran – »… kindisch.«

»Kindisch finden Sie das also? Was soll ich dazu sagen?« Erbprinz Karl drückte seine Arme auf die Oberschenkel und wich nach hinten aus.

»Am besten nichts.« Großmutter Scho'sch rückte noch näher an ihn heran.

»Bitte?«

»Ja, Sie sagen am besten nichts, sondern hören mir jetzt einmal zu.«

»Ich soll Ihnen zuhören? Ihnen? Wo Sie mein Vertrauen missbraucht haben? Meine Ehre beschmutzt …?«

»Jetzt halten Sie endlich Ihre verdammte Goschen!«

Als sie das aussprach, trafen sich beinahe ihre Nasenspitzen. Mit großen Augen starrte Erbprinz Karl seine Schwiegermutter an, doch bevor er ihr etwas entgegensetzen konnte, packte sie ihn bei der Schulter und stieß ihn nach hinten. Dann setzte sie sich wieder hin und legte los.

»Ja, ich will Ihnen mal etwas sage', und zwar in Ruhe und mit Vernunft. Oder kann man mit Ihnen jetzt nicht mehr vernünftig rede'? Sie kommen hierher, nehmen meine Tochter Friederike mit, die ich Ihnen gerne gegebe' habe. Dann kommen Sie wieder hierher und bitten um die Hand meine' Tochter Charlotte. Auch die habe ich Ihnen von Herzen gegönnt. Dann stirbt sie, und was machen Sie? Statt sich eine Frau zu suchen, wie es sich für einen gesunden, stattlichen Mann Ihres Alte's gehört, ziehen Sie es vor, in Karlsbad heißen Sprudel gegen Ihre …« – sie hielt inne, kreiste dann mit der Rechten vor ihrem Körper – »… Bauchschmerzen zu trinke' oder in der Dunsthöhle von Pyrmont Ihren Kreislauf in Gang zu bringen oder …« – sie sog ihre Wangen ein, damit ihr Gesicht hohl wirkte – »… in Freienwald Wässerchen gegen Blutarmut zu trinke' und Ihr ganzes Vermögen in den Thermen von Teplitz auf den Kopf zu haue', weil Sie denken …« – sie stützte ihre Linke in den Rücken, »… ja, weil Sie denken, Sie leiden an Rheumatismus! An Rheumatismus! Ein stattlicher Kerl in Ihrem Alte'. Das ist doch reine Idiotie, ist das! Ich will Ihnen mal sage', woran Sie leiden.« Sie rotierte mit dem rechten Zeigefinger vor ihrer Schläfe herum. »An Ihrem Kopf leiden Sie! Sie sind ein eingebildete' Kranker. Sie sind total verrückt, sind Sie! Ja, verrückt. Irre. Plemplem! Und Sie wissen nich', was zu tun ist!«

Entsetzt schnappte Erbprinz Karl nach Luft, aber Großmutter Scho'sch fuhr mit der Hand nach oben und bedeutete ihm mit ihrem ausgestreckten Zeigefinger, den Mund zu halten. Ihre Armbänder klapperten bedrohlich.

»Wosniak, Wosniak«, tönte es aus der Voliere.

»Sie sind so melancholisch und vergesslich wie ein alte' Mann.«

Karl schnaubte.

»Ja, das sind Sie! Denn Sie haben nich' nur vergessen, dass Sie vier Töchter haben. Sie haben offenbar auch vergessen, dass ich es war – ich sage es gerne noch mal: ich, *ich* und nochmals: *ich* es war, die sich um Ihre vier Töchter gekümmert hat! Ich habe mich gesorgt, wenn sie krank waren. Ich habe an ihrem Bett gewacht, wenn sie nicht schlafen konnten. Ich habe ihnen die Hand gehalten, wenn sie Sorgen plagten. Ich habe sie großgezogen, ernährt, für Putz und Bett gesorgt. Ich war da, wenn sie mich brauchten. Ich habe sie trotz des Kummers, den ihnen ihr kurzes Leben schon beschert hat, gelehrt, dass die Welt ein Ort voller Zuversicht und Liebe ist. Denn: Auch ich war es, die sie getröstet hat, als ihre Mütter so kurz aufeinander gestorben sind – und nicht Sie!«

Erbprinz Karl wollte die kurze Atempause der Großmutter Scho'sch für eine Einrede nutzen, aber sie sah ihn so böse an, dass er sich resigniert auf das Kanapee zurückfallen ließ.

»Sie hingegen …!«, sie hielt wieder ihren Zeigefinger in die Luft, »Sie haben mir weder mit Rat und Tat noch mit Zuwendungen geholfen, und während wir hier Butte'brote gegessen und die alten Kleide' ausgebessert haben, haben Sie sich feine Röcke schneidern und es sich in den schicksten Bädern Europas wohl sein lassen.«

Ihr Rücken war kerzengrade und ihre Mimik so starr wie in Marmor gehauen. Nur ihr Mund bewegte sich ebenso gleichförmig, wie ihre Stimme klang.

»Ich habe es deswegen nich' nur als meine Pflicht gesehen, für die Zukunft Ihrer Töchter zu sorgen, sondern auch als mein gutes … Recht!«

Eine kurze Zeit rührte sich nichts im Raum. Dann hob Erbprinz Karl leise an.

»Aber ich bin ihr Vater, und mir gebührt …«

»Ein Vater? Ein Vater, Sie? Sie haben sich alle Jubeljahre mal hier blicken lassen und dann auch nur, wenn Sie ohne Mittel waren und ich Sie durchfüttern durfte wie den Rest Ihre' Familie.«

Verlegen blickte er auf den Boden.

»Mir will auch nich' einleuchten, warum Sie mir Vorhaltungen machen, wo ich zwei so brillante Partien für Ihre Töchte' gemacht habe. Bei Lolo und Röschen waren Sie doch auch e'freut. Und nun, wo es besser nicht hätte kommen können, Luise gar eine Krone tragen wird, beschweren Sie sich? Das übersteigt meinen Verstand. Ich kann es mir nich' anders erklären: Sie müssen wirklich verrückt geworden sein.« Ihr Kopf wippte im Rhythmus ihres langen, maßvollen, aber gezielt gesetzten Singsangs: »Plemplem.«

»Lolo und Röschen haben Sie auch nicht an die Preußen verheiratet.«

»Ach, um die Preuße' geht's. Hm. Soso. Und was hat der liebe Herr Schwiegersohn denn so urplötzlich gegen die Preuße'? Wollen Sie mir das mal bitte erkläre'?«

Ihre Augen verengten sich zu Schlitzen, aus denen sie ihn anblickte, als hätte sie eine Kanone auf ihn gerichtet. Ihren Mund aber umspielte ein mildes Lächeln.

»Wieso *›plötzlich‹*? Ich hatte schon immer etwas gegen die Preußen. Sie sind rückständig und nicht offen für die neue Zeit und die neuen Ideen ...«

»Ach, die neuen Ideen. A-ha!« Schon bei dem Gedanken daran schüttelte Großmutter Scho'sch den Kopf.

»Was tun Sie so entsetzt? Sollte man denn nicht den Gedanken der Revolution ...«

»Ach, aber, ich sag's doch: Verrückt sind Sie!«

»Ich bin überhaupt nicht verrückt. Ich wäge nur das Für und Wider dieser neuen Ideen ab. Ganz Frankreich steht kopf. Da ist es eine Pflicht, darüber nachzudenken. Man darf sich dem nicht verschließen.«

»Mhm. Soso. Und was denkt denn mein lieber Schwiegersohn so über die neuen Ideen?«

»Ja, ich denke …«

Großmutter Scho'sch blickte demonstrativ zur Voliere. Erbprinz Karl aber ließ sich nicht aufhalten: »Ich denke: Meinetwegen mag der Geburtsadel ja sein, aber er darf nicht die Verdienste und Talente anderer Stände unterdrücken – oder sie verdrängen. Wenn der Adel sich verdient macht, schätze ich das, ansonsten sehe ich ihn als ein leidiges Übel an. Ich bin überhaupt der Meinung, dass der bürgerliche, mehr noch der Bauernstand, der ist, der am meisten geschützt werden sollte.«

»Sie schon wieder. Das ist doch nicht neu, das ist rückständig.«

»Nein, ist es nicht, denn was wären die beiden ersten Stände ohne den dritten? Ein Nichts.«

»Aber das ist doch völlig rückständig, was Sie da sagen.«

Den Streit, der nun folgte, konnte die Dienerschaft, die sich immer, wenn Erbprinz Karl im Alten Palais seine Aufwartung machte, hinter den Türen oder den Wänden zum Lauschen versammelte, schon in verteilten Rollen mitsprechen. Sie verfolgten ihn dennoch gerne und mit wachem Interesse – zum einen, weil sie den Grad an Amüsement, den diese Wortgefechte hatten, sehr hoch schätzten. Zum anderen, weil sie insgeheim hofften, dass Karl die Großmutter Scho'sch irgendwann einmal von seiner Position würde überzeugen können. Denn so sorglos und frei von Zwängen es, gemessen an anderen Höfen, im Alten Palais auch zuging – für die Dienerschaft war die herrische alte Dame die Pest, auch wenn sie jede ihrer Weisungen mit herzallerliebster Freundlichkeit überzog. Ganz zu schweigen von der Prinzessin Luise, die in der letzten Zeit die Neigung offenbarte, besonders ihre Kammermädchen auf Trab zu halten, sodass schon einige von ihnen herzlichst hatten getröstet werden müssen, vor allem das kleine Fräulein Marico, das ohnehin zart und feinnervig war.

Es ging, wenn die alte Scho'sch und der Erbprinz aufeinandertrafen, immer erst einmal um die Rechte und Pflichten des Adels. Es war ein Ritual, das den beiden dazu diente, nach langen Perioden des Nichtsehens wieder miteinander vertraut zu werden, und es war immer das Gleiche, was sie sich zu sagen hatten: Während Großmutter Scho'sch das gottgegebene Vorrecht des ersten und zweiten Standes für unanfechtbar hielt, es sogar im Range einer Sünde sah, dagegen mit diesen »gottlosen« neuen Ideen vorzugehen, war Karl gänzlich anderer Meinung.

Das beruhte nicht nur auf seiner persönlichen, weltoffenen Einstellung zu den Dingen, sondern darauf, dass in seinem kleinen Herzogtum Mecklenburg-Strelitz noch ein Landrat auf die Geschicke des Gemeinwohls einwirkte und nicht ein alleinherrschender absolutistischer Kleinfürst, der sich für eine Wiedergeburt des Sonnenkönigs hielt, was seit mehr als hundert Jahren im Deutschen Reich Mode war. Da das Amt dieses Landrats jedoch bereits seit dem Mittelalter existierte, veranlasste das die Großmutter zu dem Argument, dass Karl doch ziemlich rückständig sei – während Karl die absolutistische Trennung von Obrigkeit und Untertanen strikt ablehnte und das Mitbestimmungsrecht seines Volkes schon als Vorform zu einer demokratischen Ordnung mit »neuen Ideen« einordnete, an dessen Spitze selbstverständlich er einmal stehen würde. Denn bei aller Geneigtheit, sich den Strömungen der Zeit zu stellen, hatte Karl es immer verpasst, darüber nachzudenken, von wem und wovon seine zahlreichen Kuren bezahlt werden sollten, wenn er einmal nicht Herzog sein würde, sondern wie jeder Bürger auch einer Arbeit nachginge.

So stritten, zankten, befehdeten und rieben sie sich, bis ihnen die immer und immer wiederkehrenden Argumente ein weiteres Mal ausgingen oder bis sie, wie dieses Mal, unversehens unterbrochen wurden:

»Wosniak, Wosniak.«

Erbprinz Karl blickte erschrocken zu dem Papagei, der in seiner Voliere nach einem kleinen Flug auf der oberen Stange Platz genommen hatte und mit stolzgewölbter, knallroter Brust die Worte von sich gab, die ihn der bei der Großmutter Scho'sch unbeliebte Deserteur in die Freiheit Amerikas gelehrt hatte: »Wosniak, Wosniak!«

»Was sagt er eigentlich die ganze Zeit? Wosniak? Was um Himmels willen soll das bed...«

»Und-was-hat-das-al-les-was-Sie-sa-gen-mit-den-Preußen-zu-tun?« Großmutter Scho'schs Finger trommelten auf den Tisch.

»Was *Preußen?* Wie *Preußen?*« Nur langsam fand Karl zum Gesprächsfaden zurück. »Ach ja, die Preußen. Nun, das will ich Ihnen gerne mit einer Gegenfrage beantworten, wenn Sie nur einmal die unendliche Güte hätten, mich aussprechen zu lassen.«

Resigniert ließ sie sich in den Sessel zurückfallen und fächerte sich Luft zu.

»Wosniak, Wosniak.«

»Worin macht sich bitte der dicke Wilhelm verdient? Tut er seinem Volk gut? Nein. Macht er sich um sein Wohl verdient? Nein! Ehrt er das Verdienst seiner Ahnen? O nein! Das Einzige, was ihn interessiert, sind Weiber. Immerzu Weiber. Im ganzen Reich spricht man darüber, und er führt sich auf wie ein lächerlicher Stutzer. Er verschleudert sein ganzes Geld für seine Mätressen. Man muss es ja gleich in der Mehrzahl sagen, denn es ist ja nicht nur eine! Hat er die eine satt, dann muss die nächste her. Dann verliebt er sich neu, dann stellt er einer weiteren nach. Man kann ja schon gar nicht mehr mitzählen, und so geht das in einem fort. 50000 Taler hat ihm der Alte Fritz hinterlassen – und er? Er hat fast alles durchgebracht, und man hört, dass er sogar noch aufgenommen hat, um seine Weiber zu bezahlen. Denn immer wenn er mal wieder zur Linken heiraten will, muss er die Schulden der armen Königin begleichen, damit sie ihr Einverständnis gibt. 100 000 Taler hat er für die kleine von Voss bezahlt, damit er sie zur linken Hand heiraten darf. Ungeheuerlich! Und was macht er nun: Er stellt dem Fräulein von Viereck nach! Und wer muss das bezahlen? Sein Volk. Seine Bürger und Bauern. Denen drückt er es auf. Nennen Sie das Verdienste? Nennen Sie das seiner Pflicht am Volke nachkommen? Ich nenne da…«

»Aber der Sohn, der Kronprinz, ist ganz anders. Er war hier und hat mich, ähm, uns besucht. Mehrmals schon, mit seinem Hund sogar.«

Dass der Großmutter dieser Umstand so ohne Zusammenhang entfuhr, lag daran, dass dieser sich auf sehr eindringliche Weise in Erinnerung gebracht hatte. Denn während sie sich so herzlich über die Scherze des von Schack amüsiert hatte, war das Tier ihrem strengen Blick entwischt und hatte, wie es für seine Gattung nur zu natürlich war, auf seinen Erkundungen durch das Haus mit Sorgfalt und ohne Auslassungen jeden Brokatvorhang des Flügels markiert, der zu den Domestiken führte, wo er sich eine Leckerei erhofft hatte.

»Er ist treu, ehrlich – also der Prinz, nicht der Hund.«

»Der Hund? Ist Graf Medem da etwa auch mit im Spiel?«

»Ach nichts. Gar nichts. Er, ähm, der Prinz, macht mir jedenfalls einen redlichen Eindruck und scheint mir frei von Zwängen und ohne Umstände zu sein. Denn er hat mich sogar davon entbunden, ihn mit ›*Königliche Hoheit*‹ anzusprechen.«

»Ach daher weht der Wind! Sie haben sich von ihm schmeicheln lassen.« Er klopfte sich lachend auf die Oberschenkel.

»Wieso schmeicheln? Es ist doch nur natürlich, dass ein junger Kavalier, der seiner Braut seine Aufwartung macht, gefallen will und auch ihrer Familie angenehm tut.«

»Noch! Noch! Aber kaum ist er König, wird sich das alles ändern. Das kann ich Ihnen jetzt schon sagen. Der dicke Wilhelm war auch mal ein anderer, und nun sehen Sie, was aus ihm geworden ist …« Er hielt inne, schüttelte plötzlich den Kopf und prustete heraus: »Aber dass Sie auf solche süßen Reden hereinfallen! Ich kann es gar nicht fassen. Sie, die große Prinzessin Georg! Die, die die Welt kennt. Alles kennt. Jeden kennt. Ha, ha. Und dann fallen Sie auf so eine schnöde Schmeichelei herein! Hach, es ist zu schön, dass ich das noch erleben darf. Was hat er denn gesagt? War es so?«

Er schnalzte mit der Zunge, als ob er sein Mundwerk auf eine bestimmte Tonart stimmen wollte wie ein Instrument, und imitierte dann den Tonfall eines preußischen Offiziers, der sich bemühte, galant zu erscheinen: »›*Doch eins möchte ich Ihnen von Herzen jerne nahelejen: Bitte nennt mich nicht immer Königliche Hoheit.*‹ Und Sie?«

Er verlegte sich aufs Hessische und nickte mit dem Kopf, wie es typisch für die Großmutter war: »*Abe' des is' doch eine Pflischt! Eine Pflischt is' mir des!*«

Karl schlug noch einmal mit der Hand auf seinen Schenkel und lachte so ungeniert und laut, dass der Papagei sich fürchterlich erschreckte und seine Panik auf die einzige Weise, die ihm zur Verfügung stand, zum Ausdruck brachte:

»Wosniak, Wosniak! Wosniak, Wosniak! Wosniak, Wosniak!«

Aufgescheucht flatterte er durch seine Voliere, während Karl immer noch sein volles Lachen ausstieß, das – wie immer, wenn er den Mund öffnete – von einem feinen Sprühnebel begleitet war. Je mehr er lachte, desto aufgeregter wurde der Vogel, sodass der Lärm binnen kurzer Zeit zu einem Crescendo anschwoll, das in den Ohren schmerzte.

»Mistvieh!«

Endlich knallte die Großmutter mit der Faust auf den Tisch, der unter ihrem Donnern vibrierte. »Und Sie? Sie sind ein dummer E-sel! Ein Eeeeeeeeesel sind Sie!«

Beim finalen Schlag zerbrach eine kostbare Tasse und fiel scheppernd zu Boden.

Für einen Moment war alles befriedet, selbst der Atem der Dienerschaft, die hinter der Tür standen und heimlich zuhörten, stockte. Der arme Vogel, dem vor Schreck beinahe das Herz stehen geblieben wäre, kauerte sich nun schutzbedürftig in einen dunklen Winkel seines Hauses.

Erbprinz Karl hingegen gab sich nicht so schnell geschlagen.

»Sie nennen mich also einen Esel. Nun gut. Ich will es Ihnen nicht verdenken. Aber wenn Sie glauben, dass Ihr – wie sagten Sie noch? – redlicher, ehrlicher und treuer Kronprinz auf ewig so bleiben wird, dann sollten Sie bedenken, was aus der armen Königin geworden ist. Als sie an den Hof gekommen ist, da hat der dicke Wilhelm ihr auch geschmeichelt. Große Reden hat er geschwungen. ›*Ihr macht mich zum glücklichsten Menschen der Welt! Euer Bild wird immer in meinem Herzen eingegraben bleiben!*‹ Süßholz hat er geraspelt, und dann hat er sie verrückt gemacht mit seinen Affären. Der hatte doch schon die ganze Zeit seine Lichtenau. Das wussten alle, nur sie nicht. Und nun? Nun sieht sie Gespenster, redet wirres Zeug und fühlt sich verfolgt. Niemand bekommt sie zu Gesicht!«

»Friederike Luise war doch schon immer sonderlich! Und nich' erst, seit sie Königin von Preußen und mit dem dicken Wilhelm verheiratet ist. Schon als kleines Mäd…«

»Ach so? Da sind mir aber andere Dinge zu Ohren gekommen. Nämlich, dass sie ganz gerne einmal mit Porzellan um sich schmeißt. Und früher doch eigentlich ein ganz braves und wohlerzogenes kleines Ding war.«

»Ach, das werde ich doch wohl besser wisse'! Sie ist meine Nichte und hier in Darmstadt aufgewachsen. Ich kenne sie von Kindesbeinen an. Da war sie noch sooo klein.«

Die Scho'sch dehnte das ›O‹ im Wort »so« wie eine Sopranistin und hielt dabei die Hand auf der Höhe der Lehne, um zu zeigen, wie groß ihre Nichte damals gewesen war. Das war allerdings etwas übertrieben. Denn als Friederike Luise aus Prenzlau – wo sie geboren wurde, als ihr Vater Ludwig dort im Dienste des Alten Fritz stand – mit ihren Eltern nach Darmstadt umgezogen war, zählte sie schon sechs Jahre und hatte die gleiche Größe wie die jetzt im Sessel sitzende Großmutter. Aber Großmutter Scho'sch nahm es in diesem Punkt mit der Wahrheit nicht genau, zumal ihr Karl das Gegenteil nicht beweisen konnte.

»Schon damals war sie keinen Tag lang ohne üble Laune. Ein mürrisches Kind. Sie hatte keinerlei Interessen und keinerlei Talente, und immer war ihr fad. Sie war faul und gleichgültig gegen alles. Gegen Putz, gegen Eitelkeit, gegen Ordnung. Und: Ich fand schon immer, dass sie ein wenig roch.«

»Ach, das ist doch lächerlich! Das sagen Sie doch jetzt nur, damit es nicht an den Preußen hängen bleibt. Nun gut. Und was ist mit Elisabeth Christine, der Frau vom Alten Fritz? Die haben die Preußen doch auch sonderlich gemacht! Oder? Oder kennen Sie die auch von klein auf?«

Großmutter Scho'sch rollte mit den Augen.

»Auch sie haben die Preußen in den Wahnsinn getrieben. Sie war die vielumworbene Kronprinzessin, begann Einfluss zu gewinnen am kleinen Hof in Rheinsberg, und kaum ist der Alte Fritz König geworden, hat er sie abgeschoben nach Schönhausen. Dann ist er in den Krieg gezogen, hat sieben Jahre nicht mit ihr gesprochen. Und was sagt er, als er zurückkommt? ›*Ihr seid korpulent geworden, Madame.*‹ Tritt man so seiner Gemahlin entgegen? Er hat sie der ganzen Gesellschaft als seine ›*alte Kuh*‹ vorgestellt. Kein Wunder, dass sie ständig übellaunig war und heftig gegen ihre Leute wurde. Sie war eine liebenswerte, friedfertige, kleine Person, als sie nach Berlin kam – und dann haben sie sie verrückt gemacht, die Preußen! Total verrückt.«

Karl sah seine Schwiegermutter drohend an.

»Wenn Sie sagen, ich sei verrückt mit meinen neuen Ideen, dann sage ich Ihnen: Die Preußen sind verrückt. Sie machen alle verrückt – und es ist nur natürlich, dass ich mir als Vater Sorgen um meine beiden Töchter mache.«

»Das wäre dann doch recht neu!«

»Besser neu als gar nicht!«

»Aber zu spät!«
»Nichts ist zu spät! Sie werden die Hochzeiten absagen!«
»Das werde ich nicht!«
»Doch!«
»Nein!«
»Ich befehle es Euch!«
»Wosniak, Wosniak!«
»Und überhaupt! Sie wollen mir doch nicht erzählen, dass Elisabeth Christine verrückt geworden ist. Sie hat es sich wohl eingerichtet in Schönhausen. Man hört viel darüber. Ich stehe in reger Korrespondenz mit der Gräfin Kannenberg. Es geht da sehr gesellig und heiter zu in ihrem Kreis. Einen richtigen Musenhof hat sie da …«
»Einen Musenhof? Dass ich nicht lache. Lauter alte Pfaffen sind das, die ihr falsche Komplimente machen und sich bei ihr durchfuttern.«
»Wären ja nicht die Einzigen, die diese Sitte pflegen, nicht wahr? Ich kenn' da noch jemanden, der sich durchfuttert!« Karl errötete, aber die Scho'sch ließ sich davon nicht irritieren: »Nur, dass ich noch nicht einmal Komplimente von Ihne' bekomme.«
Ihre Blicke kreuzten sich wie Degen beim Duell.
»Jedenfalls ist sie eine seh' kluge Frau, zeigt keine'lei Anzeichen von Verrücktheit, und wenn Sie mich fragen, wird sie reichlich verkannt.«
Karl kräuselte die Stirn.
»Ach, ich sehe: Sie kennen ihre Bücher nicht? Dabei hat sie schon dreizehn Stück geschrieben, und ihre ›*Gedanken und Betrachtungen bei Gelegenheit des Jahreswechsels über die Fürsorge, welche die Vorsehung für die Menschheit hat, und über die von Güte erfüllten Mittel, durch die sie geleitet wird*‹ sind schon so oft vergriffen, dass Decker bereits zwölf Mal nachdrucken lassen musste.«
»Allein der Titel!«
»Was ist mit dem Titel denn nicht in allerbester Ordnung?«

»Er klingt so verzweifelt. So verrü…«

Die Scho'sch drehte auf: »Er klingt so, als ob sie ihrem Volk Hoffnung geben kann und eine gute Landesmutter ist.«

Karl rollte mit den Augen.

»Hören Sie auf, mit Ihre' Auge' zu rolle'! Das ist doch alles kindisch, wie Sie hier auftreten. Elisabeth Christine ist eine vortreffliche Königin. Sie hat gerade die Reden des Hofpredigers Sack ins Französische übersetzt. Dort werden sie nämlich gerne gelese'. Es scheint mir also, dass sich Ihre großen neue' Ideen mit den Ideen der alte' Königin vorzüglich vertrage'. Oder?«

Karl schwieg.

»Ich warte jedenfalls schon seit Monaten vergeblich auf mein Exemplar, das ich subskribiert habe, sonst hätte ich es Ihnen gleich mitgegeben, damit Sie es lesen und sich einmal Gedanken darüber machen, ob jemand, der so etwas schreibt, als verrückt gelten kann. Ich kenne ihre ›*Reflexionen für jeden Tag der Woche*‹. Sie hat große Ideen, und wenn Sie mich fragen, dann kann sie es mit einem Thomasius aufnehmen oder mit Garve.«

Hilflos sah er sie an.

»Ach« – sie hielt sich den Handrücken an die Stirn – »wieso habe ich das nur vorausgesetzt, dass Sie die kennen könnten?« Langsam atmete sie aus. »Es ist doch einfach zu schmerzlich mit Ihnen. Nichts kennen Sie. Immer nur Kuren, Bäder, Wässerchen und Wehwechen. Schmerzen hier, Schmerzen da. Aber wenn es darauf ankommt, dann –«

»›*Die Geschichte des Fräuleins von Sternheim*‹ ist mir sehr wohl bekannt.«

»Pah!«

Jetzt war es Großmutter Scho'sch, die sich auf den Oberschenkel schlug.

»Diese neue Empfindsamkeit. Dieses Rührstück. Einfach grostesk. Das ist es also, womit Sie sich in Pyrmont die Zeit ve'treiben! Hm! Lese' übe'spannte Romane über arme Mädche', die von bösen Lords ve'führt werde'. Ach, eine dumme Gans ist sie, die von Sternheim. Ist doch klar, dass man einen Mann von Adel nimmt, wenn man aus so elendige' Ve'hältnisse' kommt und eine Waise ist. Was soll sie denn sonst tun? Hat ja ohnehin nichts zu verliere'. Aber bei der La Roche ist der ganze Adel hinterhältig – und ständig betrunken.«

»Was macht eigentlich Poly…«

»Das! Tut! Jetzt! Nichts! Zur! Sache!«

Karls Nase bebte.

»Wosniak, Wosniak!«

Wieder war es ruhig. Nach einer kurzen Pause hob sich die Scho'sch etwas aus dem Sessel und sah ihren Schwiegersohn direkt an: »Mir war gar nicht so deutlich, dass Sie sich für Frauenromane erwärmen können.« Karl schnaubte abermals, aber Großmutter Scho'sch ließ nicht locker: »Dass Sie so etwas überhaupt kennen. Ne, ne, ne und nochmals ne. Aber auch *das* hätte ich mir eigentlich denken könne', so melancholisch wie Sie ve'anlagt sind …«

»Sie kennen es doch auch.«

»Ja, aber mir läuft mein Verstand nich' mit meine' Gefühle' davon, wenn ich so etwas lese!«

Ein Flügelschlagen durchschnitt das Gespräch.

»Wer sagt denn, dass mein Verstand davonläuft? Sie, gewiss! Aber das ist nicht wahr: Im Gegenteil. Es regt meinen Verstand sogar außerordentlich an. Denn ich bin im Gegensatz zu Ihnen nun einmal aufgeschlossen für die neuen Ideen und der unbedingten Auffassung, dass gerade wir, die wir dem edlen Stande angehören, uns fragen müssen, ob wir fähig, bereit und willens sind, diese Pflicht auch mit Tugenden zu erfüllen. Dieses Buch ist ein Gleichnis! Es gibt viele, die des Adels nicht würdig sind. Schauen Sie nur nach Koblenz, wo die französischen Flüchtlinge kleine Schulknaben betrunken machen! Oder nach Preußen, wo die Bauern noch leibeigen sind.«

»Ja, und Sie schauen nach Frankreich, wo blutrünstige Jakobiner den König hinrichten wie ein Stück Schlachtvieh und die Königin einfach so ins Gefängnis sperren. Ich darf ihr nicht einmal mehr schreiben. Arme Marie Antoinette! Was soll bloß aus ihr werden?«

»Wosniak, Wosniak!«

»Wer sagt Ihnen denn, dass meine Töchter nicht das gleiche Schicksal ereilt?«

»Jetzt hören Sie auf! Das ist doch etwas völlig anderes. Ich habe sie zu Pflichtgefühl und Bescheidenheit erzogen …«

»Bescheidenheit? Luise? Habe ich nicht noch sehr deutlich Ihre Klagen in den Ohren! Dass sie viel Aufwand um ihren Putz und ihre Toilette macht …«

»Ja, von wem hat sie das wohl? Sie gehen ja auch nicht in Lumpen!«

»… und Ihre endlosen Kassiber, in denen Sie mich um Hilfe bitten: Luise braucht einen Vater! Sprechen Sie ein Machtwort! Sie wächst mir über den Kopf! Haben Sie sich nicht sogar darüber beklagt, dass sie Ihnen schnippisch kommt und das Wort abschneidet? Erinnere ich mich da richtig?«

»Nun, das kann doch mal passieren. Sie ist doch noch sooo jung.«

»Hier kann das passieren, aber doch nicht am Hof in Berlin!«

Er seufzte, weil er das Gefühl hatte, gegen eine Mauer zu sprechen. »Wie heißt es von dort: Nicht räsonieren, *Ordre* parieren! Was würde der König oder die Königin wohl sagen, wenn Luise da mit Gegenreden kommt? Wohlerzogen, diese Luise! Von feiner Art, diese Luise! Wohl kaum! Einen riesigen Krach wird's geben, das sehe ich jetzt schon so deutlich wie, wie, na, wie …« Da ihm kein treffendes Gleichnis einfiel, wechselte er einfach zu einem anderen Gedanken: »Dass sie sich ja wohlgefällig zur Königin Friederike Luise verhält und ihr immer ihre Aufwartungen macht. Sie wird nur Kronprinzessin sein, nicht Königin. Gerade der Königin muss sie Respekt erweisen. Der König mag ja die Weiber, aber die

Königin – da muss sie aufpassen, unsere Luise.« Er näherte sich der Scho'sch. »Hören Sie? Aufpassen muss sie.« Ein Sprühnebel senkte sich über ihr Kleid.

»Ich bin ja nicht taub. Das wird sie gewiss. Sie ist von guter Erziehung und weiß, was sich gehört.«

»Aber warum haben Sie sich dann immer bei mir beklagt? Ich kann die vielen Briefe gar nicht zählen, die Sie mir geschickt haben.« Er atmete kurz ein. »Was wird nur werden, wenn der König die Gräfin Voss zu ihrer Hofdame bestimmt? Da wird sie nicht einfach so frei herausplaudern können, wie sie es hier gewohnt ist. Man kann mit denen nicht so herumspringen, wie sie das mit dem Fräulein Marico tut. Das lassen die sich nicht gefallen.«

Er hielt sich unvermittelt die Hüfte, so als ob ihn dort ein Schmerz plagte, und sprach dann mehr in sich hinein als zur Großmutter: »Der wird sie bestimmt als Hofdame auswählen, bestimmt, die Voss ... oder die Viereck ...«

Sie aber hatte genau verstanden, was er gesagt hatte, und bohrte nach: »Ja, was wäre denn daran so schlimm, dass Sie das so beklagen müssen?«

»Was daran schlimm wäre? Sie stellen Fragen!« Er kühlte sich mit dem Handrücken die Stirn.

»Nun?«

»Die Voss ist ein alter Degen. Eine Parforcepeitsche ist sie! Wundert mich, dass Sie sie nicht kennen.«

»Ich hatte nie das Vergnügen.« Großmutter Scho'sch antwortete spitz, sodass klar war, dass es ihr keineswegs ein Vergnügen sein würde, die Voss kennenzulernen.

Sie wusste, dass die Voss – wiewohl lediglich im Stande einer Gräfin, also weit unter ihr, die immerhin eine Prinzessin war –, es beinahe geschafft hätte, auf den Preußischen Thron zu heiraten. Der Vater des dicken Wilhelm, August Wilhelm, hatte sich so in die kleine Pannwitz, wie sie damals noch hieß, verliebt, dass diese *Mesalliance* nur durch eine schleunigst arrangierte

Ehe mit dem Cousin der Pannwitz, dem Grafen Voss, verhindert werden konnte. Ein Skandal wurde es trotzdem, denn bei der Hochzeit fiel August Wilhelm in Ohnmacht – aus unerhörter Liebe und gebrochenem Herzen, wie man noch sehr lange danach sagte.

Großmutter Scho'sch war froh, dieser skandalösen Person nie begegnet zu sein, die immer noch ihre betörende Wirkung bei Hofe geltend machte, welche sich erstaunlicherweise vom Vater auf den Sohn, also auf den dicken Wilhelm, übertragen hatte. Die Gräfin Voss maßte sich – wie Großmutter Scho'sch fand – mehr an, als ihr von ihrem Range her zustand. Sie hatte nicht nur dem alten Friedrich Wilhelm I., dem Soldatenkönig, einen ordentlichen Wischer versetzt, sondern sie hatte sich lange Zeit herausgenommen, die ihr anvertrauten Hoheiten zu maßregeln und zu gängeln, statt demütig, wie es sich für eine Erste Dame gehörte, deren Befehle entgegenzunehmen.

»Ich kenne nur die Geschichte', die man sich über sie erzählt. Na ja, und da weiß man nie, was da dran is'. Ich gebe da ja nicht viel drauf, auf das, was die Leut' so rede'.«

Das wunderte Karl außerordentlich, denn seine Schwiegermutter zeigte sich über alle Angelegenheiten, die sich selbst in den entferntesten Höfen der Welt vollzogen, immer allerbestens informiert. Er vermutete, dass die Weigerung, dieses Thema näher zu beleuchten, eher darauf beruhte, dass sie – wie immer, wenn ihr etwas nicht zupasskam – es einfach totschwieg. Er zog es vor, die Großmutter auf diesem Terrain nicht zu reizen, zumal es für ihn einen Nebenschauplatz darstellte, denn das Hauptziel, sie zur Absage der Doppelhochzeit zu bewegen, war noch weit entfernt. So ließ er die Sache einfach sanft ausklingen:

»Ach, der dicke Wilhelm schätzt die Gräfin Voss einfach hoch ein, weil sein Vater sie so geliebt hat.«

»Aber denken Sie doch einmal nach, lieber Karl. Warum sollte er die Voss holen? Sie ist doch schon lange nich' mehr bei Hofe, sondern lebt irgendwo mitten in der Mark auf ihrem

Gut. Es ist so unbedeutend, dass man sich noch nicht einmal den Namen merke' kann. Außerdem ist sie scho' alt. Die macht das alles nich' mehr mit, noch mal einem Hof vorzustehen.«

»Sie haben recht. Alt ist sie und verrückt geworden an den Preußen!«

»Fangen Sie scho' wieder damit an!«

»Ist doch wahr.«

»Ich befehle Ihnen, hier in meinem Haus mit diesen Albernheiten aufzuhören.«

»Sie wollen mir etwas befehlen?«

Wieder gab ein Wort das andere.

»Wosniak, Wosniak!«

Nach einem Moment der Besinnung war es Karl, der einen neuen Anfang machte: »Noch schlimmer wäre die Viereck.«

Großmutter Scho'sch seufzte.

»Doch! Stellen Sie sich doch einmal vor, sie würde die Hofdame! Sie würde dem König alles zutragen. Al-les! Allein, weil er sie an den Hof geholt hat und sie sich ihm erkenntlich erweisen möchte.«

»Ach, ich sag' es doch. Sie haben es am Kopf. Sie sehen schon Gespenster. Verrückt sind Sie geworden bei Ihren Bädern. Sie bilden sich alles ein.«

»Nein, das tue ich nicht. Die Viereck teilt sogar das Bett mit dem König!«

»Das sagt man. Aber ob es stimmt, ist ja noch lange nich' versichert.«

»Es stimmt! Er stellt ihr nach wie ein junger Stutzer. Er hat es einfach mit den Weibern.« Karl schüttelte ratlos den Kopf. »Ich frage mich wirklich, wie Sie so gelassen bleiben können. Das ist mir ein echtes Rätsel. Sie können doch die Mädchen nicht an so einen Hof verheiraten, wo es überall Spione gibt und hinter jeder Wand Ohren sind, die mithören, und Augen, die gucken! Die Viereck wird doch alles, was Luise macht und tut, sofort weitererzählen!«

»Was soll sie denn schon machen und tun?«

»Das müssten Sie doch besser wissen! Sie haben mir doch die vielen Depeschen geschrieben, die mich mitten in der Nacht aufgeschreckt haben!«

»Fangen wir jetzt wieder von vorne an?«

Doch statt zu antworten, legte er seine Hand auf den Bauch, um ihn unbemerkt zu wärmen. Die Großmutter jedoch, die das wehleidige Wesen ihres Schwiegersohnes nur zu gut kannte, nahm dies sofort zum Anlass, ihn mit einer sanften Welle der Beschwichtigung auf ihre Seite zu ziehen.

»Nun regen Sie sich doch nicht so auf, mein Lieber! Es wird alles gutgehen.«

»Ja. Nein. Ach! Es ist, allein: Man macht sich so viele Gedanken. Und wenn man an die ganzen Briefe denkt, die Sie mir geschickt haben, dann wird man als Vater seine Sorgen nicht los. Die Preußen sind eben die Preußen.«

»Aber mein Lieber, mein allerliebster Schwiegersohn.« Ihr Blick glich dem eines hungrigen Kätzchens. »Sie wissen doch, wie das mit den Briefen ist. Man schreibt in Eile und wenn das Blut noch kocht. Und kaum hat man es abgeschickt, hat sich das Blatt meist schon gewendet. Sie ist ein gutes Kind, unsere Luise, ein gutes Kind! Und ein bisschen Vertrauen in sich selbst kann in ihrer Lage nicht das Verkehrteste sein. Gerade bei den Preußen.«

»Eben, eben. Daran habe ich auch gerade gedacht. Denn, was ist denn eigentlich mit –«

Erschrocken hielt er mitten im Satz inne und biss sich auf die Zunge. Er hätte zwar gerne noch die Angelegenheit behandelt, mit der sich ihm die Großmutter einmal ziemlich ohnmächtig und flehend unter dem Hinweis auf ›diesen Blick‹ und diese *Mise en Scène* anvertraut und mit den deutlichen Worten geendet hatte: *»Sie schaut jeden Mann so an, als ob sie in ihn verliebt sei! Helfen Sie mir! Auf Sie wird sie eher hören!«* Aber er hielt sich damit zurück, weil er sich zum Glück noch daran erinnerte, dass sich ihm dieses Verhalten als recht selbstverständlich für ein heranwachsendes Mädchen gezeigt hatte. Und außerdem fand er selbst sie ganz hinreißend bei dieser »sonderlichen *Mise en Scène*«, weshalb er die Großmutter damals in ihrer Not allein gelassen hatte.

Erst jetzt ging ihm auf, dass diese unbändige Koketterie wohl der übelste Fehler war, der seiner Tochter anhaftete, und mehr Schwierigkeiten nach sich ziehen konnte als alle anderen Eigenwilligkeiten, zumal die Preußen kurzen Prozess zu machen imstande waren und schon einmal eine Kronprinzessin vom Hofe gejagt hatten. Er sprach mehr zu sich als zur Großmutter, als er zu jammern begann:

»Oje, oje. Oje, oje.«

»Was ist denn nun schon wieder? Verspüren Sie Schmerzen?«

»Ach nein. Es ist alles gut.«

»Möchten Sie etwas Laugenbrot? Das ist gut für den Magen. Nein? Doch! Warten Sie. Ich lasse Laugenbrot kommen.«

Während die Großmutter sich um sein Wohlergehen sorgte, verschaffte er sich vor seinem inneren Auge einen Überblick über die Situationen, in die Luise hineingeraten konnte. Diese Luise! Obwohl sie sein Liebling war, machte sie ihm die meisten Sorgen. Karl fragte sich nicht nur, was werden würde, wenn Luise ›diesen Blick‹ auf andere als auf ihren Gatten richtete, sondern auch, was passieren würde, wenn sich ihr durch die bescheidene Situation bei der Großmutter unbefriedigter Drang nach großem Putz auf eine Weise entlud, dass sie die sparsamen Preußen damit reizen würde. Er versuchte sich auszumalen, was passierte, wenn sie sich bei Hofe mit ihren Damen oder gar der Königin überwarf, weil sie ihr nicht die nötige Ehrerbietung zuteilwerden ließ, sondern sich – mit Unbefangenheit und Heiterkeit zwar, aber dennoch – zum Mittelpunkt des Geschehens machte. Oje …!

Karl wurde schwarz vor Augen bei der Katastrophe, die er da auf sich zukommen sah. Denn mehr noch als die Verschlossenheit der Preußen gegenüber den neuen Ideen plagte den Erbprinzen, dass er möglicherweise die Rechnung für ein Fehlverhalten seiner Tochter zu begleichen haben würde, und das hieße, Luise einen standesgemäßen Sitz zu gewähren, ihr eine Rente zuzuweisen und einen Staat zu bezahlen, was zur Folge hätte, dass er, Karl, nicht mehr alljährlich zur Kur fahren können würde. Schon die Kosten für die königliche Doppelhochzeit bereiteten ihm mittleres Bauchgrimmen, Ohrensausen, Kopfschmerzen, ein Drücken im Rücken und einen seltsamen undefinierbaren Schmerz, der sich von den Nieren bis hinunter in die Zehen zog und den Anschein vermittelte, dass die Nerven auf gewisse Weise ›gespannt‹ waren.

Aber wenn Luise einen Skandal verursachen würde, wäre er nichts weniger als … ruiniert, komplett ruiniert wäre er. Er fühlte sich mit einem Male so schwindelig, als ob sich all seine eingebildeten und wahrhaftigen Krankheiten auf einmal bemerkbar machten, und war tatsächlich sehr froh, als die Großmutter ihm den Teller mit dem geschnittenen Laugenbrot reichte. Großmutter Scho'sch nutzte seine Lage, um ihrem Schwiegersohn gefällig zu erscheinen:

»Sie brauchen sich wirklich wege' alldem keine Sorgen mache'. Seit sie versproche' sind und die Ringe getauscht habe', nehme ich mir die Mädchen täglich vier, manchmal sogar fünf Stunde' vor.«

»Was meinen Sie damit?«

»Ich weise sie in die Gepflogenheite' ein, die bei Hofe gelte', und lehre sie, wie man durch gesellschaftlichen Umgang die staatlichen Affären lenkt.«

»Ach, das ist gut, das ist gut.«

Damit sprach Karl nicht nur das Laugenbrot an, das ihm vorzüglich bekam und seinen Schmerz linderte. Durch die selbst verschuldete Niederlage, die er im Hinblick auf Luises ›eigenartige *Mise en Scène*‹ erlitten hatte, einsichtig geworden in die Tatsache, dass die Großmutter wohl doch einen deutlicheren Blick für die Notwendigkeiten der Erziehung seiner Töchter hatte als er, zeigte er sich nun auch froh zu hören, dass sie die Mädchen angemessen auf ihre große Aufgabe vorbereitete. Erleichtert fragte er:

»Und was lehren Sie denn so genau?« Ein Stück Brot wölbte noch seine Wange, bevor er kräftig schluckte.

»Whist, Pharao, *Jeu Force,* Mühle. Und dann üben wir noch die Polonaise, den Ländler und gehen noch einmal sorgfältig die Folgen der Allemande durch.«

Karls Mund hatte sich mit jedem Wort, das die Großmutter gesprochen hatte, weiter geöffnet, und sein Unterkiefer hing nun leblos herab. Es dauerte endlose Minuten, bis er sich wieder gesammelt hatte. Dann schüttelte er den Kopf, als ob er alle bösen Gedanken verjagen wollte, straffte sich und schöpfte tief Luft, sodass der obere Knopf seiner Weste, wie von einem Katapult befördert, knapp am Kopf der Scho'sch vorbeischoss:

»Sie sind wohl nicht bei Trost! In Frankreich rollen die Köpfe! Amerika hat die Unabhängigkeit erklärt!« Er schrie so laut, dass der Sprühnebel vor seinem Mund sich in einen wahren Platzregen verwandelte und der runde Birnbaumtisch vor dem Kanapee in Sekunden bis zur Häfte unter Wasser gesetzt war. »Mainz ist eine Republik! Ulm, Aachen, Köln haben Verfassungen! Ein jeder Thron wackelt! Eine Krone ist kein Schmuck! Sie bedeutet Verantwortung! Dienst am Staat! Am Volk! Man muss sich verdient machen! Man muss hören, was die Zeit will! Man muss den Umwälzungen begegnen! Man muss den neuen Ideen gerecht werden! Man muss die Anforderungen erkennen! Man muss sich einstellen auf die Veränderungen! Man muss vorausahnen, was kommen wird! Es ist Krieg! Hören Sie, Krieg! Und wer führt ihn auf unserer Seite an? Die Preußen! Zu Tausenden werden die Soldaten dahingerafft! Und Sie lassen die Mädchen tanzen? Das-Le-ben-ist-doch-kei-ne-Pup-pen-stu-be!«

Karls Worte kamen so markerschütternd, schrill und ohne Beherrschung, dass die Domestiken, die immer noch hinter der Tür standen, sich die Ohren zuhielten und einige sogar die Flucht zurück in den Westflügel ergriffen, weil sie befürchteten, dass ihnen das Trommelfell platze.

Wosniak, der arme Wosniak aber sah sich dem vollen Schall unmittelbar ausgesetzt. Erst versuchte er zwischen den Schreisequenzen in seiner Voliere hin und her zu hüpfen wie ein Hase, der einem Verfolger ausweicht. Dann verdrückte er sich in einen dunklen Winkel, kam da aber wieder hervor, weil er offenbar dort auch nicht die gewünschte Ruhe fand. Dann flatterte er von Stange zu Stange, um seiner Aufregung Herr zu werden, und entlud schließlich die ganze Angst, die sein kleines Herz in pochenden Aufruhr versetzt hatte, in einem endlosen Schrei, in den er alle Kraft seines zitternden Körpers hineinlegte:

»Wosniakwosniak!«

»Halt-die-Go-schen!«

Erschrocken hielt der Vogel inne, zuckte mehrmals und fiel dann, nach einem letzten gekrächzten »Wosniak …!«, tonlos auf den Boden.

Verwundert über den dumpfen Aufprall, der von der Voliere zu ihnen drang, sahen Karl und die Großmutter zu dem toten Papagei, und obwohl die Großmutter den Tod dieses »Mistviehs« nicht nur einmal herbeigesehnt hatte, tat ihr das kleine Tier nun doch leid. Denn wider Willen war sie ihm dankbar und hätte ihm gerne die Gefälligkeit vergolten, die es ihr auf so zufällige Weise zugespielt, ja zugerufen hatte. Denn mit seinem Todesschrei hatte er ihr den Gedanken geliefert, mit dem sie ihren Schwiegersohn endlich und ein für alle Mal in seine Schranken weisen konnte.

Sie erhob sich, baute sich vor Karl auf und brüllte ihm ins Gesicht:

»Sie mit Ihren neuen Ideen! Wissen Sie was: Machen Sie es doch wie der Wosniak mit seinem Amerika. Gehen Sie doch 'rüber, wenn es Ihnen hier nicht passt!«

15

Darmstadt, 24. April 1793

Bei der Verlobungsfeier zwischen den beiden ältesten Preußenprinzen und den jüngsten Prinzessinnen von Mecklenburg-Strelitz lagen sich Erbprinz Karl und Friedrich Wilhelm II., auch bekannt als der dicke Wilhelm, in den Armen wie zwei Freunde, die schon manches Leid, viel Freud und einige Damen geteilt hatten. Es war nicht die einzige Allianz, die an diesem denkwürdigen Abend geschmiedet wurde, weil die kleine Darmstädter Residenz ob der Gäste, die sie zu beherbergen hatte, beinahe barst. Nicht nur die weit verzweigte landgräfliche Verwandtschaft, die neben den Linien Leiningen-Dagsburg-Falkenburg und Leiningen-Guntersblum auch die verschwägerten Häuser Zweibrücken-Birkenfeld, Nassau-Oranien, Hessen-Homburg, Hessen-Kassel, Württemberg, Baden, Thurn und Taxis, Sachsen-Weimar-Eisenach, Sachsen-Hildburghausen und Mecklenburg-Strelitz umfasste, machte ihre untertänigste Aufwartung, sondern auch die neue preußische Verwandtschaft, die nicht minder verzweigt war und zudem noch mit allerlei Staat und Hof vorstellig wurde.

Sie füllten die Palais, Paläste, Schlösschen und Bürgershäuser und auch den leidlich repräsentablen Gasthof ›Zur Traube‹ bis unter die Mansarden. In Sälen und Salons, Fluren und Treppen und vor allem im Roten Saal des Alten Palais, der dadurch, dass die große Voliere aus Brasilholz nach dem Hinscheiden des armen Wosniak entfernt worden war, noch mehr Größe und Weitläufigkeit entfaltete als ohnehin, drängten sich die Gäste eng an eng. Es wurde getanzt, geplaudert, gewettet, getrunken, herrlichste Partien von Pharao bis Domino gespielt, gestritten, geraucht und unter den drolligen Kunststücken des preußischblauen Hyazinth-Aras so manch neue Freundschaft geschlossen, die über die eng gesetzten Landesgrenzen des Flickenteppichs, der sich Heiliges Römisches Reich Deutscher Nation nannte, noch lange Bestand hatte. Man berichtete noch sehr viel später von Paaren, die sich sogar zu kleinen *tête-à-têtes* in die Kammern der Dienerschaft zurückgezogen hatten, die zwar nicht für sie bestimmt, aber zu zweit doch sehr gemütlich waren.

Die bedeutendste Verbindung aber, die an diesem Abend zustande kam, war die zwischen dem König und Karl. Auf dem langen Armstuhl, der im Roten Salon den Platz der Voliere eingenommen hatte, saßen sie wie zwei Brüder und lagen sich, wie gesagt, in den Armen – genau genommen, hätte es Karl gar nicht gewagt, den Preußenkönig, der seinen Rang übertraf, zu umarmen. Sondern es war vielmehr so, dass der König den Erbprinzen fest umklammert hielt, wobei er seinen Wuchs, seinen Status und seine enorme Größe gegen Karl in dieser aussöhnenden Art ausspielte, die eigentlich typisch war für die Patriarchen des Königreiches Sizilien. Er redete in diesem leutseligen Singsang auf den Erbprinzen ein, der jedermann glauben ließ, er sei nicht nur ein Freund der Menschen, sondern auch ein guter, nein allerbester Freund des angesprochenen Gegenübers, und nur denjenigen, die es schon einmal mit Friedrich Wilhelm II. zu tun bekommen hatten, war bekannt, dass auch dieser – trotz seiner verbindlichen Art – ganz Preuße war, dass also und gerade auch bei ihm galt: Order ist Order! Nur dass er sich seine Leute nicht mit Befehlen, sondern eben durch Freundlichkeit untertan machte.

Karl aber ahnte von alldem nichts und ließ es sich in den Armen des Königs wohlergehen. Denn immer und immer wieder sprach dieser sich über die Freude aus, die es ihm machte, den Erbprinzen bald zum Cousin zu bekommen, und überschüttete ihn mit harmlosen Gunstbezeugungen, indem er, wie es seine Art war, Rang, Grad und Ehrerbietungen zu einem endlosen Wurm von Beteuerungen zusammendrechselte:

»Durchlauchtigster Durchlaucht, mein lieber, wertester Prinz, mein teuerster Karl! Ist es nicht eine Freude? Mir ist es eine Freude! Eine allerewigste Freude. Eine Doppelhochzeit, die unsere beiden Häuser aufs Ewigste verbindet. Schon als ich Eure beiden Töchter gesehen habe, hatte ich mir gewünscht, dass meine Söhne sich in sie verlieben und sie heimführen nach Berlin. Ach, durchlauchtigster Prinz. Mein allerliebster Freund, wie froh ich bin, dass sich alles so vortrefflich gefügt hat, herzoglicher Herzog. Auf unser aller Wohl!«

Karl, der – ganz entgegen dem höfischen Gebaren – die unkommode Sitte pflegte, auch bei großen Gesellschaften »wegen meines schwachen Magens«, wie er entschuldigend beteuerte, nur Pyrmonter Wasser zu sich zu nehmen, konnte diese Gepflogenheit in der Gegenwart des sinnenfrohen Königs nicht aufrechterhalten und stieß mit ihm an. Sofort befürchtete er, davon so benommen zu sein wie bei den Kuren, die neuerdings in diversen böhmischen Bädern ausprobiert wurden, wo statt Wasser Wein getrunken wurde, und die er ebenfalls einmal genossen, aber wegen des Schwindels, den sie bei ihm hervorriefen, für sich verworfen hatte. Aber er fühlte nichts dergleichen. Im Gegenteil: Karl merkte, dass er sich in Gegenwart des Königs ganz wunderbar fühlte, und das war dessen überbordender Liebenswürdigkeit geschuldet, die immer wieder im Lob auf die Bräute, die Welt und die beiden Häuser gipfelte, die nun »auf ewig« miteinander verbunden wurden.

Vergessen waren die Bedenken gegen den preußischen König, dessen lose Sitten und rückständiges Staatswesen, die Karl nur wenige Wochen zuvor gegenüber seiner Schwiegermutter so hartnäckig verteidigt hatte. Auch als der König am späten Abend seine Freundlichkeiten nicht nur über ihn ergoss, sondern auch auf die beiden »Engel« in einer Weise ausweitete, die Polyxene, die mit Onkel Georg durch die Räume streifte, zu der »ganz allgemeinen« Bemerkung über das Phänomen hinriss, dass es doch ein Paradoxon sei, wenn die ältesten Männer glaubten, die jüngsten Frauen gewinnen zu können, sah Karl in all diesen Reden nichts Unsittliches oder Unmoralisches mehr.

Denn neben den Freundlichkeiten, die er ihm hatte angedeihen lassen, hatte sich der dicke König mit jedem Glas, das er zu sich nahm, und mit jeder verworrenen Rede, die er auf das Wohl der Bräute, der Gastgeberin, der Ehe und auch Karls hielt, mehr und mehr großzügig gezeigt. Erst hatte er lediglich zugesagt, die königlichen Hochzeiten auf standesgemäße Weise auszurichten, Karl dafür aber die Erlaubnis abgerungen, dies in Berlin und nicht in Darmstadt zu tun. Was Karl ohne Zögern zugesagt hatte, weil er froh war, die Kosten für eine Hochzeit, die königlichen Standards angemessen war, nicht bezahlen zu müssen.

Schon allein dieses Zugeständnis führte bei Karl zu einer Milderung dieses seltsamen undefinierbaren Schmerzes, der sich von den Nieren bis hinunter zu den Zehen zog und der den Anschein vermittelte, dass die Nerven auf gewisse Weise »gespannt« waren – aber es sollte noch besser kommen: Denn im Laufe ihrer Unterhaltung stattete der König Luise noch mit den Ämtern Köpenick, Fürstenwalde und Alt-Landsberg und Friederike mit Chorin und Biesenthal aus, was der einen 35 000 Taler, der anderen 20 000 Taler im Jahr bescherte, und nannte diese auch ihre Witwensitze – für den Fall, dass der Krieg oder der liebe Gott seine Söhne eher zu sich holen sollte.

Karl war außer sich vor Freude. Alle Sorgen waren verbannt, hinweggefegt, hatten sich in nichts aufgelöst, vaporisiert! Er würde weiter kuren können, und seine Töchter waren versorgt. Wie wunderbar!

In dieser Hochstimmung nutzte er eine kleine Pause der Wohlgefälligkeiten, um dem König seinen 13-jährigen Sohn Georg zu präsentieren, der zufällig an der Hand der guten Gélieu durch die Räume streifte. Karl hatte ihn auf drängende Bitten seiner beiden jüngsten Töchter aus Hannover hierher kommen lassen, wo der hübsche und aufgeweckte Knabe nach nur einem Jahr bei der Scho'sch nun in der Obhut eines gestrengen Erziehers auf seine Aufgaben als späterer regierender Herzog von Mecklenburg-Strelitz vorbereitet wurde. Die beiden Schwestern bekamen ihren jüngeren Bruder nur selten zu sehen – und wenn, dann meist in Hildburghausen bei Lolo, der Ältesten des Mecklenburger Schwestern-Quartetts, wo sich die im ganzen Reich weit verstreute Familie Jahr für Jahr im Dezember traf, um gemeinsam das heilige Weihnachtsfest zu feiern.

Während des übrigen Jahres mussten sich die Schwestern damit begnügen, allein durch Korrespondenz mit ihrem kleinen Bruder Kontakt zu halten, die zwischen Friederike und ihm von hoher Frequenz und Regelmäßigkeit war, mit Luise jedoch sehr dürftig ausfiel. Dies stand allerdings gänzlich im Gegensatz zu den Gefühlen, die diese für ihren kleinen Bruder hegte: Sie hatte ihn nämlich ausgesprochen lieb und glaubte, in ihm sogar einen Vertrauten für ihre kleinen Herzensnöte gefunden zu haben. Aber es entsprach ihrem Charakter, mehr zu versprechen, als sie zu halten imstande war – und außerdem war sie ausgesprochen schreibfaul.

Umso größer war die Freude gewesen, als Karl seinen Töchtern angekündigt hatte, dass Georg zur Verlobungsfeier anreisen werde, und auch Karl war froh, seinen Sohn, dessen Entwicklung er nur aus der Ferne der Kurbäder verfolgte, wieder einmal von Angesicht zu Angesicht zu sehen. Sein Vaterstolz wuchs ins Unermessliche, als er sah, wie gut sich sein ältester Sohn machte und dass er Grund zu den allergrößten Hoffnungen gab. Er winkte ihn und die gute Gélieu also herbei, um ihn dem Preußenkönig zu präsentieren, und pries die Vorzüge des kleinen Georg in hohen Tönen an.

Das aber hatte sogleich weitere Gunstbezeugungen des Königs zur Folge, denn dieser zeigte sich so angetan von dem kleinen, blondgelockten Prinzen, dass er nicht nur ihn, sondern auch gleich die Großmutter, die ja auch eine kurze Zeit zu seiner Erziehung verwandt hatte, und Karl höchstpersönlich nach Berlin zur doppelten Hochzeitsfeier einlud – und versprach, alle anfallenden Kosten dafür zu übernehmen.

»Was für ein prächtiger Junge, Euer Sohn. Groß, stramm, gesund. Kommt ganz nach Euch, herzoglichster Herzog. Ganz nach Euch!«, waren seine Worte. Er erkundigte sich gleich, ob denn in Mecklenburg-Strelitz wie in England, mit dem Karl ja so »vortrefflich« verschwägert sei, die Sitte herrsche, auch Frauen zum Thronfolger zu machen. Karl ließ den König darüber im Ungewissen, betonte aber, dass – trotz alledem – eben ein Sohn ein Sohn sei und also etwas anderes. Da klopfte der dicke Wilhelm ihm abermals kräftig auf die Schulter, nickte verständig und sagte Karls Töchtern eine Erhöhung der Morgengabe um stattliche 400 Taler zu, für den Fall, dass die fürstlichen Ehen mit der Geburt eines jungen Prinzen gesegnet seien.

Karl hätte verrückt werden können vor Jubel. Es war das erste Mal seit dem Tod seiner zweiten Frau, der ihn in das Tal dieser unendlichen Schwermut hinuntergestürzt hatte und Auslöser für seine zahlreichen Zipperlein war, dass er sich gesund, frisch und elastisch fühlte, wie man es von einem Kavalier seines Alters erwartete. Statt Ohrensausen hörte er Musik, statt Magengrimmen spürte er unbeschwerte Leichtigkeit, und dort, wo er sonst auf diese unbestimmte Weise seine »gespannten« Nerven wahrnahm, fühlte er nicht weniger als das pure Glück.

Darum unterschrieb er ohne Bedenken und Zögern, als ihm der König mitten im Gespräch und nach einer abermaligen gedrechselten Trinkrede auf das Wohl der Enkel, der Nachkommen und der Saat, die man streuen müsse, einen fein säuberlich ausgearbeiteten Kontrakt reichte – und übersah, dass all die nach und nach veräußerten Versprechungen nicht spontan gekommen waren, sondern dort schon lange im Voraus aufgeführt waren.

Denn mehr noch als seinen Hunger auf Frauen, Gesellschaften und Speisen verspürte der preußische Monarch einen Hunger auf Macht, und all sein Streben war darauf ausgerichtet, diesen zu stillen. Er wollte nichts Geringeres als ein Land, dessen Gebiete im ganzen Reich verstreut und unabhängig voneinander waren, zusammenfassen – oder, wie er sagte, *»arrondieren«* – und sein Land als Großmacht anlegen, die es mit Frankreich, England und Russland aufnehmen konnte.

Während er also kurz vor der doppelten Verlobungsfeier Marchese Lucchesini hatte anspannen lassen, um mit der Zarin Katharina über eine abermalige Teilung des zerrütteten Polen zu verhandeln und sein Gebiet gegen Osten hin zu erweitern, hatte er selbst hier in Darmstadt durch seine Großzügigkeit gegenüber Karl eine Unterschrift erwirkt, mit der er sich über die Töchter der fürstlichen Ehen, die heute gefeiert wurden, das im Westen Preußens gelegene Mecklenburg-Strelitz ganz »vortrefflich« einverleiben konnte – und zwar über die Kindeskinder, die aus der Ehe hervorgehen würden, und über eine Klausel, nach der Karls Töchter sofort des Hofes verwiesen werden konnten, wenn eine Verfehlung ihrerseits – nicht sittlicher, aber politischer Art – ihn daran hindern würde.

Der Preußenkönig trug ein Lächeln zur Schau, das die Umstehenden als Freude über die Doppelhochzeit hätten deuten können, das aber in Wahrheit von der Leichtigkeit herrührte, mit der er den arglosen Karl überrumpelt hatte. Was für ein Tölpel dieser doch war! Kein Wunder, dass Karls Reich so klein und seines so groß war. Er war ein guter Mann, dieser Karl, aber als Politiker völlig untalentiert und leicht zu nehmen. Der König hätte sich auf die Schenkel schlagen können vor Freude über Karls Schaden, stattdessen aber behielt er seinen Jubel für sich.

Zufrieden lehnte er sich zurück und beobachtete an der Schwelle zum Roten Salon seinen Ältesten und Luise, wie sie den Gratulanten, die sich um sie drängten, ihre Ringe präsentierten, mit denen sie ihr Versprechen, das sie sich im ›Weißen Schwan‹ gegeben hatten, besiegelt hatten. Er nahm im Gemurmel eine Stimme wahr, die sich über die Bescheidenheit dieser einfachen goldenen Ringe ereiferte, die ihre Besonderheit lediglich daraus bezogen, dass ein Motiv sich rundherum wiederholte, und sich gar emporschwang zu bemerken, dass dies wohl kaum einer königlich-preußischen Hochzeit angemessen und würdig war und man da wohl eher Brillanten erwartet hätte. Zugleich war er sehr erfreut mitzubekommen, wie sein Sohn diesen Einwand, ohne ihn gehört zu haben, entkräftete. Der Kronprinz nämlich gab in seiner schnarrenden Art bekannt, dass bei der Hochzeit in Berlin nicht illuminiert werden, sondern das Geld dafür vielmehr für die Versehrten und Witwen des Krieges verwandt werden solle, weil man in Zeiten allgemeiner Not mit Bescheidenheit und Sparsamkeit ein Signal setzen müsse. Und das Erstaunliche war, dass sein Schnarren gar nicht mehr als Schnarren, sondern eher als Eigenart empfunden wurde, die dem Herrschersohn Konturen verlieh.

Ein seltsamer väterlicher Stolz, den er gegenüber seinem Ältesten nie verspürt hatte, regte sich in der königlichen Brust, weil er in den Worten, die der Kronprinz gesprochen hatte, wenn auch nicht seinen eigenen Hang zur Verschwendung, so doch seine eigene Weitsicht sah – und auch einen Anflug seines eigenen würdevollen Auftritts. Zum ersten Mal fand er, dass sein Sohn wirklich sein Sohn war! Bis jetzt hatte er an seinen Fähigkeiten gezweifelt, er hatte sein schüchternes Wesen verflucht, seine Scheu vor Gesellschaften und sein wirklich ärgerliches Stottern, das nicht einmal dieser verschlagene Geheimrat

Behrisch, den er zum Erzieher des Kronprinzen ernannt hatte, ihm hatte austreiben können.

Nun aber sprach der Kronprinz frei und ohne Hemmungen. Er war schüchtern, aber ruhte in sich, und der König nahm diese Wandlung mit Wohlwollen wahr und freute sich einmal mehr über dieses »vortreffliche« Bündnis. Er schloss, dass die Veränderung seines Sohnes nur auf den Umgang mit Luise zurückzuführen war, und rühmte kenntnisreich, was eine liebende Frau in einem Mann doch Gutes hervorzurufen vermochte. Wer hätte das besser beurteilen können als er selbst, der die Frauen liebte wie kein anderer vor ihm auf dem preußischen Thron?

Es hatte sich alles gefügt, seitdem Georg von Hessen-Darmstadt dem König nahegelegt hatte, sich einmal seine beiden Nichten präsentieren zu lassen, und er selbst hatte die Angelegenheit forciert, denn er war nicht mehr der Jüngste und fühlte schon die ersten Anzeichen der Gebrechlichkeit in seinen Gliedern. Die Brust war ihm oft eng, das Blut schwer. Hufeland, dieser vortreffliche Arzt, hatte ihn schon häufig gewarnt und gebeten, Vorsicht mit seiner Gesundheit walten zu lassen. »Weniger Gesellschaften, weniger Aufregungen und mehr Ruhe«, hatte er ihm geraten. Aber wie konnte man Ruhe haben, wenn die Dinge noch nicht in den richtigen Bahnen waren? Wenn der eigene Sohn bislang keine Neigungen zeigte, eine Frau zu finden, wenn noch keine Prinzen geboren waren und die Dynastie nicht gesichert?

»Nein, Hufeland«, hatte er seinem Leibarzt entgegengesetzt. »Keine Ruhe! Ich habe noch viel zu erledigen!« Nun konnte er endlich aufatmen und tatsächlich ein wenig ruhiger in die Zukunft sehen. Zufrieden lehnte er sich zurück und verschränkte die Hände über seinem dicken Bauch.

Mit Zuversicht sah er zu seiner zukünftigen Schwiegertochter, doch genau in diesem Augenblick war es mit seiner Ruhe zu Ende. Denn Friedrich Wilhelm wirkte trotz seines herrschaftlichen Auftretens neben Luise blass. Seine Ernsthaftigkeit nahm sich gegen ihren Eifer unscheinbar aus. Denn sie war es, die die *Honneurs* entgegennahm, jedermann ein Ohr lieh, mal in die eine, mal in die andere Richtung ein freundliches Wort wechselte, Hände schüttelte und jedermann so hoheitsvoll zunickte, als ob sie nicht nur von jeher dazu bestimmt war, eine Krone zu tragen, sondern als ob sie diese bereits seit Jahrzehnten trüge.

Der König wurde blass um die Nase.

»Kronprinzessin ist Kronprinzessin. Sie hat ihm Prinzen zu machen, mehr nicht«, dachte der dicke Wilhelm. Ihn beschlich ein ungutes Ahnen, und er fragte sich, ob diesem Vermögen, alle Begeisterung auf sich zu ziehen, nicht der Wunsch zugrunde liege – oder irgendwann einmal zugrunde liegen könnte –, alle Menschen mitzureißen und sie für die eigenen Interessen einzusetzen. Doch welche Interessen konnten das bei einer kleinen Prinzessin sein, die noch keine 18 Jahre zählte? Putz! Toilette! Vergnügungen!

Noch! Noch, noch … Die Verhältnisse bei der Prinzessin Georg waren nicht gerade überspannt. Luise war karge *Revenuen* gewohnt, könnte sich der Sparsamkeit seines Sohnes anpassungsfähig zeigen. Was aber wäre, wenn sie nach Höherem strebte? Gar eine Weiberherrschaft anstrebte? Der König seufzte. Man sah es den jungen Dingern leider nicht an, was in ihnen steckte. Auch die kleine Sophie von Anhalt-Zerbst war ihm harmlos erschienen; damals, als er selbst noch ein Knabe war und einmal das Vergnügen hatte, mit ihr Federball zu spielen, was sie – die dreizehn Jahre älter war – schrecklich gelangweilt haben musste. Schön in der Gestalt und von flatterhaftem Wesen wie Luise war sie damals schon gewesen. Nun jedoch gebot sie als Zarin von Russland über ein Reich, das das seine an Größe um ein Vielfaches übertraf. Und das alleine, weil sie – wie man sich erzählte – ihren Mann hatte ermorden lassen.

Weiberherrschaft! Oje, oh weh! Der König atmete tief ein und stieß die Luft in kleinen Portionen wieder aus, womit er seine Gedanken zu sortieren versuchte. Denn, fragte er sich, was aber wird sein, wenn Luise Geschmack an der Politik gewönne, wenn sie sich einmischte in die Belange des Staates? Wenn sie sich für die neuen Ideen erwärmte und diese gegen das, was er geschaffen hatte, durchzusetzen versuchte? Hatte sie nicht heute Abend mehrmals mit Louis Ferdinand getanzt – und neulich Abend, wie ihm zugetragen worden war, auch schon? Mit diesem Nichtsnutz, der das große Wort gegen die Monarchie führte?

Erst kürzlich hatte er seinem windigen Cousin ausrichten lassen, dass auch schon Prinzen auf die Festung gekommen seien, nachdem ihm zu Ohren gekommen war, dass dieser Aufrührer über den Feldmarschall von Möllendorf und dessen Kampfentscheidung am Rhein in einer Weise gelästert hatte, die des Königs Befehle infrage stellte! Ein Aufstachler war er, ein Mäusedreck im Pfeffer, der sich an den Preußen rächen wollte! Ja, das war's: Louis Ferdinand war ein liederlicher Bastard mit hohen Zielen und niederen Ressentiments!

Der König seufzte so sehr, dass sein dicker Bauch noch lange vibrierte. Der Gedanke an Louis Ferdinand verfinsterte sein Gemüt. Er sah sein Lebenswerk und die Zukunft Preußens, das er als große Macht im Norden Europas zu stabilisieren versuchte, durch diesen Prinzen in Gefahr – diesen falschen Prinzen, wenn er es genau nahm. Denn nur ihm, der er die Akten seines Onkels, des Großen Friedrich, einsehen durfte, war bekannt, was nur wenige hinter vorgehaltener Hand auszusprechen wagten: Louis Ferdinand war kein Preußenprinz! Er war ein Bastard vom Grafen Schmettau!

Friedrich der Große hatte dem politisch talentfreien Schmettau die Chance gegeben, sich mit seinen kraftvollen Lenden nützlich zu machen, und ihn mit der Order »Mache Er mir Neffen!« als Kammerherrn zu Louis Ferdinands Eltern geschickt, und prompt war die freudlose Ehe mit einem Kinderreigen gesegnet worden, der einer preußischen Dynastie würdig war.

Der König hielt sich den Bauch und versuchte die Bitterkeit, die in ihm aufstieg, zu besänftigen. Das hat man nun davon, wenn man zu solchen Mitteln greift, dachte er kopfschüttelnd. Alles rächt sich. Darum hatte er, obwohl er seine Frau nicht liebte, seine königlichen Verpflichtungen ernst genommen und sich nicht davor gedrückt wie sein Onkel, ach, wie alle seine Onkels: Friedrich der Große hatte sich davor gedrückt, Heinrich und letztlich auch Ferdinand – dessen beide jüngere Brüder. Nur sein Vater war seinen dynastischen Verpflichtungen nachgekommen – und er selbst!

Ja, über ihn konnte man nicht klagen. Sieben Kinder hatte er gezeugt, vier Preußenprinzen allein: Friedrich Wilhelm, der Kronprinz, sein Zweitältester Louis, dann Heinrich und schließlich Karl, der gerade einmal zehn Jahre alt war. Dazu zwei Töchter, Wilhelmine und Auguste; neben Friederike aus seiner ersten Ehe. Prächtige Töchter, die gute Frauen werden würden – das konnte er jetzt schon erkennen, denn von Frauen verstand er etwas. Diese Nachkommenschaft war ein Resultat, das sich sehen lassen konnte, und nun wollte er sich nicht von einem Bastard sein Werk aushöhlen lassen.

Beliebt macht er sich bei Land und Leuten, Offizieren und Gemeinen, und will sich doch nur Rückhalt verschaffen und sich das Land unter den Nagel reißen, dachte der König. Nicht mit ihm! Nein, nicht mit ihm! Die Züge des Königs zeigten eine entschlossene Mischung aus Zorn und Angriffslust und verdunkelten sich wieder, als er sah, dass Louis Ferdinand immer noch neben Luise stand und diese charmant hofierte.

Was wäre, wenn Louis Ferdinand versuchte, über Luise Einfluss zu gewinnen? Noch ist sie gut und brav wie ein Engel, aber, sagte der König sich, aber … Ja, was wäre, wenn Louis Ferdinand Luise in ihren verborgenen Qualitäten bestärkte und diese für sich einzusetzen wüsste? Ein Hitzkopf war er, der für alles zu kämpfen bereit war, wenn er nur an eine Sache glaubte – und am meisten glaubte dieser Bastard, dass er mehr

Zeug zum Thron habe als des Preußenkönigs Erstgeborener, Friedrich Wilhelm.

Gerade noch, als er Karl von Mecklenburg-Strelitz den Ehe-Kontrakt untergeschoben hatte, hatte der König sich so sicher gewähnt, was sein Reich, sein Lebenswerk und seine Vision betraf. Und nun, da er mit anzusehen gezwungen war, dass in Luise Qualitäten keimten, die sie sehr gut gegen seinen Sohn und eben auch gegen Preußen – wie er es sah – verwenden konnte, sah er seine Felle davonschwimmen. Was wäre, wenn nicht er sich Mecklenburg-Strelitz unter den Nagel risse, sondern umgekehrt Luise mit ihren Mitteln sich zur Herrscherin über Preußen aufschwänge?

Weiberherrschaft! Mit einem Male wurde Friedrich Wilhelm II. klar, dass es auch ganz anders kommen konnte als von langer Hand geplant und dass es hilfreich war, die junge Frau glücklich zu machen. Sollte er ihre Revenuen erhöhen, damit sie sich schöne Kleider kaufen konnte und gar nicht erst auf dumme Ideen käme? Besser jetzt zahlen als später, dachte er. Es war der kleinere Preis. Und er wandte sich Karl zu, den er aus einem Gespräch mit der Gélieu herausriss:

»Lieber durchlauchtigster Durchlaucht, wenn ich Eure Töchter sehe, quillt mir das Herz über. Sie sind so schön anzusehen, dass man gar nicht satt davon wird. Ja, nicht satt. Deshalb erlaube ich mir, nein befehle ich Euch …«

Karl sah ihn erschrocken an, wurde aber mit einem Schulterklopfen beschwichtigt.

»Ich befehle Euch, die Aussteuer, die Ihr mitgeben wolltet, allesamt in Putz und Rat anzulegen, wie es unserem fürstlichen Hause eignet und gebühret.«

Das war in der Tat ein wirklich großzügiger Befehl, der Karl aufs Äußerste erstaunte und sämtliche seiner Wehwechen ins Reich des Vergessens verbannte. Erleichtert entfuhr ihm ein tiefer Seufzer. In der Regel war es nämlich üblich, den Mädchen bei der Hochzeit ein hohes Brautgeld mitzugeben, das offiziell zwar der finanziellen Absicherung des jungen Paares dienen sollte, aber nicht selten den luxuriösen Ausschweifungen allein des Ehegatten diente. Dass Friedrich Wilhelm II. nun dem Brautvater befahl, genau dieses Geld für die Toilette seiner beiden Töchter auszugeben, zeigte, dass es dem Preußenkönig, wiewohl für seine Generosität bekannt, nicht auf das Geld ankam, das seine zukünftigen Schwiegertöchter in die Ehe mitbrachten, sondern allein – wie er sich auszudrücken pflegte – auf deren »vortrefflichen« Charakter.

Mit großzügiger Geste setzte Friedrich Wilhelm II. seine Rede fort, wobei er im Wechsel Karl auf die Schulter klopfte, ihn umarmte und drückte, sodass dieser schon überall an seinem Körper blaue Flecken zu spüren glaubte. »Wenn Eure Töchter preußischen Boden betreten, soll es ihnen an nichts mangeln. Alles, was sie brauchen, wird ihnen zugewiesen werden. Und dass die beiden da ja keine falsche Bescheidenheit aufkommen lassen. Hört Ihr, herzoglichster Herzog? Ich will nicht, dass es ihnen an etwas mangelt.«

Er fügte mit ausladender Schrift diesen Passus in den Vertrag ein, und Karl unterschrieb abermals ohne Zögern. Während der sich daraufhin überschwänglich bedankte und vortäuschte, sein Glas auf das Wohl aller anzuheben, tatsächlich aber – aus Rücksicht auf seinen Magen, seine Nerven und seine Sinne – nur einen kleinen Schluck nahm und sich dann wieder der guten Gélieu und dem kleinen Georg widmete, sah der König wieder dem Treiben um seinen Sohn und Luise zu.

Immer noch scharten sich Verwandtschaft und Höflinge um das Kronprinzenpaar, und immer noch schien es für Luise das Selbstverständlichste der Welt zu sein, sie alle auf die eine oder andere Weise glücklich zu machen. An die einen richtete sie gute Worte, den anderen schenkte sie ein Lächeln oder einen Händedruck und wiederum anderen gar einen Tanz.

Als Louis Ferdinand sich erneut zu der Runde gesellte, standen dem König die Nackenhaare zu Berge. Wie unscheinbar sein Sohn sich doch gegen ihn ausnahm! Louis Ferdinand und Luise wären eindeutig das schönere Paar gewesen!

Der König seufzte wieder und bedauerte, dass er seinen Sohn lange und bewusst von den politischen Affären ferngehalten hatte. Er hatte ihn als Konkurrenten gesehen und darüber vergessen, dass Konkurrenten noch von ganz anderer Seite kommen konnten. Verlegen über seine eigene Dummheit, biss er sich auf die Lippe. Er musste etwas ändern, er musste Friedrich Wilhelm mehr in die Geschäfte einbeziehen. Gleich morgen wollte er ihm das ausrichten lassen. Sein Sohn musste vertraut werden mit der Diplomatie, mit den staatlichen Angelegenheiten, mit der Heeresführung! Denn man wusste nie, was auf einen zukam. Nicht nur, dass ein Thron an einen anderen verloren gehen konnte, er konnte auch gänzlich ins Wanken geraten! Die Zeiten waren turbulent, und – wer weiß – vielleicht kam der Verrat ja auch aus den eigenen Reihen? Wenn er nur wüsste, wozu diese jungen Dinger fähig waren. Katharina die Große hatte es allen gezeigt.

Er wandte sich wieder an den Vater der Bräute:

»Ach lieber, liebster Herzog, was ist es mir eine Freude, Eure Töchter mit meinen beiden ältesten Söhnen. Mir scheint, es ist für alle eine glückliche Fügung?«

Karl, der diesen Einwurf für Luise und Friedrich Wilhelm durchaus als zutreffend anerkannte – jedoch Louis' Verhalten als völlig unangemessen empfand, der seine Braut den ganzen Abend keines Blickes gewürdigt hatte und nun mit einer Dame parlierte, deren Vorzüge so offensichtlich waren wie ihr Kopf dumm –, hielt es dennoch für angebracht, den König zu bestätigen. Nichts in seinem Verhalten sollte dessen großzügige Zugeständnisse rückgängig machen.

»Sire, es ist mir eine Ehre, dass Ihr Euch so gut über meine Kinder aussprecht …«

»Nein, durchlauchtigster Cousin, teuerster Mann, verehrtester Prinz. Mir ist es eine Ehre, mir! Und es wird mir auf ewig eine Ehre sein, mich an Euren guten Kindern zu erfreuen. Sie sind von so gutem Charakter und von so trefflicher Erziehung, dass es eine Freude ist, sie in meinem Haus zu haben, durchlauchtigster Durchlaucht.«

»Sire, ich bin beschämt ob so viel Ehre. Aber sie gebührt mir nicht.« Er hob die Hand in Richtung der Gélieu.

»Wenn ich es doch sage!« Wieder trommelte Friedrich Wilhelm II. auf den Rücken des erleichterten Brautvaters.

»Sire, ich sehe mich gezwungen, Euch zu widersprechen. Denn nicht ich habe für die Erziehung meiner Töchter gesorgt, sondern die Prinzessin G…, ähm, Maria Luise Albertine, und sie hat es sich nicht nehmen lassen, Madame Salomé de Gélieu …« Diese nickte voller Ehrerbietung und verfärbte sich, weil es ihr der Ehre zu viel erschien, vor einem König so herausgehoben zu werden. Karl aber fuhr fort, ihre Vorzüge zu preisen: »… zu engagieren, die eigens aus Neufchâtel ins Alte Palais gerufen wurde, um sich der Mädchen anzunehmen.«

»Aus Neufchâtel! Das ist ja unglaublich, lieber durchlauchtigster Herzog«, entfuhr es dem König erleichtert. Freudestrahlend sah er Karl an und drückte ihm den Nacken. Besser hätte es nicht kommen können, sprach er zu sich. Denn Neufchâtel war eine der vielen Exklaven Preußens, die er verzweifelt durch Annexion der dazwischenliegenden Gebiete zu »arrondieren« versuchte. Eine Erziehung unter den preußischen Maximen zu Ordnung, Fleiß und Pünktlichkeit ließ seine Bedenken gegen Luise und ihren auffällig selbstbewussten Auftritt sich so schnell verflüchtigen, als sie aufgekommen waren: »Dann haben Eure Kinder ja eine wunderbare Erziehung genossen. Kein Wunder, allerteuerster Herzog, kein Wunder, dass sie so gut als schön sind!«

Nun war die Gélieu so rot wie ein Apfel. Verlegen betrachtete sie den Boden.

»Sire, in der Tat! Unsere Madame de Gélieu ist nicht nur

freundlich und von einer Anständigkeit, die vorbildlich ist. Sie ist von so einer natürlichen und unverstellten Herzlichkeit, dass wir sie alle immer nur *die gute Gélieu* nennen.«

»Das ist gut, das ist gut!« Der König lachte breit, und sein freundliches Gesicht erhitzte sich vor Begeisterung. Er wollte Karl abermals zur Bekräftigung des Bündnisses, das ihre beiden Häuser durch die Doppelhochzeit schlossen, auf die Schulter klopfen, da sprach dieser weiter.

»Gewiss, Sire! Meine Schwester, die Königin von England, hat sie uns schon manches Mal für die Erziehung ihrer Söhne – nun, wie soll ich es sagen – abspenstig machen wollen. Aber nichts da! Wir haben sie bei uns behalten. Nun, da die Mädchen das Haus verlassen werden, kann sie sie gerne haben. Denn sie wird sie brauchen, unsere gute Gélieu, nicht wahr, angesichts der Zeiten, die auf uns alle zukommen werden? Die gute Gélieu nämlich kennt alle Schriften des Rousseau auswendig und ist gänzlich offen für die neuen Ideen.«

»Die neuen Ideen, die neuen Ideen.«

»Ja, Sire. Wir Edlen haben doch eine Pflicht. Man muss hören, was die Leute wollen. Man muss hören, was von unten kommt. Man muss die neuen Ideen beherzigen. Man muss hören, was der dritte Stand will. Alles ist im Umbruch, alles neu, und man darf die Talente der Bürger oder der Bauern nicht unterdrücken. Denn was wären wir ohne diese?«

Der König war sprachlos. Seine Stirn zog Furchen, darauf bildete sich ein Film von Schweiß. Mit offenem Mund sah er in die Menge, die er nur schemenhaft wahrnahm. Er war so überwältigt, dass er Karl nicht unterbrach.

Der aber fühlte sich dadurch ermuntert und holte weiter aus. Er wies auf die bürgerlichen Konstitutionen hin, die in Aachen, Köln und Ulm schon verabschiedet worden waren, dann führte er aus, wie respektabel sein Schwager, Georg III., König von England, auf die Unabhängigkeitserklärung Amerikas reagiert hatte – und wie er, Karl, ihm dazu gratuliert hatte –, und untermalte seine Worte mehr oder minder sicher mit Zitaten von Diderot und d'Alembert aus dem Vorwort der großen französischen *Encyclopédie* oder der Amerikanischen Unabhängigkeitserklärung. Er redete sich in einen Rausch hinein, der ihn sämtliche Gebrechen vergessen machte, und auch dieses Gefühl, dass seine Nerven auf unbestimmte Weise spannten, hatte sich aufgelöst. Er führte aus, erzählte und pries dabei immer wieder seine Offenheit für die neuen Ideen, denen man mit Ruhe und Aufgeschlossenheit entgegensehen müsse.

Voller Erstaunen lauschte der König Karls Reden und bemerkte den feinen Sprühnebel, der mit dessen Worten aus seinem Mund kam – wie immer, wenn Karl aufgeregt war und von Dingen sprach, die ihn bewegten. Das Gardemaß von Friedrich Wilhelm II. aber war auf die Größe eines nassen Sacks zusammengefallen.

Karl sprach beherzt weiter, im Überschwang des Gefühls, endlich unter den Edlen, seinen Leuten, dem zweiten Stand, einen Zuhörer, vielleicht sogar einen Gleichgesinnten getroffen zu haben, mit dem man möglicherweise gemeinsam die Welt verändern und am Rad der Geschichte drehen könnte. Er verstrickte sich in Erörterungen über John Lockes Idee von der Teilung der Gewalten, ja der Macht, im Staat, wie ihm sein Schwager, der König von England, zu lesen anempfohlen hatte. Er versicherte, dass ihm, dem Erbprinzen Karl von Mecklenburg-Strelitz, dieser Gedanke erheblich zu weit ginge, weil das ja letztlich die Abschaffung des Adels bedeuten würde. Man könne es hingegen mit Adam Smith schon halten, denn wenn der Handel frei sei und nach Angebot und Nachfrage bestimmt würde, würde das – »wie dieser sehr klug ausführt« – Wohlstand für alle bedeuten. Und er, Erbprinz Karl, könne daran nichts Verwerfliches finden, und man hätte manche Sorge um sein hungerndes Volk los.

»Man muss hören, was die neuen Ideen sagen! Man muss

hören, was die Zeit will. Das ist unsere Pflicht«, sagte, nein rief er nach jedem neuen Gedanken aus, den er verfolgte, sodass es klang wie der eingängige Refrain eines Gassenhauers.

»Die größte Idee aber, Sire …«, fuhr er eifrig fort und wandte sich, da er bislang lediglich frei in den Raum gesprochen und nicht auf die Reaktionen des Königs geachtet hatte, nun seinem Gegenüber direkt zu, wobei er die Anwandlung, dem König auf die Schulter zu klopfen, in einem letzten Anflug von Angemessenheit glücklicherweise unterdrückte, »… kommt von einem aus Eurem Lande, von einem Preußen!«

Das Lächeln des Königs offenbarte eher Skepsis als Freude.

»Ja, er stammt aus Königsberg, Sire, und ist kein Geringerer als Euer Bürger Immanuel Kant! Was sagt er über die Vernunft, was sagt er über den Menschen und den Verstand? ›*Unmündigkeit ist das Unvermögen, sich seines Verstandes ohne Anleitung eines anderen zu bedienen.*‹ Ja, und selbst verschuldet sei diese Unmündigkeit eben dadurch, dass man nicht den Entschluss oder den Mut aufbringt, sich seines Verstandes zu bedienen. ›*Sapere aude!*‹, sagt er. *Wage es zu hören!* Genau das sage ich auch. Man muss hören. Man muss hören, was die neuen Ideen sagen. Man muss hören, was das Volk will, sonst kann man verloren gehen. Schaut Euch nur einmal die Ereignisse in Frankreich an!«

Hätte Friedrich Wilhelm II. auch nur den Deut einer Ahnung von den großen Gedanken des Immanuel Kant gehabt, wäre ihm sofort aufgefallen, dass Karl dessen Worte falsch gebrauchte, falsch zitierte und in einen falschen Zusammenhang stellte. Denn Kants Maxime *Sapere aude!* hieß etwas gänzlich anderes als »Man muss hören!«. Aber so tief war keiner der beiden in die Philosophie des großen Denkers aus Königsberg eingestiegen.

Dem Preußenkönig war Kant ohnehin gänzlich zuwider. Ihm hatte sich seit der Huldigungsfeier der Universität in Königsberg, die anlässlich seiner Krönung im Jahre 1786 prächtig gefeiert worden war, auf ewig das Bild eines kleinen, schmächtigen Männleins eingebrannt, das ihn mit dem bösartigen Gesicht eines alten Adlers auf seine Schwächen und Leidenschaften hin prüfte und zutiefst zu verachten schien. Friedrich Wilhelm II. fühlte sich von Kants Blicken durchbohrt, und das machte ihm seine Person leid. Er hasste ihn dafür, dass er es wagte, seinen Geist über seine eigene königliche, ja gottgegebene Macht zu stellen. Für ihn war Kant das Symbol der Askese, des Ehrgeizes, der Selbstkontrolle, des Sieges der Vernunft über die Sinnlichkeit. Er war ihm mit seinem ganzen Wesen ein Opponent – und letztlich deswegen ein Aufrührer, Anstachler und geistiger Rebell, und damit auch gegen die Monarchie. Schon allein der Gedanke daran, sich mit dessen neuen Ideen auseinandersetzen zu müssen, verursachte dem König Übelkeit.

Er fand also nur langsam zu seinen Worten zurück, als er hörte, wie Erbprinz Karl nun ausgerechnet den von ihm so gehassten Königsberger Gelehrten in höchsten Tönen anpries. Er stutzte, haderte und grollte, und wie in einem letzten Akt zur Rettung seines Lebenswerks, einer großen preußischen Monarchie, die zu sichern er mit Kriegen gegen die Revolutionäre aus Frankreich dabei war, stieß er in seinem verbrüdernden Singsang aus:

»J-a, j-a! Gut, sehr gut, durchlauchtigster Durchlaucht. Diese neuen Ideen. Man muss hören. Einfach nur hören. J-a, J-a! Hören muss man. Ach lieber, teuerster, herzoglichster Herzog! Wie gut. J-a. Ich habe gehört, und ich habe den Wert, den Eure gute Gélieu hatte, verstanden!« Er hielt Karl fest umklammert und sah ihm direkt in die Augen: »Seht! Wenn Eure Töchter, diese entzückenden Engel, eine solch gute Erziehung genossen haben, dann sollte man damit fortfahren. Deshalb verfüge ich zu unser aller Bestem: Obersthofmeisterin und Erste Dame der Kronprinzessin werden die Gräfinnen Voss und Viereck.«

16

Dezember 1793

»Und dass ihr mir nicht wieder das große Wort führt, besonders du, Luise!«

Karl, den seit der Verlobungsfeier und seinem Gespräch mit dem Preußenkönig die Angst quälte, seine Töchter könnten unter den wachen Augen der Gräfinnen Voss oder Viereck protokollarische Vergehen unterlaufen und sie könnten daher vom Hofe gejagt werden, sodass er sie wieder durchzufüttern gezwungen war, redete mit einer Dringlichkeit auf die beiden Mädchen ein, die seine Aufregung verriet. Seine letzten Reserven Magentropfen, die er sich regelmäßig von der florentinischen Klosterapotheke der Santa Maria Novella schicken ließ, waren allmählich zur Neige gegangen. Allein diese Tatsache hätte ihn unter normalen Umständen schon um den Verstand gebracht, nun aber kam noch die doppelte Hochzeit seiner Töchter hinzu und mit ihr eine allgemeine Aufregung, die einem Zustand der Ausnahme glich. Der Schmerz, der sich von den Nieren bis hinunter in die Zehen zog, hatte sich ins Unermessliche gesteigert – und nicht selten hatte Karl den Eindruck, dass er an den ganzen Sorgen, die ihn plagten, zugrunde zu gehen drohte.

In gewaltigen Schüben, die von langen Phasen des grämenden Schweigens unterbrochen waren, während derer er sich für das mangelnde Vertrauen in die Vernunft seiner Töchter schämte, bläute er ihnen deshalb ein, sich immer dankbar und wohlgefällig zu verhalten. Es war wie eine letzte Trumpfkarte, die er, bevor alles zu spät war, noch ausspielen wollte. Jede Beschwörungssequenz nahm ihren Anfang in Klagen über Schmerzen, sprang sodann zu allgemeinen Erörterungen über die neuen Ideen über, steigerte sich daraufhin zu dramatischen Szenarien, die die Unnachgiebigkeit der Preußen gegen Ungehorsam beschrieben, und endete schließlich fast jedes Mal mit den Worten: »Das gilt besonders für dich, Luise!«

Dabei hätte es gar nicht notgetan, Luise in seinen Ermahnungen besonders herauszustellen, denn Friederike war seit ihrer Verlobung mit Louis so still und leise, dass man sie in der Familie noch mehr übersah als ohnehin schon. Im allgemeinen Trubel, den der Umzug der beiden verursachte, nahm jedoch niemand davon Notiz, und selbst die gute Gélieu, die immer ein Herz für ihren fleißigen und aufmerksamen Lieblingszögling hatte, konzentrierte sich voll und ganz auf Luise, die mit ihrem Aufruhr, ihren Gefühlen, ihrer Furcht und ihren Tränen ihre gesamte Umgebung in Atem hielt und wieder einmal der Mittelpunkt aller Geschäftigkeit war.

Friederike freilich hätte viel mehr Trost gebraucht als ihre Schwester – und das nicht nur, weil Louis ihr während der ganzen Brautzeit weder einen Brief geschickt noch einen Besuch abgestattet hatte, sondern auch, weil angesichts Friedrich Wilhelms zahlreicher Besuche und Briefe an Luise sich gleich neben ihr ein Glück zu formieren schien, vor dessen strahlendem Hintergrund sich das Unglück ihrer eigenen künftigen Ehe nur umso deutlicher abzeichnete. Doch niemand beachtete sie. Alle waren berauscht von der Ehre, den preußischen Kronprinzen im Alten Palais empfangen und ihm wohlgefällig sein zu dürfen, niemand hingegen nahm wahr, dass ein anderer Besuch ausblieb, der nicht weniger Ehre bedeutet hätte. Das Los, eine Ehe ohne Liebe eingegangen zu sein, hatten mit Friederike schon viele Tausende Prinzessinnen zuvor geteilt. Es war nichts, was Beachtung verdient hätte oder gar Mitleid, sondern im Gegenteil etwas, was als Selbstverständlichkeit betrachtet wurde.

Der Einzige freilich, der Friederikes Leid so deutlich sah wie ein Jäger den Keiler, der ihn zu überrennen droht, war Friedrich Wilhelm. Um sie heiter zu stimmen, schenkte er ihr den Titel Hoheit und ließ ihr in jedem Brief, den er Luise schickte, Grüße ausrichten. Doch mit jeder Freundlichkeit, die er ihr zuteilwerden ließ, wuchs der Schmerz, den sie so tapfer zu ignorieren versuchte. Wären es ihre Großmutter, ihr Vater, ihr Onkel Georg, Tante Polyxene, die gute Gélieu oder gar Luise gewesen, die sie zu trösten versucht hätten, sie hätte sich aussöhnen können mit ihrem Los. So aber bewiesen ihr jeder Gruß und jede Herzlichkeit von Friedrich Wilhelm, dass sie zwar denjenigen gefunden hatte, der ihr Herz beeindruckte und ihre unausgesprochenen Wünsche und Nöte kannte, dass genau derjenige aber niemals der ihre sein würde. Und die Tatsache, dass sie mit ihm nun familiär verbunden und täglich in seiner Nähe sein würde, machte diese Angelegenheit so unerträglich, dass es für sie nur den Ausweg gab, sich taub gegen ihre Gefühle zu stellen, so groß war der Schmerz.

Nur für eine kurze Zeit, eher ein paar Tage als Wochen, hatte sie Hoffnung gehegt. Dann nämlich, als das Hauptquartier nach Bodenheim verlegt wurde, die täglichen Besuche Friedrich Wilhelms ausblieben und seine Reaktion auf Luises Aufruhr Züge von Spott und Häme trug. Seine Briefe, die ihr Luise unter Tränen vorlas, verleiteten sie zu dem Glauben, dass die Liebe zwischen den beiden doch nicht so groß war, wie sie gedacht hatte, und dass ihre Schwester, die sich ihrem Bräutigam gegenüber manchmal doch recht kühl gezeigt hatte, nun in seinem Herzen ins Hintertreffen geriet, was – wie Friederike nur zu gut wusste – ein Albtraum für Luise war, die es für selbstverständlich nahm, dass sich alles immer nur um sie drehte, und gar nicht verstand, dass auch Friedrich Wilhelm nach Signalen von Hoffnung suchte. Nun hatte er die Gewalt über Luises Gefühle, und sie, Friederike, konnte nicht verhehlen, dass sie darüber ein wenig Genugtuung empfand. Nicht, dass sie Luise weniger geliebt hätte. Sie würde ihre Schwester immer lieben! Aber in ihr regte sich seit geraumer Zeit ein Widerwille gegen Luises Selbstherrlichkeit, und deshalb begrüßte sie es mit einer gewissen Freude, nun die Schwester, die immer glaubte, nach ihrem Gutdünken Liebe und Gunst verteilen zu können, so unsicher und hilflos zu sehen wie nie zuvor. Vorbei war die

Zeit, in der Luise sich mit Angebereien großtat, mit denen sie ihre Schwester Friederike immer aufs Unangenehmste berührt hatte. Luise redete nun zwar nicht weniger. Doch statt große Geschichten auszumalen, erging sie sich in den Bekenntnissen über die Angst, die ihr Berlin machte.

Friederikes leise Befriedigung über Luises Ängstlichkeit war aber wieder abgeklungen, als mit dem neuen Ton, den Friedrich Wilhelm in seinen Briefen angeschlagen hatte, auch die herzlichsten Grüße, mit denen er sie immer bedacht hatte, ausblieben. Nach kurzer Zeit also war alles wieder beim Alten. Friederike sagte nichts, aß nichts, schrieb in ihr Tagebuch, packte, plante und nickte ergeben, wenn sie einmal in dem Trubel angesprochen wurde. Sie war teilnahmslos und schmal geworden, und die wundervollen Formen, mit denen sie ihre Mitmenschen, besonders die Kavaliere, unwissentlich einnahm, waren dem traurigen Anblick von Magerkeit gewichen. Das Schlimmste an alledem aber war, dass alle ihre stille Duldsamkeit als hohe Tugend hervorhoben und darüber die Pein vergaßen, die sie drückte.

Das war auch der Grund, warum Karl seine jüngste Tochter, statt sie mit aller ihm zur Verfügung stehenden väterlichen Fürsorge zu umhegen, in seine Mahnungen und sein Zureden mit einbezog, obwohl dies in keiner Weise gerechtfertigt war. Aber wie Großmutter Scho'sch hatte auch er es sich nun, trotz des großmütigen Wesens, das ihm zu eigen war, zum Gebot gemacht, lieber einmal einen Tadel ungerechterweise zu verteilen, als die Folgen eines Fehlverhaltens nicht unmissverständlich, ausdrücklich und wiederholt in den buntesten Farben ausgemalt zu haben – damit die Schuld für einen möglichen Fehltritt nicht auf ihn zurückfalle. Denn diesmal ging es einfach um zu viel: um die Zukunft seiner Töchter, seine eigene Zukunft und die Zukunft seines Standes überhaupt.

Mit dem Knall der Peitsche, der die Kutsche in Gang setzte – die Königin von England, Karls Schwester, hatte sie ihm auf sein flehentliches Bitten hin geschenkt –, brach für die ganze Familie eine neue Ära an.

Kaum hatte er sich neben der beleibten Scho'sch auf seinen Platz gezwängt, gingen seine Zureden weiter, nur dass die Abfolge aus Ermahnungen und grämenden Pausen in kürzeren Abständen kam. Im Wechsel mit der Großmutter, die seine Momente des Zweifels nutzte und ebenfalls die letzte Chance, Erziehungsratschläge zu geben, in vollem Maße nutzen wollte, sprach er zu den Mädchen.

Luise und Friederike aber schwiegen, was besonders bei Luise auffiel, die in den letzten Tagen viel Wirbel um sich, ihre schöne neue Toilette und ihre neue Würde als Kronprinzessin verbreitet hatte und – zwar im Scherz, aber doch unter den argwöhnischen Augen der Großmutter, die sie dabei erwischt hatte – das Fräulein Marico schon einmal unterwürfige Hofknickse hatte üben lassen. Der Lärm war groß, als das herauskam. Gleichzeitig aber hatte Luise alle so verrückt gemacht mit ihrer Angst vor Berlin und ihrem Kummer, ihr vertrautes Darmstadt verlassen zu müssen, dass sie eigentlich ununterbrochen gesprochen und deshalb die Beschwörungen der Großmutter und ihres Vaters geradezu herausgefordert hatte.

Nur die gute Gélieu hatte ihrer Nervosität für kurze Zeit Einhalt gebieten können. Denn unvorsichtigerweise war ihr die Bemerkung herausgerutscht, dass das eben so sei mit den Geistern, die man rief, und als sie alle daraufhin angesehen hatten, fühlte sie sich ermuntert klarzustellen, dass Luise doch eigentlich keinen Grund zur Beschwerde hätte, weil sie doch ganz gerne die »Blicke suche«, besonders die der Kavaliere. Das peinliche Schweigen, das auf diesen Ausspruch folgte, währte jedoch nur kurz und wurde, trotz des stillen Beifalls, den Friederike der guten Gélieu zollte, in den Wirren des Aufbruchs bald wieder von dem aufgeregten Geplapper Luises abgelöst.

Nun saß Luise in der Kutsche, blickte in die Landschaft, über der noch die morgendliche Dämmerung hing, und war still wie ein Mäuschen. Berlin! Das große Berlin! Ihr graute davor. Sie hatte so viel darüber gehört, und je mehr sie davon erzählt bekommen hatte – von ihrem Bräutigam, von ihrem Papa, von ihrer Mabuscha und sogar vom Preußenkönig, der mit großen Gesten die Gebäude nachgezeichnet hatte, die er alle hatte bauen lassen –, desto mehr schwand die Freude auf die Pracht, die sie nun bald umgeben würde, gegen das Gefühl, klein und ohnmächtig angesichts dieser Dimensionen zu sein. Vergessen waren die Zeiten, in denen sie Friederike gegenüber vorgegeben hatte, sich in Berlin und dem Treiben dort auszukennen, als ob sie dort geboren sei. Nun hatte sie Angst.

Jean Paul, dieser wunderbare Dichter, den sie bei Lolo in Hildburghausen kennengelernt hatte, hatte sie zu beruhigen versucht, als er ihr sagte: »Berlin ist mehr als eine Stadt, es ist ein Weltteil!«

Er hatte das Gegenteil bewirkt. Schon Amsterdam hatte sie in Erstaunen versetzt. Sie erinnerte sich an den ehrfürchtigen Schrecken, den der Anblick der Schiffe, die im Hafen angelegt hatten, bei ihr ausgelöst hatte. Ihre Masten waren so hoch gewesen wie die Bäume eines riesigen, dunklen Märchenwaldes. Dass eine Stadt nun noch größer sein konnte als Amsterdam, das überstieg Luises Vorstellungskraft bei weitem und durchsetzte sie mit einem vagen Gefühl des Ausgeliefertseins. Ängstlich schmiegte sie sich an ihren Bruder Georg, der zwischen ihr und Friederike saß und mit seinen Scherzen die Gesellschaft aufzuheitern versuchte.

»Friederike, denk dir eine Zahl zwischen zehn und zwanzig! Hast du's? Gut! Dann bilde jetzt daraus die Quersumme.« Er sah zu seiner älteren Schwester. »Auch du, Luise. Komm, mach mit! Also: Eine Zahl zwischen zehn und zwanzig und davon die Quersumme. Habt ihr es? Ja? Jetzt zieht diese Zahl von der Zahl, die ihr euch ausgedacht habt, ab. Alles bereit? Kann es weitergehen?« Beide nickten ergeben. »Nun zieht ihr noch einmal fünf ab! Gut? Fertig? Dann – Simsalabim! – sage ich euch jetzt das Ergebnis: Ika, bei dir ist es die Vier!« Sie sah ihn verwundert an. »Und bei dir, Luise, ist es die Dreizehn!«

»Ja, richtig! Wie kommst du denn darauf?« Für einen kurzen Moment war Luise aus ihrer Melancholie gerissen.

»Das ist doch ganz einfach. Erstens passt es zu dir, dass du die höchste Zahl nimmst, und zweitens, dass du nicht genau zuhörst! Ich habe gesagt, eine Zahl *zwischen* zehn und zwanzig, nicht von zehn bis zwanzig.« Dabei legte Georg seine Betonung auf das Wort ›zwischen‹ und knuffte seine ältere Schwester in die Seite. »Du hast natürlich die Zwanzig genommen!«

Major Schack hatte dem Jungen – als er wieder einmal gebeten worden war, die Großmutter abzulenken, damit Friedrich Wilhelm sich unbehelligt seiner Braut nähern konnte – einige seiner Tricks anvertraut, und diese gab Georg jetzt munter zum Besten, ohne zu bemerken, dass weder der Großmutter oder Karl noch Friederike und – nach diesem Debakel, das selbst im Kleinen die Schwächen offenbarte, die ihr vorgehalten wurden – auch nicht Luise zum Lachen zumute war, auch wenn sich das in gänzlich verschiedenen Äußerungen zeigte.

Der erste Schnee war schon vor zwei Wochen gefallen, als das Alte Palais noch mit einer Menge Leute bevölkert gewesen war, die Kleider, Wäsche, Körbe und Koffer für ihr neues Leben packten, schleppten und in die Kutsche luden, die bereits vorausgeschickt worden war. Nun war der Schnee erst abgetaut, und dann war neuer daraufgefallen, sodass die Straßen der vereisten Bahn auf dem kleinen »Huggel« glichen, wo Luise so manch unbeschwerte Fahrt mit dem Handschlitten veranstaltet hatte. Die Hände hatten in kleinen Fäustlingen gesteckt, auf dem Kopf hatte sie eine Pudelmütze aus Wolle getragen. Nun umhüllte ihren Kopf ein Pelz. Dennoch: Seit Wochen sehnte sie sich nach diesem sorglosen Zustand zurück. »*Ade, unschuldiges Vergnügen. Ade, Jugendzeit. Ade, Fröhlichkeit. Es ist eine schreckliche Sache, das Heiraten. Ich gestehe es.*« Das hatte sie in ihrem letzten Brief an ihre Schwester Therese nach Regensburg geschrieben. Eine Antwort, die sie hätte beruhigen können, hatte sie nicht mehr bekommen. Auch keine von Friedrich Wilhelm.

Das mahlende Werk der wenigen Kutschen, die den Weg aus Darmstadt hinaus nahmen, hatte enge Rillen in das glatte Eis gegraben, sodass der Kutscher gezwungen war, schnurstracks in den vorgegebenen Bahnen zu bleiben, damit das Gefährt nicht in die eine oder andere Richtung kippte. Das Trappeln eines Kurierpferdes näherte sich ihnen in hohem Tempo, sauste vorbei und verflüchtigte sich so schnell, wie es gekommen war. Ob das derselbe Reiter war, der ihren letzten Brief an Friedrich Wilhelm mit sich getragen hatte?, fragte Luise sich, während der Kutscher abermals die Erschütterungen, die sein Ausweichmanöver verursacht hatte, auszugleichen versuchte.

»Was für ein Geruggel!« Großmutter Scho'sch unterbrach die Mahnungen ihres Schwiegersohnes, die neben den Scherzen des kleinen Georg in geballten Schüben auf die beiden Mädchen einprasselten wie gelegentliche Platzregen und jedes Mal von diesem feinen Sprühnebel begleitet wurden, der immer einsetzte, wenn Karl sich echauffierte.

»Trotzdem es so kalt ist, wird dein Atem nicht zu Eis, Papa!«

»Es heißt ›obwohl‹, nicht ›trotzdem‹. *Obwohl es so kalt ist …*«

Georgs gute Laune war unerschütterlich, aber Karl war aus dem Konzept gebracht. Unvermittelt öffnete er das Fenster, worauf die Großmutter sofort protestierte. In der Entfernung sah es so aus, als ob die Feuersbrunst, die Darmstadt am Morgen ergriffen und sie zu einer übereilten Abfahrt gezwungen hatte, immer noch loderte. Die Häuser am Markt standen nun in voller Flamme, die an der Zwingermauer hingegen, wo der Schneidermeister Albert sein bescheidenes Häuschen gehabt hatte, hatten nur mehr die Gestalt eines verkohlten Gerippes. Die Glocken hatten Sturm geläutet, als sie in die Kutsche gestiegen waren, aber was die Ursache des Feuers war, hatte man so schnell nicht in Erfahrung bringen können. War es wieder der Krieg? Es konnte doch nicht sein, dass dieser schon so nah war, dieser schreckliche Krieg, den die Preußen anführten und der die neuen Ideen so blutig bekämpfte.

Ein Feuer, dachte Karl, ist ein schlechtes Omen. Ihm entwich ein sorgenvoller Seufzer.

Wieder schalt er sich, dass er die Hochzeit seiner Töchter nicht rechtzeitig verhindert hatte. Zwei Kriegsbräute waren sie, seine kleinen Mädchen! Auf Gedeih und Verderb den Wirren der Zeit ausgeliefert! Mitleidig sah er von der einen zur anderen und hoffte, dass sie die Stärke aufbringen würden, ihr Volk zu hören, und mit sanfter Hand die Wandlungen durchsetzen würden, die erforderlich waren. Besser dem Volk nachgeben, als es zu solchen *Terreurs* kommen zu lassen, wie sie zurzeit Paris heimsuchten. Besser einer Verfassung zustimmen, als ein wahlloses Gemetzel heraufbeschwören. Ein Schrecken, wenn seine Töchter so enden würden wie Marie Antoinette, die man vor zwei Monaten hatte hinrichten lassen. Sorgenvoll ließ Karl sich in den Sitz zurückfallen, was die Kutsche abermals erschütterte und die Großmutter zu neuen Protesten veranlasste. Seine Mutmaßungen behielt er für sich.

Die Großmutter hatte das Reden übernommen. »Da bist du nich' mehr das kleine Mädche', das sich alles herausnehme' darf. Das ist vorbei. Die werden alle auf dich gucke'. Du musst denen ein Vorbild sein. Du musst 'n gute' Eindruck mache'. Hörst du? Einen guten Eindruck musst du mache'. Du darfst nicht immer so vorlaut sein und denke', dass sich alles nur um dich dreht.« Nach einer kurzen Pause ging es weiter. »Du wirst noch merke', wie gut du es bei mir hattest.« So ging es in einem fort.

In Würzburg wurde die Reisegesellschaft von Fürstbischof Franz Ludwig persönlich empfangen, dem Karl schon entgegenfieberte, weil er bekannt war für die unnachahmliche Kochkunst, die in seinem kleinen Herrschaftsbereich gepflegt wurde. Wie erwartet, hatte er auch dieses Mal auftischen lassen, als ob er königlichen Besuch empfangen würde – und ein wenig war es ja auch so. Ein *Émincé* von Kapaunen *à la Béchamel* stand neben einem Frikassee von Rebhühnern sowie gebackenen Forellen, gebratenen Fasanen, gefüllten Haselhühnern, einem Gratin von Taube, Erbsen à la crème, Rübchen, Morcheln und Spargelspitzen sowie Croquettes.

Karl war für so ein gutes Mahl sogar bereit, die Diplomaten warten zu lassen, die sich an dieser Station angekündigt hatten, um mit ihm über Angelegenheiten zu sprechen, die die neue Allianz zwischen Preußen und Mecklenburg-Strelitz betrafen. Er aß mit verwöhnter Zunge, und es war für jeden Koch eine heikle Sache, ihn diesbezüglich zufriedenzustellen. Er hätte die Köche am liebsten bis an die dampfenden Kochtöpfe verfolgt und Empfehlungen, Ratschläge sowie Befehle verteilt, da es ihm nämlich nicht nur auf die feine Komposition, sondern – »wegen seines schwachen Magens« – auch auf die Bekömmlichkeit der Speisen ankam. Außerdem konnte er durch seine zahlreichen Kuraufenthalte umfassende Kenntnisse in der Verwendung von Heilkräutern vorweisen – und prahlte gerne damit. Nun plagte er die Anwesenden mit seinen Bemerkungen.

»Ich bin ein großer Freund von Fenchel. Hier zum Frikassee beispielsweise. Ein paar Körnchen Fenchel nur – und es gibt ihm eine besondere Note. Ihr werdet darum beneidet werden, hochwürdigste Exzellenz. Oder als Gemüse. Ja, Fenchel als Gemüse ist eine wunderbare Sache. Er ist auch für alles gut. Er hilft dem Magen, fördert den Fluss der Säfte, kann bei beginnender Sehschwäche helfen, und er hält den Atem frisch.«

Der Fürstbischof Franz Ludwig erkannte in Karls Worten die Lehren der Äbtissin Hildegard von Bingen und begann sich in langen Reden darüber zu ergehen, die das Für und Wider ihrer Abhandlungen abwogen, wobei er sich aber letztlich zu ihr bekannte und zugab, soweit es ihm möglich war, sein Leben danach auszurichten. Doch statt dankbar darüber zu sein, endlich einen Gesprächspartner gefunden zu haben, der sich in gleichem Maße der Heilkunde gegenüber aufgeschlossen zeigte, lief Karl so rot an, dass die Großmutter schon vermutete, dass seine oftmals beklagte und von ihr als lächerliche Einbildung abgetane Atemnot nun tatsächlich wirksam wurde. Hilflos reichte sie ihm Riechsalz und Fächer, doch Karl winkte ab. Er spielte den Vorgang herunter, weil es ihm unangenehm war, dass der Fürstbischof gemerkt hatte, dass seine Liebe zu Fenchel nicht auf tatsächlicher Vorliebe beruhte, sondern Wort für Wort dem Lehrbuch der Hildegard von Bingen entstammte, das ihm in der Kurbibliothek in Baden in die Hände gefallen war und das er in einem Rutsch durchgelesen hatte. Schweigend löffelte er das *Émincé.*

Auch die anderen waren froh über die Ruhe; allein der Fürstbischof, dessen Passion das Essen und nicht die Unterhaltung war, war froh, ein Thema gefunden zu haben, mit dem er die Runde zu amüsieren hoffte. Kenntnisreich beschrieb er die Tapferkeit, mit der sich die gute Hildegard damals zu ihrer Zeit schon gegen die Anwürfe der flämischen Bürger und Denker hatte verteidigen müssen, weil sie deren humanistischen Ideen das Gottesgnadentum des Adels entgegenstellte und in ihrem Kloster nur Damen der ersten beiden Stände aufgenommen hatte. Er tat nicht schlecht damit. Denn die Großmutter, die ebenfalls an die göttliche Fügung glaubte, pflichtete ihm bei. Ihr hessischer Singsang und der salbungsvolle Tonfall des Gottesmannes wechselten sich nun nach langen Monologen ab, während Karl, Friederike und der kleine Georg die Köpfe über ihre Teller senkten und mit einer gleichförmigen Emsigkeit, die von den Anstrengungen und Eindrücken der Reise herrührte, die Köstlichkeiten, die ihnen geboten wurden, in sich hineinarbeiteten.

Nur Luise, die sonst nie genug essen konnte und die auch außerhalb der Mahlzeiten jede Gelegenheit nutzte, einer Nascherei habhaft zu werden, hatte es den Appetit verschlagen. Wortlos stocherte sie auf ihrem Teller herum, schob das Essen von einem Tellerrand zum anderen und wünschte sich ein großes

Salatblatt herbei, unter dem sie alles, was sie angebissen – nur um den Fürstbischof nicht zu beleidigen –, aber nicht aufgegessen hatte, hätte verstecken können. Kaum war die Mahlzeit beendet worden, schlich sie sich auf das ihr zugewiesene Zimmer, wo sie bis in den frühen Morgen wach lag und sich in ihrem Bett wälzte. Sie ärgerte sich selbst über die großen Worte, die sie geführt hatte, und über das ängstliche Empfinden, das sie nun klein hielt und für das niemand Verständnis zeigte – am wenigsten ihr Bräutigam.

In Aschaffenburg, wo der gastfreundliche Franz Ludwig sie seinem Bruder, dem Erzbischof Karl Joseph, anempfohlen hatte, gestaltete sich dasselbe Schauspiel. Luise blieb stumm und teilnahmslos, wie man es sonst nur von Friederike gewohnt war. Und das kleine Weimar, das ihre nächste Station war, wurde durch die Komplimente, die ihr die Herzogin Anna Amalia ohne Unterlass für ihren hübschen Putz machte, auch nicht größer.

Gänzlich verdarb es ihr die Stimmung, als ihnen Goethe präsentiert wurde. Immer wieder spielte er auf ihren Besuch im Militärlager von Bodenheim an und machte scheinbar harmlose Bemerkungen über den Wind, der ihnen damals die Kleider hochgeweht und ihre Knöchel gezeigt hatte, und dass der Eindruck, den das auf ihn gemacht habe, »niemals verlöschen werde«. Seinen Gefallen an diesem Anblick betonte er mehrmals mit zuckender Augenbraue, sodass Luise angesichts der Lüsternheit, die sich hinter den Anspielungen des sogenannten Dichterfürsten verbarg, noch verstimmter war als ohnehin.

Onkel Karl August war der Einzige, der sie ein wenig aufzuheitern vermochte. Er scherzte wie immer herum und untermalte seine Erzählungen mit raumgreifender Gestik, die an die Kunststücke eines Akrobaten erinnerte. »Für den Nachmittag habe ich mir eine lustige Überraschung ausgedacht«, gab er vor.

In Wahrheit handelte es sich weder um eine Überraschung

noch um etwas Lustiges. Denn der Besuch beim fürstlichen Maultiergestüt, wo sie alle einem Begattungsakt beiwohnen würden, war von langer Hand und in kurzen Briefen, die zwischen Darmstadt und Weimar hin- und hergeschickt wurden, auf Geheiß der Großmutter arrangiert worden. Diese nämlich sah darin eine gelungene Möglichkeit, den Mädchen so kurz vor ihrer Hochzeitsnacht nahezubringen, was allgemein als eheliche Pflicht verstanden wurde. Nach dem Tee begab man sich also dorthin – und tatsächlich sah Luise sich selbst lachen und johlen, als der kleine Eselhengst es endlich geschafft hatte, die störrische Pferdestute zu besteigen.

Aber sie fühlte die Freude nicht wirklich. Es war eher so, als ob sie nicht in ihrem Körper wohnte, sondern neben sich herging und von dort aus ihr eigenes Tun und Sein beobachtete.

Kaum war Luise wieder alleine in ihrem Zimmer, befiel sie die Schwermut. Sie lag auf dem Bett und blickte in die kalte Nacht hinaus. Wenn sie das rechte Auge schloss, dann konnte sie den Stern erblicken, den Friedrich Wilhelm ihr bei seinem letzten Besuch gezeigt hatte. Weder er noch sie wussten, ob er einen Namen hatte oder zu einem bestimmten Sternbild gehörte, aber es war seitdem »ihr Stern« geworden und der Stern, nach dem sie greifen sollte. »Sehen Sie nach dem Stern, wenn Ihnen bang ist!«, hatte er gesagt. »Er strahlt selbst in Wetterwolken! Nehmen Sie sich ihn zum Vorbild.« Da war er ihr noch hilfreich gewesen und zugetan, aber dann war das Lager nach Bodenheim verlegt worden, und mit den ausbleibenden Besuchen hatte sich ihr Verhältnis verändert.

Sie schloss das rechte Auge und öffnete das linke. Mit diesem konnte sie das Zimmer überblicken, das die Herzogin für sie hatte richten lassen. Sie begutachtete das zarte Gelb der Tapete, die Möbel aus Olivenholz mit ihrer auffällig flammenden Maserung, und sie sah den letzten Brief, den sie von ihrem Bräutigam bekommen hatte und der nun auf dem Nachttisch neben der kleinen Öllampe ruhte.

»Da Sie schon jetzt anfangen, Tränen bei dem Gedanken an den Abschied von Darmstadt zu vergießen, und Berlin so schrecklich fürchten, dass Sie am liebsten zu Hause bleiben mögen, möchte ich Ihnen raten, im Voraus ein großes Taschentuch zurechtzumachen, bestehend aus einem Dutzend Ihrer alten! Ich bin nur die Nebensache, nicht wahr, meine Werteste? Papperlapapp!«, hatte er geschrieben. Er war so ohne Mitgefühl. Wie würde er sie nur in Berlin empfangen? Würde er ihr helfen? Würde er sie auffangen?

Sie warf sich in ihrem schmalen Bett hin und her und schlief erst ein, als die Sonne aufgegangen war.

Als sie in die Kutsche stiegen, hatte der Schnee die Landschaft bereits mit einer weißen Decke überzogen. Einige Flocken waren auf Luises Wange gefallen, als die Kutsche mit einem Ruck ihre Reise ins Ungewisse fortsetzte. Sie schmolzen und rannen ihr von der Wange. Für Karl sah es aus, als ob seine Tochter weinen würde. Seine immer noch in ungereimten Abständen aufwallenden Mahnungen schlugen plötzlich in harmlose Erzählungen um, und etwas später, als sie an einem Weiler anzuhalten gezwungen waren, weil Luise aufgrund ihrer Angst und Aufregung eine Dringlichkeit aufgebaut hatte, derer sie nicht mehr Herr werden konnte, verlor er sich – assistiert von Georg – in kleinen Albernheiten.

Parallel zur Allee verlief ein Kanal, von dessen anderem Ufer aus ein Pfarrer eifrig winkte, während er in der anderen Hand das Gebetsbuch fest umschlossen hielt. Als sie zurückwinken wollte, mahnte die Großmutter sie, sich nicht so großzutun. Luise, die in dem Winken des Geistlichen einen Hoffnungsschimmer gesehen hatte, sank in ihren Sitz und lauschte dem Knirschen, das die Räder auf dem Schnee verursachten. Fest hielt sie ihr ledernes Andachtsbuch, in das ein goldenes Kreuz geprägt war, umklammert. Es schien ihr ihr einziger Halt. Irgendwann schlief sie ein.

Benommen richtete sie sich auf und schüttelte sich, um sich zu orientieren. Das Getrappel eines Kuriers hatte sie aufgeschreckt. In vollem Galopp schoss er an der Equipage vorbei und brachte sie ins Wanken, und sofort waren all die Gedanken, die sie sonst um Verstand und Schlaf brachten, wieder da: Wie würde sie in Berlin aufgenommen werden? Wie würde Friedrich Wilhelm sie begrüßen? War das der Kurier, der ihren letzten Brief, ihren flehentlichen Hilfeschrei, nach Berlin zu Friedrich Wilhelm gebracht hatte? Sie hatte ihm geschrieben: *»Seien Sie mein Beistand, mein Freund und mein Rat. Sie werden keine Undankbare in mir finden.«*

Er hatte nicht darauf geantwortet, obwohl bis zur Abfahrt noch eine Woche Zeit gewesen war. Die Kälte, die sich ihrer bei dem Gedanken daran bemächtigte, rührte nun nicht vom Wetter, sondern von der Angst, die in ihr emporkroch. Fest zog sie den Kaschmirmantel um ihren zitternden Körper. Nun weinte sie tatsächlich hinter geschlossenen Augen, die zwischen der Mütze aus Silberfuchs und dem hochgeschlagenen Pelzkragen gerade noch zu sehen waren. Alles Vertraute würde zurückbleiben: Darmstadt, die Großmutter, die Gélieu, die Kätzchen, der Garten … Selbst ihre wieder und wieder geflickten Schuhe fing sie an zu vermissen, obwohl sie durch zahlreiche und viel schönere ersetzt worden waren. Aber die Freude über die neuen Anschaffungen konnte die Furcht vor dem, was auf sie zukam, nicht vertreiben. Es war ihr, als ob der Tod des kleinen Wosniak diese seltsame Leere schon vorweggenommen habe. Unbemerkt schnäuzte sie auf und griff unter der Pelzdecke nach Friederikes Hand. Aber diese war so kalt wie die einer Toten.

Kurz vor Treuenbrietzen betraten sie zum ersten Mal preußischen Boden. Eine berittene Eskorte erwartete sie bereits in Habachtstellung. Reiter in prächtigen Uniformen standen Spalier. Ihre Hüte hielten sie in der rechten Armbeuge. Mit gesenkten Köpfen ließen sie die gelbe Kutsche passieren. Die Pferde dampften, und ihr Atem stieg in kleinen Wölkchen in den hellblauen Himmel Preußens und seine klirrende Kälte. Der Hauptmann der Truppe ritt an die Kutsche heran und tauschte mit Karl militärische Floskeln, wobei er unverhohlen versuchte, einen Blick auf die beiden Prinzessinnen zu erhaschen, von denen schon das ganze Land sprach. Seit dem Soldatenkönig hatte man in Preußen keine Kronprinzessin, keine künftige Königin zu Gesicht bekommen – und nun sollte es sogar eine Doppelhochzeit geben! Eine Freude! Ein Jubel! Beim Kronprinzen handelte es sich sogar um eine Liebeshochzeit! Das hatte es in Preußen noch nie gegeben! Noch nie!

Doch während der Hauptmann Friederike, die er für die Ältere und damit für die künftige Kronprinzessin hielt, eine Geste der Ehrerbietung erwies, machte die Großmutter dem neugierigen Mann einen Strich durch die Rechnung, indem sie die Gardinen vorzog.

Nach einem Augenblick ritt der Offizier erneut an die Kutsche heran und klopfte ans Fenster: »Treuenbrietzen zu sehen, Hoheiten! Ankommen in zehn Minuten!« Nun sprach Karl ein Machtwort, und der Vorhang wurde wieder zurückgeschlagen.

Obwohl der Tag noch jung war, war ganz Treuenbrietzen schon auf den Beinen, als die Kutsche der Prinzessinnen einfuhr. »*Vivat!*«, »*Vivat!*«, »Friederike«, »*Vivat!*« und immer wieder »Luise!«, »Luise!«. Das Volk drängte sich am gepflasterten Straßenrand. Weißgekleidete Kinder schrien und kreischten. Postillone stießen in ihre Hörner. Durch das offene Fenster eines geschmückten Balkons klang der furiose Lauf eines geübten Klavierspielers. »Himmel« stand über dem Ladengeschäft darunter. Überall hingen Flaggen an dem mittelalterlichen Fachwerkgemäuer. *Vivat! Vivat!* Das Volk brandete gegen das menschliche Spalier, das die Soldaten in weiser Voraussicht gebildet hatten, damit die Kutsche ungehindert die Straßen passieren konnte.

Als sie den Brunnen passierten, gelang es einem Mann, die

Absperrung zu sprengen. Barfuß rannte er auf die Kutsche zu, in seiner Rechten einen Strauß aus getrockneten Ähren. Ein Soldat ergriff ihn. Der Mann wurde sofort arretiert. Die Pferde aber waren schon scheu geworden. Ungnädig prügelte der Kutscher auf die Tiere ein, damit sie nicht bockten und sich aufbäumten. Trotzdem drohte die Kutsche zu kippen. Die Erleichterung war groß, als sie aus der Stadt hinausrollten.

Mit einem Male schienen sie in ein leeres Land einzutreten. Das Auge reichte weit über die Landschaft. Sie war karger und flacher als zu Hause in Hessen. Auf den Feldern standen vereinzelt Bäume, deren Äste in den tiefen Horizont ragten, wie die Hände einer alten Bäuerin. Braune Ackerhügel drängten zwischen den Furchen hervor, in die sich der Schnee gelegt hatte. Das Licht fiel greller, und die Straßen waren sandig. Man war zu Umwegen gezwungen.

Nach ewigen Meilen zeigte sich das erste Gehöft. Schon beim Einbiegen in die Straße empfingen sie wieder die *Vivat*-Rufe. Zum Erstaunen der Reisenden hatte sich die gesamte Bauernschar versammelt, um die künftige Königin Luise zu sehen. Eine Liebesheirat in Preußen! Selbst bis in diese einsame Gegend hin hatte sich das große Ereignis herumgesprochen. Die Leute riefen und brüllten, sie winkten mit Taschentüchern und bunten Bändern, Kinder sangen, einer spielte Flöte, zwei alte Weiblein heulten vor Freude und murmelten Gebete gen die Vorbeireisenden, Fahnen flatterten, ein Knecht versuchte vergeblich, drei aufgestellte Fackeln zu entzünden, ein anderer, seiner geschmückten Kuh Herr zu werden, die sich ausgerechnet am heutigen Tag aufmüpfig und störrisch zeigte wie ein Esel und die ganze Vorstellung verdarb. Am Straßenrand buk eine dicke Frau mit Schürze mit einem langen Eisen Waffeln, wie es sie sonst nur am Neujahrstag gab. Der Duft zog in die Kutsche. Ein Tuch löste sich aus einer winkenden Hand und wehte dem Kutscher ins Gesicht, sodass er für kurze Zeit die Kontrolle über die Pferde verlor. Ein Pfarrer aber sah das

Unglück und segnete die Kutsche kurzerhand. Nichts geschah. Nur immer wieder: *Vivat! Vivat! Vivat, Luise!* Niemand hatte es den Leuten befohlen.

In jedem Weiler, jedem Dorf, jedem Städtchen bot sich nun das gleiche Bild, und es schien so, dass gerade in den ländlichen Regionen der Jubel noch größer und durchdringender war als in den Städten, auch wenn die Anzahl der Kehlen, aus denen die Vivat-Rufe kamen, weitaus geringer war und er manchmal nur von nicht mehr als ein paar Dutzend Menschen angestimmt wurde. Alle wollten die zukünftige Königin und ihre Schwester sehen, die zwei Engeln gleichen sollten und so gut und bescheiden waren, wie es sich für Preußen nun mal gehörte, und selbst die einfachsten Bauern traten in ihrer besten Kleidung an den Weg, den die Kutsche nahm.

»Was für ein Aufruhr! So viele Menschen … O Gott!«, murmelte Luise in ihren Pelzkragen, ohne eine Reaktion auf ihre Bemerkung zu erwarten. Ihr waren ihre Worte herausgerutscht wie ein unbesonnener Kommentar zu dem gewaltigen Eindruck, den die Begeisterungsstürme auf sie machten. Aber Karl sah in diesen ersten Worten, die seine schweigsame Tochter seit langem gesprochen hatte, den willkommenen Anlass, ihr noch einmal die Ernsthaftigkeit, die ihr neues Amt erforderte, deutlich zu machen – und sich selbst die Angst zu nehmen, dass ihre Putzsucht sie dem gleichen Schicksal zuführen könne wie die arme Marie Antoinette.

»Kein Wunder!« Er stieß seinen Einwurf mit der üblichen Portion Sprühnebel und der Überzeugung desjenigen aus, dessen Vorhersagen durch unverrückbare Tatsachen bestätigt wurden. »Du bist ihre Hoffnung, Luise! Du bist ihr Licht. Von dir fordern sie Veränderungen, Heil, eine Zukunft. Du kannst ihnen helfen, du kannst dich für sie starkmachen. Du bist die künftige Königin …«

»Fangen Sie etwa schon wieder mit Ihren neuen Ideen an! Was muss der gute König Euch denn noch alles zugestehen?

Er zahlt die ganze Hochzeit, und Sie verübeln es ihm noch. Ach, Sie sind verrückt, sind Sie. Total verrückt – und undankbar noch dazu!« Großmutter Scho'sch schnaubte, während sie mit dem Kopf schüttelte angesichts der Tatsache, einen Unbelehrbaren als Schwiegersohn zu haben.

»Nicht er zahlt die Hochzeit. Sondern die hier! Die hier zahlen es. Der dort, mit dem offenen Hemd. Und der dort, mit dem hängenden Lid. Und der dort, schaut nur gut hin. Besonders du, Luise, schau genau hin.« Karl wedelte mit dem Zeigefinger vor seinen beiden Töchtern herum und wies dann auf ein gebücktes Männlein, dessen Gesicht von Furchen durchzogen war wie ein ausgetrockneter Boden. »Denke immer an diesen alten Mann dort, wenn du dir großen Putz zulegst und dir prächtigen Schmuck kaufst, Teppiche, feine Möbel. Denk immer an diesen alten Mann. Wie viele Jahre er wohl auf seinem Buckel hat? Fast siebzig, meine ich. Siebzig Jahre lang unfrei …«

Luise rollte hinter geschlossenen Lidern mit den Augen, und Großmutter Scho'sch preschte in die Wortschneise, die ihr Schwiegersohn gelassen hatte.

»Es ist die gottgegebene Ordnung. Es ist so gewollt! Seit Jahrtausenden ist es so gewollt. Warum nur beharren Sie so auf Ihrem Standpunkt? Und warum glauben Sie eigentlich, dass alle Bauern hungern? Das ist doch verrückt!« Großmutter lupfte kurz die Augenbrauen und verzog dann ihren Mund zu einem schmalen Strich. »Ich kann es nur noch einmal wiederholen: Gehen Sie doch rüber nach Amerika, wenn es Ihnen hier nicht passt!«

»Weil ich nicht möchte, dass meine Töchter so enden wie Marie Antoinette!«, fiel ihr Karl ins Wort.

»Die Arme. Die arme Arme! Diese grausamen Franzosen!«

»Sie hätte es verhindern können, hätte sie nicht so viel Geld verschwendet.«

»Aber es war ihr Geld. Was hätte sie denn sonst tun sollen?«

»Sie hätte Erbarmen haben können mit ihrem Volk. Sie hätte Korn kaufen können und Brot. Stattdessen hat sie sich eine Molkerei bauen lassen und selbst die arme Milchmagd gespielt. Eine Milchmagd! Mit holländischen Schuhen und Kopftuch hat sie ihre eigenen Kühe gemolken. Das ist doch verrückt. Das zeigt doch keinerlei Maß und Verantwortung. Das ist unmündig und kindisch.«

»Aber deshalb muss man sie doch nicht gleich umbringen!«

»Ich will dieses Morden nicht entschuldigen. Es erklärt nur, warum die Menschen so aufgebracht waren. Wer hungert, der tut viel, was er nicht täte, wäre er satt.« Karl hielt inne, weil ihm ein Gedanke kam, der ihn von seinen ursprünglichen Ausführungen ablenkte. »Was mir gerade einfällt: Haben Sie Marie Antoinette eigentlich nicht gewarnt?«

»Wie darf ich das nun wieder verstehen?«

»Ich dachte, Sie hätten – wie Sie ja jedermann zu erzählen nicht müde werden – in reger Korrespondenz mit ihr gestanden? Da hätte es doch von Weitblick gezeugt, sie in gewisser Weise – nicht direkt, versteht sich, aber mit der helfenden Hand einer Freundin – darauf hinzuweisen, dass es gewisse Stimmungen und Strömungen gibt, die ein bestimmtes Verhalten auf der einen Seite herausfordern, auf der anderen aber unangebracht erscheinen lassen.«

»Ich konnte doch nicht Marie Antoinette sagen, was sie zu tun und zu lassen hat! Wo denken Sie hin! Außerdem haben wir ja erst miteinander korrespondiert, als man sie bereits in die *Tuileries* eingesperrt hatte. Genau genommen habe ich ihr da einmal einen Brief geschrieben, in dem ich ihr meine Hilfe offeriert habe, die sie aber in ihrer hochnäsigen Habsburger Art, die ihr nun einmal zu eigen ist, abgelehnt hat. Ich habe es dann vorgezogen, meine Schreiben einzustellen.«

»Aha! Das klang aber ganz anders als das, was Sie mir erzählt haben: fast tägliche Briefe, Kuriere, die zwischen Darmstadt und Paris hin- und hersausen. Man hatte fast den Eindruck, Sie sind mit der Königin von Frankreich per du.«

Die Großmutter lief rot an und versuchte ihre Verlegenheit hinter ihrem Fächer zu verbergen, womit endlich allen klar wurde, warum sie ihn selbst bei dieser klirrenden Kälte mit sich trug und nicht einmal gegen einen Pelzmuff hatte ersetzen wollen. Sie versuchte, von sich abzulenken:

»Man hätte sie nicht auf das Schafott führen dürfen.«

Karl aber nutzte die Angeschlagenheit der Großmutter aus, um sie für seine Argumente zugänglich zu machen: »Und sie hätte nicht so viel Geld ausgeben dürfen. Sie hat es mit vollen Händen ausgegeben und dabei ihre Wohltätigkeiten völlig vergessen. Das darf nicht sein.«

Die Großmutter aber zeigte sich unnachgiebig: »Aber sie hat Trost gesucht, weil der König sie so lange verschmäht hat und sie ihm deswegen keine Kinder schenken und ihrer Pflicht als Königin nachkommen konnte.«

Obwohl die Kontrahenten sich bei diesen Worten mit verschwörerischem Blick kurz gegenseitig Einigkeit verrieten, ging der Zwist gleich wieder weiter.

»Adel verpflichtet eben, es sind nicht nur Rechte, die man hat, sondern auch Pflichten. Viele Pflichten. Man muss auf sein Volk hören, dann passiert so etwas nicht.« Karl holte erneut Luft, während er den Kopf schüttelte: »Sie hätte das Geld nicht so verschwenden dürfen.«

»Aber es war doch ihr Geld. Gott hat es gewollt, dass sie Königin von Frankreich wird. Ihr stand das zu!«

»Gott hat auch die Freiheit Amerikas gewollt und die Revolution in Frankreich. Er will, dass alle Menschen zu essen haben und dass alle Menschen frei sind, sonst hätte er das nicht zugelassen. Gott ist überall! Auch in den Köpfen dieser Menschen. Wir müssen uns damit abfinden, dass Gott diese Menschen gehört hat, und wir, der Adel, wir haben eine Pflicht. *Sapere aude!* Wage es zu hören! Ja, man muss hören! Man muss hören, was die Menschen wollen, sonst ist man verloren. Und diese Menschen hier wollen satt sein und frei.«

»Ist es in Mecklenburg anders?« Luises Altstimme war ohne die sinnliche Resonanz zu hören, die sie sonst stützte. Die Frage, ob die Bauern nur in Preußen unfrei waren, lag ihr angesichts der dramatischen Szenen in den Dörfern, die sie durchfuhren, schwer auf der Zunge.

Die Großmutter drehte sich angewidert zum Fenster, als Karl erklärte, dass die Bauern überall Land bestellten, das nicht ihnen, sondern einem Gutsherrn gehörte – außer in Amerika, wo alle Menschen frei waren –, und dass die Bauern überall gezwungen würden, das, was sie angebaut hätten, abzugeben und dass ihnen fast nichts mehr zum Essen blieb. Dass es aber in Mecklenburg die Bauern nicht ganz so schlimm träfe, weil sie Vertreter in den Landtagen hätten und weil er, Karl, sobald er selbst Herrscher über Mecklenburg-Strelitz sei, das alles ändern würde.

»Ich mache dann alle Bauern frei!«, warf der kleine Georg begeistert ein, der sich trotz seines zarten Alters schon völlig darüber im Klaren war, dass er einmal in dem kleinen Reich im Norden des Reiches das Sagen haben würde.

»Das wirst du auch müssen, wenn es mir nicht gelingen sollte! Das versprichst du mir!«

»Das verspreche ich dir, Papa!« Er hob die Hand wie zum Schwur.

»Wieso sollte es dir nicht gelingen, Papa?«

Diesmal war es Friederike, die immer, wenn es etwas zu lernen gab, mehr zu wissen begehrte und schon mehrere Fragen zurückgehalten hatte, nun aber, da sie in dieser Bemerkung ihres Vaters eine Spur von Beschneidung seiner Befugnisse sah, nicht mehr an sich halten konnte.

»Eine kluge Frage, liebe Friederike! Sie hätte eigentlich von Luise kommen müssen, die bald von einem Hofstaat umringt sein wird.« Mit zusammengezogenen Augenbrauen erwiderte diese seinen Blick. »Nun, es ist so: Jeder Regent hat Minister, die ihn beraten, Höflinge, die Karriere machen wollen, und Diplomaten, die die Interessen anderer Fürsten durchsetzen wollen. Nie weiß man, wer welche Position antritt und wer von wem bezahlt wird. Auch nicht als Regent. Oder als Regentin. Alle wollen Macht und Einfluss gewinnen.« Wieder sah er zu Luise. »Es ist ja oft so, dass ein Vertrauter insgeheim stattliche Summen von einem anderen Fürsten bekommt, nur damit dieser sichergehen kann, dass seine Pläne an dem fremden Hof verwirklicht werden. Doch egal, wer von wem Zahlungen bezieht, in einem gleichen sich alle am Hofe: Sie wollen nicht auf ihre Titel und Ämter verzichten, die ihnen durch ihre hohe Geburt zustehen, weil das für sie einen Verlust von Einnahmen bedeuten würde. Das Amt Chorin, das du, Friederike, vom König geschenkt bekommen hast, soll dir ungefähr 20 000 Taler im Jahr sichern.«

Ungläubig sah ihn seine jüngste Tochter an. Nie hätte sie geträumt, einmal über so viel Geld verfügen zu dürfen.

»Dieses Geld aber kommt von den Bauern und den Bürgern. Nimmst du ihnen mehr, weil du dir schöne Kleider kaufen möchtest, dann müssen sie hungern und werden böse gegen dich. Nimmst du ihnen weniger, dann haben sie die Möglichkeit, sich durch eigene Kraft zu stärken. Mein Schwager, Georg III., der König von England, hat mir eine sehr weise Schrift empfohlen, in der es um den freien Handel geht.«

Auch angesichts der leicht überforderten Augenpaare, deren Blicke ihn von der gegenüberliegenden Sitzbank aus trafen, hielt Karl sich nicht damit zurück, seinen Töchtern und auch seinem Sohn vom freien Spiel der wirtschaftlichen Kräfte zu erzählen, wie es Adam Smith dargelegt hatte. Er holte aus, stellte Zusammenhänge zwischen dem freien Handel und der Leibeigenschaft her; zwischen der Verschwendungssucht des Adels und dem Hunger der Bauern, zwischen der Armut der Bürger und der Revolution. »Es bedarf also großer Verantwortung, ein solches Amt zu verwalten.«

Karl war in seinem Element, und da Friederike nun noch

neugierig nachfragte, was denn nun ein Landtag sei und warum die Menschen in Amerika frei seien und hier nicht, und vieles mehr, fühlte er sich in seinem Bestreben ermutigt, die beiden Mädchen – soweit es die konstanten Unterbrechungen der Großmutter erlaubten, die immer wieder von gottlosem Gerede, dem Irrwitz der neuen Ideen und davon sprach, dass Karl völlig verrückt sei – in die Grundzüge dessen einzuweihen, was ein Landesherr oder eine Landesmutter beachten müsse, wenn er oder sie als gut gelten wolle. Dabei sah er immer wieder zu Luise – mit einer Mischung aus väterlichem Zartgefühl und der Hoffnung, in ihr eine Vollstreckerin seiner Gedanken zu finden, wenn sie einmal die Krone Preußens tragen würde.

Und tatsächlich: Sie, die sich nie Gedanken um diese Dinge gemacht hatte, hörte angesichts des Eifers, den Karl in seine Worte legte, gebannt zu, und gleichzeitig ermaß sie mit jedem Ruf, den sie erwiderte, jedem Blick, der sie traf, und jedem Tuch, mit dem ihr zugewinkt wurde, zunehmend die Größe der Stellung, die sie einnehmen würde. Kronprinzessin! Bislang war es lediglich ein Wort, ein hohler Titel, einer, der ihr Ehre versprach, endlose Bälle, tanzen bis zum Morgengrauen, einen Hofstaat, der ihr wohlgefällig sein musste, und schöne Kleider, endlos schöne Kleider. Mit den Erklärungen ihres Vaters und den Szenen auf der Straße aber, die sich bis in Hysterie steigerten, begriff sie, dass sie nicht nur umjubelt wurde wegen der Schönheit, die ihr ihre neue Toilette verlieh. Sondern weil die Menschen ihre Hoffnung in sie setzten, weil sie glaubten, dass sie, Luise – eine Frau, eine künftige Königin –, ein größeres Herz für ihre Belange und ihre Angelegenheiten habe als die Könige, die sich hier niemals hatten sehen lassen und sich lieber in kriegerischen Auseinandersetzungen maßen als in Mildtätigkeit.

Sie fühlte ihr Herz rasen. Zu der Angst vor dem großen Berlin und vor Friedrich Wilhelm, der ihre Furcht vor der Hochzeit nicht mit der Einfühlung aufgenommen hatte, wie sie es erhofft hatte; zu der Gewissheit, dass sie nun erstmals in ihrem Leben alleine war und nicht auf Friederike als letzte treue Freundin und Ratgeberin zählen konnte, gesellte sich nun noch die Angst dazu, ihrer neuen Stellung nicht gerecht werden zu können.

Es war zu viel, viel zu viel, und in ihrer Not tat sie das, was sie als ihr Element begriff: Sie versuchte, Heiterkeit und Zuversicht zu verbreiten. Winken! Lachen! Lächeln! Nicken! Winken! Grüßen! Nicken! Nur nicht denken! Bloß nicht denken! Denn mit dem Denken kamen alle Ängste und Befürchtungen wieder empor wie die Milch in einem Kochtopf – und sie wollte und wollte diese Angst nicht spüren und auch nicht die Müdigkeit, die ihr schon zur treuen Begleiterin geworden war. Denn seitdem sie Darmstadt verlassen hatte, war es ihr keine Nacht möglich gewesen zu schlafen.

17

Am neunten Tag kamen sie in Potsdam an. Es war bereits dunkel, aber davon war nichts zu sehen. Die ganze Stadt, jede Straße, jedes Haus, jedes Gemäuer, war illuminiert. Hatte es Kronprinz Friedrich Wilhelm den Berlinern verboten, ihre Stadt zu beleuchten, so hatten sich die Potsdamer dieses Vergnügen nicht nehmen lassen. Kopf an Kopf standen die Menschen auf der Straße wie in einem riesigen Festsaal, bei dem die Fackeln mit den Sternen am Himmel konkurrierten. Der Geruch von Feuer und Pech zog durch die Straßen. *Vivat! Vivat!* Auch hier klang es aus Hunderten von Kehlen.

Statt Bauern aber waren es diesmal die Bürger, die ihnen ihre Aufwartung machten. Brave Beamte und einfache Handwerksleute säumten die Straße wie eine Hecke und natürlich die Soldaten der Garnison, die hier untergebracht war. Sie winkten, lachten, klatschten, jubelten, schrien. *Vivat! Vivat! Luise! Luise! Vivat!*

Im Ganzen verlief der Einzug ohne die dramatischen Szenen, die sich auf den Dörfern abgespielt hatten – und dennoch fühlte Luise die gleiche Angst, die sie dort gefühlt hatte. Wie sollte sie dem nur gerecht werden? Winken! Lachen! Lächeln! Nicken! Winken! Grüßen! Nicken! Nur nicht denken! Bloß nicht denken! Es war ihre einzige Möglichkeit, diesen Wünschen und Hoffnungen wenigstens für diesen Moment zu begegnen. Was später kommen würde, darüber wagte sie gar nicht erst nachzudenken.

Vor dem Schloss wartete bereits Friedrich Wilhelm auf sie. Seine kaum zu übertreffende Freude bei der Begrüßung und die schreckliche Missachtung, die Friederike widerfuhr – ihr Bräutigam trat ihr mit einer Gleichgültigkeit entgegen, als ob er nicht einer der schönsten Prinzessinnen der Welt aus der Kutsche helfen durfte, sondern einer Kuh –, brachten Luise nur für kurze Zeit in die Gegenwart zurück. Kaum waren sie durch das große Portal in den Saal geschritten, der für das Empfangs-Souper hergerichtet war, befiel sie wieder diese Angst, die sie nicht zu fassen bekam. Die Offiziere der Garnison, der Hofstaat, die Minister, die königliche Familie: Alle wollten sie sehen, alle wollten ihr ihre Aufwartung machen, alle betrachteten sie aus gierigen und hoffnungsvollen Augen.

Lachen! Lächeln! Bloß nicht denken! Sie reagierte wie ein Blechspielzeug, dessen Bewegungen sich nach dem Drehen der Schraube im immer gleichen Ablauf entluden. Auch in dieser Nacht tat sie kein Auge zu, auch wenn sie wenigstens eine Sorge los war: Friedrich Wilhelm war ihr so herzlich zugetan wie in den Tagen, als er sie im Alten Palais beinahe täglich besucht hatte, und diesmal hatte sie geradezu dankbar nachgegeben, als er sie kurz in einem abgeschiedenen Winkel und unbeobachteten Moment umarmt und geküsst hatte.

Am kommenden Morgen aber war alles wieder beim Alten und Luise so bang und kleinlaut wie nie in ihrem Leben zuvor. Berlin! Nun fuhr sie nach Berlin, und alles, was ihr jemals Heimat und vertraut war, musste sie hinter sich lassen. Der kleine Georg, ihr Vater Karl, selbst die Großmutter, die sie sich wegen ihrer endlosen Litaneien in den vergangenen Wochen so manches Mal hinweggewünscht hatte, wäre ihr jetzt als tröstende Begleitung willkommen gewesen. Nur Friederike saß neben ihr. Selten war sie so froh, ihre kleine Schwester, über die sie sich so oft erhoben und die sie so oft geneckt hatte, bei sich zu haben. Ängstlich griff sie nach Friederikes Hand, und auch wenn diese genauso kalt war wie ihre, gab ihr die Berührung ein Gefühl von Wärme und Geborgenheit.

Die Kutsche, die sie so sicher von Darmstadt nach Potsdam gebracht hatte, war gegen einen goldenen Wagen ausgetauscht worden, nach dessen Schmuck und Prunk sie sich noch vor wenigen Wochen gesehnt hätte, der sie nun aber eingeschüchtert zusammensacken ließ. Sofort mahnte die Voss sie, Haltung zu bewahren. Statt der Großmutter und dem Vater hatten nun die Gräfinnen Voss und Brühl, ihre Hofmeisterinnen, auf der Bank gegenüber Platz genommen, und obwohl deren Ratschläge – im Gegensatz zu denen der Großmutter oder ihres Vaters – einen gewissen Grad von Ehrerbietung erkennen ließen, erschien Luise jeglicher Trotz oder gar Auflehnung zwecklos, da hinter dem milden Lächeln der Damen eine Strenge durchschien, die sie verschreckte.

Sofort richtete sie sich auf und setzte ihre lieblichste Miene auf. Lachen! Lächeln! Nur nicht denken! Bloß nicht denken! Trotzdem kamen die Ratschläge ohne Unterlass. *Winkt nicht zurück! Winkt überhaupt nicht! Hebt zum Huldigen nur die Hand! Beugt Euch nur leicht vor! Seid nicht zu entgegenkommend! Auf gar keinen Fall nicken! Niemals und unter keinen Umständen! Das schickt sich nicht! Seid würdevoll! Seid zurückhaltend! Zeigt beim Lächeln nicht die Zähne! Niemals!*

Mit einem Mal drangen zu den energischen Ratschlägen der Voss aufgeregte Stimmen in die Kutsche. Es waren keine *Vivat*-Rufe, sondern es war ein Streit. Ein Streit! Darüber hinaus Geschrei, Drohungen, raue Beschimpfungen. Luises Gesicht verlor Farbe, ängstlich sah sie zu Friederike und flüsterte ihr zu: »Friedrich Wilhelm hat gesagt, dass in Preußen solche Aufrührer sofort arretiert werden!«

»Haltung bewahren! Seht aus dem Fenster. Die Leute verlangen das!«, befahl die Voss prompt.

Doch auch als Luise der tosenden Menge ihr Gesicht zeigte, hörte das Geschrei nicht auf. Im Gegenteil: Es schwoll sogar an. Erst konnte sie nur eine vereinzelte Stimme vernehmen, dann mehrere, schließlich einen Chor von schätzungsweise mehreren Dutzend jungen Männern. Alle skandierten: »Wir holen die Prinzessinnen ein, nicht die Kammerherren!« – »Wir holen die Prinzessinnen ein!« – »Wir holen die Prinzessinnen ein!«

Die Kutsche blieb stehen. Der Kutscher schien sich mit einem berittenen Herrn zu unterreden.

»Die Kaufmannsgilde. Bleibt ruhig!«, sagte die Voss mit einer Note Grobheit, die erkennen ließ, dass es ihr diesmal nicht nur um die Einhaltung der Etikette ging, sondern dass sie besorgt war. Mit dem Schwung eines jungen Rehs, den man der 64-Jährigen nicht zugetraut hätte, sprang sie aus dem Wagen. Das Getöse war immer noch ohrenbetäubend. Zu den skandierenden Männerstimmen mischten sich nun auch die bestimmten Worte der Voss, die einem gemeinen Marktweib als haltloses Gekeife ausgelegt worden wären, bei ihr aber als Anordnung einer Obersthofmeisterin zu verstehen waren.

»Der Feldwebel spielt sich wieder auf!«, war zu hören. »Ja, ja, die alte Parforce-Peitsche knallt wieder! Ha, ha, ha! Ruhig, Braune, ruhig!« Der Mann imitierte die Laute eines Pferdes. »Ach, braun ist die schon lange nicht mehr. Die ist doch schon weiß! Ha, ha!« Die Kommentare gingen in einem gehässigen Lachen auf.

»Wen meinen die damit?« Friederike sprach so zart, dass sie kaum zu vernehmen war.

»Papa sagt, die Voss!«

Diesmal war es die Brühl, die sie gemahnte, Haltung zu bewahren.

Endlich war der Streit befriedet. Mit Schwung stieg die Voss zurück in das Gefährt: »Immer das Gleiche mit diesen Berlinern! Die Kaufmannsgilde wollte vor dem Wagen reiten. Das gleiche Recht haben aber die Kammerherren. Man hat nachgegeben. Sind ein borstiges Volk, die Berliner! Die fordern ihr Recht.«

Die Worte ihres Vaters im Ohr, verfärbte sich Luises Gesicht kalkweiß. Doch für Fragen war keine Zeit. Endlich fuhr die Kutsche wieder an. Von links und rechts fädelte sich das Corps der Kaufmannsgilde ein und wirbelte viel Staub auf. Als der Wagen um die Ecke fuhr, säumte eine Kompanie nach der anderen die Straße. Luise zählte zweiundzwanzig. Nach Jubeln, Rufen und Trompetenfanfaren schlossen sie sich allesamt dem Tross an.

»Lächeln! Die Bürgerbrigade!« Die Voss gab weiterhin die Kommandos so konzentriert wie ein Dirigent seinem Orchester.

Vivat! Luise! Vivat! Friederike! Vivat! Vivat!

»Die Bürgerwehr, kleiner Gruß!«, riet die Voss und gab dem Hauptmann, der mit wehendem Kopfschmuck an die Kutsche herangeritten kam, Signal, dem Tross zu folgen. An der Leipziger Straße wartete bereits der Magistrat der Stadt. Kanonen schossen Salut, eine Kapelle blies zum Marsch auf. Und wieder: Schreie, Rufe, *Vivat.*

»Huldvolle Hand. Lächeln!«, empfahl die Voss knapp. Auch der Magistrat schloss sich auf ihr Zeichen hin dem Zug an. So ging es die ganze Wilhelmstraße entlang. *Vivat! Vivat!* Die Kaufmannsleute waren beritten, die Schlosser zu Fuß. Auch sie folgten dem Gefährt.

Am Pariser Platz vor dem Brandenburger Tor warteten ebenfalls die Handwerker. Luise erkannte die Bäcker an ihren karierten Hosen, die Zimmerleute mit den schwarzen Westen und dem eingeschlagenen Kragen, die Gärtner mit den Strohhüten. Köche, Eisenschmiede, Apotheker, Buchbinder, Steinmetze, Brauer, Uhrmacher, Schneider, Seiden- und Leinenweber, säuberlich getrennt, Schiffbauer, Tischler – sogar die Schwestern vom naheliegenden Französischen Spital mit ihrem weißen Habit machten ihre Aufwartung. Alle standen aufgestellt wie die Soldaten in ihren Abordnungen da und schrien der Kutsche entgegen. Es waren die Deputationen der Gilden und Zünfte. Auch sie folgten dem Zug. Doch so verschieden sie waren, so einig waren sie sich in dem, was sie riefen: »Vivat! Vivat Luise! Luise!«

Luise hob gerade an, ihnen einen Gruß zu schicken, da zischte die Voss: »Nicht winken! Bloß nicht winken! Immer nur lächeln!«

Unter den Linden dann brüllten Tausende Seelen wie aus einer Kehle: *Vivat! Vivat! Luise! Friederike!*

Einer Dame mit prächtigem Hut wogte der Busen. Ein strammer Kerl klammerte sich an einer Fassade fest, um besser sehen zu können. Von den Balkonen regnete es Blumen. Die Pferde donnerten über den Boden. Der Staub wirbelte hoch, und wieder wurde Luise Zeugin von Szenen der Verzückung.

»Kleiner Gruß!«, sagte die Voss. Drei junge Mägde, kaum älter als die beiden Prinzessinnen, schrien so laut, dass ihnen die Tränen über die Wangen rannen. Ihre Gesichter waren zu Fratzen verzerrt. Ein Knecht klapste der einen beherzt auf den Hintern und spuckte zur anderen seinen Kautabak in den Sand. Ein Mädchen trug noch den Ranzen von der Sonntagsschule auf dem Rücken, was ihm das Winken erschwerte, die Fischweiber mit den dicken Schürzen und den gestreiften Röcken warfen Blumen aus ihren Henkelkörben. Einem Kontorsekretär fiel das Monokel aus dem Gesicht, als die Kutsche mit den

Prinzessinnen an ihm vorüberfuhr. Ein Schülerchor stimmte ein Lied an. Ein Bettler, der die Gelegenheit nicht verstreichen lassen wollte und die Umstehenden um eine milde Gabe gebeten hatte, sah sich unvermittelt von zwei Polizisten in die Mitte genommen und abgeführt. Zwei Barbier-Lehrlinge hatten sich aus Übermut mit Schaum einen weißen Bart ins Gesicht gemalt.

Luises Gedanken fuhren bereits Karussell, als ihr Prunkwagen immer noch im Schritttempo an der schreienden Menge vorbeifuhr. Sie hob die Hand, lächelte und sagte sich: Lachen! Lächeln! Bloß nicht fühlen! Bloß nicht denken! Lachen! Lächeln! Winken! Nein, nicht winken, hat die Voss gesagt. Bloß nicht winken! Das gehört sich nicht! Die borstigen Berliner! Die nehmen sich ihr Recht! Lächeln! Die hören nicht auf die Obrigkeit! Lächeln! Als die Kutsche zum Halten kam, fühlte sie nichts mehr. Endlich Rast, endlich aufatmen, dachte sie – und endlich aussteigen.

Doch noch war ihre Reise nicht zu Ende, wie die Voss ihr unmissverständlich deutlich machte: »Berlin will Euch willkommen heißen! Kleiner Gruß!«

Kleiner Gruß, kleiner Gruß – Luises Gedanken glichen einer Uhr. Als die Tür sich öffnete, kam ihr ein kleines Mädchen im weißen Kleidchen entgegen und überreichte einen Kranz aus Myrthen. Nur kurz geriet es ins Stottern, als es sein Begrüßungsgedicht aufsagte. Was für ein tapferes Kind, dachte Luise und sah ihm in die blauen, runden Augen. Sie muss mindestens genauso aufgeregt sein wie ich. Voller Freude, eine kleine Leidensgenossin gefunden zu haben, nahm sie das Kind hoch und küsste es auf die Stirn. Der Jubel, der daraufhin ausbrach, war noch viel lauter als zuvor, aber die Voss durchschnitt das Branden sofort scharf: »Um Gottes willen! Was habt Ihr gemacht! Was habt Ihr bloß gemacht?«

Verwirrt sah Luise auf, doch die Kaskade, die nun folgte, glich in Gewaltigkeit und Schrecken dem fürchterlichen Kanonendonner von Mainz. Sie hatte alles falsch gemacht! Wie würde sie Berlin bloß überleben? Doch noch fand sie keine Ausflucht aus den Zwängen, die ihr auferlegt wurden. Noch konnte sie nicht ins Bett, noch konnte sie sich nicht einfach in die Kissen werfen und alle Eindrücke hinter sich lassen. Ihre Gedanken fuhren immer noch in vollem Tempo Karussell.

Im Festsaal hatte man zum Begrüßungssouper gerichtet. Es war das gleiche Szenario wie am Tage zuvor, nur dass die Voss jetzt neben ihr stand und unentwegt erklärte, welcher Abgesandte, welcher Hofmann, welcher hohe Offizier in welcher Weise und mit welchem Grad an Ehrerbietung zu begrüßen war – und mit welcher Zurückhaltung sie diese Gunstbezeugungen aufzunehmen habe. Luise folgte wortlos, denn so fürchterlich sie diese Ratschläge fand, so hilfreich waren sie – und sie wäre unendlich froh gewesen, wäre die Voss den ganzen Abend an ihrer Seite geblieben. Denn diese hatte sich einmal für einen kurzen Moment empfohlen, um der Gräfin Kannenberg – der Oberhofmeisterin der »alten Königin« Elisabeth Christine, der Witwe Friedrichs des Großen –, wie sie sagte, ihre Aufwartung zu machen. Das war aber eher eine Lüge, denn es gab keinen Grund, dass eine Gräfin einer anderen Gräfin ihre Aufwartung machte – und so vermutete Luise, dass die Voss sich gleich mit dieser über ihren, Luises, Fehltritt beim Einzug Unter den Linden austauschte und diese Neuigkeit sofort zur alten Königin weitergetragen würde.

Sie hatte also alleine dagestanden und alles richtig und gut machen wollen, um nicht noch ungehöriger als ohnehin dazustehen, da hatte sie an der Schwelle zur gegenüberliegenden Tür des Saals Kümmelmann erblickt, der offenbar gerade mit ihrer Schwester Lolo aus Hildburghausen angekommen war. Heilfroh, in dem Gedränge endlich ein bekanntes Gesicht zu sehen, hatte sie ihm daraufhin nicht nur ein Lächeln geschickt, sondern sogar genickt, was durch den ganzen großen, viele Fuß weiten Raum zu sehen war und von Kümmelmann mit einem

Winken erwidert wurde. Da hörte sie den eisigen Ton der Königin, ihrer Schwiegermutter:

»Wenn ich eine Cour abhalte, bin ich die Einzige, die man grüßt!«

Luise befürchtete das Schlimmste.

Als sie endlich zu Bett gehen konnte, bekam sie beim Hinausgehen auf einem Ohr mit, wie jemand sagte, dass das alles ein übles Ende nehmen werde, weil sich die beiden benehmen würden wie zwei Gören und auch genauso unerzogen waren. Erst als sie draußen war, erkannte sie in diesen Worten den derben brandenburgischen Dialekt der Voss.

Würde es wirklich ein übles Ende nehmen? Am liebsten hätte sie eigenhändig ihre Koffer gepackt und wäre zurück nach Darmstadt gefahren. Diese vielen Menschen, diese vielen Eindrücke, diese Rufe, diese Schreie, diese Erwartungen – ihr war alles zu viel. Ihr Kopf drehte sich. Ruhelos wälzte sie sich von einer Seite zur anderen in ihrem neuen Bett, grub sich in ihr Kopfkissen und drehte ihr Plumeau um, damit sie die Kühle der Außenseite an ihrem erhitzten Körper spüren konnte. Nichts half. Sie konnte und konnte nicht schlafen. Was man in der ersten Nacht in einem neuen Bett träumt, geht in Erfüllung, dachte sie. Das hatte ihr einmal die gute Gélieu gesagt. Doch was sollte sie träumen? Was würde sie sich wünschen zu träumen? Dass alles gut würde? Dass Friedrich Wilhelm ihr beistehen würde? Vielleicht. Ja! In dem ganzen Geschiebe und Gedränge heute Abend hatte sie ihn nicht einmal sprechen können, und einmal, als sie ihm winken wollte, hatte die Voss sie nur mit zusammengezogenen Augenbrauen angezischt. Dabei war morgen Hochzeit. Hochzeit! Andere freuen sich darauf, dachte sie. Aber sie befiel wieder eine unendliche Wehmut. Ade, Jugend, ade Fröhlichkeit. Ade!

18

Sie hatte das Empfinden, dass sie gerade erst eingeschlafen war, als das Kammermädchen die Vorhänge aufriss. Kaum hatte sie die Augen geöffnet, ging es in der gleichen Gangart weiter wie die vielen Tage, ja Wochen zuvor. Vorsichtig versuchte sie, nach einem Kaffee zu verlangen, der ihre Sinne klären sollte. Dieses Ansinnen aber wurde von der Voss, die schon in vollem Staat neben ihr stand, abgelehnt mit dem freundlichen, aber mit spitzer Zunge dargelegten Verweis darauf, dass so ein Getränk doch wohl eher in die Kaffeehäuser Londons passe und zu den Privatmännern, die dort verkehrten und sich in Debatten über das Königshaus ergingen, als an den preußischen Königshof und dass man deshalb die Sitte, Kaffee zu sich zu nehmen, hier in Berlin nicht pflege.

Als Luise daraufhin einzuwenden versuchte, dass aber doch auch in Wien davon Gebrauch gemacht würde und ihre Tante, die englische Königin, durchaus auch Kaffee trinke, weil man den neben Tee ja auch aus den Kolonien beziehe, begegnete ihr die Voss mit so einem kalten Blick, dass Luise sie beinahe gefragt hätte, wer denn hier bald die Kronprinzessin sei und mehr zu sagen hätte. Aber irgendetwas riet ihr, das besser zu unterlassen. Deshalb gab sie nach; aber auch, weil ihr – mit dem Hinweis »aus Preußisch-Oberguinea« – eine heiße Schokolade aufgetragen wurde, die ihr bei der Großmutter nur zu ihren geraden Geburtstagen zugestanden worden war, und sie damit vollauf glücklich war.

Zufrieden sog sie einen Schluck der süßen Köstlichkeit in sich hinein. Dann aber gab die Voss schon wieder ihre Befehle und dirigierte durch die Geschäftigkeit, die sich wie aus dem Nichts heraus in ihrem Gemach einstellte. Zwei Frauen rieben sie mit nassen Lappen ab, eine andere brannte ihr die Haare zu unzähligen Locken, was ihr Schmerzen an ihrem ohnehin schweren Kopf verursachte. Ein Mädchen lag ihr zu Füßen und stülpte ihr verschiedene Paare weißer Pantoffeln über, wobei sie sich mit einem anderen Mädchen besprach, das ihr die Paare anreichte und wieder abnahm. Ihren Worten entnahm sie, dass es sich um ihre Brautschuhe handelte, die nicht nur mit dem Ton des Kleides abgestimmt werden, sondern natürlich auch passen mussten. Die Dame zu ihren Füßen ärgerte sich, dass man nicht Maß genommen hatte. Eine weitere Frau mit weißer Schürze kam herein und feilte ihr die Nägel, danach breitete sie ein Sammelsurium aus Pasten, Tiegeln, Töpfchen und Quasten vor ihr aus, womit sie sich sogleich in ihrem Gesicht zu schaffen machte.

Der Einzige, der ihr Freude bereitete, war Sultan, der munter und schwanzwedelnd zwischen den Mädchen herumtollte, mal dem, das ihr zu Füßen saß, das Ohr leckte, mal einen der Schuhe, die verstreut herumlagen, annagte und immer da zwischen irgendjemandes Beinen hindurchschlüpfte, wo es gerade am meisten störte. Wie gerne hätte sie ihm das Fell gekrault! Aber das war nicht möglich, weil sie zwischen all den emsigen Damen geradezu festsaß und weil Sultan seine Freiheit genoss, die ihm als kronprinzlicher Hund zugestanden war, und fröhlich herumspringend das Privileg geltend machte, nur von der königlichen Familie zurechtgewiesen werden zu dürfen und von allen Bediensteten gesiezt werden zu müssen. Den Flüchen, die ihm in Gedanken nachgeschickt wurden, begegnete er mit Hohn. Irgendwann aber hatte er den Bogen wohl so überspannt, dass die Voss die hoheitliche Order, ihn mit Sie anzusprechen, ignorierte. Denn Luise konnte aus den Augenwinkeln sehen, wie sie ihm, wohl in der Meinung, unbeobachtet zu sein, einen derben Tritt in den Hintern versetzte. Es schien im stillen Einverständnis mit allen Anwesenden zu geschehen, denn keine der Damen nahm davon Notiz, und dennoch hellten sich aller Mienen erleichtert auf.

Als die Garderobenfrauen, Kämmerinnen und Putzmacherinnen fertig waren, traten zwei Schneiderinnen mit dem Brautkleid ein, das so schwer war, dass eine dritte die Schleppe halten musste. Noch nie in ihrem Leben hatte Luise eine solche Pracht gesehen: Die zartsilberne Atlasseide fiel üppig. Die kurzen Ärmel waren durch Rüschen aufgebauscht, die hohe Taille der Schleppe gab den Blick auf die feinen Blumenstickereien des bodenlangen Rockes frei. Der Ausschnitt war mit mehreren Dutzend Diamantrosen besetzt, die jede für sich wiederum aus einem Dutzend Steinen bestand, die sich um einen Solitär in der Mitte gruppierten.

Luise musste sich eine Träne der Freude verkneifen. Es war ihr Kleid, dachte sie. Ihr Hochzeitskleid! Das Kleid einer Kronprinzessin! Endlich! Endlich hatte sie ein schönes Kleid. Dieses Kleid überstieg selbst ihre kühnsten Träume, die bestimmt nicht bescheiden waren, angesichts der knappen Verhältnisse, die bei der Großmutter geherrscht hatten. Nun müsste sie nie mehr die alten geflickten Kleider tragen, die sie mit der Großmutter ausgebessert und verlängert hatte, damit niemand bemerkte, dass sie schon lange hinausgewachsen war. Sie würde viele Kleider haben, viele schöne Kleider, und alle wären nach der neuesten Mode. Sie würde sie aus den feinsten Stoffen schneidern lassen und mit den schönsten Steinen besticken. Sie würde zu jedem ein, nein: zwei Paar passende Schuhe besitzen, und nie mehr in ihrem Leben würde sie sich schämen müssen. Endlich! Endlich hatte sie das, wovon sie immer geträumt hatte. Kleider, so viel sie wollte, und keine Großmutter würde sie deswegen ins Gebet nehmen. Sie schlüpfte in den Überrock, den ihr die Kammerfrau aufhielt, und verharrte still, als die Schneiderin mit ein paar Stichen die Pracht fixierte und die Schleppe mit behänden Griffen hinter ihr ausbreitete.

So schnell es ihr möglich war, schritt sie zum Spiegel, um sich anzuschauen, und siehe da: Noch nie in ihrem Leben war sie sich so schön vorgekommen. Sie war endlich diejenige, die sie immer sein wollte. Sie wandte sich ihrem Spiegelbild mit ihrer ganzen Figur zu. Ihre kleinen Füßchen, die unter dem Saum hervorlugten, stellte sie, wie immer, wenn sie gefallen wollte, mit den Zehen zueinander. Ihren Kopf hielt sie gebeugt, sodass es den Anschein hatte, als ob sie sich unter gesenkten Lidern von unten ansehen würde. Mit dem Zeigefinger fuhr sie abwechselnd über ihre zartrosa Lippen oder spielte an einer Strähne, die sich an der rechten Seite aus ihrem Locken-Konvolut gelöst hatte. Sie beugte sich mit ihrem Oberkörper leicht nach vorne, als ob sie zu einer Huldigung anheben wollte, in Wahrheit prüfte sie jedoch, wie sie ihr wundervolles Dekolletee, das nun auch noch von zahlreichen Diamanten umrahmt war, am besten zur Geltung bringen konnte. Selbstverliebt drehte sie sich vor dem Spiegel hin und her und vergaß darüber, dass sie von einem Dutzend Damen umgeben war, die sie nicht nur erstaunt und aus halboffenen Mündern ansahen, sondern die auch von der Voss befehligt wurden.

»Raus! Lasst mich mit Ihrer Hoheit alleine!«

Die scharfe Stimme löste ein emsiges Geraschel aus, als die Frauen, so schnell es ihre Röcke erlaubten, die Kammer verließen, um bloß nicht versehentlich Opfer dessen zu werden, was nun folgen sollte. Vor der Tür, wo sie sich versammelt hatten, um auf ein Zeichen zu warten, das ihnen wieder den Eintritt erlaubte, hörte man nur ein mahnendes Zischen, das von polternden Lauten des brandenburgischen Dialekts, den die Voss sprach, und vom Donnern ihres Stockes begleitet war. Nur einmal, am Anfang dieser geheimen Unterredung, war ein schnippisches Aufbegehren Luises zu vernehmen gewesen, gegen Ende der Vorstellung aber ein hilfloses Schluchzen. Dann folgte auf einen kurzen Moment der Stille eine Phase der gegenseitigen Beteuerungen, und man hatte den Eindruck, dass eine Nase geputzt und vielleicht auch eine Träne getrocknet wurde. Doch für Letzteres hatte man keinerlei Anzeichen, die das Ohr zum Zeugen gemacht hätten.

Als die Voss die Damen wieder hereinrief, stand Luise mit

einer Miene der Demut mitten im Raum und begrüßte die Mädchen mit all der Wohlgefälligkeit, die ihr zur Verfügung stand. Der Blick der Voss ließ sie wissen, dass sie dies nur zu Übungszwecken dulde, nicht jedoch generell und in Zukunft. Dann folgte ihre Lektion über den Ablauf der Zeremonie. Sie gab Instruktionen, wann Luise in welcher Weise zu reagieren habe, welche Teile des Programms auf welche folgen würden, und wies sie in die Besonderheiten des Fackeltanzes ein, der lange Tradition bei jeder königlichen Hochzeit war. Zu Luises großer Verblüffung ließ es sich die alte Dame anschließend – und im Gegensatz zur guten Gélieu, deren Lektionen sie niemals ernst genommen und sofort nach ihrem Ende vergessen hatte – nicht nehmen, das Gesagte noch einmal abzurufen und zu prüfen, indem sie Fragen stellte.

Luise, die sich niemals die Mühe gemacht hatte, sich etwas zu merken, verzweifelte. Wie soll ich das bloß schaffen?, dachte sie. Wie soll ich Berlin bloß begegnen? Wie die Menschen auf meine Seite ziehen? Wie der Voss ausweichen? Der Königin Genüge tun?

Knapp zwei Tage war sie erst hier und hatte sich schon zwei Feindinnen gemacht. Wie unwohl ihr war. Der Schnupfen, den sie sich auf dem langen beschwerlichen Weg hierher zugezogen hatte, machte sich mit einem Frösteln bemerkbar, das ihr durch die Glieder fuhr. War es nur der Schnupfen?, fragte sie sich. Oder war es mehr? Die Angst, die Furcht, das Gefühl, verloren zu sein?

Sie wünschte sich nach Hause zu ihrer Mabuscha, zur guten Gélieu, zu den Kätzchen, zu den sorglosen Nachmittagen mit Friederike und sogar in die Arme von Friedrich Wilhelm, der ihr auf seine treue Weise doch eigentlich immer ein Freund gewesen war und der sich am Abend zuvor als so freudig erregt gezeigt hatte, sie endlich wiederzusehen, dass sie den Eindruck hatte, er würde ihr auch an diesem schrecklichen, von Regeln und Etikette bestimmten Hofe ein Freund sein.

Sie hatte Angst. Ihr Hochmut zerstäubte im Raum wie das Parfüm, das ihr übergesprüht wurde, er fiel zu Boden wie Morgentau, bildete dort kleine Rinnsale und verschwand auf Nimmerwiedersehen in den Fugen zwischen den einzelnen Paneelen des Parketts. Luise war nichts mehr als eine Marionette, die von unsichtbaren Fäden gezogen wurde. Sie war außerhalb ihres Körpers und ihrer Sinne. Sie war nicht mehr sie selbst.

Wie durch einen Nebel nahm sie das Gedränge wahr, das sich vor dem weißen Saal, wo die Trauung stattfinden sollte, schon formiert hatte. Sie spürte weder den Schmerz, den die Königin ihr zufügte, als sie ihr, wie es die Sitte am Berliner Hof vorschrieb, die diamantenbesetzte Krone der Kronprinzessin aufsetzte. Sie hörte nicht die ermutigenden Worte, die Elisabeth Christine, die Witwe Friedrichs des Großen, ihr zuflüsterte, die das Privileg genoss – neben der regierenden Königin –, hinter ihr her zu gehen. Sie wusste nicht, wie der Fächer aus geschlagenen Golddukaten in ihre Hand gelangt war, noch, seit wann sich Friedrich Wilhelm neben ihr befand und wie sie unter den Baldachin aus roten Samt gekommen war, wo der Hofprediger Sack seine Hände in die ihren legte und seinen Segen sprach. Sie hörte nicht die 72 Schuss Salut, die aus den Mörsern im Lustgarten abgefeuert wurden. Sie hatte weder Appetit auf die Eier *à la gelée,* die Ochsenzungen mit *Sauce rouge en balustrade,* die Rebhühner in Trüffelsauce, die Krametvögel in Wacholder, noch auf die zwölf Süßspeisen, die als Hochzeitsmahl gereicht wurden. Sie empfand nichts, als sie beim Pharao-Spiel, das danach stattfand, mehrere Mal Paroli bieten konnte und Tausende von Talern gewann. Sie blieb von dieser seltsamen Zeremonie unbeeindruckt, die sich Fackeltanz nannte und bei der sämtliche Minister mit Kerzen vor dem Gesicht an ihr vorbeiparadierten und sie mit allen männlichen Mitgliedern der königlichen Familie zu tanzen gezwungen war. Sie war völlig fühllos, als sie kurz vor Mitternacht zum Brautbett geführt und von allen Zeugen der Vermählung entkleidet wurde; sie überhörte das Gezänk der Voss und der Großmutter um das größte Stück ihres zerschnittenen Strumpfbandes, das allen als Souvenir dieses großen Ereignisses gereicht wurde. Sie übersah das kleine Feuer, das von einer umgeworfenen Kerze entfacht wurde und bei dem Louis Ferdinand ein Stück seines seidenen Hemdes einbüßte, obwohl sie seit der Schlacht um Mainz Feuer fürchtete wie den Tod. Luise sah nichts, hörte nichts, roch nichts, schmeckte nichts; sie dachte nichts, sie wusste nichts, sie fühlte nichts – sie tat nur, wie ihr die Voss befohlen hatte.

Erst als die Tür zuging und sie zum ersten Mal seit ihrer Brautzeit in Darmstadt mit Friedrich Wilhelm alleine war, merkte sie, dass sie nackt war. Gerne hätte sie sich unter der Bettdecke versteckt, da aber hatte Friedrich Wilhelm sie schon fest in seine Arme geschlossen. Vorsichtig strich er mit den Fingerspitzen über ihren bloßen Körper.

»Wie schön … schön Sie doch sind!«

War sie schön? War sie wirklich schön? Mit einem Male war sie wieder sie selbst. Sie fühlte sich von einer Wärme umfasst und geborgen wie nie zuvor. Wenn jetzt die Welt stillstehen würde, dachte sie, dann wäre alles gut. Auch in dieser Nacht schlief sie erst bei Sonnenaufgang ein.

Am Morgen aber war sie mit Friedrich Wilhelm per du.

Teil 2

1

Berlin, im Januar 1794

»Wenn das so weitergeht, werde ich bald sterben!«

»Na, dann sterbt Ihr wenigstens in meinen Armen, meine Schöne!«

»Nennt mich nicht immer *Schöne!*«

»Das mache ich ja auch nicht!«

»So, was macht Ihr denn sonst?«

»Ja, wenn Ihr denn die Güte hättet, meinen nichtigen Worten auch nur einen Moment Eurer geschätzten Aufmerksamkeit zu schenken, dann würdet Ihr erkennen, dass ich nicht ›Schöne‹ sage, sondern: *meine Schöne.*«

»Dann verbiete ich Euch eben, mich so zu nennen.«

»Aber wenn es doch so ist! Was soll ich denn tun? Mir sind die Hände gebunden, die Sinne geraubt, das Herz gestohlen. Ich kann es, nein: Ich muss es immer wiederholen: Wie schön, schön, schön Ihr doch seid!«

Kaum dass der als Bär kostümierte Page die Flügeltür hinter Friedrich Wilhelm geschlossen hatte, der – was allen bekannt war – den Karneval, bei dem die gesamte Berliner Hofgesellschaft sich über zwei Monate lang allabendlich mit Kostümfesten zu übertreffen versuchte, nicht sehr schätzte und sich deswegen früh empfohlen hatte, hatte Louis Ferdinand den Janitscharen befohlen aufzuspielen und Luise zum Tanz gebeten. Drei Stücke lang hatten sie sich drehen können, dann war er erst vom Grafen Brühl, dieser dann vom König höchstselbst und der wiederum von Louis Ferdinands Vater, Prinz Ferdinand, abgelöst worden.

In der Zeit, in der er sich dann mit übereinandergeschlagenen Beinen an ein Säulenrelief gelehnt und mit einem Sekt aus der Kelterei des Grafen Sparr erfrischt hatte, hatte er verfolgen können, wie Luise folgende Kavaliere durch ihre Tanzlust ermattet hatte: die Grafen Podewils, Voss, Medem, Möllendorf, Yorck und von der Schulenburg, den Kammerherrn von Wrede, den Herzog von Gotha, ihren Bruder, den Prinzen Georg – der sich nach der Hochzeitsfeier noch in Berlin aufhielt – und den Oberst Massenbach. Schließlich gab es da noch einen Husaren in den mehrfach verschnürten roten Dolmanen des Zieten'schen Regiments, in dem Louis Ferdinand erst sehr spät, aber zu seinem allergrößten Amüsement die Frau von Berg erkannte, die bei ihm auf Schloss Bellevue lebte und eine Dame seiner Schwester Luise war.

Er lachte in sich hinein, denn auch bei Tage und ohne Kostümierung zeichnete sich Caroline von Berg durch ein herbes Äußeres aus. Ihre Augen blitzten, aber ihre Züge hatten nichts Feines. Ihr Mund war verkniffen, und der gräuliche Ton ihrer Haut verlieh ihr das papierene Flair einer Gelehrten, obwohl es eigentlich nur männliche Gelehrte gab und Frauen in den Denkstuben des Landes nicht zugelassen waren. Aber genau das war ja das Besondere an der von Berg – und deshalb waren so viele von ihr fasziniert. Sie war klug, gleichzeitig leichtsinnig und viril. Kein Fest, ohne dass sie die anderen zu überraschen verstand. Mit ihr gab es keine Langeweile. Ihr typisches Kennzeichen war ein kleiner Bart über ihren Lippen, über den Massenbach und er schon oft gespottet hatten. Ob sie sich wohl auch rasierte? Louis Ferdinand sah noch einmal zu Luise und lachte: »Ein Husarenkostüm. Typisch von Berg. Sie hat den Geist eines Mannes und den Körper einer Frau. Und heute noch nicht einmal das.« Er schmunzelte in sich hinein, als er die beiden beim Walzer beobachtete.

Gleichzeitig mit der Einsicht, dass er wohl bei Luise heute keine Dienste mehr zu leisten habe, weil diese ganz und gar mit den anderen Kavalieren – oder mit denen, die sie dafür hielt –

beschäftigt war, stellte er sein Glas neben einer Etagere voller kandierter Früchte ab. Er stopfte sich davon zwei in den Mund und eine Handvoll in die Tasche seines Fledermauskostüms. Spuckte sie aber gleich wieder aus, weil sie ihm zu süß waren. Schnell griff er nach einem abgestandenen Glas Branntwein, das dort jemand hinterlassen hatte, und stürzte es hinunter, in der Hoffnung, dass ihn niemand beobachtet hatte. Schon besser!, dachte er, als der scharfe Brand ihm die Kehle putzte. Viel besser.

Er schüttelte seinen Kopf wie ein Pferd, um das Kratzen im Hals zu mildern. Als er das Glas zurückstellte, riss er mit seinen Ärmeln eine ganze Batterie Gläser herab. Dann drängte er sich weiter durch die Menge, die so dicht stand, dass der Aufwand, mit dem Haugwitz hatte dekorieren lassen, völlig unbeachtet blieb, obwohl er, wie Louis Ferdinand schätzte, ein Vermögen dafür ausgegeben haben musste. Blumen waren nicht nur im Winter teuer, aber da besonders. »Dieser Emporkömmling! Kaum geadelt, spielt er den großen Herrn. Fehlt nur noch, dass dieser Lucchesini morgen genauso auffährt.«

Louis Ferdinand suchte nach seiner Schwester. Vorhin noch hatte sie zusammen mit der von Kleist in allerschönster antiker Freiheit auf einer Ottomane gelagert, die auf jedem Fest sonderlicherweise zur unausgesprochenen Pflicht geworden war, seitdem der König der von Viereck nachstellte – und Haugwitz, der Speichellecker, hatte sich diese Pflicht zum Befehl gemacht und ebenfalls eine aufgestellt. »Wer weiß, was der König darauf mit dem kleinen Fräulein alles treibt.« Wieder lachte er in sich hinein.

Endlich erblickte er seine Schwester und erkannte gerade noch, wie die verunsicherte Kronprinzessin von der Gräfin Voss unter strengen Blicken von dort wegkomplimentiert wurde und – soweit er es richtig einschätzte – mit Tadeln versehen, die vom rhythmischen Aufdonnern des Gehstocks der Alten begleitet wurden. Sofort beschleunigte er seinen Schritt und kam gleichzeitig mit der von Berg dort an, die sich erschöpft auf die Ottomane fallen ließ.

»Uha«, stöhnte sie und drückte sich in die Arme der von Kleist, die dort in der gleichen transparenten Kostümierung wie Louis Ferdinands Schwester lag und sie zur Rückkehr innig auf den Mund küsste. Die Stimme der von Kleist kam gurrend wie bei einer Taube:

»Na, kleiner Husar – nur für den Fall, dass du es noch nicht wissen solltest: Stuten werden bissig, wenn sie nicht geritten werden.«

Sie lachten anzüglich.

Louis Ferdinands Schwester aber streckte die Arme nach ihrem Bruder aus, umschlang seinen Hals und zog ihn zu sich herab auf die Ottomane.

»Oh, schön, dass du da bist, mein lieber Louis. Komm, küss mich und begrüße mich, wie es sich für einen anständigen Bruder gehört. Ich sage es dir gleich und vorneweg: Sie ist eine dumme Gans! Nicht wahr?« Sie zwinkerte in Richtung von Berg.

»Tanzen kann sie wenigstens. Hab nichts zu mokieren.«

Louis Ferdinand war irritiert: »Ach, meinst du die Kronprinzessin? Ich dachte, du meinst die Voss?«

»Nein, diese Lu-i-se natürlich. Dass sie auch noch so heißen muss wie ich. Schrecklich! Ich finde ja eigentlich, es ist ein schöner Name. Aber nun …«

Louis Ferdinand grinste: »Wie kannst du das so schnell sagen, dass sie eine dumme Gans ist? Du hast sie ja kaum gesprochen. Die Voss hat sie ja gleich weggezogen, ihren neuen Schützling. Übrigens, bevor ich es vergesse: Wo hast du dieses Kleid her? Es ist neu, und du siehst bezaubernd darin aus!« Er drehte sich zur von Kleist. »Ihr seht alle beide bezaubernd darin aus. Wie Odalisken in einem Harem.«

»Wie kannst du nur!«

»Die sind nackt, wir haben wenigstens noch etwas an!«

»Aber nicht sehr viel. Ich möchte meinen, dass ihr einen

Wettbewerb gewonnen habt, möglichst viel Geld für möglichst wenig Stoff auszugeben, nicht wahr?«

Die von Berg, die meinte, die Ehre der von Kleist verteidigen zu müssen, schleuderte ein Kissen nach Louis Ferdinand. Er schleuderte es zurück.

»Oje, ihr versteht wohl alle keinen Spaß mehr, was?« Er warf sich rücklings auf die Ottomane und sah nach oben zu den drei Damen, die ihn umringten. »Kein Wunder, ihr habt ja auch nichts zu trinken. Kommt. Los, los – Champagner!«

Mit einem Satz stand er wieder auf den Beinen, klatschte in beide Hände und winkte dann einen Lakaien heran, dessen Bärenkostüm ihn allerdings an der schnellen Erfüllung seiner Order hinderte. Er vertröstete Louis Ferdinand für ein paar Augenblicke, um schnell nach einem Kollegen zu schicken.

»Was für eine Idiotie, diese Kostüme.« Louis Ferdinand ließ sich wieder auf die Ottomane fallen und breitete seine Arme um die von Kleist und seine Schwester aus. »Also: Nachschub kommt gleich! Der Haugwitz spielt sich ja ganz schön auf. Sekt von Sparr und die ganzen Blumen, woher hat er denn das Geld? Wisst ihr das?«

»Von dir bestimmt nicht!«

Die von Berg und die von Kleist zeigten mit dem Finger auf ihn, und seine Schwester stieß ihn mit beiden Händen weg wie jemanden, mit dem man keinen Umgang pflegen möchte. Denn es war hinreichend bekannt, dass Louis Ferdinand bei Gott und der Welt mit knapp 200 000 Talern in der Kreide stand.

Er aber verstand keinen Spaß, stand auf und zog sich sein Fledermauskostüm glatt wie eine Uniform. Mit dieser hilflosen Geste versuchte er, sich Respekt zu verschaffen. »Ach, ihr seid doch albern.«

»Louis, hör auf! Komm, setz dich. Jetzt sei doch nicht gleich beleidigt.«

»Bin ich ja gar nicht.«

»Ach nein?«

Seine Schwester sah ihn so lange an, bis sie beide losprusten mussten. »Na also.«

»Ja, aber … Ihr müsst ja auch nicht in den Krieg ziehen.«

Die Augenbrauen der von Kleist zogen sich nach oben, was ihrem Gesicht eine Schärfe verlieh, die in ungewöhnlichem Kontrast zur Sanftheit ihrer Züge und auch ihrer leichten Toilette stand: »Was hat das denn damit zu tun?«

»Ach, Weiber … was versteht ihr schon davon?« Louis Ferdinand schmollte. Trotzdem reichte er die Champagnergläser herunter, die der Bären-Lakai mit Verspätung herangeschafft hatte. Auf einen Wink des Prinzen hin platzierte dieser eine weitere Flasche neben der Ottomane, damit man nicht wieder so lange auf Versorgung zu warten gezwungen war. Die Kleist aber insistierte: »Ich möchte es wirklich wissen!«

»Wirklich?«

»Ja.«

»Tatsächlich?«

»Ich auch!«

»Bitte, Louis, bitte, bitte.« Seine Schwester schürzte die Lippen, zog die Brauen zusammen und griff von unten seine Hand, die weiß aus dem Umhang herausblitzte, der schwarz glänzte wie Jet. »Nun sei doch nicht gleich so empfindlich. Komm …« Sie klopfte mit ihrer Linken auf die Ottomane und sang: »Mein linker, linker Platz ist leer. Ich wünsche mir …« Dann zog sie ihn heran und machte sich so schwer, wie sie konnte. Louis Ferdinand gab nach.

»Na gut. Also, Luise, erzähl es den anderen. Wie viel Geld bekomme ich von Papa, hm?«

»Was weiß ich.«

Er zwickte sie in die Seite, hob aber das Glas, das er in der anderen Hand hielt. »So, erst einmal auf unser aller Wohl.« Dann stellte er es ab. »Also, Papa gibt mir bloß 165 Taler und 12 Groschen.«

Die Stimmen der von Kleist und der von Berg kamen gleichzeitig: »Wieso ›*bloß*‹ – damit kann man doch auskommen?«

Aber Louis Ferdinand rollte die Augen. »Ich sag's ja. Ihr vielleicht, aber ich muss in den Krieg ziehen. Es ist so: Der König hat mich kurz vor dem Marschbefehl zum Oberstleutnant gemacht …«

»Ach, ich bin so stolz auf dich, mein lieber Bruder.«

Er schüttelte die Umarmung seiner Schwester ungnädig ab. »Das heißt aber auch, er verlangt, dass ich dort auftrete wie ein Oberstleutnant. Für mich bedeutet das: zwei Kutscher, vier Pack-, drei Reitknechte, vier Lakaien, Koch, Küchenfrau, Küchenjungen, Schirrmeister, Leibjäger, Kammerherren …« Er zählte für jeden Posten einen Finger seiner Hände ab und gab dann auf. »… und der gute Stolze, mein treuer Leibdiener, kommt auch noch dazu – macht allein für diese Leute allesamt 252 Taler und 12 Groschen Lohn. Die, die zu Hause bleiben, sind nicht mitgerechnet.«

»Du zahlst aber gut. Da ist der König ganz anders …«

Kein Wunder, dachte die von Kleist, dass Louis Ferdinand immer so knapp ist. Er ist viel zu gut zu den Menschen, ach, und deshalb wohl so beliebt …

»Tun ja guten Dienst, die Leute, muss man auch gut bezahlen. Der Stolze hat mir ein Leben lang gedient, der soll es gut haben. Bald geht er in Pension. Ich will ihm 20 Taler im Monat geben. Aber wenn ich das alles bezahlt habe, dann haben wir noch nichts gegessen! Man rechnet für alle also etwa noch einmal 250 Taler Verpflegung darauf – auch für die Pferde –, und dann wisst ihr, wie viel es kostet, sich einen Oberstleutnant schimpfen zu dürfen, und warum ich in der Lage stecke, in der ich nun einmal stecke. Ich komme da einfach nicht heraus. Ich verstehe auch nicht, warum mir das Erbe von Tante Amalie nicht ausbezahlt wurde. Es ist zum …«

Er stürzte seinen Sekt hinunter und goss sich aus der Flasche nach, die er auf dem Boden hatte postieren lassen. »Ich frage mich wirklich manchmal, was ich dem König getan habe. Weißt du's?«

»Ach Louis, das liegt doch auf der Hand: Er ist einfach neidisch auf dich.«

»Wieso soll er neidisch auf mich sein? Ich bin ja doch recht unbedeutend …«

Seine Schwester strich ihm zärtlich über das Haar.

»Du siehst besser aus, bist klüger, und du hast die besseren Frauen. Ich meine: Schau dir doch mal die Viereck an. Diese eng stehenden Augen, diese flache Brust, ist doch kein Wunder, dass die mit ihren knapp dreißig Jahren noch ein Fräulein ist. Die würdest du doch nicht einmal ansehen, wenn du drei Tage durchgezecht hättest.«

»Sprich nicht so!«

»Nein, ich weiß, du zechst nicht, du trinkst und bist eigentlich ein Genießer. Zum Wohl, die Damen!«

Sie hielt ihr Glas in die Runde, und alle tranken ihres in einem Zug aus. Louis Ferdinand war gefordert, die Gläser wieder zu füllen. Aber seine Laune war getrübt. Während seine Schwester, die von Kleist und die von Berg darüber spekulierten, ob der König nun die Viereck gegen die kleine von Rohr endgültig ausgetauscht hätte, wie oft er wohl noch das Bett der Gräfin Lichtenau aufsuchte, die ja wohl auch ganz schön korpulent geworden war, und was das überhaupt – allergrößte Neuigkeit! – mit der Bethmann-Metzler oder Metzler-Bethmann auf sich hatte, oder wie immer diese unbedeutende Person aus Frankfurt hieß, geriet Louis Ferdinand ins Grübeln. Er stützte seinen Kopf auf den Arm auf und starrte in den Saal, ohne wirklich etwas zu sehen. Geisterhafte Schemen tanzender Paare zogen an ihm vorbei. Das Licht der über hundert Wachskerzen, die Haugwitz für den Abend spendiert hatte, ging in wabernden Kreisen auf. Vom Orchester her drangen wattige Töne zu ihm.

»Meine Güte, diese Mecklenburg-Prinzessin kann einen ja ganz schön erschöpfen!«

Oberst Christian von Massenbach war klein und kräftig. Sein kompakter Körper stand auf kurzen Beinen, die krumm waren wie Säbel. Seine dunklen Augen kippten an der Nasenwurzel schräg nach unten. Er hatte das Gesicht eines Mongolen. Er war hinterlistig, gemein, bestens über die Intrigen bei Hofe informiert und einer der besten Freunde von Louis Ferdinand. Niemand wusste, worauf die Freundschaft zwischen dem derben Oberst und dem feingeistigen Prinzen beruhte, und nicht wenige munkelten, dass Massenbach der Einzige war, der imstande war, mit Louis Ferdinands strammen Zechgewohnheiten mitzuhalten. Einmal in der Woche kündigte ihm Louis Ferdinand den Dienst, einmal die Woche stellte er ihn wieder ein.

Seine Schwester Luise nannte Massenbach nie beim Namen, sondern ausschließlich den ›Dreckskerl‹: »Was, dir hat sie auch die Ehre gegeben, dir Dreckskerl? Ha, die lässt ja nichts aus!«

»Wem sagst du das!«, stimmte die von Berg ein.

Massenbach stutzte: »Ca-ro-li-ne! Du! Das darf ja nicht wahr sein.« Sein Lachen hatte den Klang eines abgesägten Horns. »Wie … wie … amüsant!« Er schlug sich auf den Schenkel und nickte mit dem Kopf. Sein mächtiger Schnauzbart zitterte wie die Fühler eines Mistkäfers. »Ich habe mich schon gefragt, ob mein Schwager jetzt einen neuen Mann in seinem Regiment hat. Das ist ja unglaublich! Du! Was für ein toller Witz. Sag: Und die Kronprinzessin hat nichts davon gemerkt?«

Mit schmalen Lippen, die ein Lachen am Ausbruch hinderten, schüttelte die von Berg den Kopf.

»Großartig! Das ist ja fantastisch. Dass ich das noch erleben darf!« Immer noch vibrierte von Massenbachs Bart. »Unglaublich, wirklich unglaublich. Dieser Tag hat sich gelohnt. Hat sonst ja nicht viel Freude gebracht. Darauf müssen wir anstoßen.« Seine Hand beschrieb eine Runde. »Champagner? Champagner!«

Er winkte einen Lakaien herbei und geriet ausgerechnet an den, dessen wolliges Bärenkostüm ihn zu einer Existenz als

Trottel verdammte. Massenbach fluchte ihm sofort hinterher, weil dieser es weder schaffte, Gläser und Flaschen zu holen, noch, sich durch das Getümmel zu bewegen, ohne Scherben zu hinterlassen.

»Was für ein Kostüm. Was sich der Haugwitz dabei wohl gedacht hat? Hab dahinten an der Tür noch so ein paar von dieser Sorte gesehen. Reißen alles runter. Man sollte ihnen einen Ring durch die Nase ziehen und sie dann tanzen lassen, wie in Siebenbürgen. So macht man das mit den Bären. Mützen drauf, und dann hopp, hopp, hopp, tanzen lassen. Vielleicht klappt es ja dann mit dem Champagner.« Er drehte sich zu Louis Ferdinand. »Sag einmal: Der Haugwitz macht jetzt fein etwas her. Der Dreckskerl.«

Louis Ferdinand hakte ein: »Weißt du, woher er das Geld hat?«

»Er hat dem König endlich Krappitz abgeschwatzt. Da war etwas im Gespräch. Bringt ihm 20000 im Jahr.«

»Waaas?«

Die Runde schwieg.

Massenbach aber wollte sich die Laune nicht verhageln lassen: »Sagt mal, ihr beiden, bevor ich es vergesse: Gut seht ihr aus! Fast wie ...«

»Jetzt sag bloß nicht, wie Odalisken!«

»Ohhh doch! Genau so! Nur dass ihr noch einen klitzekleinen Hauch mehr anhabt. Aber sonst ...«

Louis Ferdinands Schwester, die Prinzessin Luise, machte eine wegwerfende Geste, und die von Kleist gab vor, vor Langeweile zu gähnen.

»Nein im Ernst: Ihr seht fantastisch aus. Alle schauen hierher.«

»Und warum tanzt dann keiner mit uns?«

»Man muss ja heute wohl erst einmal die Novizinnen prüfen, nicht wahr? Das gehört sich doch so. Sagt der Anstand!«

»Anstand, du? Wusste gar nicht, dass dieses Wort in deinem Wortschatz vorkommt.« Die Vorurteile, die Louis Ferdinands Schwester gegen von Massenbach hegte, waren unverrückbar wie eine Eiche.

»Typisch Männer!« Die von Berg kontrollierte ihre Maniküre.

»Aber sie ist doch ganz nett, nicht wahr? Was sagst du, Louis Ferdinand?«

»Sag ich auch. Kenne sie ja schon von Frankfurt …«

»Ich finde: Sie ist eine dumme Gans!« Prinzessin Luises Tonfall verriet Gereiztheit.

»Massenbach, gib es auf. Sie hat ihre Überzeugungen, und von denen lässt sie sich heute nicht mehr abbringen.« Louis Ferdinand griff sich eine der Flaschen vom Boden und schenkte nach. Als das Glas der Prinzessin Luise überschäumte, warf sie den Kopf in den Nacken und ließ die Rinnsale in ihren Mund laufen. Mit gesenktem Blick leckte sie sich die Lippen.

»Das prickelt aber heute schön, nicht wahr? Schenk nach, Brüderchen!« Fordernd hielt sie ihm den leeren Kelch hin.

Massenbachs Augen funkelten. »Und? Warum ist sie eine dumme Gans?«

»Erst einmal zieht sie sich schlecht an!«

»Warum sagst du so etwas?«

»Na schau doch einmal hin! Wie sieht sie denn aus? Dieser Reifrock, diese altmodische Frisur, die braven Schleifchen. Da hilft auch keine Maske.«

Massenbach tat harmlos: »Ach, das ist ihre Toilette?! Ich dachte, das sei ihr Kostüm …« Er hielt die Satzmelodie in der Schwebe, sodass alle gezwungen waren, auf eine Auflösung zu warten: »Ich dachte nämlich, sie maskiert sich heute als … Provinz-Prinzessin!«

Luise prustete so laut, dass sich der Champagner über die gesamte Ottomane verteilte. Angeekelt wischte sich die von Berg über das Gesicht, während sich die von Kleist die Tränen aus den Augenwinkeln trocknete. Ein paar Kavaliere drehten sich zu ihnen um, eine Dame ließ vor Schreck ihren Fächer fallen. Doch immer, wenn das Gelächter gerade abzuebben drohte, befeuerte es eine der drei Damen von Neuem.

»Ach, du Dreckskerl. Bist ja doch für etwas gut, nicht wahr, Louis?«

Louis Ferdinand aber durchschnitt das Gejohle harsch: »Massenbach, meine Schwester hat recht! Du bist wirklich …!«

Luise jedoch versuchte nachzulegen: »Aber wenn er doch recht hat.« Sie kicherte albern und hielt sich dabei den Hals, so als ob ihr das mehr Atem verschaffte.

»Er hat nicht recht und du auch nicht. Ihr seid hinterhältig und gemein. Wie kannst du sagen, dass sie eine dumme Gans ist?«

Jetzt nahm Luise Haltung an, da sie sich ungern von ihrem jüngeren Bruder vorführen ließ. Ihr warmer Tonfall schraubte sich in spitze Lagen. Unbedingt wollte sie ihre Position verteidigen.

»Das will ich dir gerne sagen! Sie war hier und hat es gleich mit dem ersten Satz bewiesen. Sie wollte wissen, wo man in Berlin schneidern lässt. Da habe ich ihr Quittels genannt und Vibeau natürlich. Dort hätten wir auch diese Sirenen-Kostüme machen lassen. Und weißt du, was sie daraufhin gesagt hat?« Sie machte eine Pause. »Nichts! Sie hat mich nicht verstanden! Sie wusste nicht, wer die Sirenen sind! Stellt euch vor! Sie ist rot angelaufen wie ein Feuer und hat gefragt: Sirenen? Was für Sirenen? Meine Güte, lebt man in Darmstadt denn hinterm Walde? Das muss man doch wissen als zukünftige Königin von Preußen! Dann hat sie hier herumgestammelt wie ein Mädchen beim Weihnachtsgedicht. Sie wollte uns einladen, aber das hätte sie vor Aufregung beinahe auch noch vergessen. Also ich sage: dumm, kein Geschmack und schlecht erzogen. Zum Glück hat die Voss sie gleich weggezogen – schwupps, waren wir sie los. Gott sei Dank. Ich glaube nämlich, dass sie ziemlich langweilig ist.«

Louis Ferdinand missfiel der überhebliche Ton seiner Schwester.

»Also ich fand sie gar nicht langweilig, eher amüsant. In Frankfurt hat sie noch Soldatenlieder gesungen. ›*Unsre Katz hat sieben Junge* …‹ Kennst du das noch? Ich habe es dir einmal auf dem Klavier vorgespielt …«

»Wie könnte ich das vergessen! Du lagst auf – ich betone:« – sie hielt ihren Zeigefinger warnend in die Höhe – »*auf* dem Klavier …« Dann stieß sie den Oberst mit der flachen Hand an, sodass dieser trotz seiner stämmigen Statur beinahe umfiel, weil der Champagner ihm schon mächtig zugesetzt hatte. »Massenbach, dieser verlogene Kerl, daneben und der völlig entkräftete Friedrich Schiller auf dem Boden und um euch herum – ich meine mich sehr genau zu erinnern – acht Flaschen feinster Montrachet. Am nächsten Tag hast du mir weismachen wollen, ihr hättet euch über die Freiheit unterhalten.«

Louis Ferdinand war froh, dass seine Schwester das Thema gewechselt hatte, und gab ihr Gelegenheit zu weiteren Neckereien.

»Haben wir ja auch. Bis hin zur Freiheit der Gedanken. Im weitesten Sinne. Also auch über die Freiheit, nicht zu denken. Beziehungsweise nicht mehr denken zu können, weil einem die Zecherei so sehr zugesetzt hat. Wir bewegen uns nämlich immer auf sehr hohem Niveau bei unseren Debatten.« Er nahm ihr Kinn zwischen Daumen und Zeigefinger und richtete ihren Kopf zu ihm aus. »Also sie ist nicht langweilig, sie ist jung. Kann es nicht auch sein, dass du ein wenig eifersüchtig auf unsere neue Luise bist?«

»Ich? Woher denn? Nein, dazu habe ich nun wirklich keinen Grund.«

»Na, aber also? Wer wird denn hier lügen? Du hast sogar einen ziemlich guten Grund. Den besten überhaupt: Schließlich ist sie jetzt Kronprinzessin und nicht du. Sie hat dir den Fritz weggeschnappt.«

Ihre Blicke kreuzten sich wie zwei Florette. Dann blähte die Prinzessin Luise ihre Nasenflügel auf und sprach im süßesten Tonfall, der ihr zur Verfügung stand:

»Dass ich nicht lache, mein lieber Louis. Nur damit du es weißt: Ich hätte es nicht wegen Fritz getan. Der ist mir völlig gleichgültig. Ich hätte es getan, um ihm beizustehen, dieses Land einmal gründlich zu renovieren. Onkel Heinrich hat mir dazu geraten. Ich glaube nämlich, dass der Fritz, gutmütig wie er ist, es alleine nicht schaffen wird. Er hasst Gesellschaften, er hasst Politik, und er hasst es, sich anzulegen – und gegen den maroden Adel hier kommt er nicht an. Da braucht es eine starke Hand – oder eine kluge Frau und Ratgeberin. Die wäre ich ihm gewesen. Oder glaubst du etwa, dass diese geschmacklose, schlecht erzogene und vor allem dumme Provinzprinzessin das kann? Also: Um-es-kurz-zu-ma-chen-mein-lie-bes-Brü-derchen …« Sie holte noch einmal tief Luft, um ihrer Rede einen markanten Schlusspunkt zu setzen: »Ich hätte es für Preußen getan! Nur für Preußen!«

Danach ließ man von dem ungeschickten Pagen im Bärenkostüm zwei weitere Flaschen kommen, und von Massenbach ließ ihn gleich nach der Art tanzen, wie er es bei einer Kompanie Kronstädter Ulanen gesehen hatte, mit denen ihm die Zeit bei der Belagerung vor Mainz langweilig geworden war. Er klatschte in die Hände und zwang den Pagen, dasselbe zu tun, dann verlagerte er sein Gewicht von einem Bein auf das andere, drehte sich, indem er mit dem Hinterteil wippte, und sprang auf und ab. Das alles musste der Page aufs Peinlichste befolgen. Als er einmal ins Straucheln geriet, trat ihm Massenbach sofort in den Allerwertesten. Mit den Armen nach Halt suchend, streifte der Page eine Kommode. Wieder gingen ein paar Gläser zu Boden.

»Pass auf! Weißt du, was das kostet, hm?«

Massenbach war ungnädig, aber die Faust von Louis Ferdinand traf ihn zielsicher am Kinn.

»Willst wohl Streit?« Massenbach packte den Prinzen am Kragen, der aber zog schnell sein rechtes Knie hoch und traf seinen Freund da, wo es am meisten schmerzte. Jammernd sackte der Oberst auf die Ottomane. Die Damen lachten ihn aus. Während er schmerzgeplagt mit dem Oberkörper hin- und herschaukelte, folgte Louis Ferdinand dem Pagen und steckte ihm, versteckt vor den Augen der anderen, einen Groschen zu.

»Hier, nehme Er! Und mache Er sich nichts draus. Weiß auch nicht, was ihn heute bedrückt. Muss einen schlechten Tag gehabt haben …« Versöhnlich klopfte er dem Kerl auf die Schulter.

Als Louis Ferdinand wegging, hörte er das Klirren einer Batterie von Flaschen und das Aufschlagen eines Stuhls.

Der Ball tobte immer noch. Nachdem der König gegangen war, war der ganze Hof aus seinen Nischen gekrochen, und die Janitscharen waren durch eine zweite Truppe verstärkt worden. Ihr Takt trieb die Menge an. Der Saal dampfte wie die königliche Küche. Die Hitze hatte sich bis auf den Boden gesenkt, an den Fensterscheiben rann das Wasser herab. Die Feuer blakten, über den Kaminen schwärzte zäher Ruß die erlesenen Tapeten aus Seidenbrokat. Haugwitz hatte alles, was seine Keller hergaben, auffahren lassen. Neben Sparrs edlem Sekt flossen nun auch Wein von Lutter und Wegner, Fredersdorfer Bier und Liköre, dazu Branntweine, die mild waren und so klar wie Kristallwasser.

Prinz Louis, der General von Hohenlohe und die Militärs von Yorck, von Goetzen und von Schill klopften vor jedem Schluck mit ihren Flaschen auf die lackpolierte Kommode, die Haugwitz aus dem Magazin des Königs entliehen hatte und die nun aussah wie das Hackbrett eines Metzgers. Dabei verhöhnten sie von Rüchel, der mit den rohen Trinksitten des Gespanns nicht mithalten konnte und sich in eine silberne Obstschale übergab. Sie schickten ihm grölendes Gelächter und Beschimpfungen wie »Prinzessin« und »Amazone« hinterher. General von Holtzendorff stand etwas weiter und verrichtete gerade seine Notdurft in einen Pflanzenkübel aus Marmor, in dem eine majestätische Palme ihre Fächer entfaltete. Das Fräulein von Karmers glaubte sich hinter einem dicken Vorhang aus Brokat unbeobachtet, wo sie einem Kerl ihre Gunst gewährte, dessen Hosen um die Knöchel hingen …

Preußen!, dachte Louis Ferdinand, *ich hätte es für Preußen getan!* Vielleicht hatte seine Schwester gar nicht so unrecht. Man musste etwas für Preußen tun. Nur was? Als er sich in einem dunklen Winkel auf eine Chaiselongue setzte, merkte er, dass sein Kopf schmerzte. Mit Druck knetete er seine Stirn.

Preußen war im Jahre 1793 eine Mischung aus Korruption, Hurerei und unmäßigem Konsum scharfer Getränke. Überall gab es Bestechung und Günstlingswirtschaft, und zwar genau bei denen, die eigentlich ein Vorbild hätten sein müssen: beim Adel. Es gab Landräte, die man des Brandschatzens und des Raubes beschuldigte. Es gab Dekane, die mordeten, Präsidenten, die betrogen, Kriegsräte, die ihren Truppen erbarmungslos Steuern abpressten. Am schlimmsten waren die Militärs. Sie kassierten das Geld vom König, aber sparten an Essen und Uniformen. Die Gemeinen hungerten, froren und wurden trotzdem verprügelt, wenn ein Knopf nicht richtig saß. Da gab es Berserker wie Möllendorff, die die Kantonisten wegen kleinster Vergehen brutal verprügeln ließen, Dummköpfe wie den alten Prinzen von Braunschweig, der überallhin seine Mätressen mitführte. Junker brüsteten sich mit Heldentaten, und das einzige Verdienst, das sie vorweisen konnten, waren zerschlagene Wirtsstuben und dicke Zechen. Das ganze Geld, das der König seinen Militärs für Ausstattung und zum Exzerzieren gab, verpulverten sie bei Suff, Spiel und bei den Weibern. Wenn im Herbst Manöver war, glich Berlin einem riesigen Bordell.

Ein grollendes, langsam anschwellendes Stöhnen riss Louis

Ferdinand aus seinen sorgenvollen Gedanken. Er sah sich mit zusammengekniffenen Augen um und bemerkte schließlich, dass sich das Fräulein von Karmers in den Brokat verkrallt hatte. Ihre Beine klammerten sich fest um die Hüften des Kavaliers und schaukelten auf und ab wie der Kopf eines Kutschers auf dem Bock.

Louis Ferdinand drückte sich tiefer in die Kissen, damit er unerkannt blieb.

Bei Hofe war es nicht anders. Ganze Familien versuchten, die üppig besoldeten Posten für sich sicherzustellen, die am Hofe des Königs, der Königin, der Königin-Witwe und der königlichen Prinzen und Prinzessinnen zu besetzen waren: Die von Bergs, die von Massows, die von Blüchers, die von Camas', die von Ingenheims, die von Sydows, die von Pannewitz', die von der Marwitz', die von Karmers, die von Lehndorfs, die von Kannenbergs, die von Häselers, die von Rohrs, die von Vierecks, die von Gloedens, die von der Lanckens, die von der Schulenburgs, die von Hohenlohes, die von Waldburgs, die von Dönhoffs, die von Gersdorffs, die von Schadows, die von Kleists, die von Gualtieris und die von Massenbachs – alle rivalisierten sie um Posten, die immer abenteuerlichere Namen annahmen. Jetzt schon buhlten alle um die Kronprinzessin und deren Schwester, in der Hoffnung, dort ein einträgliches Hofamt angetragen zu bekommen.

Seit der dicke König auf den Thron gekommen war, war der Hofstaat angeschwollen wie ein Geschwür. Es gab jetzt nicht nur den Adjutanten, sondern auch einen Ober-Adjutanten, einen General-Adjutanten und sogar einen wahren General-Adjutanten. Mit jedem Posten ging es so – und je mehr der Titel um Zusätze erweitert wurde, desto mehr Geld bezog derjenige, der diese ganzen absurden Würden auf sich vereinen konnte. Und was taten sie damit? Versaufen, verspielen, verprassen. Nur für die Damen musste bei Hofe nichts ausgegeben werden. Denn die ersten Damen der höfischen Gesellschaft zeigten sich freizügiger als jede Kurtisane und gewährten so manchen Dienst, den man einer solchen nur mit Scham abverlangen konnte.

Das Stöhnen der von Karmers und ihres Gespielen steigerte sich zum Crescendo.

Und wer musste für diese ganzen Feierlichkeiten bezahlen? Die tüchtigen Bürgersleute mit ihren Steuern, unter deren hoher Last sie beinahe zusammenzubrechen drohten wie die Packesel. Die Bauern, die Arbeiter, die Knechte und Mägde, die redlichen Leute – also alle die, die die Arbeit, die es zu machen gab, wirklich machten. Aber denen trat man in den Hintern.

Louis Ferdinand rieb sich den Kopf. Er suchte nach Wasser, fand aber keines und auch keinen, der es hätte bringen können. Mit glasigem Blick sah er einem Pagen im Bärenkostüm nach. Plötzlich fiel ihm sein eigener Adjutant von Massenbach ein. Seine Schwester hatte recht, er war ein Dreckskerl. Er rieb sich die Stirn, strich sich über die Nase und klatschte dann zweimal in die Hände. Es war Beschluss: Er würde ihn entlassen. Sofort!

Zur gleichen Zeit, als Louis Ferdinand aufstand, trat das Fräulein von Karmers hinter dem Vorhang hervor – und mit ihr Oberst von Ingersleben. Breit grinste er Louis Ferdinand an, als er sein Domino-Kostüm ordnete.

»Na sieh mal einer an«, sagte die Prinzessin Luise, als Louis Ferdinand sich neben sie auf die Ottomane setzte und sich die schmerzende Stirn rieb. »Wieder zurück! Du kommst gerade rechtzeitig. Schau mal: Jetzt tanzt die Kronprinzessin sogar mit dem von Ingersleben!«

Louis Ferdinand lief rot an. Er schämte sich für seinen Landsmann, seine Schwester jedoch lachte:

»Der macht es richtig. Der tanzt für Preußen!«

»Wie meinst du das?«

»Na, Massenbach, sag's ihm.«

Sie versuchte, den Oberst mit ihrem nackten Fuß anzustoßen, aber der konnte ausweichen. Sein massiger Oberkörper kreiselte nun über seinen Hüften, als ob ein schweres Kugellager in seinem Becken verborgen sei. Sein Kopf imitierte den Wellenverlauf eines mittelgroßen Sees bei Regen.

»Trink erst mal was.« Er kicherte blöd, reichte dann dem Prinzen eine Flasche Champagner und setzte sich diese, nachdem Louis Ferdinand mit wedelndem Zeigefinger abgelehnt hatte, selbst an den Hals. »Dann nicht!«

Massenbach fand an einer Säule Halt. Der Arm mit der Flasche baumelte leblos an ihm herab. »Also, wir haben hier etwas ausgeheckt. Es geht um nichts Geringeres als um Preußen. Also, alles auf hohem Niveau.« Er kicherte immer noch wie ein Mädchen.

»Mann, jetzt setz dich, du machst mich ja ganz irre mit deinem Geschaukel.« Der Prinz rückte zur Seite und zog von Massenbach zu sich.

Der ließ sich nicht aufhalten: »Also, es ist so: Wir haben uns Folgendes gedacht. Wenn unsere schöne, kluge …« – er zwinkerte der Prinzessin Luise zu – »… und leider auch ein bisschen leichtsinnige Prinzessin schon nicht den Kronprinzen heiratet und Preußen vor die Hunde geht, dann musst du in die Pflicht. Kennst du Don Pedro?«

»Nein!« Louis Ferdinands Kopf hämmerte. Er ahnte schon am Tonfall seines Freundes, dass das, was er gleich zu hören bekommen sollte, ihm nicht gefallen würde.

»Don Pedro hatte einen Bruder. König Alonzo IV. von Portugal.« Massenbach wölbte seine Brust, als ob er eine Heldentat begangen hätte, als ihm dieser Name fehlerfrei über die Lippen gegangen war. »Aber der König war schwach, mehr noch: Er war schwachsinnig.« Wieder kicherte von Massenbach albern. Dann versuchte er, Haltung anzunehmen. »Don Pedro aber nicht. Er war das Gegenteil. Klug, schön, begabt, genial und versiert im Umgang mit den Damen. So wie du, mein Freund!«

Er klopfte Louis Ferdinand gefällig auf die Schulter. »Aber: Er war nicht König. Was tun, hm? Ganz einfach. Er verführt seine Schwägerin, die Königin, die schöne Doña Maria.« Diese Behauptung unterstrich er, indem er den Daumen durch Ring- und Mittelfinger steckte und obszön damit wackelte. Die profane Strategie des Don Pedro erschloss sich Louis Ferdinand sofort. »Doña Maria ist nicht abgeneigt. Denn auch auf diesem Gebiet hat Don Pedro etwas zu bieten.«

Noch einmal glaubte von Massenbach erläutern zu müssen, wie Don Pedro vorgegangen war: Er schlug mit der flachen Hand mehrfach auf seine Faust. »Also: Die beiden tun sich zusammen. Da Doña Maria keine Kinder mit dem König hat, geht Don Pedro zum Papst – und lässt die Ehe seines Bruders annullieren. Dann setzt er sich selbst auf den Thron. Feine Sache, was?«

»Und was hat das jetzt, bitte schön, mit Preußen und mit mir zu tun?«

Massenbach hielt sich die Stirn. »Louis! Verstehst du das nicht?« Er flüsterte Louis Ferdinand ins Ohr. »Du sollst die Kronprinzessin verführen. Der Fritz ist doch ... ist der nicht genauso wie die Frau von Berg, verkehrt herum? Also invertiert. Mann, kann der überhaupt ...«

Louis Ferdinands Mund hing offen. »Sag einmal: Was bist du nur für ein Idiot!« Er wandte sich zu seiner Schwester und war froh zu sehen, dass die von Berg und die von Kleist sich schon empfohlen hatten. »Luise, bist du noch bei Trost oder von allen guten Geistern verlassen? Wie könnt ihr so etwas denken? Und dann auch noch aussprechen? Hat euch jemand gehört?«

Luise zuckte mit den Schultern.

»Weiß nich'.« Massenbach nuschelte.

»Ihr seid wohl wahnsinnig! Das ist Majestätsbeleidigung, das ist Defätismus! Für so etwas könnt ihr auf die Festung kommen! Wenn euch einer gehört hat ...« Mit einem Male stand Louis Ferdinand auf.

»So, Luise, komm, wir gehen. Und du Dreckskerl kommst

mit. Ich setze dich in die Kutsche. Und wehe, du machst dein dreckiges Maul noch einmal auf.«

»Zu Be-fehl!« Massenbach lallte.

»Halt den Mund.«

Wie ein Verwundeter hing von Massenbach an Louis Ferdinands Schulter, ein Bein schleifte hinterher.

»Du?«

»Halte du endlich deinen Mund. Ich will von dir heute nichts mehr hören.«

Massenbachs Ton schlug ins Weinerliche um: »Schickst du mich wirklich ins Gefängnis?«

»Nein, aber dafür auf die Straße. Du bist entlassen.«

»Louis Ferdinand, mein Freund, jetzt reite mal hier nicht so eine Attacke gegen mich. Hab's doch nur gut gemeint. Musst ja nicht gleich den Don Pedro geben. Aber tanzen kannst du doch mit der Kronprinzessin, oder?«

»Halt den Mund, hab ich gesagt.«

»Versteh nicht, was daran so schlimm sein soll.« Massenbach winselte.

»Hör auf!«

»Dann eben mit der Schwester. Die Friederike. Die ist doch ganz …« Von Massenbach versuchte mit den Händen einen weiblichen Torso in die Luft zu formen und stürzte, weil er bei seinen gestischen Untermalungen das Gleichgewicht verloren hatte, auf den blanken Marmor, der zum *Entree* führte. »Aua!« Er hielt sich das Bein und brüllte. Was er über Friederike sagen wollte, verebbte in einem unverständlichen Grummeln. Aber Louis Ferdinand hatte verstanden.

Resigniert zog er seinen Freund am Kragen hoch und stieß ihn durch die Tür. Als er sich noch einmal umsah, sprang Luise gerade eine behände *Contredanse* mit den Generälen von Rüchel, von Blücher und von Holtzendorff, und Friederike hakte sich bei dem Prinzen Louis unter. Die Gräfin Voss stützte sich auf ihren Stock und sah ihrem königlichen Schützling zu.

Als die alte Dame gegen halb vier Uhr am Morgen ihre Kammern betrat, hatte sie keine Kraft, die ganzen Ereignisse der letzten Tage in aller Ausführlichkeit festzuhalten. Am kommenden Morgen fasste sie das Wichtigste ohne logische Abfolge zusammen:

Ich stand neun Stunden lang, von 6 Uhr bis 3 Uhr, auf meinen Füßen, ohne mich zu setzen, und war todmüde. Die Kronprinzessin hat einen wunderschönen Wuchs, jeder, der sie sieht, fühlt sich unwiderstehlich angezogen und gefesselt. Aber sie tanzt zu viel, sodass ich unzufrieden mit ihr bin. Friederike, die Prinzessin Louis, verhält sich artig, obwohl ihr Mann sehr kühl gegen sie ist. Alle sind verliebt in sie und wollen sie haben. Seit einiger Zeit sind die Nachrichten vom Rhein sehr schlecht. Wurmser ist geschlagen worden, alles geht rückwärts.

2

In Luises Kammer im Kronprinzenpalais stapelten sich die Kisten von der hohen Flügeltür, die zu dem kleinen Kabinett aus Mahagoni führte, bis hin zu den beiden antiken Säulen, die den Bereich markierten, in dem musiziert wurde und in dem Luises Cembalo, Harfe und Gitarre untergebracht waren. Nur ein kleiner Pfad, der zu einem fensterhohen Spiegel in der Mitte des Raumes führte, stellte die vage Möglichkeit eines Durchgangs in Aussicht, wenn auch verbunden mit der Gefahr, auf einen der kostbaren Steine zu treten, die sich von einem Diadem gelöst hatten, das Luise achtlos neben die kreisrunden, ovalen, kasten- und quaderförmigen Schachteln geworfen hatte. Zahlreiche zartgraue Kartons boten eine Formation, die dem Steinbruch im italienischen Carrara glich. Bänder, Schleifen, seidenes Papier setzten darauf pastellfarbene Akzente. Von schweren Ballen flossen Bäche aus hauchdünner

Seide oder transparentem Cottun über den Boden. Mehrere Dutzend Paar Handschuhe legten sich über Kartonkanten wie die schlaffen Arme gelangweilter Damen über einer Theater-Balustrade.

»Vorsicht!«

Über dieses Gebilde ergoss sich nun, da ein Mädchen, das eine Pyramide neuer Schachteln anschleppte, ins Straucheln geraten war, eine Lawine weiterer Deckel, Etuis und Futterale, die in goldgeprägten Emblemen ihre edlen Lieferanten herausposaunten: »Nitzen, Putzmacher«, »Quittels, seit 1759 in Berlin«, »Vorasts – Privilegierter Königlicher Lieferant«, »Michelets – seit 1750 feinste Waren nach Pariser Art« und »Vibeau«, darunter ein Wappen, in dem Lilien dominierten, womit die französische Herkunft des Herstellers offenbar wurde.

»So passe Sie doch auf!« Luises Ton war barsch.

Schüchtern strich sich das Mädchen über ihre gestärkte Baumwollschürze.

»Entschuldigung, Königliche Hoheit. Soll nicht wieder vorkommen, Königliche ...«

»Nein, wird es nicht. Denn ich will Sie nicht mehr sehen. Mache Sie, dass Sie auf ihre Stube kommt. Und lasse Sie sich hier nicht so schnell wieder blicken.«

Als das Mädchen unter mehreren Verbeugungen Luises Kammer verlassen hatte, griff diese zu einem der Gläser mit Sekt aus der Kelterei des Grafen Sparr, der neben dem Tintenfass und der Opaldose mit dem Streusand auf dem geöffneten Sekretär platziert worden war, und reichte es Friederike.

»Endlich sind wir die los. Was für ein ungeschicktes Ding! Sie ist ja schlimmer als die Marico. Ständig lässt sie etwas fallen, ständig muss ich sie strafen, und dann tut sie wieder so freundlich zu mir, dass ich weiß Gott etwas machen könnte gegen ihre Unterwürfigkeit.«

»Luise, sie ist doch nur ein Mädchen. Sie hat dir nichts getan.«

»Du musst sie ja nicht um dich haben.«

Friederike schwieg.

»Komm, mach nicht so ein trübes Gesicht! Lass uns die Stoffe heraussuchen.« Zu einem anderen Mädchen, das sich angesichts der Szene, deren Zeugin es gerade geworden war, hinter dem Spiegel versteckt hatte, um ja nicht bemerkt zu werden, sprach sie gebieterisch: »Na, na, na, nun mal los. Wo ist Sie denn? Oder soll ich mich etwa selbst bücken?«

»Ich bin schon da, Königliche Hoheit!«

Luise drapierte sich einen Stoff um den Körper, der so leicht und durchscheinend war, dass man die Farbe des Kleides, das sie darunter trug, deutlich sehen konnte.

»Das ist aber sehr luftig.« Friederike kicherte. »Papa hatte recht. Berlin ist wirklich ganz schön …«

»… amüsant!«

»Das meine ich nicht …«

»Ja, aber man muss die Feste doch feiern, wie sie fallen. Es ist Karneval. Da wird getanzt.« Luise begab sich in die Pose einer Menuett-Tänzerin. »Das verlangt schon die Höflichkeit. Man kann doch seine Gastgeber nicht düpieren.«

»Aber hast du die Kleider gesehen, die die Prinzessinnen hier tragen? Wenn ich nur an die Prinzessin Luise denke! Ganz schön … offen.«

»Ich bin hingegangen und habe sie gefragt, wo sie hat schneidern lassen!«

»Nein, wirklich? Du bist zur Prinzessin Luise gegangen und hast sie gefragt? Das ist typisch für dich, Luise. Das hätte ich mich niemals getraut. Niemals!« Friederike umarmte Luise und küsste sie. »Weißt du was, Luise? Ich bewundere dich wirklich! Du sagst einfach, was du denkst, und hast vor niemandem Angst. Das habe ich immer an dir bewundert. Ich wollte, ich könnte das auch.«

Luise drückte Friederike fester an sich.

»Aber Ika, das ist doch alles gar nicht so schwer. Schließlich ist sie ja auch nur eine Prinzessin wie du und ich.« Sie setzte sich auf einen imaginären Leibstuhl und unterdrückte mit der linken Hand ein albernes Glucksen. »Ich mache es so: Ich stelle mir immer vor, dass wir vor Gott doch alle gleich aussehen.«

»Du bist unmöglich!« Friederike versuchte, Luise in ihrer wackeligen Haltung umzustoßen, und die geriet tatsächlich aus der Balance. Mit Schwung landete sie auf ihrem Hinterteil. Der Aufprall aber wurde von einer Bahn dicker Brokatseide abgefedert. Sie streckte die Beine aus und schlug sie über Kreuz.

»Außerdem: Sie muss es nötig haben, sich so zu exponieren. Sie ist bereits vierundzwanzig Jahre alt und noch nicht verheiratet, und das, obwohl sie eine Prinzessin von Preußen ist. Stell dir einmal vor: Wenn ich so alt bin wie sie, habe ich vielleicht schon sechs Kinder und du dann schon acht! Also, irgendetwas muss an ihr nicht stimmen. Was meinst du?«

»Ich weiß nicht.«

»Apropos Kinder: Wie ist es denn so mit deinem Louis?«

Friederike lächelte verlegen: »Wenn du das meinst, was ich meine, dann kann ich nur sagen: Ich bin sehr zufrieden. Es ist aber auch schon das Einzige, worin wir uns verstehen. Er ist sonst immer noch sehr kalt gegen mich und zeigt mir mit allem, was er hat, dass er mich nicht liebt. Er trinkt sehr viel, und ich habe nicht die Kraft, ihn davon abzuhalten. Gestern hat er sich mit den Generälen so betrunken, dass er kaum mehr gehen konnte.«

Luise, die seit der Begegnung mit Louis Ferdinand beim Kammerherrn Wrede wusste, dass Louis einer unmöglichen Liebe nachtrauerte, war ratlos angesichts des Elends ihrer Schwester. Wie gerne hätte sie ihr geholfen, und wann immer sich die Gelegenheit dazu geboten hatte, hatte sie Friedrich Wilhelm darum gebeten, auf seinen jüngeren Bruder einzuwirken. Es hatte nicht geholfen. Ihr Vorschlag kam mit einem ordentlichen Maß an Zweifel.

»Vielleicht hatte Tante Polyxene nicht unrecht. Versuche,

deine Zärtlichkeit ihm gegenüber zu verstärken. Ich kann nicht verstehen, dass man eine Frau mit deinen Vorzügen nicht einfach lieben muss.«

»Ach, Luise …«

»Ach Ika, komm mal zu mir.« Sie ließ sich von ihrer Schwester hochziehen und drückte sie fest an sich. Dann sah sie ihr in die Augen. »Versprich mir, nicht traurig zu sein. Ich werde Fritz bitten, mit Louis zu reden. Er ist sein bester Freund und sein Bruder. Ich darf doch nicht zulassen, dass es dir schlecht geht, meine liebe Ika. Es tut mir so leid. So schrecklich leid!«

Friederike drückte ihre Schwester fest an sich und verkroch sich in ihrem Haar. Nur ihre belegte Stimme verriet ihren Kummer: »Und du? Wie gefällt es dir mit deinem Mann?«

»Ich bin sehr glücklich mit ihm. Und wenn du das meinst, was ich meine: Ich liebe es, zu seinem Vergnügen zu leben.«

»Tja, der Fritz …!« Friederike lächelte zart und wehmütig, und Luise, die die Anspielung eher darauf bezog, dass Friedrich Wilhelm im Gegensatz zu den anderen Kavalieren hier in Preußen nicht ganz so galant war und tatsächlich etwas steif wirkte, antwortete mit einem Hauch von Kränkung.

»Nun, stille Wasser sind eben tief.« Dann nahm sie die Hand ihrer Schwester, drehte sie ein paar Mal, als ob sie Walzer tanzen würden, und wies auf den Boden.

»So, genug getrauert! Vergessen wir die Sorgen und sehen wir einmal, was man uns hier alles Schönes gebracht hat. Wir haben doch allen Grund, glücklich zu sein. Schau doch nur einmal die ganzen Sachen an!«

Mit einem Fingerzeig wies sie das Mädchen an, ihr einen der hauchdünnen Baumwollstoffe aus der Kleiderlandschaft anzureichen, die sich wie Dünen über den Boden ihrer Kammer ausgebreitet hatten, und wollte ihn gerade ihrer Schwester zeigen, da fiel ihr selbst die feine Qualität des Stoffes auf. Sie prüfte ihn eingehender, indem sie ihn zwischen Daumen und Zeigefinger rieb, und wurde mit einem Male ganz aufgeregt. Noch nie in ihrem Leben hatte sie so eine feine Ware in den Händen gehalten. Andächtig hielt sie sich den Stoff an die Wange, um sich zu vergewissern, dass er sich auf der nackten Haut genauso anfühlte wie zwischen den Fingern. Es war noch besser. Er war zart, geschmeidig, weich, fließend und etwas kühl, wie eine leichte Brise, die im Sommer durch das offene Fenster wehte. Er war luxuriös und ganz anders als die Kleider bei der Großmutter, bei denen die vielen Flicken und Stopfnähte schon gekratzt und ihre Haut aufgerieben hatten. Luise schluckte. Wie oft hatten sie abends zusammen mit Friederike die Kleider ausgebessert oder sie mit Streifen und Bändern verlängert, weil sie schon herausgewachsen waren? Sie konnte es nicht zählen.

Von einer plötzlichen Traurigkeit erfasst, versuchte sie sich zu ihrem Stuhl durchzulavieren, ohne auf einen der Kartons zu treten, und setzte sich. Wenn sie jetzt sah, wie aufwendig die Prinzessinnen von Preußen gekleidet waren, fühlte sie sich ganz elendig. Wie sie dagegen doch wirken musste … klein, unbedarft, provinziell. Sie schämte sich dafür.

»Was ist los?« Friederike verstand den Stimmungswandel ihrer Schwester nicht.

»Ach nichts. Nichts von Bedeutung. Nur ein kleiner Schwindel. Ich bin zu schnell aufgestanden. Ist schon vorüber.« Luise hielt Friederike den Stoff hin. »Schau mal her. Ist der nicht schön? Der ist von Vibeau. Das ist das Geschäft, das mir die Prinzessin von Preußen empfohlen hat. Wie findest du ihn? Die Hugenotten machen es immer noch am besten. Es geht nichts über den Pariser Schick. Sie müssen noch Verbindungen nach Paris haben, denn hier in Berlin kann man so etwas doch bestimmt nicht machen. Oder?«

Friederike aber hatte andere Interessen als Stoffe und Pariser Schick.

»Wie war sie denn eigentlich?«

»Wer?«

»Die Prinzessin Luise.«

Luise hatte sich immer noch in ihren Gedanken verloren. Zärtlich strich sie über die Bahn mit den eingewebten Blumenmustern.

»Oh, sehr freundlich. Sie lag mit einer ihrer Damen und einem Husaren auf der Ottomane …«

»Luise! Das war doch kein Husar!«

»Aber natürlich. Ich habe doch sogar mit ihm getanzt.«

»Luise, das war die von Berg. Caroline von Berg. Das war die Hofdame der Prinzessin Luise.«

»Nein, das kann nicht sein. Das hätte ich doch merken müssen. Ich habe zwei Walzer mit ihm getanzt. Es war ein Husar, und ein sehr stattlicher dazu.«

Friederike kicherte. »Offenbar hast du es nicht gemerkt.«

»Ach so, das glaubst du, ja? Das denkst du also von mir? Wie kommst du darauf, so etwas zu sagen? Das ist nicht wahr. Ich hätte es bestimmt bemerkt. Ich lasse mich doch nicht in die Irre führen. So einfach geht das nicht, dass ich eine Dame nicht von einem Kavalier unterscheiden kann.«

»Luise!« Friederike nahm wieder ihre prononcierte Art zu sprechen an, die anzeigte, dass sie ernst genommen werden wollte.

Luise aber wandte sich ab und tat so, als ob sie das alles nichts anging, was ihre Schwester ihr zu sagen hatte. Leise summte sie vor sich hin, als sie den Stoff an ihren Körper hielt und im Spiegel prüfte, ob er zu ihrem Teint passte oder ob er sie möglicherweise doch blass machen könnte.

»Luise, bitte hör mir zu. Ich möchte dich doch einfach nur warnen.«

Mit gleichgültiger Miene drehte sie sich zu Friederike. »Ja? Ich höre dir doch zu.«

»Es ist wahr, was ich sage, und ich sage es, weil es mir die Voss erzählt hat.«

»Ach, die Voss. Die erzählt viel, wenn ihr die Tage lang werden. Heute Morgen hat sie mich sogar gescholten, dass ich zu lange getanzt hätte und dass ich eine bessere Wahl bei den Kavalieren treffen sollte. Ich finde, dazu hat sie kein Recht. Wer ist sie denn? Eine einfache Gräfin. Und früher soll sie auch nicht ohne Reiz gewesen sein. Der Vater des Königs wollte sie heiraten. Stell dir vor! Dann wäre sie jetzt unsere Schwiegergroßmutter.« Sie unterdrückte ein Kichern. »Ich finde, das ist ganz typisch für solche Leute. Früher hat sie sich den Spaß geholt, den sie haben wollte – und nun will sie uns den Spaß, den wir haben können, verderben.«

Sie hatte darauf verzichtet, sich einen anderen Ballen von dem Mädchen anreichen zu lassen, in der Zwischenzeit selbst danach gegriffen und drapierte nun die aufgewickelte Bahn um ihre Hüften. »Wie findest du ihn? Meinst du, das kann ich tragen?«

Friederike aber antwortete nicht.

»Na, du sagst ja gar nichts.«

»Weil du mir nicht zuhörst.«

Luise ließ die Arme fallen.

»Na gut, was ist denn? Sag mir, was die Voss dir erzählt hat, und dann ist aber auch gut. Ich denke, wir wollten uns schöne Stoffe heraussuchen.«

»Ich bin zur Voss gegangen, weil ich wissen wollte, warum sie dich von der Prinzessin Luise weggeholt hat. Sie war sehr aufgebracht über dich und hat ihren Ärger hinter ihrem Fächer verborgen.«

»Sag ich's doch. Sie gönnt mir nichts.«

»Luise! Dann hat sie mir gesagt, die von Bellevue seien kein Umgang. Als ich sie gefragt habe, warum, hat sie mich so pikiert angesehen, als ob sie sich fragen würde, warum man da nicht selbst drauf käme, weil es doch so offensichtlich sei. Ich habe aber insistiert, und dann hat sie mir gesagt: *›Nur drei Dinge, Hoheit, die Euch zu denken geben sollten: Sie lassen die ganzen Bürgersleute in ihren Gärten flanieren, sie haben als Lakaien einen echten Mohren‹* – stell dir vor, Luise, einen echten Mohren, den müssen wir uns einmal anschauen gehen, ja? –, und dann hat sie noch gesagt: ›*Bei denen verkleiden sich die Damen sogar als Kavaliere.*‹ Dann hat sie so kräftig mit ihrem Stock aufgeschlagen, als ob es das Donnergrollen des Zeus wäre.«

Friederike merkte, dass Luise sich wieder der Auswahl der Toiletten zugewandt hatte. Wie immer, wenn sie über eine unliebsame Angelegenheit nicht zu sprechen bereit war, ließ sie alles an sich vorbeirauschen. In erhöhter Tonlage sprach Friederike sie an: »Luise, hast du mir überhaupt zugehört?«

»Ja, natürlich. Der Herr Zeus schlägt mit dem Stock auf.«

»Weißt du etwa nicht, wer Zeus ist?«

»Wie kommst du denn darauf? Natürlich weiß ich, wer Herr Zeus …«

»Weil du *Herr* Zeus sagst.«

»Sagt man das denn nicht?«

»Nein. Eigentlich … nicht.«

Es dauerte einen Augenblick, bis Luise sich ihr Versagen eingestehen konnte. Mit bloßen Füßen stieß sie die Kartons zur Seite, ging zum Bett und ließ die Hände in ihren Schoß fallen. »Ika, du weißt, ich bin dumm. Mir hat das Lernen nie Freude gemacht, so wie dir. Mir war das alles immer zu viel Anstrengung.«

»Aber Luise, du bist doch nicht dumm!«

»Wirklich? Findest du?« Sie sah Friederike dankbar an.

»Ja, das finde ich. Du bist vielleicht nicht gebildet, aber dumm bist du nicht. Du urteilst mit dem Herzen. Das kann nicht jeder. Und du bist immer fröhlich und verbreitest immer frohe Laune. Das kann auch nicht jeder.«

Luise winkte sie vom Bett weg und ging selbst zu ihrem Sekretär, wo die Flasche Sekt aus dem Keller des Grafen Sparr stand. Als sie einschenkte, schäumte der Sekt über den Gläserrand. Nervös, weil es glaubte, seine Pflicht vernachlässigt zu haben, und nun alles wiedergutmachen wollte, sprang das Mädchen herbei, in der Erwartung, gleich übelst gescholten zu werden, wie man es gewohnt war.

»Vorsicht, Hoheit. Nicht dass Ihr Euch beschmutzt. Ich hole gleich neue Gläser. Es tut mir so leid. Ich hätte –«

Aber Luise übergab ihr ein Glas: »Trinke Sie mit uns! Und dann helfe Sie uns mit der Toilette.«

»Aber das kann ich doch nicht –«

Luise stimmte mit ein: »Oh doch, und ob Sie das kann! Das haben wir von den Franzosen gelernt. Wir alle sind Schwestern und Brüder. *A votre santé!*«

Das Mädchen nippte verlegen an dem Sekt und sah, nachdem es gekostet hatte, mit kreisrunden Augen auf. Begeistert leckte es sich die Lippen und trank gleich noch einmal.

»So, und nun an die Arbeit!« Luise stürzte sich in das Gewühl und zog eine Bahn aus weißem, hauchdünnem Cottun heraus, der mit zartem Streifendekor durchzogen war. »Wie gefällt dir dieser?«

»Von Nitzen, nicht wahr? Er ist so schön.«

»Und der hier?«

»Ist der von Quittels? Ich kann mich nicht entscheiden. Und du? Welchen würdest du nehmen?«

»Komm mit zum Spiegel.« Das Mädchen half Luise und Friederike, das zarte Gewebe so um ihre beiden Körper zu drapieren, wie Luise sie anwies. Sie wickelten und arrangierten, drehten und befreiten sich wieder, bis sie einem Stich entsprachen, den Luise in dem Modejournal gesehen hatte, das sie, gleich nachdem sie in Berlin eingezogen war, abonniert hatte. Er entsprach einer Toilette im antiken griechischen Stil, der allerneueste Mode war. Als sie fertig waren, hielt sie ihre Schwester an der Schulter, während Friederike sie um die Taille hielt.

»So habe ich es im Journal gesehen. Aber ich finde, es fehlt noch etwas.«

Ihre Augenbrauen bildeten eine Linie, als sie den Boden nach einem Stück absuchte, das das Bild, das ihr vorschwebte, abrunden könnte. Sie wollte gerade auf einen Hut zeigen, verwarf den Gedanken aber sogleich. Das Diadem, das daneben lag und aufgrund der Bewegung, die das fragile Kartongebilde erhalten hatte, aus seiner Schachtel gerollt war, gefiel ihr auch nicht. Die eine Schleife war zu groß, die andere hatte die falsche Farbe. Handschuhe passten ohnehin nicht, die Spangen empfand sie als zu aufgesetzt, die Broschen zu gewollt.

Endlich blieb ihr Blick an etwas haften: »Da! Ich hab's. Das da! Kann Sie mir es reichen?«

Das Mädchen tat, wie ihm befohlen, und Luise wickelte sich mit geschickten Händen selbst das kleine, schmale Tuch mehrfach um den Kopf, ins Haar und um den Hals.

Friederike sah sie irritiert an: »Wieso um den Hals?«

»Das ist es doch gerade! Das hat noch keiner so gemacht. Das machen nur wir so!«

»Nur du!«

Sie lachten, und Luise drehte ihre Schwester zum Spiegel.

»Und, können wir uns das nicht erlauben?« Luise drückte ihre Schwester an sich. Sie standen eng umschlungen nebeneinander da. »Und ob wir uns das erlauben können! Schön siehst du aus, mein kleines Schwesterlein! Viel besser als die Prinzessin Luise.«

»Findest du?«

»Ja, wenn ich es doch sage. Wieso sollte ich denn lügen?«

»Wirklich?«

»Ja, wirklich.«

Luise sah ihre Schwester zärtlich an: »Wie schön, dass du hier in Berlin bist.«

»Danke.«

»Gerne. Ich habe dir zu danken.«

Eine Weile betrachteten sie sich schweigend im Spiegel. Es war Luise, die zuerst sprach.

»Du? Wie gefallen dir denn die Kavaliere hier?«

»Sie sind schon anders als die, die wir in Frankfurt kennengelernt haben, nicht wahr?«

»Das will ich meinen! Ganz anders. Tanzen können die. Unglaublich. So schnell geben die nicht auf!« Sie stieß Friederike mit den Hüften an. »Und? Verrat mir, wer tanzt denn für dich am besten?«

»Das ist doch keine Frage! Der Prinz Louis Ferdinand natürlich!«

Luises Lippen wurden spitz: »Er hat mit dir getanzt?«

»Gewiss doch, und nicht nur einmal. Und du?«

Sie sprach mit Beherrschung: »Mit mir hat er auch getanzt.«

»Und wer tanzt für dich am besten?«, fragte Friederike.

»Friederike, was für eine Frage! Mein Mann natürlich! Auch wenn er sich immer früh empfiehlt.«

Ach der gute Fritz, dachte Friederike, die wieder die Tränen bekämpfen musste, die ihr nun schon zum zweiten Mal an diesem Nachmittag in die Augen stiegen. Sie zog die Nase hoch und lächelte, damit Luise nichts von ihrer Trauer zu spüren bekam, aber am liebsten wäre sie hinausgerannt, über den Bogen geflohen, der ihre beiden Palais verband, hätte die Tür hinter ihrer Kammer zugeschlagen, ihren Hofstaat verscheucht – und hemmungslos geweint.

Es war nicht nur ihre unglückliche Ehe allein, die ihr Kummer bereitete – es war, weil ihre unglückliche Ehe im Schatten dieses Glücks, das Luise empfand, noch unerträglicher war. Und weil sie sich vor sich selbst nur selten eingestehen mochte, dass sie ein wenig nur, etwas, einen Teil davon, auch für sich gerne reklamiert hätte. Aber wenn sie nun hörte, dass Luise, die immer noch so kühl gegen Friedrich Wilhelm war, dennoch seine Liebe über alles genoss und er sich so unendlich gütig gegen sie zeigte – gegen ihre Überheblichkeit, die sie den Hofdamen und vor allem den unschuldigen Mädchen entgegenbrachte, gegen die Verschwendungslust, die sich bei ihr trotz der Warnungen ihres Vaters offenbarte, gegen den Willen, sich auf jedem Ball und jeder Gesellschaft in den Vordergrund zu drängen – und sie so ohne Bedingungen liebte –, dann wollte sie einfach nur an Luises Stelle sein. Ja, sie wollte Fritz und nicht ihren Louis. Aber wer fragte schon sie?

Sie prostete Luise zu und trank ihr Glas in einem Zug leer, dann schenkte sie sich ein neues ein und lächelte, als ob nichts in der Welt sie aus der Bahn werfen würde.

Dann gingen sie weiter zu Werke. Eilig durchwühlten sie die Kartons, erteilten dem Mädchen Befehle und tranken eifrig Sekt von Sparr. Eine halbe Stunde später hatten sie sich bereits für zehn Kleider von Vibeau entschieden, zwei Stunden später waren noch drei von Vorasts hinzugekommen, gegen vier Uhr hatten sie dazu noch ein Dutzend Broschen, passende Schuhe, Schleifen und mehrere Manschetten, Strümpfe, Bänder, Schals und Tücher ausgewählt. Um halb fünf schließlich noch fünf verschiedene Stoffe von Quittels dazugelegt. Kurz vor fünf Uhr aber hatte Luise die Hälfte der Toiletten, die Friederike für sich ausgewählt hatte, ihr wieder ausgeredet – und um halb sechs Uhr, als diese sie verlassen hatte, um noch pünktlich zur Redoute zu kommen, die für den Abend angesetzt war, dem Kammerherrn Fontane, der für die kleineren Rechnungen an ihrem Hof zuständig war, aufgetragen, genau diese Toiletten auf ihre eigene Order zu setzen. Zufrieden schenkte sie sich einen Sekt von Sparr nach.

Als Luise mit mehr als einer Stunde Verspätung in einem seidenen Kostüm im Stil der Commedia dell'Arte zur großen Redoute im Opernhaus eintraf, genoss sie die unverhohlene Bewunderung, die denjenigen entgegenschlug, die sich den Luxus des Zuspätkommens leisteten.

»Wie schön Ihr doch seid!«

»Ich habe Euch doch verboten, *das* zu sagen!«

Überglücklich drehte sie mit Louis Ferdinand ihre Runden.

Die Gräfin Voss, die auch an diesem Abend nicht vor Mitternacht zu Bette kam, notierte in ihren Aufzeichnungen nur kurz: »*Die Kronprinzessin verhält sich unklug. Sie tanzt viel und mit den Falschen. Vom Rhein nur Niederlagen.*«

Im Anschluss daran nahm sie sich sehr viel Zeit, in Briefen an die Großmutter Scho'sch sich ausführlich über Luises Betragen zu beklagen.

3

Berlin, den 10. Februar 1794

Lieber Georg,

mein geliebter Bruder, Du kannst Dir gar nicht vorstellen, wie verdrossen ich über Deinen Brief bin! Ich wüte, weine und könnte schreien. Die Gräfin Voss hat schon mehrere Briefe an Großmutter geschickt – und die Königin ebenso! Was ist das bloß für eine Welt? Ich weiß gar nicht, wie mir geschieht, nur dass mir gewiss Unrecht geschieht.

Ich finde, die Königin hat keinen Grund, sich über mich zu echauffieren! Ich mache ihr auf jeder Cour meine Aufwartung und bin immer recht freundlich gegen sie. Aber, das sage ich Dir im Vertrauen: Was soll ich auf den endlosen Gesellschaften Ew. Königlichen Hoheit? Ich bin dort umringt von alten Damen, die nichts zu erzählen haben und sich in langen Partien Whist ergehen, wo sie gelernt haben, gegen sich selbst zu spielen, weil sie keinen mehr finden, der es mit ihnen tut. Sie betrachten mich alle, als ob ich ein Fremdling sei. Außerdem finde ich, dass die Königin riecht wie ein Wiedehopf. Wirklich sehr streng.

Die Einzige, die sich mir gegenüber zugewandt zeigt, ist Elisabeth Christine, die alte Königin-Witwe von Friedrich dem Großen. Sie redet mir gut zu, freut sich an meinem Putz und gibt mir ihre Bücher zu lesen. Wir reden viel über den Willen Gottes und die Vorhersehung und die Möglichkeiten, die er einem mit auf den Weg gibt, sein Schicksal mit Freude zu tragen. Sie hat die Reden des Hofpredigers Sack, der mich getraut hat, ins Französische übersetzt und mir ein Exemplar geschenkt. Sie ist sehr hilfreich und gut zu mir, aber es sind Gespräche mit einer alten Frau, die seit mehr als fünfzig Jahren abseits von allem lebt und mehr mit sich selbst zu reden gewohnt ist als mit anderen. Ich finde sie gut, fromm, aber eben auch entsetzlich ermüdend.

Lieber Georg, mit Verlaub: Es ist mir reichlich egal, ob sie mich noch einmal einladen. Ich bin überhaupt nicht auf sie angewiesen. Denn: Es ist Karneval! Ich will hinaus, ich will tanzen. Es ist jeden Abend Gelegenheit dazu, und da der König den Walzer auch nun hier bei Hof erlaubt hat, ist es ja sozusagen nach seinem Befehl, wenn ich dem folge, nicht wahr?

Dann hast Du mir gesagt, dass Vater sich so aufgeregt hat, dass ich mir so viele neue Kleider gekauft habe und ich mich nach der antiken Mode kleide, dass er all seine Reserven des Magenbitters von Santa Maria Novella aufgebraucht hat. Wie waren noch seine Worte? »Sie ist schon wie Marie Antoinette.« Nur dass Du es weißt: Ich brauche neue Kleider, weil ich Kronprinzessin bin und mich nicht jeden Tag in der gleichen Toilette zeigen kann – das wird von mir so verlangt. Ich kann also auch daran nichts finden. Hast Du denn bei der Gesellschaft des Grafen Haugwitz nicht gesehen, wie Luise, die Prinzessin von Preußen, sich kleidet? Dem darf ich nicht nachstehen. Das gehört sich nicht in meiner neuen Position. Es wird von mir erwartet, dass ich mich nach der neuesten Mode kleide. Ich bin ja schließlich die Kronprinzessin von Preußen und nicht irgendeine kleine Provinz-Prinzessin.

Und wenn Du – oder wer auch immer dahintersteckt – mir vorwirfst, dass diese neue Mode mehr zeigt, als sie verbirgt, dann kann ich Dich in diesem Punkt beruhigen: Mein geliebter Mann selbst bezahlt diese Kleider aus seiner privaten Schatulle. Und warum? Weil er sich an meinem Anblick erfreut und weil er will, dass ich die Schönste bei Hofe bin. Die Prinzessin von Preußen, die leider den gleichen Namen trägt wie ich, sollte nicht besser angezogen sein als ich. Auch sollte ich mich von Ika abheben. Das hat er gesagt. Er möchte mich eben davor bewahren, dass man die Bescheidenheit, in der wir aufgewachsen sind, uns sofort ansieht. Was ist also falsch daran?

Und überhaupt, wenn ihr alle sagt, dass ich zu viel Geld ausgebe, hat das keinen Grund. Ich wohne nicht im Schloss, das Du von der Hochzeit kennst, sondern in einem kleinen Palais Unter den Linden. Es ist noch nicht einmal so groß wie das Palais in Darmstadt. Auch die Einrichtung ist bescheiden. Graf Brühl hat es richten lassen. Wir haben sehr zurückhaltendes Ameublement. Es ist einfachstes Mahagoni mit etwas Messing. Ich bewohne lediglich drei Zimmer in der Beletage. Mein Blick geht Unter die Linden. Es ist schlicht und im englischen Stil gehalten. Alles ist über und über mit Blumen und Ranken bemalt. Es erinnert mich ein wenig an meine Spaziergänge mit Friedrich Wilhelm in Braunshardt oder in den Gärten des Alten Palais. Es ist also eher eine Gartenlaube als ein Schloss – und gekostet hat es auch nicht viel. 23 000 Taler hat Ew. Königliche Hoheit, mein Mann, den geheiratet zu haben ich die Ehre habe, dafür veranschlagt. Das ist nicht einmal die Hälfte des Preises, der für einen Kronleuchter verlangt wird.

Da fällt mir ein, Du sprichst von meiner Neigung, bis zum Diner im Bett zu liegen, und lässt mich wissen, dass Vater das anmahnt, weil ich mich nicht um die neuen Ideen kümmere. Ich glaube, er ist wirklich verrückt, wie Großmutter schon sagt. Erstens: Die Preußen wollen nicht, dass die Frauen sich in die Politik einmischen. Sie sind gegen die Weiberherrschaft. Das haben mir beide alten Königinnen auf ihren langweiligen Gesellschaften erzählt. Vor mir müssen sie keine Angst haben. Mich interessiert das alles ohnehin nicht. Zweitens: Hör nur, wie mein Tag verläuft! Dann kannst Du Dir ein Bild davon machen, ob alles recht ist oder nicht: Wenn mein Mann morgens das Bett verlässt, drehe ich mich meist noch einmal um. Ich habe einen herrlichen Alkoven aus blauer Seide. Es ist wie eine Höhle zum Wohnen und wunderbar behaglich. Um 9 Uhr kommt dann das Fräulein Schadow (ihr Bruder ist ein Bildhauer, kennst Du ihn? Bestimmt, Du kennst ja jeden. Wie klug Du bist, ich bin so stolz auf Dich, mein Bruder). Sie bringt mir ein Tablett mit Zwieback, Schokolade, Sahne, Erdbeeren und der *Hamburger Zeitung,* die so langweilig ist, wie man es sich nur vorstellen kann – und ich frage mich, warum sie ›Hamburger Zeitung‹ heißt, wo sie doch in Rostock gedruckt wird. – Seit gestern weiß ich immerhin, dass der Roggen an der Börse mit 45 Taler notiert ist und noch steigen soll! Soll mir keiner vorwerfen, dass ich nicht gut informiert bin, nicht wahr? – Dann kommt die Voss und bespricht mit mir den Tag, wenn man das Besprechen nennen kann. Meist macht sie mir Vorhaltungen, schimpft mit mir und mahnt mich zur Etikette – dann bleibe ich bis zum Mittag *en négligé.* Das ist wenigstens ein Trost und ein Privileg, das ich als Kronprinzessin habe. (Und tut auch gut, wegen der langen Nächte!) Um 1 Uhr ist Diner, dann folgt der lange, lange Nachmittag, an dem ich meist auf meinem Zimmer sitze und mir die Zeit mit Handarbeiten vertreibe, und abends der Karneval. Ich werde sterben vor Langeweile, wenn die Saison vorüber ist. Den ganzen Nachmittag bin ich alleine, weil die Voss es so will. Ich kann mir nicht erklären, warum das so ist. Aber es stimmt mich oft sehr traurig. Ich bin diese Stille nicht gewohnt.

Du solltest also nicht mit mir schimpfen, sondern vielmehr ein Ohr für meine Sorgen haben – und die sind nicht gering: Dass die Gräfin Voss nicht zu meinen engsten Vertrauen zählt, müsstest Du schon an der Vielzahl der Briefe und Beschwerden erkennen, die sie hinter meinem Rücken heimlich an unsere Mabuscha geschickt hat. Aber das sind nur Briefe, in denen sie noch die Form wahrt. Glaube mir, wenn Du ihr gegenüberstehst, ist sie noch viel schlimmer. Jedes meiner Worte wird geprüft, jede meiner Bewegungen kommentiert, jeder Schritt einer Musterung unterzogen – und alles ist immerzu falsch, was ich mache, sodass ich schon manches Mal denke: Warum bin ich überhaupt geboren!? Was die Gräfin Viereck hier soll, ist mir gänzlich ein Rätsel. Sie ist meine Erste Dame und soll mir Gesellschaft leisten, aber ich sehe sie nie. Ich habe sie einmal bei einer Cour des Königs kennengelernt und gehofft, sie hier öfter zu haben. Sie ist fast dreißig und noch ein Fräulein, was ich nicht verstehen kann, denn sie ist recht hübsch – und ich könnte eine Vertraute, eine Freundin hier gebrauchen. Denn die Gräfin Voss bewacht mich hier wie eine Gefangene. Keiner wird zu mir vorgelassen. Selbst mein Mann muss sich bei mir anmelden, wenn er mich sehen will, und Ika auch. Kannst Du Dir das vorstellen? Meine eigene Schwester darf nicht zu mir kommen, wann sie es will oder wann ich es will. Dabei kenne ich sie mein ganzes Leben lang, und sie wohnt nur zwanzig Schritte von mir entfernt in einem Nachbarpalais. Ich darf nicht ohne Dame auf Spazierfahrt oder auf die Straße, sagt die Voss. Neulich bin ich allein mit Ika im Tierpark gewesen. Da hat sie mich drei Tage gescholten. Es ist doch alles zum Verrücktwerden hier!

Ach, und dann kommen eure Briefe mit all den Vorwürfen. Das ist doch nicht gerecht. Ihr wisst doch gar nicht, wie es mir hier geht. Wenn ich eure Briefe lese, dann klingt es so, als ob ich den ganzen Tag ein rauschendes Fest feiere und mich hier tanzend und lachend durch die Gesellschaft bewege. Nichts von alledem ist der Fall. Die Wahrheit ist: Ich sitze den ganzen Tag allein in meinen Kammern. Das einzige Vergnügen ist es, die Händler Unter den Linden zu beobachten, weil die Voss, dieser Oberfeldwebel, niemanden zu mir vorlässt …

Luise sah von ihrem kleinen Sekretär aus Mahagoni zwischen den beiden Fenstern auf, die den Blick Unter die Linden freigaben, und schaute auf die kleine vergoldete Uhr, die in einem hohen Glas über dem Gesims stand, das ihren Schreibtisch umrahmte und einen hohen Spiegel stützte. Viertel vor acht Uhr schon, dachte sie, gleich würde die Voss kommen und mit dem gleichen Tonfall ihren Tagesablauf in den Raum stellen wie ein Hund sein Bellen.

Plötzlich gingen die Glocken des nahen Doms, und gleichzeitig hörte sie das Läuten der Hedwigskirche, die sie zwar nicht sehen konnte, aber die sich in unmittelbarer Nähe ihres Palais befand. Sie wunderte sich darüber, denn ihre Uhr ging gerade erst auf die Acht zu. Die Kirchen aber schlugen schon die volle Stunde. Ob an der Uhr etwas nicht stimmte? Sie mahnte sich, nicht zu vergessen, sie richten zu lassen, machte sich eine Notiz, stand dann aber abrupt auf und ging zum Fenster, weil sie schon seit ein paar Tagen eine Liebesgeschichte verfolgte, die sich zwischen zweien der fliegenden Händler abspielte, und nun wissen wollte, ob und wie es weiterging. Bevor das Frühstück kam, wollte sie sich diesen Spaß gönnen – und ein wenig den Ärger über ihre Familie ausatmen, der ihr diese frühe Stunde schon so vergällt hatte. Die hatten doch kein Ermessen, was es hieß, am preußischen Hof zu sein …

Mit aller Kraft hängte sie sich in den Rahmen und versuchte, das Fenster zu öffnen. Es hakte, und es dauerte eine Weile, bis sie endlich wenigstens einen Flügel ausklappen konnte. Der Rahmen knarrte, dann strömte die kühle Morgenluft in ihr Zimmer und mit ihr die Geräusche der Straße.

Sie sah auf die Promenade Unter den Linden hinunter, wo schon das Leben tobte. Viele der Händler und Händlerinnen, die ihr schon zu guten Bekannten geworden waren, hatten ihre Posten bezogen. Um den Spielzeughändler, der sich direkt unter ihrem Palais hingestellt hatte, rangelten sich bereits ein halbes Dutzend Schulkinder, die seine Ware johlend betrachteten, aber vom Primus angehalten wurden, weiterzugehen und sich zu beeilen. Der Käsehändler, der wie immer um diese Zeit seinen Weg über die Hundebrücke zum Ochsenmarkt nahm, wurde von einer Frau aufgehalten, die sich dicke Stücke in wächsernes Papier einwickeln ließ. Er tippte seinen Hut an, als er ihr einen guten Tag wünschte und gezwungen war, schnell zur Seite zu springen, weil der Fuhrmann mit dem Getreide, der sich über die Hundebrücke seinen Weg bahnte, laut und polternd seinen Platz forderte. »Aus dem Weg, du Idiot.« Die Spritzer von Schlamm und Wasser deckten den Käsehändler bis zu den Hüften ein. Er fluchte und sah mit Schadenfreude, dass der Fahrer von zwei der Posten, die gerade den Wechsel vor der Wache vollzogen hatten, mit frischem Eifer aufgehalten wurde. »Halt, absteigen!« Widerwillig sprang der Mann vom Bock und offenbarte den Wachen seine Ladung. Mit langen Bajonetten stocherten sie in den Säcken herum und gaben dann missmutig Befehl zum Weiterfahren. »Esel!« konnte Luise von den Lippen des Mannes lesen, als er wieder den Bock erklomm.

»Fische, frische Fische!« Die junge Frau mit der dicken Schürze wackelte wie jeden Morgen in ihrem eigenartigen Watschelgang von der Wache hinunter in Richtung Brandenburger Tor und versuchte die Ordnung der Wachleute, die vor dem Zeughaus in Reih und Glied standen, mit Scherzen und Neckereien aus der Fassung zu bringen. Auch heute erntete sie bei ihnen nur scheele Blicke, während sie wie immer, allerdings ohne es zu merken, von einem Mann mit wadenlangem abgeschabtem Gehrock und Dreispitz verfolgt wurde, der Wacholdersaft in Henkelflaschen aufgezogen hatte und in einem Bauchladen feilbot und der zu den treuesten Verehrern der Fischfrau zählte.

»Wieder nichts«, Luise kicherte vor sich hin. »Ob er sich irgendwann einmal getraut, sie anzusprechen?«

Sie sah noch aus dem Fenster, als das Mädchen mit der gestärkten Schürze in ihre Kammern schlich und ihr unaufgefordert und offenbar, ohne es mit der Gräfin Voss abgesprochen zu haben, eine Tasse heiße Schokolade brachte. Ohne Worte stellte sie sie neben den Papieren auf dem Sekretär ab und eilte hurtig auf Zehenspitzen hinaus, um nicht von Luise bemerkt zu werden. Kurz vor der Tür jedoch trat sie auf eine knarrende Diele.

»Wird das ein schöner Tag? Was glaubt Sie?« Luise sprach sie freundlich an, aber das Mädchen nickte nur verlegen und versuchte, in der Angst, sogleich wieder zurechtgewiesen zu werden, so schnell wie möglich aus der Tür hinauszukommen. Luise aber hinderte sie daran.

»Bleibe Sie doch. Ich möchte Sie etwas fragen.«

Schüchtern drehte es sich in den Raum, als Luise sich wieder an ihren Tisch setzte.

»Danke für die Schokolade. Das hat Sie gut gemacht!«

Das Mädchen brachte immer noch keinen Ton heraus.

»Wie heißt Sie denn?«

»E-Elisabeth.«

»Nach der alten Königin?«

Das Mädchen nickte.

»Und wie alt ist Sie?«

»Bald 18.«

»Kommt Sie aus Berlin?«

Das Mädchen schüttelte den Kopf.

»Ist Sie also allein hier?«

Wieder verneinte das Mädchen.

»Mit Familie?«

Es bejahte, indem es den Kopf leicht senkte.

»Danke für die Schokolade«, sagte Luise noch einmal und gab ihm dann durch eine Geste mit der Hand zu verstehen, die sie sich bei der Großmutter abgeschaut hatte, aber die ohne deren Armreifen nicht halb so wirkungsvoll war, dass sie sich nun entfernen könne. Langsam und ohne Luise aus den Augen zu lassen, ging das Mädchen zurück und schlüpfte, als es mit dem Rücken an die Tür angestoßen war, geschwind durch den kleinen Spalt, den es aufgelassen hatte.

»Sie ist so alt wie ich«, sprach Luise zu sich und rieb sich immer noch die Hand, die sie sich beim Öffnen des Fensters verletzt hatte. »Aber immerhin ist sie nicht allein …«

Sie seufzte. Es war die Einsamkeit, die ihr so auf das Gemüt schlug. Nie hätte sie gedacht, dass man so viele Menschen um sich haben und sich doch so elendig fühlen konnte. Die Feste an den Abenden waren wie ein Rausch, sie brausten und brandeten, und Luise konnte alles, was ihr auf die Seele schlug, vergessen. Aber tagsüber kam die Melancholie. Da fühlte sie die Leere und das Alleinsein in seiner nackten Härte. Niemals in ihrem Leben war sie allein gewesen, und nun durfte noch nicht einmal mehr ihre liebe Ika zu ihr kommen.

Damals beim Ball des Kammerherrn Wrede hatte sie eine Ahnung davon gehabt, wie es sein würde, wenn Ika nicht mehr an ihrer Seite wäre. Es fühlte sich an wie Scherben, die ihr Innerstes zerschnitten. Nun war ihre Schwester zwar da, aber durch Etikette, Protokoll und die Strenge der Voss nicht zu erreichen – und für sie war eingetreten, was sie sich schlimmer nicht hätte vorstellen können: Sie fühlte sich abgeschnitten von der Welt.

Sie ging zum Sekretär zurück, trank einen Schluck der heißen Schokolade, nahm den Brief, den sie gerade mit so viel Erregung geschrieben hatte, und zerriss ihn auf dem Weg zum Kamin wieder und wieder, bis die Schnipsel so klein waren, dass man nichts mehr darauf erkennen konnte. Dann vertraute sie sie den Flammen an, die sie mit gierigem Knistern aufnahmen, und sah, wie sie in kleinen Funken den Rauchfang hochstiegen.

Zurück am Schreibtisch schrieb sie schnell, damit die Tränen, die sie aufsteigen spürte, nicht die Tinte verwischten, einen flüchtigen kurzen Brief, den sie sofort mit Lack und ihrem neuen, königlichen Siegel verschloss:

Meine liebe Großmutter, liebste Mabuscha,
die Leere, die in meinem Haus ist, ist wirklich unbeschreiblich. Gestern war ein harter Tag für mich. Ich war über alles Maß melancholisch und traurig. Ich vermisse Dich und sehne mich sehr nach Dir. Du hattest recht in so vielem, was Du gesagt hast. Jetzt erst weiß ich, wie gut ich es bei Dir hatte … Komme mich bald besuchen.

Deine Luise.

Postscriptum: Die Zeitung schreibt, am Rhein nur Niederlagen. Was ist aus Tante Polyxene und Onkel Georg geworden? Ich mache mir große Sorgen. Schreibe mir umgehend.

Danach huschte sie zurück in ihren blauseidenen Alkoven und wartete mit geschlossenen Augen, bis das Fräulein Schadow mit dem Frühstückstablett und anschließend die Gräfin Voss mit ihrer langen Liste an Mahnungen, Zurechtweisungen und Verpflichtungen kamen. Und noch während der herrschsüchtige Ton ihrer Oberhofmeisterin den Raum füllte, überlegte sie schon, mit welcher Garderobe sie heute Abend die Berliner Karnevalsgesellschaft beeindrucken könnte. Als die Voss gegangen war und sie wieder einmal zu einem Nachmittag ohne Abwechslung verdammt hatte, hatte sie sich bereits für eine seidene Robe entschieden, die mit einer dicken Kordel unter der Brust gebunden und an den Schultern mit Broschen aus Rubin gehalten war. Auf dem Kopf wollte sie ein Diadem mit strahlenden Saphiren und einem runden, dunklen Lapislazuli tragen.

Wieder war Louis Ferdinand einer der Ersten, der ihr auf dem Fest entgegenkam und sie zum Tanz bat.

4

Anfang März 1794

»Wie schön Ihr seid!«

»Ich habe Euch doch verboten, das zu sagen!«

Als Luise nach dem Diner, bei dem ihr die Gräfin Voss und tatsächlich auch einmal die Gräfin Viereck – die sich danach allerdings umgehend wieder empfohlen hatte – ihre ermüdende Gesellschaft geleistet hatten, aus dem Fenster gesehen und das Treiben Unter den Linden und die Annäherung zwischen dem Wacholdermann und der Fischefrau beobachtet hatte, die bereits eine kleine Händlerzweisamkeit – sie laut scherzend, er freundlich sich verbeugend – gebildet hatten, hatte sie gehofft, dass ihr Mann oder der Abend sie aus ihrer Einsamkeit erlösen würde. Da hatte sie gesehen, dass gegenüber am Zeughaus ein Wagen mit dem königlichen Wappen angehalten hatte. Sofort hatte sie ein Dankesgebet zum Himmel geschickt. Doch als sie gerade im Begriff war, sich eine lila Stola aus indischem Kaschmir mit silbernen Fransen um die Schultern zu legen, um ihren Mann mit ihrem schönen Anblick zu erfreuen, hatte sie erkannt, dass nicht er, sondern der Prinz Louis Ferdinand aus der Kutsche gestiegen war und ihr zuwinkte.

Schnell hatte sie ihm ein Signal gegeben, dort zu bleiben, wo er war, und sich – in der Hoffnung, dass die Gräfin Voss, die in der unteren Etage zu Mittag ruhte, sie nicht bemerkte – über die hinteren Stiegen nach unten, an ihr vorbei und schließlich nach draußen geschlichen. Sie war über die staubige Straße gehuscht und hatte, um unerkannt zu bleiben, ihren Schal nach Art der Gräfin Voss um ihren Kopf geschlungen. Auf diese Weise hatte sie gehofft, ihre Identität vor den Blicken der Leibwachen, der Passanten und der Kaufleute zu schützen. Mit einem Satz hatte sie sich dann in den Fond der Kutsche gehievt – und nun saß sie neben Louis Ferdinand und genoss ihre Freiheit.

Endlich hinaus, endlich Gesellschaft! Im schnellen Gang der Pferde zogen die Linden an ihnen vorbei, dann passierten sie den Pariser Platz, durchquerten das Brandenburger Tor, nahmen eine Allee an der Spree vorbei zu einer saftigen Aue, bogen in ein Rondell aus Buchsbaumhecken ein und fuhren schließlich an einem See vorbei, der das Blau des Himmels spiegelte.

»Ach, ich liebe die Natur. Ich liebe die Tiere, ich liebe die Gärten. Ich liebe die Welt.«

»Und mich?«

»Wie könnt Ihr so etwas fragen?«, gluckste sie.

»Das ist doch ganz einfach. Ihr fordert es geradezu heraus!«

»Ich fordere es heraus? Dass ich nicht lache. Das ist wirklich eine Unterstellung – und eine infame dazu. Falls es Euch entgangen sein sollte: Seit wir uns in Frankfurt kennengelernt haben, ist eine Menge passiert. Das Wichtigste davon ist: Ich bin verheiratet!«

Sie lachten.

»Und dennoch fordert Ihr es heraus. Wenn Ihr alles liebt, dann will man doch nicht der Einzige sein, dem diese Ehre nicht gebührt. Oder?«

»Aber ist das nicht ein bisschen viel verlangt, gleich von der Liebe zu sprechen?«

»Die süßesten Trauben hängen eben am höchsten.«

»Dann will ich einmal sehen, wie Ihr Euch ordentlich reckt und streckt.«

Er rückte wieder so nah an sie heran wie damals bei Gontard, als sie sich im Festsaal des ›Weißen Hirschen‹ noch einmal besprochen hatten, sodass sie durch den Hauch seines Atems spüren konnte, dass ihre Zobelmütze und der Pelzkragen ihres Kleides ihren schmerzenden Hals nicht gänzlich bedeckten. Sie rückte verlegen ab.

»Warum gebt Ihr Euch so kühl?« Louis Ferdinands Stimme verriet Sanftheit.

»Ich, kühl?«

»Na dann: eisig?«

»Ich bin doch nicht eisig. Nicht einmal das Wetter ist es. Schaut Euch doch an, wie die Sonne scheint. Es ist das erste Mal in diesem Jahr, und ich habe gleich das Glück ausgeführt zu werden. Ach, ich liebe die ganze Welt.«

»Fangt Ihr schon wieder damit an.«

»Womit?«

»Die ganze Welt zu lieben und nicht mich?«

Sie rollte die Augen, wie jemand, dem keine Replik einfiel, was leider auch der Wahrheit entsprach. Mit halb zusammengekniffenen Augen sah sie, wie der See sanfte Wellen schlug, und genoss die ersten Sonnenstrahlen, die auf ihre blasse Haut fielen. Sie reckte sich ein wenig nach vorne, um besser nach draußen sehen zu können, da schien ihr eine Idee gekommen zu sein. Abrupt drehte sie sich zu ihm und sah ihn unvermittelt an: »Denkt Euch eine Zahl zwischen zehn und zwanzig!«

»Vier!«

»Wieso vier? Das ist doch keine Zahl zwischen zehn und zwanzig.«

»Ja, aber es ist egal, welche Zahl ich nehme, am Ende kommt immer die Vier heraus.«

»Ach«, sie schob die Unterlippe leicht nach vorne. »Das kennt Ihr also alles schon.«

»Nun ja!« Er ließ die Schultern fallen. »Aber ich zeige Euch jetzt etwas, was Ihr bestimmt noch nicht kennt.«

»Was denn?«

»Habt Ihr keine Lust, Euch überraschen zu lassen?«

Sie nickte lächelnd und lehnte sich dann nach hinten, um die Fahrt besser genießen zu können, während er dem Kutscher durch die kleine Luke zum Bock Anweisungen gab, kurz anzuhalten. Als er ausstieg, um sich mit dem Kutscher zu besprechen, streifte er kurz ihren Mantel, und sie berührte sein Knie, als sie ihren Rock wieder zurrechtrückte. Schnell zog sie ihre Hand zurück. Nachdem der Wagen wieder Fahrt aufgenommen hatte, saßen sie schweigend nebeneinander da. Ihre Köpfe schaukelten im Rhythmus der Räder. Sie schloss die Augen und genoss den Moment. Sie hatte nicht einmal Lust zu sprechen, was selten genug in ihrem Leben vorkam.

»Wie schön Ihr doch seid!« Er flüsterte.

Wieder zogen die Bäume einer Allee an ihnen vorbei, wieder musterte er sie von der Seite, wieder sonnte sie sich in seinem Blick. Nach einer Weile kam die Chaise zum Stehen, und Louis Ferdinand reichte Luise die Hand, um ihr den Ausstieg zu erleichtern. Wieder hätte sie gerne ihre Hand zurückgezogen, weniger aus Scham denn aus Furcht vor seiner Berührung. Das aber hätte sie ihr Gleichgewicht gekostet, und so ließ sie ihn gewähren. Ein kleiner, aber dennoch irritierender Schauer durchzog ihren Körper.

Schließlich waren sie im Tiergarten angelangt. Sie ging den Pfad, der am Zaun eines Geheges entlangführte, auf sein Geheiß hin voraus. Louis Ferdinand bedeutete dem Kutscher mit wedelnder Hand zu bleiben, worauf dieser sich sofort einen Stumpen einer Zigarre ansteckte und dicke weiße Wölkchen in die Luft stieß. Nachdem er die Nase hochgezogen hatte, spuckte er im hohen Bogen aus. Louis Ferdinand legte den Finger auf den Mund und gemahnte ihn, vorsichtig zu sein. Denn öffentliches Rauchen war in Preußen verboten. Er selbst allerdings hielt sich nicht allzu streng an diese Order, und manchmal, wenn er mit Massenbach von einer *Fête* kam, pusteten sie selbst kleine Fahnen in die Berliner Luft …

Mit wenigen großen Schritten holte er Luise ein, verlangsamte aber sein Tempo, um ihr in zwei Fuß Abstand zu folgen. Als der Zaun des Geheges, in dem ein prächtiger Vierzehnender den ganzen Tag auf und ab trabte, zu Ende war und in ein Wäldchen aus Fichten mündete, hielt sie so plötzlich an, dass er beinahe mit ihr kollidiert wäre. Neugierig sah sie ihn an, als sie seinen rudernden Armen auswich:

»Stimmt es, dass Ihr in Bellevue einen Mohren habt?«

»Ja, den Herrn Azor. Er ist schwarz wie verkohltes Holz. Ihr solltet ihn Euch ansehen kommen. Ich freue mich sehr auf Euren Besuch.«

»Und gibt es bei Euch auch einen Husaren ...?«

Louis Ferdinand räusperte sich und sagte ungeschickt: »Nun ja. Ach ... Ich schlage vor: Kommt doch wirklich einmal vorbei. Es wird Euch gefallen.«

Kleine Hölzchen knackten unter ihren Füßen, ein Eichelhäher rief seinen durchdringenden Warnlaut. Louis Ferdinand stieß einen Zapfen vor sich her, wie man mit einem Ball spielt. Sie nahmen den Weg rechts von einer kleinen Skulptur, der hin zu einer Lichtung führte. Danach kamen sie erneut an einem Gehege vorbei, doch keines der Tiere zeigte sich. Sie nahmen den Pfad zu einer Anlage im französischen Stil mit beschnittenen Bäumen und sorgsam arrangierten Beeten.

Luise genoss die Freiheit, die frische Luft, die Natur und die Wonne, auf so wunderbare Weise überrascht worden zu sein – und war vor Glück immer noch ganz still. Nachdem sie wieder ein Wäldchen passiert hatten, steuerten sie eine kleine Anhöhe mit einem aus rohem Holz errichteten Häuschen an, dessen Schlichtheit Luise an Braunshardt und seine ländliche, rustikale Schönheit erinnerte und auch an die unbeschwerten Stunden, die sie dort mit Friedrich Wilhelm verbracht hatte. Ach, dachte sie. Wie schnell kann sich die Freiheit in Gefangenschaft verwandeln, wenn der Alltag einkehrt ...

Das Innere des Häuschens war schattig und kühl. Menschen, die hier bei einem unverhofften Regenschauer Zuflucht gefunden, aber offenbar auch solche, die sich zu einer geheimen Besprechung oder einem Stelldichein eingefunden hatten, hatten sich an den Wänden verewigt. »Ich war hier!« stand da, Namen und Tage, Initialen, Gedichte, sehr viele Herzen und – was Louis Ferdinand mit Schrecken wahrnahm und zu vertuschen suchte, indem er sich direkt davor stellte, damit Luise es nicht sehen konnte – ein Rhombus eindeutiger Art. Die Wände schirmten sie vom Rauschen des Waldes ab, der Wind stand still, von den wenigen Vögeln war nichts mehr zu hören. Nur der Eichelhäher warnte die Waldbewohner noch immer vor den Eindringlingen …

»Hier ist es!«

»Was?«

»Der ruhigste Ort der Welt. Ich liebe ihn!«

»Er ist sehr einfach …«

»Eben … Keine Verstellung, kein Gewese, keine Maskeraden …«

»Er erinnert mich an zu Hause.«

»Ja …?«

»Ja, an Braunshardt und ein bisschen auch an Darmstadt.«

Sie sahen hinaus in die Landschaft, deren dunkles Grün sich am Horizont mit dem hellen Grau des Himmels vermischte. Louis Ferdinand lehnte sich nach hinten und deckte die deftigen Zeichnungen mit seinem Körper ab, indem er seine Arme auf der Rücklehne der Bank ausbreitete und mit einer Hand auf dem offenen Türbogen den Blick auf den Weg präsentierte, den sie gekommen waren, der in einer weiten englischen Landschaft aufging.

»Fühlt Ihr Euch denn wohl hier?«

»Ja, sehr, ich mag ebenfalls keine große Verstellung und Koketterie. Das Schlichte und Einfache ist mir lieber, auch wenn mein Vater das Gegenteil behauptet. Ich habe es gern unkompliziert …«

»Nein, ich meine … hier in Berlin?«

»Aber ich bitte Euch, wie kommt Ihr darauf, so etwas zu fragen? Ihr wisst doch, wie es ist. Eine Prinzessin hat sich ihrem Schicksal zu fügen, und ich bin der Meinung, mich hat es nicht schlecht getroffen. Ich habe wunderschöne Kammern, meine Schwester an meiner Seite und einen Mann, der mich liebt …«

»Dann bin ich sehr froh für Euch. Nicht jede Prinzessin findet in ihrer neuen Heimat Glück und Zufriedenheit. Ich bin sehr glücklich, dass es Euch vergönnt ist.«

Wieder blickten sie hinaus in die unbestimmte Ferne und genossen die Stille, die nur der Ruf des Eichelhähers zerriss, gedämpft durch die Wände des Holzpavillons. Als Luises wandernde Augen das kleine Wäldchen erspähten, das zur Rechten stand und das sie passiert hatten, um diesen ruhigen Ort zu erreichen, wandte sie sich ihm unvermittelt zu.

»Soll ich Euch einmal erzählen, was für eine dumme Gans ich als kleines Mädchen war?« Sie wartete nicht auf ein Zeichen, bevor sie fortfuhr. »Wir haben mit Großmutter und Tante Polyxene eine Reise nach Amsterdam gemacht, und als wir am Pier standen und die ganzen großen, mächtigen Schiffe mit ihren Segeln und Masten gesehen haben, habe ich zu Onkel Georg gesagt, der uns begleitet hat: ›*Schau mal! Die sehen ja aus wie ein Wald.*‹ Das ist doch wirklich schrecklich dumm. Einen Wald mit Schiffen zu vergleichen, wo sie doch so gar nichts miteinander zu tun haben, nicht wahr?«

Er stutzte und sagte dann: »Nein!«

»Wieso nicht? Alle haben damals entsetzlich über mich gelacht. Selbst Onkel Georg. Ich schäme mich noch heute dafür, wenn ich nur daran denke.« Tatsächlich hatte ihr Teint sich leicht rötlich verfärbt.

»Georg von Hessen-Darmstadt, der mit seinem Manöver Frankfurt von den Franzosen befreit hat?«

Luise nickte. In ihren Augen glänzte der Stolz.

»Dieser Georg hat unrecht! Denn es ist gar nicht dumm, was Ihr gesagt habt.«

»Findet Ihr?« Sie kicherte nervös.

»Ja, das finde ich. Es ist sogar sehr klug. Gerade aus solchen Vergleichen, die nach dem ersten Empfinden nichts miteinander zu tun haben, schaffen doch die Dichter ihre Bilder. Denkt doch nur einmal an Friedrich Schiller ...« Luise räusperte sich verlegen. »... Was sagt der Franz Moor noch in den ›Räubern‹?«

Er imitierte die hölzerne und etwas marionettenhafte Gestik des Schauspielers Iffland, den er einmal während einer der Gefechtspausen in Karlsruhe gesehen und in seiner Spielweise ziemlich affektiert gefunden hatte, und deklamierte mit rollenden Augen:

»Nicht Fleisch und Blut, das Herz macht uns zu Vätern und Söhnen. Liebt Ihr ihn nicht mehr, so ist diese Abart auch Euer Sohn nicht mehr, und wär er aus Eurem Fleische geschnitten. Er ist Euer Augapfel gewesen bisher, nun aber, ärgert dich dein Auge, sagt die Schrift, so reiß es aus.«

Dann nahm er wieder seine normale lässige Haltung ein, wobei er den Daumen in die Tasche seines Rockes hakte, drehte sich aber so umständlich zur Wand hin, dass er sicher sein konnte, die anstößigen Zeichnungen verdeckt zu haben.

»Seht – es ist doch so: Was ich sagen will ... Ein Mensch kann sich ärgern, aber kein Auge; ein Auge kann sehen, schauen, blicken, erfassen und was weiß ich – und dennoch schreibt Schiller: Das Auge ärgert sich. Ist er deswegen dumm?« Er machte eine kleine Pause. »Nein, im Gegenteil. Er erzählt sogar etwas sehr Wahres. Denn manchmal – meine ich – kann sich ein Auge sehr wohl ärgern. Zum Beispiel, wenn man hässliche Dinge ansehen muss ... Zum Glück ist man davon in Eurer Begleitung gänzlich befreit.«

Sie war schon wieder kurz davor, sein verstecktes Kompliment zu rügen, da bemerkte sie, dass sie sich von einer anderen Sorge befreien konnte:

»Ich bin also nicht dumm?«

»Nein! Ganz und gar nicht ... Ganz und gar nicht ...« Seine Worte verebbten im sanften Rauschen des kleinen Waldes.

Für eine Weile sahen sie wortlos in die Ferne. Luise sog die Frische der Luft ein und ließ ihren Blick über den Garten wandern, der zunächst durch wenige Bäume verengt war und sich dann in einer wunderbar hügeligen Weite nach oben hin ausdehnte. Sie sprach leise, um die Stille, die sich um sie ausgebreitet hatte, nicht zu stören.

»Sagt mir: Warum habt Ihr mich abgeholt …?«

»Ich dachte mir, Ihr könntet ein wenig Gesellschaft gebrauchen. Berlin ist groß, ständig ist man von Menschen umgeben und kann sich dennoch sehr einsam fühlen … Besonders, wenn die Oberhofmeisterin Gräfin Voss heißt.«

Er sah sie von der Seite an.

»Ach, das ist doch alles gar nicht so schlimm.«

»Nein? Na dann … Aber wenn Ihr Sorgen habt, könnt Ihr Euch mir getrost anvertrauen. Ich kenne Berlin – seine Regeln, seinen Charakter … Ich könnte mir vorstellen, dass es nicht so einfach ist für jemanden, der neu ist und aus der Provinz … ähm … aus dem Süden hierher kommt. Und dass man viele Fragen hat und einem so manches komisch vorkommt – man also gar nicht immer so weiß, warum die Dinge so passieren, wie sie passieren … Die Zeiten sind unruhig – die Revolution, die neuen Ideen –, alle fürchten, dass sich etwas verändert.«

»Oh, bitte. Die Revolution und die neuen Ideen. Schon wieder! Ich kann es nicht mehr hören. Mein Vater spricht auch immerzu davon. Er warnt mich und macht mir Vorhaltungen …«

Sie ließ die Hände in den Schoß fallen und dachte an ihren Vater, seine feuchte Aussprache, wenn er »Marie Antoinette« sagte, an seine Warnungen, an ihre neue Position, an die vielen Geschenke, die sie machen musste, die vielen Toiletten, die sie sich hatte anschaffen müssen, daran, dass sie sich schon Geld ausgeliehen hatte – und dass sie an den Nachmittagen immer alleine war.

Sie straffte ihre Haltung und zog mit ihren großen Händen die Stola über ihrem Dekolletee zusammen.

»Nun gut … Ich habe Fragen. Erklärt mir jetzt bitte, haarklein und ohne Umschweife, warum ich den ganzen Tag in meinen Kammern verbringen muss und die Gräfin Voss darüber wacht, dass ich nicht Unter den Linden spazieren gehe, und was das bitte mit den neuen Ideen zu tun hat.«

»Eine ganze Menge!«

»Wirklich?« Sie zog ihre hübsche Stirn in Falten. »Nun denn – erklärt es mir! Wir haben ja Zeit.«

Sie lächelte ihn mit diesem frechen Lächeln an, das kleine Mädchen an sich haben, wenn sie die Verbote der Mutter umgangen haben, indem sie sich heimlich in die Speisekammer schleichen und von der Marmelade naschen, weil sie einen Weg gefunden haben, sich mit der Küchenfrau anzufreunden. Dann versuchte sie es sich, so weit es auf dem blanken Holz der Bank möglich war, behaglich einzurichten. Sie vermutete, dass es etwas länger dauern werde, ihr das alles auseinanderzusetzen – zumal sie von sich wusste, dass sie – trotz der Beteuerungen von Ika und nun auch von Louis Ferdinand – nicht so aufnahmefähig war und tatsächlich ein bisschen dumm.

»Also ... Die Gräfin Voss kennt noch die Zeiten, als der Adel Adel war und der Privatmann Privatmann. Aber jetzt schließen sich die Edelleute der Revolution an, und verdiente Privatmänner, wie der Graf Haugwitz, werden geadelt ... Nun befürchten alle bei Hofe, dass alles durcheinandergeht und sie ihre Ämter und Posten los sind, von denen sie ganz prächtig zu leben verstehen ...«

Sie sah ihn mit gekräuselter Oberlippe an und vergegenwärtigte sich dabei die theatralische Geste ihres Vaters, als er ihr auf der Brautfahrt jeden einzelnen Bauern gezeigt hatte mit der Mahnung, an sie zu denken, wenn sie Geld ausgab: *»Der da, und der da. Siebzig Jahre alt mag er sein!«* Seine Worte hallten in ihren Ohren nach.

»Das sagt mein Vater auch immer. Aber warum darf ich dann nicht Unter den Linden promenieren, und ach, ich mag gar nicht daran denken, weil die Gräfin Voss mich so gerügt hat: Warum darf ich denn keine Bürgersmädchen küssen?«

»Ach das ... Es ist wirklich nicht einfach. Es ist so, wenn eine Prinzessin einfach in ihren Wagen steigt und auf die Straße geht, dann kann jeder sie ansprechen ... Sonst können das ja nur Leute von Stand, sogar nur die, die bei Hofe zugelassen sind, und nur dann, wenn Hof gehalten wird. Nicht jeder kann einfach so eine Prinzessin ansprechen, und darauf muss die Gräfin achten. Das ist die Ordnung – das ist das, was man Etikette nennt. Zur Prinzessin sind nur bestimmte Leute zugelassen! Wenn Ihr Bürgersmädchen küsst, dann ist das ein Zeichen dafür, dass auch die Bürger zu Euch Zugang haben. Ihr dürft hier nicht zu volkstümlich sein …«

»Aber in Darmstadt war das nie ein Problem.«

»Ja, in Darmstadt. Da sind die Bürger auch ganz anders.«

Er hatte das Gefühl, einen schützenden Arm um sie legen zu müssen, weil sie so herzlich unbedarft war, unterdrückte jedoch diesen Impuls. »In Berlin sind die Bürger reich. Sie sind mächtiger. Sie haben mehr Geld, und sie wollen mitbestimmen. Und: Es gibt viele Hugenotten hier. Man weiß nie, ob die nicht insgeheim die Revolution gutheißen. Franzose ist Franzose und bleibt Franzose. Sie fordern ihre Rechte. Wollen weniger Steuern zahlen und mehr Mitbestimmung haben …«

Luise seufzte: »Sperrt mich die Voss deswegen ein?«

»Tut sie das denn?«

Luise wurde rot, weil sie mehr offenbart hatte, als sie wollte. »Ja, nun …«

Aber Louis Ferdinand erlöste sie: »Also … wenn Ihr einfach so auf die Straße geht, bringt das alles durcheinander. Es ist die Aufgabe der Voss, dafür zu sorgen, dass alles in Ordnung bleibt.«

»Ich finde sie so anmaßend. Manchmal denke ich: Wer hat denn hier das Sagen, sie oder ich?«

»Natürlich sie!«

Luises Mund hing offen.

»… und das ist genau der Grund, warum sie Angst hat, ihre Macht einzubüßen. Alle lieben Euch, und sie will nicht, dass Ihr Euch einer der Hofparteien anschließt. Und sie will vor allem nicht, dass jemand von den Bürgersleuten bei Euch am Hof arbeitet. Das wäre ihr ein Gräuel … Ich glaube, sie hasst deswegen die Bürgersleute und ist deshalb immer so garstig zu den Mädchen.«

Luise sagte erst einmal nichts, weil sie sich selbst eingestehen musste, dass sie auch nicht immer so gut zu allen gewesen war – etwa zu dem Fräulein Marico oder dem Mädchen mit der gestärkten weißen Schürze, das Elisabeth hieß und so schrecklich ungeschickt war. Sie spielte an der silbernen Franse ihres Schals und schämte sich ein wenig. Leise fragte sie: »Aber kann das denn passieren, dass Bürgersleute die Hofämter des Adels übernehmen?«

»Gewiss! Wenn Ihr Königin seid, könnt Ihr jeden adeln, der sich verdient gemacht hat.«

»Dennoch kann ich nicht verstehen, warum ich nicht einfach auf eine Promenade durch Berlin gehen kann.«

»Ach, meine Schöne …«, seufzte er. »Es ist vielleicht nicht so erstrebenswert, wie Ihr denken mögt. Berlins Straßen sind wirklich sehr staubig, da solltet Ihr Euch Eure neuen Pantoffeln nicht gleich schmutzig machen.«

Verlegen zog sie ihre Füße zurück, weil ihr bewusst wurde, dass er noch ihre alten geflickten Schuhe aus Frankfurt kannte. Eine leichte Röte verfärbte ihr Dekolletee. Wieder schämte sie sich. Er aber verkniff sich ein Lachen, als er sagte:

»Außerdem ist es gefährlich. Man könnte Euch etwas antun.«

»Wirklich? Ich sehe ihnen von meinem Fenster aus zu … Mir scheinen die Berliner ganz nett.«

»Ja?«

»Ja.«

»Ich bin ein Berliner.«

»Eben.«

»Ach, wie froh ich bin, dass Ihr nicht mehr so kühl gegen mich seid!«

Er drehte sich zu ihr und lächelte sie an, wie sie es sich, als sie in Frankfurt war, immerzu gewünscht hatte. Nun mahnte Luise sich aber sofort, die freudige Erregung darüber zu unterdrücken. Sie legte etwas Härte in ihre Stimme, als sie sagte:

»Ich will es aber gleich wieder werden, wenn Ihr mir die Sache mit der Voss und den neuen Ideen nicht erklärt. Das mit den Bürgern habe ich nun verstanden … Aber warum lässt sie die Adelsleute nicht zu mir vor? Ich muss doch alle kennenlernen. Ich weiß gar nicht, was ich machen soll, wenn der Karneval zu Ende ist …«

»Nun, wie soll ich es sagen? Die neuen Ideen sind ja nicht schlecht. Es gibt vieles, was gut ist. Aber es muss von Menschen mit Verstand kommen. Also von oben. Vom Adel. Nicht so wie in Frankreich, wo es vom Volk kommt. Das führt nur zu Blutvergießen. Der Wandel muss sanft kommen, und dennoch muss streng durchgegriffen werden.«

»Von alldem habe ich doch gar keine Ahnung.«

»Es gibt Leute, die wollen, dass alles strikt beim Alten bleibt.«

»Wie die Voss …«

»Tja, wer weiß … Und es gibt Leute, die finden, dass etwas getan werden muss.«

»Wie mein Vater. Er redet die ganze Zeit von den neuen Ideen.«

»Sie sind ja nicht so schlecht. Jedenfalls ist es so, dass die neuen Ideen die Rechte des Adels einschränken.«

Erschrocken entfuhr ihr: »Das ist doch nicht gut.«

»Wenn der Adel gut ist, dann ist das schlecht. Aber wenn der Adel nicht gut ist, dann ist das natürlich ganz wunderbar.«

Luises Gesicht hatte den Ausdruck eines Fragezeichens.

»Nun, ich mache es einfach und sage es geradeheraus.«

»Bitte!«

»Der Berliner Hof ist voller Intriganten. Es geht den meisten nicht um das Volk.«

»Nein?«

»Nein, sondern nur um sich selbst. Sie wollen nur ihre Posten sichern und weiterhin kräftig prassen und sehen nicht, dass es so nicht weitergeht. Die Bürgersleute und die Bauern müssen immer mehr Steuern zahlen, und der Adel tanzt auf dem Vulkan. Denkt nur an das Fest bei Haugwitz … Man braucht eine starke Hand, um ihnen Einhalt zu gebieten. Es ist ja schlimmer als vor zehn Jahren in Versailles, und man sieht, wohin das geführt hat.«

Sofort hatte Luise Karls feuchte Aussprache vor Augen, wenn er »Marie Antoinette« sagte. »Aber –«

»Lasst es mich Euch erklären: Je mehr Hofstaat Ihr habt, desto teurer wird es für die Leute. Alle bei Hofe ahnen schon, dass es nicht mehr lange so weitergeht. Euer Mann wird wahrscheinlich den Hof abschaffen, wenn er König ist.«

»Das wird hoffentlich noch eine Zeitlang dauern.«

Louis Ferdinand seufzte. »Vielleicht auch nicht. Der König ist sehr krank.«

»Wie furchtbar …!« Luises Rücken straffte sich.

»Ja, man sagt, er habe die Wassersucht …«

»Warum geht er dann nicht nach Pyrmont? Mein Vater ist oft dort, und er schwört geradezu darauf.«

»Euer Vater regiert noch nicht, der König aber muss hierbleiben und Entscheidungen treffen. Aber es dauert nicht mehr lange – das spüren alle … Deshalb wollen sich jetzt alle Euch andienen. Sie wollen ihre Hofämter behalten und sich kräftig weiter amüsieren – und hoffen, dass Ihr an sie denkt, wenn es so weit ist. Denn es wird bestimmt nicht mehr so fröhlich sein, wie es jetzt beim König ist. Es wird alles kleiner sein, bescheidener, es gibt eben weniger zu holen. Also, wenn Ihr Königin seid …«

»Aber ich bin doch noch nicht einmal 18 Jahre alt. Ich bin doch viel zu jung, um zu regieren …«

»Es gibt viele, die finden, Ihr macht Euch vortrefflich!«

»Das verstehe ich wieder nicht.«

»Es geht um das Tanzen. Tanzen ist nämlich kein Vergnügen, es ist Politik.«

»Ach? Das hat mir schon einmal jemand gesagt.«

Sie überlegte, ob sie Louis Ferdinand anvertrauen sollte, dass es ihr Mann gewesen war, der ihr das gleich beim ersten Ball, den sie zusammen verbracht hatten, gesagt hatte, und dass sie damals wie heute nicht verstanden hatte, was das zu bedeuten hatte – ließ es aber sein.

Sie starrte eine Weile auf den englischen Park, der von der offenen Tür gerahmt wurde, und sah vor ihrem inneren Auge all die Kavaliere an sich vorbeiziehen, mit denen sie in den Karnevalswochen getanzt hatte. Die Bilder kamen erst gesetzt wie bei einem Menuett, dann beschleunigt wie bei einer Allemande, dann schnell wie beim Walzer – und schließlich so geschwind, als ob sie in der Mitte eines gläsernen Kreisels sitzen würde, auf dem all ihre Kavaliere aufgemalt waren. Das spitze Kinn, das die Gebrüder Gualtieri gemein hatten, die breite Nase von Brühls, der säuerliche Atem des Generals Rüchel, die schiefe Perücke von Bischoffswerders, der verschliffene Takt des Ministers Heynitz, die stahlblauen Augen des hochgewachsenen Schill, das Zittern von von Blüchers Bart, die dunklen Augenbrauen von Arnims, die Steifheit von Massows, die zarten, noch kindlichen Züge des Prinzen Carl, das Schwanken von Holtzendorffs, der Leberfleck von Moltkes, die faulen Zähne von Hahn, die raue Stimme von Plessens, die schlanke Gestalt des von der Schulenburg, die Schlitzaugen von Massenbachs, die ungeschickten Bewegungen des Generals Hohenlohe, das im Gegensatz dazu fohlenhafte Springen von Yorcks, der feste Griff von Goetzen, das sanfte Federn in den Knien von Lehndorffs, das brutale Gesicht vom alten Möllendorff, die Geschmeidigkeit von Kleists, die schlaffe Hand von Ingerslebens, die Forschheit Kalckreuths, das Stampfen Hobes, der gerade Rücken Graefes, der dicke Bauch des Königs, die Nonchalance des schmalen Prinzen Louis, die sanfte Vertrautheit ihres Mannes, das schelmische Lächeln des Husaren – und das unbestimmte, sehnsuchtsvolle, aber absolute Gefühl, das Luise das erste Mal beim Ball des Kammerherrn Wrede gespürt hatte und das sie fest mit Louis Ferdinand verband ... War das alles nur Politik gewesen?

Sie sah ihn an wie jemand, der aus einem fernen Traum jäh herausgerissen worden war.

»Aber mit Euch darf ich doch noch zum Vergnügen tanzen und nicht wegen der hohen Politik? Ihr seid doch von der königlichen Familie.«

»Selbstverständlich, meine Schöne – gerne, immerzu gerne. Ich freue mich jeden Abend darauf ...«

Sie versuchte ihre Verlegenheit hinter ihrer Stola zu verbergen und bemerkte, dass sie zum ersten Mal wirklich allein waren und niemand in der Nähe. Plötzlich wurde ihr die Situation unbehaglich.

»Es wird frisch ... müssen wir nicht langsam gehen?«

»Ach, entschuldigt, meine Schöne! Wie recht Ihr habt. Ich hatte gar nicht darauf geachtet ... Und seid versichert: Wenn Ihr Fragen habt, könnt Ihr immer auf mich zählen! Wie gesagt, Berlin ist groß, und man kann sich darin schnell verlieren, wenn man neu hier ist ...«

Er legte ihr seinen Rock um die Schultern und führte sie, indem er seine Linke auf ihren Rücken legte, über die hölzerne Stufe nach draußen ins Freie, wobei er darauf achtete, dass sie auf dem schmalen, aus Borkenstücken aufgeschütteten Weg nicht ins Stolpern geriet. In wenigen Schritten waren sie wieder auf dem Pfad, der sie zu dem kleinen Pavillon geführt hatte. Diesmal jedoch steuerten sie auf die große, vor ihnen liegende Wiese zu. Schweigend gingen sie nebeneinander her.

»Ich habe noch eine Frage!«

»Ja, welche denn, meine Schöne?«

»Ich habe Euch doch verboten ...«

»Aber wenn es doch so ist?« Sie lachten über ihr gemeinsames Ritual, dann hakte er nach: »Nun? Was wollt Ihr mich denn fragen?«

»Warum darf ich Eurer Schwester keine Geschenke machen,

und wieso sagt die Gräfin Voss, dass der König es nicht schätze, wenn man Umgang mit ›denen von Bellevue‹ hat?«

»Ach? Sagt sie das?« Er blieb stehen.

»Ja … Ich habe Eurer Schwester als Dank dafür, dass sie mir gesagt hat, wo man die besten Toiletten ordern kann, etwas – eine Kleinigkeit nur – bei der Königlichen Porzellanmanufaktur geordert. Und irgendwie sperrt sich alles an meinem Hof dagegen, die Rechnung zu begleichen. Selbst der Fontane ist nicht darauf anzusprechen … Und dann hat die Oberhofmeisterin neulich sehr direkt zu mir gesagt: ›Der König schätzt es nicht, wenn man‹ – und jetzt kommt es: ›*Umgang mit denen von Bellevue hat*‹ …«

»Ach, meine Schöne … Dass nun ausgerechnet Ihr damit behelligt werdet, mit diesen ganzen Missverständnissen, das tut mir außerordentlich leid. Ja, es ist so: Der König denkt nämlich, dass wir – und damit meint er nicht nur mich, sondern auch meinen Vater, meine Schwester und sogar, stellt Euch das einmal vor! – den Prinzen Heinrich, obwohl der noch nicht einmal auf Schloss Bellevue lebt – jedenfalls denkt der König, dass wir allesamt Ränke gegen ihn schmieden und ihm nach dem Thron trachten – und wenn nicht ihm, dann später Eurem Mann. Das will der König natürlich verhindern.« Er sah ihr direkt in die Augen, als er seinen Satz beendet hatte.

»Ach wirklich? Und? Wollt Ihr?«

»Meine liebe Luise, wie könnt Ihr so etwas fragen?«

Er schüttelte den Kopf, während sie sich weiter langsam und vorsichtig zu dem englischen Garten hinbewegten.

»Aber«, fragte sie, »wie kommt die Gräfin denn dann darauf, so etwas zu sagen? Das wäre ja dann eine … eine Verleumdung!«

»Hm …« Louis Ferdinand stieß einen Fichtenzapfen vor sich her und bedeutete ihr durch den Druck seiner Linken, stehen zu bleiben. Fest sah er ihr in die Augen. »Könnt Ihr ein Geheimnis bewahren?«

»Ja, natürlich. Ich werde schweigen wie ein Grab. Auf mich könnt Ihr zählen.« Sie sah ihn verschmitzt an, während sie die Zeige- und Ringfinger beider Hände übereinander kreuzte.

»Wenn Ihr beide Hände nehmt, ist es doch gar nicht gültig!« Er versuchte ihre Hände zu greifen, aber sie versteckte sie hinter dem Rücken. Für einen kleinen Moment hielt er ihren Blick.

»Ihr seid sehr unbekümmert ...«

»Nun, was ist falsch daran?«

»Nichts. Bleibt, wie Ihr seid. Versprecht mir, so zu bleiben. Und lasst Euch nicht verderben und verbiegen. Von niemandem. Ja, versprecht Ihr mir das?«

»Ich tue mein Bestes! Und nun Ihr! Was ist Euer großes Geheimnis, das Ihr mir anvertrauen wollt? Oder habt Ihr Euch schon dazu entschlossen, es mir nicht zu sagen?«

»Ich gehe in die Salons und rede mit den Bürgersleuten über die neuen Ideen.«

»Ist das nicht auch volkstümlich?«

»Ja, und deshalb darf der König das niemals erfahren! Niemals ...«

»Von mir gewiss nicht! Ich weiß ja immer noch nicht, was die neuen Ideen bedeuten. Wolltet Ihr mir das nicht erklären?«

Er lachte.

»Tja – nun, die neuen Ideen ... Fassen wir es einmal so zusammen: Die neuen Ideen, also ... Es geht um das Wohl des Volkes. Es sind die Ideen von einem Volk, in dem alle, die sich verdient machen um das Wohl der anderen, ihren ... berechtigten Platz an dessen Spitze haben.«

Luise stutzte.

»Also – es geht um das Wohl der Gemeinschaft, also aller ... Man muss zeigen, dass man wirklich und wahrhaftig edel ist, nicht von Geburt, sondern von Gemüt – durch Tüchtigkeit, Klugheit, Verdienste ...«

»Ich rekapituliere: Alle, die tüchtig sind, sind edel.«

»Genau!«

»Aber warum hat dann der König etwas gegen die neuen Ideen?«

»Tja, nun – ich kann mir das auch nicht erklären …«

»Vielleicht …« Wie eine Eingabe kamen ihr die Mahnungen ihres Vaters ins Gedächtnis, und ohne Sinn und Verstand plapperte sie dessen Einlassungen nach. »… weil dann die Bauern frei sind und er nicht mehr so viel Geld hat.«

Louis Ferdinand war verdutzt.

»Genau! Und nicht nur die Bauern sind frei. Alle! Und alles! Mit den neuen Ideen sind alle frei – alles ist frei: Das Handeln ist frei – die Gedanken sind frei – die Taten sind frei. Wie sagt der Marquis Posa in ›Don Carlos‹? *Geben Sie Gedankenfreiheit!* Genau das sind die neuen Ideen! Man darf mit den neuen Ideen tun und lassen, was man will – jeder nach seiner *Façon* und seinem Vermögen … Frei nach dem Leitspruch der Preußen: *Suum cuique.* Man darf zum Beispiel …« – er näherte sich ihrem Ohr und flüsterte: »… sich ohne Aufsicht einer Hofmeisterin auf Kutschfahrten begeben … und Unter den Linden promenieren. Man darf kleine Bürgersmädchen küssen, ohne dass man gescholten wird! Man darf treffen, wen man will. Das sind die neuen Ideen. Und man darf tanzen, mit wem man will …«

Seine Stimme war mit jedem Satz leiser geworden, sodass er mit jedem Wort sich ihr mehr und mehr nähern musste und mit dem letzten Satz nicht einmal mehr den Bruchteil eines Zolls von ihrer Wange entfernt war. In dieser Lage drückte er sie unvermittelt an sich, riss ihre Hand hoch und drehte sie im Walzerschritt über den englisch gestalteten Wiesengrund, der sich trotz der winterlichen Jahreszeit in einem matten, dunklen Grün bis zum Horizont hin ausbreitete. Und während er im Dreivierteltakt und in der Melodie des Liedes *Wenn's immer, wenn's immer, wenn's immer so wär'* sang: »Die neuen, neuen, neuen Ideen« und dabei abwechselnd sie und dann den Himmel in einer verzückten Art ansah, wie man sie eigentlich nur von den Heiligenbildern der Katholiken kennt – da hatte Luise das zufriedene und glückselige Gefühl, endlich verstanden zu haben, worum es bei den neuen Ideen ging.

In den folgenden drei Tagen vertiefte Luise ihre Kenntnisse von den neuen Ideen bei einem heimlichen Streifzug durch das französische Viertel, bei einer Kutschfahrt nach Charlottenburg, bei einem Spaziergang durch den Lustgarten, den sie von ihrem Fenster aus zwar sehen, aber nie hatte aufsuchen dürfen, und einmal sogar auf einer kleinen Ruderpartie in einem Seitenarm der Spree, wo sie wegen einer Ungeschicktheit – weil sie sich nämlich im Saum des schlichten Wollmantels, den sie sich übergezogen hatte, mit einem Fuß verfangen hatte – beinahe ins Wasser gefallen wäre … Nicht auszudenken, was das für fatale Folgen gehabt hätte, wenn die Gräfin Voss sie tropfnass auf ihren Kammern erblickt hätte! Immer holte Louis Ferdinand sie ab, immer tarnte sie sich in einfachen Toiletten, die sie vorgab, für den Karneval zu gebrauchen, immer ging sie auf leisen Sohlen durch die hinteren Treppen an der Gräfin vorbei, wobei sie durchwogt war von Aufregung, Abenteuerlust und dem Gefühl, endlich etwas ganz Grundsätzliches und Tiefgreifendes zu verstehen, was ihr so lange verschlossen geblieben war.

Das erste Mal gab ihr Louis Ferdinand, weil sie darüber gesprochen hatten, einen dünnen Band mit, ›*Die Räuber*‹ von Schiller, den sie lesen sollte. Ein anderes Mal erläuterte er ihr eine dringliche Frage. Luise wollte nämlich wissen, woran man denn die Tüchtigen, Verdienten und Edlen von Gemüt, die die Gesellschaft der neuen Ideen anführen würden, eigentlich erkenne. Er hatte daraufhin geantwortet, dass diese sich vor allem durch Liebenswürdigkeit auszeichnen würden, besonders gegen die Gemeinen, weil die ja schließlich die Arbeit machten – und wie zum Beweis hatte er dem brummeligen Kutscher, der sie wieder fuhr, etwas durch die Luke beim Bock hindurchgereicht, was Luise zum Glück nicht als Zigarre erkannte. Louis Ferdinands Bemerkung hatte sie erröten lassen: Denn sie war sich selbst durchaus bewusst, dass sie nicht immer nett zu ihren Bediensteten gewesen war – besonders nicht zu dem Fräulein Marico, das so manch scharfes Wort von ihr hatte in Kauf nehmen müssen. Ebenso wenig zu dem kleinen Fräulein Elisabeth, das sie missachtete, weil es so schrecklich ungeschickt war und immer alles fallen ließ. Seine Worte hatten sie nachdenklich werden lassen. Wenn auch nur ein bisschen.

Wieder ein anderes Mal erzählte er ihr – aber nur, weil sie es mit den Worten »Ich bin ja nun Preußin, und da gehört das Militär nun mal dazu« zu wissen begehrte – über das Militär, worauf sie in eine Debatte über die Notwendigkeit des Krieges verfielen und sie sogleich von dem schrecklichen Feuer von Mainz erzählte, das sie so gefürchtet hatte. Woraufhin er ihr versprach, dass man den »Franzosenschuften« schon bald den Hosenboden versohlen würde.

Dann versicherte er ihr, dass sie keineswegs den Zorn des Volkes auf sich ziehen würde wie Marie Antoinette, wenn sie sich neue Toiletten zulegte, »auch wenn ich mit dieser Meinung Gefahr laufe, gegen Euren Vater zu stehen, aber das ist es mir wert, meine Schöne!« Denn Marie Antoinette sei nicht, wie allgemein vermutet wurde, wegen ihrer Neigung zu Verschwendung und Vergnügungen weggeführt worden – er vermied es, die Sache beim Namen zu nennen –, sondern weil die eigene königliche Familie, genauer gesagt: ihr eigener Schwager, der Herzog der Provence, sie an das Revolutionstribunal verraten und auch verkauft hätte. Denn dieser trachtete selbst – »Man wird es noch sehen!« – nach dem Thron.

Das beweise also – fuhr er mit einer Emphase fort, die von der ganzen Leidenschaft seiner Ansichten getragen wurde –, dass alle neuen Ideen und neuen Gedanken und alle Politik, die sich damit verband, zwar gut und notwendig seien und eine

Freiheit versprächen, die ihm persönlich – »Und Euch?« – sehr willkommen sei, weil sie die Ketten der Menschheit sprengen würde und alle Menschen zu Brüdern machte. Aber es gäbe eben darüber hinaus noch etwas anderes, Größeres, Besseres, wogegen die neuen Ideen geradezu klein, wenn nicht sogar elendig dastehen würden.

»Nämlich …« – er drehte sich zu ihr hin, umfasste ihre Hände und blickte von seinem sechs Fuß hohen Gardemaß aus ihrer kleinen Gestalt direkt in die Augen – »das einzigartige, tief empfundene, aufrechte Band – echter *Freundschaft.*«

»Freundschaft?«

»Ja, Freundschaft.«

»Ich verstehe …«, sagte sie, die sie sich in ihrer nachmittäglichen Einsamkeit danach so sehr gesehnt hatte.

Dann neigte Louis Ferdinand sich zu ihr herab und küsste sie kurz, flüchtig, aber dennoch … auf den Mund, und als sie stillhielt, sogar noch etwas länger.

Als Luise nach diesem Ausflug mit glühenden Wangen in ihre Kammern kam, stand dort die Gräfin Voss und verlangte Auskunft über ihren Verbleib. Luise jedoch zeigte sich – grundsätzlich, aber auch aufgestachelt durch das, was ihr Louis Ferdinand über die neuen Ideen gesagt hatte – wenig geneigt, sich in irgendeiner Weise zu erklären. Mit trotziger Miene zupfte sie die Handschuhe von ihren Fingern und warf sie aufs Bett.

»So! Wieder einmal auf Etikette bedacht, hm? Wieder einmal Angst gehabt, dass die Bürgersleute mit mir reden, hm? Wieder einmal in Sorge gewesen, dass jemand, der nicht bei Hofe zugelassen ist, Einfluss auf mich nimmt, oder?

Ihr seid meine Gesellschafterin, und stattdessen muss ich mich die ganze Zeit auf meinen Kammern langweilen. Ihr habt aber hier bei mir zu sein und dafür zu sorgen, dass ich mich amüsiere … Und wo ist überhaupt die Gräfin Viereck? Könnt Ihr mir das sagen? Ich habe sie kaum zwei Tage hier gesehen und frage mich also, was sie hier eigentlich an meinem Hofe macht? Ich kann mir gut denken, dass Ihr sie auch vergrault habt, mit Eurer Sucht zu herrschen, und dass sie nur wegen Euch nicht hier ist, wo sie doch hier sein sollte … Nein! Seid still. Ich will nichts von Euch hören! Keine Gegenrede! Im Gegenteil, jetzt will ich einmal etwas sagen: Wenn Ihr so weitermacht, dann seid Ihr die längste Zeit meine Oberhofmeisterin gewesen. Wenn ich nämlich einmal Königin bin, dann wird das hier alles ganz anders sein. Dann mache ich eine tüchtige Bürgersfrau zu meiner Oberhofmeisterin. Genau das werde ich tun. Das Fräulein Schadow etwa oder …« – sie sah die Voss mit zusammengekniffenen Augen an – »… noch besser: die kleine Elisabeth!«

Als sie das ausgesprochen hatte, standen, wie durch ein Wunder zusammengerufen, Luises ganzer Staat und der ihrer Schwester mitsamt den Oberen, Ersten und weiteren Damen, Kammerfrauen, -fräuleins, Mädchen und Helferinnen mit spitzen Ohren in den drei Türen, die zu ihren Kammern führten, und sahen die beiden Kontrahentinnen mit erwartungsvollen Gesichtern an. Selbst die Gräfin Viereck hatte den Weg ins Kronprinzenpalais gefunden. Doch während die kleine Elisabeth mit aufrechter Haltung und leicht zurückgeworfenem Kopf eine Strähne unter ihre weiße, ebenfalls gestärkte Haube klemmte, dampfte die Gräfin Voss mit donnerndem Stock durch die große Flügeltür aus Mahagoni ab, wo ihr alle Neugierigen Spalier standen.

Abends notierte sie in ihrer kantigen, zur Akkuratesse neigenden Schrift in ihr Tagebuch:

»Die Kronprinzessin ist unerträglich. Szenen ohne Ende.«

5

Potsdam, im Marmorpalais

Als der dicke König mit der Viereck vom Bett zur Ottomane wechselte, welche der Mittelpunkt des »Türkischen Zimmers« war, das – wie man sich am preußischen Hofe die Unterkunft der Osmanen nicht ganz wahrheitsgetreu vorstellte – mit Federn, Masken, Lanzen und Schilden im orientalischen Stil geschmückt war, hatte diese ihm bereits brühwarm von dem Streit der Oberhofmeisterin mit der Kronprinzessin erzählt – und der unermesslichen Langeweile, die diese offenbar veranlasst hatte, Unter den Linden herumzustreifen.

Sofort hatte der König auf ihrem Rücken ein Schreiben verfassen wollen, in dem er Luises Hofmarschall, Valentin von Massow, die Bitte antrug, die Aufwendungen für die Kronprinzessin zu erhöhen. Sollte sie prassen, sollte sie verschwenden, sollte sie sich die Sinne betäuben, dachte er – Hauptsache, sie fing nicht an, dummes Zeug über die neuen Ideen zu lesen, durch die bürgerlichen Salons zu streifen oder sich gar mit Louis Ferdinand zu treffen. Das wäre fatal, dachte er, aber alles andere war ihm gleich.

»Was wird sie wohl wollen?«, fragte er seine Gespielin, doch bevor diese antworten konnte, sprach er schon weiter: »Kleider, viele schöne Kleider! Soll sie sich Kleider kaufen, dann kommt sie auf andere Gedanken.«

Das aber war genau das, was die Viereck am liebsten versucht hätte zu hintertreiben. Sie grollte Luise, weil diese so großzügig mit dem bedacht wurde, was sie sich für sich selbst wünschte, und in einem Anflug von Aufmüpfigkeit, die sich in Gegenwart des Königs bislang nie gezeigt hatte, fielen ihr die Worte aus dem Mund:

»Was will sie denn mit Kleidern? Sie hat doch schon so viele.«

Sie neckte ihn mit einer Straußenfeder, die sie einem Gefäß

entnommen hatte, das an eine Amphore erinnerte, und imitierte das Miauen eines Kätzchens, um ihn sanft zu stimmen. Das hätte jedoch nicht notgetan, denn der König näherte sich ihr mit vergnügter Miene und auf allen vieren, wobei er das Fauchen eines Königstigers imitierte.

»Miau!«, gab sie kleinlaut von sich.

Er aber stützte seine Antwort mit der vollen Resonanz seines dicken Bauches: »Groar!«

Dann stürzte er sich an ihr Dekolletee und küsste ihr mal links, mal rechts den Zuckerguss weg, mit dem sie ihre Brustspitzen, eigens um ihren anspruchsvollen Liebhaber bei Laune zu halten, kunstvoll und in mattem Rosé kandiert hatte. Mit jeder Zuwendung stieß er ein anderes Kosewort aus und steigerte sich wieder in diese Art der gedrechselten Ehrerbietung hinein, in der er die Bedeutung eines Wortes durch das Anhängen von Vor- und Nachsilben sowie Wiederholungen ins Unermessliche zu steigern versuchte, wobei er die Frequenz seiner Küsse der Vervielfachung seiner Beteuerungen anglich:

»Meine Teuerste. Groar.«

»Meine Allerteuerste. Groar.«

»Meine allerteuerste Teuerste. Groar.«

»Meine kluge allerteuerste Teuerste. Groar.«

»Meine klügste kluge allerteuerste Teuerste. Groar.«

Man hätte meinen können, sich mitten im Dschungel Indiens zu befinden statt im Marmorpalais. Die Laute des Königs waren so gewaltig, dass der Heiligensee, an dessen Ufer er es hatte erbauen lassen, schon Wellen schlug.

»Miau!« Die Viereck versuchte, ihn auf Distanz zu bekommen, indem sie ihn mit der Straußenfeder kitzelte, und tatsächlich ließ er sich auf den Rücken fallen, bedeutete ihr aber, an anderer Stelle weiterzumachen. Nun hatte sie die Arbeit.

»Was wäre ich bloß ohne Euren Rat«, sagte er seufzend, als er das Auf und Ab ihres schlanken Rückens betrachtete. »Ich werde ihr keine Kleider schenken, wie recht Ihr doch habt, meine

Teuerste. Nein, Ihr sollt Kleider bekommen, viele schöne Kleider, allerteuerste Teuerste.«

»Miau!« Der König gab Signal zum Weitermachen und seufzte genüsslich, als die Viereck tat wie ihr befohlen.

»Die Kronprinzessin aber soll zu ihrem Geburtstag Schloss Oranienburg bekommen!«

Am liebsten hätte die Viereck zugebissen.

6

Berlin, den 21. März 1794

Mein lieber Fritz, mein lieber Freund,

Du kannst Dir gar nicht denken, wie einsam ich mich fühle. Als ich heute Morgen Dein flaches leeres Bett sah, war ich sofort ganz außer mir. Du kannst Dir die Beklemmung nicht vorstellen, die mich befällt, wenn ich an den Tag denke und die Einsamkeit, die mich jedes Mal überwältigt. Die Voss sperrt mich ein, und dann den ganzen Tag diese große Leere. Ich weiß nicht, warum das so sein muss. Du besitzt Kenntnis der großen Welt, aber ich bin noch gänzlich unerfahren darin. Ich kann Dir nur versichern, dass ich ein gutes Herz habe. Bei allem, was passiert. Ich liebe Dich,

Deine Luise.

PS: Hab Nachsicht mit mir, dass ich gestern wieder zu spät zur Assemblee des Grafen Möllendorf gekommen bin. Entschuldige mich. Ich kann ihn nicht leiden. Findest Du nicht auch, dass sein Gesicht von äußerster Brutalität ist? Und dabei ist er trotz seines hohen Alters vom Wesen her so unreif und kindisch wie ein Knabe.

PPS: Dann muss ich dringend mit Dir über einen neuen Untertanen reden, der mir schlimme Kopfschmerzen und sogar Übelkeit bereitet.

Luise sah hoch. Mit acht Schlägen meldete sich ihre Uhr, die auf dem Sekretär stand, und wieder fiel ihr ein, dass sie sie reparieren lassen wollte, denn egal, wie viel sie daran drehte, sie stimmte nie mit den Glocken des nahen Doms überein. Schlugen die Glocken, war es auf ihrer Uhr erst fünf Minuten zur vollen Stunde. Heute jedoch hatten die Glocken noch nicht eingesetzt, die Uhr aber schon. Kam sie deswegen immer unpünktlich? Ach, sie hatte größere Sorgen, viel größere ...

Sie durfte Louis Ferdinand nicht mehr sehen! Er war wie ein süßes, aber schleichendes Gift ... Schon drei Mal hatte sie fest beschlossen, von ihm Abschied zu nehmen. Aber immer, wenn er dann vor ihr stand, sie ansah, sie anlächelte, mit seiner sanften, dunklen Stimme zu ihr sprach, wenn er ihr von den Dingen erzählte, von denen sie nichts verstand, wenn er ihr die neuen Ideen erörterte, sie der Leidenschaft seines Vortrags lauschte, sie zu geheimen Orten führte und wenn er sie dann in seine Arme nahm, sich ihrem Gesicht näherte und ... ach, dann war alles vergessen. Dann war sie schwach und nur stark in dem Wunsch, dass die Zeit anhalten würde und es immer so bleiben würde wie in diesem Moment.

War es möglich, zwei Menschen zu lieben?

Sie ging zurück in ihr Bett und fühlte die Kühle der seidenen Laken.

Schon einmal hatte sie sich das fragen müssen, und schon einmal hatte sie darauf keine Antwort gehabt. Ach, sie kam sich schon vor wie die Heldin eines der vielen Romane, die sie gelesen hatte: ein Edelfräulein, umworben von zwei Rittern, der eine treu und redlich, der andere voller Kraft und Lebenslust ... Jeder, der diese Romane kannte, wusste, dass der Abenteurer dem Redlichen unterliegen würde, dass er das Fräulein unglücklich machte, weil er nicht bleiben konnte, sondern ziehen musste – zu neuen Taten, neuen Ländern, auch zu anderen Edelfräuleins. Und dennoch ...

Konnte das Leben nicht anders verlaufen als ein Roman?

7

»Wie schön Ihr doch seid!«

Louis Ferdinand kam mit ungepudertem Haar und in leicht staubigen Stiefeln, die verrieten, dass er den Weg vom Schloss Bellevue zu Fuß durch die Behrenstraße zu ihr gegangen war. Mit offenem Rock schlich er durch eine Seitentür in die Gemächer Luises und begrüßte sie mit angedeutetem Handkuss, während er sich gleichzeitig umsah, ob nicht die Voss oder die Viereck sich möglicherweise doch noch und gegen die geheime Absprache mit Luise im Raum befanden.

Er atmete auf, als er ausgemacht hatte, dass sie alleine waren, drückte sie dann an sich und küsste sie lang und leidenschaftlich, wobei er mit seinen Händen zu ihrer Taille herunterwanderte und sie zärtlich umfasste.

»Ihr seid gar nicht gerichtet! Wie soll ich Euch ausführen? Seid Ihr nicht gespannt auf die Überraschung, die ich Euch heute zu bieten habe?«

Luise ging wortlos zu ihrem Kanapee aus dunkelblauem Brokat und stimmte ihre Gitarre. Sie trug ein neues Kleid mit hohem Bund im antikisierten Stil. Die Bahnen aus hauchdünnem Cottun schmiegten sich eng an ihren Körper. Um den Hals hatte sie ein Tuch gewickelt.

»Oh doch, es ist nur …«

Sie hielt die Hand auf das Tuch, um anzudeuten, dass sie Halsschmerzen hatte, tatsächlich aber verbarg dieses Manöver nur die Absicht, sich etwas Raum zu verschaffen, weil sie nicht wusste, wie sie es anstellen sollte, ihm zu sagen, dass man sich nicht mehr sehen dürfe. Sie liebte Louis Ferdinand mit jedem Male, das sie sich gesehen hatten, mehr, und mit jedem Male, das Friedrich Wilhelm – der Einzige, der sie aus dieser Lage retten konnte – nicht da war, um sie vor sich selbst zu beschützen, merkte sie, dass die Stärke, die sie aufgebaut hatte, aufweichte. Sie musste es tun, sie musste sich trennen, sie durfte Louis Ferdinand nie wieder sehen. Es war einfach zu gefährlich. Und dennoch …

Wenn er nicht da war, fühlte sie sich stark genug, ihm das alles zu sagen, ihm von den Gefahren zu erzählen, der Angst, die sie hatte, entdeckt zu werden. Stand er aber, so wie jetzt, in seinem ganzen stattlichen Maß vor ihr, waren alle guten Vorsätze hinüber. Da wollte sie nur eins – dass er bei ihr blieb.

Er setzte sich ans Cembalo und spielte eine fröhliche Polka, um sie heiter zu stimmen, und sah sie dabei immer wieder über die Schulter an. Sie aber wurde sofort von einer Wehmut befallen, weil dieses Lied sie an Polen erinnerte und daran, dass Friedrich Wilhelm bald wieder weg sein würde, weil der König in Polen mobil machen wollte und sie dann nicht wüsste, ob sie noch Herrscherin über ihre Gefühle war. Denn dann würde sie völlig allein sein und ohne Kontrolle.

»Wie schön Ihr seid!«, sagte er.

»Oh, ich habe Euch doch gesagt, dass ich das nicht hören möchte!«

Sofort hörte er auf zu spielen.

»Aber warum hört Ihr auf? Wollen wir nicht ein wenig zusammen musizieren?«

Jetzt erst begriff Louis Ferdinand, dass Luise sein Kompliment über ihre Schönheit gemeint hatte, und legte in der Weise, wie es sich zwischen ihnen bereits zum Ritual entwickelt hatte, nach.

»Aber was kann ich denn dafür, dass Ihr so schön seid?«

Dann drehte er sich wieder den Tasten zu und stimmte einen Walzer an. Irritiert horchte sie auf, aber nicht nur, weil sie vergeblich versuchte, mit ihrer Gitarre den Takt zu halten, und schließlich aufzugeben gezwungen war – sondern weil sie das Gefühl hatte, dieses Lied schon einmal gehört zu haben. Es war etwas Besonderes an dieser Melodie, das sie sich nicht erklären konnte. Woher kannte sie bloß dieses Lied? Sie trommelte mit ihren Fingern auf den Korpus der Gitarre und überlegte. Sie kam aber nicht darauf und applaudierte verlegen, als er sich nach einem donnernden Finale zu ihr umdrehte und sich vor ihr verbeugte wie ein Maestro der italienischen Oper.

»Bravo, bravo!«

Sie rief und klatschte, als hätte sie die Distanz von der Königsloge bis zur Bühne zu überwinden, und brach in dieses alberne Gelächter aus, das sie vor ein paar Wochen nur in Fritzens Gegenwart zu zeigen gewagt hatte, aber mit der zunehmenden Vertrautheit, die sich durch ihre Treffen mit Louis Ferdinand aufgebaut hatte, nun auch ihm offenbarte. Es war ein Zeichen ihrer Empfindung, sich geborgen zu fühlen.

Er genoss noch eine Weile ihre Aufmerksamkeit und bat dann schließlich um Papier und Feder. Mit wenigen Strichen notierte er die Noten des Liedes, das sie gerade so in Verzückung versetzt hatte, dann nahm er Schwung, ließ sich auf den Boden fallen und rutschte auf den Knien über das blanke Parkett bis vor ihre Füße. Mit geneigtem Kopf überreichte er ihr seine Gabe mit beiden Händen, als ob er sie auf einem Tablett präsentieren würde.

»Für Euch, meine Schöne …«

»Oh, danke! Danke, danke, danke!« Sie klatschte immer noch.

»Weil es Euch so gut gefallen hat …«

»Ja, das hat es. Danke. Oh, vielen Dank. Ihr seid einfach wunderbar.«

Er sah sie an, aber als sie außer ihrer offensichtlichen Begeisterung keine Reaktion zeigte, fühlte er sich bemüßigt nachzufragen.

»Kennt Ihr das Stück nicht?«

»Sollte ich?«

Er drückte sich mit der Kraft seiner Beine hoch, stampfte ein paar Mal aus Übermut wie bei einem Kasatschok mit den Schuhen auf, ließ sich dann neben sie auf das Kanapee fallen, griff sogleich nach der Kordel, die ihr Kleid hielt, und tat so, als ob er daran ziehen wollte …

Sofort schlug sie ihm auf die Finger.

»Was für ein bezauberndes Kleid Ihr anhabt. Wo lasst Ihr schneidern, meine Schöne?«

Sie legte die Noten, die er ihr gegeben hatte, auf das Nähtischchen aus Mahagoni, das neben dem Kanapee stand, und drehte sich ihm mit geneigtem Hals zu.

»Ihr sollt doch nicht immer …«

»In Paris?«

»Nein.« Sie stand unvermittelt auf und ging zum Bücherschrank, der neben dem Fenster stand, aus dem sie so viele Nachmittage herausgeblickt hatte, und wo sie die drei Modezeitschriften, die sie neben der gänzlich ermüdenden *Hamburger Zeitung* abonnierte, aufbewahrte.

Er sah ihr hinterher. »Es ist wie gemacht für Euch, dieses Kleid! Wie es Eure Schönheit heraushebt! Ihr seid wie geschaffen für diese neue Mode. Einfach wunderbar – einfach ganz, ganz wunderbar hübsch …«

Er maß jeden Zoll ihres wohlgeformten Körpers ab, als sie ihm die Ausgabe des *Journals für Luxus und der Moden* hinhielt, nach dessen Abbildungen sie hatte fertigen lassen.

»Hier! Das ist das Kleid … Aber fertigen lassen habe ich es bei Vibeau. Eure Schwester hat es mir empfohlen. Hat sie eigentlich mein Geschenk bekommen? Ich hatte es ihr zusenden lassen. Fontane hat endlich die Rechnung genehmigt … das wurde aber auch Zeit.«

»Oh, gewiss … Sie hat sich sehr gefreut und es sogleich bei sich aufgestellt. Ich übertreibe nicht, wenn ich sage: Genau so ein Stück hat ihren Kammern noch gefehlt.« Er schnalzte unbemerkt mit der Zunge und versuchte, als ihm das Derbe dieser Geste bewusst wurde, das Geräusch durch ein nervöses Hüsteln zu kaschieren.

»Mein Hals! Habt Ihr mich etwa angesteckt?«

»Ihr seid ja kaum eine halbe Stunde da. Wie sollte das denn so schnell geschehen sein?« Sie kam mit der aufgeschlagenen Zeitung auf ihn zu, da gebot er ihr mit dem ausgestreckten Arm, stehen zu bleiben:

»Manchmal kann das sehr schnell geschehen, wenn man sich nah ist …«

»Bitte hört auf.« Sie wedelte mit den Händen, und es war, als ob sie heute den Spaß, den sie sonst miteinander hatten, nicht ertrug.

»Bleibt stehen, bleibt stehen. Wenn ich Euch so betrachte – Ihr seht aus wie ein Gemälde! Dreht Euch nach links. Sagenhaft. Euer Profil ist so wie das einer römischen Göttin. Ihr seht aus, wie dem Himmelreich entstiegen. Nein, Ihr seid nicht wie ein Gemälde, Ihr seid wie eine Statue, eine antike Statue. Wie Aphrodite! Man sollte Euch in Stein hauen.«

»Was Ihr nicht sagt!«

»Wieso seid Ihr schon wieder so kühl gegen mich?«

»Nein, aber das bin ich doch nicht. Ich wollte Euch nur sagen, wie recht Ihr habt.«

»Wenn ich Euch Aphrodite nenne?«

Sie lachte: »Ihr seid und bleibt ein Schmeichler.«

»Wenn es doch wahr ist. Was kann ich denn dafür, dass Ihr so schön, schön, schön seid.« Er sang die Worte in der Melodie des Walzers, den er ihr als Geschenk überreicht hatte.

Sie schüttelte den Kopf: »Nein, es ist … Ich … ich *werde* nämlich in Stein gehauen!«

»A-ha, tatsächlich. Wo und von wem denn, und darf ich dabei sein?« Er war versucht, wieder vor ihr auf die Knie zu gehen, bremste sein Vorhaben aber gerade noch ab, weil er seinen Avancen dann doch nicht diese peinliche Note von Ergebenheit geben wollte, sondern werben wollte wie ein Mann von Stand, der selbst etwas zu bieten hatte.

»Schadow. In seinem Atelier. Täglich. Zusammen mit meiner Schwester. Habe ich Euch nun all Eure Fragen beantworten können? Oder darf ich noch auf andere Weise Eure Neugierde befriedigen?«

Ihr schroffer Ton war nicht nur dem Vorhaben geschuldet, ihre heimlichen Treffen mit ihm zu beenden, sondern vielmehr dem Gefühl, dass dieses Vorhaben wieder einmal zurückgedrängt wurde von dem Wunsch, dass alles so bleiben möge wie bisher. Sie versuchte, ihn mit besonderer Kälte anzusehen, als sie sich wieder neben ihn setzte und seinen Worten kaum Konzentration entgegenbringen konnte.

»Oh, das dürft Ihr! Ich wage es kaum zu fragen. Aber: Darf ich dabei sein, wenn ein Ebenbild von Euch entsteht, und darüber wachen, dass es Eure Schönheit so wiedergibt, dass es der Wahrheit entspricht?«

»Schmeichler!«

»Darf ich?«

Er sah sie an, als ob er ahnte, was sie ihm sagen wollte, und legte dennoch alle Zärtlichkeit in seinen Blick, denn die ganze Stadt wusste, dass Schadow Maß nach der Natur nahm, und *das* Schauspiel wollte er sich nur ungern entgehen lassen. Denn was ist besser als eine Mecklenburger Prinzessin, dachte er und verkniff sich den Impuls, sich die Lippen zu lecken. Zwei Mecklenburger Prinzessinnen! Er stammelte, weil dieser Gedanke selbst ihn, der die Frauen kannte, dann doch aus der Fassung brachte: »Ich will … Ich will … Richter über Eure Schönheit sein.«

Sie richtete sich auf und sah ihm mit aller Tapferkeit, die sie aufbringen konnte, direkt in die Augen:

»Nein, das dürft Ihr nicht.«

»Aber warum?« Sein Blick zeigte einen Anflug von Beleidigtsein.

»Ganz einfach. Ihr seid zu spät!«

»Zu spät?«

»Ja, denn darüber wacht nun schon mein Mann!«

Peinlich berührt von seiner eigenen, durch Fantasie und

Wunschgedanken auferlegten Offensive und der Bedrängnis, in die er sie gebracht hatte, nahm er sich völlig zurück. Er atmete ein paar Mal tief durch, ließ das Gesagte unberührt und näherte sich dann mit sanftem Bariton ihrer kalten Schulter:

»Ich wollte Euch nicht in Verlegenheit bringen.« Noch einmal setzte er eine Pause. »Ich wollte doch nur freundlich sein und Euch zeigen, wie hoch ich Euch schätze. Ich will Euch doch einfach nur ein Freund sein – ein guter Freund …«

Oje, dachte sie, warum machte er es ihr nur so schwer? Ein Freund! Ein Freund! Wie sehr sehnte sie sich in ihrer Einsamkeit nach einem Freund – und wie sehr hatte sie die wenigen Nachmittage, die sie zusammen verbracht hatten, genossen. Sollte es wirklich ein Ende haben? Ja! Nein! Doch! Sofort! Doch nicht! Ihre Gedanken schlugen in alle Richtungen aus.

Ach, sprach sie zu sich, wenn es doch nur die Möglichkeit gäbe, zwei Menschen zu lieben, dann wäre alles gut, dann wäre sie gerettet, dachte sie, aber so: Sie konnte doch nicht … sie durfte doch nicht … aber sie wollte doch!

Sie ballte entschlossen ihre großen Hände, die so gar nicht zu ihrem kleinen Körper passten.

Sie musste sich von ihm trennen, hier und jetzt, sie musste ihm verbieten, ihr den Hof zu machen, sonst wäre alles verloren, sonst wäre sie verloren. Sie seufzte.

Die Uhr schlug die volle Stunde. Einzig ihr Ticken klang in den Raum. Selbst das Treiben Unter den Linden konnte sie nur wie durch einen dicken Vorhang vernehmen, obwohl das Kammermädchen vergessen hatte, die Fenster zu schließen. Sie blickte starr vor sich hin und bemerkte plötzlich aus den Augenwinkeln, dass er sie von der Seite ansah.

Sie nahm allen Mut zusammen, um die Schwere, die im Raum lag, zu zerreißen, auch wenn ihre Heiterkeit aufgesetzt und ohne Substanz war.

»Jetzt sagt bloß nicht wieder: Wie schön Ihr doch seid!«

Diesmal aber blieb er stumm. Er nahm sich lange Zeit, seine Worte zurechtzulegen, so lange, bis er bemerkte, dass Luise unruhig wurde, was sich ihm darin zeigte, dass sie die Schleife, die ihr die hohe Taille abband, zu einer kleinen Locke drehte. Samt belegte seine Stimme:

»Nein, das habt Ihr mir doch verboten. Ich werde es nie mehr sagen. Ich sagte doch, ich bin Euch ein Freund, und ich werde nicht herausfordern, dass ich Euch Anlass zu Verdruss gebe.«

»Nie mehr?« Sie klang plötzlich traurig.

»Aber Ihr habt es so gewollt! Ich richte mich nur nach Euren Wünschen! Einfach nur nach Euren Wünschen. Mehr nicht.«

Sie rieb sich die Nase. Seine Worte ließen sie erahnen, wie es sein würde, wenn sie sich tatsächlich nicht mehr sahen. Es traf sie härter, als sie es je geahnt hatte.

In diesem Moment war sie kurz davor, ihren Plan, ihre heimlichen Treffen zu beenden, zu verwerfen und sich ihm mit ihren ganzen Gefühlen anzuvertrauen. Ach, wenn es doch möglich wäre … Was sollte sie bloß tun? Warum war es nicht erlaubt, zwei Menschen zu lieben? War nicht auch alles erlaubt, was möglich war? Hatte ihr Vater nicht gesagt, dass selbst die Revolution von Gott gewollt war? Ach, was nützte es, hier zu räsonieren, was Gott gewollt hatte und was nicht, wenn sie am Ende vom Hof gejagt würde wie eine Küchenmagd, die eine Gans gestohlen hatte und eine Bratpfanne noch dazu? Es war doch offenbar, dass sie nicht zwei Menschen lieben durfte, jedenfalls nicht so, wie sie Friedrich Wilhelm und Louis Ferdinand liebte …

Nein, sie musste stark bleiben, sonst war sie verloren. Sie musste ihm sagen, dass es so nicht weitergehe. Sie musste … jetzt! Sofort!

»Ihr habt recht! Ihr dürft mir nicht mehr sagen, wie schön ich bin, Ihr dürft mir auch nichts anderes mehr sagen. Ihr dürft …«

Ihr versagte die Stimme.

Er aber rückte etwas näher an sie heran und sah, dass ihre Augen vor Tränen glänzten.

»Was ist los, meine schöne Freundin? Darf ich wissen, warum Ihr so traurig ausschaut?« Er nahm ihre Hand, drückte sie und benetzte sie dann mit mehreren Küssen. Mit zusammengezogenen Augenbrauen sah er zu ihr hoch. »Meine Teuerste, wie kann ich Euch nur trösten … Liegt es an mir?«

Sie starrte auf den gegenüberliegenden Kamin und die kleine Sitzgruppe, die dort stand und nur selten benutzt wurde, weil sie ja kaum Besuch empfing – genau genommen: empfangen durfte, da die Gräfin Voss immer noch eifersüchtig über ihre Gesellschaft wachte –, und schüttelte sehr langsam den Kopf.

»Liegt es an der alten Gräfin?«

Immer noch starr und konzentriert atmend, weil sie spürte, dass die Tränen in ihr aufstiegen, tat sie auch diese Frage mit einem kleinen, kaum sichtbaren Zucken der Augen ab.

»Na dann an der Viereck.«

Mit Kraft presste sie heraus: »Die ist ja nie da!«

»Das kann ich mir denken …«

»Wieso das?« In ihr mattes, freudloses Gesicht schoss mit einem Male etwas Energie.

»Wisst Ihr das etwa nicht?« Er selbst stand plötzlich mitten im Raum und sah sich um, als ob er sich beobachtet glaubte. Nervös zog er seinen Rock nach unten und setzte sich wieder, indem er sich mit dem Gedanken beruhigte, dass die Gräfin Viereck ja nie da sei. Denn wenn die Viereck von seinen Treffen mit Luise etwas mitbekommen hätte, hätte sie es schon längst dem König gemeldet, und er, Louis Ferdinand, würde nicht hier mitten im Raum von Luise stehen, sondern wahrscheinlich schon auf den Kasematten von Küstrin verelenden. Er schlug die Beine übereinander und strich mit seiner Hand über den linken Oberschenkel. Sein Fuß wippte.

Aber Luise war alarmiert: »Ja, was denn? Was ist denn mit ihr?«

Louis Ferdinand drehte sich zu ihr hin, als ob er sie vor etwas beschützen wollte.

»Sie ist …« Nun versagte ihm die Stimme.

»Nun sagt schon!«
»Sie ist … die Geliebte des Königs!«
»Bitte?«
Nun stand Luise plötzlich mitten im Raum. Energisch ging sie hin und her und ballte wütend die Fäuste. Das konnte doch nicht sein! Das war doch nicht wahr! Das war doch alles nicht zu glauben und zu fassen! Um Himmels willen! Was wäre, wenn die Viereck von ihr und Louis Ferdinand wusste? Von ihren heimlichen Treffen, von ihren Spaziergängen im Park ohne Aufsicht und ohne Dame, und es dem König weitersagte? Es war nicht auszudenken. In einem plötzlichen Anflug von Hitze offenbarten sich die roten Flecken, die sich immer, wenn Luise sich in die Enge getrieben fühlte, ihres Halses und ihres Dekolletees bemächtigten. Sie war so außer sich, so aufgescheucht, dass sie nicht wusste, wohin mit ihrer Ratlosigkeit, und ihre Hände kraftvoll knetete.
Sie hielt vor ihm an: »Wir dürfen uns nicht mehr sehen!«
Er aber blieb ruhig.
»Aber warum? Es ist doch nichts Schlimmes dabei! Die Viereck ist doch nie da … Habt Ihr mir nicht gesagt, dass sie nie da sei? Na also!« Er schlug nun das eine Bein auf das andere, während er immer noch die Arme auf der Rückenlehne des Kanapees ausstreckte und so lässig tat, als ob nichts passiert sei.
»Nein, wir dürfen uns nicht mehr sehen. Nie mehr!«
»Ich verstehe nicht …«
»Ich sage: Nein!«
»Aber es ist nichts Falsches daran, ich bin doch nur Euer Freund.«
Seine Hände vollführten in der Luft Bewegungen der Beteuerungen, er versuchte, ihr Kleid zu greifen und sie zu sich zu ziehen. Sie aber tat einen Schritt zurück, so blieb ihm nur noch seine sanfte Stimme.
»Ich bin ein Freund, und ich werde es immer sein, und das ist etwas, was Ihr mir nicht verbieten könnt und was ich mir von

niemandem verbieten lassen werde.« Er klopfte mehrmals mit der Rechten auf seine Brust: »Weil es mein Herz mir befiehlt!«

Er stand auf und ging ihr einige Schritte entgegen, um dieses Bekenntnis mit einer Umarmung zu besiegeln. Sie aber wandte sich ab und eilte zum Fenster, um Atem zu schöpfen. Sie stützte sich auf das Fenstergesims und sog in kurzen, heftigen Zügen die Luft ein. Doch als er sich ihr von hinten näherte, merkte er, dass ihr Atmen bereits in ein Weinen übergegangen war. Versöhnlich drehte er sie zu sich hin und umschloss mit beiden Händen ihren Kopf. Sie standen still und sahen sich lange in die Augen.

Da war es wieder, dieses Gefühl, dachte sie. *Spannung!* Es war *Spannung!* In dem Moment küsste er ihr eine Träne von den Wangen.

»Nun darf ich Euch also nicht mehr lieben?«

Sie nickte. Dann verließ er das Zimmer durch die Tapetentür.

Sie aber setzte sich wie betäubt aufs Kanapee und sah auf die Noten, die er ihr zum Geschenk gemacht hatte. Endlich fiel ihr ein, woher sie die Melodie kannte. Es war der Walzer, zu dem sie das erste Mal miteinander getanzt hatten: »*Wenn's immer, wenn's immer, wenn's immer so wär' …*«

In diesem Moment trat zum ersten Mal die Gräfin Viereck in ihre Kammern.

8

Sie schwiegen, als ihre leichte Chaise von der Behrenstraße in die Markgrafenstraße einbog und dann ihren Weg zum Gendarmenmarkt nahm, um dort in endlosen Runden die Französische Kirche, die Neue Kirche und die dazwischen liegenden, verwaisten Stallungen und ebenso die verwaiste Hauptwache der *Gens d'Armes* zu umkreisen. An einem Mittwoch wie heute boten die Bauern, die von der Mark früh hierher aufgebrochen waren, ihre Waren feil, die um diese winterliche Jahreszeit freilich zartes Grün, sonniges Gelb und knalliges Rot, Frische, Saftigkeit und Leuchten vermissen ließen, sondern sich eher in matten Tönen von Grau bis Braun und gelblicher Trockenheit offenbarten: kleine, mittlere, große und enorme – Kartoffeln.

»Armes Preußen!«

»Wie recht du hast …«

»Ich hätte es für Preußen getan! Nur für Preußen. Ich weiß, dass man Opfer bringen muss …«

»Das glaub ich dir aufs Wort.«

Nach zwei weiteren Runden um den Gendarmenmarkt lag immer noch Bitterkeit in der Luft: »Ich glaub', sie weiß nicht einmal, wer Schiller ist …«

»Was hast du erwartet? Sie kommt aus Darm-stadt.«

»In ihrem Bücherschrank stapelt sie Modejournale! Jour-nale im Bü-cher-schrank …«

»Das ist sehr eigenartig. Denn dafür, dass sie sich so für Mode interessiert, hat sie doch einen reichlich schlechten Geschmack …«

»O ja, sie hat meiner Schwester einen dieser hässlichen Affen aus der Königlichen Porzellanmanufaktur geschenkt …«

»Och, der ist mir heute versehentlich heruntergefallen. Tut mir das aber leid.«

»Dann liest sie Romane! Ich hab's gesehen, als sie zum Bücherschrank gegangen ist. Kaum zu glauben! ›Die witzige Tirolerin‹, ›Siegfried von Lindenberg, eine komische Geschichte‹, ›Otto von Schwarzburg, eine Geistergeschichte‹, ›Der Empfindsame, Maurus Pankrazius Ziprianus Kurt‹ …«

»Tja, ist halt ein kleines Edelfräulein, das von Ritterspielen träumt …« Massenbach lachte dieses meckernde, kehlige Lachen, das oft von den Offizierskasinos auf die Straße drang.

»Und Lafontaine liest sie auch.«

»Ist halt eine dumme Gans.« Massenbach gackerte.

»Du kannst dir das nicht vorstellen! Sie hat bestimmt schon 20 Bände von ihm da stehen. Reihenweise Lafontaine, immer nur Lafontaine.«

»Kann ich mir sogar sehr gut vorstellen. … Bei dem Mann!«

»Er hat keinen Geist!«

Massenbach machte eine wegwerfende Handbewegung.

»Er ist ein Inspekteur von Rockknöpfen.«

»Hm.«

»Ein Litzenprüfer.«

»Nun …«

»Ein Uniformschneider!«

Massenbach nickte.

»Er ist ein ehrpusseliger Feldwebel.«

Wieder bestätigte Massenbach mit einer abfälligen Geste. »Kein Talent zum Oberst!«

»Er hat überhaupt kein Talent …«

»Nein!«

»Er ist ohne Kenntnisse, ohne Bildung, ohne Geist, ohne Genie, ohne Erziehung, ohne Größe, ohne militärisches Geschick. Er hat keine Vision, und ich frage mich jeden Tag, warum es hier nicht so ist wie in Russland, wo der Tüchtigste und Klügste Zar wird und nicht bloß der Stammhalter. Meine Güte! Er kann ja noch nicht einmal richtig reden, dieser … dieser … dieser, ach … Prinz Infinitiv! Wie soll der König werden? Sag mir das, hm? Sag mir das!«

»Louis Ferdinand, bitte! Beruhige dich!«

»Nein, sag mir das …«

»Jetzt gib Ruhe. Lass uns hinunter in den ›Trompeter‹ fahren. Die ganze Bagage ist da, und ein paar prächtige Weiber hab' ich auch bestellt. Sollst sehen: Der Tag wird sich noch lohnen … Und wenn das deine Laune nicht hebt, können wir ja ein paar Leute von den Bürgersteigen stoßen und den braven Damen einen Schrecken einjagen …«

»Ach du Dreckskerl, du bist heute wieder besonders liederlich. Kein Wunder, an so einem Tag. Nun muss Preußen vor die Hunde gehen ...«

Dennoch gab Louis Ferdinand dem brummigen Kutscher die Order, in Richtung Potsdam zu lenken. Dieser bog zurück in die Markgrafenstraße ein und nahm diesmal nicht schon die Behrenstraße nach links, was eigentlich der kürzeste Weg zum Potsdamer Tor gewesen wäre, sondern, in Kenntnis der dortigen maroden Straßenverhältnisse, die weit komfortablere Route durch die Prachtstraße Unter den Linden.

Dort passierte er gerade die Hundebrücke, als ihm eine stattliche Equipage den Weg abschnitt. Der stämmige Kutscher hatte schon etwas Unanständiges auf der Zunge, was er dem Gegenüber auf dem Bock hinterherrufen wollte, da zog er das Pferd abrupt an den Zügeln und grüßte seinen Gegenspieler mit einer Freundlichkeit, die Eingeweihten die hohe Stellung von dessen Dienstherrn verriet. Er verlangsamte das Tempo, weil die entgegenkommende Kutsche direkt vor dem Kronprinzenpalais in einem umständlichen Haltemanöver rangierte und er nicht vorbeikam, und sah, dass dem Wagen die Gräfin Brühl und die Schwester der Kronprinzessin entstiegen – die kleine Friederike.

»Ach, sieh mal – mein Don Pedro von Preußen.« Massenbach stieß Louis Ferdinand in die Rippen. Er deutete auf Friederike und unterstrich seinen Gedanken, indem er den Daumen durch den Zeige- und Mittelfinger steckte und unanständig damit wackelte. »He da, sieh doch – Don Pedro! Hehe, Preußen ist doch noch nicht verloren!«

Louis Ferdinand gab ihm einen Hieb auf die Schulter und sagte: »Für Preußen! Nur für Preußen!« Und nachdem er sich zufrieden den Rock glattgestrichen hatte: »Bist wieder eingestellt ... du Dreckskerl!«

9

»Hab's jehört. Bin ich sofort gekommen!«

Luise hatte – in Erwartung der Anschuldigungen, die ihr Mann und, ach, die ganze Königsfamilie gegen sie erheben könnten – die ganze Agenda von Ehrerweisungen, die ihr die Voss ausgerechnet heute, wo sie alleine sein wollte, aufgetragen hatte, mit dem Hinweis auf ihre Halsschmerzen abgesagt. Den ganzen Tag über war sie in ihren Kammern zurückgeblieben, um sich in Gedanken Unschuldsbeteuerungen und Zeugnisse ihrer Standhaftigkeit zurechtzulegen, damit sie für alles, was da zu kommen drohte, gewappnet war. Sie war in Aufruhr gewesen vor Angst, vom Hofe gejagt zu werden, dünnhäutig, ängstlich, und hatte tatsächlich ein wenig Reue gespürt – wenn jene auch mehr von Selbstmitleid geprägt war als von einer tatsächlichen und tiefen Einsicht in ihr Fehlverhalten ihrem Mann gegenüber.

Kaum waren diese kurzen Anflüge von Demut verflogen gewesen, gingen in Gedanken ihre Verteidigungsreden von vorne los. Sie hatte auf alles vorbereitet sein wollen: Sie hatte sich vorgestellt, wie Friedrich Wilhelm sie um Erklärung bat, wie sie ihn anflehte, ihr Glauben zu schenken, wie er vor ihr stand und die Hand gegen sie erhob, wie sie sich an ihn klammerte, damit er sie bloß erhöre, wie er ihr schließlich Befehl erteilte, mit zum König zu kommen, und wie ihr daraufhin nichts mehr einfiel, als Gehorsam zu leisten. Die Variationen der Tragödie, die sich vor ihrem inneren Auge vollzog, waren nicht sehr zahlreich. Denn ihr eigenes Zutun ließ sich durch nichts überspielen.

Das Ergebnis ihres Denkens war deshalb gewesen, dass sie mit jeder Szene, die sie in Gedanken durchspielte, jeder möglichen Auflösung, die sie erdachte, nur noch nervöser, furchtsamer und angreifbarer wurde, anstatt sich zu stärken. Sodass sie jetzt, da Friedrich Wilhelm – weit mehr als zwei Stunden später als angekündigt – in ihre Gemächer trat, nicht viel mehr war als ein zitterndes, rotäugiges Häufchen Elend, dem man ansah, dass es nicht nur eine Träne vergossen hatte.

Sie sprang von ihrem Kanapee auf, eilte ihm entgegen und legte in ihre Umarmung all den Liebreiz, der ihr zur Verfügung stand, mehr aber noch Erleichterung. Denn endlich, endlich, nach langen, zehrenden Schattengefechten, hatte sie ein greifbares Gegenüber! Endlich konnte sie reden, konnte sie sich erklären, konnte sie alle Schuld auf sich nehmen und vor ihm in den Staub gehen. Endlich konnte sie handeln. Nichts war doch schlimmer als die Imagination, nichts fataler, als die Hände gebunden zu sehen, wo man doch trotz der Schande, die man auf sich lud, lieber tätig sein wollte! Endlich war die elendige Zeit des Stillsitzens vorbei. Endlich Erlösung! Ihre Anrede verriet deshalb keinerlei Verstellung:

»Endlich! Endlich bist du da! Ich habe den ganzen Tag lang auf dich gewartet.«

»Tschuldjung. Wollte schon früher jekommen sein, aber der König hat Order gejeben, zu ihm zu kommen.«

Der König! Das Blut wich aus Luises Gesicht. »Ich wollte doch nur, es tut mir so leid …«

Er aber fiel ihr ins Wort: »Konnte nicht früher. Habe mich beeilt. Die Besprechung hat lang jedauert.«

Das Urteil über sie war also gefällt! Luise fühlte, wie das Zittern, das sie zu unterdrücken versuchte, sich ihres ganzen Körpers und auch ihrer Stimme bemächtigte. Oje, was sollte sie nur ihrer Mabuscha sagen, was ihrem Vater? Was sollten nur alle über sie denken, die sie lieb hatten? Wie hatte sie nur alle so enttäuschen können? Oje, oje …

In einem kurzen Aufbäumen versuchte sie sich selbst zu erklären. Er aber, der ungeduldig war von der Besprechung mit dem König, schnitt ihr das Wort ab:

»Stimmt es etwa nicht, was die Gräfin Viereck mir hat bestellen lassen?«

Weil sie immer noch an ihm hing wie ein Bündel nasses Stroh und ihm langsam schwer zu werden drohte, löste er ihre Arme von seiner Schulter, sodass sie jetzt ohne Halt vor ihm stand und zu ihm aufsah:

»Ja, ähm, doch, doch, es stimmt, aber ... Ja, aber ich muss es dir erklären!«

»Was gibt's da noch zu erklären?«

»Vieles. So vieles.«

»Ja?!«

»Nein, es ist doch nur ... Ich habe mir nichts gedacht dabei. Es ist nicht so, wie du denkst ... Ich wollte nur ein wenig Vergnügen.«

»Eben! Deshalb lass uns gleich jehen.«

»Gehen? Wohin?«

Er sah sie an, als ob sie nicht ganz bei Sinnen wäre.

»Selbstverständlich zum Prinzen Louis ...«

»Aber nein, bitte nicht! Bitte nicht! Es ist doch alles nicht so schlimm. Ich kann alles erklären. Es gibt für alles einen Grund.«

Sie versuchte, wieder seine Brust zu umfassen, damit sie ihm, wenn schon nicht durch Worte, so doch mit dem Einsatz ihres Körpers den Beweis ihrer Reue erbringen konnte und auch weil sie irgendwo Halt, Festigkeit und Stärke suchte. Denn sie überkam das Gefühl, gleich umzufallen. Er aber wich ihrer Annäherung einen Schritt nach hinten aus. Und obwohl er dabei beinahe über das Strickzeug gestolpert wäre, das sie wie diverse Modejournale, ein Tablett mit einer angebissenen Schrippe, einen Schal und ihr Andachtsbuch um das Kanapee herum auf den Boden hatte fallen lassen, stand er nun so gefasst und gerade da wie ein ganzer Herr:

»Jetzt hör auf zu lamentieren! Mach dich fertig. Los!«

Sie wusste, dass er keine Antwort erwartete, und deshalb stellte sie zum ersten Mal, seitdem sie bei Hofe war, keine Fragen. Sie blieb stumm, gefügig und vor Angst starr. Normalerweise hätte sie seine Order hinterfragt, hätte Aufklärung darüber verlangt, was jetzt geschehe, wie und wo – doch sie wusste, dass sie sich nicht in der Lage befand, heute dergleichen zu tun. So folgte sie ihm still.

Erst als sie nicht den Weg über die große Treppe nach draußen einschlugen, sondern er den Flur ansteuerte, der zu dem Bogen führte, den Brühl als Verbindungsstück zwischen dem Kronprinzen-Palais und dem Palais des Prinzen Louis hatte bauen lassen, um den Umgang ganz im Sinne des Bauherrn Friedrich Wilhelm angenehmer und ohne protokollarische Komplikationen zu gestalten, stutzte sie und wagte nachzufragen:

»Wieso gehen wir hier entlang?«

»Wieso, wieso?« Er riss sie am Arm, den sie bei ihm untergehakt hatte, und gebot ihr damit, stehen zu bleiben. »Luise? Was ist los? Die Viereck schickt nach mir. Ich beeile mich, halte selbst die Besprechung mit dem König kurz. Dann bekomme ich weder Dank noch Freude. Was ist mit dir los? Was bist du so aufjebracht? Hab ich irgendetwas falsch jemacht? Hast du Grund zum Klagen?«

Als er sah, dass sie nach Luft schnappte und sich offenbar anschickte, etwas einzuwenden, kam ihm ein Gedanke:

»Oder hat die Viereck wieder alles falsch verstanden?«

»Wie, falsch verstanden?«

»Sie bekommt immer alles durcheinander, diese fatale Person.«

Luise begriff immer noch nicht, worum es ging. Sie wusste nur, dass die Viereck in ihrem Zimmer gestanden hatte, dass diese die Geliebte des Königs war, dass ihr eigener Mann sich kurz darauf für den Abend angekündigt hatte und dass er dann doch mehr als zwei Stunden später zu ihr gekommen war, weil er sich dringend hatte mit dem König besprechen müssen – und dass sie seitdem jede Sekunde des Tages damit zugebracht hatte, sich zurechtzulegen, wie sie ihre Lage erklären und sich verständlich machen konnte, ohne in Schimpf und Schande ihren gesellschaftlichen Tod sterben zu müssen.

Was also konnte die Viereck daran durcheinandergebracht haben?, fragte sie sich.

Sie war so aufgebracht vor Furcht, dass sie am liebsten davongelaufen wäre und sich in einem Erdloch verkrochen hätte, woraus sie erst wieder auftauchen würde, wenn alles vorbei war. Wie hatte sie nur so leichtsinnig sein können, Louis Ferdinand in ihre Kammern zu bestellen? Sie musste wohl nicht bei Trost gewesen sein. Erst jetzt wurde ihr klar, wie brisant, wie kompromittierend ihr das ausgelegt werden könnte. Sie hatte das Gefühl, vor Furcht bald zu zergehen.

In dieser Verfassung klang selbst die schnarrende Stimme ihres Mannes für sie wie Balsam.

»Selbst wenn sie es durcheinanderjebracht hätte …«

»Was, wie …«

»Ach, selbst wenn. Es ist in jedem Fall von Vorteil, zum Prinzen Louis –«

»Ja, aber warum dann hier entlang?«

Da sie ihm schon bei der Erwähnung des Namens »Louis« ins Wort gefallen war, weil sie dachte, es handele sich um »Louis Ferdinand«, mit dem sie jetzt zusammengeführt würde, damit sie beide vor den Augen ihres Mannes ihre Schuld, ihre Schmach und – ja, wenn man es beim Namen nennen wollte – ihren Betrug gestehen und dann gemeinsam arretiert, fortgeschickt und verbannt würden, verschloss sie sich auch der Möglichkeit, sein Vorhaben zu erkennen und dass es völlig harmlos war.

Ihr Aufruhr jedoch offenbarte sich in voller Größe, sodass er sich verwundert zu ihr drehte. Seine Augenbrauen waren zu einem Strich zusammengezogen, als er sagte:

»Weil Louis da wohnt! Deshalb wollen wir da hin. Was ist mit dir los?« Er musterte sie und stupste sie leicht in die Seite. »Du bist so verwirrt. Hast du Likör jetrunken?«

Sie hielt vor Schreck den Atem an und verneinte kopfschüttelnd.

»Dann wollen wir das prüfen. Hm?« Mit einem Male stellte er sich vor sie hin, nahm sie in den Arm und hob sie hoch. »Halt! Kontrolle!«

»Was ist los? Lass mich runter! Was soll das?« Ihre Augen waren weit vor Schreck, ihre Füße zappelten in der Luft, und sie hatte Sorge, einen ihrer Pantoffeln zu verlieren.

»Lass dich nicht runter. Erst: Kontrolle!«

»Wieso?«

»Nichts *›wieso‹!* Los! Küss mich!«

»Ja, aber wieso? Was ist ...«

»Wieso? Wieso? Ist küssen nicht erlaubt? Erstens bin ich dein Mann, zweitens will ich wissen, ob du Likör jetrunken hast.«

Sie verstand nun gar nichts mehr, aber war froh, ihm mit einer Gunstbezeugung näherkommen zu können, und legte in ihren Kuss so viel Zärtlichkeit und Liebe wie selten. Er genoss ihre Demut in vollen Zügen:

»Hm-hm. Soso! Ich würde sagen ...« Er leckte sich die Lippen: »Madeira!«

»Nein, ich habe nicht ...«

»Nein? Na dann noch mal! – Sherry!«

»Nein, es ist nichts ...«

»Auch nicht? Hm. Na dann: Noch mal!«

Wieder küssten sie sich lang und innig.

»Ja – nein ... oder?« Er wiegte den Kopf hin und her, als ob er zwischen zwei Möglichkeiten schwankte, platzte dann aber entschlossen heraus: »Doch, Schnaps! Hast du Schnaps jetrunken? Du hast Schnaps jetrunken! Gib's zu!«

»Fritz, hör auf, ich habe nichts getrunken!«

Er sah sie mit der gleichen strengen Miene an wie die Wachtposten von der gegenüberliegenden Neuen Wache, die sie jeden Morgen beobachteten, und löste erst, als er merkte, dass sie ihr Zittern nicht mehr unter Kontrolle hatte, ihre Umarmung mit einem Lachen auf:

»Weiß ich! Wollte nur jeküsst werden! Ist ja so selten! Bist ja immer so kühl zu mir!«

Luise war sprachlos und völlig aus der Fassung. In jeder anderen Situation hätte sie ihm jetzt für seine Zudringlichkeit einige scherzhafte Repliken an den Kopf geworden, aber in ihrer Lage hielt sie es für besser, still und leise, wie es sich für die Kronprinzessin Preußens gehört, neben ihm herzugehen. Ihren knallroten Kopf verbarg sie, indem sie nach unten auf den Boden sah. Immer noch verstand sie nicht, was los war, und befürchtete, jeden Augenblick von ihm auf ihre Verfehlung angesprochen zu werden.

Endlich waren sie am anderen Ende des Bogens angekommen. Gräfin Brühl, Friederikes Hofmeisterin, bezeugte mit einem Knicks, der an Untertänigkeit nichts zu wünschen übrig ließ, Friedrich Wilhelm ihren unbedingten Gehorsam, während die Ehrerbietung, die sie Luise zukommen ließ, von einer Mimik unterstrichen war, die als vielwissend ausgelegt werden konnte. Luise, die ihr gegenüber ihr Haupt erhoben hatte, senkte wieder den Kopf.

»Ihr werdet schon erwartet, Eure Königliche Hoheit!«

Auch in ihrer Anrede ließ sie Luise aus, sonst hätte sie sie beide angesprochen – so aber war Friedrich Wilhelm der einzige Adressat, und Luise wurde wieder panisch und dachte: »Jetzt werde ich gerichtet, jetzt werde ich nicht nur von ihm, sondern auch noch von seinem Bruder und meiner Schwester gerichtet. Alles ist aus, alles ist aus.«

Der einzige Halt, den sie verspürte, war sein Arm.

Als sie in den Kammern des Paares angekommen waren, warteten Louis und Friederike bereits bei einer Partie Schach auf sie. Louis war wie immer, wenn man sich abends traf, bereits in einem Stadium der Trunkenheit, die – wie Friedrich Wilhelm an dem Pegelstand der Flasche, die auf dem Tisch stand, abschätzen konnte – einem viertel Quart Schnaps aus der Schultheiß'schen Destille und mindestens einem Krug Fredersdorfer Bier geschuldet war, das er wohl gegen die allgemeine Sitte pur getrunken und nicht verdünnt hatte. Das aber war offenbar nur die Ration des Abends gewesen. Als Louis aufstand, um die Ankommenden zu begrüßen, warf er mit seinem rudernden Arm ein Bierglas um. Der Inhalt versickerte nun in dem Orient-Teppich, der dem hohen Raum, der ähnlich dem von Luise im ländlichen englischen Stil gestaltet war, Behaglichkeit gab, aber nun von Scherben eines Porzellan-Tellers übersät war. Sein Rock war gelöst, sein Bund offen, und sein Hemd drohte aus der Hose zu rutschen.

Friedrich Wilhelm versuchte sich im Zaume zu halten, als er seinen Bruder begrüßte, denn am liebsten hätte er ihm den Kopf mit kaltem Wasser gewaschen, um ihn zur Besinnung zu bringen. Denn seit Louis, der stets als brav, wohlerzogen und galant gegen die Frauen galt, zu der Hochzeit mit Friederike gezwungen worden war, benahm er sich wie ein Flegel. Er soff ab der Mittagsstunde in einem Maße, wie man es nur von den Sackträgern kannte, häufte Schulden an, weil er seine Apanage schon in den ersten Tagen des Monats verspielte, und ließ, weil er es nicht dem König, der ihn in diese Lage gebracht hatte, heimzahlen konnte, seinen Verdruss an der ungeliebten Gattin aus, deretwegen er nun nicht mehr das gleiche freiheitliche Junggesellenleben führen konnte, das ihm zuvor so behagt hatte. Fast täglich gab es bitterböse Szenen, und nicht selten ging etwas zu Bruch – Gläser, Teller, Becher und jüngst sogar ein Stuhl aus Mahagoni, den man bei den englischen Stuhlmagazinen erworben hatte.

Friedrich Wilhelm fand, dass der Jähzorn seines Bruders ein unwillkommenes Erbe der Mutter war, die ebenfalls bei jedem ihrer Wutausbrüche die Möbelmagazine und Geschirrkammern des königlichen Hauses beträchtlich erleichterte.

Auch als Luise und Friedrich Wilhelm die Kammer betraten, sah es so aus, als ob hier den ganzen Tag ein Streit zwischen zwei ungleichen Parteien gewütet hätte. Friederike saß zart, dünn und schüchtern auf dem Kanapee, das zwischen zwei

Fenstern stand, die zur dahinterliegenden Oper gingen. Louis hingegen stand mitten im Raum wie ein Schwachsinniger, der versuchte, sein imaginäres Reich zu verteidigen. Nur schwerlich konnte er sein Gleichgewicht halten. Er hatte den Atem eines Kutschers und, wie Luise fand, auch ein solches Benehmen. Denn als sie ihre Schwester begrüßen und umarmen wollte – auch in der Absicht, sich ihr mit ihren Verfehlungen anzuvertrauen –, stellte er sich ihr in die Quere und sagte barsch:

»Das ist doch nur meine kleine Schnecke! Die brauchen Sie nicht zu begrüßen, die kennen Sie doch schon.«

Erst als Luise sich daraufhin an ihm vorbeidrängen wollte und das Schachbrett mit dem mattgesetzten schwarzen König sah – den offenbar Louis gespielt hatte, denn vor Friederike sammelten sich sämtliche erlegten schwarzen Figuren – und nun zur Schwester hochblickte, wurde ihr deutlich, warum er sie aufhalten wollte: Auf Friederikes linker Wange prangte ein feuerroter Abdruck, der offenbar von einer Hand stammte.

Er hatte sie geschlagen! Er hatte ihre liebste Freundin, ihre Schwester, ihr Leben – geschlagen! Dieser Lump, dieser Schuft, dieser … Friederike hatte ihr schon einiges über das Unglück ihrer Ehe erzählt, dieses furchtbare Detail aber hatte sie aus Rücksicht, aber wohl auch aus Ergebenheit, stets verschwiegen.

Luise war rot vor Zorn. Mit einem Male pumpte sich ihr Körper mit Energie auf. Sämtliche Sorgen, die sie plagten, schienen ihr albern und nichtig. Sie wollte nur ihre Ika retten, ihre kleine, liebe Ika. Sie hob die Stimme, um ihm alle Schimpfworte, die sie für einen Mann wie ihn hatte – und das waren aufgrund der volkstümlichen Erziehung der Großmutter recht viele, da sie sich oft und viel bei den Knechten im Stall herumgetrieben hatte –, ins Gesicht zu schreien.

Er aber schnitt ihr, da ihr Vorhaben aus jeder ihrer Gesten abzulesen war, mit dem abfälligsten Lächeln, das sie jemals von einem Mann eines so hohen Standes empfangen hatte, das Wort ab.

»So ist das, wenn man nicht pariert! Da werden die Sporen jebraucht, da wird man nach der Hand jeritten! So ist das hier im Lande Preußen, wenn die Weiber sich anschicken, die Herrschaft zu übernehmen! Aber nichts ist hier mit Weiberherrschaft.« Er kam mit jedem seiner Worte näher, sodass sie seinen schlechten Atem riechen konnte. Angewidert drückte sie ihr Kinn an den Hals und kräuselte die Nase. Sie klammerte sich fest an Friedrich Wilhelm.

»Halt den Mund, Louis!«

Friedrich Wilhelms Empörung entlud sich in einer Tonlage, die zeigte, dass er, wenn es darauf ankam, ein Mann sein konnte, auch wenn das bei Hofe viele bezweifelten. Er stieß seinen Bruder auf einen Sessel, damit er nicht umkippte, und bedeutete Luise gleichzeitig, sich an den anderen Spieltisch zu setzen, wo das Mühlespiel, das er so sehr schätzte, bereits aufgebaut war.

»Musst nicht immer alles nachplappern, was Vater sagt! Musst auch nicht danach handeln. Bist betrunken und stinkst wie ein Iltis. Kannst du dich nicht beherrschen?«

Louis versuchte, sich aus dem Sessel wieder nach oben zu drücken, und lallte eine Rechtfertigung in den Raum, die aus mehreren ineinander übergehenden A-, E- und O-Lauten bestand. Sie sollte von dramatischen Armbewegungen unterstrichen werden, die aber so ungeschickt ausgeführt wurden, dass er alsbald ins Taumeln geriet, sodass Friedrich Wilhelm nur einen Schubser mit der Fingerspitze benötigte, um seinen Bruder wieder in den Sessel zu befördern.

»Setz dich, verdammt noch mal! Und bleib dort sitzen, wenn ich mit dir rede! Sonst reite ich *dich* nach der Hand. Verstanden? Wie soll das bloß enden mit dir? Wie stellst du dir das vor? Die Viereck hat mich schon wieder rufen lassen! Nur weil du hier randalierst wie ein Raufbold. Du demolierst noch das janze Mobiliar. Sind wir denn hier im Wirtshaus? Nein, das sind wir nicht – man hätte dich schon längst arretiert. Nimm

Haltung an! Wie ein Mann. Säufst wie ein Brauereipferd, wirst noch so enden wie Louis Ferdinand.«

Mit einem Male war Luise, nachdem sie durch die furchtbare Angelegenheit, die ihrer geliebten Ika widerfahren war, ihre eigene missliche Lage gänzlich vergessen hatte, mit ihren Gedanken wieder mitten in der Szene. Sie ging in Habachtstellung, als ob sie ein Donnerwetter erwarten würde, das gleich auf sie niederprasselte. Kerzengerade saß sie da, und nur die roten Flecken, die sich von ihrem Dekolletee bis zu ihren Wangen ausbreiteten – mit der gleichen Geschwindigkeit, wie sich die Angst, doch noch zur Rechenschaft gezogen zu werden, ihrer wieder bemächtigte –, verrieten ihre innere Erregung.

Schnell setzte sie einen Stein auf das Mühlebrett, um ihre Aufregung in andere Bahnen zu lenken. Friedrich Wilhelm, der immer noch voller Würde im Raum stand und ihren Spielauftakt aus den Augenwinkeln wahrgenommen hatte, schlenderte zu ihr herüber und setzte ebenfalls seinen Stein. Sie konterte sofort, er hielt dagegen. Nachdem er einen weiteren Zug getan hatte, drehte er sich wieder, immer noch im Stehen, zu Louis und sagte:

»Die Gräfin Viereck hat mir erzählt, Louis Ferdinand war in der Nähe.«

Luise sah auf, nach unten, nach oben, auf ihre Hände, zum Kamin, aus dem Fenster, atmete, dachte, schwitzte, fröstelte und hoffte, dass man das Rasen ihres Herzens nicht hörte. Ihr Mund stand offen, ihr Atem still. Mit einem Male sah sie in das Gesicht ihres Gatten, das nur einen Fingerbreit von ihrem entfernt war: »Nicht träumen, spielen!«

Er wusste es! Er wusste es! Gleich war sie dran, gleich würde er sie richten. Gleich würde er ihr hier vor allen eine Szene machen. Oje, oh Gott. Was tun? Sie war kurz davor, die Besinnung zu verlieren. Schnell setzte sie wieder einen Stein, damit alles im Fluss blieb, alles unbemerkt, alles ungeschehen, alles beim Alten, und tatsächlich sprach Friedrich Wilhelm mit seiner sanften Stimme weiter in die Richtung seines Bruders:

»Louis! Stell dir vor: Soll nur seinen Gehrock anjehabt haben und die Haare unjepudert. Hat mir die Viereck erzählt. Ist so, als ob er auf der Pirsch nach Weibern ist, oder? Welche es wohl ist?«

Er sah wieder auf das Spielbrett, dann Luise direkt in die Augen, setzte dann einen Stein und sagte in der sanftesten Stimmlage, die ihm zur Verfügung stand:

»Nun bist du aber in der Zwickmühle, meine Liebe!«

Beinahe wäre Luise vom Stuhl gefallen. Sie griff nach der Lehne, um sich Halt zu verschaffen, und schnaufte und schnappte nach Luft, um irgendetwas zu sagen, sich zu erklären, sich zu entschuldigen, sich in den Staub zu werfen und zu beteuern, dass sie nie wieder …

Er aber lächelte so mild wie ein Priester: »Ist doch nur ein Spiel, Luise! Kein Grund, sich aufzurejen.«

Er wusste es! Er wusste es! Sie war so bleich im Gesicht wie der Marmor aus Sachsen, mit dem Brühl ihren Kamin gestaltet hatte. Fassungslos starrte sie ihn an und hoffte, dass alles ein Ende haben möge, dass er ihr endlich den Todesstoß versetzen würde, damit sie diese schreckliche Angst nicht mehr fühlen musste. Sie musste, sie wollte, sie … oje.

Louis' Gelalle brachte Erlösung.

»Seine Neue ist bestimmt die Levin. Das kommt hin. Die wohnt doch hier um die Ecke. Hat da ihren Salon. In der Jägerstraße, Nummer 54. Klein, aber fein, da.«

Tatsächlich wechselte Friedrich Wilhelm auf einen anderen Schauplatz: »Woher weißt *du* das?«

»Weiß man doch!«

»Ja?«

»Weiß die janze Stadt!«

»Warst du schon mal da?«

Statt zu antworten, machte Louis abermals den Versuch aufzustehen. Als ihm Friederike, die sich ihm immer, wenn es nur irgendwie möglich war, gewogen machen wollte, zu Hilfe eilte, nahm er ihre Stütze tatsächlich an und wankte zu ihr aufs Kanapee, um sogleich ihren Busen als Ruhestätte und Kissen zu benutzen. Er war kurz davor einzuschlafen.

Sein Bruder jedoch gab nicht auf: »Ich hab' dich was jefragt! Antworte! Warst du schon mal da?«

Louis hielt die Augen nur mit Mühe offen.

»Ja, und wenn schon!«

»Wie: *Ja, und wenn schon?* Hast jetzt auch schon Flausen im Kopf oder was?«

»Ach, hör doch auf. Ich war einmal mit ihm da.«

»Mit wem?«

»Na mit Louis Ferdinand!«

»Ja bist du denn wahnsinnig? Bist du verrückt? Was ist bloß in dich jefahren? Weißt du, was der König mit dir macht, wenn das herauskommt? Louis Ferdinand ist ein Aufrührer! Der König will nicht, dass wir Umgang mit denen von Bellevue haben. Der ist kurz davor, Louis Ferdinand nach Küstrin auf die Kasematten zu schicken. Willst du, dass dir das auch passiert? Ich jedenfalls werde dich nicht besuchen kommen!«

Auf die Festung!, dachte Luise. Oje, Louis Ferdinand sollte arretiert werden! War es wegen ihr? Wusste der König über ihre heimlichen Treffen Bescheid? Hatte sie nicht genug aufgepasst? Und was würde mit ihr passieren? Würde sie weggeschickt werden wie Elisabeth, seine erste Frau? Während Luise bei der erneuten Erwähnung des Namens »Louis Ferdinand« und ihren damit verbundenen Gedanken zusammenfuhr, als ob der Schuss einer Pistole direkt neben ihr eingeschlagen wäre und sie gerade noch ihr Leben hätte retten können, war Friedrich Wilhelm zu seinem Bruder gegangen und hatte ihn am Kragen seines offenen Hemdes gepackt, als ob er ihn so zur Vernunft bringen könnte.

Doch Louis schüttelte seine Hände ab wie zwei lästige Fliegen.

»Bleib mir vom Leib!« Wie benommen richtete er sich auf.

»Auf die Festung soll er? So weit ist es schon! Nur weil er einmal das Wort gejen Vater erhebt.«

»Einmal? Immer wieder. Wenn Louis Ferdinand könnte, würde er sich selbst zum König machen. Der geht doch nicht in die Salons wejen der Weiber. Er jeht dahin, damit diese Aufrührer ihm den Rücken stärken. Der sucht dort seine Truppen. Gejen den König und bald auch gejen mich ... Die sucht er nicht auf dem Feld, die sucht er bei denen.«

Von Luises Spieltisch her war ein leises Rascheln zu vernehmen, das darauf hindeutete, dass sie nach ihrem Riechsalz suchte und es aufgrund ihrer zitternden Hände nicht so schnell fand, wie sie es benötigte. Er hat also andere Frauen?, dachte sie. Und mich? Hat er mich nicht geliebt? Das kann nicht sein! Warum ist er dann jeden Tag mit mir ausgeflogen? Warum hat er mich überrascht, ausgeführt, geküsst, mir gesagt, dass ich nicht dumm bin, meine Schönheit gelobt und meinen Geschmack? Warum hat er mir den Walzer geschenkt *›Wenn's immer, wenn's immer, wenn's immer so wär'‹?* Warum hat er mir gesagt, dass er mich nun nicht mehr lieben darf?

Nein, das konnte alles nicht sein. Er hatte keine andere Frau. Er liebte sie! Sie und nur sie! Und sie ihn? Sofort mahnte sie sich zur Haltung. Oje, sie durfte nicht daran denken. Sie durfte nicht, sie konnte nicht, sie wollte doch ...

»Genau jenommen hätte es mich auch gewundert, wenn es die Levin jewesen wäre. Die ist nämlich verheiratet!«

»Meinst du, das macht diesem Windhund etwas aus?« Friedrich Wilhelm ging zu Luise, um wieder einen Mühlestein zu setzen. Ein weiteres Mal zeigte er ihr das Strahlen der Gewissheit:

»Da bist du ja schon wieder in der Zwickmühle! Pass auf! Pass auf! Sonst ...« – ihr Gesicht war weiß wie Kreide – »... gewinne ich noch!«

Er sah nicht mehr, wie Luise abermals nach ihrem Riechsalz griff, weil hinter seinem Rücken bereits Louis mit einer Rede gegen seinen Vater und dessen Gebote lospolterte und er, obwohl er sonst grundsätzlich mit ihm übereinstimmte, als großer Bruder das Gefühl hatte, einschreiten zu müssen – allein, um seinen Rang deutlich zu machen. Denn Louis wurde trotz seiner verschliffenen Ausdrucksweise sehr deutlich:

»Ach, muss man ja nicht gleich übertreiben. Gleich nach Küstrin schicken. Ist doch ein bisschen viel. Oder? Die Order des Königs war doch wirklich reine Idiotie … Da muss man Louis Ferdinand recht geben. Das hat er schon janz richtig gesehen. Wenn wir nach ihm gehandelt hätten, wär's besser jelaufen am Rhein.«

»Wir haben trotzdem jewonnen!«

»Wir hätten schneller und ohne so große Verluste gewonnen, wenn Vater auf ihn jehört hätte.«

»Ja, nun … Stimmt. Aber deshalb hast du nicht das Recht, dich mit ihm herumzutreiben.«

»Was soll ich denn sonst machen, wenn du keine Zeit mehr hast und Staatsjeschäfte führst? Du bist ja den ganzen Tag weg! Was soll ich da tun? Hm? Strümpfe stricken?« Er nahm Friederikes Strickzeug hoch, das sich in der Ritze des Kanapees verloren hatte, und warf es in die Ecke zu den Scherben, ohne Friederikes hilflosen Versuch zu erkennen, ihre Handarbeit zu retten. Friedrich Wilhelm jedoch hielt seinen Blick.

»Und sag: Warst du oder warst du nicht?«

»Ja, nun. Ich war einmal in ihrem Salon! Nur einmal. Einmal! Davon jeht Preußen ja nicht gleich unter!«

»Geht es nicht, aber Vater jeht die Decke hoch!«

Louis machte eine wegwerfende Geste: »Ach, der soll sich nicht so haben! Letztlich ist Louis Ferdinand doch einer von uns. Wenn's drauf ankommt, wird er einen Teufel tun, seine Privilegien aufzugeben. Er ist ein Prinz von Preußen, und sein Jeschwätz von neuen Ideen und Freiheit und den Tüchtigen und was er sonst so alles daherredet, wenn er zwischen der ersten und der zweiten Flasche über die Welt schwadroniert …«

Luise versuchte, möglichst nicht durch das Putzen ihrer Nase auf sich aufmerksam zu machen.

»Der hat überhaupt keine hohe Meinung von der Levin und den Bürgersleuten. Das Einzige, wovon der eine hohe Meinung hat, ist von sich selbst … In die Salons geht er nur wegen der Weiber. Ja, der verführt da die ganzen Weiber und macht sich ein lustiges Leben. So sieht es aus.« Louis richtete sich auf und tippte seinem Bruder, der sich immer noch vor ihm aufgebaut hatte, an den Oberschenkel: »Au-ßer-dem: Man muss schon wissen, was die Leute in den Salons reden! Man muss wissen, was sie denken. Man muss die neuen Ideen kennen! Gerade wir.« Sein Zeigefinger bohrte sich in Friedrich Wilhelms Hose. »Gerade du! Du bist der Kronprinz! Du solltest wissen, was die Leute denken!«

»Das tue ich ja auch.«

»Ja?«

»Ja!«

»Wirklich?« Louis' Bohren wurde langsam schmerzhaft.

»Ja, das tu ich, verdammt noch mal! … Ich lese alles von Lafontaine.«

Louis machte einen Versuch, sich aufzurichten, scheiterte aber und sank wieder auf Friederikes Busen.

»Und daraus willst du schließen, was die Leute denken?« Er war geneigt, sich an die Stirn zu tippen, um seinem älteren Bruder den Irrwitz dieses Gedankens zu demonstrieren. Friedrich Wilhelm jedoch behielt Haltung.

»Jeder liest Lafontaine, und jenau deshalb bringt er mir näher, was die Leute denken.«

Louis blieb ungnädig und schüttelte den Kopf.

»Aber das hat doch nichts mit dem zu tun, was in den Salons jesprochen wird. Das sind doch empfindsame Rührstücke, die reden ja dort über Politik – in den Salons.«

»Findest du Lafontaine unpolitisch? Er war Feldpredijer. Er lehnt den Krieg ab, wie ich es tue. Das ist eine respektable Haltung. Was ist verkehrt daran?«

»Ja, aber das ist doch so alljemeines Jewäsch. Er sagt nichts über die Revolution, da hat er überhaupt keine Position. Das ist nicht mit den Salons zu vergleichen.«

»Doch! Ich würde am liebsten rübergehen und es holen, um es dir unter die Nase zu halten. Gerade gestern erst habe ich ›Die Tochter‹ von ihm jelesen.«

»Na-na-na, und das du?« Louis drückte sich enger an Friederike heran und grinste wissend.

»Wieso *›na-na-na‹?*«

»Na ja, wie sagt man so schön: Stille Wasser sind tief oder – noch besser …«

»Louis, was soll das?«

»Na ja … ist das nicht alles ein bisschen … schlüpfrig?«

Friedrich Wilhelm rollte die Augen.

»Das hätte ich gar nicht von dir jedacht – mein großer Bruder! Ha-hahaha, mein großer Bruder! Was der so alles liest. Ha, hihi, hahaha.« Jetzt lachte er so laut auf, wie ein Pferd wieherte, und schlug sich dabei rhythmisch auf den Schenkel.

Friedrich Wilhelm aber ließ sich nicht aus dem Konzept bringen.

»Ruhe! Bist stramm wie ein Amtmann! Lass mich in Ruh'. Lafontaine redet darin über die Revolution, sagt, sie sei wie die Morgenröte, die Freiheit bringt. Er sagt sogar *›das himmlische Licht der Freiheit‹*, wenn du es jenau wissen willst. Morgen lass ich es dir bringen. Das ist doch politisch, oder nicht? Was willst du mehr, hm?«

»Bist du jetzt gar ein Revolutionär? Hihi, haha, mein Bruder jeht auf die Barrikaden …«

Louis' anschließendem Murmeln, Gepruste und Gekicher war kein eindeutiger Inhalt mehr zu entnehmen, deshalb schloss Friedrich Wilhelm klar und deutlich mit den Worten:

»Finde mein Leben traurig jenug. Muss keine schwere Lektüre haben. Was soll ich mit ernsten Büchern, wenn das Gleiche in heiteren steht? Hab es lieber fröhlich.«

»Und ich habe schon vor der Hochzeit versprochen, dass wir viel lachen werden in unserer Familie! Dafür werde ich sorgen!«

Luise, die eine Chance darin sah, sich bei Friedrich Wilhelm gut zu tun, dem Rede und Antwort zu stehen sie immer noch schrecklich fürchtete – auch wenn die roten Flecken, die ihre Angst angezeigt hatten, in der Zwischenzeit zu einem Rosa verblasst waren –, sprach mit jener Spur Selbstgewissheit zu Louis, die vermitteln sollte: ›*Wir sind doch in allerbester Harmonie, Fritz und ich, während man das von euch nicht gerade sagen kann.*‹ Wobei sie genau wusste, dass das nicht stimmte. Denn sie war es, die das Glück ihrer Ehe mit ihrem Leichtsinn aufs Spiel gesetzt hatte, mit ihrem Drang nach Freiheit, ihrer Sehnsucht, der Langeweile zu entkommen, mit ihrem Wunsch nach Abenteuer und Freundschaft, mit ihrer Liebe zu … Louis Ferdinand. Und umso eifriger war sie bemüht, das Gegenteil zu beweisen.

Aber weder Friedrich Wilhelm noch Louis, der sich von Luise unterbrochen fühlte und etwas Unverständliches murmelte, das glücklicherweise niemand verstand, gingen darauf ein. Louis wandte sich an seinen Bruder:

»Du solltest dich wirklich mit den neuen Ideen befassen. Das ist wichtig. Das ist gut. Hier!« – er tippte mit dem Zeigefinger auf Friederikes Busen. »Hier! Meine kleine Schnecke! Die weiß, was los ist. Die hat alle Sachen jelesen. Den Rousseau kennt die auswendig. Von ihrer Gélieu. Nicht wahr?« Er präsentierte sie wie das Schmuckstück seiner Preziosensammlung. »Meine kleine Schnecke. Die kennt sich aus. Die ist ein klujes Mädchen.« Er tätschelte ihre Schenkel. »Ein klujes Mädchen ist sie! Das hat sie vom Vater.« Er zog sich auf die Höhe ihres Gesichtes hoch und tippte auf seine Wange: »Na, Schneckchen, gibt's denn een Küsschen?«

Friederike, die froh war, dass die Phase des Jähzorns einer der Zärtlichkeiten gewichen war, beeilte sich, Louis' Wunsch nachzukommen, und übersäte ihn kichernd mit Küssen, was dieser wiederum mit einer Verstärkung der Vertraulichkeiten seinerseits quittierte, sodass sie nach nicht allzu langer Zeit tief in ihre Liebkosungen vertieft waren. Ihnen entging dabei völlig, dass sie noch Gäste hatten. Als Friedrich Wilhelm Luise mit einer ausgestreckten Hand bedeutete, den Besuch zu beenden, steckte Louis bereits mit dem Kopf unter Friederikes Kleid und war gerade dabei, sich umständlich seiner Hose zu entledigen. »Da ist sie ja! Meine kleine Schnecke!«, wieherte er begeistert.

Wortlos gingen Friedrich Wilhelm und Luise in ihre Kammern.

»Hättest du ihn jenommen?« Friedrich Wilhelm zerrte an seinem linken Stiefel.

»Wie meinst du das?«

Luise, die immer noch völlig benommen war von der Angst, enttarnt zu werden, und von dem verstörenden Abend bei ihrer Schwester, merkte nicht, dass sie – wie immer, wenn sie eine Unzulänglichkeit kaschieren wollte – wieder diesen schnippischen Tonfall einer hohen Dame angenommen hatte, die glaubte, über den Dingen zu stehen und sich alles erlauben zu können. Aber Friedrich Wilhelm brachte sie sehr schnell wieder in ihre elendige Gegenwart zurück, indem er den gleichen Satz so langsam, wie es ihm möglich war, wiederholte und damit anzeigte, dass er ihre Frage mehr als überflüssig, ja sogar ziemlich dumm fand, weil er annahm, ja annehmen musste, dass Luise genau verstand, worauf er hinauswollte.

»*Hät-test-du-ihn-je-nom-men?*«

»Ich … Ja …«

Sie wollte nicht antworten und versuchte stattdessen, ihn auf eine andere Fährte zu bringen, indem sie ihm anbot, ihm bei seinen Stiefeln zu helfen. Das war genau das Signal von Eingeständnis, das er sich erhofft hatte. Er ließ sie gewähren und stellte sich dann so auf, dass sein Schatten auf ihre kleine Person fiel, die sich gerade ihm zuliebe gebückt hatte. Er sprach ganz leise und wie beiläufig, als er den Bund seiner Hose lockerte:

»Ich wollte einfach nur wissen, ob du Louis genommen hättest, wenn er dich jefragt hätte? Ich frage mich nämlich manchmal, was gewesen wäre, wenn ich Friederike und nicht dich jefragt hätte – und Louis dann dich …«

Hilflos sah Luise nach oben und versuchte, irgendetwas zu sagen, aber ihr fiel weder ein, was, noch wie und überhaupt. Sie war einfach nur von der Furcht erfüllt, sich gleich rechtfertigen und ihrem Mann erklären zu müssen, mit wem sie ihre Nachmittage verbracht hatte, und saß deshalb mit offenem Mund und schreckgeweiteten Augen auf dem Teppich. Er aber kam ihr entgegen und setzte sich neben sie. Langsam strich er mit seinem Finger ihren nackten Arm herab.

»Friederike ist so zart, so liebenswürdig und charmant. Hab selten eine Frau jesehen, die so viel Hingabe an ihre Mitmenschen hat. Glaube, sie ist der einzije Mensch, den ich kenne, der mit dem Herzen hören kann. Tut alles, was ihr Gejenüber wünscht. Es ist, als ob sie weiß, was man will, noch bevor man es selbst von sich weiß. Hübsch ist sie dazu. Jeder will sie haben. Nur ihr Mann nicht. Aber sonst – ich versichere dir: Je-der!«

Er sprach dieses »Jeder« so aus, dass Luise mit einem Mal klar wurde, dass auch er sich in diese generelle Bemerkung mit einschloss. Plötzlich kam ihr wieder das Gespräch in den Sinn, das sie mit ihrer Ika im ›Weißen Schwan‹ geführt hatte, wo diese sie gefragt hatte, was passieren würde, wenn Friedrich Wilhelm ihr, der jüngeren Schwester, einen Antrag machen würde.

Wie anmaßend sie doch gewesen war! Für sie war es selbstverständlich gewesen, dass der Kronprinz sie, die Ältere, fragte. Aber … Aber es hätte tatsächlich alles anders kommen können. Dann säße sie jetzt an der Seite eines Mannes, der sie nicht liebte, und ob sie das so gottergeben hinnehmen könnte wie Friederike, darüber war sie sich mehr als unsicher. O Gott! Wie undankbar sie doch gegen das Schicksal gewesen war! Wie gut das Leben es mit ihr meinte, wie gut ihr Fritz zu ihr war! Sie war so sprachlos wegen all dieser Gedanken, dass sie einfach nur ergeben nickte. Ja, es hätte alles auch anders kommen können …

»Hättest du Louis jenommen?« Noch einmal legte er nach, zog sie aber, da er ihre Furcht spürte, zu sich. Ihre Stimme war schüchtern und klang schon ein wenig so, als ob sie eine Träne der Angst hatte herunterschlucken müssen, als sie fragte:

»Wieso möchtest du das wissen?«

Friedrich Wilhelm drückte sie an sich.

»Weil ich mich manchmal frage, ob die Welt jerecht ist. Was denkst du? Bekommt jeder, was er verdient?«

»Ja, ähm …«

Oje, wie konnte er nur so etwas fragen? Wie konnte er sie in den Arm nehmen und gleichzeitig so eine Frage stellen? Er wusste es! Er wusste alles. Die Viereck hatte es ihm erzählt. Sie hatte sie gesehen. Sie hatte Louis Ferdinand gesehen. Was sollte sie bloß tun? Seine Wärme war bestechend und beschämend zugleich. Wie hatte sie nur so eine Dummheit begehen können? Wie hatte sie nur all das aufs Spiel setzen können? Sie war eine Närrin, nicht mehr und nicht weniger. Eine elendige Närrin war sie.

Die Angst steckte ihr im Hals wie eine Gräte. »Ich weiß nicht, ob jeder bekommt, was er verdient … Ich glaube … Ähm, wieso fragst du?«

»Glaube, es ist nicht so!« Seine Stimme kam bestimmt.

»Nein?« Wieder fragte sich Luise, ob der Kelch möglicherweise doch an ihr vorübergehen würde. »Wie … meinst du das?«

»Glaube einfach nicht, dass jeder bekommt, was er verdient!«

»Ähm … ja. Und wieso?« Sie drückte sich fest in seine Armbeuge.

»Weil: Sonst würde nicht Friederike geschlajen werden, sondern …«

»Oh, Fritz!«

O Gott! Er wusste es, er wusste es! Die hektischen Flecken bemächtigten sich ihres Dekolletees, krochen zum Hals hoch und siedelten sich auf ihrem Gesicht an. Es war alles vorbei, alles hinüber. Wie der Hilfeschrei eines Ertrinkenden, der mit letzter Kraft um sein Leben ruft, platzte sie heraus.

»Oh, Fritz! Lieber, lieber Fritz. Ich bin so froh, dass du mich gefragt hast und nicht Louis. Es wäre einfach schlimm. Ich hätte es nicht ertragen.«

»Wirklich? Warum?«

»Weil … weil … weil ich dich liebe!«

»A-ha, soso. Das sind ja ganz neue Töne.« Er wanderte mit seinem Arm an ihrer Taille hoch.

»Aber nein, die sind nicht neu.«

»Nein? Kam mir so vor. So viel Süßes aus deinem Munde. Das kenn ich ja gar nicht. Wo du doch die Rationen immer klein hältst.« Sein Atem spannte seine Brust. »Ach, was habe ich es heute jut! Richtig jut hab ich's!« Er versuchte von unten her ihren Blick zu erhaschen. »Sagst du es noch mal?«

»Was?« In ihren Augen zeigte sich immer noch der Schrecken, von ihm entdeckt und zur Rede gestellt zu werden.

»Ob du es noch mal sagst? Du sagst es so selten.«

»Ach so, ja, aber … aber ich habe es dir sogar geschrieben!«

»Wann denn? Wo denn? Hab keinen Brief von dir bekommen.«

»Doch, doch. Am gleichen Tag, an dem ich mit L…, äh, wir mit Louis und Friederike –« Sie biss sich auf die Zunge.

»Stimmt!« Er schüttelte den Kopf. »Verzeih! Hab ihn bekommen und noch nicht jelesen. Hab ihn im Kabinett liejen gelassen. Entschuldige. Hatte so viel zu tun …« Er fasste ihr Kinn an und küsste es. Leise fragte er: »Was stand denn drin?«

»Dass ich dich liebe!«

»Aha, und weiter?« Langsam wanderte seine Hand über ihren Hals.

»Dass ich deine Freundin bin!«

»Soso – und was noch?«

»Dass ich Fehler habe und noch unvollkommen bin!«

Bei diesem Satz verweilte er einen Augenblick an ihrem Dekolletee und sagte dann: »Nein, keine Fehler. Alles jut!«

Er sah sie an, als er mit einem Ruck die Schleife ihres Kleides löste. Als sie darüber verstummt war und ihn hilflos ansah, forderte er sie wieder auf weiterzusprechen:

»Schon alles? Was hast du noch jeschrieben?« Vorsichtig beugte er sich über sie und schob ihr Kleid hoch.

»Dass … dass ich dich liebe.«

»Oh, noch mal. Du hast es zweimal geschrieben.«

»Ja.«

»Warum?«

»Weil es stimmt.«

Er küsste sie sanft auf den Bauch. »Was noch?«

»Ja, dass … dass ich mir wünsche, dich glücklich zu machen.«

»Wie glücklich?«

»Sehr glücklich!«

Er nahm ihre Hand, legte sie auf seine Brust und führte sie langsam an seinem Körper hinunter.

»So glücklich?«

Endlich!, dachte er. Endlich hatte er *Jewissheit!*

Am nächsten Morgen, als er wie immer gegen sieben Uhr das gemeinsame Gemach verließ und sich in sein Kabinett begab, um seine Korrespondenz zu erledigen, griff er vergnügt zur Feder. Mit zackigen Zügen, die aber diesmal nicht von seiner abgehackten Ausdrucksweise rührten, sondern eher von der Festigkeit eines Entschlusses geprägt waren, sich nie – wirklich nie! – wieder etwas gebieten zu lassen, schrieb er an seinen Vater, den König:

Sire,
ich kann Euch versichern, dass die Krankheit, die sich Ferdinanderie nennt, bei meiner Frau auf immer kuriert ist. Ich kann Euch darüber hinaus die freudige Nachricht übermitteln, dass meine Frau guter Hoffnung ist und ich die Freude habe, bald Vater zu werden.

Euer Sohn Friedrich Wilhelm.

Damit war alles gesagt, was er seinem Vater zu sagen hatte. Weder auf dessen Befehl, Luise zu schlagen, noch auf seine Klagen über ihr Benehmen gegen die Gräfin Voss und besonders die Gräfin Viereck, die er hinter der umständlichen Vokabel »Etikettenfrevel« versteckt hatte, ging er ein. Es war auch das erste Mal, dass er auf den Zusatz »ergebener« vor seinem Namen verzichtet hatte.

Gleich nachdem er den Brief versiegelt und zur Entspannung mit einem Strecken der Arme seine Brust geweitet hatte, setzte er zu einem weiteren Schreiben an. Adressat und Inhalt wurden geheim gehalten. Es war nur so, dass die Gräfin Viereck daraufhin bei Hofe nicht mehr viel zu lachen hatte.

Zur gleichen Zeit tat die Voss die Tür zu Luises Kammern auf, zog die dicken Stores auf, öffnete die Fenster und gab dem Kammermädchen die Order, das Tablett mit der Zeitung, den Erdbeeren, dem Zwieback und der Schokolade auf Luises Bett zu stellen. Als sie darauf ihre Agenda mit dem gleichen Kommandoton in den Raum peitschte wie jeden Morgen, war sie verwundert, dass Luise ihre Ansage diesmal so still und leise entgegennahm. Es gab ihr Anlass zu denken, Luises Halsschmerzen hätten eine schlimmere Ursache, sie sei also schwer erkrankt und man müsse nach Hufeland, dem Arzt, rufen. Doch als sie Luise noch schnell über ihre Agenda in Kenntnis setzen wollte und dabei die Ankunft ihres Mannes, des Kronprinzen, bereits gegen zwei Uhr, also kurz nach dem Diner, ankündigte, stürzte sich Luise an die Schulter der alten Frau und weinte lange und bitterlich. Ihre ganze Erleichterung darüber, nicht vom Hof gejagt worden zu sein, brach sich Bahn, und auch ein Hauch verspäteter Dankbarkeit für die Voss, die sie vor »denen von Bellevue« gewarnt hatte – auch wenn sich Luise niemals dazu herabgelassen hätte, das auszusprechen. Sanft strich die alte Dame Luise über den Kopf.

Abends notierte sie in ihren Aufzeichnungen: »*Die Kronprinzessin betrug sich den ganzen Tag vortrefflich!*«

Den gleichen knappen, von ihrer brandenburgischen Ausdrucksweise geprägten Satz schrieb sie am kommenden Tag noch einmal auf, am darauffolgenden ebenfalls. Danach war es keine Besonderheit mehr, die man hätte erwähnen müssen.

10

Berlin, den 29. Mai 1794

Lieber Georg,
ich komme gerade zurück aus Potsdam nach Berlin! Die sechs Wochen, die ich dort zugebracht habe, waren unstreitig die schönsten meines Lebens. Ich habe so ganz nach dem Willen meines Mannes gelebt, und wenn ich von Ika aus Berlin hörte, heute ist großer Ball, heute ist großes Konzert, heute ist Souper – ach, da war ich vergnügt, mich an der Seite meines Mannes zu finden, in einem Leinenhemd und mit unfrisiertem Haar, und ihm recht vorschwatzen zu können, wie sehr ich ihn liebe und schätze. Abends haben wir anspannen lassen und den Ort mit unserer Kutsche erkundet. Die Luft dort ist unbeschreiblich. Die Leute, die mir die Welt zur Not gemacht hatten, waren weit weg, und ich habe mich so frei gefühlt wie noch nie. Hier haben die Wände keine Ohren und keine Augen.

Oft haben wir deshalb ohne Etikette und Benimm auf dem Sofa gesessen, gelesen, musiziert, Kirschen gegessen und uns darin gemessen, wer die Kerne am weitesten spucken kann. Du darfst raten, wer als glückliche Siegerin aus diesem Wettkampf hervorgegangen ist?

Ich werde gleich, da ich nun wieder in Berlin bin, nach Ika schauen, denn wie Du weißt, steht es nicht gut um sie. Hast Du ihr geschrieben?

Wie gut geht es mir dagegen in dieser Welt und wie verschieden ist das Schicksal zu meiner guten Friederike. Verdiene ich es denn mehr als sie? Ich habe mich das oft gefragt. Nein, gewiss nicht. Gott muss es ihr in der Welt noch einmal recht gut gehen lassen. Dafür bete ich.

So, lieber Georg, nun schließe ich. Ich schreibe Dir und allen anderen – und fahre nun fort, weiter zum Vergnügen und nach dem Willen meines Mannes zu leben.

Deine Luise.

Sie stand vom Sekretär auf, auf dem sie schon so viele Briefe an Georg geschrieben hatte – die sie dann meist voller Entsetzen über ihre Offenheit hatte zerreißen müssen –, und ging wie jeden Morgen, wenn sie in Berlin war, ans Fenster, um zu beobachten, wie die einfachen Leute, die schon zu ihrem Tag gehörten wie der Hof, der sie eng umstellte, sich Unter den Linden formierten.

Diesmal war es jedoch zu früh. Die Uhr, die endlich gerichtet worden war, ging auf die vierte Stunde zu. Es war noch dunkel draußen. Die Spuren, die die Räder im Sand hinterlassen hatten, glänzten wie Aale im Licht des halben Mondes. Vom Kanal her stieg Nebel auf, und in der Ferne hatte ein Hund angeschlagen, als ob es darum ging, das Schloss gegen Eindringlinge zu verteidigen. Niemand nahm ihn zurück. Ob die Hundebrücke wegen ihm Hundebrücke hieß? Ach, was für ein alberner Gedanke … Sie rieb sich die Augen, um sich ihrer selbst zu versichern, und schloss, nachdem sie Atem geschöpft hatte, die Fenster, wobei ihr auffiel, dass auch diese repariert worden waren. Denn vor ihrer Abreise hatte es zum Öffnen der kräftigen Arme zweier Kammerfrauen bedurft. Nun aber ging alles ganz leicht.

Alles war wieder heil. Die Uhr, das Fenster und zum Glück auch ihr Leben.

Was waren das nur für Zeiten gewesen, was war alles auf sie niedergeregnet, was hatte sie doch viele Scherben hinterlassen! Beinahe wären ihr Zuhause nicht mehr diese Kammern gewesen, beinahe … Sie kroch zurück in ihr Bett und legte die dicke blaue Seidendecke wie einen Schild gegen die Unbilden des Lebens über sich. In nur fünf Monaten hatte sie den preußischen Kronprinzen geheiratet, sich in seinen Cousin verliebt, sich Kleider gekauft, als ob es galt, sich bis ins nächste Jahrtausend einzukleiden, sich Möbel, Schmuck, Teppiche, Porzellan und feines Geschirr kommen lassen. Sie hatte dreißig Paar Schuhe durchgetanzt, Schulden gemacht, alle bei Hofe gegen sich aufgebracht und sich plötzlich selbst als Hauptdarstellerin inmitten eines dieser Dramen befunden, die von weggejagten Prinzessinnen handelten und die sie immer ungläubig bestaunt hatte, wie etwa das Schicksal von Elisabeth, der ersten Frau des dicken Königs, die nun eingesperrt war im Stettiner Schloss. Ihr würde das niemals passieren, hatte sie gedacht, ihr nicht – und dann war alles anders gekommen.

Zum Glück war sie guter Hoffnung. Erleichtert strich sie sich über ihren Bauch, der bereits eine kleine Wölbung erahnen ließ.

Sie versuchte, von ihrem Bett aus in den Himmel zu sehen und den Stern zu suchen, der ihr und Friedrich Wilhelm als »ihr Stern« galt. Aber es gelang ihr nicht, und als sie merkte, dass sie bei allem Recken und Strecken von der Matratze zu fallen drohte, beschloss sie, trotz der wohligen Wärme der Federkissen doch noch einmal aufzustehen und zurück zum Fenster zu gehen.

Da war er: der Stern, der sie durch Wetterwolken begleiten sollte. Der ihr Vorbild sein sollte mit seinem Strahlen und seinem Glanz. Dabei glich er doch viel mehr ihrem Mann als ihr selbst. Nie würde sie die Großmut vergessen, mit der Friedrich Wilhelm über ihre heimlichen Treffen mit Louis Ferdinand hinweggesehen hatte, und nie die Angst, die sie hatte, entdeckt und vom Hofe gejagt zu werden. Ob er davon gewusst hatte? Sie hatte es trotz aller Bemühungen nie in Erfahrung bringen können. Jedenfalls war er ihr ein Freund gewesen in den schlimmsten Stunden, die ihr kleines Leben gekannt hatte. In dem Moment, in dem alle sich von ihr abgewandt hatten, war er der Einzige, der ihr beigestanden hatte. Nur auf ihn hatte sie zählen können. Er war ein echter, aufrichtiger Freund. Sie hatte ihn darüber lieben gelernt.

Sie suchte nach dem Stern, der kurz hinter vorbeiziehenden Wolken verschwunden war, und wollte, als sie ihn nicht finden konnte, schon zurückgehen in ihr Bett, weil es da, wo sie stand, zog und sie fürchtete, sich schon wieder zu erkälten – da tauchte er plötzlich hinter den Wolken wieder auf und schien heller als zuvor. Unvermittelt schossen ihr die Tränen in die Augen. War es so, dass man das, was man hatte, in seiner ganzen Schönheit erst erkannte, wenn man es zu verlieren drohte? Dass man das Helle nur vor dem Dunklen wahrnahm?

Nun huschte sie wirklich ins Bett, denn zum Zug des Windes gesellte sich nun noch das Frösteln der Scham. Wie hatte ihr das nur passieren können? Wie hatte sie sich nur so dermaßen falsch verhalten können? Sie konnte sich gar nicht wiedererkennen in dem Menschen, der sie vor wenigen Wochen noch gewesen war. Alle hatten sie gewarnt, aber sie war hochmütig und taub gewesen gegen ihre Ratschläge. Und warum? Ach, weil sie endlich alles haben konnte, was sie wollte. Weil endlich alle zu ihr aufschauen mussten – und sie endlich nicht mehr diejenige war, die im Schatten ihrer schönen Schwester stand, sondern umgekehrt.

Verlegen knabberte Luise an ihren Fingernägeln. Immer hatte sie Friederike beneidet, um ihre Schönheit, ihre Sanftmut, ihre Hingabe, ihre Fähigkeit zuzuhören, ihre Klugheit und ihre Empfindsamkeit. Alles das, was sie zu dieser wunderbaren Person machte, die sie so liebte, hätte sie so gerne auch für sich reklamiert.

Am meisten jedoch hatte sie ihr die Kavaliere missgönnt. Nur mit Schrecken erinnerte sie sich noch an den Nachmittag in Braunshardt, als Onkel Georg nicht sie, seinen vorgeblichen Liebling, zu einer Spazierfahrt in seinem neuen Einspänner eingeladen hatte, sondern Friederike, die, damals kaum 14-jährig, gerade erst erblüht war, aber schon die gleichen zarten Reize vorweisen konnte, die jetzt alle in ihren Bann schlugen – außer ihren Mann Louis. Es hatte sie wie der Blitz getroffen, es war eine grausame Wende in ihrem Leben gewesen: Onkel Georg, ihr Lieblingsonkel, zog Friederike vor! Es war eine Katastrophe, ein Albtraum und eine Niederlage auf einem Gebiet, auf dem sie nie gedacht hätte, Rivalinnen zu haben – und schon gar nicht ihre Schwester. Aber plötzlich war sie da gewesen, wie aus dem Nichts – und plötzlich hatte sie das Gefühl gehabt, kämpfen zu müssen, um nicht unbeachtet zu bleiben wie ihre kleine, dicke Cousine Kunigunde aus Sachsen, die man selbst dann nicht hörte, wenn sie nach der Marmelade fragte, und für die ihre Brüder jetzt schon den Tantenflügel renovieren lassen konnten, weil garantiert war, dass sie niemals in ihrem Leben einen Antrag bekommen würde. Sie hatte den Eindruck gehabt, Friederike auf ihren Platz verweisen zu müssen, und irgendwann war ihr dieses Verhalten so in Fleisch und Blut übergegangen, dass sie gar nicht mehr gemerkt hatte, wie unrecht sie ihrer Schwester damit tat.

Sie wurde rot, obwohl sich niemand in ihrer Kammer befand, vor dem sie sich hätte schämen müssen, außer ihr selbst. Aber nach der Katastrophe, der sie nur knapp entgangen war, reichte das aus.

Fritz hatte sie an jenem denkwürdigen Abend gefragt, ob sie Louis genommen und das gleiche Opfer für Friederike gebracht hätte wie diese für sie, nur um ihr nahe zu sein. Seitdem war ihr klar, wie dumm sie sich verhalten hatte. Statt ihrer Schwester dankbar zu sein und ihr zu helfen, hatte sie mit ihr rivalisiert: Der Jubel der Menge war wie ein Rausch gewesen, die Bälle, die Blicke der Männer, der Walzer, Louis Ferdinand. Endlich war sie an dem Platz, den sie als ihren natürlichen empfand. Endlich war sie die Schönere gewesen, endlich diejenige, die mehr umworben wurde, ach ... Und schon bald war sie diejenige, zu der keiner mehr kommen wollte, weil sie sich so unerträglich aufgeführt hatte. Sie war so einsam gewesen, so allein.

Ach, was war sie nur für ein dummes Huhn gewesen, was für eine blöde Gans, eine Göre! Sie hatte mit der Liebe aller Menschen gespielt, die ihr lieb waren – und wofür? Für ein paar Komplimente, für ein wenig Aufmerksamkeit, für das Gefühl von Freiheit, die keine war. Dabei hätte ihre Schwester sie gebraucht. Friederike war in Not und nicht sie. Sie hatte alles gehabt, was sie brauchte, nur war sie blind dagegen gewesen im Glanz ihrer Eitelkeit. Sie hatte bitterlich versagt ... Oje, ihre arme Ika.

Wieder stiegen Luise die Tränen in die Augen. Sie fühlte, wie ihre Wangen heiß wurden und die Scham sich über ihr ganzes Gesicht ausbreitete, weil sie ihre Schattenseiten vor sich selbst nicht mehr verbergen konnte.

Sie kroch tief in ihre Kissen hinein, so, als ob sie sich vor sich selbst verstecken könnte und niemand mehr sehen konnte, was für eine engherzige, missgünstige, schreckliche kleine Person sie doch war. Wie um um Erlösung zu bitten, faltete sie die Hände zum Gebet und gelobte Friederike zu verwöhnen, sie auszuführen, sie zu beschenken und sie einfach nur lieb zu haben. Dann hielt sie einen Moment inne, als ob sie sich fragte, ob dieser Wunsch erlaubt sei, den sie für die Schwester am meisten erbat – und wagte es dann doch, ihn dem lieben Gott anzutragen:

»Mach«, sprach sie, »mach, dass Friederike einen Mann findet, der sie aufrichtig liebt!«

Erst als ihre Oberhofmeisterin neben ihrem Bett stand, wachte sie auf. Ungläubig rieb sie sich die Augen, um sich zu orientieren, doch da hatte die Voss ihr schon verkündet, dass die Prinzessin Louis um ein Uhr zum Diner eingeladen hatte. Luise war glücklicher denn je.

11

Charlottenburg, im April 1795

Als Friedrich Wilhelm wie immer frühmorgens in seinem wohlgeordneten und nach klassischem Ebenmaß gestalteten Schreibkabinett im Schloss Charlottenburg Platz genommen hatte, wo er sich seit langem, ja genau genommen: seit seiner Verlobungsfeier, auf wohlmeinendes Anraten seines Vaters hin in die Geschäfte des Staates einzuarbeiten genötigt sah, unterbrach ein aufgebrachtes Klopfen seinen Drang, die Papiere, die auf seinem Sekretär lagen, parallel und im rechten Winkel zu den Kanten des Tisches auszurichten.

Er hob den Kopf, als der Herr Peter bereits die Tür geöffnet und einem Boten Einlass gewährt hatte, der dem Kronprinzen nach Hackenschlagen und einer ehrfürchtigen Verbeugung eine Depesche überreichte, deren prächtiges, mit den ausladenden Schwingen eines Adlers versehenes Siegel verriet, dass sie von höchster Wichtigkeit war und direkt aus der Feder des Außenministers von Haugwitz stammte, der gerade in Basel mit Abgesandten des revolutionären Frankreich in Verhandlung getreten war. Noch während der Kurier sich Schritt für Schritt entfernte, ohne Friedrich Wilhelm den Rücken zuzukehren, hatte der Kronprinz bereits das Siegel gebrochen und mit eiligem Blick die Zeilen überflogen. Ein mildes Lächeln überflog sein meist durch eine gewisse Murrköpfigkeit gezeichnetes Gesicht, als er den Bogen absenkte und sich in seinen ungepolsterten, englischen Stuhl zurückfallen ließ, ohne die Härte des Stoßes gegen die Rückenlehne wahrzunehmen.

»Endlich!«, entfuhr es ihm in einer Anwandlung von Freude, Erleichterung und der tiefen Dankbarkeit, die derjenige fühlt, dessen innigste Gebete erhört worden sind. »Endlich! Endlich! Endlich!«, rief er ein weiteres Mal.

Dann legte er den Bogen beiseite, widmete sich den Papieren, die auf ihre Bearbeitung warteten, las, schrieb, sortierte, versiegelte, wog ab, beschloss und befahl.

Alles ging ihm mit einer Mühelosigkeit und einer Leichtigkeit von der Hand, dass der Herr Peter, der jeden Tag in dem Schreibkabinett wachte und jeden Tag Zeuge einer vagen Missstimmung seines Herrn wurde, glaubte, von den Lippen des Kronprinzen gar ein leises, kaum vernehmbares Summen zu hören. Dennoch hatte sich der treue Gefährte wie immer auf einen langen Tag eingerichtet, der meist erst zur Teezeit endete – die der Kronprinz gerne gemeinsam mit Luise in deren Kammern im Kronprinzenpalais verbrachte –, da traf ihn ganz unerwartet ein sonderbarer Befehl:

»Gehe Er und feiere Er diesen Tag. Feiere Er! Es ist ein Tag der Freude!«

Erst nach ungläubigen Beteuerungen war es dem Herrn Peter möglich, dieser Order tatsächlich Folge zu leisten. Dann aber tat er dies umso williger, zumal ihm Friedrich Wilhelm einen kleinen Obolus zusteckte, den er sogleich mit seinen Kumpanen in Fredersdorfer Bier umzusetzen sich vornahm, auch wenn er immer noch nicht wusste, worin die Ursache des eigentümlichen Stimmungswandels seines Herrn bestand.

Friedrich Wilhelm aber nahm sich den Nachmittag Zeit, seinen Jubel in seinem Tagebuch festzuhalten. In seiner kleinen, genauen, ja äußerst pedantischen Schrift, in der alle Buchstaben aussahen wie gestochen, erzählte er von den Verhandlungen, die der Graf Haugwitz in Basel geführt hatte: Er malte sich die Überraschung aus, die das Ergebnis bei Preußens zahlreichen Bündnispartnern gegen das revolutionäre Frankreich bewirkt haben mochte, gegen das man so lange und vergeblich gemeinsam gekämpft hatte. Er lachte über das verdrossene Gesicht, das der österreichiche Kaiser gezogen haben mochte. Er amüsierte sich über die Engländer, die große Pläne auf dem Kontinent geschmiedet hatten und von ihrem Stammland Hannover aus Preußens Konkurrenten um die Vorherrschaft im Norden Europas waren. Er wischte die skeptischen Mienen der Württemberger, Bayern, Hessen und aller kleinen wie großen Vertreter der Rheingrafschaften weg. Er zeigte sich dankbar dafür, dass der unbändige Machtwille seines Vaters, dessen militärisches Unvermögen so viel Blut und Leben gekostet hatte, endlich einer Altersmilde gewichen war, die ihn hatte einsichtig werden lassen.

Nur beim Gedanken an Russland, mit dem man seit der Teilung Polens eine lange, gemeinsame Grenze hatte, wurde seine Laune ein wenig verschattet. Denn zu groß und zu mächtig schien ihm der neue Nachbar, als dass das Schicksal Preußens nicht unverbrüchlich mit ihm verbunden war. Aber deswegen sich heute, hier und jetzt an diesem Jubeltage die Stimmung vermiesen zu lassen, wollte er nicht zulassen. Mit Elan tauchte Friedrich Wilhelm seine Feder ins Fass und schloss seine Eintragung mit den Worten:

Depesche von Haugwitz: Die Affären in Basel laufen vorzüglich: Es ist Frieden! Endlich Frieden! Seit dem 5. April 1795 ist Frieden mit Frankreich! Das Morden hat ein Ende! Endlich ist Preußen neutral. Endlich hat Preußen keine Bündnisse mehr einzugehen. Endlich wird Preußen nicht mehr in Kriege hineingezogen, die es nichts angehen. Es ist ein großer Tag für

Preußen! Friede für Preußen. Möge dieser Zustand ewig dauern. Möge Preußen immer neutral bleiben. Möge der Frieden immer erhalten bleiben. So Gott will.

Dann begab er sich, das erste Mal seit langem wohlgelaunt, zu Luise zum Tee.

12

Paretz, Mark Brandenburg, im Juli 1797

»Ne-lle‹, Mama, ›ne-lle‹!«

Der Leiterwagen holperte über das Kopfsteinpflaster und drohte beinahe zu kippen, als der kleine Fritz im Überschwang der Freude seine Mutter mit seinen Händen antrieb wie ein Kutscher mit der Peitsche.

»›Ne-lle‹, ›ne-lle‹!« Er juchzte und jauchzte und strahlte dabei wie die Pferde aus Honigkuchen, die er trotz seines zarten Alters von knapp zwei Jahren schon zu einer seiner Lieblingsspeisen erkoren hatte. Bei jeder anderen Person hätte sie sich so ein Verhalten verbeten, aber dem kleinen Fritz konnte Luise einfach nichts verwehren. Er war ihr Liebling und Sorgenkind zugleich, und er war das Unterpfand ihres Glücks.

Friedrich Wilhelm begrüßte die unbekümmerte Art, mit der Luise – ganz entgegen den Gewohnheiten ihres Standes – die Kinder persönlich umhegte und um sich hatte, wann immer es möglich war. Dennoch schlugen bei ihm manchmal noch die Tugenden seiner eigenen, von preußischen Leitlinien geprägten Erziehung durch. Und die sagten ihm, dass es sich nicht gehörte, dass ein Kind, und sei es noch so klein, auf dem Hinterteil seiner Mutter herumtrommelte wie auf einem Tambour. Doch statt ihn, wie es in seiner eigenen Kindheit üblich gewesen wäre, zu züchtigen, nahm er den Kleinen hoch, herzte, umarmte und drückte ihn und fing an, in der für ihn typischen Art zu sprechen, die ihm in Berlin den Titel »Prinz Infinitiv« eingetragen hatte.

Das war insofern erstaunlich, da er diese Gewohnheit schon weitestgehend abgelegt hatte. Denn seit diesem denkwürdigen Brief an seinen Vater, in dem er Luise verteidigt und sich zum ersten Mal gegen ihn starkgemacht hatte, konnte ihn nichts mehr einschüchtern. Das hatte sich auch in seiner Ausdrucksweise niedergeschlagen, die seitdem etwas fließender, manchmal sogar regelrecht flüssig kam.

Die einfache Sprache, die Friedrich Wilhelm wählte, war deshalb nur dem Wunsch geschuldet, sich seinem Sohn so verständlich wie möglich zu machen:

»Kannst Mama doch nicht nach der Hand reiten! Auch nicht die Sporen jeben wie einem Pferd. Jehört sich nicht, kleiner Mann!«

Dann setzte er seinen ältesten Sohn wieder in den Leiterwagen, und dieser patschte nun nicht mehr nach seiner Mutter, sondern im Takt der Räder auf den Holzrahmen des Wägelchens. Sein Strahlen wurde dadurch nicht gemindert. Luise, die ihren zweiten Sohn Wilhelm – noch ein Säugling von drei Monaten – auf dem Arm trug, winkte daraufhin mit dessen winziger Linker dem kleinen Fritz auf dem Leiterwagen zu.

»Brav!«, sagte sie stolz.

Der Kleine antwortete, indem er mit ausgestreckter Hand auf sie zeigte: »Mama!«

»Brav, brav.« Sie küsste ihn und wies dann mit Wilhelms Arm in Richtung ihres Mannes: »Und wer ist das?«

»Papa! Papa …«, und nach einer Pause: »G'oß!«

Sie lachten.

Friedrich Wilhelm war mit der Entwicklung, die sein Sohn in den letzten Wochen genommen hatte, im höchsten Maße zufrieden. Der Hintergrund für die Sorgen, die er sich machte, ging auf die Zeit nach der großen Krise zurück, die seine Ehe in den Anfängen durchlaufen hatte.

Als nämlich Luise nach einem Sturz auf der großen, ausgetretenen Paradetreppe des Schlosses, auf der es schon so viele Diplomaten gefällt hatte, ihr erstes Kind tot geboren hatte, hatte der König sich in einer Weise unbeherrscht gezeigt, die sich dem Paar bis heute nicht erklärt hatte, und war so ausfallend geworden, dass es beinahe zu einem Bruch gekommen wäre. Allen Verdruss über das tot geborene Mädchen ließ der König an Luise aus, die er als unbändig, tollkühn, vergnügungssüchtig und dergleichen titulierte. Ohne dass es in Worte gefasst wurde, hatte plötzlich wieder im Raum gestanden, sie des Hofes zu verweisen und seiner ersten Frau Elisabeth, die in Stettin arretiert war, nachzuschicken. König Friedrich Wilhelm II. hatte sich in dieser Angelegenheit als Despot allerersten Ranges gezeigt.

Eingeschüchtert, aber auch weil die Mittel, die zum Ziel führten, ihnen beiden allergrößtes Vergnügen bereiteten, hatten sie ihr Bestes getan, um das Unglück durch ein neues Glück in den Schatten zu stellen, und so hatten sie schon sehr bald nach dem Schicksalsschlag ins Marmorpalais melden können: »Die Kronprinzessin ist guter Hoffnung.«

Als dann am 15. Oktober 1795 ein Knabe geboren wurde, war die Freude und Erleichterung auf allen Seiten groß gewesen. Man hatte ihn in alter Tradition auf den Namen Friedrich Wilhelm getauft, und alle – der König höchstselbst, die Königin, die Königin-Witwe, Prinz Heinrich und dessen Frau Wilhelmine, Prinz Ferdinand und dessen Tochter Luise, die Schwester von Louis Ferdinand, sowie Luises Vater Karl von Mecklenburg-Strelitz und ihr Bruder Georg – waren ins Kronprinzenpalais gekommen, um das Kind ihrer Patenschaft zu versichern, wobei schon an der unterschiedlichen Gewichtung der beiden Häuser, die vertreten waren, erkennbar war, wer auf den Säugling größere Hoffnungen setzte.

Auch die herablassend-konziliante Weise, in der der König dem guten Karl auf die Schulter klopfte und ihn willkommen hieß, verriet, dass irgendetwas nicht im Sinne des mächtigen Monarchen gelaufen war. Allein: Niemand wusste, was – und erst lange nach seinem Tod, als Friedrich Wilhelm zum dritten Preußenkönig seines Namens gekrönt wurde und von Lucchesini unter allen geheimen Akten auch den Kontrakt seiner eigenen Ehe vorgelegt bekommen hatte, erklärte sich der Ausbruch des dicken Königs. Er hatte über die nachgeborenen Mädchen das kleine Mecklenburg-Strelitz dem großen Preußen einverleiben wollen und dies in einem Passus festgelegt, der so klein geschrieben war, dass Karl ihn unweigerlich hatte überlesen müssen.

Der Mittelpunkt des großen Ereignisses aber war der Täufling selbst gewesen. Das Fest hatte sich, entgegen dem großen Bericht in der *Berlinischen Zeitung von Staats- und gelehrten Sachen,* die allgemein als *Die Vossische* und noch allgemeiner als *Die Tante Voss* bekannt war, weder als »glorios« noch »prächtig« erwiesen. Es war vielmehr, gelinde gesagt, in einer gesellschaftlichen Katastrophe gemündet, die durch die Merkmale Langeweile und Lautstärke gekennzeichnet gewesen war.

Alles war feierlich zurechtgemacht gewesen, das Zimmer aufwendig mit Blumen geschmückt, der Salut geschossen, als der Hofprediger Sack zu einer seiner erbarmungslos ausführlichen Reden ansetzte, in der er die Segnungen des Glaubens heraufbeschwor, die Gnade Gottes pries und ein besonderes Augenmerk auf die Hoffnung, die niemals stürbe, richtete, deren Mangel, gar Fehlen, er in allen erdenklichen Grautönen ausmalte. Dabei schielte er immer wieder von seiner improvisierten Kanzel aus zu dem kronprinzlichen Paar. Die alte Königin Elisabeth Christine, die schon mehrere seiner Reden ins Französische übersetzt hatte und sich jenseits des Rheins einer großen Gemeinde von Anhängern und Lesern erfreuen konnte, hatte aus Erbauung und Beglückung unentwegt geseufzt, die Prinzessin Heinrich ebenso, und die Prinzessin Luise aus Bellevue auch, deren Anwesenheit ebenfalls ein Zeichen der allgemeinen Versöhnung war. Sie seufzte also auch, obwohl sie erst durch die Seufzer der anderen aufgewacht war und gar nicht gewusst hatte, worum es ging. Aber sie hatte gedacht, dass das wohl der Ton sei, den man als Dame hier anschlagen müsse, und einfach nachgeahmt, was die anderen vorgemacht hatten. Sie hatte sich gefällig geben wollen.

Nicht wenige hatten sich angesichts der Ausdauer des alten Sacks den Alten Fritz herbeigewünscht, der die Reden des Hofpredigers abzukürzen verstand, indem er den Täufling einfach hinaustrug – und das Procedere damit als beendet ansah, gleichgültig gegenüber der Frage, ob das Kind dennoch als Empfänger des heiligen Sakramentes hatte anerkannt werden können oder auch nicht.

Der Alte Fritz aber lag schon lange in seiner Gruft in der Garnisonskirche, und so hatten alle ergeben vor sich hingedämmert.

Nur der Säugling hatte ein sensibles Gespür für die Lage gezeigt. Denn mit jeder weiteren Erwähnung des Wortes Hoffnung schien er die Last, die mit seiner Geburt verbunden war, mehr zu erspüren. Erst war er nur unruhig gewesen, dann hatte er seine kleinen Fäuste geballt, dann mit dem Köpfchen unruhig hin- und hergeschlagen, und schließlich hatte er sich der unsichtbaren Taufgabe, die man ihm aufgebürdet hatte, mit Geschrei zu entledigen versucht. Er brüllte und brüllte und brüllte, und während alle sich die Ohren zuzuhalten versuchten, bemerkte Friedrich Wilhelm, dass der Ausbruch seines Sohnes in Rhythmik, Festigkeit und Bestimmtheit denen seines Vaters, des Königs, glich, deren Adressat er, Friedrich Wilhelm, oft genug gewesen war – nur eben, dass die Tonlage noch nicht dessen tiefem Bass entsprach. Es war ihm vorgekommen, als ob sein Sohn die Wut des Vaters über die Totgeburt seines ersten Enkels in gleicher Weise – also ebenfalls mit großem Zorn – hatte quittieren wollen, und mehr noch: als ob er sich darüber beschwerte, dass seine Existenz einem gewissen Zwang zu verdanken war und nicht ausschließlich der Liebe.

In der Zwischenzeit hatte das gute Zureden weder des Gottesmannes noch das aller Paten oder der schnell herbeigerufenen Amme den Kleinen beruhigen können. Sein Kopf war darüber zu einem roten, tränennassen Etwas angeschwollen, das den Gesichtern der Blessierten glich, die Friedrich Wilhelm im Kriege mit Schrecken gesehen hatte. Man fürchtete schon, man könne die lang gehegten Hoffnungen gleich wieder begraben, was ganz wörtlich gemeint war. Erst als Luise ihr Kind – nach langen Besprechungen mit der Voss, die sie darüber aufklärte, dass das gegen jede Regel von Sitte ihres hohen Standes verstoße – auf den Arm genommen und an ihren Busen gedrückt hatte, hatte der Säugling sich beruhigen können.

Da aber hatten sich die meisten der Gäste schon längst verabschiedet. Der Sekt aus der Kelterei des Grafen Sparr, der einen kleinen Weinberg vor dem Rosenthaler Tor besaß, welcher nur wenige, aber dafür umso kostbarere Flaschen abwarf, und den man eigens für dieses große Fest geordert hatte, war ungeöffnet geblieben – und musste letztlich eingelagert werden.

In der Folge aber hatte Friedrich Wilhelm seine Beobachtung bestätigt gesehen. Das Gebrüll seines Sohnes war nicht nur eine Antwort auf den Ausbruch des Königs, es war zudem noch sein Erbe. Denn ebenso wie sein mächtiger Großvater reagierte der Kleine auf alles, was ihm zuwider war, jähzornig und laut, und immer schwang bei allem der Eindruck mit, dass er mit der ganzen Macht seiner kleinen Lunge die Liebe einforderte, die bei seiner Zeugung gefehlt hatte, weil diese vom König eingefordert und nicht allein der gegenseitigen Zuneigung des kronprinzlichen Paares entsprungen war. Vieles deutete darauf hin: Wenn er nicht alle Aufmerksamkeit auf sich gerichtet fühlte, hatte er das gesamte Kronprinzenpalais zusammengebrüllt, und auch die Posten vor der gegenüberliegenden Wache waren manchmal in Hörweite des kleinen Prinzen geraten. Nichts hatte ihn beruhigen können außer den Liebkosungen von Luise.

Und so war es gekommen, dass sie gegen den Willen des Königs, der Voss, des Hofes – und gegen die Tradition ihres Standes – beschlossen hatten, den Kleinen so oft wie möglich bei sich zu haben. Das Paar hatte sogar für einige Zeit eine Wiege neben seinem Bett aufstellen lassen. Sie waren darüber eine Familie geworden, eine kleine Einheit des Zusammenhalts und der Macht, die sich gegen Befehle des Königs starkmachte und auch stark zeigte.

Nie wieder nach der Geburt des Kindes hatte der König in der Weise seine Macht geltend machen können wie vor der Hochzeit des Paares und in den ersten Wochen danach. Sie waren ein Ehepaar geworden, das in guten wie in schlechten Zeiten zusammenzuhalten schien. Und wenn es selbst oder gerade innerhalb der königlichen Familie – besonders von »denen von Bellevue« – Stimmen gab, die am Kronprinzenpaar nicht die Kraft zu erkennen vermochten, die nötig war, um gegen die Korruption und Verdorbenheit in Preußen durchzugreifen, so es einmal regieren sollte, so hatten selbst die größten Neider eingestehen müssen, dass Friedrich Wilhelm und Luise allein durch ihre Lebensweise große Wirkung erzielten und deswegen gerade beim Volk zu Symbolen der Hoffnung geworden waren.

Allein, der dicke König war zwar schwer krank und gerade wieder im Begriff, zu einer Kur nach Pyrmont aufzubrechen, wo er seine Wassersucht im Kreise eines 70-köpfigen Hofstaates mit zwei Kapellen und seiner Geliebten, der Gräfin Lichtenau, zu kurieren erhoffte, aber er war noch nicht tot. Und deshalb hatte das junge Paar, genauer gesagt: hatte Friedrich Wilhelm beschlossen, sich einen Landsitz zu kaufen, wo sie ungestört und unter sich sein konnten und fern von dem aufgeregten Gescharre ambitionierter Karrieristen, die sich jetzt schon einen Posten bei Hofe sichern wollten. Dieser Landsitz war in Paretz, wo die Mark am märkischsten war.

In die Vorbereitungen darauf war auch der kleine Fritz mehr oder minder mit einbezogen worden, denn immer, wenn der

Hofmarschall Graf Massow in Begleitung von David Gilly kam, der mit der Errichtung des Gutes in Paretz beauftragt worden war, hatte das Kind, auf dem Schoß der Mutter sitzend, die Pläne des Baumeisters mit bunten Kreiden zu erweitern oder zu vervollkommnen versucht. Doch was der Vizedirektor des Oberhofbauamtes mit grollendem Blick hinzunehmen gezwungen war, war vom Kronprinzenpaar nicht nur gebilligt, sondern auch gefördert worden. Denn die andauernde Nähe zur Mutter hatte das Kind weitgehend von seinen Wutanfällen und Ausbrüchen befreit, und so war in den letzten Wochen Ruhe im Kronprinzenpalais eingetreten. »S'oss!«, hatte der kleine Fritz immer wieder aufgeregt gesagt, als er auf Luises Schoß sitzend die Pläne des Vizedirektors Gilly verziert hatte.

»S'oss«, sagte er nun, da er das erste Mal vor dem fertiggestellten Gemäuer stand, als ob er darin die Verwirklichung der Zeichnungen zu sehen schien, die ihm so viele Male als Unterlage für seine eigenen Inspirationen gedient hatten. Er zeigte mit den Fingern darauf und sagte laut »S'oss«, und nach einer Pause: »S'oss. Neu.«

Gilly, der Hugenotte, der vom König aus Pommern an das Bauamt nach Berlin berufen worden war, hatte, weil man in kleinem Kreise aufgebrochen war, nicht den Umweg über Spandau und Schöneberg gewählt, der notwendig gewesen wäre, wenn man mit dem ganzen Staat gefahren wäre. Er hatte stattdessen den direkten Weg über die Havel genommen, wo sie breit und flach floss, und war dann über Ütz gefahren, von wo aus es nur noch eine halbe Meile bis zum Gut war. Dort war man nach einer kleinen Rast sich darin einig geworden, die letzte Strecke gemeinsam zu Fuß zu gehen; und das nicht nur, weil man Spaziergänge sehr schätzte, sondern weil man sich die architektonische Szene, die der Vizedirektor in Aussicht gestellt hatte, mit Andacht erschließen wollte, ebenso, wie man sich einem neuen Bild in einer Galerie näherte.

Der Einzige, der das Ganze antrieb, war der kleine Fritz, dem man die an seinem zarten Alter gemessen lange Strecke hatte ersparen wollen, weshalb man ihn kurzerhand in einen Leiterwagen gesetzt hatte, den das Kinderfräulein Bock auf Geheiß der Gräfin Voss eiligst von einem der Gehöfte gegen ein Handgeld entliehen hatte.

Nachdem die Obstbäume, die links und rechts Spalier gestanden hatten, von hohen Pappeln abgelöst wurden, die in Wuchs und Ordnung an ein Bataillon Langer Kerls erinnerten, hatte man eine Brücke passiert, die schließlich in die gepflasterte Dorfstraße mündete. Dort stand man nun und bestaunte das Werk des Architekten.

»S'oss!«

Der kleine Fritz wiederholte sich, während Friedrich Wilhelm, Luise, die Gräfin Voss, der Hugenotte und die Bock von der Betrachtung des Schlosses durch eine Gruppe Schulkinder abgelenkt waren, die angesichts der Fremdlinge in ihrem Dorf neugierig geworden und ihnen geradezu beiläufig entgegengekommen waren, um die Herrschaften aus der Nähe zu bestaunen. Vorsichtig hielten sie Abstand, aber unter ihnen herrschte aufgeregtes Flüstern. Schließlich platzte einer von ihnen heraus:

»Schulze, Schulze, schaut mal, das ist unser Dorfschulze.«

Friedrich Wilhelm war schon drauf und dran, den Knaben eine Predigt zu halten, und deutete an, ihnen hinterherrennen und sie am Kragen packen zu wollen, da bemerkte die Gräfin Voss trocken:

»Nun, das kommt davon, wenn man sich mit dem dritten Stand gemein macht.«

Besser Schulze als Schachtel, dachte Friedrich Wilhelm und schickte der Voss einen mürrischen Blick, die schon seit der ersten Minute der Abreise von so einer üblen Laune war, dass er sie am liebsten Unter den Linden zurückgelassen hätte. Aber weil er erahnt hatte, dass genau das es war, worauf die alte Dame spekuliert hatte, hatte er sich zum Gegenteil entschlossen und in Kauf genommen, ihre Stänkereien und Boshaftigkeiten mit Gelassenheit hinnehmen zu müssen.

Schweigend näherte man sich dem Bau.

Gilly hatte die gedrungene Gestalt eines Maurers, und es gab nicht wenige, die behaupteten, beobachtet zu haben, dass er bei den Inspektionen der Bauten, die er gestaltete, gerne selbst Hand anlegte. Genau das war auch der Voss zu Ohren gekommen, und deshalb hätte sie sich am liebsten geweigert, mit dem Hugenotten eine Kutsche zu teilen, weil sie diese Art von zupackender Tagelöhnerhaftigkeit bei einem stellvertretenden Direktor des Hofbauamtes als ganz und gar unangemessen empfand und daher den Umgang mit ihm ablehnte. Er war ihr nicht standesbewusst genug, was sie dazu bewog, diesen Mangel durch besondere Achtsamkeit in der Etikette auszugleichen. Am liebsten hätte sie das Kronprinzenpaar dazu verpflichtet, eine separate Kutsche zu nehmen.

Gillys Arme waren kurz, seine Schenkel glichen Keulen, und das Gewicht seines kompakten Körpers hinterließ tiefe Fußabdrücke auf der unbefestigten Zufahrt. Er untermalte seine Erläuterungen, indem er seine nahezu quadratischen Hände durch die Luft flattern ließ wie Schmetterlinge, was ein komisches Bild abgab, denn das Filigrane seiner Geste passte nicht zu seinem Wuchs. Seine Sprache war, wiewohl er ein Bürger Preußens war, noch geprägt von seinen Eltern:

»Isch 'abe einen Parterrebau vorgezogen.«

»Wie schön!«

»Fantastisch!«

»Hoffe mit Untergeschoss, nicht dass von unten die Kälte in die Knochen zieht wie in Sanssouci.« Die Voss war in Form, und die Augen von Gilly trafen sie wie ein Peitschenhieb.

Sie aber trug ihr Haupt gerade und hoch, und wie zur Untermalung ihrer Bemerkung stemmte sie ihre Linke ins Kreuz und murmelte etwas von Knobelsdorf und dem Großen Fritz und der Sturheit alter Männer, die mit ihren Vorstellungen nicht auf die Bedürfnisse der Menschen eingingen, und dass letztlich alles zwar voller Prunk und Gepränge sei, aber eben auch ziemlich kalt. Wobei man hier, in Paretz, ja nicht einmal von Prunk reden könne, da das Gebäude ja den zurückhaltenden Charme einer Scheune habe und man sich vorkäme wie eine Bauersmagd, wenn man darin wohnte. Niemand ging darauf ein. Nur der kleine Fritz sagte voller Vorfreude:

»S'oss!«

Drinnen führte Gilly durch die Räume.

»Das Zimmer für Billard. 'ier finden wir das Kabinett Ihrer Königlichen 'oheit, der Kronprinzessin, 'ier das Kabinett Eurer Königlichen 'oheit, des Kronprinzen. Ich 'abe dafür Türkis gewählt, nebenan gleich –«, er öffnete eine Tür, »befindet sich die Puderkammer. Für die Perücken. Dann – folgt mir, folgt mir – 'ier das Empfangszimmer, 'ier habe ich das Schlafzimmer geplant, und 'ier …« Er hielt seinen Arm nach vorne, was den anderen bedeutete anzuhalten, und beschrieb mit seiner Hand ein Rund in der Luft. Dann lenkte er den Blick der Gesellschaft durch das Fenster auf die Aussicht in den Park und einen Pavillon, der die Sichtachse begrenzte.

»S'oss!« Der kleine Fritz war außer sich vor Freude.

»Nein, kein Schloss.«

»S'oss!«

»Pavillon!«

Das Kind sah seine Mutter mit kreisrunden Augen an. »S'oss!«

Alle staunten bei dem Ausblick. Das Zimmer war einem englischen Gartenpavillon nachempfunden, und durch die Anbindung an den davor liegenden Garten war die Illusion noch konsequenter als im Kronprinzenpalais. Die Farben der Tapete zeigten das Gelb spätsommerlicher Kornfelder. Sie war von einer Bordüre aus Kornblumen und Mohnmotiven gerahmt. Die Decke nahm das Weiß des Teepavillons auf, der dem Blick zur Havel hin ein schmuckes Finale setzte.

»'oss!«

»Nein, kein Schloss. Pavillon.«

Der kleine Fritz aber blieb beharrlich: »'oss!«

Als Luise immer noch nicht verstand, was ihr ältester Sohn meinte, schrie er aus vollen Lungen: »'oss, 'oss, 'oss« und vervollständigte seine Aussage mit dem Zusatz: »Ei-ze.«

Jetzt erst begriffen Luise und Friedrich Wilhelm, dass der kleine Fritz die Voss gemeint hatte, die sie, wenn sie sich alleine wähnten, »die Peitsche« nannten. Um diese Peinlichkeit zu vertuschen, nahm Luise ihren Sohn auf die Arme, indem sie die Absicht vortäuschte, einem aufkommenden Wutanfall mit Zärtlichkeiten begegnen zu wollen, was nicht ausgeschlossen war, denn der kleine Fritz war schon wieder ganz rot im Gesicht.

Der aber fühlte sich immer noch nicht verstanden und zeigte, indem er seine Worte wiederholte, auf die alte Gräfin: »'oss, 'oss. Ei-ze.«

Alle drehten sich zu ihr herum, während diese traumselig und gedankenverloren mit ihrem rechten Zeigefinger die Wände entlangstrich, als ob sie Staub auf einer Kommode nachweisen wollte, und dabei mit hochgezogenen Augenbrauen den Kopf schüttelte. Als sie die Stille hinter sich bemerkte, drehte sie sich um.

»Sind ja alles Papiertapeten hier. Monsieur Gilly, hattet Ihr keinen Stoff mehr übrig, bei der ganzen ausschweifenden Pracht hier?«, versuchte sie sich zu verteidigen. Da aber keiner eine Replik für diese Bissigkeit auf der Zunge hatte, ging man weiter, ohne zu antworten. Die Voss schritt erhobenen Hauptes hinterher.

Nach dem Rundgang folgten sie Gilly allesamt in den Speisesaal, der in einem Nebengebäude untergebracht war, und gingen über die Dorfstraße zur gegenüberliegenden Kirche, die wie Gilly selbst von kleiner und kompakter Form war. Wieder rollte die Gräfin die Augen.

Gegen acht Uhr abends waren sie wieder im Kronprinzenpalais. Als Luise Gilly verabschiedet hatte und gerade im Begriff war, sich in gleicher Absicht der Gräfin zu nähern, raunte ihr diese so laut zu, dass sie sichergehen konnte, der Vizebaudirektor könne es im Fortgehen noch hören: »Also, Königliche Majestät, ich finde es nicht im Geringsten hübsch. Der Ort selbst ist geradezu hässlich, allein der Garten ist erträglich. Halbwegs erträglich.« Nach einer kleinen Atempause setzte sie mit zischendem Unterton nach: »… und das Haus hat keine richtigen Proportionen. Das sehe selbst ich, die davon nicht das Geringste versteht.«

Erst als der feste Tritt des Baumeisters sich verstärkte, hatte die Voss ihre Genugtuung. Mit mildem Lächeln übergab sie dem Fräulein Bock die Kinder und wünschte dem Kronprinzenpaar eine gute Nacht.

Kaum hatte sich die Tür der Kammer hinter ihnen geschlossen, ließen sich Luise und ihr Mann auf das dunkelblaue Bett fallen und lachten so laut, dass beinahe ein Kammerdiener gekommen wäre, um seine Hilfe anzudienen. Sein meckernder Bariton hielt gegen ihr kicherndes Stakkato. Sie fasste sich an den Bauch, wischte sich eine Träne aus den Augen, sprang dann plötzlich auf und paradierte vor dem Bett hin und her, indem sie die kerzengerade Haltung und den hochnäsigen Gesichtsausdruck der Voss so perfekt nachahmte, als ob sie ein Ebenbild von ihr wäre:

»Habt Ihr denn keine Tapeten, Monsieur Gilly?«

Sie spitzte den Mund und wackelte mit dem Kopf.

»Also, ich finde es nicht im Geringsten hübsch. Und das Haus hat gar keine richtigen Proportionen.«

Dann nahm sie den violetten Schal mit den silbernen Fransen, den sie um den Kopf geschlungen hatte wie die Obersthofmeisterin ihr schwarzes Witwenkopftuch, zwirbelte ihn mehrmals zwischen den Händen zusammen, fing ihren Mann damit ein, zog ihn zu sich und küsste ihn mehrere Male.

»Nicht im Geringsten hübsch. Nicht im Geringsten hübsch.« Mit jedem Wort setzte sie ihm einen Kuss auf die Wangen.

»Hör auf! Hör auf. Wie kann man nur so albern sein! Du hast sie ja jut studiert, unsere Parforcepeitsche. Kein Wunder, dass sie dich nicht leiden kann.«

»Das stimmt nicht.« Sie entließ ihn aus ihrer Umklammerung und setzte sich neben ihn. »Beziehungsweise, es stimmt nicht mehr. Wir verstehen uns. Nicht so gut wie mit meiner Mabuscha, aber wir kommen miteinander aus.«

Friedrich Wilhelm zog die Stirn in Falten.

»Du brauchst gar nicht so skeptisch dreinzuschauen. Seit wir uns beide um Louis gekümmert und ihn gepflegt haben, stehen wir uns näher. Das hat mir Respekt bei ihr eingebracht. Sie hätte ja nie gedacht, dass ich so fürsorglich sein kann. Und ich habe ihre Fürsorge zu schätzen gelernt. In einem gewissen Sinne könnte man seitdem sagen, wir seien unzertrennlich. Ich nutze ihre Kenntnis über die Angelegenheiten bei Hofe, und sie passt auf mich auf, mit wem ich Umgang habe. Ich nenne sie jetzt immer ›der liebe Voto‹.«

Seine Mundwinkel wiesen nach oben. »Auch nicht besser als ›Peitsche‹. Immerhin ist sie schon lieb. Obwohl – hätte mir nicht denken können, dass ihr euch nicht versteht, wo ihr doch beide so viel redet.«

»Sie redet mehr als ich! Und zwar so …«

Wieder begann Luise die Gräfin Voss zu imitieren. Sie versuchte krampfhaft, ihre Unvorsichtigkeit, mit der sie das heikle Thema um Louis' Tod hatte fallen lassen, durch Albernheiten wieder vergessen zu machen. Denn nichts hatte Friedrich Wilhelm mehr zugesetzt als der frühe Tod seines geliebten Bruders, an den sie ihn jetzt unabsichtlich erinnert hatte.

Noch während der Vorbereitungen zum Weihnachtsfest war Louis erkrankt. Es hatte alles mit starken Schmerzen im Hals begonnen, dann hatte er Fieber gefühlt und eine Abgeschlagenheit, die bei einem jungen Mann seines Alters recht ungewöhnlich war. Ein bellender Husten war gefolgt, und schließlich hatte sich alles zu einem ziehenden Atmen gesteigert, das dem fürchterlichen Geräusch eines Nagels glich, den man über ein Stück Metall streift.

Eiligst hatte man nach Hufeland geschickt, und der hatte seine ganze Kunst aufgeboten. Er hatte Wickel aus Senfpulver verabreicht, Egel gesetzt und Schröpfgläser und Louis mehrmals zur Ader gelassen. Als all dies nicht geholfen hatte, hatte er ihm schließlich ein Gemisch aus Kamillentee und Opium in den Mund geträufelt. Danach hatte Louis zumindest sehr selig ausgesehen. Doch keine dieser Maßnahmen hatte letztlich sein Leiden lindern können, und so war schließlich der 28. Dezember 1796 zu einem der traurigsten Tage in Friedrich Wilhelms Leben geworden. Sein Lieblingsbruder, mehr noch: der Gefährte seines Lebens, war im Alter von nur 23 Jahren verstorben. Friedrich Wilhelm war danach lange wie benommen gewesen.

Während dieser Zeit hatte Luise ihren Schwager aufopfernd gepflegt, und das nicht nur, weil sie es als familiäre Pflicht angesehen hatte, sondern schlicht, weil das schlechte Gewissen sie geplagt hatte. Mit Scham hatte sie sich an ihre Gebete für Friederike erinnert und an ihren Wunsch, dass diese einen Mann finden werde, der sie liebte. Weil Luise nun geglaubt hatte, den Tod des armen Louis erbetet zu haben, hatte sie sich besonders dienlich gemacht. Den Tod des Prinzen hatte sie zwar nicht verhindern können, aber die Voss hatte ihr ihre Opferbereitschaft hoch angerechnet. Sie waren darüber tatsächlich so etwas wie Vertraute geworden.

Allein das schlechte Gewissen war geblieben und auch das Unbehagen, dieses Thema anzuschneiden.

Deshalb kaschierte Luise ihre Not mit einem Übermaß an Parodien auf die Gräfin Voss und lobte Paretz als Hort der Familie und Zurückgezogenheit in den höchsten Tönen. Denn sie wusste, dass Friedrich Wilhelm dieser Gedanke vergnüglicher stimmen würden als so mancher ihrer fehlgeleiteten Witze: »Dennoch wären wir sie los. Oder was glaubst du? Die wird doch einen Teufel tun und uns nach Paretz begleiten. Ich bin schon gespannt auf ihre Ausreden.«

Luise sprang wieder auf, nahm die aufrechte Pose der Voss an und stemmte eine Hand in die Hüfte: *»Mir zieht die Kälte so in die Knochen. Da ziehe ich es vor hierzubleiben.* Oder so?« Sie legte einen Handrücken auf ihre Stirn. *»Mein Kopf droht zu platzen bei dieser Hitze. Mir wäre es doch lieber, wenn ich in Berlin bleiben könnte.* Sie erinnert mich ein wenig an meinen Vater. Der fühlt auch immer so allerlei Wehwehchen, und man weiß nie, ob er wirklich krank ist oder nur so tut. Seine größte Einbildung sind die Nerven. Er glaubt, dass seine Nerven gespannt seien. Stell dir das einmal vor! Manchmal will ich ihm das gerne glauben.«

»Hör auf. Dein Vater ist ein juter Kerl.« Friedrich Wilhelm reichte ihr die Hand und zog sie zurück aufs Bett.

»Obwohl …« Luise kam ein Gedanke.

»Was?«

»Sie wird doch mitkommen. Und weißt du auch, warum?«

Er schüttelte den Kopf.

»Weil sie mich ganz für sich haben will!«

Das war nämlich die Kehrseite der gegenseitigen Annäherung gewesen. Was immer Luise trieb, machte, tat und ließ – die Voss ließ es sich nicht nehmen, ihre Gesellschaft zu suchen, als ob sie stolz sei, das wilde Herz der Kronprinzessin doch noch erobert zu haben, und dies nun für jedermann sichtbar durch ihre Nähe demonstrierte – und wieder einmal keinen an sie herankommen ließ.

»Will ich auch. Dich für mich haben. Kann ich verstehen.« Er schlang seine Arme um ihren Körper.

»Aber das ist doch etwas anderes. Sie ist eifersüchtig.«

»Aber das bin ich auch.«

»Aber sie hat gar keinen Grund dazu!«

»Und ich?« Er küsste sie.

»Du natürlich auch nicht.«

Er lächelte sie beruhigt an. »Hast du bemerkt, wie sie den armen Gilly anjesehen hat? Das war schon Eifersucht.«

»O ja, am liebsten wäre sie ihm an die Gurgel gesprunge'.«

»Sprichst ja hessisch.«

Friedrich Wilhelm gab Luise wieder einen Kuss, wie so oft, wenn sie unter sich waren, wo er kaum eine Sekunde die Finger von ihr lassen konnte, weil er sie so bezaubernd fand. Sie aber fuhr fort:

»Und dann unser Fritz! Ich dachte erst: Was meint er? Bis ich darauf gekommen bin, dass er die Voss meint. Ich hätte beinahe vor Lachen weinen müssen, wie sie dastand und die Tapeten kontrollierte.«

»Ich auch.«

»Sie war ganz schön anmaßend.«

»Fatale Person.«

»Was erlaubt sie sich? Sie tut immer noch so, als ob sie das Sagen hätte.«

»Alte Frau, hat viel erlebt. Und du bist jung. Sie will dir nur Jutes.«

Sie nickte zustimmend, denn nach den Wirren der ersten Monate hatte auch sie das begriffen. Dann fragte er:

»Und? Jefällt es dir?«

Sie sah ihn freudig an: »Ich kann dir gar nicht sagen, wie sehr.«

»Wirklich?«

»Ja, es ist wunderschön.«

Er kniff sie in die Seite.

»Ja-ja. Wirklich! Ich liebe es, und weißt du auch, warum?«

»Nein!«

»Weil es mich an Braunshardt erinnert.«

»Du hast es jemerkt?«

»Aber gewiss! Schon auf den Zeichnungen, aber ich war mir nicht so sicher. Aber wenn man davorsteht ... Braunshardt. Genau wie Braunshardt. Die Anlage, die Gärten – ich habe sofort wieder die schöne Zeit vor Augen gehabt, die wir dort hatten.«

»Ich auch!«

»Warum es der Voss wohl nicht gefällt?«

»Der ist das viel zu klein. Sie mag es prächtijer – wie Sanssouci. So stellt die sich ein Sommerschloss vor ... Aber jenau deshalb hab' ich Gilly genommen. Ist noch unverdorben. Schinkel hätte uns eine Protzerei hingestellt. Der Langhans auch. Gilly schafft mit wenig Kosten Schönes.«

»War es teuer?«

»Nein, müssen sparen. Der König hat die Kassen jeplündert für seine Mätresse. Außerdem habe ich deine –«

»Ach hör auf, immer vom König zu sprechen. Er ist doch dein Vater.«

»Mein Vater ist mir aber mehr König als Vater.«

Da sie zu aufgekratzt war, um dieses ernste Thema zu berühren, kam sie noch einmal auf die Voss zu sprechen, deren erhabenen Gesichtsausdruck sie abermals imitierte, sodass Friedrich Wilhelm sofort verstand, worum es ging.

»Und wenn sie doch mitkommen sollte?«

»Dann setzen wir sie auf den Leiterwagen. Oder wir feiern Erntedank, und sie muss mit den Bauern Ländler tanzen.«

Luise fing wieder an zu lachen. »Wusste gar nicht, dass du so gehässig sein kannst.«

Er grinste verschmitzt.

»Nein, wirklich nicht. Du bist immer so aufmerksam und liebevoll ...«

»Luise! Das war ein Scherz! Setze doch die Voss nicht auf einen Leiterwagen. Die würde mir das Leben zur Hölle machen.«

»Und mir erst!«

Wieder lachten sie sich an.

»Du, sie haben dich Dorfschulze genannt.«

»Pah, Dorfschulze! Na und? Ist mir lieber als das Jeducke und Jebuckel hier am Hof. Eure Königliche Hoheit hier, Eure Königliche Hoheit da. Ist mir alles fatal. Würde am liebsten alle rausschmeißen.«

»Ich auch! Ich hoffe, die Wände von Paretz sind bald trocken und wir können bald hinausfahren. Ich freue mich so sehr darauf. Es war doch alles recht viel in den letzten Monaten.«

Er drehte sich zu ihr und fuhr mit seiner Hand an ihrer Taille entlang.

»Und hast du die Tapeten bemerkt?«, fragte er leise.

»Natürlich. Nachdem die Voss sich da so echauffiert hat. Ich höre noch ihre Stimme: ›*Hattet Ihr keinen Stoff mehr übrig, Monsieur Gilly, bei der ganzen Pracht hier?*‹ Wieso fragst du?«

»Hast du nichts bemerkt daran?«

»Nein, sollte ich?«

»Nun ja ... Weißt du noch, als wir uns kennenjelernt haben?«

»Beim Grafen Wrede?«

»Nein, ich meine, als wir einander präsentiert wurden. Beim Bürgermeister von Frankfurt. Dem Olenschläger.«

»Ja, und ...?«

»Kurz davor habe ich mit dem Reichsgrafen Medem in einem Kabinett jesessen und mich mit ihm beraten.«

»Mit Medem? Dem Hund? Worüber denn?«

»Luise! Lass mich doch ausreden.«

Sie ließ sich schmollend in ihr Kissen fallen, stieß ihn aber zum Zeichen ihrer Versöhnlichkeit mit dem Fuß an.

»Wir saßen im Kabinett. Überall hingen Tapisserien. Ländliche Szenen. Bauern. Winzer. Ich habe mir jedacht: Wen immer ich heiraten werde, es muss eine Frau sein, die die Natur liebt.«

»Und so ist es auch gekommen. Aber was hat das mit den Tapeten zu tun?«

»Sie gleichen denen von Olenschläger. Ist wie ein Souvenir an den Tag, an dem wir uns kennenjelernt haben.«

Luise legte ihre Hand auf seine Wange. »Du bist so wunderbar«, sagte sie leise. Dann hörte man eine Zeitlang nur ihr Atmen und das regelmäßige Schlagen der Uhr, die auf dem Sekretär stand.

»Du –« – »Du –« Ihre Stimmen kamen gleichzeitig.

»Du zuerst …«

»Nein, du …«

»Ich habe eine gute Nachricht für dich.«

»Und ich gleich zwei.«

»Dann du zuerst!«

»Nun jut.« Er drückte sie fest an sich, damit nicht einmal mehr ihr Blick ihm ausweichen konnte. »Ich habe deine Schulden bezahlt!«

»Hast du? Ja, aber … ich … wovon? Oje! Fritz – ach … wirklich? Nein … doch … ach … Ich danke dir! Ich danke, danke, danke dir! Wieso …?«

»Weil ich dich liebe.«

»Ich hab dich doch auch lieb! So sehr sogar.« Sie benetzte sein Gesicht mit Küssen, wobei sie bei jedem Kuss »Danke« ausstieß. Er aber drückte sie sanft weg und sah ihr tief in die Augen.

»Verrate mir nur eins. Wie kann man in nur drei Monaten 64 000 Taler Schulden machen?«

Im Halbdunkeln sah er nicht genau, wie sehr sich ihr Gesicht verfärbte, erkannte jedoch ihre Verlegenheit an ihrem hilflosen Stottern.

»Also. Ja. Es ist …«

»Nun?«

»Also … Ich … Ach, ich hab' mich so einsam gefühlt. Es war alles so schlimm. Alle haben mir Vorhaltungen gemacht. Niemand hat mit mir geredet. Die Königinnen nicht. Die Voss nicht. Die Viereck nicht.«

»Die ist ja nun weg.«

»Ja, aber dann auch die anderen. Die Königin hat schon

Briefe an meine Großmutter geschickt. Die Voss sogar auch. Stell dir vor! Als ob sie meine Erzieherin sei. Ich war den ganzen Tag alleine, mein einziger Trost waren die Bälle. Da hab ich mir den ganzen Tag ausgedacht, was ich alles Hübsches anziehen kann …«

»Aber für 64 000 Taler! Paretz hat kaum mehr jekostet.«

»Ja, ich weiß. Ich weiß auch nicht, was mit mir los war. Alles war so anders. In Darmstadt war ich so frei und hier so … eingeengt. Bei den Modegeschäften waren sie sehr freundlich zu mir. Ich habe geordert … und kommen lassen … Bei Nitzen, Quittels, Vorasts.«

»Auch bei Micheletes und Vibeau?«

»Ja, die haben französischen Geschmack.«

»Eben, solltest aufpassen. Hugenotten sind immer noch Franzosen, wenn es drauf ankommt. Wirst sehen. Sind die Ersten, die opponieren. Hat man schon bei der Revolution jesehen. Da gab es viel Unruhe in der Französischen Straße. Viel Jemurre.«

»Ja, aber wir haben doch jetzt Frieden. Oder habe ich das falsch verstanden?«

»Gottlob, ja. Aber wer weiß, was kommt. Man kann sich nie auf Allianzen verlassen.«

»Darf ich da also nicht mehr einkaufen?« Sie säuselte, was ihm ein Zeichen war, dass sie den Ernst der Lage immer noch nicht im vollen Umfang begriffen hatte.

»Noch ja. Nur nicht so viel. Sollst überhaupt nicht mehr so viel kaufen. Verstehst du?«

Er schüttelte ungläubig den Kopf, als er noch einmal die Tatsache überschlug, dass seine Frau innerhalb eines Vierteljahres die Summe verjubelt hatte, die man brauchte, um ein kleines Gut zu kaufen. Ein Koch bekam 20 Taler im Monat!

»Schwör es mir! Nie wieder. Müssen Vorbild sein. Wer weiß, wie lange wir noch Ruhe haben. Der König ist krank.«

»Sag nicht immer ›*der König*‹ …«

»Schwör!«

»Ich schwöre!«

»Wirklich?«

»Ja.«

Ihre Stimme verriet den leichten Belag von Dankbarkeit und Traurigkeit, den sie in ihrer Kehle spürte. »Ich habe auch schon die Wachskerzen gegen welche aus Talg austauschen lassen. Sieh nur, ich will dir eine anzünden. Zur Feier des Tages und als Dankeschön.«

Sie stand auf und suchte auf dem Kaminsims nach einem Fidibus, den sie am Feuer entflammen und mit dem sie dann die Kerze anzünden konnte. Aber die Kohlen waren schon fast verglüht. In der gräulichen Asche glomm nur noch ein letztes Rund. Luise hielt den länglichen Papierstreifen daran und wartete, bis er Feuer fing. Es dauerte. Ja, dachte sie, Feuer können verschieden brennen, die einen lodern kräftig und hoch und bringen einem die schnelle Hitze, die anderen glimmen und glühen langsam – und wärmen einen auf Dauer doch wesentlich länger.

Manchmal dauert es eben ein bisschen länger, bis man Feuer fängt, aber dann brennt es wenigstens lange, dachte sie in ihrer Art zu denken, die, weil sie nicht hochgeistig war, von vielen für dumm gehalten wurde. Dabei jedoch beruhten ihre Gedanken eher auf Vergleichen, die sie sinnlich und direkt erfasste und die eher ihrem anschaulichen Kosmos entsprangen als der Weite philosophischer Gedanken. Sie dachte nach über all die Zärtlichkeiten und all die Rücksicht, die ihr Mann trotz ihres lächerlichen und betrügerischen Verhaltens ihr hatte angedeihen lassen und die sie in allen Einzelheiten gar nicht aufzählen konnte. Ihr kam ihre eigene Kläglichkeit voll ins Bewusstsein. Sie wünschte sich, es ihm gleichzutun und wenigstens ein einziges Mal die moralische Überlegenheit, die er in ihrer Ehe zweifellos hatte, ausgleichen zu können, indem sie ihm etwas gab. Nur was? Was könnte all ihre Schwächen und Fehlbarkeiten ausgleichen? Sie überlegte lange. Und dann, mit einem

Mal, wusste sie, dass es da etwas gab, was sie selbst scheute, verweigerte und nur selten über die Lippen brachte, was aber der Schlüssel zu allem war.

»Fritz …«

»Ja?«

»Ich liebe dich, Fritz.«

»Ich weiß!«

Wieder imponierte ihr seine Geduld und Großmut.

»Ich liebe dich aber mehr.«

»Mehr als was? Mehr als ich dich oder mehr als du mich zu einer anderen Zeit?«

Sie sagte nichts – weil sie nicht an diese schreckliche Zeit erinnert werden wollte, wo sie sich plötzlich inmitten eines Dramas wiedergefunden hatte, das sie zuvor nur vom Hörensagen gekannt hatte –, nahm stattdessen seine Hand und legte sie auf ihren Bauch.

»Und das ist meine gute Nachricht!«

Ohne zu antworten, näherte er sich ihrer Hüfte und streichelte sie sanft.

»Ist aber eine seeehr jute Nachricht!«

»Fritz, nein …« Sie wand sich aus seinen Armen, er aber drückte sie fest an sich und fragte: »Aber warum nicht?«

»Weil es etwas anderes ist.«

»Wie? Hast du Kopfschmerzen, hm?«

»Nein, hör auf …« Sie kicherte unter seinen Liebkosungen. »Nein, es ist – hör auf! Ich bin … ich erwarte … ein Kind!«

»Wirklich?«

»Ja.«

»Sicher?«

»Ja! Und weißt du, was ich mir wünsche?«

»Alles, was du willst!« Er flüsterte ihr seine Worte ins Ohr, sodass sein Atem sie am Hals kitzelte.

»Wenn es ein Mädchen wird, dann soll es Friederike heißen. Nach meiner Schwester.«

»Ach so. Ich dachte schon, nach mir.« Er tat so, als ob er enttäuscht wäre, und rollte sich zur Seite, sodass sie ihn mit ihren Händen verfolgen musste, um sich seiner gewiss zu sein. Erst als sie ihm so weit nachgesetzt hatte, dass er beinahe vom Bett zu fallen drohte, löste er die Spannung auf. »Gerne! Nichts lieber als das! Deine Schwester hat es verdient. Hat keine jute Zeit gehabt. Aber jetzt wird alles jut. Ich wollte es dir schon den janzen Tag erzählen. Nun kommt nämlich meine jute Nachricht!«

»Ja?«

»Sie hat einen Kandidaten.«

»Wirklich? Sag – wen denn?«

»Er war heute früh bei mir und hat mich um Erlaubnis jefragt, sie heiraten zu dürfen.«

»So weit ist es schon. Oh, wie schön! Ich freue mich so. Aber dass ich davon gar nichts weiß?«

»Hat es geheim jehalten.«

»Aber ich bin ihre beste Freundin!«

»Waren sich halt nicht sicher. Aber nun sind sie es. Freu mich für sie. Keine hat es mehr verdient, glücklich zu sein! Sie war mit meinem Bruder nicht sehr glücklich. Hätte Skandal machen können, hat aber zu ihm jehalten. Sie war so sanft und hingebungsvoll zu ihm. Hat ihm jeden Wunsch von den Augen abjelesen.«

»Rede nicht immer so. Manchmal kommt es mir so vor, als ob du sie lieber magst als mich.«

Er schwieg.

»Also, nun sag: Wer ist es?«

»Eine jute Partie. Eine seeehr gute Partie sogar. Formidabel, sag' ich. Kommt aus jutem Hause.« Er zwinkerte mit den Augen, obwohl sie es in der Dunkelheit nur erahnen konnte. »Alles bleibt in der Familie. Anständig jefragt hat er. Gute Erziehung. Allerbeste Manieren. Famoser Auftritt. Glanzvoller Stammbaum. Sehr verdient in der Armee. Allerlei Auszeichnungen und Orden. Habe ihm jedenfalls meine Erlaubnis gegeben.«

»Ja wem denn?«

»Kommst du nicht darauf.«

»Nein, nun sag schon!«

»Na Louis Ferdinand!«

»Louis Fer-di-nand!« Plötzlich saß Luise aufrecht im Bett.

»Ja, Louis Ferdinand. War heute früh bei mir. Sie treffen sich schon lange. Eigentlich kurz nachdem ihr beide nach Berlin gekommen seid. Wusste es von Anfang an … Habe aber nichts jesagt – vor allem nicht zum König. Wollte, dass sie glücklich ist. Habe mir Vorwürfe jemacht, dass sie Louis heiraten musste … Aber was hätte ich machen sollen? Konnte ja nicht euch beide nehmen. Mein Bruder war nicht gut zu ihr, und nach seinem Tod –«

Luises Alt schlug eine Bresche in seine Erläuterungen: »Aber wie kannst du das erlauben! Es ist doch noch Trauerzeit. Sie kann doch nicht heiraten, wenn sie noch Schwarz trägt.«

»Luise, hör einmal: Jeder weiß, dass Friederike keinen Grund zum Trauern hat. Selbst der König entbindet sie von der Trauerzeit … Er hat sie jebeten, ihn zu begleiten. Nach Pyrmont, zur Kur. Dort will sie ihm alles erzählen und um seine Erlaunis bitten. Er wird's wohl jewähren. Sie ist sein Liebling.«

»Aber, aber …«

»Was aber?«

»Es ist nicht recht!«

»Was ist daran nicht recht?«

»Weil er lügt, wenn er sagt, dass er sie liebt.«

»So? Tut er das? Wie kommst du denn da drauf?«

»Weil ich es weiß!«

»Aha.«

Ihre Stimme kippte vor Aufregung: »Er ist ein Lügner!«

»Luise, was ist …?«

»Er ist ein Spieler!«

»Aber …«

»Er ist ein Hasardeur, der nur sein Abenteuer sucht!«

Ihr Leib, ihre Hände, ihr ganzer Körper zitterten. »Ein Betrüger, ein …« Sie schnappte nach Luft, verschluckte sich aber vor Aufregung, sodass sie schrecklich husten musste und nicht mehr weitersprechen konnte. Liebevoll klopfte Friedrich Wilhelm ihr auf den Rücken.

»Jetzt beruhige –«

Sie jedoch presste mit dem letzten Atem, den sie hatte, heraus: »Er lügt, er lügt, er lügt. Ich weiß es eben! Du musst verhindern, dass sie heiraten. Das musst du. Versprich es mir. Bitte. Versprich es mir.«

Dann sah sie ihn wortlos an. Tränen wässerten ihre Augen. Er aber antwortete nicht.

Nur die Uhr hätte messen können, wie lange sie in ihrer Haltung verharrten und sich anstarrten. Die aber war wieder einmal stehen geblieben. Eine beunruhigende Stille lag in der Luft. Sie war zum Zerreißen.

Sie musterten sich, aber keiner gab nach.

Nach einer ganzen Weile griff Friedrich Wilhelm schließlich nach seinem Rock, dann nach seiner Hose, und als sie ihn immer noch flehentlich ansah, nach seinem Hemd, seinem Gurt, seinen Stiefeln – und ging, ohne Luise eine gute Nacht zu wünschen, hinunter ins Parterre, wo seine bescheidenen Kammern lagen und wo er wie immer vor dem Kamin ein Feldbett aufstellen ließ, wenn er dort und nicht bei Luise die Nacht zu verbringen gedachte.

Bevor er sich zum wärmenden Feuer rollte, dachte er:

»Von wegen … *Jewissheit!* Papperlapapp!«

Teil 3

1

Berlin, im November 1797

Am 16. November 1797 um neun Uhr in der Frühe holte Gott den dicken König zu sich. Der Freund der Menschen, der ewige Stutzer, der immerzu joviale Gastgeber, der es zeit seines Lebens geliebt hatte, einen Schwarm Menschen um sich zu scharen, war ohne Freunde, ohne Familie, ja sogar ohne die Anwesenheit eines Geistlichen verschieden. Denn diese hatten dem Monarchen ihren Beistand verweigert, weil er seine Geliebte, die Gräfin Lichtenau, nicht von seiner Seite entlassen wollte und weil die Gottesmänner angesichts dieser gottlosen Verbindung selbst jetzt nicht Gnade walten lassen wollten und konnten.

Die letzten Atemzüge des mächtigen Mannes waren also ohne Trost und voll der bitteren Erkenntnis gewesen, dass selbst die Treuesten nur dann treu sind, wenn man ihnen eine Zukunft verspricht. Die aber hatte er ihnen nicht mehr in Aussicht stellen können. Und so war Friedrich Wilhelm II., stolzer König von Preußen, nach nur zwölf Jahren Regierungszeit fast alleine von dieser Welt gegangen – wäre nicht die Lichtenau gewesen.

Ein letztes Mal noch, nämlich bei seiner Beisetzung, die – auf seine eigene Anweisung hin – ohne großen Pomp und ohne großes Gepränge im Berliner Dom stattgefunden hatte, fand sich der ganze Hofstaat ein. Die von Bergs, die von Ingenheims, die von Pannewitz' und wie die ganzen großen Familien alle hießen, die den Hof des dicken Königs durch Intrigen beherrscht und die Staatskasse durch Bezüge für aberwitzige Ämter belastet hatten, kamen in Schwarz und mit tief gebeugten Schultern. Die Trauer jedoch, die ihre Mienen zeichnete, war nicht dem endgültigen Abschied von Friedrich Wilhelm II. geschuldet, mit dem sie so viele Feste gefeiert, so viele Nächte durchgetanzt, so viele Flaschen Sekt aus der Kelterei des Grafen Sparr getrunken hatten. Die Trauer beruhte auf der Erkenntnis, dass eine Ära zu Ende und ihr Leben fortan ungewiss war.

Von Blücher, von Rüchel, von Hohenlohe, von Karmers, von Massenbach, von Quitzow, von Ebra und sogar Louis Ferdinand trugen den schweren Sarg unter Mühen durch den Mittelgang der Kapelle, während von der Orgel eine Kantate ertönte. Die kleine Viereck, die nur zum Erstaunen Uneingeweihter immer noch unverheiratet war, wurde von so starken Weinkrämpfen geschüttelt, dass man sie stützen und aus der Kirche führen musste. Haugwitz knetete seine zum Gebet gefalteten Hände, als ob er ihnen etwas abpressen könnte, und Graf Bischoffwerder hielt den Sarg noch fest umklammert, als dieser bereits in die Gruft gelassen wurde.

Dann versank Friedrich Wilhelm II. in die Ewigkeit.

Alle schluchzten und weinten und zitterten, und nur der kleine, dicke Marchese Lucchesini offenbarte selbst an diesem schrecklichen Tag eine Selbstgewissheit, die Beobachter erschauern ließ. Sein ungeheuerliches Augenpaar schien weder durch Tränen noch durch Angst getrübt, sondern zeigte Hoffnung, wo sie für andere bereits erloschen war.

»Was nun?«, fragten sich die ganzen großen Familien allesamt, während sie mit weißen Spitzentüchern vorgaben, Tränen wegzutupfen, die sie nicht geweint hatten. Auf wen konnte man nun zählen? Auf den menschenscheuen Friedrich Wilhelm, der nun der dritte König von Preußen seines Namens werden würde? Wohl kaum – das wussten alle. Und auf Luise? Was war mit Luise, der neuen, jungen, schönen, lebensfrohen Königin von Preußen?

Als sie das Gotteshaus verließ, reckten sich alle Köpfe nach ihr, um wenigstens einen Blick, einen kleinen Blick nur, von ihr zu erhaschen. Sie aber sah ohne Resonanz in die Ferne. Nur ein kleines Lächeln verriet, dass sie diese Situation als angenehm empfand.

2

Berlin, ein Jahr später: im Herbst 1798

Die Morgenstunde zwischen acht und neun Uhr war ihre Stunde. Sie nannte sie »Familientreffen«. Nicht, dass Luise zu diesem frühen Augenblick bereits Gelegenheit gehabt hätte, tatsächlich ihre Familie zu treffen – Gott bewahre, dazu hatte sie leider weder Zeit, noch war ihre Familie in Berlin –, auch wenn sie sich nichts mehr gewünscht hätte als das. Nein, es war vielmehr so, dass Luise, gleich nachdem Friedrich Wilhelm ihr Bett verlassen hatte, aufstand, sich den blauen Morgenmantel überzog, der auf die Farbe ihres Alkovens abgestimmt war, ihre Haare unter einer Haube der gleichen Farbe versteckte und sich zu ihrem Sekretär begab, der immer noch zwischen den beiden Fenstern stand, die Unter die Linden hinausblickten, und von der goldenen Uhr geschmückt wurde, die entweder vor oder nach, aber immer noch nicht richtig ging.

Dann las sie mit Freude Briefe, die von ihrer weit verstreuten Familie kamen, oder schrieb welche – und diese Momente brachten ihr ihre Liebsten so nahe, als wären sie tatsächlich greifbar anwesend, als könnte sie allesamt in ihre Arme schließen und herzen. Ihre Familie war ihr neben ihrem Mann die größte Stütze im Leben, ein Hort des Vertrauens, ein Platz, wo sie so sein durfte, wie sie war. Der Briefwechsel mit ihren Angehörigen war deshalb eine Möglichkeit, trotz der vielen Pflichten, die ihr ihre neue Stellung als Königin von Preußen auferlegte, noch die Geborgenheit zu finden, die jeder Mensch braucht.

Diese mühsam abgerungenen Augenblicke, bevor die Gräfin Voss kam und mit ihr den Tagesplan besprach, waren ihr schon zu ihrer Zeit als Kronprinzessin lieb geworden. Nun, da sie seit einem Jahr Königin war, war es ein heiliges Ritual, das sie vor allen geheim hielt.

Nur zwei Dinge hatten sich seitdem geändert. Zum einen schrieb sie, um keinen aus ihrer heißgeliebten Verwandtschaft zu vernachlässigen, möglichst viele Briefe, was sie zwar in Hetze brachte, den Angeschriebenen aber ein genaues Bild ihrer Verfassung gab. Schrieb sie beispielsweise auf Französisch, verriet das einen gewissen Grad an Pflichtgefühl, ja nur die Bande nicht abreißen zu lassen, schrieb sie aber auf Deutsch, so entsprach das weit mehr ihrem unkomplizierten Charakter und den herzlichen Gefühlen, die sie gegenüber ihrer Familie empfand. Wechselte jedoch das Französische mit dem Deutschen ab und gerieten noch ein paar Wendungen Hessisch oder gar Englisch dazwischen, das sie mit großer Mühe, aber mit ebenso großem Stolz zu lernen begonnen hatte, so gab das ein sehr präzises Bild von ihrem flatterhaften, unbeständigen, aufgeregten Wesen ab, das ihr einst den Spitznamen »Fräulein Huschhusch« eingebracht hatte. Ihrer Familie war dieser Wesenszug noch immer in Erinnerung, und obwohl sie nun Preußens Königin war, hatte sich dies – zum Leidwesen ihres Hofes und manchmal auch ihres Mannes – tatsächlich noch immer nicht geändert.

Einmal hatte ihre Schwester Röschen etwas geschrieben, was bemerkenswert war.

Luise kannte sie eigentlich gar nicht so richtig, weil Röschen schon mit vierzehn Jahren das Alte Palais in Darmstadt verlassen hatte und an den Fürsten von Thurn und Taxis verheiratet worden war. Da war Luise gerade einmal zehn Jahre alt gewesen. Die Schwester lebte nun im weit entfernten Regensburg und führte eine hoffnungslos unglückliche Ehe. Die beiden Schwestern sahen sich eigentlich nur an den weihnachtlichen Familientreffen in Hildburghausen. Aber seitdem Luise Königin war, schrieb sie in alle Richtungen Briefe, was sie weder in ihrer Jugend noch in ihrer Brautzeit ausgezeichnet hatte. So hatte sich zwischen den beiden doch recht fremden Schwestern – und überhaupt mit der ganzen Familie – eine rege Korrespondenz entwickelt, die viel Herzlichkeit aufwies.

Röschen – oder Therese, wie sie eigentlich hieß – war die Zweitälteste der Mecklenburg-Prinzessinnen und, wie viele sagten, noch hübscher als die hübsche Friederike, kurzum: Sie war die Hübscheste des Schwestern-Quartetts. Sie hatte dickes, blondes Haar und das klassische Profil einer antiken Venus. Die Sympathie, die sich zwischen Luise und der Fürstin entspann, beruhte wohl auch auf der räumlichen Distanz, die zwischen beiden lag. Denn Luise, die so lange dafür gekämpft hatte, nicht im Schatten ihrer schönen Schwester Friederike zu stehen, hätte es wohl nur schwer ertragen, nun eine weitere Rivalin um die Blicke der Kavaliere in ihrer Nähe zu wissen – zumal Luise durch die preußische Etikette die Hände gebunden waren, während Röschen ihre Reize ungeniert ausspielte. Wohl auch, um ihrem Gatten seine Untreue zu vergelten.

Röschen also hatte Luise eines Tages mitgeteilt, dass sie glaubte, im Tonfall, in der Frequenz der Fehler, Kleckse und Korrekturen, im Wechsel zwischen den Sprachen, die Luises Briefe auszeichneten, deren Mienenspiel und Gestik wiederzuerkennen, mehr noch: Luise sozusagen so fleischlich und klar vor sich zu sehen wie eine Marienerscheinung. Ohne Rücksicht darauf zu nehmen, dass dieses katholisch geprägte Gleichnis in Berlin nicht so gut verstanden werden könnte, hatte sie hinzugefügt: *»Es ist so, also ob Du mitten unter uns bist und an unseren Treffen teilnimmst.«*

Seitdem nannte Luise diesen Briefwechsel »Familientreffen«, und irgendwie war dieser Name dann auf die Stunde übergegangen, in der sie diese Briefe schrieb.

Das Zweite, was sich mit ihrer neuen Königinnenwürde gewandelt hatte, war das Siegel, das sie nun zu benutzen befugt war: Statt des einfachen geschwungenen ›L‹, das die Korrespondenz der Kronprinzessin verschlossen hatte, prangte nun auf den Kuverts ein stolzer Adler mit weiten Schwingen, in dessen Mitte die Lettern ›L‹ und ›R‹ eingraviert waren – was für ›Luisa Regina‹ stand, die lateinische Wendung für *Königin Luise.*

Mit einer gewissen Genugtuung für die vielen Ermahnungen, die sie – nach ihrer Überzeugung nicht selten zu Unrecht – hatte hinnehmen müssen, und mit dem Stolz, es trotz ihrer zahlreichen Unzulänglichkeiten doch noch zu etwas gebracht zu haben, erwärmte sie jedes Mal den Lack, bevor sie ihn auf den Brief tropfen ließ, den sie mit nachhaltigem Druck verschloss.

Königin Luise!, dachte sie dabei mit heimlichem Jubel – und merkte nicht, dass damit ihre Neigung zum Hochmut, die ihr Friederike bereits in Darmstadt oft und unausgesprochen angelastet hatte, ebenso Nahrung bekam, wie sich ein neuer, bislang ungeahnter Zug ihres Wesens bemächtigte: Wie bei vielen leichtfertigen Menschen, die plötzlich in eine hohe Position kommen, erwachte auch in Luise neuerdings eine Sittenstrenge, die ihr gar nicht entsprach. Die Entwicklung war schleichend, und nur wer den Ton ihrer Briefe aus der Brautzeit mit dem Ton ihrer neuen Briefe verglich, konnte feststellen, dass Luise als Königin einen anderen Blick auf die Dinge hatte und dass dieser nicht mehr von der gleichen Mitmenschlichkeit getragen war wie einst.

Die dritte Veränderung an dieser ihr heiligen Stunde war, dass das Briefeschreiben nun nicht mehr unterbrochen wurde von einem sinnierenden Ausflug zum Fenster, wo sie – während sie den Fuhrmann, die Wachtposten, die Frau mit dem Käse und den Händler mit dem Wacholdersaft beobachtete – entschieden hatte, welchen Brief sie nun dem Feuer anvertraute und welchen nicht.

Denn all die Briefe, die sie nun schrieb, schickte sie auch ab.

Sie forderte von ihrem Bruder Georg alles über sein Studium in Rostock zu wissen, beteuerte, wie stolz sie darauf sei, einen so klugen kleinen Bruder zu haben, und drängte ihn – was sie auf Deutsch zu wissen verlangte! –, ihr endlich das große Geheimnis um seine neue Liebe anzuvertrauen, über das man bereits in Berlin sprach. Denn sie sei ja schließlich seine allerliebste Schwester, und sie bettelte ihn an, sie endlich besuchen zu kommen (*»Ich freue mich halb tot, Dich hier, und das bald, zu sehen, wo Du in des seligen Prinzen Louis' Stuben, also bei mir um die Ecke, wohnen wirst!«*), gab Entwarnung von dem klammernden Zugriff der Gräfin Voss (*»Sie ist schon viel gelassener geworden, was Dich betrifft«*) und mahnte ihn schließlich, die Uhr umzustellen: »Denn in Preußen gehen die Uhren sieben Minuten früher als in Mecklenburg! *Attendez!*«

Sie fragte bei der Großmutter in Darmstadt nach, wie die Dinge um Tante Polyxene, die Katzen, die Papageien und die große Zeder aus Kew stünden und ob sie die heftigen Unwetter, die vor einer Woche gewütet und den späten Herbst auf so dramatische Weise angekündigt hatten, überstanden hatte, und natürlich verlangte sie von ihr, ihr endlich alles, *»vraiment tout«*, über Onkel Georg zu berichten, von dem sie seit ihrer Verlobung nichts mehr gehört hatte, *»sonst werd' ich närrisch! Folle! Mad!«*. Er war – wie sie sich hatte eingestehen müssen, und auch wenn sie in einer bitteren Enttäuschung geendet war – ihre erste große Liebe gewesen, und es machte sie wahnsinnig, dass die Großmutter, wiewohl sie schon mehrmals nach ihm gefragt hatte, ihr diese Auskunft stets verweigerte. Ihr Ton war deshalb dringlicher geworden und von einem babylonischen Hin und Her zwischen allen Sprachen, die sie halbwegs beherrschte, gezeichnet.

Dann bat sie ihre Großmutter, wie schon ihren Bruder Georg, sie endlich besuchen zu kommen, *»denn mir schwinden langsam die Sinne, wenn ich nicht jemanden in die Arme nehmen* *und kräftig drücken kann, der mich lieb hat, wie ich bin«*, und versicherte auch ihr, dass die Eifersucht der Voss sich gelegt habe. Was nicht im Geringsten der Wahrheit entsprach. Denn die Voss hegte gerade gegen die Großmutter Scho'sch eine Verachtung, die schon die Grenzen der Höflichkeit verletzte und ihrem unbedingten Wunsch entsprang, alle, die Luise wichtig waren, aus deren Leben zu verbannen und sich selbst an ihre Stelle zu setzen. Nur gegenüber Friedrich Wilhelm hielt sie sich zurück; zuweilen schien sie sogar mit ihm, der dieselben Ambitionen hegte, zu paktieren.

Luise, die diesen heimlichen Pakt zwar nicht mit dem Verstand, sondern vielmehr ganz unmittelbar, sinnlich und schon lange als beklemmende Enge wahrnahm, versuchte deshalb umso mehr, die Bande zu ihrer Familie – und sei es nur durch rege Korrespondenz – aufrechtzuerhalten. Denn bei Hofe fühlte sie sich immer noch zu niemandem zugehörig und hatte weder Personen des Vertrauens noch der Zuflucht.

Sie schickte Lolo Kompositionen ihres Klavierlehrers Friedrich Heinrich Himmel, dessen besonnenes, ja feierliches Spiel sich ihr seit ihrer Brautfahrt durch Treuenbrietzen ins Ohr gebrannt und den sie daraufhin eiligst nach Berlin geholt hatte – und freute sich über ein Paket von Lolo, das den englischen Tee, den sie immer zu Weihnachten zusammen getrunken hatten, enthielt. Sie bedankte sich dafür und dem Anlass entsprechend in ihrem holprigen Englisch, aber dem Herzen nach formvollendet.

Sie fragte zart und unter Aufbietung allerlei umständlicher Floskeln bei ihrer Schwester Röschen in Regensburg wegen einer Angelegenheit nach, die sie keinem anderen aus der Familie anzuvertrauen gewagt hätte – und auch vor ihrem Mann geheim hielt. Denn Röschen hatte zwar weit unter ihrem Stand den Fürsten von Thurn und Taxis geheiratet, war aber die Einzige in der Familie, die keine Geldsorgen plagten. Und deshalb tastete Luise sich im allerfeinsten Französisch dahin vor zu erkunden, unter welchen Umständen es möglich sein würde, dass diese einer hochstehenden Person von Stande, die sich aber namentlich nicht zu erkennen geben möchte, einen kleinen Kredit gewähren würde, den diese dringend benötigte für die vielen Aufwendungen, die die neue, erlauchte Position dieser anonymen Person mit sich brächten. Ob man bei einem nächsten Zusammentreffen das alles einmal unter vier Augen bei einem Spaziergang besprechen könnte, da diese Person geruhe, sie im kommenden Sommer zu besuchen.

Dann wechselte sie unvermittelt ins Deutsche. Denn der vortreffliche Mann dieser namentlich nicht genannten, aber erlauchten Person habe dieser eine Reise versprochen, auf der sie ihre ganze Familie endlich wiedersehen und in ihre Arme schließen dürfe. Man würde sich in Hildburghausen versammeln, dann über Eisenach, Kassel, Hanau, Göttingen, wo sie reichlich Studenten zu sehen bekämen, Frankfurt, Darmstadt, Bayreuth und Ansbach nach Regensburg fahren und die Route zurück über Hannover nehmen, und jeder würde hinzustoßen und dann wieder seiner eigenen Wege gehen, wie es günstig sei.

Dann gratulierte sie ihrem Vater Karl in langen Briefen nach Neustrelitz, wo er seit nunmehr drei Jahren als Karl II. regierte, zu seinen neuen Ideen und erzählte ihm, dass die Reformen des Landbaus, die er vorgenommen hätte, bereits hier in Preußen viel reden von sich machen würden – was zwar keine hohle Rede war, sondern stimmte, denn sie hatte die Minister und das Kabinett ihres Mannes davon sprechen hören. Aber es war insofern doch ein wenig hohl, weil Luise überhaupt nicht einschätzen konnte, was damit gemeint war. Sie gelobte sich selbst, sich das nötige Wissen darüber noch anzueignen, weil sie eben von alldem noch so wenig verstand und es doch zu wissen begehrte, wo sie doch nun Königin war. Aber gerade diese neue Position verlangte ihr so viele Pflichten ab, dass sie zu gar nichts kam.

Diese Pflichten brachten sie auf einen wunden Punkt in der

Korrespondenz, den sie nur widerwillig anschnitt und dennoch aufzuklären sich gezwungen sah: In allerfeinstem Französisch und in ihrer schönsten Schrift beteuerte sie ihrem Vater gegenüber, dass es nicht im Entferntesten der Wahrheit entspreche, dass sie so viel Geld für Toilette, Putz und Cour ausgeben würde, und dass sie keineswegs mit einer Marie Antoinette zu vergleichen sei, sondern dass ihre Aufwendungen ihrer neuen Position lediglich angemessen seien. Außerdem sei das preußische Volk auch anders gestrickt als das französische, sehr geordnet und nicht so verrückt. Bei ihrer Huldigungsfahrt nach »Ost- und wirklich Preußen«, die sie trotz ihrer bereits bis zum siebenten Monat fortgeschrittenen Schwangerschaft angetreten habe und bei der sie auf der großen Route Danzig-Warschau-Breslau alle sechs Meilen an einem kleinen Ort der Größe von Stargard oder Posen gehalten habe, habe sie sich dessen versichern können. Zugejubelt hätten ihr die Leute, noch mehr als bei ihrer Brautfahrt, und es hätte kein Gegrolle und Gemurre gegeben. Und nur damit er es wisse: Sie habe sich nach Herzen um ihr Volk bemüht und selbst dafür Sorge getragen, dass ein jeder, der angekommen war, um sie sehen zu wollen, sie auch zu sehen bekommen habe, und nicht wie damals bei der Brautfahrt, wo die Großmutter ihr noch verboten habe zurückzuwinken, damit sie sich nicht so in Szene setzte. Einmal hätte sie sogar ein altes verhutzeltes Männchen, das trotz seines Stockes kaum mehr gehen konnte, direkt zu sich gerufen. Sie nehme ihre Pflichten also sehr ernst. *»Ich habe hier sogar den Berliner Bürgermeister angeschrieben und ihn gefragt, wie man es machen kann, dass die drei Kinder meiner Frau Possen einen Platz in der Freischule bekommen.«*

Nach diesen Versuchen der Rechtfertigung bemühte sie sich, ihrem Vater glaubhaft zu machen, dass sie, trotz der vielen Verpflichtungen, die sie habe, dennoch alles, was ihr möglich sei, täte, um sich um Friederike zu kümmern. Dies sei aber, seitdem man die Verlobung mit dem Prinzen Louis Ferdinand gelöst hatte, ohnehin nicht nötig gewesen, da Friederike sofort von einer Vielzahl Kavaliere umschwirrt gewesen war, aber nach dem Tod ihres Sohnes im April dafür wieder umso nötiger, da sie darüber quasi untröstlich sei. Da Friederike aber seit einem halben Jahr nun nicht mehr in den Kammern nebenan, sondern zwölf Meilen entfernt im Schloss Schönhausen wohne, sei es nun nicht mehr möglich, sie täglich zu sehen, und diese Umstände ließen es auch nicht zu, dass sie sich um Friederike in dem Maße kümmerte, wie sie es verdient hätte.

In Wahrheit plagte Luise das schlechte Gewissen. Natürlich war ihr bewusst, dass Friederike ihren Trost gebraucht hätte. Sie hatte schwere Zeiten hinter sich gehabt. Erst war Louis gestorben. Doch obwohl die Ehe zerrüttet, voller Enttäuschung und Bitternis für ihre kleine Schwester gewesen war, hatte Friederike den frühen Tod ihres Mannes aufrichtig betrauert. Es war eben etwas anderes, sich jemanden aus seinem Leben zu wünschen, als ihn tatsächlich kläglich und vergeblich mit dem Tode ringen zu sehen.

Kaum hatte sie nach der Trauerzeit wieder Hoffnung gefunden, war einer ihrer Söhne gestorben, was Friederike in eine tiefe Melancholie versetzt hatte. Wochenlang hatte sie geweint, wochenlang hatte sie kein Wort gesprochen, wochenlang hatte sie nur wenig gegessen. Wieder waren ihre prächtigen Formen einer dürren Gestalt gewichen.

Luise wusste, dass die vielen Kavaliere, die ihr seit der Trennung von Louis Ferdinand den Hof machten, kein wirklicher Trost waren, sondern vielmehr eine Ablenkung – eben so, als ob man ein fröhliches Lied anstimmt, um den Lärm, den der Kummer macht, zu übertönen. Friederike traf sich mit den Kavalieren, die um sie buhlten, umwarben, sie verwöhnten und verehrten, um zu vergessen, dass sie eine Ehe gehabt hatte, in der sie weder umbuhlt noch umworben, nicht verwöhnt oder gar verehrt worden war.

Und so wie Friederike vergessen wollte, vergaß Luise, dass sie Friederike hätte beistehen müssen – und wie diese Ablenkung bei den Kavalieren suchte, fand Luise Ablenkung von der Pflicht, die sie ihrer Schwester gegenüber hätte wahrnehmen müssen, in der Pflicht, die sie als Königin dem Staat schuldig war. Sie tanzte die Nächte durch, bestellte teure Toiletten und edles Mobiliar und kaufte erlesene Geschenke, um sich beim Adel beliebt zu machen. »Tanzen ist Politik«, beruhigte sie sich selbst. In Wahrheit war es ihr ein königliches Vergnügen, über das sie ihre kleine Schwester vernachlässigte.

Der Einzige, der das durchschaute, war ihr Vater Karl. Da er jedoch in seine eigenen Regierungsgeschäfte eingebunden war, blieben ihm nur mahnende Briefe an seine nun königliche Tochter. Aber diese beantwortete Luise mit ihrer liebenswerten Art und mit allerlei Ausreden.

Von dieser Art also waren die Briefe, die Luise bei ihren »Familientreffen« aufsetzte, und obwohl sie allerlei Angelegenheiten betrafen, die nicht nur mit Freude, sondern – wie im Falle ihrer Finanzen und ihrer Schwester Friederike – auch mit Sorge und Feingefühl zu betrachten waren, waren es Momente, in denen sie sich geliebt fühlte und geborgen. Diese Stunde gab ihr Halt und Sicherheit. Sie bildete den ruhigen, ausgleichenden und friedfertigen Anfang von Tagen, die bis zur Schlafenszeit angefüllt waren mit Verpflichtungen, Gesellschaften, Wohlgefälligkeiten, Gesprächen und Tänzen, was unmittelbar mit ihrer neuen Stellung als Königin im Zusammenhang stand.

Denn gleich nachdem ihr Friedrich Wilhelm König geworden war, waren sämtliche Leute an ihn herangetreten, um ihm Reformen von Wirtschaft, Recht, Land, Militär, höfischen und bürgerlichen Rechten, Außen- wie Innenpolitik, Polizei, Verkehr, Zoll- und Handelsordnung abzuringen. Sie hatten ihn vor Missständen, ja Korruption gewarnt, ihn auf Fehlentwicklungen hingewiesen und ihm mit Klagen über alte Gepflogenheiten in den Ohren gelegen. Friedrich Wilhelm aber hatte viele von ihnen sofort als Lügner und Heuchler enttarnt, denn auffällig an ihren Warnungen war, dass sie sich selbst sogleich als Retter und Wohltäter des Staates angepriesen hatten und im Grunde genommen nur die Günstlingswirtschaft seines Vaters hatten fortsetzen wollen.

Nach einem Sturz der Staatskasse, die ihm ein Schuldenloch von einundfünfzigeinhalb Millionen Talern offenbart hatte, war er ihnen mit einer Proklamation entgegengetreten, die es in sich hatte: Alle Einkünfte des Staates sollten fortan nicht dem König und dessen Hofhaltung gehören, sondern dem Volke zugutekommen. In seinen Worten hieß das: »Konservieren, apaisieren, kalmieren!« und war zu verstehen als: Er wollte den Krieg vermeiden und die Handelsbeziehungen stärken, damit die Steuern gesenkt werden konnten.

Von den Höflingen seines Vaters hatte er neben Haugwitz und Lombards nur – aber zum Erstaunen aller – den Marchese Lucchesini übernommen, dessen Fensterscheiben gleich nach dieser Verlautbarung von einer Rotte aufgebrachter Studenten eingeworfen worden waren. Denn dessen Ruf als Großmeister der Intrigen war schon bis zu den Universitäten vorgedrungen, was, wie es hieß, seine Berufung ja mehr als alles andere hinreichend und zur Genüge beweise. Es war eine Warnung des Volkes für die alte Garde, und nur einem war dieser spontane Unmut willkommen gewesen: dem Glasermeister Walter in der Leipziger Straße, der – offen gestanden – betete, dass der König noch weitere derartige Entscheidungen treffen würde, damit sein lahmendes Geschäft endlich wieder florierte.

Die waren tatsächlich gefallen, aber der Herr Walter sollte wenig davon profitieren. Denn Friedrich Wilhelm, der schon immer Geselligkeit und Etikette verabscheut hatte, machte wahr, was alle schon geahnt hatten: Er schaffte den Hof ab.

»Keine Intrigen und spart Heizung!«, war seine lakonische Begründung, falls es für die Entscheidung eines Königs überhaupt einer Begründung bedurfte. Die von Bergs, die von Massows, die von Blüchers, die von Camas', die von Ingenheims, die von Sydows, die von Pannewitz', die von der Marwitz', die von Karmers, die von Lehndorfs, die von Kannenbergs, die von Rohrs, die von Häselers, die von Vierecks, die von Gloedens, die von der Lanckens, die von Dönhoffs, die von Gersdorffs, die von Schadows, die von Kleists, die von Gualtieris, die von Massenbachs – und wie sie alle hießen – sahen sich nun um ihre Posten betrogen und versuchten daraufhin, sich doch noch und auf Umwegen ein Stückchen ihres alten Einflusses zu sichern, indem sie jetzt der Königin den Hof machten.

Kaum also hatte Luise ihre »Familientreffen« abgehalten und sich nach alter Sitte wieder in ihr Bett gelegt, um zu lauschen, wie die Gräfin Voss sich mit harter Ferse und knallendem Stock ihren Gemächern näherte, sammelte sie sich für den Tag, der bis in die tiefe Nacht andauerte. Sie frühstückte vom Tablett, das ihr das Fräulein Schadow brachte, sprach mit der Voss, die alle Anmeldungen der Damen vortrug, sie sprach mit dem Freiherrn von Schilden, der alle Anmeldungen der Kavaliere vortrug, und dann folgten Diners, Soupers, Tees und ihre eigentliche Arbeit: Sie hielt in tadellosen Gesellschaften Hof, wo sie alle bei Laune zu halten verstand, die ihr Mann durch seine zurückhaltende Art oder seine Zurückweisung verprellt hatte.

Für Luise aber bedeutete all dies, dass sie sich erneut inmitten von Schachteln, Kartons und Sendungen wiederfand, Bänder und Stoffe für prachtvolle Toiletten auswählte und lange Sitzungen mit ihrem Friseur hatte, der ihr die Haare zu einem vorgeblich naturbelassenen, aber in Wahrheit von kunstvoller Hand arrangierten Putz frisierte, für den sie sich den ganzen Abend Komplimente für ihre Schönheit machen lassen konnte. Sie hielt sich lange mit ihrer Toilette auf, und das nicht nur, weil sie jetzt noch mehr Wert auf eine ausgesuchte Erscheinung legte, sondern um im Geiste all jene offenen Fragen zu ordnen, die ihre Lust am Vergnügen verstellten, etwa: wie viele und welche Gesandtschaften Herr von Faudel innehatte, woher der sonderliche Name des russisch-kaiserlichen Unterhändlers stammte, der sich Graf Alopeus nannte – und so weiter und so fort …

Sie putzte sich und tanzte und vergnügte sich und berauschte alle mit ihrer Heiterkeit – und kam bei all diesen königlichen Pflichten nicht dazu, das nachzuholen, was sie in den Stunden bei der guten Gélieu verpasst hatte oder was Vater Karl ihr in flehentlichen Briefen riet zu studieren, weil man in diesen Zeiten nun einmal hören müsse, was mit den »neuen Ideen« gemeint sei. Ihre seltenen, kurzen, impulsiven Schübe von Leselust verebbten schnell – oder sie endeten in einem Schlaf, aus dem sie mit einem schlechten Gewissen erwachte, das sie nur mit pflichtbewusster Geselligkeit zu bekämpfen verstand. Es gab ja so viel zu tun und so viel zu feiern, dass sie selbst ihren »Familientreffen« nur mit äußerster Disziplin nachkam. Sie wusste, dass es ihr einziger Halt war, und dennoch benötigte sie manchmal mehrere Tage, um einen angefangenen Brief fertigzustellen.

Sie brauchte beispielsweise drei Sitzungen ihrer »Familientreffen«, um an ihre Schwester Röschen in Regensburg zu schreiben, von der sie fast täglich eine Antwort auf die Frage nach einem Kredit erwartete und die sie deshalb umso reger in ihre Korrespondenz einband:

> … Seitdem ich mit diesem Brief begann, habe ich immer nur getanzt, und bis zum Geburtstag des Prinzen finden noch sieben Bälle statt, morgen ist Ball beim Grafen Lucchesini, den mein Mann mich bittet, mit großer Garderobe zu beehren, übermorgen ist eine große Gesellschaft bei mir, am Mittwoch: Ball bei Haugwitz, Donnerstag: Assemblée beim General Rüchel, Freitag: Cour, Sonnabend bin ich auf Schloss Bellevue eingeladen, und zwar vom Prinzen Louis

Ferdinand höchstpersönlich, der mich immer wieder seiner ehrlichen Freundschaft versichert – und mit dem ich dann wieder viel und oft zu tanzen gezwungen sein werde, um ihn nicht zu verprellen. »Tu's für Preußen«, sagt mein Mann.

Ich will sehen, ob ich da überhaupt hingehe. Die Prinzessin Luise ist immer sehr kühl gegen mich. Aber dann wird das Gemurre wieder groß sein. Vielleicht habe ich ja eine kleine Erkältung, was nicht einmal gelogen ist: Denn wenn ich hier so weitermache, dann kann ich wirklich bald mein Testament machen. In *tout* Berlin gibt es schon ein geflügeltes Wort. Es heißt: Ein Fest ohne die Königin ist kein Fest! Siehst Du, liebe Schwester: Es ist gar nicht so einfach, Königin zu sein.

Deine Luise.

Luise war wieder einmal leidenschaftlich mit der Ausrichtung und der Vorbereitung auf eines der Feste beschäftigt. Sie hatte Aufträge für die Karnevalssaison erteilt, die zwar erst in einigen Monaten stattfand, bei der man aber Erwartungen auf sie als Gastgeberin zahlreicher Maskeraden setzte. Beinahe – um Zeit zu gewinnen – hätte sie über all den Verpflichtungen ihr heiliges »Familientreffen« übersprungen und schon früher nach der Voss geschickt, als sie bemerkte, dass auf ihrem Sekretär drei Briefe für sie bereitlagen. Wohl aus Müdigkeit hatte sie diese den Abend zuvor übersehen. In der Hoffnung, alsbald von ihren Geldsorgen befreit sein zu können, griff sie hektisch nach dem Schreiben aus Regensburg. Sie brach das Siegel von Röschens Post und las mit Inbrunst:

»Liebe Luise, wir können die Person, die nicht genannt werden will, retten und ihr einen Kredit gewähren …«

Luise entfuhr ein unkontrollierter Seufzer der Erleichterung, und noch bevor sie weiterlas, gab sie, obwohl es ihr Mann ausdrücklich verboten hatte, eine Order an den Hugenotten Vibeau heraus, ihr so schnell als möglich zehn dieser Federmasken zu liefern, die sie für ihre *Redoute* zu benötigen meinte. Dann las sie weiter:

… wenn diese einer anderen Person, die etwas weniger erlaucht ist, aber nicht minder edel von Herzen, erlaubt, sie in ihr Geheimnis einweihen zu dürfen: Es geht um die ungewisse Zukunft ihrer Kinder, die eigentlich nicht den edlen Namen ihres angetrauten Mannes tragen dürften, sondern den eines anderen – eines gewissen wunderbaren, verehrungswürdigen, liebevollen Grafen Lerchenfeld. Denn diese bemitleidenswerte Person lebt schon seit Jahr und Tag in einer überaus unglücklichen Ehe, die nur einen kurzen Sonnenschein gekannt hatte, und hat Trost gesucht bei einem Seelenverwandten und diesen auch gefunden. Allein die Folgen …

Nun braucht es die Hoffnung, dass die fünf Kinder auch später noch anerkannt sind und ihnen kein trostloses Dasein beschert wird, wo diese schuldlosen fünf Kinder dieser erbarmungswürdigen Person sich doch einer so hochgestellten Person, wie Du es bist, verwandt wissen …

Langsam ließ Luise das Blatt sinken. Ihre Schwester war eine Ehebrecherin! Sie hatte fünf Kinder mit einem anderen Mann! Sofort zerriss sie die Order an Vibeau. Lieber würde sie als gemeine Lumpensammlerin gehen, als ihrer Schwester ein solch gottloses Verhalten durchgehen zu lassen und ihr die Gelegenheit zu geben, sich durch ihre Großzügigkeit gefällig zeigen zu müssen.

Wie kam Röschen bloß darauf, dass ausgerechnet sie, Luise, die Patenschaft für diese Kinder übernehmen sollte? Wie schon lange nicht mehr, lief sie zum Fenster, um zu einem klaren Gedanken zu kommen, indem sie das Kommen und Gehen der altvertrauten Händler beobachtete. Doch diesmal erwies sich dieses Mittel als zwecklos. Sie musste zurückschreiben. Sofort!

Zurück an ihrem Schreibtisch, fiel ihr auf, dass die Uhr stehen geblieben war. War noch Zeit zurückzuschreiben? Da sie sich zu erinnern meinte, dass der Käsehändler schon seinen Posten zwischen dem Palais des Prinzen Heinrich und der Wache eingenommen hatte, schloss sie, dass es dafür wohl zu spät sei, und dachte, Trost im Brief von Georg zu finden, der sie immer fröhlich stimmen konnte oder es zumindest versuchte. Doch schon die ersten Zeilen verrieten nichts Gutes:

> Liebe Luise,
> Du fragst nach meiner Dame des Herzens. Sie wird bald meine Frau sein, denn ich möchte sie alsbald heiraten und mir nur vorher Deine Erlaubnis einholen. Sie heißt Grebe mit Namen und ist die zweite Tochter eines angesehenen Rostocker Kaufmanns, der sich durch den Überseehandel mit der Firma *Wosniak & Co.* verdient gemacht hat …

Eine Bürgerliche! Ihr Bruder wollte unter Stand heiraten! Wie konnte er glauben, dass sie solch eine *Mesalliance* gutheißen würde? War er kein Mann von Festigkeit? Was würde denn passieren, wenn jeder seinen Neigungen folgte?

Nur kurz flackerte der Gedanke an ihre eigene Fehlbarkeit und an Louis Ferdinand auf, aber Luise besiegte ihn schnell und unmittelbar mit dem Pflichtbewusstsein, das ihre neue hohe Stellung erforderte. Eine Kaufmannstochter! Überseehandel! Sie hielt sich unvermittelt die Brust, die seit kurzer Zeit immer pochte, wenn sie sich aufregte, was zu kurieren Hufeland offenbar nicht verstand. Dann nahm sie den Brief der Großmutter auf und baute auf dessen ermüdenden Charakter, denn das war jetzt genau das Richtige für ihr aufgerührtes Gemüt. Und wenn sie nun – wie immer, wenn sie die Briefe der Großmutter las – sich auch diesmal vorstellen würde, wie ihre Worte von ihrem hessischen Dialekt gefärbt waren, dann hoffte sie dieser Langeweile wenigstens etwas Heiterkeit abzutrotzen und damit etwas Balsam für ihre Seele und Beruhigung für ihr pochendes Herz:

Meine liebe Luise, mein teuerstes Enkelkind,
ich habe Deine Fragen nach meinem Sohn, Deinem Onkel Georg, bewusst ignoriert. Aber Deine Bitten waren so flehentlich, dass ich Dir nun die Wahrheit eröffnen möchte – und Dich bitten muss, stark zu sein. Georg ist nicht mehr mein Sohn und folglich nicht mehr Dein Onkel. Ihn gibt es überhaupt nicht mehr. Nicht in unserer Familie und nicht mehr in dieser Welt. Ich habe alle Urkunden, die seine Existenz belegen, vernichtet, und ich bitte Dich, sofort nachdem Du diesen Brief gelesen hast, diesen dem Feuer anzuvertrauen, denn das wäre der einzige Beweis seines schändlichen Lebens, den es noch gibt.

Warum ist es so weit gekommen? Liebes Kind, ich kann es Dir nicht sagen … Aber seit der Schlacht um Frankfurt, die Dein Onkel so glorreich geschlagen hat, hatte sich eine Veränderung in seinem Wesen angekündigt. Er war ein Säufer geworden und ein Schläger, durstig nach Blut. Es ist schwer, so etwas über sein eigenes Kind zu sagen, aber es ist wahr und traurig zugleich. Vor einem halben Jahr etwa hat er einen Kameraden im Affekt ermordet. Ich möchte Dir die Details ersparen. Es muss grausam gewesen sein … Danach ist er außer Landes geflohen, das war das Letzte, was ich von ihm weiß. Bitte zerreiß den Brief, verbrenne und vernichte ihn und vergiss, dass ich jemals einen Sohn hatte, der Georg hieß.

Deine weinende Großmutter, die Dich aufrichtig liebt.
Postscriptum: Die Zeder hat die Stürme gut überstanden, die gute, alte Tante. Und ich komme bald.

Onkel Georg war ein Mörder!

Sprachlos kroch Luise in ihr Bett und deckte sich mit ihrem Seidenplumeau zu. Sie presste ihre Beine zusammen und die

Arme fest an den Körper und versuchte die Haltung einer Toten im Sarg zu imitieren, damit sie sich vorstellen konnte, wie es ist, nicht mehr zu fühlen, genau genommen: nicht mehr fühlen zu müssen. Doch ihre Tränen liefen in unkontrollierbaren Rinnsalen über die Wangen.

Als die Voss irgendwann kam und mit ihr die Agenda des Tages besprechen wollte, war es ihr, als ob die Sonne einen Strahl der Hoffnung entsandte. Freudig nahm sie wahr, dass die alte Frau sich auf einen Stuhl neben ihr Bett setzte und ihre Hand ergriff, und deutete dies als Zeichen für ihr Mitgefühl ob des Eindrucks, dass sie krank sei. Die liebe Voto, dachte sie, als sie sie mit wunden Augen ansah und ihren Worten lauschte.

»Königliche Hoheit, ich habe die Pflicht, Euch in Kenntnis zu setzen, dass die verwitwete Prinzessin Louis, Ihre Schwester Friederike, keineswegs um ihr verstorbenes Kind trauert. Im Gegenteil: Sie hat heimlich einen gewissen Prinzen empfangen und ist bereits im siebenten Monat …«

»Wie konntest du mir das antun? Wieso hast du nicht an die Folgen gedacht, die so etwas mit sich bringt? Du kannst doch nicht einfach …« Luise verschluckte den Satz, weil sie das, was sie Friederike vorwerfen wollte – ganz entgegen ihrer früheren Gewohnheit –, nicht beim Namen nennen wollte, als ob die Schande, die sie damit verband, sich dadurch noch vergrößern und verschlimmern und in einem gewissen Maße auch auf sie selbst zurückfallen würde. »Mir bricht hier beinahe das Herz vor Sorge um dich. Und du, und du? Was machst du?«

»Ich habe mich getröstet.«

»Aber Ika, wie kannst du dich nur so gehen lassen? Hast du nicht an die Folgen gedacht?« Luise knetete ihre Hände, weil sie nicht wusste, wohin mit dem Gefühl, dass auch sie selbst nicht ganz unschuldig war an dem, was passiert war, auch wenn sie sich das bislang gekonnt auszureden versucht hatte. »Was hat Vater immer gesagt: Man muss Verantwortung zeigen! Und dass ausgerechnet du diejenige bist, die das am wenigsten tut, will mir einfach nicht in den Kopf ... Du erinnerst mich an Georg. Der benimmt sich auch schon so wie der Held eines Romans.«

»Ach, findest du, dass ich das tue?«

Friederikes Satzmelodie war wie immer akzentuiert und verriet nicht die Spur von Schwäche oder Gefühl, was grundsätzlich zu der Sanftheit ihres Wesens im Widerspruch stand. Nun, da sie guter Hoffnung war, zeigte sich dieser Kontrast umso mehr, weil man doch zu glauben geneigt war, dass eine Frau in ihren Umständen von ihren Gefühlen geleitet war – zumal sie sich in einer Situation befand, sich bei ihrer Schwester, der Königin, rechtfertigen zu müssen.

»Ja, das tust du! Du bist wie eine Heldin von, von, von ... La-fon-taine!«

Da Luise seit jeher nicht viel las und, seitdem sie Königin war, nur noch Zeit für die Lektüre des *Journals für die Mode* hatte, war sie lange zu überlegen gezwungen, bis ihr ein passender Vergleich einfiel. Diesen aber stellte sie, nicht ganz ohne Stolz über den gelungenen Fund und um ihre Unkenntnis vor der Schwester zu verbergen, mit voller Betonung auf allen drei Silben in den Raum.

Die Kälte von Friederikes Antwort hätte sie nicht erwartet.

»So, du liest also imme' noch Lafontaine?«

»Lenk nicht ab!«

»Es war nich' mein Bestreben abzulenken, und ich werde weiterhin fortfahren, es nich' zu tun. Ich komme vielmehr direkt zum Kern der Sache. Ich bin nämlich der Meinung ...«

»Du bist also irgendeiner Meinung. Du erlaubst dir, eine Meinung zu haben. Hast du überhaupt eine Vorstellung, in welch eine Situation du mich gebracht hast?«

»Luise, warum regst du dich so auf?«

»Weil, weil, weil ...« Luise konnte gar nicht so schnell atmen, wie sie Luft brauchte. »Habe ich denn keinen Grund, mich aufzuregen? Du bist guter Hoffnung! Die Schwester der Königin ist guter Hoffnung! Weißt du denn nicht, was das bedeutet? Hast du keine Vorstellung, was zu tun ich gezwungen bin?«

»Du wirst mich vom Hof jagen.«

»Ika, wie kannst du nur so gottverdammt ruhig sein? Schüttelt es dich nicht bei diesem Gedanken? Wie kannst du alles nur so über dich ergehen lassen? Wir haben unser ganzes Leben zusammen verbracht, und nun werden wir das erste Mal getrennt sein – und wer weiß, wann wir uns wiedersehen werden? Tut dir das nicht weh? Kränkt es dich gar nicht, den Hof zu verlassen?«

Friederike kreuzte ihre Hände über ihrem dicken Bauch und sah Luise direkt und mit Grabesmiene an: »Nein.«

»Nein?«

Friederike schüttelte den Kopf.

»Aber warum nicht? Ich verstehe das nicht …«

»Luise! Weil du gar nichts verstehst.«

»Wie kommst du darauf?«

»Das Einzige, was du verstehst, ist, ob ein violetter Schal zu einem weißen Kleid passt oder ob Hellblau deinen Teint besser unterstreicht als zartes Rosé und ob man zu der Maskerade –«

»Hör auf! Du bist nicht in der Lage, mir so zu kommen.«

»Im Gegenteil. Ich würde sogar sagen, dass ich nun endlich in der Lage dazu bin. Denn – was habe ich denn nun noch zu verlieren?« Nicht einmal ein Schluchzen war zu hören.

»Aber Ika, doch, den Hof, deinen Ruf, Berlin, mich …«

»Dich? Wie … wie kannst du so etwas sagen? Glaubst du das wirklich?« Als sie sah, dass Luises Hals von roten Flecken bevölkert wurde, wertete sie dies als das Zeichen der Reue, auf das sie gehofft hatte, um sich endlich einmal all das von der Seele zu reden, was sie schon so lange belastete. »Ich will dir einmal etwas sagen: Ich bin wegen dir nach Berlin gekommen! Ich habe Louis' Antrag wegen dir angenommen. Ich wollte dir nahe sein. Du aber hast dich nicht einmal gefragt, wie es mir geht.«

»Aber wir hatten doch unseren Pakt. Es war doch vereinbart, dass wir immer einander folgen würden.«

»Nein – dir war klar, dass ich dir folgen würde. Aber umgekehrt? Hättest du Louis genommen, wenn er dich gefragt hätte?«

»Aber er hat mich doch nicht gefragt. Friedrich Wilhelm hat mich gefragt.«

»Weil du alles darangesetzt hast!«

»Das ist nicht wahr!« Luise war froh, dass sie wenigstens diesen Vorwurf nicht auf sich sitzen lassen musste. Denn mehr noch als auf Friedrich Wilhelm hatte sie schließlich auf Louis Ferdinands Antrag gehofft. Aber Friederike schien etwas anderes beobachtet zu haben.

»Doch!«

»Nein!«

»Doch! Du hast dich in Szene gesetzt wie eine, eine …« Friederike fiel kein Wort ein, das nicht beleidigend gewesen wäre, deshalb fing sie an, Luise zu imitieren, indem sie Luises Worte von damals im ›Weißen Schwan‹, die sie nie vergessen hatte, mit dem gleichen herablassenden Ton wiederholte, mit dem Luise es gewohnt war, mit ihr zu sprechen. »Wie du mir geraten hast: *Ist doch ganz einfach, ihn zu verstehen, musst doch einfach nur den ersten Satz wiederholen.*«

»Na und? Es ist ja auch so. Ich habe mich gut mit ihm verstanden.«

»Ich mich auch!«

Darauf konnte Luise nichts erwidern, denn es stimmte. Als ob es vor wenigen Sekunden erst passiert wäre, erinnerte sie sich daran, wie er sie bei Gontard zuerst begrüßt hatte, wie er sich tief in ihre Unterhaltungen versenkt hatte und wie sie bemerkt hatte, dass er es war, der Friederike den Schal geschenkt hatte.

Die Scham zersiebte ihr die Gedanken. Hatte sie etwa Friederike den Mann weggenommen? Aber nein, beruhigte sie sich, das konnte nicht sein! Friedrich Wilhelm hatte doch sie gefragt. Und dennoch: Er sprach immer so gut von ihrer Schwester …

»Aber Friederike, was hätte ich denn tun sollen, er hat doch mich gefragt …«

»Ich sage dir, was du hättest tun können: Du hättest mich fragen sollen, ob ich ihn will!«

»Aber …«

»Du hättest mich fragen und dir dann überlegen sollen, ob du Louis nimmst und mit mir nach Berlin kommst oder ob das unter deiner Würde als große Schwester ist: mir, die ich dann deine Königin geworden wäre und über dir gestanden hätte, den Vortritt zu lassen. Aber genau das hast du dir nicht vorstellen können. Du hast dich immer in den Vordergrund gedrängt. Du hast immer die Vorstellung gehabt, dass ich zwei Schritte hinter dir gehen muss. Du hast mich belehrt, als ob ich eine dumme Gans wäre. Wenn ich nur an das Theater mit Onkel Georg denke. Oje …«

»Aber …«

»Aber, aber, aber. Fällt dir nichts anderes ein als *aber?*«

»Aber ich will doch nur, dass du dich nicht aufregst. Das Kind. Es tut ihm nicht gut.«

»Ich bin es nicht, die sich hier aufregt! Absolut nicht, und mein Kind ist es auch nicht.«

In der Tat war es so, dass Friederike die ganze Zeit mit einer Gleichmut gesprochen hatte, für die es keinen Vergleich gab. Sie nahm Luises Hand und legte sie auf ihren Bauch. »Sieh! Und mein Kind ist auch ganz still … ganz, ganz still. Es regt sich überhaupt nicht auf.«

Luise standen schon die Tränen in den Augen.

»Friederike! Bitte verzeih mir. Ich habe doch alles für dich getan, was ich tun konnte. Ich habe Friedrich Wilhelm angefleht, mit Louis zu sprechen. Ich habe doch wirklich … alles. Ich habe für dich gebetet. Fast jeden Abend.«

»Das hat eben nicht gereicht!«

»Aber …«

»Du hast nichts für mich getan. Du hast alles für dich getan. Du wolltest, dass ich mit dir nach Berlin komme, damit *du* nicht allein bist und damit *du* dich nicht so einsam fühlst.« Sie legte die ganze Betonung in das Wort ›du‹, das sie mit einem Ekel wiederholte, als ob sie es ausspucken wollte. »Du warst die Hauptsache. Ich war nur die Nebensache, weiter nichts.«

»Das ist nicht wahr!«

»So? Und das soll ich dir nach all dem, was passiert ist, glauben? Wie kommst du darauf?«

»Ich … Ich würde alles für dich tun, Ika. Alles! Ich würde dir sogar den Mond vom Himmel holen, wenn du das willst. Willst du?«

»Es ist nicht mehr die Zeit für deine Albernheiten … Ich bin nicht mehr die kleine Ika, die Angst vor der Dunkelheit hat, und du bist nicht mehr die Luise, die ich von Darmstadt kenne, und wir wohnen auch nicht mehr im Alten Palais, sondern hier in Berlin – und in der Zwischenzeit ist eine Menge passiert!«

Luise versuchte dennoch, ihre Schwester für sich zu gewinnen, als ob sie noch die beiden kleinen Mädchen wären, die zusammen das Zimmer teilten und von gebutterten Brezeln träumten, weil sie wieder einmal hungrig zu Bett gegangen waren. Sie schob ihre Lippen nach vorne und griff nach der Hand ihrer Schwester.

»Ach Ika, sei doch nicht so streng mit mir. Ich würde wirklich *alles* für dich tun. Alles! Ich wollte sogar meine Tochter nach dir benennen.«

»Und warum heißt sie jetzt Charlotte?«

»Ähm …« Nicht einmal unter Zwang und unter der Androhung, all ihrer prachtvollen Kleider beraubt zu werden, hätte Luise ihrer Schwester verraten, dass diese Namenswahl unmittelbar mit der Nachricht über die Liebe Louis Ferdinands zu Friederike zusammenhing, die ihr Friedrich Wilhelm in der gleichen Nacht anvertraut hatte, in der sie ihm gesagt hatte, dass sie wieder guter Hoffnung war. Und dass sie es daraufhin vorgezogen hatte, ihr Kind – falls es denn ein Mädchen werden würde – nach ihrer sittenstrengen Tante Sophie Charlotte, die Königin von England war, zu benennen. Sie schämte sich für ihre Eifersucht, auf die sie kein Recht hatte, und versuchte alle Erinnerungen daran, alle Ereignisse und sogar den einen Namen, den sie damit verband, zu verdrängen. Eine Erklärung blieb deshalb aus.

»Siehst du. Würde, hätte, sollte, könnte. Das sind doch alles hohle Versprechungen. Wo warst du denn, als ich deine Hilfe brauchte? Hm?«

»Ich war doch hier, wir haben euch doch fast jeden Abend besucht. Das war doch das Einzige, was ich habe machen können … Ach Ika, ich hatte immer so eine Angst um dich, und ich habe allen geschrieben, dir zu helfen. Jeden Abend habe ich Friedrich Wilhelm bekniet.«

»Luise! Hör auf, dich selbst zu bemitleiden! Du warst nicht da!«

»Nein?« Luises Oberlippe zitterte, aber Friederike sah sie ohne einen Ausdruck der Erregung an.

»Nein. Denn – weißt du, wie es ist, wenn man einen Mann hat, der einen schlägt? Weißt du, wie es ist, mit einem Mann das Bett teilen zu müssen, der so kalt gegen dich ist, dass es dich schon in dessen Nähe zu Eis gefriert? Weißt du, wie grausam es ist, mit jemandem Kinder zu haben, den du dir am liebsten aus deinem Leben wegwünschst? Du hast keine Vorstellung, wie furchtbar das ist. Du hast nicht die geringste Ahnung. Und weißt du, warum? Weil du vor allem, was Schwierigkeiten macht, die Augen verschließt. Du blendest es einfach aus, als ob es nicht da sei. Du willst nur die Sonnenseiten des Lebens. Aber wenn jemand Trost braucht, Fürsprache, Zuspruch – wo bist du dann?« Friederike wandte ihr mit geneigtem Kopf ein Ohr zu, als ob sie signalisieren wollte, dass man ihr ein Geheimnis zuflüstern könne: »Ich will es dir sagen: weg! Du bist dann weg! Auf einem Ball, auf einer Reise, in Gedanken … Weißt du was: Alles, was ich mit Louis erlebt habe, ist nichts gegen das, was ich mit dir erlebe. Du bist die größte Enttäuschung meines Lebens.«

»Das kannst du nicht sagen.« Luises Stimme war kaum zu hören.

»Wer, wenn nicht ich?«

»Ika, ich habe wirklich alles, was ich konnte, für dich getan …«

»Nein, du hast mir nicht einmal das kleinste Glück gegönnt!«

»Wie kommst du denn nur darauf?«

»Na, was war denn das mit Louis Ferdinand? Warum bist du mir wie ein aufgescheuchtes Huhn nach Pyrmont hinterhergereist und hast den König bekniet, damit er ein Machtwort spricht? Da warst du plötzlich doch sehr geschäftig. Vorher, als ich in Trauer war, hast du dich nicht blicken lassen, aber dann … dann bist du so schnell von Berlin in Pyrmont gewesen, als ob es galt, die Welt vor dem Untergang zu retten.«

»Ich bin nach Pyrmont gefahren, weil Hufeland mir das empfohlen hat. Seit ich in Berlin bin, leide ich an starken Schmerzen in der Brust, und …«

Während Luise sich in ihren Erklärungen verlor, entfaltete Friederike einen Brief, der Luise sofort ihre eigene Handschrift erkennen ließ, und las ihn mit einer sachlichen Gelassenheit vor wie einen richterlichen Beschluss:

»*Lieber Georg, Friederike kommt da in Pyrmont unter Abschaum von Menschen aus ganz Berlin. Ich brauche mich nicht näher zu erklären, wer damit gemeint ist. Ihre Unerfahrenheit …*« Dann faltete Friederike den Brief mit der gleichen Gemütsruhe zusammen, wie sie ihn geöffnet hatte, strich ihn mit der Handkante glatt und steckte ihn zurück in ihr Dekolletee, von dem sie ihn entnommen hatte. Mit mildem Triumph sah sie Luise an: »Was erzählst du mir denn für einen Unsinn? Von wegen Schmerzen in der Brust. Das hört sich hier aber ganz anders an.«

»Ich habe das nur geschrieben … Ich weiß … ich wollte … Louis Ferdinand hat dich nicht geliebt!«

»Wie kommst du darauf? So eine Idiotie! Natürlich hat er mich geliebt. So sehr, dass er mir einen Antrag gemacht hat!«

»Er lügt aber, wenn er das sagt.«

»Nein!«

»Doch!«

»Nein, das ist nicht wahr! Und du weißt das ganz genau!«

Beide waren still und achteten darauf, sich nicht anzusehen. Ihre Blicke kreisten im Raum wie die lang gestreckten Arme eines Stafettenläufers, der seine Ablösung herbeiwinkt und sie kläglich verpasst. Sie tasteten sich über die blauen Brokattapeten hoch zu dem Deckengemälde, verweilten dort kurz bei den fröhlichen Ranken, Blüten, Vöglein, Volieren, Bändern und Blümchen, begaben sich wieder an den marmornen Säulenreliefs hinab, streiften den goldenen Rahmen der Tür und kamen wieder am hölzernen Boden an, wo sie ihren Kreislauf von vorne aufnahmen. So ging es eine Weile, bis Friederike, die auf der linken Seite zum Bücherbord hin saß, plötzlich – und wohl auch, weil ihre Augen etwas Abwechslung gesucht hatten – seinen Inhalt bewusst wahrnahm: ›Die witzige Tirolerin‹, ›Maurus Pankrazius Ziprianus Kurt‹, ›Otto von Schwarzburg, eine Geistergeschichte‹, ›Die Geschichte des Fräuleins von Sternheim‹ und Lafontaine, reihenweise Lafontaine.

Friederikes Stimme tastete sich wie aus einer Benommenheit hervor, wie man sie nach einem heftigen Schlag verspürte.

»Ich habe dich immer so bewundert«, sagte sie leise. »Ich habe gedacht, dass du eine Königin werden würdest …«

Luise stutzte. »Ich bin doch eine Königin!«

»Nein, ich meine, eine richtige Königin! So eine wie Katharina die Große. So eine Königin. Eine große Königin! Du warst meine große Schwester. Ich habe dich so bewundert. Ich habe mir immer gewünscht, so zu sein wie du. Du hast dich nie darum geschert, was unsere Babuscha …«

»Mabuscha!«

»Luise, hör auf mit diesen Albernheiten. Mir ist wirklich nicht danach! … Ich habe deinetwegen so viel Ärger mit ihr gehabt, ich habe so viele Strafen wegen dir verbüßen müssen, so viele Wischer abbekommen und so viele Male Stubenarrest. Und weißt du was? Ich habe es hingenommen, weil ich zu dir aufgeschaut habe. Du warst für mich die Größte. Du warst so frei, so unbekümmert. Du hattest vor niemandem Angst. Dich hat kein Rang, kein Mensch beeindruckt, egal, ob er Prinz, König oder Kaiser war. Du hast immer gesagt, was du dachtest, und gemacht, was du wolltest.«

»Aber ich mache das doch immer noch.«

»Aber was, Luise, was bloß? Was machst du? Kleider kaufen? Neuen Putz ausprobieren? Maskeraden ausrichten? Bis in den frühen Morgen tanzen? Das Einzige, wofür du den Mund aufmachst, ist, wenn du deinen Mann um Geld für deine Bälle anbettelst – Röschen hast du auch schon wieder geschrieben und um Geld angebettelt.«

Luise wurde knallrot.

»Aber das ist doch meine Pflicht als Königin, Hof zu halten. Mein Mann tut es nicht. Er liebt eben nicht die Cour und die Etikette und wie die Dinge alle heißen. Und jemand muss es ja tun, und da es mir nicht schwerfällt, teile ich diese Last ehrlich und gerne mit ihm. Was soll denn daran schlimm sein?«

»Aber du verstehst nicht, dass es dabei nicht um dich geht, sondern um etwas anderes.«

»So? Um was denn bitte dann?«

»Um Allianzen, um Politik – darum, Leute für sich zu gewinnen und für seine Interessen.«

»Tanzen ist Politik!«

Friederike verbarg ihre Augen hinter ihrer Hand, die sie zu

einem Schirm geformt hatte, der die Sonnenstrahlen, die sie blendeten, fernhielt, und rollte kräftig mit den Augen.

»Mein Gott, Luise, kommst du dir nich' manchmal dumm vor?«

»Wie meinst du das?«

»Genau so, wie ich es sage: *Kommst-du-dir-nicht-manchmal-dumm-vor?*«

»Du bist wirklich nicht in der Lage, mich so etwas zu fragen!«

»Kommst du dir nicht manchmal dumm vor?«

»Hör auf! Ich werfe dich gleich hinaus.«

»Das meine ich. Genau das meine ich. Du willst immer nur die Sonnenseite sehen. Wenn alle dich anlächeln und mit dir tanzen, dann ist es recht. Aber du verstehst gar nicht, was wirklich los ist. Du übernimmst überhaupt keine Verantwortung.«

»Was soll denn schon los sein?«

»Hast du dich nie darüber gewundert, warum Luise dich nie nach Bellevue einlädt?«

»Ich war es, die es abgelehnt hat, sie zu besuchen.«

»Oh – nein!«

»Doch!«

»Luise, es ist zwecklos! Ich gehe jetzt.«

»O nein. Bleib. Bitte, Ika, bleib, ich kann doch ohne dich nicht sein. Bitte. So kannst du mich nicht sitzen lassen, mit all diesen Vorwürfen.« Sie sah sie mit bettelnder Miene an. »Bleib. Ich will dir auch zuhören. Ja? Sag mir, warum! Ja, sagst du mir, warum sie mich nicht eingeladen hat?«

»Weil du nur über Feste redest, über Putz, über –«

»Das hat dir alles Louis Ferdinand eingeredet! Der hält große Stücke auf seine Schwester. Ich finde aber, es wird viel Gewese um sie gemacht, und dass sie bloß so einen wie den polnischen Fürsten Radziwill geheiratet hat, beweist das doch. Findest du etwa nicht, dass das eine *Mesalliance* ohnegleichen ist? Da hat es unser Röschen in Regensburg doch schon besser getroffen. Sie hat wenigstens einen deutschen Fürsten bekommen.«

»Wolltest du mir nicht zuhören?« Luise machte sich kleiner, als sie war, um zu demonstrieren, dass sie ihr Versprechen halten wollte. Ihr Ausrutscher war ihr unangenehm.

»Luise ist eine kluge Frau. Sie ist von hoher Bildung. Wusstest du eigentlich, dass sie Friedrich Wilhelm heiraten sollte?«

Sofort richtete sich Luise wieder auf, und ebenso schnell schossen ihr die Gedanken durch den Kopf. War das der Grund, warum sie sich in Bellevue so unwohl gefühlt hatte? Diese stechenden Blicke, dieses Getuschel, sobald sie kurz den Raum verlassen hatte, dieser Eindruck, hinter all der Freundlichkeit in Wahrheit eine Rivalin zu haben. Sie drehte sich zu Friederike:

»Nein, das habe ich nicht gewusst, aber das erklärt doch sehr vieles. Sie war immer sehr kühl gegen mich. Tja, die Eifersucht …«

»Nein, das war es nicht …«

»Na ja, du weißt ja gut Bescheid über die Lage bei denen von Bellevue.«

Friederike rollte die Augen. »Luise?« In ihren Blick legte Friederike all die Strenge, die ihrem Wesen normalerweise abging, und all die Empörung, die sich über die Naivität ihrer Schwester aufgestaut hatte.

»Ja …?«

»Weißt du denn eigentlich, was draußen in der Welt los ist?«

»Natürlich weiß ich das. Ich habe auf meiner Huldigung das ganze Land gesehen.«

»Das meine ich nicht. Da haben sich alle zurechtgemacht wie zu Pfingsten. Aber weißt du denn wirklich, was los ist, hm? Hast du dir einmal Gedanken darüber gemacht, warum in Frankreich die Köpfe gerollt sind?«

Luise hielt den Mund. Natürlich hatte sie das nicht getan.

»Weißt du, wer in Frankreich nun regiert?«

»Ähm …«

»Hast du eine Ahnung davon, was in Russland los ist und warum alle den Zaren Paul stürzen wollen?«

Luise hatte noch nie davon gehört. Verlegen schüttelte sie den Kopf und fragte sich, woher Friederike das alles wusste. Von Louis Ferdinand?

»Hast du schon einmal von dem General Napoleon di Bonaparte gehört?«

Wieder schüttelte Luise den Kopf.

»Und weißt du, warum wir in Preußen Frieden haben?«

Endlich konnte Luise auftrumpfen.

»Es ist Friede, weil mein Mann das so will! Er hat es in seiner Regierungserklärung gesagt.«

»So, hat er das gesagt?«

»Ja, hat er!«

»Und weißt du, was man über dich sagt?«

»O ja, sehr wohl: Ein Fest ohne die Königin ist kein Fest!«

»Nein. Man sagt: Die Königin ist eine dumme Gans!«

3

Berlin, den 11. Januar 1799

Lieber Georg,

Du verzeihst mir gewiss, mein lieber Freund, dass ich nicht früher schrieb und Dir alles anvertraute, was die unglückliche Geschichte mit Friederike anging. Allein, urteile, ob es möglich war, wenn ich Dir sage, dass ich Papa schreiben musste und dann noch zweimal nach Hannover. Nun ist sie fort und auf ewig von mir getrennt. Sie wird nicht mehr die Gefährtin meines Lebens sein. Ach Gott! Hilf mir, diese schwere Trennung zu ertragen …

Bereits zum dritten Mal setzte Luise zu einem Brief an ihren Bruder an, aber wieder einmal war es ihr so, als ob ihre Stimme versagen würde, obwohl sie doch gar nicht reden musste, sondern schreiben. Aber anders ließ sich ihr Zustand nicht in Worte fassen. Dicke Tränen fielen auf das Papier und weichten es auf. Ihre Oberlippe zitterte. Die Worte, die sie schon aufgesetzt hatte, verliefen zu wässrigen Schlieren, die den mundgeblasenen, gläsernen Tropfen glichen, die sie immer gleich zu Dutzenden beim Glasermeister Walter bestellt und mit denen sie zu Weihnachten den Baum so prächtig geschmückt hatte, dass es ihren Kindern noch bis zu Ostern in schönster Erinnerung war. Erschrocken blickte sie auf und zerknäulte das Papier. Glastropfen! Mundgeblasene Glastropfen! Sie hasste sich für solche Vergleiche. Sie hasste sich für alles, was bestätigen konnte, was Friederike ihr gesagt hatte. Sie hasste sich dafür, dass sie eine dumme Gans war. Aber mehr noch hasste sie sich dafür, dass sie Friederike so enttäuscht hatte …

Ihre geliebte Friederike! Wenn sie nur an sie dachte, schossen ihr wieder die Tränen in die Augen, und ihr Kummer überschattete die Brustschmerzen, die sie die ganzen Jahre seit ihrer Ankunft in Berlin begleitet hatten, noch um ein Mehrfaches. Sie hielt sich die Hand auf den gekrümmten Leib und verwünschte Hufeland, der es immer noch nicht geschafft hatte, sie davon zu kurieren. Wieder verfluchte sie sich! Was spielten Hufeland und ihre lächerlichen Brustschmerzen für eine Rolle angesichts dessen, was sie ihrer Schwester angetan hatte?

Wenige Wochen nach ihrer erschütternden Anklage hatte Friederike auf Order des Königs den Prinzen von Solms-Braunfels geheiratet, der die Verantwortung für die Vaterschaft des Kindes übernommen hatte, und Friederike war dann – inzwischen im achten Monat – nach Ansbach abgereist, wo der Graf ein bemessenes Salär als Offizier einer Garnison bezog. Sie hatten sich nicht mehr gesehen, und als Luise eigens nach Schloss Schönhausen gefahren war, um sich von ihr zu verabschieden, hatte ihre Schwester sie ignoriert. Auch ihr Winken war unerwidert geblieben, als die Kutsche die Wachhäuser passiert und ihren Weg in eine Zukunft ohne Luise genommen hatte.

»Lass uns ihr wenigstens ein wenig Geld hinterherschicken!«, hatte Luise daraufhin Friedrich Wilhelm gebeten und gehofft, damit einen Teil dessen, was sie an ihrer Schwester verbrochen hatte, wiedergutmachen zu können. Sie wollte keine Lippenbekenntnisse mehr, keine frommen Gebete und Wünsche, sondern nun endlich, auch wenn es zu spät war, Taten walten lassen.

Doch ihr Mann hatte sie auf die Stirn geküsst und in seiner lapidaren Art geantwortet:

»Längst jeschehen. Habe ihr eine Pension von 22 000 Talern bewilligt, zu verwenden überall in Preußen außer in Berlin. Für ihre Kinder habe ich bereits einen Fonds anjelegt. Wenn sie das 15. Jahr erreicht haben, finden sie eine hübsche Summe vor. Können nichts dafür. Sollen nicht dafür büßen müssen. Außerdem: Sind ja unsere Nichten und Neffen.«

Auch in diesem Punkt also hatte sie versagt. Die Fürsorge ihres Mannes und die Achtsamkeit, mit der er für Friederike und selbst für deren Kinder vorgesorgt hatte, rührte sie – und gleichzeitig beschlich sie wieder das ungute Gefühl der Scham. Friederikes Worte schossen ihr wieder in den Kopf: *»Du hättest mich fragen sollen, ob ich ihn will!«* Das hatte sie ihr mit der Ruhe derjenigen gesagt, die sich ihrer Sache gewiss ist und die Grund zur Anklage hat.

Hatte ihre Schwester Friedrich Wilhelm geliebt? Und hatte dieser nicht heimlich auch sie geliebt? Hatte sie also Friederike den Mann weggenommen? Wenn das alles seine Richtigkeit hatte, dann wäre sie auch dafür verantwortlich, dass ihre Schwester einen Mann hatte nehmen müssen, der kalt zu ihr war wie Stein, und dass sie schließlich, als sie ihn endlich auf so schicksalhafte Weise losgeworden war, das Leben nachgeholt hatte, das sich eine jede Frau in ihrem Alter wünschte. Friederike hatte ein gutes Recht dazu gehabt. Wenigstens hatte sie nun einen Mann gefunden, der sie aufrichtig liebte. Hatte Luise nicht genau dafür gebetet?

Luise tupfte sich die Tränen aus den Augen und putzte sich die Nase. Mehr als zwanzig Taschentücher hatte sie schon verbraucht. Ein paar von ihnen lagen noch in ihrem Bett, wo sie, gleich nachdem sie aufgewacht war, zu weinen begonnen hatte. Die anderen waren auf und rund um ihren Sekretär verstreut. Sie schaute nach oben. Es war kurz vor neun Uhr. In wenigen Minuten würde die Gräfin Voss kommen und mit ihr den Ablauf des Tages besprechen. Sie straffte sich, tauchte die Feder in das Fass mit der königsblauen Tinte und setzte entschlossen zu einem neuen Brief an ihren Bruder an:

Lieber Georg,
wie Du weißt, bin ich dumm, weil ich eitel bin und weil meine Eitelkeit mich oft daran hindert, meine Dummheit zu besiegen. So kommt es, dass ich kaum weiß, ob London in England oder Deutschland liegt und wo sich Italien befindet und wer in Frankreich regiert. Bitte hilf Deiner Schwester und schicke ihr Bücher, damit sie lesen kann, bis ihr Hören und Sehen vergeht …

Deine Luise.

Unwissendes Postscriptum: Wer ist Napoleon di Bonaparte?

4

Die Jahre 1799 bis 1802

Nach der gemeinschaftlichen Inspektion der Frühjahrsparaden in Potsdam kam die große Sommerreise, mit der Friedrich Wilhelm Luise in der Regel ein Wiedersehen mit ihrer Familie ermöglichte. Man traf sich meist in Frankfurt, Darmstadt, manchmal in Hannover, seltener in Regensburg, aber immer in Hildburghausen, wo Lolo wohnte. Man fiel sich in die Arme, herzte sich kräftig und versicherte sich unter vielen Tränen der

Wiedersehensfreude, noch öfter, ausführlicher und regelmäßiger zu schreiben …

Dann kam man kurz, für einen Sommermonat nur, nach Charlottenburg, es kamen Spaziergänge durch die Gärten, Kammermusik unter freiem Himmel, Zitroneneis und Topfschlagen mit den Kindern. Dann kam die fünfte Woche und mit ihr das große Packen: Koffer wurden geholt, Tücher gefaltet, Körbe gefüllt. Dann kamen 80 Equipagen und 300 Pferde und Paretz, das man, wegen des vielen Gepäcks, das man mit sich zu führen genötigt sah, nicht direkt, sondern nur über einen Umweg über Schöneberg, wo die Havel besonders flach floss, erreichen konnte – denn dann kam der September und der herrlichste Herbst, den man sich nur vorstellen konnte. Dann kamen Landpartien, Streifzüge durchs Dorf, Erntedank und der Stralauer Fischzug und die einfachen Ehrerbietungen, die man als Herr und Frau von Paretz entgegennahm.

Dann kamen in alter Gewohnheit die Manöver in Potsdam, dann die in Berlin, dann Weihnachten, dann Neujahr und dann bis Ende Februar der Karneval, wo der alte Adel müde murrte, weil die *Fêten* der Königin von Jahr zu Jahr an Aufwand vermissen ließen.

So ging es Jahr für Jahr, immerzu in seinem regelmäßigen und absehbaren Gang, und wie die Jahre sich glichen und ins Land gingen und dahinflossen wie ein langer, breiter, ruhiger Fluss, glichen und gingen und flossen auch die Tage dahin. Morgens um 8 Uhr kam die »Familienstunde«, um 9 Uhr das Tablett mit dem Zwieback, der Schokolade und der Zeitung, die immer noch langweilig war, dann kam die Voss, die immer noch über Luises Tag wachte, dann kamen die Kinder, die immer noch reichlich tobten und tollten, dann kam das Diner, dann die Spazierfahrt, und dann kamen die langen Nachmittage, in denen Friedrich Wilhelm in jeder Sache, in jedem Schritt, in jeder Entscheidung Luises Rat suchte.

Es galt, sich an die Lage zu gewöhnen, dass Königin zu sein

nicht nur bedeutete, rauschende Feste zu feiern und dem nachzugehen, was die von Bergs, die von Massows, die von Blüchers, die von Camas', die von Ingenheims, die von Sydows, die von Pannewitz', die von der Marwitz', die von Karmers, die von Lehndorfs, die von Kannenbergs, die von Rohrs, die von Häselers, die von Vierecks, die von Gloedens, die von der Lanckens, die von Lehndorffs, die von Dönhoffs, die von Gersdorffs, die von Schadows, die von Kleists, die von Gualtieris und die von Massenbachs unter Politik verstanden.

Sondern es galt, als gegeben zu betrachten, dass neben Friedrich Wilhelm, der Hof und Etikette verabscheute, Königin in Preußen zu sein bedeutete, sich im Hintergrund zu halten, sich um den Erhalt der Dynastie zu kümmern und seinem Mann eine sanfte Freundin und eine stützende Hilfe zu sein – und nur selten Feste zu feiern.

Mit unantastbarer Würde nahm Luise die Häme hin, die der alte Adel, der über Generationen am Zipfel des königlichen Hermelinmantels gehangen hatte und nun abgemeldet war, über sie ergoss. Zu den schon lange etablierten Wendungen »Provinz-Prinzessin«, »dumm« und »kein Geschmack« gesellten sich nun noch zwei weitere Vokabeln: zum einen »bieder«, und allen voran und das meist mit einer Miene vorgetragen, die nichts Parfümiertes an sich hatte, auch nicht das feine Fluidum von Grasse, sondern an den derben Geruch von Kohl erinnerte: »bürgerlich«.

Luise aber sagte zu allem nichts, lächelte auf den Cours – die sie immer noch zu geben gezwungen war, weil ihr Mann sich beharrlich weigerte, das zu tun – stets freundlich und herzlich, blieb ansonsten still, reizend, liebenswürdig und duldsam gegen jedermann.

Nur einmal hatte sie das Wort gegen diese Nachreden erhoben. Doch nicht etwa gegen die alten Sippen, die sich nun um Louis Ferdinand gruppierten und auf Festen, *Fêten* und Feierlichkeiten im Schloss Bellevue sich in Lästereien über das königliche Paar und insbesondere über Luise ergingen, von der man sich aufgrund ihrer Geselligkeit mehr erhofft hatte – sondern gegen ihren eigenen, geliebten, wegen seiner Klugheit bewunderten Bruder Georg, der sein Studium in Rostock unterbrochen hatte, um sie auf Charlottenburg zu besuchen. Noch vor seiner Abreise hatte er sich bemüßigt gesehen, einen Brief an die Großmutter und gleichzeitig auch einen an die Schwester Röschen in Regensburg aufzusetzen, der Luise zu einem klärenden Wort veranlasste.

Liebe Großmutter, liebe Therese,
ich, der ich die Lage so unverschleiert sah, kann nur beteuern, dass, wer das Wort Selbstbeherrschung kennt, Luise seine Bewunderung nicht wird entziehen können. Sie scheint gänzlich willenlos zu sein und die Launen ihres Mannes mit einem Lächeln zu ertragen. Jeden Wunsch, den er hat, erfüllt sie mit Liebe und größtem Dank. Euch zu sagen, wie sie so unermüdlich fortschreitet auf der Bahn des Guten, so unablässig ihre Pflichten vor Augen hat, nichts sieht als ihren Mann, nichts sucht, nichts wünscht, als ihm zu gefallen, ihn glücklich zu machen, dabei der reine Sinn, der reine Wille, immer besser zu werden, sehe ich mich deshalb verpflichtet. Es ist kaum zu glauben. Sie ist jetzt sanfter als Ika! Auch wenn dies alles nicht zu Fehlern berechtigt, so gehört doch eine große Kraft des Herzens und des Geistes dazu, sich in dem Maße vortrefflich zu verhalten.

Euer Georg.

Niemand wusste, wie Luise Kenntnis vom Inhalt dieses Briefes bekommen hatte, in dem ihr Bruder Georg nicht nur die Launen ihres Mannes auf so unvorteilhafte Weise erwähnt, sondern auch seine Enttäuschung darüber zum Ausdruck gebracht hatte, dass er seine Schwester, so wie sie nun war, nicht mehr wiedererkannte, weil sie statt trotzig, laut, vordergründig, vergnügungssüchtig und hemmungslos albern nun sanft war wie ein Reh. Sie stellte ihn zur Rede, und als er ins Stammeln geriet, machte sie ihm mit klar gesetzten Worten und erhobenem Kinn deutlich:

»Ich liebe es, meinem Mann zu dienen, und damit diene ich meinem Volk. Denn wenn wir prassen und verschwenden, dann geht es nur zu dessen Lasten. Ich weiß sehr wohl, was ich tue, und ich kann dir nur versichern: Ich tue es gern. Mein Leben ist ruhig, und das ist gut. Denn hätte ich wie du nicht auch eine Leidenschaft leben können? Ich habe es abgelehnt, eben weil ich keine Romanheldin wie bei Lafontaine bin.«

Dann hatte sie die Lider gesenkt und ihre Hände in den Schoß gelegt, und Georg war ganz still geworden, weil er es immer noch nicht fertiggebracht hatte, dem Fräulein Grebe, der schönen Kaufmannstochter, die er so sehr liebte, Adieu zu sagen, und weil er genau wusste, dass Luise so viel sittliche Beherrschung von ihm verlangte – nun, da sie eine vorbildliche Königin war.

Luises Demut jedoch war keiner falschen, auferlegten Moral geschuldet – sie war echt.

Denn was die Familie und auch der verprellte Adel nicht begriffen – dessen Vorstellung von den Pflichten einer Königin noch sehr verhaftet waren mit der verblichenen Pracht der großen französischen Höfe –, war, dass mit jedem Nachmittag, an dem Friedrich Wilhelm Luise aufsuchte und seine Sorgen mit ihr teilte, seine Nöte aussprach und seine Ängste um das Wohlergehen Preußens formulierte, sie mehr war als nur eine liebende Ehefrau, sondern wertvoller wurde als jeder noch so wohlmeinende Minister.

Er schätzte, wie er es sagte, ihren »natürlichen Verstand«. Doch in Wahrheit war er eigentlich nur erleichtert darüber, ganz persönlich, vertraulich, im kleinsten Rahmen und ohne die Furcht vor Intrigen, Ränkespielen und dem Berücksichtigen diverser Interessen, seinen Kummer über die Korruption, das Elend, die Armut, die Verbohrtheit, die Vorteilnahme und die sittliche Verrohung, die in Preußen beim Militär und der Beamtenschaft herrschte, mit ihr teilen zu können. All dies lieferte ihm – was Georg in seinem Brief nicht abzuschätzen gewusst hatte – sehr gute und ebenso solide Gründe für seine andauernde schlechte Laune.

Luise tat an diesen langen Nachmittagen das, was sie sonst nie tat und was sie an ihrer Schwester Friederike immer sehr bewundert hatte: Sie hörte zu! Und was das anbelangte, stimmte das Urteil Georgs, der nach Regensburg vermeldet hatte: *»Sie ist nun so sanft wie Ika!«*

Doch indem sie zuhörte, half sie ihrem Mann, dem König, in der allmählichen Verfertigung seiner Gedanken Lösungen für seine Lasten zu finden und Menschen zu berufen, die ihn unterstützen und seine Schwächen ausgleichen konnten, und gab ihm dabei das Gefühl, er hätte gehandelt – und nicht sie.

Die größte Sorge, die den König plagte – und damit auch Luise –, war die Möglichkeit, in einen Krieg hineingezogen zu werden und damit alles, was man nun in friedlichen Zeiten angepackt, ausgemistet und reformiert hatte, von marodierenden Truppen über den Haufen rennen zu lassen. Es war aber nicht so einfach mit dem Frieden, denn niemand glaubte dem König, dass er parteilos bleiben wollte. Und so gingen tagaus, tagein Depeschen, Einflüsterungen und unlautere Angebote von Unterhändlern, Diplomaten und Gesandten bei ihm ein, die ihn entweder auf die Seite Napoleons oder auf die Seite der Allianz gegen Napoleon ziehen wollten und bei denen in wechselnden Konstellationen mal die Russen, mal die Österreicher, mal die Türken, mal die Schweden, aber immer die Engländer dabei waren. Lucchesini hielt es mit den Russen, Haugwitz mit den Franzosen, und Louis Ferdinand war gegen Napoleon. Nur Hardenberg hatte den gleichen Willen zur Neutralität wie Friedrich Wilhelm, umschiffte wendig jede diplomatische

Klippe und belästigte den König nicht mit ausufernden Festlichkeiten, um Allianzen zu schmieden, sondern schirmte den friedliebenden Monarchen von allen lästigen Bittstellern ab.

So war Luise keineswegs nur eine brave Ehefrau, über die der Adel den Kopf schüttelte, sondern eine pragmatische, schlaue und wunderbare Ratgeberin, und deshalb gab es tatsächlich keinen Grund, gegen ihren Mann und ihre Lage zu opponieren.

Nur in einer Sache nahm sie wieder ihre unverfälschte, vorlaute, ein wenig trotzige Haltung an, die an der Prinzessin Luise so viel bewundert worden war – und das war der Wunsch, sich zu bilden. Anfangs noch hatte Luise versucht, die Liste des Prinzen Heinrich durchzuarbeiten, der ihr die Klassiker von Homer über Plutarch bis hin zu Vergil geschickt hatte – mit leicht hämischem Gruß und mit dem Verweis darauf, dass das die Lieblingslektüre der Kaiserin Katharina der Großen war. Dann hatte sie die Empfehlungen ihres Vaters beherzigt und in Hume, Smith, Locke und tatsächlich auch in der französischen *Encyclopédie* geblättert und gehofft, den neuen Ideen auf die Spur zu kommen. Von Louis Ferdinand war eine Liste gekommen und tatsächlich auch vom Oberst Massenbach – mit einem Brieflein, auf dem knapp »Für Preußen!« gestanden und das auf seltsame Weise nach scharfen Zigarren gerochen hatte. Auch ihnen hatte sie sich ohne Vorbehalte gewidmet wie eine Ahnungslose, die für jeden Hinweis dankbar ist.

Doch diese Unternehmungen waren zumeist in einem kurzen, tiefen, aber überaus erfrischenden Schlaf geendet – und mit dieser Erfahrung war bei Luise die Erkenntnis gereift, dass die Lücken zu groß und alleine nicht zu bewältigen waren. Sie hatte Rat gesucht und zwei Ratgeberinnen gefunden: Bald wurden Marie von Kleist und Caroline von Berg als zwei neue Damen an ihren bescheidenen Hof berufen. Die Voss tobte vor Eifersucht und murmelte ständig etwas von »denen von Bellevue«, drei Worte, die sie in ihrer knappen, bellenden Art geradezu ausspuckte. Aber auch Friedrich Wilhelm zeigte, dass er nicht bereit war, Luise mit den neuen Damen zu teilen, und beschimpfte die von Kleist als »Tugendrätin mit albernem Getue« und die von Berg gar als »Intrigantin«, »Amazone« und »Spionin, die denen von Bellevue in die Hände spielt«, was viele, die die Neigung der beiden Damen kannten, zu dem Urteil verleitete, diese Argumente seien weit hergeholt und der König vielmehr ziemlich eifersüchtig.

Was durchaus berechtigt war. Denn nie hatte er verwunden, dass Louis Ferdinand ihn mit Luise hatte hintergehen wollen. Und auch der Plan, den Rivalen durch eine Vermählung mit Friederike unschädlich zu machen, war ja leider nicht aufgegangen.

»Ich bin dumm, lieber Fritz, und dagegen muss ich etwas tun. Denn ich bin Königin. Alleine schaffe ich es nicht, das, was ich verpasst habe, aufzuholen«, hatte Luise ihn zu beschwichtigen versucht. Und als er immer noch keine Einsicht hatte in ihr drängendes Bedürfnis, sich zu bilden, sagte sie ihm mit sanftem, fast weinerlichem Ton: »Ach Fritz, ich fühle mich so einsam, so wahnsinnig einsam – und nun, wo Friederike weg ist, noch viel einsamer. Ich habe keine Freundin mehr, und ich habe Angst, wieder den gleichen großen Fehler zu machen wie damals, als ich nach Berlin kam …«

Und ohne dass sie direkt erwähnte, wovor sie tatsächlich Angst hatte, verstand er und ließ die beiden Damen bleiben. Nur eins musste Luise ihm versprechen, nämlich, dass er nicht mit ihnen unter einem Dach wohnen musste. Sie kamen und sie gingen also, mit dicken Büchern und guten Empfehlungen – und man lebte nebeneinander her.

Nur einmal – heftig zwar, aber doch sehr kurz – wurde diese endlose, gleichförmige Ruhe durch eine ungewöhnliche Begebenheit erschüttert. Da kam eine Ladung aus Paris mit prächtigen Hüten, Hauben, Kappen, Brüsseler Spitzen und Borten, mindestens ein Dutzend an der Zahl, dazu Blumen aus Seide, Samt, Gaze, Cottun, mit allerlei Steinen bestickt, und zwei Ballkleider, die in ihrer Kostbarkeit selbst Luise beeindruckten. Die Note, die beilag, war einzeilig: *Ganz Europa spricht von Eurer Schönheit. Mit Verehrung Ihrer Königlichen Majestät, Bonaparte.*

Wenige Augenblicke lang nur flammten in Luise die Bilder der aufregenden Zeit wieder auf, in der sie neu, unbekümmert und voller Lebenslust nach Berlin gekommen und Mittelpunkt jeder Gesellschaft gewesen war. Konnte man die Gefühlslage jetzt als ruhig, breit und fließend beschreiben, so hatte es damals geschäumt, gesprudelt, gewirbelt, geprasselt, gewogt und gestrudelt, und es hatte ein Gefühl gegeben, das sie mit »Spannung« bezeichnet hatte … Aber das war lange her und längst vergessen.

Nur kurz also tat sich mit dem prächtigen Geschenk aus dem fernen Paris eine Wehmut in Luises Herzen auf, die sie sofort pflichtschuldigst unterdrückte. Das Geschenk aber, das auf so mysteriöse Weise zu ihr gelangt war, verschwand, als der alten Gräfin Voss zu Ohren kam, welcher Absender hinter dieser Gabe steckte, auf ebenso mysteriöse Weise wieder aus Luises Umfeld. Niemand wusste, wo die Sachen waren, ja niemand konnte sich daran erinnern, sie jemals gesehen oder bewundert zu haben. Sie gerieten einfach in Vergessenheit.

So gingen die Tage dahin und mit ihnen die Monate und die Jahre, in denen Luise ihren Pflichten als Königin, als Mutter und als Gattin mit stiller Empfindsamkeit und Geduld nachkam. All diese Routine, dieser Alltag, all diese Gleichförmigkeit, die sich wie ein Gegenstand in zwei gegenüberliegenden Spiegeln wieder und wieder und bis in die Unendlichkeit spiegelte – all dies legte sich über ihre Unruhe, ihren Übermut und das Ungestüm ihres jungen Herzens.

Nur Georg hatte bemerkt, dass ein so vortreffliches Verhalten »nicht zu Fehlern berechtigte«.

5

Charlottenburg, im Mai 1802

»Ihr seid ja wirklich ein richtiger *Homme à femmes!* Das sagt man sich bis nach St. Petersburg. Es ist kein Wunder, dass Ihr so eine bezaubernde Gemahlin habt … Und nun frage ich mich, warum Ihr so wenig Vergnügen an Geselligkeit habt, am Tanz und am Gespräch.«

»Weil durch Schweigen niemand sich verrät!«

»Gibt es denn etwas, was es zu verraten gäbe?«

Friedrich Wilhelm sah das Gesicht der russischen Großfürstin Helena Pawlowna noch genau vor sich: ihre hohe Stirn, ihre weit auseinanderstehenden Mandelaugen, ihre schmale Nase, die dunklen, schweren Haare, die durchscheinende Haut, die um die Lider die Adern erahnen ließ, und den tiefen, traurigen Blick. Er hatte sie beim Karneval kennengelernt, wohin sie ihren Mann, den Erbprinzen von Mecklenburg-Schwerin, begleitet hatte. Er hatte keine Nacht schlafen können, seit er sie das erste Mal gesehen hatte, und war immer noch betört, wenn er an sie dachte.

Was wäre gewesen, wenn …, fragte er sich nun.

Als die Saison zu Ende gewesen war, hatte er ihr zum Abschied eine Plastik von Schadow in die Kalesche packen lassen, die sie – und das musste sie ihm beim Abschied im leise fallenden Schnee unter Schwüren und Versicherungen versprechen – erst zu Hause hatte enthüllen dürfen. Denn von allen Möglichkeiten hatte er nur eine wählen können, die seine Empfindungen sichtbar und deutlich machte: Amor und Psyche …

Ein Wiedersehen war erfolgt, für das er eigens – und zu Luises Verwunderung – das Erntedankfest von Paretz hatte verschieben lassen. Dann hatte er nach der Abreise – und aufgrund der trost- und hoffnungslosen Korrespondenz mit Helena – Doktor Brown aus England geschickt und den guten Hufeland kommen lassen. Als schließlich absehbar war, dass man sich nicht wiedersehen würde, hatte sie in ihre Briefe all die Liebenswürdigkeit gelegt, derer sie fähig war, und ihm einen letzten und innigsten Wunsch zu erfüllen abgerungen, gegen den er sich immer und mit großer Willensanstrengung gewehrt hatte und den er nun abzuschlagen nicht fähig war. Denn bald erreichte ihn die unausweichliche Nachricht: *Die Großfürstin Helena Pawlowna liegt im Sterben.*

Ihr innigster Wunsch an Friedrich Wilhelm hatte geheißen: »Besucht meinen Bruder in St. Petersburg.«

Nun traf man sich – gegen des Königs ausdrücklichen Willen zur Parteilosigkeit, zur Neutralität und damit zum Frieden – mit dem Zaren von Russland auf halber Strecke in Memel.

6

Memel, im Juni 1802

»Wie schön Ihr seid!«

»Sagt das doch nicht immer …«

»Aber wenn es doch wahr ist!«

»Sage es immer –«

»Ach ja, du sagst es …!«

»Oh, lieber Freund, das solltet Ihr aber auch tun. Ein so teures Juwel, wie Eure Frau es ist, hat es täglich verdient, so etwas zu hören …« Alexander näherte sich Luise mit einer galanten Verbeugung, nahm ihre Hand und hielt, als er einen Kuss in die Luft hauchte, ihren Blick lange und intensiv. Luise jedoch reagierte nicht sofort, sondern versicherte sich mit einem Seitenblick zu Friedrich Wilhelm seiner geballten Fäuste. Erst als sie sein Grimmen gesehen hatte, löste sie ihren stolzen Blick ins Leere in einem Lächeln auf, in das sie all ihren Zauber hineinlegte.

Alexander nahm es als Kämpfer. »… möglicherweise sogar jede Stunde, jede Minute … Ach, wie schön Ihr doch seid.«

Friedrich Wilhelms Worte waren geprägt von dem trotzigen Gefühl desjenigen, der übergangen wurde: »Ja, aber sage es ihr doch mit allem, was ich habe! In jedem Augenblick und auf meine Weise.«

Verlegen löste sich Luise nun von ihrem erlauchten Verehrer und ging auf Friedrich Wilhelm zu, der zwischen der von Berg und der Voss am Kamin saß und an einer Pfeife kaute; eine Sitte, die er bereits in jungen Jahren von seinem nun zum Generaladjutanten erhobenen Freund Köckeritz übernommen hatte und die ihm als Zeichen ihrer unverbrüchlichen Freundschaft galt. Weil er jedoch nicht mit der gleichen Leidenschaft sog und paffte, zog und dampfte wie Köckeritz, der nur durch diese gemütliche Prozedur aus seiner dickleibigen Trägheit herauszureißen war, ging ihm das Stück öfter einmal aus.

Luise sah darin die Möglichkeit, sich ihm gewogen zu machen und gleichzeitig in seinem Blick zu kontrollieren, ob ihre Reize noch wirkten, als sie sich ihm in ihrem fließenden Gewand und auf leisen Sohlen näherte. Als sie ihm den brennenden Fidibus reichte, versicherte sie ihm laut:

»Ich habe ja nicht ausreden dürfen. Sonst hätte ich es unserem erlauchten Freund gerne bestätigt, dass ich keinen besseren Freund habe, als du es bist.« Sie drehte sich zu Alexander hin und sah ihn unter gesenkten Lidern an. »Ich habe nämlich den besten Mann, den ich mir nur wünschen kann, und bereue keinen Tag an seiner Seite … Auch wenn er jetzt gleich sehr böse sein wird.« Sie zwinkerte Friedrich Wilhelm zu.

»Warum?«

»Weil ich meine Lesestunde einhalten möchte und die Frau von Berg mir jetzt aus Goethes *Römischen Elegien* vorliest. Aber ich freue mich, wenn du bleibst. Vielleicht erheitert es dich …«

Alexander brach wieder dazwischen: »Oh, was für eine vortreffliche Wahl! Ihr beweist Geschmack. Wer liest denn schon die Klassiker? Plutarch, Homer, Vergil – das verstaubt doch alles in den Regalen und hinterlässt viel Schmutz … Nein, nein! Wer jetzt etwas auf sich hält, der liest die Dichter aus Deutschland. Große Leute habt Ihr dort, große Gedanken werden gedacht … Goethe, Schiller, Tieck, Herder, Jean Paul … Da kommen die neuen Ideen her, da spürt man, wie sich ein Volk regt …«

»Ja, ja, so ist es, und es ist jut: Der Friede hat's jemacht, dass sie alle fleißig schreiben und denken, nur der Friede. Aber das Zerren darum macht mir das Lesen fatal. Ach, alles kommt zu mir, will, dass ich Krieg mache. Aber … ich verpflichte mich auf keiner Seite – ich will den Frieden. Wenn ich dann abends ermüdet bin und erschöpft von Politik und Taktieren, dann möchte ich nicht lesen, dann möchte ich, dass meine Frau mich unterhält …«

»Kann man verstehen, mein Freund! Würde mir auch so gehen, hätte ich eine so bezaubernde Frau wie die Eure …«

Als Alexander merkte, dass es die Grenzen des Taktes verletzt hatte, weil er so offen und ungeniert in Friedrich Wilhelms Gegenwart um Luise buhlte, fühlte er sich angehalten, sich zu erklären, denn es war nicht seine Absicht, Friedrich Wilhelm zu verärgern:

»Wisst Ihr, mein Freund: Es ist nicht jedem vergönnt, sein Leben in Liebe zu verbringen. Ihr habt Glück gehabt mit Eurer Wahl … Und es ist die Liebe und das Wissen darum, geliebt zu werden, das einem Menschen Schönheit und Unbeugsamkeit verleiht.« Beim Wort Unbeugsamkeit deutete er ein ehrfurchtsvolles Nicken in Richtung Friedrich Wilhelm an, von dessen unverrückbarem Neutralitätswillen ihm bereits seine Schwester Helena erzählt hatte. »Denn die Liebe ist doch in unseren Kreisen ein sehr seltenes Glück!«

Die Voss und die von Berg, die beide wider ihre Neigungen in eine unglückliche Ehe gezwungen worden waren, seufzten gleichzeitig. Sie musterten sich gegenseitig skeptisch, und die Voss rückte sogar ein wenig, zwei Zoll nur, mit ihrem Stuhl von der von Berg ab, um nicht allzu viel Gemeinsamkeit mit der verhassten Rivalin »von Bellevue« zu demonstrieren.

»Verzeiht deshalb meine Worte. Es ist nur, dass ... Wenn man das Glück so greifbar nah und vor Augen sieht, dann möchte man einfach daran teilhaben ...«

»Schon jut!« Friedrich Wilhelm schlug mit beiden Händen auf die Lehnen seines Armstuhls und presste sich dann nach oben. »Und jetzt verzeiht Ihr bitte – mir! Empfehle mich. Meine Frau will lesen, und ich will vor ihrem Wunsch Respekt haben. Mache eine kleine Promenade. Hab' Memel noch nicht jesehen.« Mit einem Zwinkern drehte er sich zur Gräfin Voss. »Und Ihr, Gräfin? Wollt Ihr mich begleiten?«

»Ja, ähm ... gerne, ja ... oh, einen Augenblick bitte, Königliche Majestät.«

Umständlich rückte die Voss ihren Stuhl zurecht, als ob sie sich verhakt hätte, ließ dabei ihren Stock fallen und blickte, statt sich zu bedanken, die von Berg mit schmalen Lippen an, als diese ihr das Stück wieder anreichte. Ihre Ungeschicklichkeit war nämlich nichts anderes als ein Manöver gewesen, um Zeit zu schinden, weil sie hin- und hergerissen war zwischen der Option zu bleiben und der zu gehen. Vom ersten Anblick an war sie fasziniert gewesen von Alexander wie nur von Friedrich Wilhelms Großvater, dem Prinzen August Wilhelm, der einst – vor vielen, vielen Jahren – ihre erste große Liebe, nein: Leidenschaft, gewesen war und sie selbst toll vor Liebe und beinahe unfähig, sich zu kontrollieren ... Der junge Zar war ein großer, schöner Mann mit blonden Haaren, blauen Augen und einer frappierenden Gestalt, dabei liebenswürdig, beredt, klug, geistvoll, stark im Willen und im Wuchs kraftvoll. Zugleich war er von einem Flor der Melancholie umgeben, durch die alle starken Eigenschaften, die er in sich vereinte, weder einschüchternd noch überheblich wirkten, sondern liebenswürdig.

Nun nestelte die Voss noch an ihrem Rock herum und hatte sich immer noch nicht entschieden. Sie wollte trotz der Möglichkeit, weiter Alexanders Gegenwart zu teilen, keine Gelegenheit verpassen, über die von Berg zu triumphieren – und was wäre dazu geeigneter, als Friedrich Wilhelms Angebot zu einer Promenade anzunehmen? Sie wollte ihrer Gegenspielerin vorführen, dass sie, die Gräfin Sophie Marie von Voss, die immerhin seit nunmehr 59 Jahren am preußischen Hofe diente, drei Königen – Friedrich dem Einzigen, Friedrich Wilhelm II. und nun auch Friedrich Wilhelm III. – treue Untertanin war, mit dem Monarchen in vertrautem, ja geradezu intimem Umgang stand. Wohin eine Frau von Berg erst einmal kommen müsse.

Die Voss entschied sich schließlich dafür, mit Friedrich Wilhelm zu gehen, und durchmaß erhobenen Hauptes den Raum, während sie aus den Augenwinkeln die Mimik der von Berg zu erkennen versuchte.

»Gerne, Königliche Majestät, sehr gerne sogar ... Es ist nur ... mein Stock, verzeiht!« Noch im Türrahmen murmelte sie – doch so, dass es weder der König hören konnte, der einige Schritte vorangegangen war, noch Luise, die bereits fern dem Ausgang neben dem wohlig warmen Kamin saß, denn die Kälte Memels setzte ihr zu – sehr wohl aber die von Berg: »Denn wer ist denn schon so dämlich und liest etwas von Italien, wo wir doch hier im Norden sind?«

Ihr Stock pochte auf die Dielen, als sie die Tür hinter sich schloss.

»Na ...« Alexanders Grinsen, der die Sottise der Voss gehört hatte, offenbarte den wissenden Gesichtsausdruck eines Eingeweihten. Sein Blick changierte zwischen Luise und der von Berg hin und her, als ob er ein Geheimnis hinter ihren fragenden Augen aufzudecken suchte. Als beide keinerlei Reaktion zeigten, ging er schließlich in die Offensive.

»Die Gräfin hat nicht ganz unrecht ... Goethe? ›Römische Elegien‹? Was hat es denn damit wirklich auf sich?«

Weder Luise noch die von Berg verstanden, worauf der Zar hinauswollte, und sahen ihn – die eine mit gekräuselter Stirn, die andere mit hochgezogenen Brauen – an. Er wandte sich direkt an die von Berg: »Das ist doch keine Empfehlung von Euch? Überall spricht man von Eurem erlesenen Gespür. Doch dafür ist diese Wahl doch ein wenig alt. Nicht wahr? Wusstet Ihr eigentlich, dass dieses Werk einmal ›Erotica Romana‹ heißen sollte?«

Die von Berg, die nicht offenbaren wollte, dass Luise viel in Sachen Bildung aufzuholen hatte, sprach mit ihrer trockenen, ein wenig herben Stimme und etwas philosophisch: »Was einmal gut ist, ist immer gut, was nichts taugt, wird es auch niemals mehr.«

Alexander war unzufrieden mit dieser Antwort.

»Liebe Freundin ...« Nun zwinkerte er Luise auf eine Art zu, die eine Spur zu vertraulich, ja im Eigentlichen zu frech war für jemanden, der die Königin erst seit zwei Tagen kannte. Beschämt sah Luise schnell zur von Berg und auf einen kostbaren Kupferstich, der das Panorama von Memel zeigte und der schräg hinter dem grandiosen Kopf des Zaren hing. Er aber gab nicht auf: »... kann es nicht sein, dass diese Empfehlung von Eurem werten Bruder aus Rom kommt, um Euch ein wenig in die Lebensart der Italiener einzuweisen? Wollt Ihr mir das verraten, meine Freundin?«

Luise spürte, wie die roten Flecken wieder ihr Dekolletee eroberten, langsam ihren Hals ergriffen und über das Kinn an den Wangen emporwanderten. Zum Glück, dachte sie, trug sie ein Tuch.

»Wie kommt Ihr denn darauf?«

»Ich möchte einfach nur wissen, ob das stimmt, was man sich in ganz Europa erzählt, und ob Euer Bruder Tag und Nacht mit der Prinzessin Borghese verkehrt. Habe sie einmal kennengelernt. Sie erwärmt ja selbst den Schirokko. Man kann Euren Bruder gut verstehen. Nur: Sollte man nicht aufpassen, dass er sich nicht verbrennt? Sie ist schließlich nicht irgendwer, sondern die Lieblingsschwester von ...« Er machte eine dramatische Pause und legte dann die ganze Kraft seines warmen Baritons in das Wort: »… Napoleon!«

»Nun – also …«

»Ach, versteht mich nicht falsch. Ich frage mich nur, ob das nicht vielleicht als Bündnis zu verstehen ist – ein Bekenntnis … eine Allianz … die etwas, was auf höherer Ebene angesiedelt sein soll, vorbereitet …«

»Seht es doch einfach als das, was es ist: als Höflichkeit, die Sitten der Umgebung zu übernehmen. Wie sagt der Engländer: *If you are in Rome, do as the Romans do.*«

»Oh, wie vortrefflich – Ihr sprecht Englisch?« Eine gewisse Freude lag in seinem Ausruf.

Die von Berg soufflierte: »Ja, wir lernen jeden Tag eine Stunde.«

Alexander schien durch die Information, dass Luise Englisch lernte, in seiner Annahme irritiert, dass Preußen über eine Liebschaft des Bruders der Königin mit der römischen Prinzessin und Schwester seines französischen Widersachers heimlich eine preußisch-französische Allianz vorbereitete, die sich letztlich gegen ihn wenden könnte. Denn England war der größte Feind Napoleons, und wenn die Königin Preußens nun deren Sprache lernte, dann entkräftete das seine ursprüngliche Unterstellung wesentlich und im Kern. Nun fragte sich der Zar zu Recht immer noch, auf welcher Seite denn Preußen stehe, denn auch er – wie alle anderen Regenten Europas – war einfach nicht geneigt zu glauben, dass Preußen tatsächlich neutral war, sondern war misstrauisch, argwöhnisch und in Ermangelung offener Bekenntnisse auf die Deutung kleinster Signale angewiesen. Und da Friedrich Wilhelm sich in dieser Angelegenheit hartnäckig zeigte, versuchte Alexander jetzt sein Glück über Luise.

Sein neuer Versuch war vage: »Mal Rom, mal Englisch –«

»Ach lieber Freund, meint Ihr, ich durchschaue Euch nicht? Seht es einmal so: Man gibt dem einen, gibt dem anderen;

nimmt vom einen und nimmt vom anderen – aber achtet immer darauf, dass alle Wohltat und alle Sympathie stets gleich verteilt sind. Ich habe das Glück, Mutter von vier Kindern zu sein, und als Mutter sehe ich, dass man keinem von ihnen den Vorzug geben darf und doch jedem nur gerecht werden kann, wenn es das bekommt, was es braucht. Was das eine bekommt, ist für das andere vielleicht nicht richtig, und das jedem meiner Kinder deutlich zu machen, darin liegt meine Pflicht als Mutter. Es ist wie bei einer Waage, sie darf nicht aus dem Lot geraten.«

»Oh, was für ein Gleichnis! Ihr habt eine Gabe, die Dinge in Vergleichen zusammenzufassen, dass sie einem ganz greifbar werden … Wie die Dichter! Die greifen zu demselben Mittel. Wenn Ihr Schiller kennt, dann kennt Ihr bestimmt die Worte des Moor. Was sagt er doch gleich?«

»Möglicherweise: ›*Ärgert dich dein Auge, sagt die Schrift, so reiß es heraus.*‹?«

»O ja, genau! Ich sehe, Eure Lektüre ist intensiv!«

»Mein lieber Freund, es ist viel einfacher. Das, was Ihr mir sagt, hat mir schon einmal jemand gesagt.«

»Wie richtig er damit gelegen hat! Ich kann es nur bestätigen.«

»Ich habe erfahren müssen, dass er es nicht ernst gemeint hat.«

»Wie kann man so etwas nicht ernst meinen?« Er schlug die Augen nachdenklich nieder. »Ich frage mich das wirklich. Denn, wisst Ihr … wir kennen uns erst kurz, und die Zeit für Bekenntnisse ist vielleicht verfrüht. Aber seid versichert, mein Verstand trügt mich nicht, und deshalb wage ich es, mich Euch hier und auch vor einer Zeugin …« – er lächelte der von Berg zu – »… zu offenbaren. Wie Ihr wisst, hatte ich nicht so viel Glück in der Liebe wie Ihr. Meine Frau und ich – ach, wir sind uns gleich geworden in all den Jahren. Meine Minister sprechen grob. Ihre Sprache ist die der Kaserne. Ich bin kein Schmeichler … Aber Ihr habt das Vermögen, das Kluge mit Sanftheit zu verbinden. Denn das Notwendige kann besser verstanden werden, wenn man es in schöne Worte packt.«

Luise ließ diese Worte ohne Einwände im Raum stehen. Denn das war es auch, was Friedrich Wilhelm ihr immer wieder versichert hatte an den vielen Nachmittagen, an denen er sich ihr über seine Sorgen anvertraut hatte, und was er immer dann als Einwand erhoben hatte, wenn sie sich grämte, dass ganz Berlin und besonders »die von Bellevue« – zu denen sie seltsamerweise die von Berg nicht hinzuzählte – sie für eine dumme Gans hielten.

Man sprach nun allgemein über die Freude, sich endlich und nachdem man bereits so viel voneinander gehört hatte, von Angesicht zu Angesicht kennengelernt zu haben, über die traurigen Umstände, die dazu geführt hatten, wobei Luise dem Zaren mehrmals ihre Sorge über den Gesundheitszustand seiner Schwester versicherte, die alle in Berlin für ihre Schönheit bewundert und lieben gelernt hätten. Mit dem letzten Satz erstickte Luise ein nervöses Kratzen in ihrem Hals mit einem Hüsteln.

Dann begab man sich in weniger verfängliche Gefilde, tauschte Auskünfte über die Begebenheiten der Reise aus, die bei Alexander trotz seines großen Gefolges ohne große Komplikationen, bei Luise und Friedrich Wilhelm jedoch beschwerlich gewesen war, weil ihre Kutsche so ins Schaukeln und Schwanken geriet, dass es sie beinahe umgeworfen hätte. Nur die wache Aufmerksamkeit der beiden kräftigen Vorreiter hatte Schlimmes verhindern können. Tunlichst wurde verschwiegen, dass der Grund für diese Unpässlichkeiten daher rührte, dass in diesem Teil Preußens die Straßen schlecht und voller Löcher waren.

Im Anschluss daran lobte man die schöne, geradlinige Gestaltung der Straßen in Memel, die – und dieser Vergleich stammte von der von Berg – angeordnet seien wie auf einem

Schachbrett, und seine lichten, zartgelben Häuser, die so anmutig seien. »Hier in Preußen schätzt man eben die Ordnung. Sie stehen in Reih' und Glied wie die Soldaten«, erklärte Luise.

Man erging sich weiter in gegenseitigen Beteuerungen darüber, dass das Einfache manchmal dem Großen vorzuziehen sei und dass man sich doch in so vielen Dingen ähnelte, eben weil man die Etikette nicht liebte und sie, wann immer es möglich war, zu umgehen versuchte; und weil eben ein einfacher Abend, »so wie hier unter Freunden«, sprach Alexander, das Herz doch viel mehr erwärmte als das Getue und Gewese auf dem gesellschaftlichen Parkett, wo sich immer Fallstricke auftäten.

Als Friedrich Wilhelm mit der Gräfin Voss wieder zurück in das Zimmer trat, hatte keiner der dort im Gespräch Versunkenen bemerkt, dass die Kerzen bereits heruntergebrannt waren und einige schon erloschen.

Die Voss sah prüfend in die Runde, der sie sich mit aufgeregtem Blick auf den Zaren zunächst anschloss, die sie aber dann doch – wegen ihres Rückens! – gegen halb ein Uhr in der Nacht verließ. In ihrem Zimmer geriet sie ins Grübeln. Bei einem bescheidenen Licht, das nur aus einem in einem zur Hälfte mit Öl gefüllten Glas schwimmenden Docht bestand, sinnierte sie, wie man das Besondere, das Andersartige, das aus der Routine des preußischen Einerleis aus Potsdam, Charlottenburg, Paretz und Kronprinzenpalais Ausbrechende, das diesen Tag ausgemacht hatte, in Worte fassen konnte. Nach langem Überlegen entschloss sie sich zu notieren: *»Der Zar ist ganz begeistert und bezaubert von der Königin.«*

»Wie habt Ihr geschlafen, Königliche Hoheiten?«

Alexander trat mit voller Montur in das Gemach des königlichen Paares – es war in der ersten Etage des schlichten, zweigeschossigen Hauses des Bürgermeisters von Memel untergebracht worden, das in seiner regelmäßigen Gestaltung eher einer Kaserne glich denn einem Palais. Seinen ledernen Tschako hielt er lässig in der Hand. Die Sporen klirrten. Er hatte sich bereits für einen Ausritt gerichtet.

»Kommt Ihr oder jeht Ihr?« Friedrich Wilhelm war überrascht über das schneidige Auftreten des Zaren.

»Ich komme, um Euch …«

»Oh, entschuldigt, mein lieber Freund, ich habe so früh noch nicht mit Eurem Besuch gerechnet und bin noch nicht gerichtet!«

Luise war, wie jeden Morgen bis zur Mittagszeit, noch *en négligé,* hatte aber, da sie sich mit der Voss und Friedrich Wilhelm über den Vorabend und die angeregte Unterhaltung mit dem Zaren besprochen hatte, bereits ein Tageskleid aus hellblauer Seide übergeworfen, das hervorragend mit der Farbe ihrer Augen harmonierte. Dennoch widersprach ihre Erscheinung jeglicher Etikette und bedurfte einer Entschuldigung.

»Liebe Freundin, Eure Erscheinung ist immer glänzend. Bleibt einfach, wie Ihr seid. Wir sind doch ganz *entre nous.«* Alexander wandte sich Friedrich Wilhelm zu. »Lieber Freund, wie geht es Euren Knochen? Ihr Preußen seid ja nicht nur beim Exerzieren unermüdlich, sondern auch auf dem Parkett … Selbst hier im hohen Norden Eures Reiches, wo die Gesellschaften nicht das Maß derer in Berlin annehmen.«

Friedrich Wilhelm ging zum Samowar, wo Luise ihm schnell eine Tasse Tee zubereitete, und reichte diese dem Gast aus Russland: »Die Musik war schlecht, die Jesellschaft nicht elegant. Da kommt man unter drei Stunden Polonaise nicht zum Sitzen, denn sonst ist nichts zu tun …«

»Ach, ich vermisse die großen Gesellschaften. Wisst Ihr, lieber Freund, ich habe früher gerne getanzt, manchmal bis in die späte Nacht …« Luise strich ihren Tagesmantel glatt.

Die Voss, die neben dem Feuer saß, warf ein: »Würde eher sagen, bis in die frühen Morgenstunden! Ihr könnt Euch das nicht vorstellen, Kaiserliche Majestät. Als die Königin als Kronprinzessin nach Berlin gekommen ist, dachte ich, das überleben meine alten Knochen nicht.« Sie drehte sich zum Zaren. »Keine Nacht sind wir vor drei Uhr in der Früh zu Bett gekommen. Das war eine harte Prüfung für mich!«

»Für mich auch!« Jetzt redete Luise auf den Zaren ein. »Denn die gute Voss hat sich dann spätestens am nächsten Morgen an mir gerächt und keinen zu mir vorgelassen, damit sie sich zurückziehen konnte und allen Schlaf nachholen, den sie in der Nacht verpasst hatte …«

»… und du hast dann die Zeit genutzt und dich mit den neuen Ideen und der Freiheit vertraut jemacht …« Obwohl nicht zu erkennen war, ob Friedrich Wilhelms Bemerkung eine Feststellung oder eine Frage war, weil er die Stimme in der Schwebe hielt, bevölkerten Luises Dekolletee sofort wieder die roten Flecken, die sich langsam zum Hals emporarbeiteten. Er hatte es gewusst! Er hatte die ganze Zeit gewusst, dass sie sich mit Louis Ferdinand getroffen hatte! Nie hatte er sich so klar dazu geäußert! Nie hatte er ihr Vorwürfe gemacht, nie sie zur Rechenschaft gezwungen! Im Gegenteil: Er hatte sie gegen alle verteidigt und war zu ihr voller Geduld und Liebe gewesen – immer.

Die Scham quoll in ihr hoch, als sie an dem geräucherten Tee nippte, der ihr von einer der Gesandtschaften dargebracht worden war. Es war nicht nur ihr längst vergessen geglaubtes Fehlverhalten, das sie sich selbst zum Vorwurf machte. Vielmehr bekam sie eine Ahnung davon, dass ihre Freundschaft zu ihm – die sie an den langen Nachmittagen, wenn sie versuchte, ihm die Nöte zu nehmen oder vielleicht zu mildern, die er mit dem Regieren hatte – eher aus Pflichtgefühl kam, vielleicht auch aus dem Bewusstsein, nach der Entzweiung mit Friederike etwas beweisen zu müssen – aber jedenfalls nicht aus reinem Herzen. Während doch seine Freundschaft zu ihr so gut war und so – absolut, dass er nicht einmal eine Entschuldigung oder Erklärung von ihr forderte. Sie war verblüfft.

Luise musterte ihren Mann von der Seite und versuchte,

einen Vorwurf, eine Andeutung, einen Hinweis, worauf er angespielt hatte, zu finden. Aber Friedrich Wilhelms Mimik verriet – wieder einmal, wie in all den nunmehr acht Jahren, die seit den heimlichen Treffen mit Louis Ferdinand vergangen waren – nichts.

»Tja, die Freiheit«, sagte er zum Zaren. »Die Freiheit – sie ist ein seltsames Spiel. Was sagt Ihr, mein Freund? Wird sie mehr, wenn man sie schenkt, oder wird sie dann wenijer?«

Er drehte sich in Richtung des Zaren, der immer noch mitten im Raum stand und dort im Stehen seinen Tee laut schlürfte. Friedrich Wilhelms gehobene Augenbraue zeigte, dass er mit dieser Sitte nicht vertraut war, und deshalb nickte ihm der Zar, der diese Geste ganz richtig als Frage interpretiert hatte, mit dem Kinn zu: »Probiert es auch einmal auf diese Weise. Ihr werdet sehen: Der Tee schmeckt dann doch gleich deutlich besser.«

Die Frage zur Freiheit war damit passé.

»Wirklich?« Die Stimmen der Damen kamen gleichzeitig.

»Aber ja … wesentlich besser.«

»Na, dann wollen wir es doch gleich einmal probieren!«

Luise erging sich sofort in Geschäftigkeit, um die Gedanken, die sich ihrer auf so urplötzliche Weise bemächtigt hatten, zu verscheuchen. Sie füllte ihrem Mann, der Voss und sich selbst eine Tasse aus dem Samowar ein, den sie zusammen mit einer prachtvollen Schatulle aus Bernstein, zwei Dutzend Kristallgläsern des Glasermeisters Walter und einer aus Gold getriebenen Tiara bei ihrer Ankunft überreicht bekommen hatte. Sie liebte den Samowar nicht nur, weil sie daran drehen, schrauben, machen und tun konnte, sondern weil sie sich in seinem blank polierten Messingtorso spiegeln und ihre Wirkung prüfen konnte.

Als alle versorgt waren, stellten sie sich nach der Anleitung des erlauchten kaiserlichen Gastes in einem Kreis auf, und dann schlürften, saugten und gurgelten sie, dass es für die von

Berg, die zufällig außen an der Tür des königlichen Paares vorbeiging, klang, als ob mehrere Ferkel sich an einer Tränke balgten. Sie zog es vor weiterzugehen, anstatt einzutreten, und vergaß darüber, ihre Position gegen die Voss zu behaupten.

»Ach lieber Freund, es ist so schön, dass Ihr den Umgang so ohne Etikette schätzt!«

Luise ließ sich – froh, dass alle bösen Gedanken hinweggefegt waren – mit einem Lachen nach hinten in den Sessel fallen und legte sich die Hand auf ihren Hals, der von einem weiten Ausschnitt ihres Nachtkleides umrahmt war. »Oh, dabei fällt mir ein: Ich habe Euch gar nicht gefragt, warum Ihr eigentlich so früh schon hier seid?«

»Weil wir auf einen Ausritt verabredet sind!« Friedrich Wilhelm stellte die Tasse ab und bedeutete mit einem Schritt in Richtung Tür, dass es Zeit war, das Versprechen in die Tat umzusetzen.

»Na, dann will ich Euch mal die Freiheit geben.« Sie merkte nicht, dass »Freiheit« genau das Wort war, mit dem sie Friedrich Wilhelm an ihre Verfehlung mit Louis Ferdinand erinnert hatte. Er aber umso mehr.

Luise winkte den beiden hinterher, bis sich die Tür hinter ihnen schloss, und drehte sich dann gleich zur Voss, um mit dieser jede Geste, die der Zar getan, und jedes Wort, das er gesprochen hatte, zu erörtern. Die Voss bewies eine gute Beobachtungsgabe, als sie der Königin erklärte, dass der Zar wohl zu ihren erlauchtesten Bewunderern zählte, aber sich das einzugestehen selbst nicht erlaubte, weil da etwas sei, das ihn hemmte. Und das war wohl die Freundschaft zu Friedrich Wilhelm.

»Freundschaft? Zu meinem Mann? Mein Mann ist nicht sehr vertraulich.«

»Doch, doch. Ihr werdet noch sehen.«

Luise wusste nicht, warum, aber sie war beleidigt.

Dann blubberte das Gespräch weiter wie der Samowar, der neben ihnen stand.

Schon auf der schmalen Treppe, die in den mit Efeu bewachsenen Innenhof des kärglichen Renaissance-Baus führte, wo das Bürgermeisteramt – und nun auch das Königspaar – untergebracht war, legte der Zar die Hand um Friedrich Wilhelms Schulter:

»Ach, mein Lieber – Ihr seid zu beneiden! Wie sehr wünschte ich mir auch eine so treue Freundschaft, wie Ihr sie in Eurer Frau findet … Ihr seid – wie man bei uns sagt – ein *udatschnik,* ein froher Mann, ein Glückspilz!«

»In Berlin sieht man das anders.«

»Wirklich?«

»Ja. Dort findet man andere Worte für mich.«

»Kann mir nicht vorstellen, welche das sein könnten.«

Friedrich Wilhelm rieb sich den Oberlippenbart, den er sich, seitdem er Alexander kennengelernt hatte, in der Weise wachsen ließ und coupierte, wie der Zar ihn trug, und runzelte gleichzeitig die Stirn.

»Entschuldigt. Ich wollte Euch nicht zu nahe treten.« Der Zar erkannte das Zögern des Königs.

»Braucht nicht ängstlich sein mit Euren Fragen.«

»Nein? Aber ich dachte, ich sei möglicherweise …«

»Nein, hab nur überlegt, mit welchem ich anfange.«

Nach einer kurzen Pause hatte er sich entschieden: »Mann ohne Geist und Visionen.«

»Das kann ich mir nicht vorstellen! Man scheint Euch nicht zu kennen in Berlin! Oder Euch nicht zuzuhören! Welche Ignoranten! Anders ist das nicht zu erklären!«

»Wieso?«

»Weil Eure Vision doch sehr eindeutig ist.«

»So?«

»Ja!«

»Nun?«

»Es ist nicht nur der Wille zum Frieden! Es ist mehr, wonach Ihr Euch sehnt. Es ist – die Schönheit!«

Friedrich Wilhelm blieb wie vom Blitz getroffen stehen und sah den Zaren mit starrem Blick an. Nur langsam schloss er seinen Mund. »Ähm, ja-ja!« Die letzten Stufen der schmalen Stiege nahm Friedrich Wilhelm mit Vorsicht. Er war verwirrt und außer sich, als sie den Innenhof durchschritten. »Das ist es. Ihr seid der Erste, der das erkennt. Wie … wie kommt Ihr darauf?«

»Es ist nicht nur wegen Eurer Frau. Es ist die Art, wie Ihr die Dinge betrachtet. Ihr sucht nach Ebenmaß – in allen Dingen.«

»Hm. Ja. Habt recht …« Friedrich Wilhelm wollte antworten, aber er suchte nach Worten, verwarf, holte neu aus, zögerte wieder, setzte an und ergoss sich schließlich in einem Drang, sich zu erklären, der von Stolz und Rührung gezeichnet war.

»Ja, meine Vision ist die Schönheit. Wie Ihr sagtet: In allen Dingen. Die Schönheit des Jeistes … Schönheit der Klugheit … Schönheit der Künste … Möchte Universitäten gründen, Schulen, Akademien – für die Baukunst, für die Kunst des Singens … Ein nationales Theater, ein öffentliches Museum … Am liebsten Unter den Linden, direkt gejenüber vom Schloss. Skulpturen für die Straßen – in den Parks. Jeder soll im Vorbeigehen die Schönheit erkennen! Ich glaube an die Kraft der Kunst – glaube, dass die Kunst die schönsten Eijenschaften des Menschen zutage fördert. Schiller hat es beschrieben in *Anmut und Würde* … Ich will es wahrmachen. Ich will wirken, schaffen, handeln, tun …«

»Aber Ihr tut es nicht, wegen des Kriegsgeschreis!«

Wieder hatte Friedrich Wilhelm den Eindruck, das erste Mal in seinem Leben wirklich verstanden worden zu sein.

Er strich sich noch einmal über das Kinn, und dann fielen alle Hemmungen von ihm ab. Als sie durch die Stadt mit den giebeligen Fachwerkhäusern ritten, nannte er Beispiel um Beispiel, die sich zu einem großen Ganzen zusammensetzten. Er wollte ein Reich bauen auf dem Fundament der Schönheit und der Kunst, den klaren, einfachen, klassischen Formen der Antike. Mit Köpfen, die in ihrem Fach Anerkennung gefunden hatten: Humboldt, Fichte, Schinkel, Langhans, Rauch und so weiter und so fort. Es sprudelte aus ihm heraus wie aus einer Quelle, und wenn seine Feinde, Gegner und Opponenten in Berlin den König bei diesem Gespräch das erste Mal kennengelernt hätten, sie hätten den Eindruck gehabt, dass er ein Redner sei – zwar nicht vom Range eines Cicero, aber dass er immerhin mit einem Schauspieler mithalten konnte, der ordentlich zu deklamieren wusste.

Er holte aus, malte mit den Händen in der Luft herum, als ob er dadurch dem Zaren mehr Klarheit über das verschaffen könnte, wovon er träumte – obwohl dies gar nicht notwendig war. Denn der erfasste die Visionen des Königs sehr genau. Mit jedem Satz wurde Friedrich Wilhelm vertraulicher, mit jedem neuen Gedanken fühlte er sich mehr aufgehoben, mit jeder neuen Vision, die er offenbarte, sah er im Gesicht des jungen Kaisers einen teilnehmenden, aufmerksamen Zuhörer, der mit konstantem Nicken Bestätigung gab. Er sprach von Bauten, Gelehrten, Dichtern, Forschern, Dramatikern, von Skulpturen, von der Mode und mit einem Male von …

»Uniformen! Wisst Ihr, was meine größte Leidenschaft ist? Es sind die Uniformen … Ich entwerfe sie selbst!«

»Wirklich?«

»Ja, deshalb belegt man mich in Berlin mit dem Titel – *Uniformschneider!*« Er lachte meckernd.

»Wollt Ihr solche Ehrabschneider nicht arretieren?«

»Nehm's mit Lachen. Ist schließlich wahr!«

»Wahr?«

»Hab das Handwerk jelernt.«

»Ihr als König lernt ein Handwerk? Ist das denn nicht Sache der Gewerbeleute, das zu tun? Geht Euer Wille zur Volkstümlichkeit nicht zu weit?«

»Nein, es ist lange Sitte bei uns im Hause, dass die Prinzen ein Handwerk lernen. Bedenkt: Auch unser selijer Cousin, Ludwig der XVI., war ein Handwerker. Schlosser. Bei uns wählen wir im Alter von 10 Jahren. Mein Ältester, Fritz, weiß jetzt schon, was er machen will: Er liebt die Baukunst. Hat er schon als Kind beim David Gilly bewundert. Der hat uns Paretz jebaut. Ich wollte Uniformen machen. Für einen Preußen doch eine treffliche Wahl …«

»Wollt Ihr nicht eine für mich machen?«

»Müsste auf russische Modelle umsatteln …«

»Ich kann daran nichts Schlimmes finden.«

Friedrich Wilhelm lächelte ihn wissend an, verweigerte dem Zaren aber eine Antwort. Auch auf Umwegen wollte er sich nicht zu einem Bekenntnis oder einem Signal zwingen lassen, das als politisches Bündnis gedeutet werden konnte. In diesem Punkt blieb der preußische König beharrlich.

Dann trabten sie in Richtung Hafen, der immer noch zu Ehren des Königspaars mit Wimpelketten und Fahnen geschmückt war, und ritten am Memellauf entlang bis zum Haff, wo ein dichter kleiner Kiefernwald dem Sand Festigkeit vor Gezeiten und Wind verlieh. Eine Bache mit acht Frischlingen kreuzte ihren Weg. Zwei Frauen in der rot-gelb-schwarzen und blau-weißen Landestracht zogen einen Leiterwagen mit Milchflaschen und frischen Fischen hinter sich her.

Als der Weg frei war, machten sie einen herüberragenden Baum als Zielmarke aus, hielten an und donnerten dann – auf »eins, zwei, drei!« – los über den unbefestigten Boden. Ohne Zügel gaben sie ihren Pferden die Sporen. Der Staub wirbelte, die jungen Äste peitschten ihnen die Körper. Sie jagten sich, holten einander ein, fielen zurück, holten auf, und am Ende ging Friedrich Wilhelm mit einem Vorsprung von nur einem halben Kopf als Sieger hervor. Sie gratulierten sich schulterklopfend zu diesem gelungenen Spaß.

Über einen kleinen Pfad führten sie ihre Pferde an den Zügeln zum Wasser, wobei Alexanders Rappe immer wieder zurückdrängte und sich einmal sogar aufbäumte, weil er die Wellen fürchtete. Alexander klopfte ihm auf den Hals.

»Ihr seid sehr offen mit Euren Bekenntnissen. Nun ist es an mir, Euch ein Geheimnis über mich zu verraten.«

»Nur zu!«

»Ich bin taub auf dem linken Ohr.«

»Das passt jut zusammen. Denn ich auf dem rechten!«

Sie sahen sich vertraulich an und tauschten dann die Seiten, sodass Friedrich Wilhelm Alexander zu seiner Linken hatte, wobei sie sich, als sie die Zügel über Kreuz nehmen mussten, beinahe verheddert hätten, weil Alexanders Pferd schnaubte und sich sträubte und nur durch gutes Zureden dazu zu bewegen war, an der Wasserseite zu gehen.

»Ihr habt viel Glück ... Aber man merkt, dass Euch die Sorgen um den Krieg drücken. Warum macht Ihr kein Zugeständnis?«

»Habe die Krieje am Rhein erlebt, als sich Preußen und Österreich, die Bayern, Württemberger, Hessen und Sachsen gegen die Franzosen zusammengeschlossen haben. Wie ist es geendet? Im Verrat der Allianz – alle sind abjefallen. Preußen stand alleine da. Österreicher und Franzosen haben sich verbündet. Sie werden es wieder tun ... Glaube nicht an Bündnisse und schlaje mich auf keine Seite. Es geht schlecht aus. Will unparteiisch bleiben. Taktieren ist nicht mein Metier. Meine Frau kann das ...«

Der Zar hob den Kopf, als ob er eine interessante Information aufgefangen hätte, und senkte ihn dann wieder, während er sich das Kinn rieb und dem König weiterhin zuhörte.

»... ich nicht. Hätte ich es Eurer Schwester nicht versprochen, nie hätten wir uns kennenjelernt. Werde mich niemals einer Partei anschließen. Auch nicht aus Freundschaft – habe erfahren müssen, dass man im Krieg verlassen wird. Da bleib' ich lieber auch im Frieden allein.«

»Ich auch!«

»Ihr? Aber woher? Ihr wart doch nie im Krieje.«

»St. Petersburg ist Krieg. Der ganze Hof bei uns ist ein

Krieg … Die Kriegsparteien waren mein Vater und meine Großmutter. Ich bin, wie Eure Frau, von meiner Großmutter erzogen worden. Die unvergessliche Katharina die Große – dafür hat mein Vater sie gehasst und mich gleich mit. Es gibt Bündnisse, Allianzen, und wer einem heute freundlich ins Gesicht redet, der dreht einem morgen den Dolch in den Rücken. Das wusste meine Großmutter. Sie hat mir einen guten Erzieher beigestellt. Es waren nicht die Sprachen, die Geschichte, die Literatur, die Philosophie, die er mich gelehrt hat. Es war der Umgang auf dem gesellschaftlichen Parkett … An meinem Zepter klebt Blut. Mein Großvater ist ermordet worden, mein Vater auch. Er lag zermalmt in seiner Kammer. Es war das Schauerlichste, was ich je in meinem Leben gesehen habe … Noch schauerlicher ist, dass die Mörder immer noch bei Hofe sind und ich nichts gegen sie ausrichten kann. Allen voran General Bennigsen. Er ist der fähigste Militär, den ich habe. Er hat den ganzen Generalstab hinter sich. Er ist ein blutrünstiges Monster …«

Friedrich Wilhelm hob die Augenbrauen. »Und doch ein Freund …?«

Der Zar rückte den Schirm seines ledernen Tschakos zurecht, der seinen Kopf vor Wind und Wetter schützte. »Ja, ganz recht …« Er schluckte. Auch er zögerte zuerst, sich weiter zu offenbaren, wurde dann aber von Redseligkeit und Rührung umfasst. »Denn … ja: Manchmal muss man Dinge tun, die auf den ersten Blick nicht wie Freundschaft aussehen, aber im Nachhinein ein umso größerer Beweis der Freundschaft sind …«

Friedrich Wilhelm runzelte die Stirn.

»So?«

»Ja!«

»Nun verstehe ich –«

»Dann bin ich ja froh!« Es zählte zu den Unarten Alexanders, die Menschen nicht ausreden zu lassen. »Denn das verstehen die wenigsten.«

»Nein. Meine etwas anderes: Nun verstehe ich, warum Ihr die Einsamkeit sucht …«

Diesmal war es der Zar, der Friedrich Wilhelm mit dem Gefühl, das erste Mal in seinem Leben wirklich verstanden worden zu sein, ansah. Er drehte sich zum Meer.

»Wo… woher wisst Ihr das?«

»Weil wir Freunde sind!«

Alexander nahm Friedrich Wilhelm in den Arm und drückte ihn fest an sich: »Ja, das sind wir!«

Noch vor Sonnenuntergang ritten sie zurück, und abends war wieder Tanz in den Stuben des Bürgermeisterhauses, die trotz aufwendiger Dekoration mit Girlanden aus roten und weißen Geranien und Bändern in Preußischblau ihre Bescheidenheit nicht verbergen konnten. Die sechsköpfige Kapelle verprügelte ihre morschen Instrumente und entlockte ihnen schräge Töne, die in den Ohren schmerzten und nur schwerlich Rhythmus oder gar Melodie erkennen ließen. Die Damen tanzten dazu in einer fröhlichen Polonaise, während die beiden Männer sich im Wetttrinken von Schnäpsen maßen. Der König schulte den Kaiser im Umgang mit der Pfeife, wie es ihm der träge Köckeritz beigebracht hatte, und der Zar wiederum revanchierte sich, indem er Friedrich Wilhelm die Messertricks beibrachte, die er in der Offiziersmesse der kaiserlichen Garde gelernt hatte. Später dann übte der König mit dem Kaiser den Stechschritt, der aufgrund ihres mehr und mehr abnehmenden Gleichgewichtsgefühls bald nicht zu den gewünschten geordneten Reihen führte. Dann zwang der Zar den König in die Knie und vollführte mit ihm einen veritablen Kasatschok. Als sie sich schließlich in Improvisationen mit artistischen Einlagen gegenseitig zu überbieten versuchten, hatten sich die Damen schon diskret empfohlen. Sie waren alleine, als mal der eine, mal der andere zu einer unfreiwilligen Schlitterpartie über den Holzboden ausholte. Aber nichts ließ die Gestrauchelten aufgeben. Mit einem kehligen Schlachtruf »Ka-Ka-Kasatschok« gingen sie wieder aufs Parkett und konkurrierten weiter in Akrobatik, Komik und albernen Gesängen. Gegen vier Uhr stützten sie sich gegenseitig zum Ausgang.

»Guten Morgen, wie habt Ihr geschlafen?«

Während Luise bereits im allerfeinsten Kleid aus Seidencrêpe und mit einem Plaid aus Kaschmir beim Samowar saß, der sie faszinierte wie ein Kind ein neues Spielzeug und an dem sie deshalb unentwegt den kleinen Hahn, aus dem das Wasser herausgesprudelt kam, herumdrehte und ihre ganzen Kammerdamen und -herren immerzu zum Teetrinken nötigte, lag Friedrich Wilhelm noch auf dem Bett. Er hatte es am Abend zuvor nicht einmal mehr geschafft, sich zu entkleiden. Die Uniformjacke stand offen, das Hemd hing aus der Hose, seine Haut war fahl, die Augen verklebt, sein enger Blick verriet, dass ihn das einfallende Licht schmerzte. Seine Hand versuchte die wunde Stirn zu kühlen. Er hätte sich am liebsten herumgedreht und geschlafen, sah nun aber den Zaren verwundert an, der kraftvoll und energisch wie ein frisches Postpferd mitten im Raum stand und nach Taten dürstete.

»Wie macht Ihr es, so früh schon auf die Beine zu kommen?« Seine Stimme knarzte wie die alten Dielen des Bürgermeisterhauses.

»Die Aussicht, mit Euch auszureiten, mein Freund!«

»Ja – wirklich?« Friedrich Wilhelm kräuselte die Stirn. »Nun ja … Wisst Ihr … Habe noch so viel zu erledijen. Muss die Delegation der Zünfte anhören. Die Kaufmannschaft ebenfalls. Der Bürgermeister erhofft sich nochmals Gehör. Nutzen alle die Gelejenheit, sich mit mir zu unterreden. Bin nicht so oft hier im Norden …«

»Ihr habt mein größtes Verständnis, mein Freund.« Der Zar schmunzelte. »Ich habe es auch noch nicht möglich machen können, meinem ganzen Reich zu huldigen, obwohl ich weiß, dass danach verlangt wird. Meine Minister haben eine Reise zur Krim vorbereitet … Schon jetzt weiß ich nicht, wie ich allen, die mich sprechen wollen, gerecht werden kann.«

Er schlürfte an dem Tee, den Luise ihm angereicht hatte, und schloss mit einem wohligen: »Ahhhh … Liebe Freundin! Ein Tee aus Eurer Hand schmeckt wie der Himmel auf Erden.« Er deutete eine Verbeugung vor ihr an und sprach dann wieder in Richtung Friedrich Wilhelm, während er einen Stuhl zu sich heranzog. Er setzte sich rittlings darauf, mit der Lehne vor dem Bauch, während er die Teetasse vor dem Körper hielt. »Dann müsst Ihr mich wohl auf heute Abend vertrösten. Was für ein Jammer. Hatte mich schon gefreut auf ein kleines Wettrennen übers Haff …«

Friedrich Wilhelm stützte sich auf einer Hand auf, als er sich zu ihm hinrollte: »'tschuldijung, lieber Freund. War mir entfallen. Ist nicht meine Art, Verbindlichkeiten nicht einzuhalten … Deshalb erlaubt mir eine Frage.« Er sah Luise an, die ihm über die Schulter zuzulächeln gezwungen war, weil sie wieder an dem Samowar herumspielte. »Würde es Euch etwas ausmachen, wenn mich meine Frau ersetzt?«

Der Zar stand mit einem Satz im Raum. »Es wird mir ein ausgesprochenes Vergnügen sein.«

»Na dann. Ist ja alles in bester Ordnung.«

»Nicht ganz.« Nun stand Luise auf und präsentierte ihre Toilette, indem sie ihr Kleid mit beiden Händen auseinanderzog. »Seht! Ich bin nicht für einen Ausritt gerichtet. Ihr habt nun die Wahl: Wartet Ihr, bis ich mich umgezogen habe, oder nehmt Ihr mich so auf eine Promenade?«

»Ich nehme Euch so.«

Als sie sich verabschiedet hatten, drehte sich Friedrich Wilhelm um und sank sofort in einen tiefen, ruhigen und festen Schlaf, der von seinem gleichmäßigen Atem begleitet war.

»Darf ich Euch meinen Arm reichen?«

»Ich danke Euch, ich kann ihn gebrauchen. Ebenso wie die frische Luft. Ich wurde gestern von Krämpfen in der Brust befallen. Drei Stunden hat es gedauert, bis ich wieder bei Sinnen war.«

»Wie fürchterlich! Das bedaure ich sehr. Hätte ich es nur gewusst, ich hätte sofort jemanden rufen lassen, der Euch hilft.«

»Es war tatsächlich ein russischer Arzt, der mir wieder auf die Beine geholfen hat.«

»Sagt mir, wer es war. Ich werde ihn rufen lassen und mich persönlich bei ihm bedanken für seine kostbaren Dienste.«

Sie lachten, als sie sich tief in die Augen sahen. Ihr Weg führte über die Dange an einem Hain mit Apfelbäumen vorbei, durch den ein schmales Bächlein plätscherte. Üppig wuchernde Brombeerhecken säumten das Areal, das am Ende durch mehrere Gehöfte begrenzt wurde. Darum herum waren Weiden gruppiert, auf denen fette Kühe standen. Sie wedelten mit ihren emsigen Schwänzen die Fliegen weg, während sie in gütiger Gleichmut grasten; nur eine wurde von einem kläffenden Schäferhund gejagt, der eigentlich auf die Herde aufpassen sollte, sich aber einen Spaß machte. Die Kuh sprang im Zickzack von ihm weg und schlug, um ihren Verfolger abzuhängen, mehrmals mit den Hinterbeinen aus. Mit einem zischenden Pfiff auf zwei Fingern beendete ein hagerer Bauer die Hatz. Der Hund hielt den Kopf geduckt und den Schwanz eingekniffen, als er auf das Haus zulief, wurde aber dennoch mit einem Klaps auf den Kopf empfangen. Hund und Herr verschwanden im Haus.

Die beiden Spaziergänger lachten über die Begebenheit.

Luise hielt die Nase in die Luft und schnupperte, als ob es ein teures Parfüm zu erkennen galt. Endlich, in der Wärme der Sonne, fröstelte sie nicht mehr. Sie warf den Kopf in den Nacken und schüttelte ihre Haare.

»Ach ich liebe die Natur. Die Bäume, die Weiden, die Tiere und die ganze Welt.«

Zar Alexander sah sie von der Seite an. Er behielt aber das, was er sagen wollte, für sich.

Dann gingen sie weiter über eine schmale Holzbrücke ohne Geländer und steuerten auf eine Bank aus rohen Planken zu, die unter einer weit ausladenden Kastanie stand. Ihr großer Schatten fiel auf eine Sommerwiese, auf der gelber Löwenzahn, weiße Gänseblümchen und blaue Kornblumen bunte Punkte ins satte Grün setzten. In die Borken des Baumes waren Initialen eingeritzt, die von Herzen umrahmt, und aus einem Astloch ragten zusammengerollte Briefe und Botschaften heraus, die mit roten Bändern umschlossen worden waren.

»Man kann hier seine Wünsche hintragen, nicht wahr? Dann werden sie wohl erfüllt … Ach, wenn ich das nur vorher gewusst hätte. Dann hätte ich gleich mehrere Rollen geschrieben und sie dem Baum anvertraut.« Zar Alexander rieb seine schmalen, feingliedrigen Hände auf seinen Oberschenkeln. Er seufzte.

»Gleich mehrere Rollen? Das wundert mich sehr, dass Ihr gleich mehrere Wünsche offen habt.«

»Ihr denn nicht?«

»Nein, ähm, eigentlich …« Luise war irritiert. Diese Frage hatte sie sich vor lauter Pflichtgefühl gegenüber ihren Aufgaben als Königin lange nicht mehr gestellt. Hatte sie noch Wünsche offen? Eigentlich war da nichts, was sie sich herbeisehnte – und dennoch … Schnell, um die Gesprächspause nicht zu lange andauern zu lassen, wollte sie von Paretz erzählen, von ihren dicken, runden, wonnigen Kindern, von dem Glück, mit ihrer Familie über viele Meilen hinweg durch zahlreiche Briefe eng und unverbrüchlich verbunden zu sein, und also das demütige Arrangement, mit dem sie ihr Leben eingerichtet hatte, als Ikone der Zufriedenheit ausmalen, da unterbrach sie der Zar zaghaft.

»Worüber denkt Ihr nach?«

»Ach, über nichts …«

»Aber Ihr müsst doch wissen, woran Ihr denkt …«

»Nein!«

»Nein?« Er räusperte sich verlegen. »Entschuldigt, ich wollte Euch nicht zu nahe treten. Ich dachte einfach, dass doch ein jeder Wünsche hegt, und seien sie noch so klein. Es muss ja nicht immer die Welt sein … Manchmal will man doch einfach nur Erdbeeren zum Frühstück statt trockenem Zwieback.«

»Ihr frühstückt Erdbeeren?« Luise war froh, das heikle Gefilde der Wünsche, des Glücks, der Zufriedenheit, über das sie so lange nicht mehr nachgedacht hatte, verlassen und eine Gemeinsamkeit zwischen sich und dem Zaren gefunden zu haben.

»Ja, mit Wonne.« Er strich sich über seinen Bart.

»Ich nämlich auch!«

»Na, dann haben wir ja schon etwas gemeinsam! Und wie sieht es aus: Lieber Bier oder Wein?«

»Bier«, antwortete Luise erfreut.

»Ich auch!«

»Schon zwei Gemeinsamkeiten. Was sagt Ihr zu …« Sie grübelte, vor welche Alternative sie ihn stellen könnte, und verfiel dann auf: »Stadt oder Land?«

»Land natürlich!«

»Ich auch!«

Luises dunkle Stimme geriet in leichte Höhen, und so wägten sie ihre Vorlieben und Abneigungen gegeneinander ab und stellten fest, dass sie neben der Lust auf Bier und der Freude am Landleben auch die Liebe zur Natur im Allgemeinen und für Tiere im Speziellen teilten, wobei Luise ihm sofort ein Kätzchen aus dem Wurf der Katze ihres Sohnes Wilhelm versprach. Darüber hinaus liebten beide einfache, in Öl geröstete Kartoffeln mit rohem Schinken, interessierten sich für Sternbilder, waren versiert in der Deutung von Kaffeesatz, zogen die Werke des Friedrich Schiller denen eines Goethe vor – wobei Luise vermied, dem Zaren zu erzählen, dass sie allein die Art, wie der sogenannte Dichterfürst sie immer ansah und wie er dabei mit der Augenbraue zuckte, ihr allergrößtes Unbehagen bereitete.

Sie waren beide von ihren Großmüttern erzogen worden, sie

lehnten beide jegliche Form von Affektion ab, ebenso wie Intrigen und Hintertreibereien, missbilligten Verschwendungen – wobei Luise betonte, dass man doch seinen Pflichten gegenüber dem Staat gerecht werden müsste und dass dies zu einigen Ausgaben nötigte, was Alexander wiederum bejahte.

Und so waren sie sich in vielen Dingen einig, und Luise hatte das Gefühl, ihn schon seit Ewigkeiten zu kennen. Sie mochten beide Gärten im englischen Stil, Silber statt Gold, die Farbe Hellblau – weil sie gut zu ihrer beider Augenfarbe passte –, Landpartien zu Pferde statt in der Kutsche und überhaupt am liebsten Promenaden – und so ging es in einem fort. Lange hatte Luise sich nicht mehr so wohl gefühlt. Es war, als ob sie einen Verwandten der Seele gefunden hatte, der ihr nicht nur glich, sondern bei dem sie – mit aller Lebenslust und Heiterkeit, die ihr zu eigen war – so sein konnte, wie sie war, ohne sich verstellen zu müssen. Der Wunschbaum, der hinter ihrer Bank aus glatten Planken stand, war weit weg und vergessen …

»Ich weiß noch etwas, was uns verbindet. Friedrich Wilhelm. Ihr habt einen klugen Mann«, fiel Alexander plötzlich ein. »Er ist ein richtiger Freund. Bereits meine Schwester hat mir viel von ihm erzählt …«

»So! Eure Schwester …« Nur ungern wurde Luise an die schöne Helena erinnert, die ihr auf den Gesellschaften Berlins den Rang als schönste Frau des Abends abzulaufen drohte und selbst ihren Mann in schwärmerische Verzückung versetzt hatte, was ihr keineswegs entgangen war.

Aber Alexander beruhigte sie:

»Ja, der König ist ein aufrechter Mann. Ein Mann der Ehre. Ein Mensch, der Eure Freundschaft zutiefst verdient. Ach, wie ich Euch doch darum beneide, meine schöne Freundin.«

»Um meinen Mann …« Luises Verwirrung erreichte ein ungeahntes Ausmaß.

»Nein, um die Freundschaft zwischen Euch und Eurem Mann.«

Sie sagte nichts dazu, sondern bückte sich und pflückte ein paar Gänseblümchen von der Wiese, die sie zu einer kleinen Kette zusammenflocht. Dabei stellte sie die Füße mit den Spitzen zueinander, wie immer, wenn sie gefallen wollte. Die plötzliche Wende in ihrem Gespräch machte sie nachdenklich, und sie versuchte dies mit Geschäftigkeit zu überspielen. Eifrig widmete sie sich ihrer Arbeit. Dennoch konnte sie sich eine Bemerkung nicht verkneifen.

»Es betrübt mich sehr, Euch so zu hören …«, sprach sie nach einer Weile, in der er sie die ganze Zeit von der Seite aus angesehen hatte, ohne sie zum Reden zu animieren oder sie in ihren Gedanken zu unterbrechen. »Denn wenn ich es offen sagen darf: Es vergeht kein Gespräch, ohne dass Ihr die Freundschaft erwähnt, die Ihr in Eurem Leben vermisst.«

Nun war er es, dem der neue Ton des Gesprächs auf die Stimmung schlug. »Ja, es ist ja auch nicht einfach mit der Freundschaft.« Er unterdrückte einen tiefen Seufzer.

»Ich dachte, einem Mann von so hohen Eigenschaften, wie Ihr sie alle in Euch vereint, sei es ein Leichtes, Freunde für sich zu gewinnen.«

»Nicht immer.«

»Aber warum denn nicht?«

»Hm.« Er überlegte, wie weit er sich ihr anvertrauen konnte, ohne sie mit den Grausamkeiten des kaiserlichen russischen Hofes zu langweilen, während er sich abwechselnd das Kinn rieb oder über seinen Schnurrbart strich, bis er schließlich sagte:

»Es ist so … Manchmal muss man Dinge tun, die nicht aussehen wie Freundschaft, aber später dann ein umso größerer Beweis der Freundschaft sind.«

Sie richtete sich auf und sah ihn mit offenem Erstaunen an, antwortete aber nicht. In ihrem tiefsten Inneren aber wuchs das Gefühl, genau verstanden zu haben, was er meinte.

Arm in Arm gingen sie zurück zum Bürgermeisterhaus.

Am nächsten Morgen saß sie schon am Sekretär, als Alexander ihre Gemächer betrat und sich nach Friedrich Wilhelm erkundigte.

Mit forschendem Blick sah er sich im Raum um und setzte sich dann, als er sich gewiss war, mit ihr alleine zu sein, direkt neben ihr auf einen Stuhl. Unbeirrt erledigte sie ihre Korrespondenz. Auch hier im Norden wollte sie nicht auf ihre »Familientreffen« verzichten. Alexander aber falzte ihre Briefe und versiegelte sie mit dem Petschaft.

Dann tranken sie eine Tasse Tee zusammen und sprachen über die Dinge, die sie auf dem Herzen hatten. Er redete vom König, von Verbundenheit und wieder einmal von Freundschaft, Luise von den Mühen des Regierens.

»Ich wünsche Euch, dass Ihr die Klippen Eurer jungen Regentschaft sicher umschifft. Es gibt viele, die an Euch zerren werden. Bleibt so, wie Ihr seid, dann kann Euch nichts passieren«, sagte sie mit gesenkten Lidern.

Darauf umschloss er mit seiner Hand ihre Rechte, die noch auf dem Schreibpult lag, und erwiderte:

»Ich habe es Euch schon am ersten Abend unserer Begegnung sagen wollen, war mir aber noch nicht so sicher, weil ich von dem, was mir aufgefallen ist, selbst überrascht war. Aber nun, da wir uns wirklich kennen, kann ich es Euch guten Herzens anvertrauen: All Eure trefflichen Eigenschaften, Eure Klugheit, Eure majestätische Haltung, Eure Anmut, Euer überlegener Charakter, Euer Gespür für das Richtige und Einzige, was zu tun ist – all das habe ich auch an meiner unvergessenen Großmutter kennen- und schätzen gelernt: der ewigen Katharina der Großen.«

Als er sich am kommenden Morgen bereits um halb zehn Uhr verabschiedete, waren beide sehr traurig. Sie mahnte sich selbst, nicht zu weinen, während sie ihm von dem Fenster aus zuwinkte, das in den Innenhof ging, wo seine Reisewagen auf ihn warteten und er mit einem letzten Kopfnicken in ihre Richtung die Tür hinter sich schloss.

Schon einmal war sie von einer ähnlichen Sehnsucht erfasst worden. Sie durfte nicht fühlen, was sie fühlte. Sie durfte nicht denken, was sie dachte. Sie durfte nicht wünschen, was sie wünschte. Um zur Räson zu kommen, malte sie sich die herrlichen Nachmittage aus, die sie mit Friedrich Wilhelm in Paretz verbracht hatte, sie dachte an die Zärtlichkeiten, die er ihr entgegenbrachte, seine Sanftmut, seine Güte, seine Liebe, seine Herzlichkeit, sein Lachen – aber all diese Bilder blieben auf eine undefinierbare Weise hinter den Gedanken an Alexander zurück.

Kaum hatte sie selbst, einen Tag später, mit der vom Regen nassen Kutsche die Stadtgrenzen von Memel hinter sich gelassen, griff sie schon zur Feder:

> Mein lieber Freund,
> die Erinnerung an Memel, die Sie in mir wachrufen, entzückt mich! Ich kann mich der Befriedigung, mich mit Ihnen unterhalten zu haben, nicht erwehren und wünsche es mir her …

Die von Berg, die neben ihr saß und ihrem Versuch, beim Schaukeln der Kutsche einen Brief zu schreiben, assistierte, indem sie das Tintenfass hielt, sagte:

»Wissen Sie, was ich gedacht habe, als er das erste Mal zu uns in das Zimmer trat?«

Luise schüttelte mit angespannter Stirn den Kopf.

»… dass er so ist wie Louis Ferdinand.«

7

Berlin, den 1. September 1802

Lieber Georg,
der Kaiser ist einer der seltenen Menschen, die alle liebenswürdigen Eigenschaften mit allen echten Vorzügen vereinen. Er hat die loyalsten, edelsten und gerechtesten Grundsätze und viel Geist, Sicherheit und Willenskraft. Zwanglose Höflichkeit, große Liebenswürdigkeit, Sinn für Recht und Gerechtigkeit, eine Festigkeit im Charakter, und das alles vereint mit einer seltenen Volkstümlichkeit, die immer amüsant und niemals gewöhnlich ist. Er hat uns gezeigt, wie man in Russland den Tee trinkt. Du wirst erstaunt sein, wenn ich Dich beim nächsten Besuch hier in Berlin in diese Sitte einweise … Die Voss hat mit mürrischer Miene mitgemacht, und die von Berg hat sich nicht blicken lassen.

Aber nicht, dass Du einen falschen Eindruck bekommst. Der Zar ist ein Mensch, der immer Würde bewahrt. Seine Schönheit ist nicht besonders regelmäßig, nur sein Mund. Aber er ist von sehr stattlicher Erscheinung. Er sieht aus wie ein junger Herkules und ist voller Leben und Tatkraft. Ich habe nicht wie Du das Vergnügen gehabt, die Alpen zu sehen, aber er ist ein Mensch im ganzen Sinn des Wortes, dessen Bekanntschaft mir mehr ist als alle Alpen der Welt. Mit jedem Blick macht er Glückliche und Zufriedene … Ach! Wie viel, wie viel ist mir diese Bekanntschaft wert …

Deine Luise.

Postscriptum: Ich habe gerade einen Brief von Therese bekommen, in dem sie mich warnt und auf meine Pflichten verweist. Ich möchte ihr nicht antworten, lieber Georg, und Du weißt auch, warum. Sie kennt mich nicht, wenn sie glaubt, mich ermahnen und sich mokieren zu müssen. Ich versichere Dir, mein lieber Bruder: Ich kenne meine Pflichten, und mein Kopf läuft nicht mit meinem Herzen davon. Ich möchte Dir sagen: Ich bin froh, dass auch Du Deine Pflichten in Bezug auf das Fräulein Grebe gekannt hast, aber lasse Dir nun nicht Deinen klugen Kopf von den Reizen der Prinzessin Borghese schwächen, hörst Du? Sie ist schließlich die Lieblingsschwester von Napoleon.

Luise faltete den Bogen, weichte den Lack an einer brennenden Kerze auf und drückte das Petschaft mit seinem Siegel, das den preußischen Adler mit seinen weiten Schwingen zeigte, in die zähflüssige Masse.

»Was man sich selbst als Königin alles sagen lassen muss!«

Sie schüttelte den Kopf und ging – wie immer, wenn sie morgens ihre »Familientreffen« abhielt – zum Fenster, um das Treiben Unter den Linden zu beobachten. Doch kaum hatte sie die Posten erblickt, die wie jeden Morgen in ihren blau-weißen Uniformen vor dem Zeughaus Spalier standen und die Passanten mit ihren forschen Blicken musterten, war ihr die Lust daran vergangen. Es ärgerte sie, dass Therese aus Regensburg ihr Vorhaltungen machte, die selbst nicht einmal eine ordentliche Ehe zu führen imstande war und mit dem Grafen Lerchenfeld bereits fünf außereheliche Kinder hatte. Sie selbst hatte doch nur ein wenig von Alexander geschwärmt, und wer würde das nicht tun, wenn man diesen Mann kennenlernte?

Aber schon waren Briefe von ihrer Familie gekommen, die sie gemaßregelt und zurechtgewiesen hatten. Alle hatten Angst, dass sie einen Fehler begehen würde – wie damals … Georg hatte sie noch geneckt, Therese gewarnt, aber die Großmutter hatte ihr in einem Brief mit zittriger Schrift, der man all ihre Erregung ablas, eine Predigt gehalten, die alles in den Schatten stellte. Es war von einer »*Mise en Scène*« die Rede, die sie schon damals in Darmstadt bei ihr beobachtet und von der sie schon immer gewusst hatte, dass sie sie, Luise, einmal ins Verderben führen würde, weil sie alle Männer so ansehe, als sei sie in sie verliebt. Im Umgang mit Louis Ferdinand damals bei Gontard sei ihr das auch schon aufgefallen, und sie hätte sehr wohl von dem Skandal gehört, zu dem das geführt hatte, auch wenn sie, Luise, versucht hätte, das geheim zu halten. Damals sei ja alles glücklicherweise noch einmal gutgegangen, und sie, Luise, hätte noch ein Einsehen gehabt – in ihre Pflichten. Aber nun wieder alles für ein bisschen Aufregung, ein bisschen Fieber, ein bisschen Träumerei zu riskieren – oder gar Therese nachzustreben –, sei töricht, dumm und idiotisch; ja, die Großmutter schrieb *idiotisch* – und fatal. Man könne die Folgen doch kaum absehen. Alexander sei eben kein einfacher Preußenprinz, sondern der Zar. Die Tragweite einer solchen Verbindung müsse man einzuschätzen wissen … zumal in Zeiten, in denen überall in Europa – nur nicht in Preußen, das ja zum Glück unparteiisch war –, bereits das Kriegsgeschrei losgehe und alles, was man täte, als Bekenntnis zur einen oder anderen Seite gedeutet werden könnte. *»Sei froh«*, schloss sie, *»dass Preußen noch verschont ist. Denk nur an das Feuer von Mainz.«*

So ging es in einem fort, und Luise war froh, der Großmutter nicht leibhaftig gegenüberzustehen, denn wer wusste, wohin das geführt hätte. Ihr klingelte mit jedem Wort das Klimpern von Großmutters Armbändern im Ohr, dem immer Strafen, Schimpfereien oder gar kleine Schläge gefolgt waren.

»Hört das denn niemals auf, dass ich behandelt werde wie ein kleines, vorlautes Mädchen?« Sie sah grimmig aus dem Fenster.

Was hatte ihre Familie denn für eine Ahnung! Was hatten sie für ein Empfinden dafür, was für eine Last sie trug! Die Stütze, die sie sein musste … und die Sehnsucht, die sie danach hatte, so unbeschwert und ohne Sorgen durch die Welt zu gehen wie damals in Darmstadt. Es war lange nicht mehr so, sie hatte es lange vergessen und war tapfer und aufopferungsbereit gewesen – aber seit dem Treffen mit Alexander war alles anders. Dennoch: Sie wusste, was sie zu tun und was sie zu lassen hatte.

Sie ging zurück zu ihrem Sekretär aus Mahagoni und blickte auf die Uhr. Es blieb noch eine Viertelstunde Zeit, bis das Fräulein Schadow mit dem Frühstückstablett kam. In dieser Zeit wollte sie klären, worin die Vorteile ihres Mannes gegenüber Alexander lagen und worin die Vorteile des Zaren gegenüber dem König – aus dem einfachen Grunde, vor sich selbst zu klären, dass keinerlei Gefahr, von keiner Seite, drohte und sie sich ihrer Standhaftigkeit sicher sein konnte, dass sie wusste, worin ihre Pflichten lagen, und dass sie gefestigt genug war, sich bestimmter Versuchungen zu erwehren.

Sie strich einen frischen Bogen mit der Handkante glatt, zog einen Strich durch seine Mitte und setzte über die eine Kolumne den Namen »Friedrich Wilhelm«, über die andere »Alexander«. Die Eigenschaften »edel«, »gut«, »loyal«, »gerecht«, »von gutem Charakter« fanden Eingang unter die Namen der beiden Kontrahenten. Beide waren groß, stattlich und gut gebaut. Alexander vielleicht ein wenig kräftiger, dafür sah ihr Mann aus wie ein ganzer Herr. Da konnte Alexanders Jugend seine Jungenhaftigkeit noch nicht verbergen. Aber er war frisch, temperamentvoll, hatte Geist und Witz. Den hatte Friedrich Wilhelm allerdings auch, doch eher von der herben Sorte, während Alexander wiederum doch etwas Direktes, vielleicht Albernes hatte, was sie so sehr an die Großmutter erinnerte und vielleicht auch an sich selbst, wenn sie so an sich zurückdachte, damals im kleinen Darmstadt. Beide mochten keine Etikette, beide hatten keine Lust auf Komplikationen …

So wog sie ab und schrieb auf. Mal stach der eine den anderen aus, mal der andere den einen, mal konnte der eine mit einer Eigenschaft auftrumpfen, die ihr besonders lieb war und deshalb doppelt gezählt wurde (»tiefe Freundschaft«), aber immer war es wie ein Rennen, das Kopf an Kopf ging und dessen Ausgang knapp und unbestimmt war. Sie überlegte und schrieb und dachte und ordnete und wog ab und fügte hinzu und strich aus und näherte sich so einer Skizze beider Charaktere – und mit einem Male wusste sie, worin Alexander der Überlegene war. Es war … *Spannung!*

Sie zitterte bei dem Gedanken.

Doch kaum hatte sie dieses unglaubliche, ja in ihrer Position unmögliche Ergebnis wie bei einer Rechnung von Quittels mit zwei energischen Linien unterstrichen und in einem ledernen Kasten fest verschlossen – damit dieses Gefühl nicht nach außen dringe, sie nicht beherrsche, ihr Leben nicht aufwühle und durcheinanderbringe, sondern alles so bliebe, wie es immer und immer schon war –, griff sie zur Feder, tauchte sie in die Tinte und schrieb in Eile und gegen jegliche Vernunft:

> Lieber Vetter, lieber Alexander,
> Ihr ruft in mir in den schmeichelhaftesten Ausdrücken und in den süßesten Worten herzlichster Freundschaft jene so glückliche Zeit zurück. Unaufhörlich hege ich für Euch Tausende von Wünschen. Ich kann mich nicht erwehren, Euch zu sagen: Ihr seid mein Morgenstern! Unwandelbar ist meine Freundschaft, die tief im Herzen immer für Euch ruht. Ich gestehe Euch, Ihr werdet mir niemals gleichgültig sein. Das erste Schreiben, das ich an Euch aufgesetzt habe, habe ich vernichten müssen. Aber seid versichert, die Gefühle, die es mir diktiert hatten, habe ich nicht vernichtet …

So ging es fortan jeden Tag. Statt im Bett zu liegen, wenn die Gräfin Voss das Zimmer betrat, saß die Königin nun mit nackten Füßen an ihrem Schreibtisch, wo sie mit erregter Schrift und glühenden Wangen ihre Korrespondenz erledigte, die sie, kaum dass die alte Oberhofmeisterin an sie herangetreten war, schleunigst mit ein paar leeren Bögen bedeckte. Luise wollte keinen Verdacht erregen, doch ihr Manöver war sehr durchsichtig. Schon bald ahnte die Voss, was, vielmehr: wer die sonderliche Wandlung der Königin bewirkt hatte. Aber sie hatte keine Beweise.

Jeden Morgen fieberte Luise der Post entgegen – und wenn die Voss ihr tatsächlich morgens, wenn sie die Verpflichtungen des Tages miteinander besprachen, mit den Sendungen an sie ein Kuvert überreichte, das mit dem kaiserlichen Siegel verschlossen war, dann tat Luise ganz gleichgültig und verstrickte sie in gedehnte Konversation, hätte aber innerlich jauchzen, jubilieren, in die Luft springen und im Walzer durch einen englischen Garten tanzen können, mit dem Lied auf den Lippen: »Wenn's immer, wenn's immer, wenn's immer so wär' …« Ihr hüpfte das Herz, sie riss – kaum dass sie die Gräfin hinausgebeten hatte – den Bogen mit zitternden Händen auf, und dann, ja dann sog sie die Worte ein wie die frische, klare Luft an einem Junitag in Memel, wenn die Brise des Meeres sich mit dem würzigen Aroma frischer Weiden vermischte … wenn man zwischen plätschernden Bächlein und ausladenden Kastanien sich einig wurde über das Wesentliche, Einzigartige und Große des Wortes *Freundschaft.*

»Meine liebe Freundin«, stand da.

Oder: *»Ich denke an Euch mit den herzlichsten Erinnerungen.«*

Oder: *»Seid meiner ewigen Freundschaft versichert, schöne Freundin.«*

Oder: *»Der Gedanke an Euch macht mich zum Glücklichen.«*

Oder: *»Ein Bündnis des Herzens kann Großes bewirken.«*

Oder: *»Die Erinnerung an Euch gibt mir die Zuversicht, dass es noch Einigkeit, Freundschaft und Loyalität gibt. Ihr seid von hohem und edlem Charakter und erinnert mich mit Eurer sanften Klugheit an meine Großmutter.«*

Oder: *»Ich sehe Euer Bild ganz deutlich vor mir … wie schön Ihr doch seid.«*

Und noch vieles mehr.

All das sammelte und verwahrte sie in einem braunen Kästchen aus genarbtem Leder, das sie vorsorglich verschloss und dessen Schlüssel sie an einer goldenen Kette am Busen trug.

Bekenntnisse und Schwüre wechselten zwischen Berlin und

St. Petersburg hin und her, und bald, als die Blicke der Voss nicht mehr nur neugierig, sondern besorgt, ja alarmiert wurden, das Getuschel unter ihren Damen lauter und sie einmal gar durch Zufall ein Gespräch belauscht hatte, bei dem man darüber sprach, dass es ja einen Grund habe, dass die Königin ihre Tochter, die – man bedenke! – neun Monate nach der denkwürdigen Begegnung in Memel geboren wurde, Alexandrine genannt hatte – ein Name, der am preußischen Hof noch nie vorgekommen sei – und diese Wahl wohl einen sehr speziellen, ja möglicherweise pikanten Grund habe, wurde Luise vorsichtiger.

Sie weihte die von Berg in ihr Geheimnis ein und beschloss, nicht jeden, aber doch sehr viele ihrer Briefe nicht selbst, sondern über diese Freundin nach St. Petersburg zu schicken und ebenso von ihr in Empfang nehmen zu lassen. So war ihre Freundin zum *Postillon d'amour* geworden, und wenn diese die Kuverts nicht persönlich in Luises Kammern vorbeibrachte, schloss sie sie als kleine, aparte Botschaften in ihre eigene Korrespondenz mit der Königin ein, wobei sie manchmal auch eigene Bemerkungen beifügte.

Einmal hieß es: »Liebe Freundin, ich beneide Euch um so einen zärtlichen Verehrer.« Ein anderes Mal: »Ihr seid zu einer solch tiefen Freundschaft zu beglückwünschen.« Ein drittes Mal: »Man kann Euch verstehen, wenn Ihr an dem Kaiser Gefallen findet. Er hat so viel Willensstärke, Entschlusskraft und Sicherheit, die hier doch manchmal fehlen.« Das alles war verbrieft und versiegelt in den zartblauen Bütten der von Berg – und nur Misstrauische wie die Voss ahnten, welch süße Botschaften sich darin eigentlich verbargen.

Die Bemerkungen der von Berg waren gefärbt von Freude für ihre königliche Freundin, ein wenig von Neid, nicht selbst mit dem frappanten russischen Kaiser, der auch auf sie nicht ohne Wirkung gewesen war, zu korrespondieren; aber auch von dem Gefühl, als Ältere der jungen Freundin Rat geben und sie in ihrer Neigung bestärken zu dürfen, weil sie selbst in Alexander jemanden sah, der Luise etwas geben konnte, was sie offenbar vermisste, aber nicht vermissen durfte …

Zum Glück war Alexander weit weg. Allgemein war die von Berg beseelt von der Empfindung, mit Luise ein Geheimnis teilen zu dürfen und ihr damit näherzustehen als die Voss oder irgendwer sonst. Es war ihr Triumph des Herzens. Ihre Bemerkungen wurden länger, ausführlicher, konkreter, und manchmal vertraute die von Berg sich Luise auch im Gespräch an, oder die Königin suchte bei der älteren Freundin eine Stütze, Halt und die Hoffnung, vor etwas bewahrt zu werden.

8

Berlin, im Oktober 1805

Im Oktober 1805 – drei Jahre, nachdem das preußische Königspaar und besonders Luise Freundschaft mit dem Zaren Alexander geschlossen hatte – spitzten sich die Verhältnisse auf dem europäischen Kontinent zu. Napoleon war kein Aufsteiger mehr, er war der mächtigste Mann des Kontinents. In einer prunkvollen Zeremonie in der Pariser Kathedrale Notre-Dame hatte er sich selbst zum Kaiser der Franzosen gekrönt und den Papst damit entmachtet. Es war der symbolische Akt eines Mannes, der keine Autorität neben oder gar über sich anerkannte.

Sein Erzrivale England hatte in Russland und Österreich treue Verbündete gefunden, die Napoleon auf österreichischem Boden vereint entgegentreten wollten. Napoleon, dessen Spione ihm diesen Plan zutrugen, hatte sofort in einer heimlichen Aktion all seine Streitkräfte versammelt. Anfang Oktober überschritten 170 000 siegessichere französische Soldaten den Rhein. Zu ihnen gesellten sich 30 000 Mann aus Napoleons verbündeten süddeutschen Marionettenstaaten. Sie zogen auf Ulm zu …

England, Russland und Österreich waren alarmiert. Alle drei Mächte boten ihr höchstes diplomatisches Geschick auf, um Preußen auf die Seite der Allianz zu ziehen. Aber Friedrich Wilhelm blieb gegen allen Rat und alle Anwürfe, die sogar aus der eigenen Familie – besonders von »denen von Bellevue« – kamen, standhaft. Ganz im Tone seines Vaters brüllte er einmal durch die Räume: »Man hat auch schon Prinzen arretiert.«

Dass der Adressat dieser Drohung Louis Ferdinand war, war keinem entgangen. Denn Louis Ferdinand machte aus seinem Hass auf Napoleon kein Hehl und hätte sich am liebsten sofort den alliierten Truppen angeschlossen. »Gegen Napoleon!« war ihm neben »Für Preußen!« zum Schlachtruf geworden.

Selbst Luise, bei der Friedrich Wilhelm nachmittags immer noch Rat in politischen Angelegenheiten suchte, wagte es bei diesen Besprechungen, Argumente für ein Bündnis mit Russland anzuführen – wohl auch aufgestachelt durch ihre tiefe Freundschaft zum Zaren Alexander, aber auch ein wenig in der Hoffnung, den Prinzen Louis Ferdinand durch ihr kluges Agieren für sich einnehmen zu können, der sie so schrecklich für dumm verkauft hatte und dem sie nun zeigen wollte, dass mit ihr durchaus zu rechnen war. Doch allein ihr Versuch beschwor Friedrich Wilhelms berühmte Launen herauf – und wenn es nicht seine geliebte Frau gewesen wäre, die versucht hatte, mit ihm über ein Kriegsbündnis zu sprechen, wäre es nicht nur bei einer Laune geblieben.

Er war des Taktierens leid, er hatte keine Lust, sich für seine Entscheidungen zu rechtfertigen, er war schließlich der König. Dennoch fühlte er, dass seine Autorität schwand. Die Einzige, auf die er noch zu hören bereit war, war Luise.

Aber auch in der Freundschaft zu ihr zeichnete sich eine bedrohliche Veränderung ab. Einmal belauschte die Gräfin Voss – sie hielt sich immer in unmittelbarer Nähe von Luises

Kammern auf, wenn der König seine Frau beehrte – von ihrem Posten in der Nähe der Tür, die zum ehemaligen Palais des Prinzen Louis führte, folgende Unterhaltung:

»Hab dir gleich beim ersten Treffen jesagt: Werde Friedenskönig«, sagte Friedrich Wilhelm schroff. Seine abgehackte Sprechweise, die er in Gegenwart von Luise längst abgelegt hatte, verriet der Voss den Grad seiner Erregung.

»Nein«, traute sich Luise ihm zu widersprechen. »Das stimmt nicht.«

»Doch!«

Ein Beben des Parkettbodens unter ihr zeigte der Lauschenden an, dass der König sich wohl in einem heftigen Schwung aus seinem Sessel erhoben hatte und sich mit seiner ganzen stattlichen Erscheinung Respekt zu verschaffen versuchte. Für einen kurzen Moment war es still in der Beletage des Kronprinzen-Palais, aber dann erhob Luise ihre sanfte Altstimme, die ausnahmsweise einmal nichts von Hetze enthielt, sondern im Gegenteil viel Ruhe und Gelassenheit ausstrahlte.

»Nein. Nicht du hast das damals gesagt, sondern *ich.*«

Daraufhin schwiegen beide Stimmen lange Zeit, und die Gräfin Voss wusste nicht so recht, als sie den Kopf von der *Vossischen Zeitung* hob, die sie zur Tarnung zu lesen vorgab, ob der familiäre Friede wiederhergestellt war.

Abends notierte die alte Gräfin in ihr Tagebuch:

Meine Königin hat viel Kummer. Der König hat wieder seine schrecklichen humeurs. *Man weiß nicht, wie lange das noch weitergehen soll. Alles läuft auf einen Krieg hinaus. Aber er ist stur wie ein Esel. Man hört Schreckliches aus dem Süden. Nichts als Verluste. Mack ist in Ulm umzingelt. Ein Sieg nicht in Aussicht. Lieber Gott, was ist, wenn Napoleon gewinnt? Man mag gar nicht daran denken.*

Es kam zu einem Sieg, und die Lage spitzte sich zu. Denn Napoleons Truppen hatten den Vortrupp der Österreicher nur deshalb schlagen können, weil sie preußisches – und damit neutrales! – Gebiet überschritten hatten.

Ganz Berlin war aufgebracht darüber, dass der König, trotz dieser Verletzung preußischer Grenzen, nicht in das Kriegsgeschrei gegen Napoleon mit einstimmte, sondern im Gegenteil immer noch auf ein Abkommen mit dem Korsen hoffte. Er wollte nicht noch einmal mit ansehen müssen, wie die Verletzten blutüberströmt mit dem Leben rangen und nach Hilfe riefen, die so oft vergeblich kam. Er wollte ihr Gewimmer nicht hören, den Geruch nach Angst und Tod nicht riechen, ihren Anblick nie mehr sehen, er wollte nicht sehen, wie die Soldaten das gemeine Volk mit Plünderungen und Brandschatzungen übersäten – und der einzige Ausweg, den er sah, war, um alles in der Welt den Frieden zu bewahren – auch wenn das bedeutet hätte, an Ehre einzubüßen. Ihm war Ehre ein hohler Begriff im Gegensatz zu so etwas Greifbarem wie dem Frieden und dem Leben.

Nun zeigte sich die von Berg genötigt, der Königin von einer Unterredung in Bellevue zu berichten, wobei die Flüchtigkeit der Schrift die Angst verriet, in der die Zeilen abgefasst wurden. Sie war klug genug zu wissen, dass die Vorgänge, die sie der Königin schilderte – die wieder einen Brief von Alexander umschlossen –, nichts Geringeres als Hochverrat waren, weil sie die Entscheidungen Friedrich Wilhelms zum Frieden und zur Neutralität infrage stellte. Darum bat sie Luise, den Brief gleich nach dem Lesen dem Feuer anzuvertrauen.

Liebe Freundin,
ich war gestern bei meinen alten Freunden auf Schloss Bellevue und habe dort mit der Prinzessin Luise – die Euch recht herzlich grüßt und sich für die kleine Figur aus der königlichen Porzellanmanufaktur bedankt – gesprochen. Es war ganz allgemein von Zar Alexander die Rede und von der Hoffnung, dass er in Preußen einen Bündnispartner finden

sollte. Ich habe nichts von Eurem vertrauten Verhältnis zu dem Zaren offenbart. Ich will Euch aber nicht vorenthalten, worüber man so offen sprach.

Der Prinz Louis Ferdinand sagte, dass man auf Alexander setzen sollte, Massenbach hielt nicht dagegen, sondern meinte, dass man in diesen Tagen nicht zaudern und nicht zögern und schon gar nicht neutral bleiben könne – und dass es besser sei, Napoleon vereint und stark entgegenzutreten, als sich weiterhin vorführen zu lassen. Preußen bräuchte jetzt einen richtigen Mann. Er war sehr erbost über Napoleons Verletzung preußischer Grenzen und nannte ihn einen Lügner und Betrüger. Prinz Louis Ferdinand versuchte, ihn zu beruhigen, und bot an, mit dem König zu sprechen, dann ergoss sich aus Massenbachs Mund eine Flut von Beleidigungen. Er sagte, Napoleon käme aus dem Kot der Gosse, er sei Quell alles Bösen, ein höllisches Wesen, das sich aus dem Rinnstein erhoben habe. Der Prinz Louis Ferdinand sagte wiederum, er sei ein korsischer Parvenü, der den Menschen die Freiheit nehme und die Errungenschaften der neuen Ideen verwehre. Darauf konterte Massenbach: Napoleon sei ein Aufsteiger, ein Karrierist, ein Dreckskerl, dem man die Stirn bieten und den man mit der ganzen preußischen Armee über den Haufen rennen müsste. Der Prinz sagte dann wörtlich: ›Preußen wird in jedem Fall überrannt werden von Napoleon. Auch wenn es nicht zugestanden wird: Nur in St. Petersburg lässt sich der Hof von Preußen gewinnen.‹

Die beiden Herren hatten sich dann in den Nebenraum zurückgezogen, wo sie rauchen konnten, aber von dort drangen, noch weitere Phrasen in unsere Stuben, die ich nicht weiter ausführen möchte. Nur eine der Phrasen weiterzugeben, habe ich keine Scham: ›Mit Alexander in den Krieg. Für Preußen. Nur für Preußen.‹

Die Prinzessin Luise und ich haben uns danach lange und sehr ernst besprochen. Oh, liebe Freundin … Ich halte es für wichtig, dass Sie von den Vorgängen Kenntnis haben und sich dazu zu verhalten verstehen. Ich selbst bin untröstlich, und die Lage ist noch nicht verloren. Allein, ich glaube, dass man handeln muss. Alexander ist ein starker Bündnispartner, an seiner Seite ist Preußen nicht verloren. Sie sind um Ihre Freundschaft mit dem Zaren zu beneiden. Er ist ein entschlossener Mann, ein willensstarker Mann, einer, der all die Bewunderung, die ihm zuteilwird, aufrichtigst verdient. Ein Mann der Stunde. Ich grüße Sie mit traurigem Herzen und patriotisch.

Ihre Caroline von Berg.

Postscriptum: Man ist hier in Bellevue allgemein über die Geburt Ihres Sohnes Ferdinand erfreut und fragt sich, ob der Name des Kindes auch ein wenig an die Freundschaft, die Sie für die Hiesigen hegen, erinnern soll. Ich habe herzlich über diese Interpretation gelacht.

Wollte man sie zu einer Fürsprache bei Friedrich Wilhelm bewegen, in den Krieg gegen Napoleon zu ziehen? Wollten die von Bellevue mit ihr paktieren, damit sie sich gegen ihren Mann wendete? Luise wurde bange bei dem Gedanken, denn sie wusste, dass jedes Bekenntnis, jedes Gefühl, jede Geste der Freundschaft als Pakt gedeutet werden konnte, und sie wollte vor allem eines nicht: sich gegen ihren Mann stellen, der immer noch und unter allen Umständen seine Neutralität zu bewahren versuchte – auch jetzt, wo die Allianz aus Österreich und Russland dem kriegerischen Napoleon im Süden Europas entgegenstrebte.

Sie warf den Brief der von Berg mit einer selten gleichgültigen Geste, die eher einer inneren Lähmung geschuldet war als tatsächlicher Ignoranz, ins Feuer und freute sich dann fiebrig auf die Zeilen, auf die sie eigentlich gewartet hatte und die von Alexander stammten:

Liebe Freundin,
ich kann es Euch immer nur noch versichern: Auch Ihr seid mein Morgenstern in diesen traurigen Tagen. Ich hoffe, dieser Brief erreicht Euch noch über unseren Umweg rechtzeitig, dass Ihr noch für mich beten könnt. Napoleon steht bereits vor Wien. Ich reite ihm auf schnellstem Wege entgegen. Man muss dieses Monster vernichten. Ich weiß, Ihr seid bei mir, meine schöne Freundin, und ich weiß, Ihr versteht, wenn man Dinge tun muss, die auf den ersten Blick nicht aussehen wie Freundschaft, aber im Nachhinein ein umso größerer Beweis dieser Freundschaft sind.

Euer Alexander.

Hoffte auch er auf ihre Fürsprache für eine russisch-preußische Allianz bei ihrem Mann, um gemeinsam gegen Napoleon in den Krieg zu ziehen? Luise knabberte an ihren Nägeln. Sollte sie dem nachgeben, fragte sie sich, und welcher Meinung war sie überhaupt? Auch sie verabscheute Napoleon, aber sie liebte ihren Mann und würde nichts tun, was ihm schadete. Auch sie wollte diesem kleinen, ehrgeizigen Korsen Einhalt gebieten und hatte sich manches Mal ihrem Mann gegenüber für einen Krieg gegen ihn ausgesprochen. »Blut gegen Blut«, hatte sie ihm gesagt, worauf Friedrich Wilhelm ihr in seiner klaren Haltung entgegnet hatte: »Noch ist kein preußisches Blut geflossen!«

Sie hatte Ehrfurcht gezeigt vor dieser klaren Haltung … und dennoch: All ihre Gefühle waren gefärbt von ihrem persönlichen Wunsch, sich ihrem Freund, dem Zaren, gewogen zu machen, und so achtete sie nicht darauf, ob und wie das gedeutet werden könnte. Sie sehnte sich danach, Alexander wiederzusehen, und konnte das kleine, heimliche Gefühl nicht gegen die große politische Lage aufwiegen. Sie fand nichts Schlimmes daran, einem Menschen nah sein zu wollen, dem sie sich so verwandt fühlte.

Noch während sie ihre Antwortzeilen an ihn schrieb, in denen sie eher von ihrem Herzen sprach als von Napoleon, ging die Tür zum Vorzimmer. Sie sah auf die Uhr. Sie zeigte erst fünf Minuten vor der neunten Stunde an. Wieder war sie wütend. Warum war dieses Ding eigentlich immer noch nicht repariert? Nie konnte man sich auf diese Uhr verlassen! Sie fluchte ins Leere, stand auf, legte Alexanders Brief in ihr ledernes Kästchen, wo sie seine Briefe, aber auch ihre heimlichen, sehnsüchtigen Aufzeichnungen über ihn aufbewahrt hatte, Tagebuchnotizen, Träumereien …

Schnell schloss sie den Deckel, riss dann den Stuhl zur Seite und merkte in ihrer Aufgebrachtheit nicht, dass der Kasten zu Boden fiel und all seinen Inhalt ausbreitete, als sie schnell und mit drei Schritten zurück zu ihrem Bett eilte, um, wie jeden Morgen, die Schadow mit der unschuldigen Miene einer Erwachenden zu begrüßen.

Doch mit einem Male stand Friedrich Wilhelm vor ihrem Bett.

»Was machst du hier?« Im Schreck erreichte ihre Stimme eine höhere Lage.

»Hab dir etwas Wichtiges zu erzählen!«

»Was denn?« Sie zog die Decke aus blauem Atlas bis zu den Schultern und hielt die Arme schützend vor ihren Körper. In dem Moment bemerkte sie, dass ihre Aufzeichnungen den Boden bedeckten und das eine Blatt, das verfängliche, brisante, geheime, intime, in dem sie es gewagt hatte, die Qualitäten ihres Mannes gegen die eines anderen abzuwägen, und das mit dem Wort ›Spannung‹ geendet hatte, nur wenige Fuß von ihrem Bett lag und seinen skandalösen Inhalt ungeschützt präsentierte. Panisch und mit einer Umarmung versuchte sie die Aufmerksamkeit Friedrich Wilhelms an sich zu binden, dessen betrübten grauen Gesichtsausdruck sie in ihrer Furcht, entdeckt zu werden, gar nicht bemerkt hatte.

»Es muss schon etwas Bedeutendes sein, mein lieber Fritz, wenn du so früh in meine Kammern kommst. Womit habe ich das verdient? Was immer es auch ist, hier bekommst du erst einmal einen Kuss. Dann fängt der Tag schon besser an!« Sie drückte ihn an sich und küsste ihn innig auf den Mund, dann legte sie beide Hände auf seine Schultern und fragte:

»Also, was ist?«

»Es ist wichtig, es betrifft Alexander …«

»Alexander? O Gott …« Sie schnappte nach Luft und hetzte dann wieder durch ihre Worte, wie sie es früher getan hatte, als sie noch Prinzessin war, und es hatte wie damals den Anschein, als ob ihre Worte stolperten und eilten und manch eine Silbe vor ihrer Vorgängerin durch den Mund wollte.

»Hat ihn Napoleon schon erwischt … Und nun? Nun haben wir unserem Freund nicht beigestanden … Ich habe es gleich gesagt – du hättest ihm etwas entgegensetzen sollen … Napoleon wollte dich provozieren. Er hat deine Grenzen verletzt. Deinen Willen mit Füßen getreten … Und nun? Was machst du nun? Willst du immer noch dastehen und dich verhöhnen lassen von diesem Monster? … Er hat schon deine Ehre beschmutzt, und du hast immer noch nichts getan? Nun überrennt er Alexander, unseren Freund … unseren …«

Ihre Wangen glühten. Sie konnte es nicht fassen, dass ihr Mann um nichts in der Welt zu einem Bündnis bereit war. Ihre aufgeregte Rede war natürlich gefärbt von dem Gedanken an Alexander, ihren Seelenverwandten, ihren Morgenstern, dem sie beistehen und helfen wollte. Wieder hatte sie die politische Gesamtlage nicht im Blick.

»Luise! Hör auf, Partei zu ergreifen. Hab dir jesagt, dass es nicht jut ist. Für Preußen nicht und auch nicht für dich!«

»Aber Napoleon ist ein Monster! Er führt dich an der Nase herum. Er ist ein Mann ohne Moral, ohne Anstand, ohne Gewissen. Er hat die Grenzen Preußens verletzt und nur so gegen Österreich siegen können. Er hat dich gegen die Allianz aufgebracht. In die Enge getrieben. Er taktiert, will dich mürbe machen. Alle sagen das. Alle reden darüber, wie er dich narrt. Und du gibst klein bei … Du musst dich aber wehren! Du musst dich ihm entgegenstellen – wie, wie … wie ein Mann!«

Ihr war selbst nicht deutlich, was sie da gesagt hatte. Aber Friedrich Wilhelm schoss hoch wie ein Katapult.

»Waaas? Was hast du jesagt? Was hast du da jesagt?«

Sein Gesicht war rot wie Feuer, die Adern an der Stirn pochten, seine Augen waren blau unterlaufen. Er hob die Hand, und sie duckte sich, weil sie fürchtete, er werde sie schlagen. Aber im letzten Moment bremste er ab, packte stattdessen ihre Handgelenke und hielt sie fest im Griff. Sein Gesicht war nur einen Zoll von ihrem entfernt.

»Ich sag dir, was ein Mann ist! Ein Mann handelt, er tut, er macht, und er steht zu seiner Überzeugung! Und wenn die Überzeugung Friede ist, dann steht er dazu – um jeden Preis!« Er schüttelte sie. »Und du, kleine Prinzessin aus Darmstadt? Hast du eigentlich eine Ahnung, was das bedeutet, für den Frieden zu sein, wenn alle nach Krieg dürsten? Wenn deine eijene Familie gegen dich intrigiert und selbst deine Frau Komplotte spinnt? Wovon hast du eine Ahnung? Von Michelets vielleicht, von Quittels … Du denkst, dass Napoleon mich benutzt. Glaubst du, du wirst nicht benutzt? Meinst du, du kannst noch bis mittags im Bett liegen und Schokolade trinken, wenn Krieg ist? Meinst du, du kannst dann noch mit deinen Kindern lustig durchs Bett toben? Das habe ich dir ermöglicht, niemand sonst. Und du tönst dieses Kriegsjeschrei nach, als ob es eine Walzermelodie sei …«

»Ach Fritz, bitte … Ich habe es doch nicht so …«

»Nein? Hast du nicht? So? Dann will ich dir mal etwas sagen: Halt den Mund und halte dich raus.« Er ließ eine Hand los, griff nach dem Strickzeug, das auf der Seite des Bettes lag, die er immer benutzte, wenn er bei ihr übernachtete, und warf es ihr in den Schoß. »Da! Das ist dein Jeschäft. Nur das!«

»Ach nein, Fritz … Verzeih, es war die Erregung. Es war … o nein …«

»Hör auf mit dem Jeheule!« Er knallte mit den Hacken und setzte sich dann wieder neben sie. »Bald hast du richtijen Grund dazu. Es ist Krieg! Hab heute Morgen die Mobilmachung befohlen!«

Luises Augen weiteten sich. »Oh, Fritz!« Sie brach in Tränen aus. »Es tut mir so leid. Du hast den Frieden immer gewollt … und nun das. Es tut mir so leid. Dennoch denke ich: Gegen diesen Mann aus dem Kot muss man das tun.«

»Nein. Wir marschieren nicht gegen Napoleon. Sondern gegen Alexander.«

»Was? Aber … O nein! Aber, aber … Er ist dein Freund!«

»Er ist kein Freund! Er will so schnell wie möglich zu Napoleon und zieht über preußisches Gebiet. Das ist Verrat. Hat meine Freundschaft missbraucht. Weiß, dass ich mich auf keine Seite schlajen will. Hab ihm unbegrenztes Vertrauen geschenkt. Nun verletzt er meine Unabhängigkeit. Meine Loyalität. Und das ohne Not! Er ist für mich kein Freund mehr!«

Luise hielt inne, als ob sie jetzt erst des großen Zusammenhangs des Ganzen gewahr wurde. Der Inhalt von Alexanders Brief schoss ihr durch den Kopf. Deshalb hatte er geschrieben, er zöge so schnell wie möglich in den Süden, deshalb hatte er sie gebeten, bei Friedrich Wilhelm für ihn vorzusprechen? Hatte er sie tatsächlich auch nur benutzt? Ihre Haut war mit einem Male weiß wie Kreide. Nur ihren Hals bevölkerten die roten Flecken, die sich immer zeigten, wenn sie aufgeregt war.

Zögerlich suchte sie nach Worten, um Friedrich Wilhelm zu beruhigen – und dann, dann fiel ihr ein, was sie ihrem Mann sagen konnte.

»Aber, aber … Ist es nicht so – muss man nicht manchmal etwas tun, was auf den ersten Blick gegen die Freundschaft spricht und sich dann im Nachhinein umso mehr als Beweis dieser Freundschaft herausstellt?«

Friedrich Wilhelm trat vor Schreck einen Schritt zurück.

»Luise … du bist – du bist eine … eine *dumme Jans!*«

Als er donnernden Schrittes zur Tür ging, bemerkte er die Blätter, die sich auf dem Boden um den Schreibtisch verteilt hatten.

»Was ist hier los?« Ungnade verhärtete seinen Tonfall.

»Ich habe Briefe geschrieben. An meine Familie. Georg, die Großmutter … Ich war in letzter Zeit nicht dazu gekommen. So viel war liegen geblieben.« Sie klang recht kleinlaut. »Dann ist alles heruntergefallen. Der Wind …«

Schreck weitete Luises Augen, als er sich langsam den verstreuten Papieren näherte. Es gab Bögen mit einer kleinen akkuraten Schrift, Bögen mit imperialen Schriftzügen und Bögen voller Tintenflecken, Korrekturen, kleinen Zeichnungen, Eselsohren, Fettflecken, die Friedrich Wilhelm an die Briefe erinnerten, die sie ihm in ihrer Brautzeit so häufig geschickt hatte. Rührung durchzuckte sein Gesicht.

Ach, typisch Luise, dachte er, sie ist im Grunde ihres Herzens doch immer noch das kleine, flatterhafte Fräulein Husch-Husch, das ich in Frankfurt kennengelernt habe. *›Bei allem, was ich tue‹*, hatte sie ihm damals gesagt, *›seien Sie versichert: Das Herz ist gut.‹*

Er schluckte. Schon fühlte er sich ein wenig schuldig, dass er gerade so in Rage gegen sie geraten war und zum ersten Mal die Hand gegen sie erhoben hatte. Immer hatte er sich gerühmt, seine Frau mit Achtung zu behandeln und nicht wie die Könige vor ihm mit Beleidigungen, ja Feindseligkeit. Er schämte sich für seine mangelnde Beherrschung und sah seine Frau liebevoll an. Gerade wollte er auf sie zugehen und sie um Verständnis bitten für seine Lage, wo jeder ihn in den Krieg ziehen wollte, den es zu vermeiden galt, da erblickte er einen Bogen, auf dem ganz groß und obenauf sein Name stand und daneben der des Zaren Alexander.

Er bückte sich und las, noch während er sich langsam wieder aufrichtete, den akribischen, jeden Charakterzug abwägenden Vergleich und sah, mit leerem Blick, dass er mit dem alles besagenden Urteil ›Spannung‹ und zu seinen Ungunsten endete.

Die Tür donnerte, als er ihre Kammern verließ.

Dann brach er in stille Tränen aus.

9

Charlottenburg, 20. Oktober 1805

Kaum war in St. Petersburg die Mobilmachung Friedrich Wilhelms gegen Alexander bekannt geworden, hatte Marchese Lucchesini mit einer Eildepesche des Zaren in Richtung Berlin anspannen lassen. Acht Pferde brachten ihn in weniger als fünf Tagen zu Friedrich Wilhelm, und schon der beruhigende Blick des ungeheuerlichen Italieners signalisierte dem sorgenvollen preußischen König, dass die Nachrichten aus Russland gut waren.

»Königliche Hoheit … Hoheit.« Der alte Lucchesini stotterte immer noch, und immer noch gab das Friedrich Wilhelm das Gefühl, bei ihm gut aufgehoben zu sein. Er bewunderte das Verhandlungsgeschick des alten Italieners, der es trotz seines Sprachfehlers im diplomatischen Bereich zu einem unerreichten Großmeister gebracht hatte, und ließ ihn berichten. »Alexander ist über den Verlauf der militärischen Handlungen zutiefst bestürzt … bestürzt. Er sagt: Manchmal müsse man Dinge tun, die …«

»Papperlapapp!« Friedrich Wilhelm unterbrach den kleinen Marchese ungeduldig. Er verabscheute es, durch Taktieren zum Narren gehalten zu werden. Er wollte Klarheit, Stärke, Respekt. »Weiß, wie der Satz endet. Hab nie verstanden, was er damit will. Ist kein Freund, wenn er meinen Willen verletzt.«

»Königliche Hoheit … Hoheit. Nein. Es ist anders. Nein, nein.« Lucchesini wedelte mit seinen kräftigen Fingern in der

Luft herum. »Er hat gesagt: Manchmal müsse man Dinge tun, die die Freundschaft beweisen! Er will reden! Er will Euch um Verzeihung bitten …«

»So? Und wie will er das tun? Indem er meinen Willen mit Füßen tritt? Indem er mich in einen Krieg zwingt, den ich nicht will? Dieser …«

»Königliche Hoheit … Hoheit.« Der Graf sah Friedrich Wilhelm tief in die Augen und entließ ihn nicht aus seinem Blick. Mit all der ihm zur Verfügung stehenden magischen Kraft zog er den aufgebrachten Monarchen in seinen Bann und versuchte sein Temperament zu mäßigen. Nachdem das Gespräch eine lange Pause genommen hatte, sprach er zu Friedrich Wilhelm wie zu einem scheuen Pferd. »Ruhig … ruhig. Es gibt keinen Grund zur Sorge … Sorge.«

Friedrich Wilhelm nickte vertrauensselig. Er sah, wie *en miniature* in Lucchesinis Augen die Konterfeis des Zaren, von Napoleon, von Luise, von Louis Ferdinand und erstaunlicherweise auch das seines Hofarztes Hufeland zu tanzen und zu rotieren begannen. Sie drehten sich, formten einen Kreis und bildeten schließlich einen Strudel, der in der Tiefe von Lucchesinis pechschwarzer Iris verschwand. Lucchesinis Stimme wirkte wie von Cottun gedämpft. Es schien dem König, als ob dieser Kreide gegessen hätte. Sein italienischer Singsang legte sich wie Balsam auf seine Ohren:

»Der Zar bereut seinen Fehler … Fehler. Er will reden. Er will Euch sehen. Er wird bald da sein. Jetzt, da wir hier sitzen und miteinander sprechen, hat er wahrscheinlich mit seinem Gefolge schon die Grenze zu Preußen passiert. In wenigen Tagen wird er hier sein. Er ist ein Freund. Ein Freund. Ein Freund … Freund.«

Am 25. Oktober 1805 zog Alexander I. unter Vivat-Rufen, Kanonendonner und dem freudigen Jubel des Volkes in der preußischen Residenzstadt ein. Feste, Bälle, Empfänge, Gesellschaften reihten sich zu Ehren des hohen Gastes, und Friedrich Wilhelm ging aller Pracht voran, indem er – entgegen seiner Gewohnheit zur Zurückhaltung und Bescheidenheit – im Berliner Schloss ein Fest ausrichtete, das selbst seine eigene Hochzeit mit Luise in den Schatten stellte. Der weiße Saal war mit Tausenden von Kerzen illuminiert worden, und zweitausend Repräsentanten des preußischen Adels gaben sich die Ehre. Die von Bergs, die von Massows, die von Blüchers, die von Camas', die von Ingenheims – und wie die ganzen großen Familien alle hießen, die den preußischen Hof mit Heucheleien und Intrigen überziehen wollten – scharten sich mit Koketterie und Augenaufschlag um den galanten Gast aus St. Petersburg. Aber auch die Generäle, die Offiziere und Befehlshaber der Armee, die mit ihrem Kriegsgeschrei auf den Herrscher aller Russen setzten, näherten sich ihm mit einer Zuvorkommenheit, die an hündische Unterwürfigkeit erinnerte.

Alexander gab sich wie immer nah, verbindlich und galant. Er schüttelte die Hände von Rüchels, von Massenbachs, von Ingenheims, von Hohenlohes, Kalckreuths, Nostitz', von Braunschweigs und von Blüchers, von Möllendorffs, Schmettaus und Schimonskys, von Schenks, Ebras, Quitzows, von Herwarths – und so fort. Er versicherte sie seiner Loyalität, erklärte ihnen seine Freundschaft, buhlte und umgarnte die Herren des Militärs und hatte kein Auge für die, die sich am meisten nach einem Wiedersehen gesehnt hatte.

Mit nervösem Hoffen beobachtete Luise Alexander, der in einer Uniform, die so eng geschneidert war, dass er sich nicht einmal setzen konnte, der Mittelpunkt allen Treibens war und sie weder Morgenstern noch Freundin noch Angebetete noch Ziel seiner Sehnsucht noch Adressatin glühender Bekenntnisse und Schwüre nannte, sondern sie nicht anders behandelte als eine von vielen …

Abends schrieb sie der von Berg:

Liebe Freundin,
der Schlaf hat mich verlassen, mein Schmerz weicht nicht. Es ist vorauszusehen, dass ich ihn nicht alleine sprechen kann. Ich gestehe Ihnen, dass er mir niemals gleichgültig sein wird. Wenn Sie nur hier wären, ich würde mich Ihnen an den Hals werfen und bitterlich weinen.

Sie ahnte, dass Friedrich Wilhelm recht hatte, als er sie gefragt hatte: »*Glaubst du, du wirst nicht benutzt?*« Und dennoch … Ihre Sehnsucht danach, dass es nicht so sein möge, war größer. Als sie den Brief versiegelt hatte und ihn in ihrem ledernen Kasten einschloss, flossen ihr die Tränen über ihre vom Kummer fahlen Wangen.

Auch am kommenden Tag verhielt sich Alexander ihr gegenüber so galant wie gegen jedermann. Zweisamkeit, Bekenntnisse von Freundschaft und Verbundenheit zeigte er nur ihrem Mann.

Friedrich Wilhelm fuhr den Gast vierspännig durch die Stadt: Er zeigte ihm Unter den Linden, das Zeughaus, den Gens-d'Armes-Markt, die königliche Porzellanmanufaktur – wo er ihm gleich mit den freundschaftlichsten Empfehlungen ein Service aus weißem Biskuitporzellan für seine Frau, die Zarin Elisabeth, überreichte –, die Kadettenanstalt, die Militärakademie und auch den Ochsenmarkt hinter dem Schloss, den er nach ihm in ›Alexanderplatz‹ umzutaufen versprach. Stationen gab es viele.

Abends saß man beim Souper zusammen, und als Alexander mit einem Male den Wunsch verspürte, das Grab Friedrichs des Großen zu sehen, dessen militärisches Genie und soldatische Größe er von Kind an bewunderte, wies Friedrich Wilhelm die für ihn typische Großmut auf, die er allen Menschen, die er liebte, zuteilwerden ließ, und veranlasste sofort, die Garnisonskirche öffnen und mit Fackeln beleuchten zu lassen. Mit Luise in ihrer Mitte schritten sie die enge Steintreppe hinunter in die

Gruft und schwiegen andächtig, als sie vor dem Sarg ihren Gedanken nachhingen. Mit einem Mal fiel Alexander auf die Knie und küsste den Sarkophag des toten Königs.

»Für ewige Freundschaft. Für Preußen.«

Mit diesem Ausspruch aber, den Friedrich Wilhelm so oft von »denen von Bellevue« gehört hatte, wurde diesem mit einem Male deutlich, dass es nicht allein bei einer Freundschaft mit dem Zaren würde bleiben können – und dass jedes Zugeständnis seinerseits Krieg bedeuten würde. In diesem Moment wusste Friedrich Wilhelm: Er hatte verloren, obwohl noch gar kein Krieg zu verlieren war. Denn er hatte verloren, weil er in den Krieg würde ziehen müssen.

Ein letztes Mal – aus Trotz, vielleicht aber auch aus dem Impuls heraus, einen Augenblick nur noch seine Würde zu waren – verweigerte er dem Zaren seinen Blick. Luise aber sah hier die Gelegenheit, sich Alexander gewogen zu machen. Mehr noch: Sie hoffte, das tiefe Gefühl, das sie für ihn hegte und das sie mit jedem der Briefe, die er ihr über drei Jahre lang geschickt hatte, so irritiert, so verstört und manchmal bis zur Schlaflosigkeit aufgewühlt hatte, erwidert zu bekommen. Sie wollte ein Zeichen, ein Signal, ein Bekenntnis. Sie vergaß all die Würde, die sie als Königin und als Frau besaß, und reichte dem Zaren ihre Hand. Er schlug ein. Doch Alexanders Hand war kalt, rau und ohne zärtliche Resonanz.

Die Kapelle wiederholte bereits zum dritten Mal den Kasatschok, als Louis Ferdinand sich dem erlauchten Gast aus Russland näherte. Die von Bellevue hatten groß geladen, und auch hier waren alle gekommen, die hofften, in Alexander einen Mann gefunden zu haben, der sich stark und siegesgewiss dem selbst ernannten Kaiser der Franzosen entgegenstellte und sich gegen Ehrabschneidungen behauptete.

Alles buhlte um ihn, während Friedrich Wilhelm blass wie ein Leichnam an einer Säule lehnte und keiner sich erklären konnte, woher die schlechte Laune des Königs rührte, wo doch die Feier so prächtig und die Gäste so elegant gekleidet waren wie in alten Zeiten und alles freudig tanzte, lachte und Karten spielte. Denn auch wenn bekannt war, dass der König große Gesellschaften nicht sehr liebte, stand das Bangen, das in sein Gesicht geschrieben war, dazu in keinem Verhältnis.

»Ich freue mich, in Euch einen Freund Preußens gefunden zu haben, Sire!« Louis Ferdinand hielt Massenbach, der bereits ziemlich schwankte, mit dem nach hinten ausgestreckten Arm auf Distanz, während er sich vor dem Zaren verbeugte.

»Es war nicht ganz einfach«, antwortete Alexander. »Der König ist ein Freund des Friedens. Heute erst habe ich ihn überreden können, einen Vertrag zu unterschreiben.«

Kurz schilderte er Louis Ferdinand, dessen Zorn auf Napoleon sich schon bis nach St. Petersburg – und fatalerweise, wie sich herausstellen sollte, auch bis nach Paris – herumgesprochen hatte, dass man gestern in der Gruft des Alten Fritz einen Pakt geschlossen hätte, der heute – endlich! – schriftlich besiegelt worden war. In diesem Pakt verpflichtete sich Friedrich Wilhelm III. dazu, zwischen Napoleon und der Allianz aus Russland, den Österreichern und England militärisch zu vermitteln. Zu diesem Zweck seien schon zwei Gesandte geschickt worden, von dem der eine – wie der Kaiser der Franzosen – des Italienischen mächtig sei. Es sei ein gewisser Marchese Lucchesini, der andere ein Graf Haugwitz. Die Dinge pressierten, weil die russischen und die österreichischen Truppen schon in den Süden marschierten, um Napoleon und seinen Truppen auf österreichischem Boden zu begegnen. Aber Preußen könne nun in seiner Rolle als Unterhändler Großes erreichen. Der Zar lächelte gebieterisch, als er Louis Ferdinands festen Blick hielt.

»Für Preußen.« Massenbachs Hüften suchten den Schwerpunkt.

»Ich danke Euch! Ich danke Euch!« Louis Ferdinand versuchte, seinen Freund durch Höflichkeit zu übertönen.

»Ihr müsst nicht mir danken. Ihr müsst der Königin danken. Es war nicht einfach, den König auf unsere Seite zu bekommen. Deshalb muss man manchmal Dinge tun, die auf den ersten Blick nicht aussehen wie Freundschaft …«

Noch bevor Alexander Louis Ferdinand seinen Begriff von Freundschaft nahegelegt hatte, sank Luise, die nicht weit entfernt von den beiden auf einem roten Armstuhl saß und sich mit einem Fächer aus geschlagenen Dukaten Luft zufächerte, enttäuscht in Ohnmacht.

10

2. Dezember 1805

Knapp einen Monat später erreichte den König eine Depesche, in der stand, dass Napoleon das zahlenmäßig überlegene Heer der Kaiser von Österreich und von Russland bei Austerlitz vernichtend geschlagen hatte.

Friedrich Wilhelm atmete auf. Endlich ist Friede!, dachte er, als er die Augen vom Blatt hob und Luise, die auf dem Kanapee saß und an einem Strumpf strickte, mit tränennassen Augen ansah. »Endlich Friede! Endlich hat Napoleon seine Genugtuung, und die alten Herrscher haben ihre Lektion gelernt. Endlich werde ich nicht mehr in einen Krieg hineingezogen! Endlich ist Friede.«

Noch am Abend schrieb Luise nach St. Petersburg:

Teuerster Freund,
Ihr könnt trotz allem meiner ewigen Freundschaft versichert sein.

Eure Luise.

Kaiser Napoleon sah das aus einer anderen Perspektive.

Nach knapp zehnmonatiger Frist, in der er das Heilige Römische Reich Deutscher Nation aufgelöst und im Süden mehrere Staaten unter seinem Protektorat unter dem Namen »Rheinbund« errichtet hatte; nachdem Napoleon Friedrich Wilhelm angeboten hatte, Kaiser eines Nordreichs zu werden; nachdem der Kaiser der Franzosen von seinen Spionen zugetragen bekommen hatte, dass Friedrich Wilhelm mit dem Angebot, ein Nordreich zu gründen, liebäugele, weil dann Frieden wäre; nachdem er aber auch gehört hatte, dass die Königin Luise sich mit einem gewissen Prinzen Louis Ferdinand zu einer Kriegspartei gegen ihn zusammengeschlossen hätte, was dazu geführt habe, dass man bereits vom »König Luise« spräche; nachdem Napoleon darüber hinaus von einer gewissen Entfremdung des königlichen Paares gehört hatte; nachdem er dann Friedrich Wilhelm Hannover zugesprochen hatte, das zu England gehörte, und ihn damit in Europa zu isolieren versucht hatte, weil alle dachten, der ach so friedliebende Preuße habe sich ein Stück Land unter den Nagel gerissen, was er schon lange zu besitzen beabsichtigt hatte; nachdem Friedrich Wilhelm daraufhin Hannover annektiert und sogleich von England und auch von Schweden, welches eine kleine Besitzung bei Hannover hatte, den Krieg erklärt bekommen hatte; nachdem Napoleon gleichzeitig Hannover heimlich wieder den Engländern zugesprochen hatte … Nachdem also durch allerlei Verhandlungen, Scheintaktiken und Gerüchte das Misstrauen zwischen dem Kaiser der Franzosen und dem König der Preußen mit jedem Tag größer geworden war und keiner mehr dem anderen über den Weg traute, brauchte es nur noch einen Funken, um das Pulverfass zum Explodieren zu bringen.

Dieser Funke kam in Form eines Friedensvertrags zwischen Napoleon und dem Zaren von Russland, den dieser zu bestätigen sich geweigert hatte.

Napoleon saß auf seinem metallenen Feldbett, in dem zu schlafen, wie sein Vorbild Friedrich der Große, ihm auch in

Zeiten außerhalb des Kampfes zur Gewohnheit geworden war, als er das Zeugnis eines Verrats gegen ihn in den Händen hielt. Er wog es mit der Information ab, dass Luise und Alexander einen angeregten Briefwechsel führten. Noch in der Nacht zum 26. September 1806 verließ er Paris und stand bereits am 2. Oktober 1806 vor seinen Truppen in Würzburg.

»Lieber Freund«, sagte der Imperator zu seinem besonnenen und treuen General Davout, dessen hoher Haaransatz im Widerspruch zum jungenhaften Ausdruck seines Mundes stand, der in Breite und Form an einen Frosch erinnerte. »Ich bin gekommen, um Euch das hier zu zeigen. Ich habe Meldung bekommen, dass Alexander unseren Friedensvertrag nicht unterschrieben hat, gleichzeitig pflegt er eine außerordentliche Korrespondenz mit der schönen Königin von Preußen, in der sie sich gegenseitig ewiger Freundschaft versichern. Was soll ich davon halten?«

»Nun, Sire …« – Davout leckte sich die Lippen, während er sich mit der linken Hand die Stirn rieb –, »ich glaube, die Preußen liegen sich mit den Russen in den Armen und feiern ein Bündnis.«

»Das glaube ich nämlich auch!«

»Und welche Schlüsse zieht Ihr daraus, Sire?«

»Ganz einfach: Wir schließen uns der Feier an und bringen unsere 160 000 besten Freunde mit! Die schöne Königin will den Kampf. Lasst uns also artig sein und nach Sachsen marschieren. Man hat uns ein Rendezvous der Ehre gegeben. Kein Franzose hat so etwas jemals versäumt.«

Am 7. Oktober überschritt Napoleon mit drei Kolonnen in Thüringen die preußische Grenze.

11

»Du kommst mit!«

»Aber Fritz, glaubst du denn wirklich, dass es notwendig ist? Seit dem großen Kurfürsten war keine preußische Regentin mehr bei den Truppen. Es ist doch viel zu gefährlich! Ich kann doch hier warten …«

»Luise, zeig denen, die in den Krieg ziehen, dass du mit ihnen bist, für sie hoffst und betest!«

Naumburg, das Hauptquartier des preußischen Königs, mit seinen hochgiebligen Häusern und engen verwinkelten Gassen, war ein wunderlich stilles und beschauliches Städtchen an der Saale. Luise hatte mit ihren Damen in einem Ständehaus mit engen Zimmern und düsteren Treppen aus dunklem Holz am Markt Quartier bezogen. Nun hieß es warten. Auf Nachrichten, auf neue Befehle und auf die Antwort auf die Frage: Wo steht Napoleon? Meldereiter, Kuriere, Depeschen gingen ein und aus. Gerüchte wurden gestreut, widersprüchliche Botschaften verwirrten die Lage, der Überblick ging verloren. Noch am Abend wurde das Quartier nach Blankenhain bei Erfurt verlegt, aus der Ferne drang bereits das Donnergrollen der Kanonen zu Luise.

Die ganze Nacht lag sie wach. Das war also der Krieg? Ihre Lider zuckten. Tausende von Soldaten waren an ihr vorbeigezogen. Der Gleichklang ihrer Schritte hallte noch in ihren Ohren nach. Der Geruch der blank polierten Stiefel war ihr in die Nase gekrochen. Das Bild der langen Reihen von Männern beherrschte ihre Gedanken, die – einer wie der andere, Mann um Mann, Schritt für Schritt – mit leblosem Blick in den Krieg zogen, wo Napoleon sie erwartete. »Trapp-trapp, trapp-trapp, trapp-trapp« – das gleichmäßige Gehen, das bei den vielen Paraden in Potsdam und Berlin, denen sie beigewohnt hatte, noch den Charme eines riesigen Ornamentes offenbart hatte, war nun zu einer Formation des Schreckens verkommen. Selbst beim Besuch ihres Dragoner-Regimentes war ihr eine schreckliche Vorahnung gekommen, bevor sie dem Feind, der in Thüringen stand, entgegengezogen waren. Das Scheuen der Pferde klang ihr wieder in den Ohren, sie spürte noch den Handkuss des Kommandeurs, der sie geehrt hatte, als sie die Truppen in ihrer Uniform abschritt, sie hörte noch die Huldigungen der tapferen Männer, die auf sie vereidigt waren, und nun nahm sie nur noch das regelmäßige Donnern von Kanonen wahr, die wie Drohgebärden die Stille der Nacht durchschnitten.

Die Nacht war kalt, aber kälter waren das Warten und die vielen Ungewissheiten, mit denen sie konfrontiert war. Das Haus, in dem sie auszuharren gezwungen waren, war klein, die Decke niedrig, die Zimmer eng. Sie saß mit der Gräfin Voss und ein paar jüngeren Damen in der Stube und hoffte auf Antwort auf die vielen Fragen, die sie sich mit jedem Herzschlag stellten und die doch immer die gleichen blieben: Wo war die Schlacht? War schon Schlacht? Wo war Napoleon? Wann würde es losgehen? Wo würde man aufeinandertreffen?

Beide Seiten belauerten und umzingelten sich, marschierten aufeinander zu und versuchten, den Vorteil für sich zu nutzen. Kuriere kamen und gingen. Aber die Antworten blieben aus oder widersprachen sich.

Erst am Abend, als Friedrich Wilhelm sich wieder zum Hauptquartier begab, bekam Luise handfeste Nachrichten über die Vorgänge. Das Regiment Hohenlohe war den Franzosen bei Saalfeld entgegengeritten und vernichtend geschlagen worden. Stotternd, stammelnd und nach Worten ringend, erzählte Friedrich Wilhelm Luise über die Verluste. Er malte die Schrecken des Krieges aus, erzählte vom Gewimmer der Blessierten, vom Blut, vom Schmutz, vom Geschrei, vom Donner und von hilflosen Versuchen, sich zu retten.

Sie sah ihn mit erwartungsvollen Augen an, als er seine Hände am Feuer wärmte und alle Damen aus der Stube hinaus und auf ihre Zimmer schickte, die ebenso wie sie auf Nachricht gewartet hatten. Endlich waren sie wieder allein. Es war das erste Mal nach ihrem großen Streit. Lange hatten sie sich nicht mehr besprochen. Lange waren sie sich lediglich mit dieser höflichen, aber kalten Freundlichkeit begegnet, die als der Idealfall bei den arrangierten Ehen ihres Standes angesehen wurde, aber gegen das Glück, das sie miteinander genossen hatten, ein fahler Ersatz war, der nichts von dem ließ, was sie einmal füreinander gefühlt hatten.

Nun aber hatte er die Damen weggeschickt, und in Luise regte sich ein leiser Moment der Freude, dass er ihr nach so langer Zeit ein Zeichen seiner Zuneigung zu geben bereit war. Sie wollte sich ihm nähern, sich ihm gewogen machen, in ihre Zärtlichkeiten all die Sühne legen, die sie zu fühlen fähig war, und ging langsam auf ihn zu. Aber er wehrte ab.

Sein Blick ging starr auf die blanken Dielen des Holzbodens, als er auf dem schäbigen Armstuhl saß, der dem Feuer zugewandt war. Er rieb immer noch seine Hände. Manchmal stützte er seinen Kopf auf den Arm auf. Dann lehnte er sich wieder zurück, dann setzte er sich auf die Kante des Stuhls, ganz vorne, wo schon eine tiefe Sitzgrube eingegraben war. Luise sprach ihn an, aber wieder gebot er ihr still zu sein und sich zu setzen, nichts zu sagen und nichts zu tun. Und wieder war sie dazu verdammt abzuwarten, wo sie doch den ganzen Tag gewartet hatte und gerne einfach nur etwas zu tun, zu sagen, zu besprechen gehabt hätte, damit diese Angst, die sich jetzt in ihr aufbaute, zum Schweigen kam.

Leise kamen seine Worte.

»Er ist jefallen … Er war ganz vorn … Du kennst ihn ja … Er hat den Krieg zu sehr jeliebt … Ich habe es immer gesagt … und immer gewusst … Nun ist der Krieg sein Schicksal geworden …«

Luise ahnte, was er ihr sagen wollte, doch bevor sie es schaffte, sich darüber klarzuwerden und die aufsteigenden Tränen zurückzuhalten, zu schreien, zu beten, zu, zu, zu … sprach er aus, was auszusprechen er sich niemals gewünscht hatte:

»Louis Ferdinand ist tot!«

Alles, was Friedrich Wilhelm ihr nun erzählte – wie Louis Ferdinand sich mitten in einem Gefecht hervorgetan hatte, wie er selbst den Schutz seiner Leibgarde durchbrochen hatte, um sich dem Feind mit all seiner Kraft von Mann zu Mann entgegenzustellen, wie der Franzose, der ihn mit einem Hieb seines Dolches getroffen hatte, sich gerühmt hatte wie ein stolzer Gockel, wie sein toter Leib sofort von den gegnerischen Soldaten seiner Kleider entledigt und ausgeplündert worden war, wie er nackt und nur mit einem weißen Tuch versehen, schließlich aufgebahrt und aus der Kampfhandlung weggeschafft worden war – all das fand keinen Zugang mehr zu ihrem Gehör, das durch eine plötzliche Taubheit verschlossen war. Ihre Lider flimmerten, Hitze stieg auf, ihr Dekolletee war mit einem Schlag bevölkert von roten Flecken, während ihr gleichzeitig das Blut aus dem Gesicht wich. Sie bot mit einem Mal den Anblick einer Sterbenskranken und ließ sich, nachdem sie im Schreck aufgestanden war, wieder ohne Eleganz in den Sessel fallen. Im Entsetzen erstarrt, sah sie Friedrich Wilhelm an, der immer noch auf die Dielen blickte. Langsam drangen Fragmente über das Ausmaß der ganzen Katastrophe in ihr Gehör:

»… Verluste sind groß! 34 von 40 Kanonen hinüber! 1800 Mann sind jefallen, 1800 Mann versehrt …«

In ihrem Kopf aber zog ein schneller Wechsel von Bildern vorbei: der Walzer bei Wrede, das Wiedersehen bei Gontard, Louis Ferdinands schelmisches Grinsen, als sie vor dem ganzen Hofstaat entkleidet und zu ihrer Hochzeitsnacht geführt wurde, das alberne Fledermauskostüm, das er beim Ball von Haugwitz getragen hatte, die heimlichen Treffen mit ihm, wo sie in den Tiergarten gefahren, nach Charlottenburg ausgeflogen oder sogar eine Bootspartie auf der Spree gemacht hatten – und über all diesen Gedanken spielte die Melodie: »*Wenn's immer, wenn's immer, wenn's immer so wär' …*«

Daran, dass sie seinetwegen ihre beste Freundin, die Gefährtin ihres Lebens, ihre geliebte Schwester Friederike verraten hatte, dachte sie nicht. Auch vergaß sie, dass sich Louis Ferdinand hinter ihrem Rücken mit dem Zaren Alexander verbündet hatte und dass er dem erlauchten Kaiser der Russen geraten hatte, über sie, Luise, ein Bündnis mit Preußen gegen Napoleon zu bewirken – nämlich indem er ihr in zahlreichen Briefen seine ewige Freundschaft beteuerte. Sie dachte nicht daran, wie Louis Ferdinand sie ungewollt zur Komplizin seines Kriegsgeschreis gemacht hatte, sie vergaß, dass sie wegen dieses Verrats bei der großen Revenue zu Ehren des Zaren in Ohnmacht gefallen war. Sie verdrängte, dass er sie wieder einmal benutzt hatte, indem er ihr Herz, das so heftig für den Zaren geschlagen hatte, geopfert hatte.

Denn das alles war mit seinem Tod vergessen.

Wenig später, nachdem sich Friedrich Wilhelm von ihr verabschiedet hatte, holte sie aus ihrer Tasche den Brief, den Louis Ferdinand ihr über Caroline von Berg heimlich hatte zukommen lassen: »*Ich scheide mit dem festen Entschluss, mein Blut für den König und das Vaterland zu vergießen, doch ohne die Hoffnung, es retten zu können.*«

Die Tränen rannen unkontrolliert über ihre Wangen. Wie dumm sie doch gewesen war, dachte sie, als sie wie festgewachsen am Feuer der guten Stube saß. Wenigstens hatte sie ihren Mann. Ihren geliebten Mann!

Am kommenden Morgen aber war Friedrich Wilhelm schon weg, als sie spät aus einem lähmenden, wenig erfrischenden Schlaf aufgewacht war.

Wo war er? Wo war ihr Mann?

Sie eilte zum Fenster und sah, wie die Truppen durch die

Stadt zogen. Kalte Schauer fuhren ihr über den Rücken. Dann erst merkte sie, was ihr dieses Unbehagen verursachte: Ein dumpfes gleichförmiges Trommeln zog durch die engen Gassen. Es war noch schlimmer als der Gleichschritt der Soldaten. Es legte sich über die Stadt, belagerte die Häuser, kroch die Treppen hoch, stürmte die Stuben, machte sich auf dem Mobiliar breit und drang in ihre Ohren. *Bumm-Bumm, Bumm-Bumm, Bumm-Bumm.* Immer wieder *Bumm-Bumm, Bumm-Bumm, Bumm-Bumm.*

»Generalmarsch! Die Tamboure geben den Generalmarsch! Um Gottes willen!« Die alte Gräfin Voss, die schon die Kriege Friedrichs des Großen miterlebt hatte und ebenso die von Friedrich Wilhelm II., war die Erste, die erfasste, was es mit dem wummernden, dumpfen Trommelschlagen auf sich hatte, ohne jedoch dessen Bedeutung beim Namen zu nennen. Selbst sie, die schon so vieles erlebt und überlebt hatte, fürchtete sich auszusprechen, was die Tamboure allen anzeigen wollten:

Es war Krieg!

Doch wo? Wo war der Krieg? Luise rieb ihre kalten Hände, während sie wieder einmal auf den blanken Planken der Stube des Bürgerhauses, in dem sie untergekommen waren, auf und ab ging und nicht wusste, wohin mit ihrer Ungewissheit, mit ihren Fragen und der Trauer, die ihr noch seit der Nachricht von Louis Ferdinands Tod in den Knochen steckte. Wo war Napoleon? Wo war der Feind? Und wo war ihr Mann? Ein Schauer durchfuhr sie, als sie merkte, dass ihr Mann keine Nachricht über seinen Verbleib hinterlassen hatte. Was wäre, wenn sie für immer schieden und so im Argen und ohne Versöhnung auseinandergehen würden? Der Schrecken, den ihr dieser Gedanke bereitete, überlagerte ihre Angst vor dem Krieg. Wieder stiegen ihr die Tränen auf, die sie mit Tapferkeit zu beherrschen versuchte. Im Kreise ihrer Damen wollte sie sich keine Blöße geben. Nicht sie, nicht sie – die Königin von Preußen!

Wo war ihr Mann? Sie erhielt keine Antwort. Stattdessen

stürmte ein Meldeoffizier in ihre Stuben und kam, nachdem er die Ehrerbietungen knapp gehalten hatte, zur Sache:

»Königliche Majestät, der Feind steht vor den Toren der Stadt. Ihr müsst hier weg. Der König befiehlt den Umzug nach Eckertsberga bei Auerstedt. Im Schatten der Schlacht seid Ihr sicher.«

Das Grollen der Kanonen begleitete sie auf dem Weg. Wachfeuer loderten am Rand der Straße. Flüchtlinge mit Sack und Pack drängten sich ihnen bereits entgegen. Endlose Kolonnen schoben sich die Straße entlang. Einige hatten verletzte Kameraden in ihre Mitte genommen. Von einem Wagen hörte man das Weinen der Versehrten. Von einem anderen Wagen stach der Geruch von verbranntem Fleisch und offenen Wunden in die Luft. Diejenigen, die dahinter zu gehen gezwungen waren, hielten sich dicke Lumpen vor die Nase. Ein Trosswagen fiel um, Blechgeschirr und Proviant rollte klirrend über die Straße. Zwei Blessierte stürzten sich darauf. Einer schrie: »Endlich etwas zu essen!«, und schlug gierig seine Zähne ins Brot. Von seinem Kopf tropfte Blut.

Panik lag über dem Getümmel, ebenso wie der Geruch von Schwarzpulver und die bedrohlichen Klänge des Generalmarsches. *Bumm-Bumm, Bumm-Bumm, Bumm-Bumm.*

»Was ist hier los?«

Auch Luises Damen hatten keine Antwort. Mit Mühe arbeitete sich die Kutsche gegen den Strom der Menschen in Richtung Eckertsberga vor. Immer wieder mussten die Vorreiter den Weg freimachen. Einmal hieb der Gardeoffizier einen Passanten mitten ins Gesicht. »Platz da! Platz da!« Die Gesetze des Krieges kannten kein Erbarmen. Sämtliche zivile Errungenschaften waren mit einem Male hinweg.

»Das also ist der Krieg!« Die Königin, die mit ihren Damen im Inneren des Wagens von den Grobheiten ihrer Vorreiter nichts mitbekam, klammerte sich an die Gräfin Voss. Sie war voller Aufruhr und voller Fragen: »Was ist los? Warum drängen alle zurück? Es hat doch noch gar nicht angefangen.«

»Aber Königliche Hoheit, ich kann Euch ebenso wenig eine Antwort geben wie jemand anders.«

Schweigend lehnten sie sich gegen den Samt der Nackenstütze. Von außen drangen Schreie nach innen, der Geruch von Versengtem, von Feuer, Feuchtigkeit, Matsch, und die Stimmen der Verzweiflung und der Not. Mit einem Male hörte Luise eine bekannte Stimme.

»Der Herzog von Braunschweig!« Sie donnerte gegen die Kutschwand und rief durch die Luke. »Haltet an! An-hal-ten!« Ein Pferd scheute. Als die Kutsche zum Stehen kam, war der Herzog von Braunschweig schon auf gleicher Höhe mit dem Wagen. Seine Hand hielt sich am Fenster fest, während er mit der anderen seinen Rappen lenkte.

»Um Gottes willen, was macht Ihr hier, Eure Königliche Hoheit?« Auf der Stirn des Herzogs hatte sich im Nu Schweiß gebildet.

»Ich folge dem Befehl des Königs! Er sagt, ich sei im Schatten der Schlacht sicher. Ich muss zu den Truppen. Ich muss ihnen Mut zusprechen.«

»Mein Gott. Flieht! Der Franzose ist schon bei Eckertsberga.«

»Ja, aber …«

Der Herzog ließ jegliche Form von Ehrerbietung fallen und schrie die Königin in einem Ton an, der seine ganze Verzweiflung um sie offenbarte: »Flieht, flieht! Ihr müsst hier weg. Napoleon ist schneller, als man denkt … Flieht, flieht, schnell! Flieht!«

Als die Voss ein Wort zu mangelndem Anstand und Etikette loswerden wollte, bellte der Herzog im Kasernenton:

»Flieht! Schnell. Flieht, flieht! Nach Weimar. Ich schicke Rüchel nach. Er gibt Euch die Route.«

»Aber wo ist mein Mann?«

Der alte Herzog gab dem Zugpferd der königlichen Kutsche

einen kräftigen Hieb mit der Peitsche, und die Karosse setzte sich mit einem Satz in Bewegung. Die Köpfe der Damen flogen zurück.

In Weimar erwartete sie tatsächlich schon Major von Rüchel. Er trug einen dicken Verband um die Brust. Seine Haare waren in wirrer Unordnung. Sein Blick kläglich. Mit zitternder Hand schrieb er die Route auf.

»Ihr müsst über den Harz. Der Weg nach Berlin ist schon abgeschnitten. Überall Franzosen. Fahrt über Erfurt, Braunschweig und dann weiter …«

»Wo ist mein Mann?«

Um fünf Uhr früh wurden sie vom Leutnant Jagow und sechzig Mann bis nach Langensalza eskortiert. Danach ging es nach Erfurt, wo sie kurz Haugwitz und den Marchese Lucchesini trafen, dessen Blick die Damen ein wenig besänftigen konnte, dann weiter nach Mühlhausen und schließlich nach Heiligenstadt. Überall rannten Versprengte durch das Unterholz, aber keiner hatte Nachricht von den Truppen. Die Kutscher droschen weiter auf die Pferde ein, als gelte es, dem Fegefeuer zu entkommen. Dicker Schaum bildete sich an den Mäulern der Gäule. Sie wieherten und schlugen aus. Mit aller Kraft zogen sie den Tross durch den aufgeweichten Boden. Man kam nur zäh voran.

Als kurz vor Braunschweig die Achse von Luises Wagen brach, war man gezwungen umzusteigen. Kammerherr von Buch überließ Luise seinen offenen Wagen, die Voss stieg bei den anderen Damen zu. Nun war Luise das erste Mal im Krieg allein. Ihr Blick wurde durch die spätherbstlichen Wälder begrenzt. Sie sah nach oben in den dämmernden Himmel. Krähen zogen vorbei und kreischten. Nun flossen dicke Tränen über ihre fahlen Wangen. Nicht einmal mehr die frische Luft schmeckte ihr.

Als sie gegen zehn Uhr in Braunschweig ankamen, trug der gesamte Hof Trauer. Der alte Herzog von Braunschweig, der die Königin und die Damen nur wenige Tage zuvor angeschrien hatte, so schnell sie konnten, aus dem Umfeld der Schlacht zu fliehen, war gefallen, schon kurz nachdem der erste Schuss vor Auerstedt abgefeuert worden war. Die preußische Armee hatte damit ihren obersten Befehlshaber eingebüßt. Eingeweihte wussten, dass es danach zu Chaos und unbeherrschtem Kompetenzgerangel zwischen den eitlen Generälen gekommen war, aber niemand wusste Genaues.

»Wo ist mein Mann?«, fragte Luise, aber keiner hatte Nachricht von den Truppen.

Gegen Mitternacht kam ein Postsekretär und schrie: »Die Schlacht ist gewonnen, die Schlacht ist gewonnen!«

Erschöpft fielen alle in den Schlaf. Noch bevor sie um fünf Uhr in Richtung Tangermünde aufbrachen, schrieb Luise einen Brief an Friedrich Wilhelm:

Lieber Freund,
in Braunschweig ist Trauer, der Herzog ist tot. Gott sei mit ihm. Es ist eine schreckliche Nachricht. Wer befehligt nun die Armee? Man hört, die Schlacht sei gewonnen. Ich bin so froh … Ich fahre bis Tangermünde, von dort aus dann nach Berlin. Ich bete für Dich, ich liebe Dich. Ich spreche von nichts, was uns sonst betrifft, und hoffe nur, Dich bald wiederzusehen. Bitte, ich bitte Dich: Lass mich nicht ohne Nachricht.

Deine Luise.

Dann fuhren sie in Richtung Berlin.

Als sie, gerade vom Tiergarten kommend, durch das Potsdamer Tor in die Leipziger Straße einbogen, waren die Straßen, die zum Kronprinzenpalais führten, verstopft mit Fuhrwagen, die an der Bordsteinkante standen und eifrigst bepackt wurden. Diener und Mädchen bildeten Schlangen und reichten Körbe voller Hausrat und Geschirr, Möbel und Teppiche weiter, kräftige Kerle verstauten sie auf der Ladefläche und vertäuten sie mit dicken Knoten. Danach versuchten verhüllte Gestalten unbemerkt in die dazugehörigen pompösen Kaleschen zu steigen und abzufahren. Die Kutscher beeilten sich wegzukommen.

Doch als die Fliehenden entdeckt wurden, war das Geschrei groß.

»Feige! Feige! Alle sind se feije!« Die Gassenjungen warfen den Kutschen Dreck und Kot nach und schrien ihnen ihren Unmut hinterher. »Ihr haut ab! Und wir müssen bleiben.«

Als Luise die Aufregung sah, wollte sie schon absteigen und fragen, was los sei, da kam ihr ein Feldjäger entgegengeeilt. Er drehte sein Pferd und ritt im gleichen Tempo, wie Luises Kutsche fuhr, neben ihr her. Seine Hand lagerte in ihrem Fensterrahmen.

»Was ist los, was ist hier los?« Luise sah ihn mit ängstlichen Augen an.

»Königliche Hoheit ...«

»Ach, hört auf mit dem Gerede ... Es ist keine Zeit für Etikette.« Sie sah dabei die Voss mit strafendem Blick an. »Sagt mir einfach, was los ist!«

»Die Schlacht ist verloren. Verloren! Alles verloren. Alles ist verloren.« Er schrie über das Getrappel hinweg und schöpfte Atem. »Die Franzosen treiben die Truppen vor sich her wie Vieh. Es ist ein einziger Tumult. Jena steht in Flammen, Weimar ist geplündert. Alle Läden sind leer und zertrümmert. Die Männer tot, Frauen und Kinder geschändet ...«

»O Gott, wo ist der Herzog von Weimar?« Mit Schrecken dachte sie daran, dass ihrem Onkel Karl August etwas passiert sein könnte.

»Er ist auf der Flucht – keiner weiß, wohin ... Keiner stellt sich den Franzosen entgegen ... Sie plündern und rauben und morden … Sie brandschatzen und nehmen sich die Frauen, so wie es kommt … So geht es Stadt um Stadt – es ist ein einziges Elend. Es ist wie eine Flut, die nicht aufzuhalten ist.« Noch einmal musste er Luft holen. »Der Prinz von Oranien hat kapituliert, Erfurt ist kampflos übergeben, die Franzosen rücken ohne Aufenthalt nach Berlin. Sie können in wenigen Tagen hier sein … Wir müssen weg – alle müssen weg … Es ist keine Zeit – alle haben Angst … Flieht, Königin, flieht! Napoleon hat zur Jagd auf Euch ausgerufen.«

»Bitte?«

»Derjenige, der Euch gefangen nimmt, bekommt eine hohe Belohnung …«

»Ja, aber … wo ist – wo ist mein Mann, wo ist der König?«

»Das weiß ich nicht, Eure Majestät!«

»Ja, aber ist er denn nicht bei der Armee?«

»Die Armee? Sie existiert nicht mehr!«

Dann gab er seinem Pferd einen Hieb, galoppierte an den vollgepackten Wagen vorbei und bog in die Friedrichstraße ein.

Zurück in ihren Kammern im Kronprinzenpalais, wo sie so viele glückliche und ruhige Stunden verbracht hatte, brach Luise weinend zusammen. Das war also der Krieg? Das war es, wovor sie Friedrich Wilhelm hatte bewahren wollen? Es war so furchtbar.

Die Menschen skandierten vor ihrem Fenster, aus dem sie so viele Male auf das friedliche Treiben Unter den Linden gesehen und den Händlern und Fuhrmännern, Wachen und Bauersfrauen mit ihren dicken Schürzen und vollen Henkelkörben hinterhergeblickt hatte, aber sie war unfähig, eine Bewegung zu tun. Schmerzvolle Rufe drangen zu ihr hoch, ein Flehen und Bitten, einmal sogar ein Vivat-Ruf.

Ach, was sollte sie ihnen sagen? Was bloß? Sie, die nie um Worte verlegen war, überlegte und verwarf, sortierte sich und kam doch nicht zu einem klaren Gedanken. Ja, was sollte sie ihnen sagen? Sie, die hier in diesen Kammern an diesem Sekretär sehnsüchtige Briefe nach St. Petersburg geschrieben hatte, die nun mit einem Krieg beantwortet worden waren, der ihr Volk in Not und Elend stürzen würde? Sie, die so vieles nicht vorhergesehen hatte? Sie, die nur an sich gedacht und nicht mit Weitsicht gehandelt hatte? War sie schuld an dem Krieg?

Sie war unfähig, sich ihrem Zutun zu stellen, und das nicht nur, weil sie vor Angst unfähig war, überhaupt etwas zu tun, sondern auch, weil sie durch den Jagdruf Napoleons auf ihre Person spürte, was Krieg bedeutete – Todesangst.

Luise war starr vor Schreck. Nass vor Schweiß. Mit zitternden Händen versuchte sie, einen Löffel von dem Gerstenschleim zu sich zu nehmen, den man ihr noch zubereitet hatte. Sie bekam keinen Bissen hinunter. Wenigstens waren ihre Kinder sicher in Schwedt, wo sie hingeschickt worden waren, dachte sie, bevor sie in ihrem blauen Alkoven wieder einmal in einen unruhigen Schlaf fiel.

Gegen sechs Uhr brach sie mit ihrem Leibarzt Hufeland nach Schwedt auf. Als sie die Stadt durch das Rosenthaler Tor verließ, las sie einen Aushang mit den Worten:

> *Der König hat eine Bataille verloren. Jetzt ist Ruhe die erste Bürgerpflicht. Ich fordere die Einwohner Berlins dazu auf. Der König und seine Brüder leben!*
>
> *Gezeichnet: Graf von der Schulenburg,*
> *Gouverneur von Berlin.*

Er lebte! Luise weinte trockene Tränen. Er lebte, er lebte! Friedrich Wilhelm lebte, ihr Mann lebte! Ihr Herz sank in ihrer Brust nieder, sie atmete erleichtert auf. Aber sie war nicht nur froh, sondern auch aufgebracht. Denn sie wusste immer noch nicht, wo er war. Sogleich wurde ihre hohe Stirn wieder von sorgenvollen Falten durchzogen, und sie geriet ins Grübeln: Wo war er bloß? Hatte ihn Napoleon gefangen genommen? Er konnte ja leben und dennoch gefangen sein!

Noch während der Fahrt erreichte sie die Nachricht, dass die Franzosen vor Magdeburg standen und Napoleon die schöne Königin immer noch gefangen nehmen wolle. Ein kalter Schauer fuhr ihr durch die Glieder. Dann war der König also auch schon in seinen Händen und sie nur noch ein weiteres Pfand zu Napoleons Kriegsglück!

Sie klopfte zum Bock hin an die Kutschwand, und der Kutscher prügelte auf die Pferde ein. Luise starrte auf die vorbeiziehenden Alleen.

Im alten Markgrafenschloss von Schwedt an der Oder kamen ihr die Kinder schon auf der Treppe entgegengerannt.

»Mama, Mama!«

Alexandrine, die früh zu Bett gegangen war, rieb sich den Schlaf aus den Augen. Wilhelm klammerte sich an ihrem Bein fest, und Fritz, der Älteste, fragte das, was sie nicht beantworten konnte und selbst so gerne gewusst hätte:

»Wo ist Papa?«

Als man schnell ein paar Brote und etwas Milch aufgetragen hatte und Luise endlich wieder an einem Tisch mit ihren Kindern vereint war, lärmten diese ohne Unterlass. Fritz gab wie immer den Anführer und jagte Charlotte um den Tisch. Wilhelm, der sich hinter Fritz hielt, kam plötzlich auf die Idee, einfach die Runde in umgekehrter Richtung abzulaufen, und prompt lief ihm die überraschte Charlotte direkt in die Arme. »Mama, Hilfe«, schrie sie, während ihr Bruder sie hochhob und sie wild mit den Beinen in der Luft herumzappelte. Es war aber Alexandrine, die ihr letztlich beistand, indem sie ihrem Bruder einen kräftigen Klaps auf den Hintern versetzte, sodass dieser Charlotte sofort frei ließ. Doch statt nun Ruhe zu geben, ging die Jagd von vorne los, und diesmal waren es die beiden Mädchen, die ihre älteren Brüder zu fangen versuchten. Sie lärmten, schrien und tobten ohne Unterlass. Niemand sagte etwas dagegen.

Als Luise sich ins Bett legte, befiel sie ein traumloser Schlaf.

Am nächsten Morgen erreichte sie das Gerücht, der König sei in Stettin, nach dem Frühstück hieß es, er sein in Küstrin, danach, er sei in Berlin. Wenigstens lebte er, dachte Luise. Feldjäger gingen ein und aus, und Luise hatte ihre liebe Not, vor den Kindern ihre Angst zu verbergen. Einem der Kuriere gab sie eine Depesche mit dem Inhalt in die Hand: »*Lieber Fritz, ich werde immer, immer weiterreisen. Bis ich Dich finde. Deine Luise.*«

Doch kaum waren sie in Stettin angekommen, erreichte sie die Nachricht, dass der König in Küstrin sei. Sie befahl dem Kutscher, gleich weiterzufahren. Gott sei Dank, dachte sie und schickte ein stilles Gebet in den Himmel. Endlich, endlich, bald würde sie Friedrich Wilhelm in den Armen halten … endlich! Dennoch: Die Zeit verging wie in einem Sterbehaus, wenn man sich selbst dem Himmel entgegensehnte und alle nur auf sein Ableben warteten, um endlich das hinterlassene Hab und Gut verteilen zu können.

Als Luise und Friedrich Wilhelm sich dann endlich in Küstrin gegenüberstanden, wussten sie sich lange nichts zu sagen. Sie sahen sich wortlos und starr vor Entsetzen an. Das Feuer in ihrem Rücken, der kalte Luftzug, der durch die Mauerritzen der zugigen Festung pfiff, das Klappern der vom Wind bewegten Fensterläden, das Wogen der schweren Samtstores, das Getrappel der Pferde und Wagen, das vom Hof zu ihnen nach oben drang, das alles rückte in den Hintergrund, und es gab nur noch sie beide.

Sie wäre ihm gerne in die Arme gefallen, hätte sich an ihn gedrückt, hätte ihm versichern wollen, dass es nun, da sie beide am Leben seien und endlich wieder zusammen seien, nichts mehr gäbe, was sie trennen könnte; kein Napoleon und – sie wagte es nicht einmal zu denken – auch kein Alexander. Aber irgendetwas riet ihr, dass es besser sei, sich hinzusetzen, zu schweigen und seinem Bericht mit Einfühlung und der Hoffnung auf Trost zu lauschen. Denn ganz langsam, nach Worten ringend und suchend wie vor kaum zwei Wochen, als er ihr die grausame Nachricht vom Tod Louis Ferdinands überbracht hatte, fing er an zu erzählen. Sein Blick ging wieder reglos auf den Boden, wieder knetete er seine Hände, wieder kamen seine Worte in kleinen Portionen.

»Franzosen hielten Vierzehnheiligen. Die Infanterie anderthalb Stunden unter Feuer. Die Franzosen schieben nach und nach. Hohenlohe hält allein die Stellung. Am Mittag greift Napoleon mit vier Divisionen an, die Linie reißt auseinander … binnen Minuten fallen 5000 Mann. Hohenlohe befiehlt den Rückzug. Um eins kommt endlich Rüchel. Aber nicht von der Seite, sondern den Berg hoch. Die Franzosen donnern vom Hang herein … Reihe um Reihe fällt um wie Dominosteine … Nochmal 5000 Tote. Es war ein Bild des Grauens. Die Nachdrängenden stolpern über die Toten.

Am nächsten Tag in Auerstedt. Ein Kartätschensplitter reißt dem Herzog von Braunschweig beide Augen weg … Fand ihn blind und voller Blut an einen Baum jelehnt … das Schauderhafteste, was ich je gesehen habe. Wartensleben und Schmettau rücken dennoch zügig vor. Davout kann nur schwer halten … wird zurückjedrängt … Er reitet zwischen den Divisionen hin und her. Sein Jesicht schwarz vom Pulver …

Dann: Die Franzosen bekommen Nachschub. Schmettau und Wartenslebens Truppen werden völlig überrannt … Die Division des Prinzen von Oranien kann nur eine Stunde halten … Dann ordne ich den Rückzug an. Die Zahl der Toten liegt bei 20 000 … Möllendorff hat Verletzungen an beiden Beinen. Er ist vermisst. Der Herzog von Weimar ist auch vermisst … Rüchel hat es getroffen … mein Bruder Heinrich hat einen Streifschuss. Wilhelm wurde das Pferd unterm Hintern wegjeschossen …

Schimonsky ist tot … Schmettau ist tot … Schenk ist tot … Kleist tot … Gualtieri tot … Quitzow tot … Ebra tot … Krafft tot … Herwarth tot … General Karmers tot …«

So ging es in einem fort. Jedem, den Friedrich Wilhelm kannte und der bei der Schlacht gefallen war, setzte er, indem er seinen Namen aussprach, ein Denkmal. Als er die Liste zu Ende geführt hatte, dämmerte es schon. Dennoch hatte er mit keinem Wort erwähnt, dass ihm selbst sein Pferd unter dem Hintern weggeschossen worden war und, wenn sein Adjutant ihn nicht schnell und geistesgegenwärtig zur Seite gezogen, sich auf ihn gestürzt und mit seinem eigenen Leib abgedeckt hätte, auch sein Name der langen Liste hätte hinzugefügt werden müssen.

Zwei Tage später beschloss man, die Kinder nach Königsberg zu schicken, und das Paar selbst floh über Schneidemühl und Bromberg nach Graudenz. Dort fand man endlich Zeit, sich zu beraten. Was tun? Die Armee war aufgerieben, ja sie existierte nicht mehr. Die meisten Generäle hatten kapituliert. Es gab also niemanden, dem man den Oberbefehl über die versprengten Truppen anvertrauen und mit dem man eine Offensive gegen Napoleon beginnen konnte. Man stand also alleine da.

Wieder geriet das königliche Paar über die Ereignisse in Streit. Luise riet Friedrich Wilhelm, doch einfach Alexander um Hilfe zu bitten. »Er ist ein Freund«, sagte sie und legte in ihre Stimme all die Reue, die sie fühlte. Er aber stellte sich stur, weil er nach der Katastrophe, die ihm und seinem Land widerfahren war, keinen Rat mehr von Luise annehmen wollte.

Erst in den einsamen Stunden der Nacht, die er von jeher nutzte, um Entscheidungen zu treffen oder herbeizuführen, klärten sich seine Gedanken. Der Vertrag, dachte er, den Alexander und ich nach dem Besuch der Gruft des Alten Fritz geschlossen haben, verpflichtet nicht nur mich zum Beistand, sondern auch ihn.

In der Nacht noch schickte Friedrich Wilhelm eine Depesche nach St. Petersburg, in der er seinem Freund seine missliche Situation schilderte und ihn um Hilfe bat.

> Lieber Freund,
> die Lage ist fatal. Allein Eure Hilfe kann Preußen retten. Mein Schicksal liegt in Eurer Hand.
>
> Euer ergebener Freund, FW.

Der Zar war zutiefst bewegt, als er das Papier mit der kleinen Note seines Freundes senkte, und starrte lange ins Leere. Er wusste, dass die Schlachten von Jena und Auerstedt das arme Preußen in eine Katastrophe gestürzt hatten. Die Nachricht davon hatte mit Ausnahme von Frankreich ganz Europa erschüttert. Aber dass sein stolzer, gelegentlich auch etwas sturer Freund Friedrich Wilhelm so in Bedrängnis war, dass er nach Unterstützung verlangte, ließ ein Gefühl von Schuld in ihm emporkriechen, dem zu stellen er sich nicht scheute. Er versicherte ihm ebenfalls per Depesche, so bald wie möglich Truppen zu schicken, ohne freilich einzugestehen, dass er mit dieser Zusage selbst in eine unangenehme Lage geriet. Denn die Schlacht bei Austerlitz hatte sein Heer stark vermindert, die Verluste waren hoch und nicht so schnell auszugleichen gewesen. Woher nur Soldaten nehmen, um Napoleon einen ordentlichen Schlag zu versetzen? Er wusste es nicht.

Für Friedrich Wilhelm und Luise, die die Nachricht von der Hilfe Alexanders in tiefer Dankbarkeit aufgenommen hatte, hieß es nun warten, warten und nochmals warten. Graudenz war ein guter Ort, es war weit weg von Napoleon, aber nahe bei den wenigen Versprengten.

Doch schon bald wurden vor den Toren französische Späher aufgegriffen. Einer, dem man unter schweren Prügeln seine Mission abgepresst hatte, offenbarte: »Napoleon jubelt, die Königin von Preußen sei mehrmals in Sicht gewesen. Leider wäre es nicht gelungen, sie zu fangen. Sie habe Blut gewollt. Nun soll sie Blut bekommen.«

Sofort flohen Luise und Friedrich Wilhelm durch schwere Herbststürme weiter nach Stargard, dann wieder durch scharfe Winde und Regenfälle zurück nach Graudenz, weil man auf eine Nachricht von Alexander und die Ankunft seiner Hilfstruppen wartete und diese in der Festung zu sammeln erhoffte. Dann ging es doch weiter in Richtung Königsberg, kurze Rast boten Osterode und die Ortelsburg, dann trennte sich das Paar. Luise wollte den Kindern nachreisen, der König sollte auf Alexanders Truppen warten. Über Luises bleiche Haut legte sich eine Starre.

»Es gibt Momente, wo man alles vergisst …«, sagte sie beim Abschied. Aber Friedrich Wilhelm schwieg.

Weinend saß sie im Wagen nach Königsberg, während Friedrich Wilhelm in der Ortelsburg blieb und immer noch auf Nachrichten, Hilfe, Zugeständnisse von Zar Alexander wartete, von dem er dachte, dass er sein Freund war.

Stattdessen kamen Nachrichten aus dem ganzen Land: Magdeburg, Hameln, Stettin, Spandau – alle Festungen hatten ohne Not kapituliert, Hohenlohe war bei Prenzlau geschlagen worden, von Ingersleben hatte Küstrin, obwohl er vor einer Woche noch behauptet hatte, es bis zum letzten Mann zu verteidigen, kampflos übergeben, die Truppe der *Gens d'Armes* war wie Vieh durch die Straßen getrieben worden.

Napoleon hatte Schloss Charlottenburg geplündert, in Luises Bett geschlafen, das lederne Kästchen mit den Briefen von Alexander gefunden, diese sofort nach Paris geschickt und in seiner Zeitung veröffentlichen lassen. Die Schlagzeile lautete:

»Alexander hat die Königin von Preußen ins Unglück gestürzt.

Er ist ein Romanheld. Zwischen ihren Toilettenutensilien fand man die parfümierten Briefe Ihrer Kaiserlichen Majestät, des Zaren Alexander, mit Schwüren der ewigen Freundschaft und Liebe.«

Am Mittag des 27. Oktober 1806 hatte Napoleon dann in einem triumphalen Zug durch das Brandenburger Tor Berlin eingenommen.

»Nun hat das Brandenburjer Tor doch noch seinen Triumphzug erlebt«, sprach Friedrich Wilhelm mit kaltem Zynismus zu sich selbst, als er davon hörte.

Die Schreckensmeldungen rissen nicht ab: Friedrich Wilhelms Tochter, die Prinzessin Charlotte, war an der Ruhr erkrankt, Hufeland war in heller Not, Alexandrine hatte eine schwere Erkältung mit dicken Mandeln und eitrigem Rachen, sein Sohn Karl Nervenfieber mit hoher Temperatur und kalten Schweißausbrüchen – und die Königin, die arme Königin, ebenso.

Friedrich Wilhelm dachte, als er diese Meldung bekam, an Luises blasses, schuldbewusstes Gesicht, den Schrecken, der sich in ihre Züge gegraben hatte, und die Zusprüche, mit denen sie ihn hatte aufmuntern wollen. Es tat ihm alles so leid. Er wünschte sich die stillen Stunden von Paretz zurück, die sie so unbeschwert miteinander genossen hatten, die Ausgelassenheit ihrer Brautzeit, die heiteren Momente, in denen sie Arm in Arm durch den Tiergarten spaziert waren, und die zärtlichen Nächte, in denen er ihre kleine Person umfasst hatte. Aber die Erinnerung an die schönen Gemeinsamkeiten stellten sich nur schwer ein – sein Herz war durch den Krieg taub und dumpf geworden.

In diesen freudlosen Moment platzte der Marchese Lucchesini hinein, der in Berlin mit Napoleon über den Frieden mit Preußen verhandelt hatte.

»Die Optionen sind gut … gut«, sagte der ungeheuerliche

Italiener in seinem eigentümlichen Singsang, der an die Teppichverkäufer auf den türkischen Basaren erinnerte. Und so, wie diese ihre Teppiche vor ihren Käufern ausbreiteten, erzählte Lucchesini nun von den Bedingungen, die der Kaiser von Frankreich stellte, als ob es das beste Angebot sei, das man sich nur vorstellen konnte, und man zugreifen müsse, bevor es zu spät sei:

»Er will Preußen schonen ... schonen. Er will nur sein Recht. Er ist schließlich der Sieger ... Er betont, er habe immer den Frieden mit Preußen gesucht und es als Partner für ein Bündnis gesehen. Er ist ein großer Freund Friedrichs des Großen. Hat ihn sein Leben lang bewundert ...«

»Was habt Ihr erreicht?« Friedrich Wilhelm fiel wieder ein, dass Lucchesini immer erst dann zu Ende gesprochen hatte, wenn er ein Wort wiederholt hatte, und trotz seiner Sympathie für den Mann, der wie er selbst an einer Beeinträchtigung seines Sprachvermögens litt, hatte er keine Geduld für lange Reden. Nicht nach diesem Krieg – nicht, nachdem alle Gebiete kampflos übergeben worden waren; nicht, nachdem alle Generäle ihm mit ihren Kapitulationen in den Rücken gefallen waren; nicht, nachdem Napoleon Berlin geplündert, die Victoria vom Brandenburger Tor hatte abmontieren und nach Paris schicken lassen; nicht, nachdem der fürchterliche Korse den Säbel Friedrichs des Großen und die Bestände der Königlichen Porzellanmanufaktur gestohlen hatte; nicht, nachdem dieses Monster, dieser Ausbund der Niedertracht, dieser Lügner und Götze, der dem Kot entstiegen war, im Bett seiner Frau, seiner Luise, geschlafen hatte!

Aber Lucchesini verstand die Zeichen der Zeit nicht. Wie er es bislang gewohnt war, versuchte er, den König in langen Reden für sich einzunehmen, indem er ihm die Vorteile eines sofortigen Friedens mit Napoleon mit sanftem Singsang und einnehmendem Blick nahelegte. Er sah Friedrich Wilhelm fest in die Augen, auch als er auszuweichen versuchte, und rückte auf dem Stuhl, auf dem er saß, sogar so weit vor, dass er beinahe umzukippen drohte, nur um den König mit seinem Blick gefangen zu nehmen, als er ihm in gewundenen Ausführungen unterbreitete, dass es ja ganz in seinem Sinne sei, »Frieden zu schließen … schließen«. Dass man darüber hinaus froh sein könnte, dass Napoleon nicht noch mehr Schaden angerichtet und er sich im Großen und Ganzen als sehr versöhnlicher Mensch gezeigt hätte.

Schließlich, als all diese salbungsvollen Sirenengesänge nicht halfen, beging er den Fehler, Luise und ihre »Neigung zur Heftigkeit der Gefühle … Gefühle« anzusprechen, die sich schon damals in Frankfurt so deutlich gezeigt hätte im Umgang mit dem Prinzen Louis Ferdinand – »aber nicht nur mit dem … dem«, und dass sie es wohl schwer habe, aufgrund dieser unglücklichen Disposition ihre Pflichten als Königin zu erfüllen, was ja die Sache mit Alexander bewiesen habe, und wie lang er, der König, sich – wie man es in Italien auszudrücken pflegte – wohl noch Hörner aufsetzen lassen wollte …

Als Friedrich Wilhelm den Marchese in hohem Bogen des Zimmers verwies und ihm nachrief, dass er sofort entlassen und in Preußen nicht mehr geduldet sei, und weiter sämtliche Schimpfwörter, die ihm in den Offiziersmessen zu Ohren gekommen waren, hinterherrief; als daraufhin Lucchesini, der seinen plötzlichen Fall nicht verstand, sich noch einmal zum König umdrehte und ihn flehentlich, ja bittend gar ansah – was bei ihm, dem Großmeister der Diplomatie, zuvor noch niemals beobachtet werden konnte –, bemerkte Friedrich Wilhelm, dass der Glanz in den Augen des Italieners erloschen war.

»Intriganter Schwätzer«, fluchte Friedrich Wilhelm, als er ein weiteres Mal zu erkennen gezwungen war, dass ein Mann, an dessen Treue er geglaubt hatte, ihn verraten hatte. Was Napoleon ihm wohl versprochen hat für diese Infamie?, fragte er sich noch, als er beschloss, nicht einen Gedanken mehr an diesen kleinen, dicken Speichellecker zu verschwenden, da es weit gewichtigere Sorgen gab.

Denn auch als endlich und nach nervenzehrendem Warten Alexanders ersehnter Beistand von 140 000 Mann eintraf, nahmen die Unglücksmeldungen kein Ende.

Alexanders bester General Bennigsen konnte die französischen Truppen bei Pultusk zwar aufhalten, aber der preußische Kommandeur Lestocq wurde zurückgeworfen. Dann siegte Romberg in einem Scharmützel, doch Brieg kapitulierte in Schlesien, und schließlich zog Napoleon in Warschau ein. Bei Preußisch-Eylau kam es zwischen den Kontrahenten zu einer blutigen Schlacht mit jeweils 25 000 Toten auf beiden Seiten, doch statt den angeschlagenen französischen Verband zu verfolgen, ließ Bennigsen Napoleon unbehelligt weiterziehen. Dieser nahm trotz Lestocqs Gegenoffensive über die Frische Nehrung Danzig, dann Neuostpreußen, Marienburg und Ostpreußen ein, marschierte dann ohne Aufenthalt auf Königsberg zu und vernichtete den Rest der angeschlagenen preußisch-russischen Armee endgültig, nachhaltig und ohne Hoffnung bei Friedland.

Damit war der Krieg vorbei.

Und Preußen von der Landkarte gelöscht.

12

Während Napoleons Imperium sich nun von der Biskaya bis zur Dange erstreckte, saßen Friedrich Wilhelm und Luise am äußersten Zipfel ihres einst großen Reiches im kleinen Memel.

Luise schrieb in ihr Andachtsbuch: »*Alles, alles ist verloren!*«, und Friedrich Wilhelm fühlte den Schmerz dessen, der von allen Mitstreitern, Freunden, Ministern, Beratern und Vertrauten verlassen wurde. Die ganze Generalität war ihm in den Rücken gefallen, alle Statthalter hatten sich aus dem Staub gemacht oder waren zu Napoleon übergelaufen. Alle, die in das Kriegsgeschrei eingestimmt hatten, waren tot oder hatten ihn verraten – ihn, der wenig Wert auf Hof gelegt hatte, der sich geweigert hatte, dicke, gut dotierte Posten zu vergeben, um seinem Volk die Steuerlast zu erleichtern, der alles getan hatte, um Preußen von oben her zu erneuern. All die alten Adelscliquen, Befehls- und Machthaber hatten sich bitterlich an ihm gerächt.

Nun hatte Friedrich Wilhelm nur noch einen Freund: Alexander.

Am 25. Juni 1807 nahm dieser die Einladung Napoleons an, in Tilsit über den Frieden zu verhandeln – und Friedrich Wilhelm war der Meinung, es sei besser, sich in der Nähe aufzuhalten, und hatte sich von Memel aus in die Grenzstadt aufgemacht.

Napoleon hatte alles getan, um dem Herrscher über die Russen zu schmeicheln. Auf einem Floß, das in der Mitte der Memel befestigt war, hatte er zwei Pavillons im prächtigen Stil römischer Feldherren errichten lassen. Auf dem einen stand in Gold auf Weiß ein großes *N* für Napoleon, auf dem anderen ein *A* für Alexander. Beide waren mit Lorbeer umkränzt. Er trat Alexander am Ufer entgegen und umarmte ihn unter heftigem Schulterklopfen und Beteuerungen. Er führte ihn nach drinnen zu den Verhandlungen, während die beiden Friedrich Wilhelm im strömenden Regen am Ufer warten ließen.

»Eure Kaiserliche Majestät, lieber Alexander«, sprach Napoleon den russischen Herrscher an. »Wir können Freunde werden. Das Einzige, was Ihr tun müsst, ist, Eure Freundschaft mit Preußen zu brechen. Kommt auf meine Seite, und es wird nicht zu Eurem Nachteil sein.«

Napoleons schwarze Augen trafen die von Alexander, als er ihm die Feder entgegenhielt, der dieses neue Bündnis mit

Frankreich durch seine Unterschrift bestätigen sollte. Und Alexander – der letzte Freund, dessen Friedrich Wilhelm sich noch sicher wähnte – unterschrieb.

Abends notierte die Voss, die die Neuigkeit an der Seite der Königin ausgerechnet in dem Raum vernommen hatte, in dem sie vor fast genau fünf Jahren so wunderbare Abende mit Alexander verbracht hatten, in ihr Tagebuch: *»Die arme Königin weinte lange.«*

Doch am nächsten Tag schon schickte Luise Friedrich Wilhelm eine Eilstafette in dessen Domizil in der Nähe von Tilsit.

Mein lieber Fritz,
Napoleon hat sich sehr schlecht gegen Dich aufgeführt. Ihn sehen, diesen Quell des Bösen, und sich noch vor ihm verstellen, heiter und liebenswürdig erscheinen müssen – das ist zu viel. Sich zu verbiegen wie Alexander, das ist nicht jedermanns Sache. Nichts gleicht diesem niederträchtigen Mörder, diesem Ungeheuer, diesem Monster, diesem dicken Korsen, der aus dem Unrat der Menschheit aufgestiegen ist, diesem Lügner, Betrüger, Hasardeur, Gernegroß, abgebrochenen Wicht …

Ich habe heftige Kopfschmerzen und schreckliches Fieber. Ich bin wieder in der Hoffnung, und die Flucht hat mir schwer zugesetzt. Der Typhus steckt mir noch in den Knochen, und gestern haben mich wieder heftige Krämpfe in der Brust befallen. Aber es ist nichts gegen das, was Du zu ertragen hast. Ich weiß, was ich zu tun habe, mein Freund. Wenn Du also glaubst, dass Seine Majestät Napoleon das Fest in Tilsit mit mir vollzählig machen will, dann komme ich, dann fliege ich nach Tilsit! Er hat mich beschmutzt, entehrt, mit Dreck beworfen, er ist ein widerlicher Parvenü, er kommt aus dem Kot, ich hasse ihn aus vollem Herzen.

Ich kann Dir also keinen größeren Beweis meiner Liebe zeigen, als wenn ich dort hinfahre, wo ich nicht begraben sein möchte.

In Treue, Deine Freundin Luise.

13

Tilsit, 6. Juli 1807

Luise war überrascht, als Napoleon in ihr Zimmer im ersten Stock der wenig königlichen Tilsiter Wohnung nahe der Schlossmühle trat, die ihr zur Repräsentation diente, und sie statt eines Monsters, Ungeheuers, niederträchtigen Korsen, der dem Kot entstiegen war, eines Parvenüs, einer kleinbürgerlichen Geißel der Erde, eines Widerlings, eines Quells des Bösen und eines Abschaums der Menschheit einen Mann sah, der sie beeindruckte.

Es war vier Uhr am Nachmittag. Die Sonne, die hier im Norden niemals unterzugehen schien, warf schon lange Schatten und legte auf ihren bescheidenen Empfangsraum ein schwaches und zugleich sanftes Licht. Das aufgeregte Gemurmel, das von ihren Damen und den Gesandten herrührte, die im Treppenhaus für den selbst ernannten Kaiser Spalier gestanden hatten, war in dem Moment verebbt, in dem Napoleon die Tür hinter sich geschlossen hatte. Nur von den Straßen hörte man die rhythmischen Schritte der französischen Soldatentrupps, die Preußen mit so viel Leid und Elend überzogen hatten.

Nun waren sie allein.

Napoleons Haltung war gezeichnet von Zuversicht, Selbstzufriedenheit und dem Strahlen eines Siegers. In seinen Augen blitzte das Feuer eines Generals, der schon in tausend Kanonen geblickt und ebenso viele Herzen gebrochen hatte. Er war klein, aber sein Kopf hatte die Größe eines römischen Cäsaren-

Profils. Er war voller Willenskraft und Vitalität und legte einen Charme an den Tag, der im Umgang mit Damen geschult war. Galant bat er Luise, die im dritten Monat in der Hoffnung war, sich doch zu setzen, aber sie lehnte ab. Er musterte sie mit neugierigem Blick, als sie mit würdevoller Haltung vor ihm stand.

»Nun habe ich doch noch das Vergnügen, die Königin Preußens kennenzulernen, von deren Schönheit man in ganz Europa spricht …«

»Sire, Ihr seid doch nicht hergekommen, um den Galan zu spielen. Das würde Euch teuer zu stehen kommen …«

Er runzelte seine hohe Stirn und unterdrückte ein belustigtes Schmunzeln, indem er die Lippen fest zusammenpresste. Nach wenigen Augenblicken erst antwortete er: »Oh, man sagte mir schon, dass man sich gegen Euch tapfer wehren muss! Ich sehe, man hat mir nicht zu viel versprochen.«

»Nun, Ihr seid der Sieger! Ich hoffe, dass Ihr Euren Sieg nicht missbrauchen werdet …« Sie unterdrückte, ihm zu sagen: ›wie vor kurzer Zeit, als Ihr versucht habt, den Marchese Lucchesini gegen mich auszuspielen‹, sondern strich mit der Linken ihr Kleid glatt.

»Ich bin nur Sieger, weil es Krieg gegeben hat. Warum seid Ihr so weit gegangen? Ihr habt jedes freundschaftliche Angebot verweigert. Wir hätten in Frieden miteinander leben können. Stattdessen habt Ihr einen anderen vorgezogen …«

»Hätten wir in Frieden leben können? Ich weiß es nicht …«

Napoleon musterte die Frau, die ihm als kriegslüsterne Amazone geschildert worden war, die ihr Dragonerregiment mit donnernden Schlachtrufen in den Krieg trieb. Nun, als er dieses zerbrechliche, zarte, blasse und schöne Wesen vor sich stehen sah, konnte er gar nicht begreifen, wie man so etwas von ihr zu behaupten imstande war. Er sah in ihr das Musterbild einer Frau, wie er sich es immer vorgestellt hatte. Sie war liebreizend und charmant und hatte trotz des Elends, das er ihr hatte zufügen müssen, nichts von ihrem Humor eingebüßt. Sie trug

Weiß wie die Unschuld. Auf Ehre, dachte er, man möchte ihr eine Krone zu Füßen legen, anstatt ihr eine zu rauben.

Er fragte sie nach Alexander, worauf sie nicht einging; sie versuchte, ihn für sich einzunehmen, indem sie von ihrem Willen sprach, sich ihm, dem Sieger, zu beugen. Er erzählte von Berlin, seinem Glanz und seiner Schönheit und von der Pracht des Brandenburger Tors, das an die glanzvolle Architektur der römischen Caesaren erinnerte, in deren Ahnenreihe er sich nun, da er über 83 Millionen Europäer herrschte, sehe, und dass es ihn auf die Idee gebracht hätte, auch in Paris einen Triumphbogen zu errichten. Sie konterte mit der Bemerkung: »Dann passt auf, Sire, dass dieser Triumph nicht einem anderen als Euch vergönnt ist.«

Die Bitterkeit, die in ihrer Replik lag, ignorierte er mit einer großzügigen Armbewegung, mit der er alle imaginären Feinde wegzuwischen gedachte, und begab sich dann zurück auf das Gebiet der Politik, von dem er mehr zu verstehen glaubte als sie. Er philosophierte und schwadronierte und erzählte dann, dass die Politik doch eine Sache der Männer sei, weil sie so viel Rohes und Gemeines berge. Sie gab ihm daraufhin ein weiteres Mal – und zu seiner großen Verwunderung – recht und betonte, dass sie sich deshalb niemals in die Politik einmischte, worauf er sie mit hochgezogener Augenbraue ansah. Daraufhin gab sie ihm mit dem ganzen Timbre ihrer tiefen Altstimme zu verstehen:

»Ich bin eine Frau, und ich denke als Mutter.«

Er musterte sie abermals, als sie ruhig und bestimmt weitersprach: »… und wie eine Mutter, die sich um ihre Kinder sorgt, so sorgt sich auch eine Landesmutter um das Wohl ihres Volkes. So, wie es die Kinder schmerzt, von ihren Eltern getrennt zu sein, schmerzt es, Gebiete von ihrem angestammten Land abzutrennen. Magdeburg, Hessen-Kassel, Braunschweig und alle Gebiete westlich der Elbe gehören zu Preußen wie Kinder zu ihren Eltern. Sire, Preußen die Provinzen zu entreißen, ist, wie die Kinder von ihren Eltern trennen. Es wird von Kummer und Verlusten begleitet sein. Preußen muss Opfer bringen, aber wenigstens trenne man nicht die Provinzen von Preußen, die ihm seit Jahrhunderten angehören. Es wäre ein grausamer Schmerz. Ein Schmerz, den man einer Mutter zufügt.«

Napoleon sah sie mit halbgeöffnetem Mund an, den er sofort wieder schloss, als er seinen Fauxpas bemerkte, und begab sich in eine Pose des Glanzes. Seine Hand ruhte auf seinem Bauch, zwischen dem zweiten und dritten Knopf seines grünen Rockes.

»Ihr sprecht in Gleichnissen ... Ja, Ihr sprecht, wie die Dichter es tun.« Er brach den Satz ab und näherte sich Luise auf anderthalb Fuß. Man sah, dass er geneigt war, ihr wunderbar weißes Kleid aus feinem Seidencrêpe, das auf die Steine ihres Diadems abgestimmt war, anzufassen. Dann sprach er weiter: »Wie klug Ihr doch ... ähm, wie schön Ihr doch, ähm ... wie schön doch Euer Kleid ist!«

Bevor er sich urplötzlich und ein wenig kopflos verabschiedete, so, als ob er sich selbst vor einer unvorhergesehenen Anwandlung bewahren müsste, verneigte er sich untertänig und ließ Luise in einem Gefühl der Kränkung zurück. *»Sagt doch nicht, dass ich schön bin oder mein Kleid ...«*, hätte sie ihm am liebsten hinterhergerufen.

Keine wusste besser als sie, welche Folgen ein solcher Satz haben konnte.

Am kommenden Tag diktierte Napoleon die Bedingungen für den Frieden von Tilsit, die mit den folgenden Worten begannen:

»Alle Provinzen westlich der Elbe einschließlich Magdeburg fallen an das französische Protektorat Westfalen ...«

Preußen war halbiert und Luise am Boden zerstört.

Lange Nächte lag sie weinend in den Armen von Friedrich Wilhelm, aber nichts konnte ihr die Hoffnung zurückgeben.

14

Als Friedrich Wilhelm den staubigen Weg auf der Kurischen Nehrung entlangritt, wo er sich vor fast genau fünf Jahren mit Alexander im Galopp gemessen hatte, sah er, wie dieser ihn schon von dem Baum aus zuwinkte, der ihnen damals als Zielmarke gedient hatte. Friedrich Wilhelm hielt an, strich seinem Dragoner einmal über den Hals, sprang vom Sattel und sagte, noch bevor er mit beiden Beinen am Boden angekommen war:

»Danke, danke! Ich bin Ihnen auf ewig verpflichtet. Mein Reich ist halbiert. Es hätte schlimmer kommen können. Ohne Sie wäre ich der König von Memel. Immerhin von Preußisch-Memel!«

Die Freude, die Friedrich Wilhelm über Alexanders Hilfe empfand, ließ ihn die ganze Katastrophe, die über ihn hereingebrochen war, fast vergessen. Er hielt den Zaren mit beiden Händen an den Schultern fest und blickte ihm tief in die Augen.

»Danke!«, flüsterte er.

Noch an dem Abend, an dem Luise mit ihren Verhandlungen gescheitert war, hatte Alexander Napoleons unbedingten Willen, Preußen von der Landkarte zu löschen und gänzlich zu vernichten, wirksam gebrochen. Wie er das bewerkstelligt hatte, blieb sein Geheimnis. Auch über das Motiv von Alexanders Handlung hatten nur sehr wenige eine Vorstellung – einige munkelten, es sei Kalkül gewesen, damit der Zar keine gemeinsame Grenze mit Frankreich teilen musste. Andere sprachen vom Sieges-, mehr noch: vom Vernichtungswillen des Zaren, der Napoleon auf seine Weise demütigen wollte und trotz seiner Nonchalance von einer inneren Härte war, die Eisen glich.

Nur Friedrich Wilhelm wusste, dass es ein Akt war, der einer tiefen Freundschaft entsprang, und dass Alexander in dem sonderbaren schwimmenden Zelt auf der Memel dem selbst ernannten Kaiser der Franzosen nur deshalb ein Bündnis offeriert hatte, um Preußen zu retten. Das Ergebnis von Alexanders wechselhaftem Spiel, bei dem niemand durchschaute, auf welcher Seite er wirklich stand, war: Preußen blieb Preußen – wenn auch vermindert um alle Gebiete westlich der Elbe und dadurch quasi halbiert und mit hohen Entschädigungszahlungen belegt – so doch: Preußen! Ein eigenständiges, stolzes Land mit einem stolzen Königspaar.

Der Zar und der König umarmten sich und klopften sich die Schultern.

»Ich sehe: Ihr guter Humor hat Sie nicht verlassen. Das freut mich sehr.«

»Meinen freundschaftlichsten Dank. Immer werde ich es Ihnen danken. Ohne Sie wäre Preußen vernichtet.«

»Kein Mensch kann sich das wünschen.«

»Aber Napoleon ist kein Mensch!«

»Er ist von einem Metall, das noch nicht gefunden wurde. Wer kann schon wissen, wie man es bearbeitet?«

»Nur jemand, der aus Eisen ist – so wie Sie!«

»Und Sie haben ein Herz aus Gold.«

»Wie kommen Sie darauf?«

»Weil Ihre Frau sonst nicht zu ihm gegangen wäre.«

»Sie tat es wejen Ihnen.«

Sie gingen schweigend nebeneinander her.

»Man wird noch lange darüber sprechen. Sie ist eine große Königin! Sie hat Stärke und Charakter bewiesen und getan, was sie ihrem Volk schuldig ist.« Er machte eine kurze Pause und sprach dann leise weiter: »Sie erinnert mich an meine Großmutter …«

»Sie hat Kummer. Jibt sich die Schuld am Krieg …«

»Wegen ihrer Freundschaft zu mir?«

Friedrich Wilhelm nickte.

»Solange es Napoleon gibt, gibt es Krieg. Der Krieg ist seine Natur.«

»Sein Jeschäft!«

»Sein Metier!«

»Seine Disziplin!

»Sein Feld!«

»Sie will es mir nicht glauben!«

»*Das* wird sie ins Unglück stürzen. Nicht so ein Romanheld, wie ich es bin …«

Sie lachten.

»Ach, Alexander. Bin kein Mann großer Worte. Kann nur sagen: Danke. Ich danke Ihnen von janzem Herzen und werde es Ihnen nie –«

»Das reicht mir nicht!« Immer noch frönte Alexander der Unsitte, seinem Gesprächspartner ins Wort zu fallen.

Aus Friedrich Wilhelms Gesicht wich alle Farbe. Er zuckte nervös mit dem Kopf: »Aber … was kann ich für Sie tun? Sagen Sie es mir!« Er starrte ihn voller Erwartung an. »Ich will Ihnen alles jeben, was Sie wollen!«

»Ich will eine Uniform. Von Ihnen entworfen.«

Friedrich Wilhelm ließ erleichtert die Schultern fallen. Sein Zeigefinger zielte auf Alexanders Brust und tippte ihn an: »Aber nach russischem Modell.«

Sie führten wieder ihre Pferde hinter sich her in Richtung Meer, das sich in immer kleiner werdenden, grauen, blauen, weißen und dunkelgrünen Streifen zum Horizont hin ausdehnte und mit diesem untrennbar zu einem gigantischen Naturschauspiel verschmolz. Es rauschte, brauste, brandete sanft und brach sich in kleinen schaumgekrönten Wellen am Strand. Friedrich Wilhelm betrachtete wieder, wie die Schuhe Abdrücke im Sand hinterließen, und Alexander versuchte sein Pferd zu beruhigen, das wie das alte scheu und ängstlich vor dem Wasser war. Er drehte sich um, klopfte ihm auf den Hals und streichelte mehrmals über seine zarten Nüstern. Der Wind stand beinahe still, als Friedrich Wilhelm ihn ansprach:

»Ist jetzt die Zeit für Ihre Einsamkeit jekommen?«

»Erst, wenn Ihre Vision wahr geworden ist!«

»Auf unsere Visionen. Los jeht's!«

Sie schwangen sich mit einem Male auf ihre Pferde und maßen sich wieder, wie vor fünf Jahren, als sie sich kennengelernt hatten, im Galopp – und abermals war es Friedrich Wilhelm, der um die Länge eines Kopfes siegte.

15

Bei Königsberg, Oktober 1809

Napoleon hatte Preußen nicht nur halbiert. Er hatte auch dem Königspaar verboten, nach Berlin zurückzukehren. Tag um Tag, Monat um Monat warteten Friedrich Wilhelm und Luise auf die Erlaubnis, nach Hause zu dürfen. Als diese nach knapp drei Jahren endlich kam, war es Luise, die zögerte, dem Ruf nachzukommen.

Noch immer drückten sie Schmerz, Kummer und die Erschöpfung von einer langen Reihe Krankheiten. Anfälle von Fieber, Erbrechen, Atemnot, abermals – wie schon auf der Flucht – Typhus, Drücken auf der Brust, Krämpfe, von denen sie sich in der Kälte Königsbergs nur schwer erholt hatte, und die zehnte Schwangerschaft hatten an ihrer Gesundheit gezehrt. Friedrich Wilhelm hatte seine Frau mit Zuwendungen, Zärtlichkeiten und Beteuerungen überschüttet. Allein, seine Bemühungen blieben vergeblich. Denn auch er hatte nicht verbergen können, dass die Verhältnisse ihm ebenfalls auf die Seele geschlagen waren.

Nur ihre morgendlichen »Familientreffen«, die Luise nicht mehr mit gelegentlichem Blick auf die Händler Unter den Linden abhielt, sondern mit Blick über die Weite der Kornfelder vor ihrem Landsitz ›Auf dem Huben‹ – wohin sie aus dem kalten, zugigen, ewig feuchten Königsberger Schloss geflohen war, welches ihrer Gesundheit so zugesetzt hatte –, hatten ihr kurze Momente des Glücks verschafft. Sie hatte sich über den Zuspruch ihres Vaters Karl gefreut, der die Einführungen der neuen Ideen in Preußen und die Befreiungen der Bauern begrüßte und in großen Buchstaben schrieb: *»An Stein und Hardenberg hat Preußen gute Freunde.«* Sie hatte die Hauben und Kappen, die ihr Georg geschickt hatte, so dankbar entgegengenommen wie einst dicke Diamantencolliers, weil sie ihr halfen, der Kälte zu trotzen. Und sie hatte herzlichst darüber gelacht, dass ausgerechnet ihre Schwester Therese, die sie so oft wegen ihres unmoralischen außerehelichen Verhältnisses verflucht hatte, nun so herrlich infam war, nach Paris zu gehen und einen Salon zu gründen, in dem sie die Gegner Napoleons um sich versammelte und kräftig gegen diesen Politik machte.

Allein, Luise fühlte sich trostlos, und ihr Impuls, einen neuen Anfang in Berlin zu wagen, war überschattet von dem Gefühl, ihr Volk in der höchsten Not verlassen zu haben. Was wäre gewesen, wenn sie damals, als sie in der Nacht nach der verlorenen Schlacht von Jena und Auerstedt in Berlin Zuflucht gefunden hatte und die Menschen Unter den Linden skandiert hatten, ans Fenster getreten und ihnen Mut zugesprochen hätte? Was wäre gewesen, wenn sie, anstatt zu fliehen, in Berlin geblieben wäre? Ach, was wäre, wenn … sie Alexander niemals kennengelernt hätte? Oft hatte sie über die Worte nachgedacht, die ihr Friederike – damals, als es ihr selbst noch um so unwichtige Dinge gegangen war wie ihr persönliches, kleines, eigennütziges Glück – an jenem Abend der Aussprache gesagt hatte, bevor sie sich so schrecklich entzweit hatten:

»Wenn man dich braucht, dann bist du nicht da!«

Fast täglich waren ihr in den drei Jahren, in denen sie in Königsberg saß und von dort aus Preußen aufzubauen gezwungen worden war, diese Worte im Kopf herumgegangen. Sie hatten sie beherrscht. Sie hatten Macht über sie gewonnen. Sie hatten sich wie ein dunkler Schatten über ihre Seele gelegt und waren nicht davon gewichen, was immer sie auch versucht hatte. Immer wieder hatte sie sich Vorwürfe gemacht, immer wieder hatte sie den Gedanken wegzuwischen versucht, dass ihre Schwester mit dem, was sie gesagt hatte, recht hatte. Und immer wenn sie kurz davor war, die Versicherungen von Friedrich Wilhelm anzunehmen, dass sie, Luise, keine Schuld trug am Krieg, waren die Selbstvorwürfe wieder von vorne losgegangen. Mehr noch: Sie waren aus einem kleinen Keim wieder zur vollen Blüte gewachsen. Nicht nur, dass sie sich selbst nicht verzeihen konnte. Es war vielmehr so, dass sie sich selbst nicht verzeihen *wollte.* Sie musste diesen Rest an Anklage gegen sich selbst bewahren, weil sie hoffte, die Heftigkeit, die Impulsivität, die Sehnsucht, die in ihrem Charakter lag, ein für alle Mal damit besiegen zu können – und all die fürchterlichen Folgen, die dieser Zug mit sich brachte.

Gleich am Morgen dieses herrlichen, goldenen Oktobers, der wie ein Fanal die freudige Nachricht von der Erlaubnis, nach Berlin zurückkehren zu dürfen, begleitet hatte, hatte Friedrich Wilhelm packen lassen, aber sie war ohne Mut geblieben. Er beschwor sie. Erzählte ihr, wie sehr er sie gebraucht hatte und wie wichtig sie in der ganzen Zeit für ihn gewesen war. Und als sie immer noch nicht begreifen wollte, weil sie sich – ganz im Gegensatz zu seinen Worten – unnütz und gänzlich unbedeutend vorkam, ja vielmehr so, als ob sie ihr ganzes Volk verraten habe und auch ihn, sagte er ihr, was er ihr so oft bereits zu erklären versucht hatte, nochmals: Er habe ihre Begeisterung für Alexander als besten Schutz gegen Napoleon gesehen, ohne sich auf dem Papier zu einem Bündnis bekennen zu müssen.

»Aber warum …?«, warf sie ein, wobei sich zwischen ihren Augenbrauen eine tiefe Furche zeigte.

»Ach …«, sagte er, als er sie nicht ausreden ließ. »Du weißt doch, manchmal muss man Dinge tun, die nicht wie Freundschaft aussehen, aber im Nachhinein ein umso größerer Beweis der Freundschaft sind.«

Sie dachte darüber nach, war etwas milder und versöhnlicher gestimmt, aber erst wenige Tage später war der Brief gekommen, der sie endlich zur Rückkehr bewegen konnte.

... Was Du erlebt hast, liebe Luise, dazu gehört eine Riesenkraft. Du hast das Unglück gesehen, und davon wird man nicht heiterer. Es tut mir von Herzen leid, was ich einmal zu Dir gesagt habe ... Du bist nicht dumm. Du bist vielmehr sehr klug und hast meine volle Bewunderung.

Ganz Preußen liebt Dich für Deinen Bittgang und hofft auf Deine Rückkehr nach Berlin. Auf den Straßen spricht man genauso hoch über Dich wie in den Bürgershäusern und auch bei den kleinen Gesellschaften, die hier wieder gegeben werden. Sogar in Bellevue. Alle sagen: Du warst voller Würde und Charakter, als Du Napoleon entgegengetreten bist. Alle vermissen Dich, hoffen auf Dich und freuen sich, Dich wiederzusehen! Du bist die Hoffnung aller. Du bist ihnen schon einmal zu Hilfe gekommen – und nun sei abermals da, wenn sie Dich brauchen. Ohne Dich findet Berlin keinen Trost. Denn Du weißt doch: Ein Fest ohne die Königin ist kein Fest!

Deine Friederike.

PS: Du bist für mich wie Katharina die Große.

16

Berlin, 10. März 1810

O Gott, Fritz, hör auf, mir wird schon ganz schwindelig.«

»Nein, eine Runde noch!«

»Ahhh!«

Luise kreischte wie ein kleines Mädchen.

Nachdem sie im Kreis der Familie und des Hofes Frikassee

von Wachteln, Eier mit Trüffeln *à la gelée,* Ragout von Hasen und Fasanen, gebratene Forellen *à la moulin,* Flusskrebse in Madeira, Morcheln mit Erbsenschoten, Spargelspitzen *à la Bechamel, choufleur vert gratiné* – also eine Kleinigkeit nur – auf die von Napoleon eingeführte Mode vom Büfett soupiert hatten, hatte Friedrich Wilhelm Luise ein schweres Tuch aus fließender, hellblauer Seide um die Augen gebunden und sie vor die Flügeltür des weißen Saals im Berliner Schloss geführt, in dem sie vor mehr als 17 Jahren ihre Hochzeit gefeiert hatten. Dann hatte er sie gedreht wie bei den vielen Blinde-Kuh-Spielen, bei denen sie in Paretz so viel Freude gehabt hatten. Als Luise schwindelig genug war und die beiden Türen zum Saal von zwei livrierten Pagen geöffnet wurden, nahm er ihr das Tuch ab und erfreute sich an ihrem Erstaunen.

Sie schlug die Hände vor dem Gesicht zusammen und schüttelte den Kopf, als ob sie es nicht fassen könnte.

Der Applaus von zweitausend Menschen brandete ihr entgegen wie ein stürmisches Meer, und über tausend Kerzen tauchten den prächtigen Saal in ein feierliches Licht, das die Diamanten und Epauletten der Gäste mal funkeln, mal im Spektrum aller Farben des Regenbogens aufblitzen ließ. Der Janitschare, der die Kapelle mit seinem rasselnden, klimpernden, scheppernden Sammelsurium an Instrumenten begleitete, spielte sofort mit seinem leiernden, ein wenig versetzten Rhythmus auf, der immer den Eindruck erweckte, als ob er seinen Mitstreitern um einen halben Takt hinterher war, obwohl er sie in Wahrheit antrieb. Kaum, dass der Applaus abgeklungen war und Luise die ersten Huldigungen und Glückwünsche entgegengenommen hatte, spielte die Kapelle, wie mit Friedrich Wilhelm vereinbart, den Walzer, bei dem sie sich damals in Frankfurt beim Ball des Kammerherrn von Wrede zwar kennengelernt, aber zu dem sie nicht hatten tanzen dürfen, weil der Walzer damals in Preußen noch verboten war.

Wie viel hatte sich seitdem geändert! Mit Rührung sangen

sie die Strophen mit: »Wenn's immer, wenn's immer, wenn's immer so wär' …«, als er sie sicher und vertraut über das Parkett führte und sie wieder einmal das Gefühl hatte, wenn jetzt die Welt stehen bleiben würde, dann wäre alles gut, so wie es war.

»Danke, Fritz – ach, womit habe ich das verdient?«

»Weil du so schön bist …«

»Du sprichst ja schon wie …«

Beinahe hätte sie den Namen des Mannes ausgesprochen, der mit den Erinnerungen an die ersten Begegnungen mit ihrem Mann unzertrennlich verknüpft und mit einer Reihe von Gefühlen verbunden war, die von Freude über Schmerz und bis zu Schuldbewusstsein reichten. Sie biss sich auf die Lippen.

»… Du meinst Louis Ferdinand?«, fiel er ihr ins Wort.

Mein Mann kennt mich sehr gut, dachte sie und nickte, aber die Stimmung war getrübt. Zu viel und zu viel Schreckliches war seitdem passiert, und es war schwer, daran nicht zu rühren. Die Fröhlichkeit, die sie einst ausgezeichnet hatte, flackerte immer nur kurz auf und war ansonsten immer noch überschattet von Selbstvorwürfen.

Nach ein paar Runden im Walzertakt führte Friedrich Wilhelm sie zu ihrem mit Kornblumen und weißen Rosen geschmückten Platz, wo sie die Glückwünsche und Huldigungen der Gäste entgegennahm. Alle drängten sich, der Königin ihre Aufwartung zu machen. Die von Bergs, die von Massows, die von Blüchers, die von Camas', die von Ingenheims, die von Sydows, die von Pannewitz', die von der Marwitz', die von Karmers, die von Lehndorfs, die von Kannenbergs, die von Rohrs, die von Häselers, die von Vierecks, die von Gloedens, die von der Lanckens, die von Dönhoffs, die von Gersdorffs, die von Schadows, die von Kleists, die von Gualtieris – alle strömten ihr entgegen.

Aber auch die versammelte Generalität und die wenigen Bürger, die – zur Missbilligung des alten Adels, aber auf

Wunsch des Königspaares, das nun endlich, nach der Katastrophe, die neuen Ideen durchzusetzen gewagt hatte – als verdiente Leute für hoffähig erklärt worden waren, schubsten sich, um schneller in ihre Richtung zu gelangen. Sie rangelten um den besten Platz, hetzten der Königin entgegen, gebrauchten die Ellenbogen, quetschten sich durch Lücken, die Geistesabwesende gebildet hatten, und präsentierten sich schließlich vor Luise in vollendeter Form.

»Meine Gratulation, Königliche Majestät!« Der junge von Haugwitz lächelte ergeben.

»Meine Verehrung, Königliche Hoheit!« Von Rüchel verbeugte sich, obwohl die Verletzungen, die er von der Schlacht bei Jena davongetragen hatte, seine Standfestigkeit beeinträchtigten.

»Meine allertiefste Treue!« Von Ingersleben verzog den Mund zu einem schmalen Strich.

»In Zuversicht und Glück!« Von Sayn-Wittgenstein versuchte sich ihr mit einem Schwur anzudienen.

»Meine ewige Freundschaft!« Friederike tauchte zu einem bodentiefen Knicks ab und wurde von Luise mit einer herzlichen Umarmung an sich gezogen. Lange verharrten sie in dieser Position.

»Auf Ehre. Werde Euch rächen, Königliche Hoheit.« Von Blüchers Bart zitterte.

»Untertänigst, Königliche Hoheit.« Von Massenbach vollführte einen tiefen Diener und kam, ohne das Gleichgewicht zu verlieren, wieder hoch. »Voller Bewunderung. Für Euch! Für Preußen!« Diesmal gab es niemanden, der ihn wegzog und vor seinen eigenen Unverschämtheiten bewahrte, und so leierte er noch im Weggehen seine Verehrungen herunter wie ein Prediger seine Litanei und dennoch voller Überzeugung und absolut nicht seelenlos.

»Meine ewige Bewunderung für Eure Klugheit, Eure Größe, Königliche Hoheit!« Prinzessin Luise, die Schwester Louis Ferdinands, sah, als sie langsam in die Knie ging, Luise verschämt in die Augen.

»In tiefer Verehrung!« Caroline von Berg hatte sich in ihre alte Husaren-Uniform gezwängt, die jetzt so eng saß, dass sie sich weder verbeugen noch setzen konnte, und deshalb deutete sie nur einen Diener an. Luise machte eine Geste, die bedeutete: *›Mit solchen Scherzen können Sie mich nicht mehr hereinlegen.‹*

»Es glänzen die Wolken, es teilt sich der Flor, da scheint uns ein Bildchen, ein göttliches, vor ...« Onkel Karl August rezitierte die Verse seines Freundes Goethe, der wie immer stocksteif und wie angenagelt neben ihm stand, während dieser in raumgreifender Akrobatik das Gedicht, das der Poet zur Verehrung Luises verfasst hatte, zu untermalen versuchte und sich dabei streckte, dehnte, zusammenzog, buckelte und letztlich das Bild einer russischen Ikone in Pantomime bot, die die Handflächen bittend gen Himmel drehte.

Goethe sah Luise an und zuckte das erste Mal nicht mehr mit seiner Augenbraue.

»Danke, Königliche Hoheit!«

»Ewige Gesundheit, Majestät!«

»Glück und Frieden!«

»Zuversicht!«

»Danke!«

»Danke!«

»Mit Bewunderung!«

»Mit Verehrung!«

»Auf Ihre ewige Größe!«

So ging es in einem fort. Die Huldigungen rissen nicht ab, und Luise schien mit jeder Ehrerbietung und jedem Glückwunsch wieder die fröhliche Heiterkeit zurückzugewinnen, die sie einmal ausgezeichnet hatte.

Einmal stand sie sogar plötzlich auf, griff sich ihren Mann, legte ihm die Hände auf die Schultern und forderte die anderen auf, der Polonaise, die sie damit eröffnet hatte, zu folgen.

Mit großen Schritten zogen sie durch den Saal, schlängelten sich die Treppen hinauf und wieder herunter, wagten sich sogar durch die eng gestellten, danebenliegenden Kammern, die völlig im Dunkeln lagen, denn Friedrich Wilhelm hatte nur den Weißen Saal beleuchten lassen – ein Pärchen, das sich dort ungestört glaubte, versteckte sich sofort verschämt hinter einem Vorhang. Dann trabten sie im Gleichschritt durch die Vorzimmer – in denen sich die Obersthofmeisterin von Voss mit dem Generaladjutanten von Köckeritz und den Damen Truchseß-Waldburg, Tauentzien und sonderbarerweise der Viereck, die immer noch ein Fräulein war, eine Pharao-Schlacht lieferte – und passierten schließlich wieder die große Flügeltür zum Weißen Saal, wo sie sich lachend und sich gegenseitig applaudierend voreinander verbeugten.

Es war wie früher – und es war doch nicht so. Der Marchese Lucchesini fehlte, der alte Haugwitz auch, von von Beyme war nichts zu sehen, vom Reichsgrafen Medem hatte man nie wieder etwas gehört, der alte von Kleist war nicht mehr da, der General Karmers ebenso. Viele trugen noch Blessuren von den Schlachten, und die Toiletten, die die Damen und Herren aufgeboten hatten, hatten den morbiden Glanz vergangener, sorgloser Zeiten. Ein Hauch altes Rokoko schwebte noch in der Luft, und doch war man – durch Napoleon – mitten in einem neuen Jahrhundert angekommen, das neue Maßstäbe setzte und neue Ideen einforderte. Sparsamkeit, Bescheidenheit, Tüchtigkeit und Freiheit waren die neuen Maximen, die Zeit für Getändel, Koketterie, großen Hof, rauschende Feste und lange Nächte war vorbei. Darüber waren sich alle im Klaren, und dennoch hofften die meisten, in dieser rauschenden Geburtstagsnacht zu Ehren der Königin die Zeit, wenigstens für ein paar Stunden nur, zurückdrehen zu können.

Nur Luise selbst war von einer Melancholie befallen, die sie seit dem Krieg, seit der Verhandlung mit Napoleon, seit dem

Exil in Königsberg nicht mehr losließ und die sich aufgrund der Vergnüglichkeit, die sie nun umgab, umso stärker offenbarte. Es war wieder dieses Gefühl, dass sie sich selbst nicht verzeihen konnte, nein, nicht verzeihen wollte, weil sie diesen letzten Rest Schuld und Eingeständnis als Faustpfand zurückbehalten wollte gegen die Züge in ihrem Charakter, die so manches Unglück heraufbeschworen hatten. »... und so manches Glück!«, hatte ihr Friedrich Wilhelm immer wieder versichert. Aber sie war taub dagegen geworden. Und dennoch ...

Wieder schien nur Friedrich Wilhelm zu bemerken, dass ihre Fröhlichkeit nur aufgesetzt war. Er tanzte mit ihr, hofierte sie, umgarnte sie mit Komplimenten, hob sie dann unvermittelt an der Taille hoch und trug sie wieder zu dem Sitz, wo sofort die Huldigungen wieder ihren Lauf nahmen.

»Wirst sehen! Alles ist jut!«

So nahmen die Huldigungen weiter ihren Lauf.

»Glückwunsch!«

»Meine Verehrung!«

»Auf ewig Bewunderung für Eure Größe!«

»Tiefster Dank!«

»Auf Eure ewige Größe!«

In diesem Getümmel näherte sich Luise ein kleiner Mann mit rundem Gesicht im ungelenken Gang eines Fußkranken. Er war ein Verwandter ihrer Kammerfrau Marie von Kleist und ihr nur vom Hörensagen bekannt. In ihrem Königsberger Exil war sie auf ihn aufmerksam geworden, als er sich dort öfter mit ihrem Finanzminister vom und zum Stein besprochen hatte. Luise selbst hatte nie ein Wort mit ihm gewechselt. Es waren weder seine Haltung noch seine eigentümliche Art, sich zu bewegen, sondern seine abgetragenen Schuhe, die ihr aufgefallen waren. Auch jetzt, als er vor ihr stand, trug er sie – stolz und mit Würde wie andere eine Kette aus kostbaren Perlen.

Nun verbeugte er sich vor ihr und las dann mit leiser, rauer

Stimme ein Sonett von einem Blatt ab, das er zitternd in den Händen hielt. Es war, als ob der ganze Trubel um sie herum in Stille versank, als er anfing zu sprechen:

Erwäg ich, wie in jenen Schreckenstagen,
Still deine Brust verschlossen, was sie litt,
Wie du das Unglück, mit der Grazie Tritt,
Auf jungen Schultern herrlich hast getragen,
Wie von des Kriegs zerrissnem Schlachtenwagen
Selbst oft die Schar der Männer zu dir schritt,
Wie, trotz der Wunde, die dein Herz durchschnitt,
Du stets der Hoffnung Fahn uns vorgetragen:
O Herrscherin, die Zeit dann möcht ich segnen!
Wir sahn dich Anmut endlos niederregnen,
Wie groß du warst, das ahndeten wir nicht!
Dein Haupt scheint wie von Strahlen mir umschimmert;
Du bist der Stern, der voller Pracht erst flimmert,
Wenn er durch finstre Wetterwolken bricht!

Als er geendet hatte, wischte sie sich die Tränen aus den Augen und fragte den Sonderling nach seinem Namen.

»Heinrich von Kleist!«, antwortete er mit verschämter Artigkeit und entfernte sich dann mit gebeugtem Rücken.

Noch eine Weile blickte sie ihm nach.

Wie lange hatte sie nicht mehr an ihn gedacht, sagte Luise zu sich. An den Stern, den Friedrich Wilhelm ihr in ihrer Brautzeit gezeigt hatte, als sie sich ihm mit ihrer großen Angst vor einem Leben in Berlin offenbart hatte, und von dem sie beide nicht gewusst hatten, ob er zu einem Sternbild gehörte oder ob er einen Namen hatte. *»Wenn du Kummer hast und an dir selbst zweifelst«*, klangen ihr seine Wort von damals wieder in den Ohren, *»dann schau auf den Stern. Er ist wie du. Er leuchtet selbst in Wetterwolken.«*

Nun war dieser Fremde gekommen, mit dem sie nie gesprochen hatte und den sie nicht kannte – und hatte ihr das Gleiche gesagt. Na ja, nur eben viel, viel schöner … Sie kicherte albern in sich hinein, richtete sich auf, sah sich im Saal um, und dann stürzte sie sich, ohne auf die nachrückenden Gratulanten zu achten, in die Menschenmenge, wie sie es früher immer getan hatte. Sie tanzte, lachte, scherzte und erfreute alle mit ihren Albernheiten, ihrem Frohsinn, ihrer Gabe zu erheitern.

Während sie nacheinander mit der ganzen Generalität und den Kammerherren ihres Mannes, den Ministern und Kabinettsmitgliedern ihre Runden drehte, die von Blüchers, von Rüchels, von Massenbachs, einen feschen Husaren, die von Kleists, die von Rohrs, die von Voss', die von Karmers, die von Kannenbergs, die von Hohenlohes, die von Waldburgs … ach, einfach alle, derer sie habhaft werden konnte, zu endlosen Runden auf dem Parkett verdammte, vernahm sie vom Rand den anerkennenden Kommentar:

»Ein Fest ohne die Königin ist eben kein Fest!«

Es war kurz vor vier Uhr, als Friedrich Wilhelm Luise lachend in ihre Kammern geleitete. Sie ignorierten beide unter albernem und – ja! – auch ein wenig beschwipstem Gekicher das Gemurmel der alten Voss, die auf ihre morschen Knochen verwies und Unverständliches von sich gab, als sie sich selbst in ihre Gemächer empfahl:

»Das mach ich nicht mehr mit, dieses Tanzen bis in die Morgenstunden! Ich hoffe, dass diese alten Sitten nicht wieder neu belebt werden. Immer tanzen! Niemand achtet auf mich altes Weib. Wenn das nun so weitergeht, kann ich mein Testament machen.«

Ihr Stock donnerte dabei im Rhythmus ihrer Empörungen so energisch auf das Parkett, dass Friedrich Wilhelm sich kurz an die Zerstörungswut seiner Mutter erinnert fühlte und hoffte, dass die Reparaturarbeiten nicht ganz so aufwendig ausfallen würden.

»Sie ist janz die Alte«, sagte er, als er sich auf das Bett fallen ließ. »Und du zum Glück auch!«

»Ach, was für ein Fest.« Auch sie ließ sich erschöpft nieder. »Das wird wohl das Ende meiner irdischen Größe sein.«

»Bist du denn nicht glücklich?«

»Doch! Sehr!« Sie wandte sich ihm zu. »Und du?«

»Bin glücklich, weil du es endlich wieder bist.«

»Man hat mir verziehen.«

»Es gab nichts zu verzeihen.«

»Aber ich war nicht da …«

»Ach, Luise. Ist es nicht so – manchmal muss man Dinge tun …«

Sie stimmte mit ein. »… die auf den ersten Blick nicht aussehen wie Freundschaft, aber im Nachhinein ein umso größerer Beweis dieser Freundschaft sind.«

Sie sah ihn mit wehmütigem Blick an und küsste ihn dann auf den Mund. »Ach, Fritz. Ich glaubte, etwas von Freundschaft zu verstehen, und war doch nur eine dumme Gans … Wenn du nicht wärst …«

»Wenn du nicht wärst …« Seine Replik verebbte in ihrer Umarmung.

Noch einmal versanken sie in einem Kuss.

»Es war ein schönes Fest. Ich danke dir sehr. Was für ein schönes Geschenk zum Geburtstag. Du hättest es besser nicht treffen können – wo ich doch so gerne tanze!«

»Das war aber noch nicht alles!«

»Nein?«

»Deine Sommerreise.«

»Du sprichst jetzt schon von der Sommerreise?«

»Weil ich möchte, dass du sie früher antrittst. Du hast es verdient.«

»Aber warum?«

»Weil du so schön bist.«

Sie warf mit einem Kissen nach ihm.

»Ich kann dich doch jetzt nicht allein lassen. Alle buhlen, taktieren, schmeicheln und politisieren wieder …«

»Dann machen wir eben die Reise später und zusammen.«

»Das ist mir lieber. Sonst habe ich das Gefühl, meines Namens nicht wert zu sein.«

Er küsste sie zärtlich.

»Willst du denn nicht wissen, wohin sie jeht?«

»Nach Paretz, nehme ich an? Ich hab' es so vermisst, unser kleines Nest, wo wir vor allem geschützt sind. Ich habe in Königsberg oft an unsere Zeit dort gedacht. Es war alles so leicht, so unbeschwert, und selbst die Voss war aus einem anderen Holz …«

»Es geht aber nicht nach Paretz!«

»Nein?«

»Nein!«

»Ja, aber wohin dann?« Sie zog ihn an seiner Nase. »Muss man dir denn jedes Wort aus der Nase ziehen?«

»Nach Neustrelitz. Ich will, dass du deine janze Familie wiedersiehst …«

»Oh Fritz, du …«

»Du hast sie so vermisst. Ich habe alle anjeschrieben und zusammengetrommelt.«

Sie schlang ihre Arme um ihn und küsste ihn lange.

»Ach, danke. Danke.«

»… und stell dir vor!«

»Was?«

»Alle haben zujesagt!« Sie prustete vor Lachen.

Als sie am kommenden Tag einen Spaziergang Unter den Linden machten, dankte Luise allen Grüßenden mit einer besonderen Aufmerksamkeit, und der Fischfrau mit der dicken Schürze und dem vollen Korb kaufte sie sogar etwas Ware ab; freilich nur, um sie sogleich an einen Passanten zu verschenken, der ihr hungrig und ganz elend vorkam. Sie nickte in alle

Richtungen und hob bei einigen Vorbeigehenden sogar huldvoll ihre Hand, obwohl ihr das damals bei ihrer Brautfahrt die Voss mit herrischem Ton verboten hatte. Ein paar Schulkinder rannten an ihr vorbei und riefen: »Vivat!« Ein Blumenhändler vermachte ihr einen Strauß aus Kornblumen, den sie aus Rücksicht auf sein Geschäft schon ablehnen wollte, worauf er sich jedoch höchst beleidigt zeigte, sodass sie ihn doch annahm und alle, die sie darauf ansprachen, zu ihrem Wohltäter schickte. Sie nickte, lächelte, lachte und machte das, was sie am besten konnte: Heiterkeit und Frohsinn verbreiten. Einmal hörte sie im Vorbeigehen: »Endlich ham' wa' unsre Königin wieder. Endlich ist sie da, wo man sie doch braucht.«

Es waren Tränen der Freude, die sie unterdrückte.

17

Berlin, im Juni 1810

Wenige Tage, bevor sie sich dann tatsächlich zum großen Wiedersehen mit der Familie aufmachten, zu dem die Großmutter, Friederike, Georg, all die Kinder, der Vater und möglicherweise auch Tante Polyxene kommen sollten, setzte sie sich an ihren Sekretär, auf dem immer noch die Uhr stand, die entweder vor- oder nach-, aber nie im Gleichtakt mit der Uhr des Domes ging, der schräg gegenüber von ihren Kammern mit donnerndem Geläut die Zeit angab. Sie schrieb an alle Worte voller überschäumender Freude, die sich sogleich in Schriftbild und Wortwahl niederschlug, sodass die Empfänger – wie immer, wenn sie einen Brief von ihr bekamen – beim Lesen den Eindruck hatten, Luise stünde leibhaftig vor ihnen.

»Lieber Päp!«, fing sie an. Dann zerknüllte sie das Papier und warf es auf den Boden zu den anderen, die dort schon lagen, weil sie vor lauter Aufruhr mehrmals hatte ansetzen müssen, da

ihr entweder Fehler unterlaufen waren oder sie mit der Tinte gekleckert hatte. Es war wie immer.

Erneut tauchte sie die Feder in das Fass mit der königsblauen Tinte und schrieb dann von vorne los:

Lieber Päp!
Eben in diesem Augenblick hat mir der gute, liebevolle König die Erlaubnis gegeben, zu Dir zu kommen. Den Montag komme ich, den Dienstag und Mittwoch allein, dann kommt der König den Donnerstag, bleibt den Freitag, wünscht den Sonnabend nach Rheinsberg zu gehen, bleibt dann den Sonntag bei Dir und geht den Montag wieder mit mir weg!

Für ihn kein großes Gewese und Empfänge. Er will keine Delegationen sehen. Auch keine Fressalien. Dicke Milch, Butterbrote und etwas Erdbeeren. Das reicht. Er schläft bei mir, da fühlt er sich am wohlsten. Ich bin so glücklich, die Mabuscha zu sehen, dass ich Schreikrämpfe bekommen könnte. Ich bitte tausendmal um Verzeihung für das Geschmier und Geklecksе. Ich will es jetzt aber nicht noch mal von Neuem schreiben. Drei Mal habe ich es schon versucht.
Ich bin ganz toll vor Freude,

Deine ergebene Tochter Luise.

Als sie am 25. Juni 1810 im Morgengrauen nach Neustrelitz aufbrach, sah Friedrich Wilhelm aus dem Fenster Luises Kutsche lange nach, wie sie durch das Portal des Charlottenburger Schlosses – wo sie ausnahmsweise übernachtet hatte – in Richtung Schloss Oranienburg rollte, das sie, obwohl es ihr sein Vater geschenkt, nie bewohnt hatte. Er dachte:

»Nie war sie schöner … Endlich ist sie wieder glücklich!«

Noch am Abend bestätigte ihm ihre Stafette sein Empfinden.

»Ich bin heute sehr glücklich, als die Tochter meines Vaters und als Gemahlin des besten aller Gemahlen. Ich küsse dich herzlichst, Deine Luise.«

Die Kinder jagten über die Koppel des Neustrelitzer Schlosses, auf der sich neben dem Königspaar Friederike, ihr Bruder Georg, Vater Karl und die Großmutter Scho'sch unter einer weit ausladenden Linde zum Picknick niedergelassen hatten. Ein Guglhupf, blank polierte Äpfel, Gänsekeulen, eine Pastete von Aal, Erdbeeren, Brote mit frischer Butter, mehrere Flaschen Klevner – mit Empfehlung von Tante Polyxene, die nicht kommen konnte – und ein großer Henkelkrug mit Fredersdorfer Bier, das Friedrich Wilhelm und Luise mit Vorliebe tranken, lagerten auf einem weißen gestärkten Leinentuch, das an den Ecken mit einigen dicken Sträußen exotischer Blumen beschwert war.

»*Strelitzia reginae!*« Karls Kommentar kam mit dem altbekannten Sprühregen, worüber Friederike und Luise gleich ihre Köpfe zusammensteckten und kicherten, wie sie es bereits in Kindertagen getan hatten, wenn sie den Reden und Mahnungen ihres Vaters ausgesetzt gewesen waren.

»Können Sie nich' deutsch rede'?« Auch Großmutter Scho'schs Einwendungen kamen prompt. Immer noch ließ sie keine Gelegenheit aus, sich mit ihrem Schwiegersohn zu streiten, dem sie – ja, man durfte es ruhig laut sagen! – zwei ihrer Töchter an die Hand gegeben hatte und dessen Kinder sie zu so vortrefflichen Personen erzogen hatte, dass man in ganz Europa davon sprach. Unbescheiden wie sie war, bezog sie in das Eigenlob gleich auch Friederike ein, über die man zwar sprach, aber eben seit ihrer Vermählung mit dem unstandesgemäßen Prinzen Solms nicht nur Vorteilhaftes. Denn wie immer fällte sie ihr Urteil über beide Enkelinnen. »Ich versteh' nich', was Sie sage' wolle'!«

»Ich spreche von den Blumen!«

»Den Blumen? Was gibt es über die zu sagen?«

Friedrich Wilhelm zog eine der orangefarbenen Blüten, die die Form eines Paradiesvogels hatten und auch ein wenig an den kleinen Wosniak erinnerten, an sich und roch daran, während sich seine Nase kräuselte.

»Sie heißen *Strelitzia reginae!«* Karls Einwurf kam wieder mit Sprühregen, und die Hand, mit der er seine Hüfte stützte, verriet, dass er immer noch an diesem komischen Leiden – oder auch der Einbildung – litt, dass seine Nerven von der Hüfte bis zu den Zehen irgendwie »gespannt« seien. Großmutter Scho'sch kannte auch diesmal keine Gnade:

»Haben Sie ja schon ma' gesagt. Müssen sich nich' widerhole'.«

Sie biss in ein dickes Stück Guglhupf und spülte, ohne zu kauen, mit einem Glas Klevner herunter. In der Nähe hörte man das Lärmen der Kinder, die ausgelassen hinter einem Ball hertobten, ihn fingen und sich damit bewarfen, was zu manchem Geschrei und Gekreische führte.

»Sie haben mich ja nicht ausreden lassen, verehrteste Schwiegermutter. Es ist die *Strelitzia reginae,* und das heißt auf Deutsch: die Königin aus Strelitz, womit natürlich Mecklenburg-Strelitz gemeint ist.«

»Escht?« Nun wurde auch die Scho'sch neugierig. Der Kuchen beulte ihre Wangen aus. Friederike herzte ihre Schwester und sagte: »Oh, Luise! Man hat bereits eine Blume nach dir benannt. Siehst du: Alle Welt schaut auf dich.«

»Nicht ganz.« Karls Stimme war streng.

»Wieso *nicht ganz?* Gerade habe' Sie doch gesagt, dass sie *Königin aus Strelitz* heißt, diese Blume da. Ist denn unsere Luise nich' aus Strelitz, und ist sie nicht eine Königin?« Die Scho'sch schüttelte ungläubig den Kopf, was andeuten sollte, dass sie ihren Schwiegersohn immer noch für verrückt hielt. Zum Glück sprach sie es nicht aus.

»Ja, ist sie beides. Und deshalb hab' ich sie auch liefern und damit arrangieren lassen. Aber benannt wurde die Blume nach Sophie Charlotte, meiner Schwester, die Königin von England ist …«

»Auf die Königin aus Strelitz.«

Friedrich Wilhelm hielt sein Glas hoch, doch in dem Moment, als alle auf Luises Wohl trinken wollten, traf der Ball, mit dem die Kinder spielten, das feierliche Ensemble in die Mitte. Gläser klirrten, das silberne Geschirr schepperte, der gute Klevner fiel um und drohte schon in die Erde zu sickern, wenn die Scho'sch ihn nicht im letzten Moment mit entschlossenem Griff gerettet hätte. Karl sah verdutzt nach der Ursache des Desasters.

»Fritz! Wilhelm! Hört auf!« Luise rief ihre Kinder zur Räson. »Kommt hierher! Jetzt! Sofort.«

»Was für eine Rasselbande. So wart ihr auch. Trepp' nauf, Trepp' nunner. Den ganze' Tag. Ihr wart wie ein Sack Flöhe. Man konnte euch gar nicht einfange'. Und des war übe'all so. Wenn ich mich nur daran erinnere, wie ihr der guten Frau Rat Goethe zugesetzt habt. Mit Wasse' habt ihr sie bespritzt! Die gute arme alte Frau … Ach, immer nur Ärge' hatt' ich. Aber ich sag's dir, Luise: Ab und zu muss man den Kindern einen Wische' versetze'. Des hat euch auch nich' geschadet. Du bist viel zu weich mit ihne'.« Die Scho'sch wusste immer noch alles besser.

»So! Setzt euch!«

»Mir ist aber so langweilig.«

»Mir auch!«

»Mir auch!«

»Soooo langweilig!« Der Kronprinz, die Prinzen und Prinzessinnen Wilhelm, Charlotte, Alexandrine, Karl, aber auch Fritz Louis, Friederikes Sohn aus ihrer unglücklichen Ehe mit Louis, der sich mit den Königskindern prächtig verstand, standen wie die Orgelpfeifen neben dem Picknicktuch und maulten. Ihre Köpfe waren gesenkt, nur der Kronprinz schaute frech in die Runde.

»Lang-wei-lig!«, wiederholte er mit hängenden Schultern.

»Keine Widerrede. Macht, was eure Mutter sagt.« Friedrich Wilhelm bot all seine Strenge auf, um seinen beiden Ältesten Respekt abzuringen, was ihm zwar selten, aber diesmal dann doch gelang.

»Na gut!« Ungelenk ließen sich alle auf den Rasen fallen,

während ein Lakai schon damit beschäftigt war, die Scherben und Trümmer, die der Ball verursacht hatte, zu entfernen, und ein anderer damit, den Kindern Limonade zu servieren, wie man sie in England trank und die man dort ›Lemonade‹ nannte.

»Ich hab' etwas für euch!« Es war Georg, der mit einem Male ein Kartendeck, das er aus seiner Tasche gezogen hatte, zu einem Fächer entfaltete und Friedrich Wilhelm, dem Anführer der Kinder, fest in die Augen sah: »Merk dir eine der Karten!« Als der Kronprinz nach einem Blatt greifen wollte, entriss Georg das Deck seinem Zugriff und rotierte mit dem Finger vor seiner Stirn. »Nein! Nur mer-ken. Nicht an-fassen …«

Großmutter Scho'sch grinste beseelt …

Während Luises Bruder die Kinder und die anderen der kleinen familiären Gesellschaft mit den Tricks, die Georg vor Jahren, als er selbst noch ein Knabe gewesen war, beim Major von Schack gelernt hatte, bei Laune hielt, fühlten auch Friedrich Wilhelm und Luise sich an diese unbeschwerte Zeit des Werbens erinnert. Wie damals schlichen sie sich unbemerkt davon.

Kaum waren sie dem schmalen Pfad um ein paar Biegungen gefolgt und aus der Sichtweite ihrer Familie, schlang Friedrich Wilhelm den Arm um Luise, und wie damals in Darmstadt riss sie sich los, entledigte sich ihrer Schuhe und tanzte mit nackten Füßen über die Wiese. Mit ausgebreiteten Armen rief sie:

»Ach, Fritz. Ich liebe die Natur, die Tiere, die Freiheit und die Menschen …«

»Und sie alle lieben dich.« Er fing sie ein und umschloss sie mit seinen Armen.

»Weißt du noch, wie wir uns damals in Darmstadt heimlich von der Großmutter weggeschlichen haben?«

»Wollte dich allein.«

»Sie war ganz stolz, einen Kronprinzen bei sich auf dem Kanapee zu haben, und hätte dich am liebsten der ganzen Welt präsentiert.«

»Hat mich die janze Zeit mit Gebäck jefüttert.«

»Und unendliche Geschichten hat sie über mich erzählt. Meine ganzen kleinen und großen Fehler hat sie vor dir ausgebreitet. Ich habe mich so geniert vor dir und hätte ihr am liebsten den Mund verboten.«

»Es waren die Fehler, in die ich mich verliebt habe.«

»Das ist nicht wahr!«

»Doch, doch. Du warst so unjebremst, so froh, so heiter, so ohne Etikette. Das lag mir.«

»Ich mochte deine Treue.«

»Du warst so unbefangen.«

»Du so ernst.«

»Du hast alles ausjesprochen, was du gedacht hast.«

»Ich mochte deine komische Sprache!«

»Wirklich?«

»Ja, das hat mich anjerührt!« Sie imitierte ihn im Scherz, und er legte den Arm um sie. »Dein Humor war so … anders. Du konntest über dich selbst lachen. Die meisten Menschen nehmen sich doch viel zu ernst. Die königlichen Prinzen zumal.«

»Kanntest du außer mir noch einen?«

Sie schwieg.

»Ach, du bist halt immer noch die kleine Angeberin, die alles kannte, alles wusste.«

Sie stieß ihn in die Seite.

»Du konntest Soldatenlieder singen. Das hab ich jemocht.«

»Ich hatte gar nicht gewusst, dass es ein Soldatenlied ist. Ich hab mich so geschämt, als Louis Ferdinand mir das gesagt hatte. Hast du es wirklich gemocht?« Sie lächelte wissend, als sie ihn ansah. Auch sie kannte ihren Mann gut.

»Nun jut. Ich war völlig schockiert! Ich hätte mich von dir abjewandt. Ich dachte: Was ist sie verdorben und schlecht erzogen! Wie kann eine Prinzessin aus einem so hohen Hause solche Lieder singen? Dachte: Mit wem verkehrt sie denn? Treibt die sich in den Kasernen herum? Meine einzige Sorge war: Wie komme ich nur aus dieser heiklen Anjelegenheit raus? Wenn ich jetzt einfach gehe, dann wird das janze Haus Hessen-Darmstadt und seine janze Verwandtschaft sich brüskiert und beleidigt zeigen und Preußen den Krieg erklären. Dabei wollte ich doch keinen Krieg. Ich dachte: Bloß weg, bloß weg … und dann kam zum Glück Louis Ferdinand und hat dich zum Walzertanzen entführt.«

»Das hast du nicht gedacht: Bloß weg!«

»Doch!«

»Nein!«

»Warum hast du mich dann genommen?«

»Darum!«

Er nahm sie in den Arm, und sie küssten sich lange.

Sie schlenderten weiter durch die staubige mecklenburgische Natur, über die sich ein sommerlicher Nachmittag gelegt hatte, und nahmen dann einen Weg, der direkt an einer Reihe Bäume vorbeiführte, die ihnen Schatten spendeten, und der zu einem leicht erhöhten Mühlberg führte, von dem aus man die flache Landschaft zu überblicken erhoffte. Die runde Kuppel eines weißen Pavillons blitzte durch das Wäldchen hindurch, immer wenn der Pfad eine Biegung durch das Gehölz nahm.

Mit einem Male raffte Luise ihr Kleid und rannte los, wie sie ihm als Mädchen von 17 Jahren entgegengerannt war, wenn er sich vom Quartier der Reservearmee, die er zu befehligen hatte, davongestohlen hatte, um ihr über die Ginsheimer Brücke entgegenzureiten. Schon von weitem hatte er diese kleine Staubwolke gesehen, die ihm entgegengeflitzt war, und er hatte daraufhin seinem Pferd noch einmal die Sporen gegeben. Auf halber Strecke waren sie sich in die Arme gefallen. Doch im Laufe der Nachmittage war die Stimmung dann meist abgekühlt und von einer Ungewissheit getragen, die ihn lange beschäftigt hatte. Ein Glück, dachte er, dass sich das geändert hatte.

»Eine Schaukel, Fritz!«, sagte sie, als sie bereits heftig hin-

und herschwang und er sich an den Baum gelehnt hatte, um sie zu betrachten. »Es ist heute wirklich wie damals in Darmstadt. Nicht wahr?«

»Zum Glück nicht.«

»Wieso?« Mitten in der Bewegung sprang sie ab und knickte, als sie auf dem trockenen Boden landete, mit dem rechten Fuß um, beschwichtigte Friedrich Wilhelm jedoch, als er sofort zu ihr stürzte und ihr seinen Arm antrug. »Danke, es ist nichts. Aber … warum sagst du ›*Zum Glück nicht*‹, wenn ich dich frage, ob es wie damals ist? Fehlt dir etwas? Bist du nicht glücklich?«

»Doch, sehr. Heute fehlt mir nichts, aber damals hat mir etwas jefehlt. Warst immer so kühl gegen mich. Hast mir nie jesagt, dass du mich liebst. Ich habe gelitten wie ein Hund. Ich hatte nie … *Jewissheit.*«

»Aber Fritz …?«

Sie griff nach seinen Händen, befühlte seine rauen Finger, die zu ihr immer voller Zärtlichkeit waren, und überlegte, wie sie sich erklären sollte, denn er hatte ja recht mit dem, was er bemerkte. Tatsächlich war sie damals kühl gegen ihn gewesen, eben weil es da noch einen anderen Mann gegeben hatte … einen, bei dem sie Aufregung gefühlt hatte statt Vertrautheit … Gleichheit im Temperament statt Gegensatz … Bewunderung statt Miteinander … und Spannung statt Freundschaft … Ach, dachte sie, was habe ich schon von der Liebe gewusst? So wenig, dass mir das gleich zweimal passiert ist …

Sie sah ihm direkt und sehr verbindlich in die Augen, als sie sich zu ihm nach oben reckte und sagte: »Ja, vielleicht war ich kühl … aber das ist lange her. In der Zwischenzeit ist viel passiert.«

Als er nicht antwortete, setzte sie nach. Sie wusste, was sie ihm schuldig war:

»Ich liebe dich, Fritz, und ich verspreche dir, ich will dir immer eine Freundin sein. Solange ich lebe. Immer.« Dann wiederholte sie freiwillig und ohne Zögern die Worte, nach denen er sich so lange gesehnt hatte:

»Ich liebe dich. Ich liebe dich. Ich liebe dich!«

Da drückte er sie fest an sich und sah über ihren Rücken auf die Landschaft, die zur einen Seite von einer schmalen Reihe aus kräftigen Linden, Kastanien und Buchen begrenzt wurde und auf der anderen Seite den Blick über die mecklenburgische Weite freigab, deren Sand man Äcker abgetrotzt hatte und die nun, wie Felder auf einem sonderbaren Schachbrett, dem Ausblick ihr Gesicht gaben. Goldgelbe Ähren und dunkle Kartoffelerde wechselten einander ab. Dazwischen zogen Haine und stolze Alleen ihre Furchen, auf denen Fuhrwagen, die von zotteligen Kaltblütern gezogen wurden, sich ihren beschwerlichen Weg bahnten. Der Duft von Luises Haar stieg Friedrich Wilhelm in die Nase, und er fühlte ihre weiche Haut an seiner Wange. Sie drückte sich fester an ihn. Mit wehmütiger Stimme fing er an, die Walzermelodie zu summen, die seit ihrer Werbezeit in Frankfurt das Leitmotiv ihres Liebens und Leidens war: *»Wenn's immer, wenn's immer, wenn's immer so wär' …«*

Es war das erste Mal, dass Luise dabei nicht an Louis Ferdinand dachte.

Das Grollen eines Sommergewitters, das sich ankündigte, zwang sie, zurück zu ihrer Familie zu laufen, wo nur noch ein Kutscher wartete, der ihnen ausrichten ließ, dass man nicht zurück nach Neustrelitz, sondern nach Schloss Hohenzieritz weitergefahren war, wo man das königliche Paar bereits erwarte. Dort angekommen, war es die Großmutter, die die Rückkehr des Paares mit den Worten kommentierte:

»Da sin' ja unsere turtelnden Deserteure. Es hat sich nichts geändert seit Da'mstadt …«

Am nächsten Tag trennten sie sich, weil Luise noch im Kreise ihrer Familie bleiben wollte, Friedrich Wilhelm aber den Staatsgeschäften in Berlin nachgehen musste. Schon mehrere

Stafetten seiner Minister hatten seine baldige Rückkehr erbeten. Beim Abschied versicherten sie sich seufzend und wehmütig, dass sie lange nicht mehr so glücklich miteinander gewesen waren, und versprachen sich, die schönen Stunden alsbald zu wiederholen, am besten in Paretz, wo sie sich beide immer so wohl gefühlt hatten. Als Friedrich Wilhelm nach gut zwei Meilen den Kutscher bat anzuhalten und sich noch einmal nach dem Schloss umdrehte, sah er, nachdem sich der Mecklenburger Staub gelegt hatte, oben im ersten Stock eine Person stehen, die heftig winkte – seine kleine Luise.

18

Charlottenburg, 10. Juni 1810

Einen Tag später kam die Nachricht, dass Luise erkrankt sei, drei Tage später, dass es nichts Ernsthaftes sei, fünf Tage später schickte Friedrich Wilhelm seinen Leibarzt Ernst Ludwig Heim nach Hohenzieritz, mit der Bitte, Karls Arzt Johann Friedrich Heinrich von Hieronymi, der sich um Luise kümmerte, zu adjutieren. Acht Tage später kam der mit der guten Nachricht zurück: »Die Königin ist an der Lunge krank, aber bei Hieronymi in guten Händen.«

Erleichtert atmete Friedrich Wilhelm auf. Schon damals in ihren Königsberger Jahren hatte Luise zu mancher Sorge Anlass gegeben. Immer war es gutgegangen. Auch diesmal würde es gutgehen. Es gab keinen Grund zur Aufregung.

Doch bereits eine weitere Woche später rief man wieder nach dem königlichen Leibarzt, der sich sofort und noch in der Nacht zum 17. Juli 1810 mit dem großen Chirurgen Johann Goercke in Richtung Hohenzieritz aufmachte, aber Friederike, die sie auf halber Strecke zwischen Oranienburg und Fürstenwalde trafen, für den König die Nachricht mitgaben, dass es Hieronymi gewiss übertreibe, wie er das ja immer täte. Man würde schon sehen.

Den Anblick, den ihnen die kranke Königin bot, als sie das Zimmer mit ihrem Krankenlager betraten, strafte all ihre Beschwichtigungen Lügen. Luises rosige Haut war fahl wie Asche, das Nachthemd vom Schweiß der Todesangst durchnässt, das Licht ihrer Augen trüb und verwässert, Anfälle von starkem Husten durchschüttelten ihren geschwächten, dünnen Leib in heftigen Wogen. Schrille Töne entfuhren ihr abwechselnd mit einem erbarmungswürdigen Röcheln. Sie keuchte und hustete, spuckte und rang nach Atem. Ihr Körper wehrte sich mit allen Kräften gegen einen inneren Feind, der sie auszuhöhlen drohte. Ihre Stimme war schwach, als sie die beiden Ärzte fragte:

»Wo ist mein Mann?«

Friedrich Wilhelm bot für mehr als eine halbe Stunde den Anblick einer Säule, als am Mittag des 18. Juli 1810 ein Feldjäger die Depesche überreichte, sofort nach Hohenzieritz zu eilen. Der Schock lähmte seine Gedanken, seine Taten, seine Gefühle. Nicht einmal mehr ein Gebet konnte er seiner zerrütteten Seele abringen. Erst gegen halb sieben Uhr am Abend preschte seine leichte Reisechaise vierspännig durch das Tor des Charlottenburger Schlosses in Richtung Fürstenwalde.

Als sie gegen Viertel vor fünf Uhr am kommenden Morgen, nach zahlreichen Pferdewechseln – die zwar rasch vollführt wurden, aber Friedrich Wilhelm vorkamen, als seien sie durch eine sonderbare Zeitmaschine geschickt worden, die jede Bewegung auf ein Zehntel ihrer Schnelligkeit verlangsamte –, endlich in Hohenzieritz ankamen, ließ Friedrich Wilhelm vor der Kirche halten. Im Gehen und auf dem Weg zum Schloss schickte er eine flehentliche Bitte zum Himmel: »Gott erhöre mich und bewahre mich vor diesem Verlust. Mit ihr ist alles, ohne sie ist nichts …!«

Schon auf halber Strecke kam ihm sein Leibarzt Heim entgegen und mahnte zur Beeilung. Die Bestürzung in seinen Augen sprach aus, was er nicht sagen konnte.

Schnell waren auch seine Söhne aus Berlin herbeigerufen worden, die nun in stiller Erwartung und grausamer Vorahnung neben ihm saßen und schwiegen, anstatt zu lärmen, wie sie es sonst immer taten, wenn sie beieinander waren.

Friedrich Wilhelm kniete sich vor Luises Bett, doch sie nahm ihn lange nicht wahr. Brustkrämpfe und der Kampf um Atem forderten ihre ganze Kraft. Immer wieder bäumte sich ihr schmaler Körper auf. Schweiß stand auf ihrer Stirn. Ihre Lungen pfiffen in hellen Lagen. Die Spitzen ihrer Finger waren kalt wie Eis, als Friedrich Wilhelm sie in die Hand nahm. Er massierte sie zärtlich und behauchte sie mit seinem warmen Atem. So ging es Minute um Minute, vielleicht eine Viertelstunde lang. Endlich sah sie ihn an.

»Wie schön, dass du da bist, mein Freund …«

Friedrich Wilhelm nickte, als sie ihn mit schwachen Armen zu sich zog und mehrmals küsste. »Es ist doch besser, beieinander zu sein.«

»Das ist es, mein Freund.« Sie hielt ihn fest an sich gedrückt und streichelte ihn über Rücken und Kopf. Er wagte kaum zu atmen.

»Hast du einen Wunsch?«, fragte er. Seine Lippen zitterten.

»Dein Glück …« Ein Husten unterbrach ihre Rede, sodass sie sich kurz wieder voneinander entfernen mussten und er ihre schwachen, trostlosen Augen sah. Als der Anfall abgeklungen war, bedeutete sie ihm, sich zu nähern. Ihre Arme waren zu schwach, um ihn zu halten. Nur leicht ruhte ihre Hand auf seiner Schulter.

»Ach, Fritz …«, flüsterte sie. »Ich habe immer nach der Liebe gesucht …«

»Hast sie doch jefunden.«

Sie schüttelte den Kopf und bat ihn mit flehentlichen Augen, sie ausreden zu lassen. Er näherte sich mit dem Ohr, das nicht taub war, ihren Lippen, sodass sie nicht so laut zu sprechen gezwungen war, und hörte, wie flach ihr Atem ging, wie sie nach Worten suchte, ansetzte und verwarf und dann mit einem Male, klar wie die Essenz einer langen Überlegung, in den Raum setzte:

»Das habe ich, aber ich habe lange dazu gebraucht. Erst spät habe ich gemerkt, dass man mit dem, was man Liebe nennt, nur hintergangen wird, wenn man zur Freundschaft nicht fähig ist. Denn die Liebe ist nur so echt wie der Anteil Freundschaft, aus dem sie besteht. Alles andere ist ein schrecklicher Betrug.«

»Aber Luise. Du bist mein Freund!«

»Bin ich das denn?«

Dann schloss sie ihre schönen, hellblauen Augen.

Postskriptum

Dreieinhalb Jahre nach Luises Tod, als er an der Seite seines besten Freundes Alexander, des Zaren von Russland, als Sieger über Napoleon in Paris einzog und auf dem Höhepunkt seines politischen Ruhms war, hat sich FRIEDRICH WILHELM III. neu verliebt. Seine Angebetete war die 16-jährige Gräfin Georgine Dillon, die er bei einem Theaterabend kennengelernt hatte.

Seine Berater schlugen Volten, um ihn davon abzuhalten, die junge Gräfin zu heiraten. Frankreich hatte Preußen mit Krieg und Besetzung überzogen, nun wollte der König eine Französin heimführen? Aus Staatsräson hielt sich Friedrich Wilhelm zurück.

Die Vermählung mit einer Prinzessin von Ansbach lehnte er ab, weil er sich an Luises Klugheit gewöhnt hatte. Einen Brief der Verehrten kommentierte er mit den Worten: »Dumme Pute. Sieht man sofort!« 14 Jahre nach Luises Tod heiratete er dann doch – heimlich und zur linken Hand – die 30 Jahre jüngere Auguste zur Fürstin von Liegnitz erhobene Gräfin Harrach, ohne freilich das Andenken von Luise zu beschädigen. »Sie soll mich lieben wie eine Tochter«, sagte er. Sie wohnte weder im Schloss, noch hielt sie Hof oder nahm an königlichen Empfängen und Gesellschaften teil. Auch sie konnte Luise nicht vergessen machen.

Friedrich Wilhelm ließ seiner ersten Frau ein Mausoleum im Park von Charlottenburg bauen. Ein Zeitgenosse schilderte Friedrich Wilhelm so: »Einsam wandelt er oft durch die düsteren Baumgänge, die zu ihrem Mausoleum führen, und den Schlüssel zum unteren Grabgewölbe hat nur er allein. Früher waren Garten und Schloss den ganzen Tag durch fortwährend für das Publikum geöffnet – seit dieser Zeit aber bei seiner Anwesenheit vormittags geschlossen … Eine heilige Stille und Ruhe umschwebt den Ort …«

Seine Vision von einem Königreich, das der Schönheit der Künste und der Wissenschaften gewidmet sein sollte, verwirklichte Friedrich Wilhelm mit Leidenschaft: Er gründete die Universitäten von Berlin (und holte tatsächlich als Leiter Wilhelm von Humboldt) und von Bonn, erneuerte die von Frankfurt an der Oder sowie die Akademie der Künste in Düsseldorf und eine Singakademie in Berlin. Er schuf Schulen für Handel, Gewerbe, Landwirtschaft, Technik, Bergbau sowie die Bauakademie. Als Oberbaudirektor verpflichtete er Karl Friedrich Schinkel. Dieser plante und errichtete für seinen königlichen Bauherrn das erste öffentliche Museum Preußens: das heutige Museum am Lustgarten, in das Friedrich Wilhelm III. mehr als 2,5 Millionen Taler aus seinem Privatvermögen investierte, das entspricht einer heutigen Kaufkraft von fast 40 Millionen Euro. Maler wie Karl Blechen, Eduard Gaertner, Karl Hasenpflug, Wilhelm Hensel, Wilhelm Wach und Karl Begas wurden mit großzügigen Stipendien nach Berlin gelockt. Für seinen ältesten Sohn erwarb er die »Abtei im Eichenwalde in Abendbeleuchtung« von Caspar David Friedrich. An das neu gegründete Opernhaus berief er den Italiener Gaspare Spontini, an das Nationaltheater August Wilhelm Iffland. Beethoven widmete dem königlichen Mäzen seine neunte Symphonie.

Die »neuen Ideen« und die damit verbundenen bürgerlichen Reformen konnte er nur schwer durchsetzen, weil der alte Adel sich dagegen sträubte.

Mit Hilfe seiner Minister, Freiherr Heinrich Friedrich Karl vom und zum Stein und Fürst Karl August von Hardenberg, erließ er eine Landreform, die dem Adel seine alten Vorrechte nehmen und die Bauern von der Leibeigenschaft befreien sollte. Doch Erzkonservative fürchteten – mit Recht! – um ihre Privilegien, sodass es letztlich bis zum Ende des 19. Jahrhunderts dauerte – also bis lange nach dem Tod Friedrich Wilhelms III. –, bis die Bauernbefreiung Wirklichkeit wurde.

Die Reformen beim Militär hingegen griffen sofort. Noch während der Flucht nach Königsberg hatte Friedrich Wilhelm in der Ortelsburg ein »Publikandum« verfasst, in dem er auch Bürgerlichen eine Laufbahn bis in die hohen Offiziersränge ermöglichte – ein Privileg, das bislang nur Adeligen vorbehalten war. Außerdem entließ er drei Viertel des Korps, das für die Niederlage bei Jena und Auerstedt und die nahezu kampflose Übergabe des Landes Preußen an Napoleon verantwortlich gewesen war. Erstaunlicherweise half ausgerechnet Oberst Massenbach, der mit seinem Kumpanen Louis Ferdinand so lange gegen den König intrigiert hatte, bei der Durchsetzung der Neuerungen.

Die Freundschaft mit dem russischen Kaiser Alexander hielt bis zu dessen mysteriösem Tod an. Auf allen Kongressen zur Neuordnung Europas, auf denen die beiden Monarchen zugegen waren, tauchten sie in der gleichen – in der Regel von Friedrich Wilhelm, freilich nach dem Vorbild russischer Modelle, entworfenen – Uniform auf, sodass sich Außenstehende beschwerten, man könne den einen vom anderen nicht unterscheiden.

Friedrich Wilhelm starb am 7. Juni 1840, umringt von seiner Familie und doch als einsamer Mann. Er lag im Bett, während alle Kinder und Kindeskinder ihn umstellten und wie immer, wenn alle beieinander waren, heftig lärmten. Erst der Arzt machte darauf aufmerksam, dass der König unbemerkt entschlafen war.

Kaiser Alexander, der – wie Friedrich Wilhelm nach dem Tode Luises sagte: »Von einer Person nur könnte vielleicht gesagt werden, dass sie einen mehr als gewöhnlichen Eindruck machte und auch einen mehr als gewöhnlichen Eindruck hinterließ« – auf den ersten Blick Luises Freundschaft verraten hatte, brachte im Nachhinein einen umso größeren Beweis seiner Freundschaft zu Preußen. Schon beim Kongress in Erfurt bat er Napoleon um Erleichterungen bei den Zahlungen der geforderten Kriegsentschädigung und konnte tatsächlich eine Milderung für Preußen erwirken.

Er führte dann mit Friedrich Wilhelm III. die Befreiungskriege gegen Napoleon an, die in der Völkerschlacht von Leipzig und schließlich in der Schlacht von Waterloo Napoleons Ende besiegelten. Beim *Wiener Kongress,* auf dem Europa nach der Verbannung Napoleons auf die Insel St. Helena neu geordnet wurde, setzte Alexander sich für eine Wiederherstellung Preußens in den Grenzen von vor der Französischen Revolution ein.

Zehn Jahre später, 1825, trat er mit seiner Frau Elisabeth eine Reise auf die Krim an, wo er an einem schweren Fieber erkrankte und in Taganrog am 1. Dezember 1825 starb.

Eine Legende, für die auch heute noch viele Indizien sprechen, behauptete das Gegenteil: Der Kaiser lebte weiter! Denn kurz darauf tauchte im westsibirischen Tomsk ein Eremit auf, der in Gestalt und auch im Habitus wenig einem Eremiten, aber sehr dem toten Kaiser aller Russen glich. Er war auf einem Ohr taub. Seine Behausung wurde zur Pilgerstätte für hochgestellte Persönlichkeiten und den russischen Hochadel, dem er als Berater diente – auch dem Zaren Nikolaus I., dem Bruder Alexanders, der sein Nachfolger wurde und Luises Tochter Charlotte heiratete.

Als Grabräuber 1921 während einer Hungersnot den offiziellen Sarkophag des Zaren Alexander im Mausoleum der kaiserlichen Familie öffneten, war er leer.

Maria Luise Albertine von Leiningen-Dagsburg-Falkenburg, verheiratete Prinzessin von Hessen-Darmstadt, genannt »Prinzessin Scho'sch«, war ein Jahr nach der Doppelhochzeit ihrer beiden Enkelinnen Luise und Friederike zu ihrer Enkelin Lolo nach Hildburghausen gezogen. Dort starb sie – glücklich, gesellig und umringt von ihren Liebsten – 1818 im Alter von 89 Jahren.

Nach dem Frieden von Tilsit, der trotz Luises Bittgang für Preußen so harte Bedingungen nach sich gezogen hatte, war Napoleon auf dem Höhepunkt seiner Macht. Sein Ziel, Englands Wirtschaft durch eine Handelssperre mit dem europäischen Kontinent zu schwächen, war erreicht. Sein Einfluss reichte von Spanien bis Russland.

Über Luise verlor er nie wieder ein böses Wort. Im Gegenteil – er sagte über sie: »Sie ist nie meine Freundin gewesen. Ich vergebe es ihr leicht. Als Frau hatte sie es nicht nötig, die politischen Interessen genau abzuwägen. Sie ist für ihre heftigen Gefühle bestraft worden, aber sie hat Charakter im Unglück bewiesen. Sie hat keinen Schritt getan, der ihre Würde beinträchtigen konnte. Man muss ihr die Gerechtigkeit widerfahren lassen, dass sie sehr kluge Dinge gesagt hat.«

Mit diesen Worten erkannte er Luise, trotz des Misserfolgs, den ihre Unterredung für die Zukunft Preußens gebracht hatte, als ernstzunehmendes politisches Gegenüber an.

Sie war die einzige Frau, die jemals politisch mit ihm verhandelt hat.

Innenpolitisch erhoben sich, nach dem Abschluss der Tilsiter Verhandlungen mit Zar Alexander und Friedrich Wilhelm, erste Stimmen gegen Napoleons Expansionspolitik. Er reagierte auch hier mit Härte: Er verschärfte die Pressezensur, entließ Kritiker und scharte eine neue Aristokratie um sich, die nahezu identisch war mit dem alten Adel, der durch die Revolution von 1789 gestürzt werden sollte. Im Jahre 1810, kurz vor Luises

Tod, heiratete er Marie Luise von Habsburg-Lothringen, die älteste Tochter seines einstigen Kontrahenten von Austerlitz, des österreichischen Kaisers Franz I. Diese Hochzeit mit einer Hochadligen wurde von den bürgerlichen Revolutionären als Rückkehr zur alten Ordnung der Vetternwirtschaft gewertet.

Russland war das erste Land, das aus dem von Napoleon erzwungenen Bündnis gegen England ausscherte. Napoleon reagierte darauf mit Krieg. Mit 675 000 Soldaten marschierte er am 24. Juni 1812 in Russland ein. Auch Preußen war verpflichtet, gegen den befreundeten Zaren Alexander ins Feld zu ziehen. Doch Rückzugspolitik und »General Winter« halfen den Russen, Napoleon zu besiegen. Am 18. Oktober 1812 gab er den Befehl zum Abmarsch. Nur 18 000 Soldaten kehrten zurück.

König Friedrich Wilhelm III. nutzte auf Anraten seines Generals Yorck die Chance und rief die deutschen Staaten zum Befreiungskrieg gegen Napoleon auf. Die Entscheidung fiel in den vier Tagen vom 16. bis zum 19. Oktober 1813 in der Völkerschlacht bei Leipzig. Am 31. März nahmen die alliierten Truppen, angeführt von Zar Alexander, Friedrich Wilhelm III. und Franz I., Paris ein. Napoleon wurde nach Elba ins Exil verbannt, kehrte aber – ermutigt durch die Stimmen gegen die erneute Inthronisation der Bourbonen in Frankreich – am 19. März 1815 aufs Festland zurück, wo sich ihm die Truppen, die ihn aufhalten sollten, anschlossen.

Sofort formierte sich wieder die Allianz aus englischen, russischen, deutschen und österreichischen Truppen gegen ihn. In der Schlacht bei Belle-Alliance, die nach dem Hauptquartier des englischen Heerführers Arthur Wellesley Wellington als *Schlacht von Waterloo* bekannt wurde, wurde Napoleon endgültig geschlagen. Als der preußische General Blücher die entscheidenden Manöver lenkte, die zum Sieg gegen Napoleon führten, rief er aus voller Brust: »Luise ist gerächt!«

In seinem Exil auf St. Helena im Südatlantik antwortete Napoleon auf die Frage, wann er am glücklichsten gewesen sei: »In Tilsit!« Er starb 51-jährig am 5. Mai 1821 an Magenkrebs.

Luises hypochondrischer und geselliger Vater Karl wurde 1794 als KARL II. regierender HERZOG VON MECKLENBURG-STRELITZ. Wie so viele Adelige seiner Zeit erwies auch er sich als Maulheld, was die Umsetzung der »neuen Ideen« anging, die mehr Rechte und politische Mitbestimmung für die Bürger formulierten. Immerhin: Er reformierte die Verwaltung, was viele Kleinadelige ihren Verdienst kostete und der Staatskasse mehr Geld einbrachte, das Karl wiederum für eine allgemeine Schulpflicht ausgab.

Auch unter der Regentschaft von Luises Bruder GEORG, der von 1816 bis 1860 GROSSHERZOG VON MECKLENBURG-STRELITZ war, erwies sich die Umsetzung von Reformen als schwierig. Er erreichte die Aufhebung der Leibeigenschaft der Bauern gegen massiven Widerstand des Adels. Letztlich konnte die landrätliche Ordnung, nach der Mecklenburg-Strelitz regiert wurde, aber erst 1918 abgeschafft werden.

Nachdem er sich auf Luises Drängen sowohl von dem bürgerlichen Fräulein Grebe als auch von Napoleons Lieblingsschwester Paulina Borghese losgerissen hatte, heiratete er erst spät, mit 38 Jahren, dann aber standesgemäß, die Prinzessin Marie von Hessen-Kassel.

Die GRÄFIN SOPHIE MARIE VON VOSS, die Luise als Kronprinzessin und als Königin durch ein aufregendes Leben begleitet hatte, zog sich nach deren Tod auf ihr Gut Werneuchen zurück, wo sie per Depesche dem König, der sich auf dem Wiener Kongress aufhielt, Ratschläge gab, »damit die Franzosen nicht so gut wegkommen«.

Am Silvesterabend 1814 starb sie im hohen Alter von 85 Jahren an den Folgen eines Schlaganfalls während einer heiteren Runde Whist. Als sie in ihr Schlafzimmer getragen wurde, rief sie ihren Gesellschaftsdamen hinterher: »Beschummelt mich nicht!«

Caroline von Berg, Luises 16 Jahre ältere Freundin, korrespondierte mit Schriftstellern wie Johann Wolfgang von Goethe, Friedrich Heinrich Jacobi, Johann Gottfried von Herder, den Brüdern Stolberg, Johann Wilhelm Ludwig Gleim, Jean Paul und Johann Heinrich Voß. Sie schrieb die erste Biografie über Luise, worin sie allerdings ihren eigenen Versuch, gegen König Friedrich Wilhelm III. zu intrigieren und Luise dazu zu bewegen, »durch kleine Kunstgriffe Einfluss und Macht« auf ihn auszuüben, verschwieg.

Sie starb 1826.

Über den Reichsgrafen Medem, der so auffallend gut über die Prinzessinnen Luise und Friederike von Mecklenburg-Strelitz Bescheid wusste, dass er dem schüchternen preußischen Kronprinzen alles über sie erzählen konnte, ist nichts Näheres bekannt geworden.

Eine seiner Urenkelinnen, die Gräfin Malve Rothkirch, hat eine der umfangreichsten Sammlungen von Luises Briefen zusammengestellt. Im Vorwort zu *Briefe und Aufzeichnungen 1786–1810* schrieb die Herausgeberin: »Wer einen Brief der Königin Luise in den Händen hält, erspürt das einmalige Fluidum ihrer Nähe. Ihre Bildhaftigkeit lässt sich nicht in Worte umsetzen.«

Marchese Girolamo Lucchesini wurde von Friedrich Wilhelm unehrenhaft und ohne jemals rehabilitiert zu werden entlassen. Er hatte ihm nicht nur das Versagen in den Verhandlungen mit Napoleon angelastet und gemutmaßt, dass der Diplomat auf Kosten des Staates Preußen ein doppeltes

Spiel spielte, sondern allem voran hatte er ihm den Versuch vorgeworfen, die Ehre seiner Frau Luise zu beschmutzen. Keiner außer dem ungeheuerlichen Marchese hatte es jemals gewagt, Napoleons Schmähschrift gegen Luise in der Gegenwart des Königs zu erwähnen – nur Lucchesini! Aber Friedrich Wilhelm wusste, dass ihr Gefühl für Alexander, auch wenn es für viele ganz anders aussah, »nie auf die entfernteste Weise ihren Pflichten in den Weg« trat.

Lucchesini zog nach Rom und widmete sich in Büchern seinem Lieblingsthema: Friedrich dem Großen.

Er starb 1825.

Und FRIEDERIKE? Die arme Friederike …!

Bibliografie und Danksagung

Wie fast jeder historische Roman ist auch dieser nicht ohne Hilfe entstanden. Mein Dank gilt daher all den Autorinnen und Autoren, die es gewagt haben, in die schier unendliche Flut der Luise- und Preußen-Literatur einzutauchen, und mir dadurch eine Ausgangsbasis für die Bearbeitung des Stoffes verschafft haben.

Zuvorderst ist ein Werk zu nennen, das mir im Wesentlichen als Grundlage gedient hat, und zwar *Königin Luise von Preußen. Ein Stern in Wetterwolken* (München, Zürich 2005, 10. Auflage), verfasst von meinem erst kürzlich verstorbenen und hochgeschätzten Kollegen Heinz Ohff. Ein Fundus – auch durch die Lebensnähe zur dargestellten Hauptperson – waren mir die beiden Klassiker aller Luise-Biografien: *Vom Leben und Sterben der Königin Luise*, die eigenhändigen und erst posthum edierten Aufzeichnungen von König Friedrich Wilhelm III. von Preußen (Berlin, Leipzig, 1926) sowie Caroline Friederike von Bergs Schilderung *Luise – Königin von Preußen* (Berlin, 1849, 2. Auflage). Kein Luise-Buch kommt vorbei an *Königin Luise. Ein Lebensbild* von Paul Ballieu (Berlin, 1926, 3. Auflage). Weitere Kenntnisse verschafften mir die Lebensbeschreibungen von Karin Feuerstein-Praßer (München, Zürich, 2004, 2. Auflage), Marlies Schnaibel (Karwe bei Neuruppin, 2003, 2. Auflage), Merete von Tack (Stuttgart, 1985), Günter de Bruyns *Preußens Luise* (Berlin, 2002) sowie das Bilderbuch von Carl Röchling, Richard Knötel und Woldemar Friedrich (Wiederauflage 2006, nach einer Ausgabe von 1896). Wie Luises politischer Einfluss international gesehen wird, erschloss sich mir durch Antonia Frasers Sammelband *The Warrior Queens* (London, 2003, 2. Auflage). Hilfreich waren auch zahlreiche Luise-Romane, die – trotz ihrer streckenweise stark nationalistischen Verklärung Luises – den Vorteil hatten, historische Städte und Landschaften beschreiben zu können, die noch nicht von Verheerungen und Zerstörungen der beiden Weltkriege gezeichnet waren. Zu erwähnen sind hier die Bücher von Sophie Charlotte von Sell (Stuttgart, 1926), die beiden Bücher von Herman Dreyhaus (Stuttgart, Berlin, Leipzig; Berlin, beide o. J.), Elisabeth Halden (Berlin, 1909), Walter von Molo (München, o. J.), Sophie Hochstetter (Berlin, 1926) und Paul Gärtner und Paul Samuleit (Berlin-Schöneberg, 1910) sowie von Else von Hollander-Lossow (Leipzig, 1934).

Als Grundlagenwerk für preußische Geschichte diente mir im Wesentlichen Christopher Clarks Mammutwerk *Preußen. Aufstieg und Niedergang.* 1600–1947. (München, 2006). Darin habe ich nicht nur tage- und nächtelang mit Freude gelesen, ich habe durch dieses Buch auch meine Deutung von Friedrich Wilhelm III. König von Preußen als Friedensbewahrer und bürgerlicher Reformer (der allerdings an dem Machtanspruch des Adels gescheitert ist) bestätigt gefunden. Die Clark-Lektüre habe ich ergänzt durch den Klassiker *Preußische Geschichte. Eine historische Bilanz in Daten und Deutungen* (Freiburg, 1983), der von Manfred Schlenke herausgegeben wurde, sowie durch Edgar Joseph Feuchtwangers *Preußen – Mythos und Realität* (München, 1978). Hilfreich, besonders wegen des von Ulrich Weyland gesammelten Bildmaterials, war mir Sebastian Haffners *Preußen ohne Legende* (Hamburg, o. J.). Eine Freude war mir auch immer Golo Manns *Deutsche Geschichte des 19. und 20. Jahrhunderts* (Frankfurt am Main, 2004, 10. Auflage), ebenso wie Eberhard Straubs *Eine kleine Geschichte Preußens* (Berlin, 2001).

Das Leben von Luise ist ohne das Wirken ihres Mannes, Friedrich Wilhelm III. von Preußen, nur unzulänglich beschrieben. Dazu lieferten dankbar angenommene Einblicke Dagmar von Gersdorff (Reinbek bei Hamburg, 2004, 5. Auflage), Jürgen Jessel (Berlin, 2002), Heinz Ohff (München, Zürich, 2003, 5. Auflage), Johann Heinrich Lehnert (Wilmenshorst, 2001) und Karl Eduard Vehse (Köln, 2006). Die vielschichtige Beziehung von Luise zu ihrer jüngeren Schwester und erotischen Rivalin Friederike von Mecklenburg-Strelitz erschloss sich mir insbesondere durch Klaus Kühnels Arbeit *Die galanteste Löwin des Jahrhunderts oder Mein verlorenes Gesicht. Prinzessin Friederike von Mecklenburg-Strelitz (1778–1841)* (Berlin, 2004), aber auch durch die Biografien von Merete von Tack (Düsseldorf, 2003), Jens-Uwe Brinkmann (Karwe bei Neuruppin, 2003) und des erst jüngst veröffentlichten Lebensbildes der Hamburger Autorin Carolin Phillips (München, 2007).

Schilderungen zum Leben von Louis Ferdinand wurden unter anderem entlehnt der Biografie von Burkhard Nadolny (München, 1993), dem Roman von Sophie Hochstetter (Leipzig, 1930, 2. Auflage) und selbstverständlich dem Klassiker von Eckart Kleßmann *Prinz Louis Ferdinand von Preußen. Gestalt einer Zeitenwende* (München, 1972, 2. Auflage).

Ein Bild der Person Napoleons, neben Friedrich Wilhelm III. von Preußen der Mann, der Luises Leben am meisten beeinflusst hat, habe ich mir machen können anhand der drei assoziierten Biografien von Franz Herre, nämlich: *Napoleon* (München, 2006), *Joséphine* (Regensburg, 2003), *Marie Louise* (Köln, 1996). Die konkreten Auswirkungen seiner Kriege und seiner Politik auf Preußen wurden mir deutlich gemacht durch Franz Bauers *Napoleon in Berlin. Preußens Hauptstadt unter französischer Besatzung 1806–1808* (Berlin, 2006), dem Sammelband *Die Franzosen in Berlin* (Berlin, 2006) und dem Grundlagenwerk Napoleons *Russlandfeldzug in Augenzeugenberichten* (Düsseldorf, 1964), das von Eckart Kleßmann herausgegeben wurde. Ebenfalls von Kleßmann stammt die erhellende Biografie *Napoleon* (München, 2002).

Die Gepflogenheiten am preußischen Hofe schildert keiner besser als Oberhofmeisterin Sophie Marie Gräfin von Voss in ihren posthum veröffentlichten Tagebuch-Aufzeichnungen *Neunundsechzig Jahre am Preußischen Hofe* (Berlin, 2004, nach einer unveränderten Auflage von Leipzig, 1887), aus denen ich oft und gerne zitiert habe.

Überhaupt spielen Briefe und persönliche Aufzeichnungen in meinem Roman eine tragende Rolle. Ich habe aus den nachfolgenden Bänden zitiert, vieles modifiziert und mit fiktiven Begebenheiten, Personen und Schilderungen ergänzt: *Briefwechsel der Königin Luise mit ihrem Gemahl Friedrich Wilhelm III.* (Leipzig, 1929) sowie *Königin Luise: Ein Leben in Briefen* (Leipzig, 1943), die beide herausgegeben wurden von Karl Griewank; weiter den *Briefwechsel König Friedrich Wilhelms III. und der Königin Luise mit Zar Alexander I. nebst ergänzenden fürstlichen Korrespondenzen* (Leipzig, 1990), den Luises Biograf Paul Bailleu herausgegeben hat, und Gräfin Malve Rothkirchs (geborene Reichsgräfin Medem) Sammlung *Königin Luise von Preußen: Briefe und Aufzeichnungen. 1786–1810* (München, 1985).

Ebenfalls Eingang in meinen Roman haben gefunden: Christian von Massenbachs: *Historische Denkwürdigkeiten zur Geschichte des Verfalls des preußischen Staates seit 1774* (Frankfurt am Main, 1979), die von Haug von Kuenheim herausgegebenen Aufzeichnungen *Aus den Tagebüchern des Grafen Lehndorff* (Berlin, 1982), Luise von Preußen Fürstin Anton Radziwill (den Lesern und Leserinnen besser bekannt als die Schwester Louis Ferdinands): *Fünfundvierzig Jahre aus meinem Leben* (Braunschweig, 1912), Friedrich August Ludwig von der

Marwitz: *Nachrichten aus meinem Leben – für meine Nachkommen. 1777–1808* (Berlin, 1908) sowie Rulemann Friedrich Eylerts *Charakterzüge und historische Fragmente aus dem Leben des Königs von Preußen Friedrich Wilhelm III.* (Magdeburg, 1842–1846). Immer wieder schön zu lesen sind Heinrich von Kleists Schriften, besonders seine Artikel in seinen *Berliner Abendblättern* (zitiert nach der Gesamtausgabe von Helmut Sembdner, München, 2001).

Ein besonderer Dank geht an dieser Stelle an das Personal der Staatsbibliothek Hamburg, das mir historische Dokumente zuverlässig verschafft hat. Leider war es bei der Berechnung der Überziehungsgebühren genauso akkurat.

Ansonsten dienten mir einzelne Bände als Basis für meine Recherche: Das Wirken der von mir verehrten (und leider gänzlich verkannten) Bestseller-Autorin Elisabeth Christine Königin von Preußen hat Paula Joepchen in ihrer Dissertation (Köln, 1940) *Die Gemahlin Friedrichs des Großen als Schriftstellerin* beschrieben. Daraus habe ich zitiert. Über ihr entbehrungsreiches Leben als Gattin Friedrichs des Großen habe ich viel erfahren können durch Helga Thomas Sammelband (München, 2006, 6. Auflage) sowie Paul Noacks Biografie *Elisabeth Christine und Friedrich der Große. Ein Frauenleben in Deutschland* (Stuttgart, 2001).

Das Leben am Hofe Friedrich Wilhelms II., König von Preußen, wurde mir nähergebracht durch Wilhelm Bringmann (Frankfurt am Main, 2000), Wilhelm Moritz Freiherr von Bissing (Berlin, 1967), Ernst von Salomons Roman *Die schöne Wilhelmine* (Stuttgart, Hamburg 1965) sowie Heinz Ohffs *Preußens Könige* (München, 2003, 5. Auflage). Hierin habe ich auch Daten und Einschätzungen über Friedrich den Großen erfahren. Klaus Günzel hat mir Wissenswertes über das Leben des Weimarer Fürstenhauses (München, 2004) nähergebracht. In

Stefan Gläsers Buch (Reinbek bei Hamburg, 2004) über die *Frauen um Napoleon* fand ich besonders die Ausführungen über Paulina Borghese aufschlussreich.

Das Leben und Sterben der Königin von Frankreich, Marie Antoinette, hat Stefan Zweig in seiner berühmten Roman-Biografie (Frankfurt, 2005, Erstausgabe 1932) nachempfunden. Darin wird auch die Korrespondenz zwischen Frankreichs gefangener Königin und Großmutter Scho'sch geschildert, die ich literarisch verarbeitet habe.

In die Gedankenwelt Immanuel Kants habe ich mich schon in diversen Philosophie-Seminaren eingearbeitet, einen schnellen Einstieg bietet Manfred Geier (Reinbek bei Hamburg, 2005). Über die Verehrung Heinrich von Kleists von Luise habe ich nachlesen können in den Biografien von Heinz Ohff (München, Zürich, 2004) und Peter Staengle (München, 1998). Einen Einblick in das Schaffen von David Gilly verdanke ich Marlies Lammert von Mann (Berlin, 1989), in das Wirken Charlottes von Mecklenburg-Strelitz, Königin von England, der Biografin Marita A. Panzer, in die Ansichten von Salomé von Gélieu, der Erzieherin der beiden jüngsten Mecklenburg-Prinzessinnen, Claudia von Gélieu sowie Christian von Gélieu von Pustet (Regensburg, 2007).

Die in diesem Roman erwähnte Halsbandaffäre hat sich mir in ihrer vollen (auch politischen) Dimension durch Antal Szerbs wunderbares Buch *Das Halsband der Königin* (München, 2005, Nachdruck von 1943) erschlossen. Als Ergänzung dazu war in diesem Falle Joan Haslips Monografie *Madame Dubarry* (München, 2006) hilfreich.

Die Vorgänge über die erste Teilung Polens sowie die Gepflogenheiten an Russlands Zarenhof haben sich mir unter anderem gezeigt in Isabel de Madariagas Biografie *Katharina die Große* (München, 2006). Wissenswertes über die historische Doppelschlacht bei Jena und Auerstedt habe ich unter anderem dem *Illustrierten Historischen Heft 42* (Berlin, Hauptstadt der DDR, 1986) zu diesem Thema entnommen, das von Gerd Fesser verfasst wurde. Ansichten über den Krieg habe ich mir über Carl von Clausewitz' Klassiker *Vom Kriege* (o. O., 1963) zu erschließen versucht.

Preußische Landschaften, Schlösser, Gärten und Städte habe ich oft, gerne und mit Staunen besucht. Am Schreibtisch habe ich geblättert in den Büchern von Hartmut Dorgerloh und Michael Scherf (München, Berlin, 2005), Günter de Bruyn (München, 2002), Johann Christian Gädicke, dessen Lexikon *Berlin 1806* von Michel Bienert gerade (nämlich 2006 in Berlin) wiederaufgelegt wurde. Natürlich dürfen an dieser Stelle nicht Theodor Fontane und seine *Wanderungen durch die Mark Brandenburg* unerwähnt bleiben, die mir besonders für die Schilderung des Spaziergangs nach Paretz dienlich waren.

Die Namensgebung der Blume Strelitzie habe ich dem Buch *Die Strelitzie und ihre abenteuerliche Geschichte* von Karl E. Jipp von Bertelsen-Jipp (o. O., 2006) entnommen.

Die zitierten und erwähnten Werke von Friedrich von Schiller, Johann Wolfgang von Goethe, Heinrich von Kleist, Jean Paul sowie Freiherr Adolph von Knigge sind in zahlreichen Ausgaben erschienen und hinreichend bekannt. Die von mir erwähnte *Geschichte des Fräuleins von Sternheim* erschien erst kürzlich nach einem Erstdruck von 1771: C. M. Wieland hat sie neu herausgegeben (München, 2007). Alle Zitate aus den Werken von August Heinrich Julius Lafontaine entstammen der Luise-Biografie von Heinz Ohff. Nicht unerwähnt bleiben darf natürlich der großartige Bertolt Brecht, der mich mit seinem Gedankenanstoß über die Freundschaft und die Liebe zu Luises letzten Worten inspiriert hat.

Adelige Kultur, adeliger Lebensstil und adelige Werte im Unterschied zu bürgerlicher Kultur haben sich mir erschlossen durch die beiden Werke von Heinz Reif: *Überblick Adel im 19. und 20. Jahrhundert* (München, 1999) und *Adel und Bürgertum in Deutschland. Entwicklung und Wendepunkte im 19. und 20. Jahrhundert* (Berlin, 2000) sowie Peter Uwe Hohendahls Aufsatzsammlung *Legitimationskrisen des deutschen Adels 1200–1900* (Stuttgart, 1979).

An dieser Stelle soll auch auf das siebenstündige Mammutwerk von Sergej Bondartschuk hingewiesen werden, der in seiner Verfilmung von Leo Tolstois Roman *Krieg und Frieden* wie kein anderer adeligen Pomp in Szene gesetzt hat.

Ein besonderer Dank gilt meiner Großmutter Helene, die die Geschichte meiner Familie aufgezeichnet hat. Durch sie bleibt nicht nur die Not meines Ur-Ur-Ur-Ur-Ur-Ur-Ur-Großvaters Ludwig von Sadowski lebendig, dessen Schicksal ich in der Schilderung von Alexander Antoni Hendryk von Wosniaks Lebensweg (freilich sehr frei) verarbeitet habe. Durch sie ist auch eine Schilderung Sadowskis von der Königin Luise erhalten geblieben, der er einmal, nämlich im Sommer 1802 in Memel, begegnet ist.